繁星降临记

墨泠——著

江苏凤凰文艺出版社
JIANGSU PHOENIX LITERATURE AND
ART PUBLISHING

图书在版编目（CIP）数据

繁星降临 .2 / 墨泠著 . -- 南京：江苏凤凰文艺出版社，2021.3
ISBN 978-7-5594-5318-1

Ⅰ . ①繁… Ⅱ . ①墨… Ⅲ . ①言情小说 - 中国 - 当代
Ⅳ . ① I247.5

中国版本图书馆 CIP 数据核字 (2020) 第 207384 号

繁星降临 2

墨泠 著

责任编辑 张 倩
特约编辑 朵 爷 肖云梦
封面设计 ABOOK STUDIO 殷鑫 Design QQ 812784044
出版发行 江苏凤凰文艺出版社
南京市中央路 165 号，邮编：210009
网 址 http://www.jswenyi.com
印 刷 湖南天闻新华印务有限公司
开 本 710mm × 1000mm 1/16
印 张 21
字 数 524 千字
版 次 2021 年 3 月第 1 版
印 次 2021 年 3 月第 1 次印刷
书 号 ISBN 978-7-5594-5318-1
定 价 49.80 元

目录 CONTENTS

卷一 荣耀至下

卷二 天降福宝

目录 CONTENTS

卷三 无上仙途

卷四 血族女王

卷一

荣耀至下

第一章
神豪榜第一

【世界】夏夜的小火：我就几天没上来，怎么玉无痕大神就要和三月清欢成亲了？

【世界】原点：楼上的“村网通”吗？

【世界】夏夜的小火：谁给我科普一下是怎么回事啊？我怎么记得玉无痕大神的官配是初兮？

【世界】卖瓜的婆婆：这你都不知道，玉无痕绿了初兮。

【世界】夏夜的小火：这么劲爆？

【世界】三月桃花：卖瓜的，你胡说什么？大神本来就没和初兮在一起，清欢和大神在一起光明正大，而且初兮是个男的，人妖先骗大神。

【世界】夏夜的小火：男……男的？

【世界】夏夜的小火：求瓜！

【世界】原点：前些天突然有人爆料，说初兮是个抠脚大汉，把玉无痕大神给骗了，还有很多乱七八糟的截图，都是初兮和别的男人暧昧的聊天记录。

【世界】原点：你自己上论坛看吧，帖子还在呢！

【世界】卖瓜的婆婆：是咯，你们清欢冰清玉洁，没有介入人家的恋情，你们清欢也没有趁初兮不在线的时候，缠着人家大神咯！

【世界】三月杏花：卖瓜的，你少阴阳怪气，今天清欢成婚，我们不和你一般计较。

【世界】三月桃花：初兮要不是心虚，怎么会清空账号走人？一个男人装什么女人，要不要脸！恶心！

【世界】卖瓜的婆婆：哎哟，小调皮，人家好怕怕啦！

【世界】风云榜第一：初兮操作那么好，说她是男的可信度还挺高的。

【世界】滴滴答答：初兮是谁？

世界频道上跳动的讨论，并没有影响到今天的主角——即将成婚的玉无痕和三月清欢。

初筝坐在一家酒肆外面，看着这出热闹的婚礼，此时花轿正从她面前过去。

她是隐身状态，别人都看不见。

初筝点开自己的资料，身上穿着新手套装，和那个金光灿灿的等级完全不符。背包里也是空荡荡的，比一个刚出生的小号还要惨。

她就是世界频道上讨论的那个“初兮”。

玩着女号的抠脚大汉。

骗玉无痕大神的人妖。

原主玩的这款游戏叫《风云无双》，是一款键盘游戏。《风云无双》内测的时候就火了，公测后更是火得一塌糊涂。原主不怎么玩游戏，这款游戏是她朋友拉她玩的。结果朋友脱坑了，原主反而玩上瘾，而且还玩得不错。

原主在游戏里认识了玉无痕，一开始两人只是合作下个副本，打个怪。有一次，玉无痕说漏嘴，原主发现他们住一个小区。有这层关系，两人很快就在线下见面。见过面，关系自然就更好。他们一起打游戏，一起做装备……

认识玉无痕的人都知道，他身边有个叫初兮的妹子。两人虽然没有公开关系，但玉无痕话语间的暧昧，让初兮以为玉无痕是喜欢自己的，于是初兮对玉无痕更是无条件的好。

她也是真的喜欢玉无痕，不管是现实里，还是游戏里。

但是初兮没想到，她不过是有事几天不能上网，将账号交给玉无痕，结果回来的时候，只剩下一个空荡荡的账号。

除了等级，所有装备都不见了。绝版武器、珍稀道具、稀有时装、稀有宠物……统统不见了。

更让她没想到的是，世界频道上满屏都是对玉无痕和三月清欢的祝福，他们成婚了！

本以为会成为自己男朋友的人，在自己离开没多久，就和别人成婚了。

这还不是全部。

论坛上还有关于她的帖子，说她是个男的，在网上到处勾搭男人，就是为了装备，为了钱。

然而帖子里的那些聊天记录，原主压根儿没有印象，她甚至都不知道自己有这些好友。

原主找到玉无痕，她是不是男的，玉无痕最清楚，然而玉无痕答非所问。她的账号为什么被清空，玉无痕说自己不知道，他没有上过她的账号，论坛上的那些截图他也不知道是怎么回事。他还反问初兮，是不是她得罪人，有人黑她的账号。

原主问他为什么和三月清欢在一起，玉无痕却说他和谁在一起是他的自由。他只是和原主暧昧，确实没有和原主在一起过，原主无话可说。

原主上论坛解释自己不是男的，她的账号不知道被谁清空了，却遭到三月清欢亲友团的围攻。

玉无痕最后才出现，替她做证，她不是男的。

但现在已经不重要了。

原主只剩下一个空荡荡的账号，这个账号基本算是废了。玉无痕的态度让原主很是伤心。

原主只能放弃这个账号，谁也没告诉，重新申请了一个账号。

所有人都以为她没继续玩这个游戏了。

练小号的过程中，原主发现自己的稀有时装，竟然出现在三月清欢身上。

原主冲动之下，跑去质问三月清欢。三月清欢说自己从别人手里买来的，但又不肯说是从谁那里买来的。最后玉无痕出面，找了一个人过来，还真有交易记录。

三月清欢不计前嫌，主动让原主加入队伍，带她练级。原主大概还是放心不下玉无痕，竟然同意了。

然而三月清欢没那么好心，她故意营造出原主接近玉无痕的样子。在三月清欢的刻意营造下，原主遭到各种排挤。但三月清欢却一副“我相信你，你不是那种人，虽然我和玉无痕在一起，但是我不会介意你”的大度模样。

有一次城战，明明是三月清欢的错，最后却被推到原主身上。玉无痕私聊原主，让她帮一下忙。原主心痛的同时，又拒绝不了玉无痕的要求。

没过多久，论坛再次爆出原主勾引玉无痕的事。三月清欢作为受害人，对她进行控诉。

三月清欢平时对原主的好众人都看在眼里，于是原主就成了让人痛恨的第三者。众口铄金，原主一个人哪里辩解得清。原主被他们弄得神经兮兮，最后因为打翻桌子上的水，触电身亡。

这死得也太随便了吧？

【小姐姐你要相信，人倒霉的时候，喝口水都会噎住的。】

初筝无语，我就是那个倒霉的人？

【小姐姐，你很幸运的，你遇见了我！】

呵，要不是你，我现在就不会在这个鬼地方。

初筝现在所处的时间，正好是原主账号被清空，上线后发现玉无痕和三月清欢成婚的时间点。

初筝整理了一下时间线。

论坛爆出帖子——初兮这个账号被清空（也可能是在爆出帖子之前）——玉无痕和三月清欢成亲——初兮练小号——三月清欢主动示好——帖子爆料初兮勾引玉无痕。

初兮的账号和密码原主只给过玉无痕一人，账号被清空，肯定和玉无痕有关系。

那这次的逆袭应该和玉无痕和三月清欢有关系……

游戏啊！我要怎么做掉……

【小姐姐不需要做掉，请你努力做任务。】王者号耐心提醒。

【主线任务：请在半个小时内，花掉游戏币十万。钱已到账，请注意查收。】

就不能让我休息一会儿吗？

【小姐姐，你可以的！加油加油！！】

初筝烦躁得很，“啪”的一下将无线鼠标摔了出去。

几分钟后，初筝沉默地起身把鼠标捡回来，试了试还能用。

游戏里有三种货币，金币、银币、铜币，只有金币是需要现实币充值，比例为 1 ∶ 10。也就是一块钱等于十个金币，十万游戏币就是一万块钱。说多也不多，说少也不少。

初筝发现不需要她充值，因为王者号是直接发到她账号里面的，可把王者号厉害得。

一万块对于一个游戏来说，算得上是很大一笔钱，但对于某些土豪玩家，这也就是随便花花的小钱。

初筝点开商城，里面可以买的东西挺多，初筝先给自己买了套装备，至少看上去不那么寒酸。她“唰唰”点了几下，游戏币就没了。

【主线任务：请在半个小时内，收齐套装“八方神隐”，价格不是问题，小姐姐放心开价收购。】

初筝实在没忍住骂了王者号一句。

【小姐姐要文明。】高贵冷艳的形象呢？怎么能说脏话？

初筝再次把鼠标摔了。反正这里没人，初筝想怎么摔就怎么摔。

几分钟后，初筝默默地去把鼠标捡回来，鼠标十分坚强，依然能用。

《风云无双》是一款古风游戏，目前只有七个职业，初筝玩的是召唤师，召唤宠物和自己并肩作战。但是她的宠物已经没了……孤家寡人的召唤师，可怜又无助。

原主的宠物，是她花了很长时间得到的一个神级宠物，因为不能解绑，唯一消失的办法就是让宠物死亡。

初筝心底叹了一口气，开始搜索八方神隐的资料。

八方神隐这套装备，是剑师的装备，跟她有什么关系啊！！

【不管合适不合适，能买就合适。】

【小姐姐请你注意哟，只有半个小时呢，你确定要浪费时间？】

初筝切换到出游戏界面的世界频道，“啪啪”打字。

【世界】风云榜第一：哇，玉无痕大神大手笔啊！红包都包这么多。

【世界】望穿秋水：谢谢大神！百年好合。

【世界】我是一只狼：不是，你都风云榜第一了，还在乎这点红包？

【世界】风云榜第一：我风云榜第一，跟我抢红包有什么关系？我第一我就不能穷了吗？谁规定的！！

【世界】雪心：大神和清欢长长久久。

【世界】夏夜的小火：花轿到哪儿了？

【世界】卖瓜的婆婆：只见新人笑，不闻旧人哭。

此时，玉无痕和三月清欢已经在月老庙接受最后的红线，双方的亲友都在疯狂刷祝福语，还有人买了烟花，放得满地图都是。

【公告】恭喜玩家玉无痕与玩家三月清欢喜结连理，从此愿得一人心，白首不相离。

【世界】初兮：收八方神隐，高价！

初筝这条消息散发着土豪的金光，需金钱加持，覆盖面极广。系统公告都会被光芒给覆盖住，虽然不至于完全被挡住，但正常人的视线都会被散发着土豪气息的消息吸引走。

【世界】初兮：收八方神隐，高价！

【世界】初兮：收八方神隐，高价！

世界频道诡异地安静下来。

初筝又刷了两条后，世界频道才有人发消息。

【世界】原点：我好像看见初兮了。

【世界】风云榜第一：我也看见了！

【世界】我是一只狼：发光、加粗、置顶，这样还看不见的话，那就是瞎。

【世界】卖瓜的婆婆：正主终于上线了！

【世界】发光小萌炉：初兮你个抠脚大汉，装妹子骗人家感情，现在还敢上线，你也不怕被大家的唾沫星子淹死。

【世界】风云榜第一：其实我觉得这事挺诡异的。初兮解释一下呗，你到底是不是男的？

【世界】初兮：女。

当事人出现，世界频道立即沸腾起来。

初筝的消息和他们的不一样，会发光，而且会持续挂在最顶端，就算他们刷得再快，也刷不掉她那一条。

【世界】夏夜的小火：所以真的是玉无痕劈腿，三月清欢介入了你们俩？

【世界】风云榜第一：小火，你不用这么直白吧！

【世界】风中精灵：就算初兮是女的，玉无痕也没和初兮在一块，算不上劈腿什么的吧？她还和别的男人暧昧呢！

【世界】多少钱都不卖：所以现在是什么情况？初兮收八方神隐做什么？这不是剑师的装备吗？她用不上吧？

终于有人将话题引到最初的重点上。

八方神隐。剑师可升级装备，需锻造师锻造，整套下来得不少钱，现在游戏里还没人做得出来。不是缺钱，是材料不好找，失败率也高，好些土豪花钱请人弄都没弄出来。

这个东西，初兮一个召唤师，收来做什么？

【世界】风云榜第一：我有一个大胆的想法。

【世界】夏夜的小火：一哥，请大胆地说出你的想法。

【世界】风云榜第一：初兮不是剑师，但玉无痕是啊！你们说初兮是不是想通过这个挽回玉无痕？

【世界】卖瓜的婆婆：呸！初兮要是这么做，老娘看不起她，臭男人有什么好的！

【世界】风云榜第一：婆婆，你这就不对了，不要地图炮，我是很好的。

【世界】初兮：收八方神隐，高价！

【世界】玉无痕：初兮，你下世界。

玉无痕突然出现，世界频道瞬间炸裂，消息刷得飞快。

而一些不明真相的吃瓜群众在世界频道上问，于是又有人开始科普。从初兮被爆是男的这件事开始，到现在玉无痕和三月清欢成婚，一人说一句，都快赶上说评书的了。

初筝这边也接到一些私聊，其中包括玉无痕的。

【私聊】玉无痕：初兮，你别这样，你收八方神隐来做什么，你别浪费钱。

玉无痕不知道是不是看了世界频道上的消息，真以为初筝是给他收的，竟然说出不要浪费钱这种话。

初筝面无表情地点开好友列表，将玉无痕以及和玉无痕有关系的人通通拉黑。拉黑完人，初筝点开其余的私聊信息，将那些无聊信息叉掉，最后只有一个人是来交易的。

【私聊】我是一个小号：你出多少？

【私聊】初兮：你有？

我是一个小号截图给她看。

【私聊】我是一个小号：你能出到多少？价格合适的话，我可以考虑卖给你。

【私聊】初兮：你开价。

【私聊】我是一个小号：……

【私聊】我是一个小号：你预算多少啊？

【私聊】初兮：没有预算。

那边沉默一会儿。

【私聊】我是一个小号：整套价五万吧，现在游戏里还没有呢！我手里的应该是第一套，这个价格很公道了。

【私聊】初兮：成交。

【私聊】我是一个小号：私下交易。

游戏币没有提现功能，这样大笔的交易，玩家都会选择私下交易。王者号这边没问题，初筝就没问题。初筝很快就和我是一个小号交易好。初筝交易的时候，玉无痕那边已经举行婚礼了。

初筝突然想起一茬，问王者号："这是游戏对不对？"

【是啊！】不是一开始就标注了吗？小姐姐问这个做什么？

初筝跃跃欲试。但是她瞅了一眼自己的号，心情无比复杂。

《风云无双》如今的满级是一百，但是真正到满级的玩家还没有，越到后面就越难升级，游戏里最高等级的玩家也才八十多级。

原主这个号有七十九级，算得上高等级玩家，加上她的装备和宠物，战斗力还是挺强的。

不过现在……这个号也太破了。

初筝点开商城，先给自己换了一身时装，好歹比那新手装好看。初筝开着号，前往玉无痕和三月清欢成亲的地方。

【世界】小雨：我看见初兮了，她正往婚礼现场去，她不会是去砸场子的吧？

抢亲现在来不及了，但是砸场子还是可以的。

【世界】我超级萌啊：初兮身上穿的时装贼好看，啊啊啊，我好像看见了钱在发光！

【世界】我超级萌啊：就是商城新出的那款时装，好看到爆炸！

初筝身上的时装确实好看，名字叫"凤凰来仪"。但并不是那种土豪金的配色，整体呈黑色，高端大气，有一种霸气的感觉。

【世界】风云榜第一：初兮本来不是土豪玩家啊，女人是不是一生气就爱花钱买东西啊？

【世界】夏夜的小火：她真的过来了？

【世界】三月杏花：要不要脸？这个时候还来哗众取宠。

【世界】卖瓜的婆婆：哗众取宠的到底是谁呀？你们家清欢都敢这么高调成亲，人家正主出现还不能要个说法？

【世界】三月桃花：要什么说法？玉无痕大神又没和她在一起过。

【世界】我超级萌啊：来了来了。

此时成亲队伍在游戏的酒楼里，不少玩家聚集在附近，初筝那身装备很容易识别，一眼就能让人看见。

【主线任务：请完成"一掷千金"成就。】

初筝操控人物的手歪了歪，人物就往旁边歪了一下，差点儿撞上东西。初筝赶紧将人物抢救回来，但是在其余玩家眼中，初筝就像是喝醉酒一般，摇晃一下，很快就恢复正常。

游戏人物看不到操控角色的主人是什么情绪。众玩家眼中，只看到那个穿着"凤凰来仪"的角色，高冷霸气地站定，没了动静。

初筝正和王者号掰扯。

"'一掷千金'成就是什么玩意？"初筝握鼠标的架势，跟握着刀子似的。

【《风云无双》游戏中有一个"一掷千金"成就，请小姐姐达成这个成就。】

初筝决定无视王者号，继续往酒楼走，众玩家自动给她让出一条路。

【附近】玉无痕：初兮，你别闹。

穿着大红色喜服的玉无痕出现在酒楼门口。

【世界】初兮：闹什么？

玉无痕用的附近频道，初筝却直接切换到世界频道。

【世界】玉无痕：初兮，有什么话，咱们私底下说，你非得闹得这么难堪吗？

【世界】初兮：哦！

这个地图属于和平地图，不可以竞技。但因为成亲有抢亲功能，所以在这里允许玩家开屠杀模式。初筝在玉无痕打字的时候，突然开屠杀模式，一个技能打过去——接着开始扔道具。

【世界】原点：打起来了。

【世界】风云榜第一：她是来找玉无痕麻烦的，我还以为她要找三月清欢扯皮呢！

【世界】卖瓜的婆婆：打得好，我支持！

【世界】下课就上线：我的神，初兮的道具是批发的吗？她怎么全用道具？

【世界】风云榜第一：败家娘们！

【世界】羽花花：说不定是个抠脚大汉呢？

【世界】下课就上线：那也是个有钱的抠脚大汉。

完全无法反驳。就算是个抠脚大汉，照现在这架势，也是个有钱的抠脚大汉。

【世界】风中精灵：他的钱还指不定是怎么来的，说不定是骗来的呢？装什么大款，刚才竟然还说要收八方神隐，怎么没后续了？

【世界】我是一个小号：已交易。

【世界】风云榜第一：打脸快得像龙卷风，哈哈哈哈！

【世界】原点：八方神隐的价值至少得四五万吧？

【世界】多少钱都不卖：初兮是隐藏的土豪玩家？

我是一个小号站出来，世界频道顿时就炸了。虽然这个玩家取名“我是一个小号”，但游戏里的人都知道，这是个奸商。他说的话百分之九十都是真的，所以初兮真的拿到八方神隐了！那可是八方神隐啊！

官方放出消息的时候，已经羡煞不少人，可是因为造价太高，大部分人都只能舔舔屏。这么长时间过去，游戏里都没人做出来。没想到“我是一个小号”这个奸商，竟然不声不响地做出来了。

【世界】风云榜第一：她拿到八方神隐，不是来找玉无痕复合的啊……

【世界】卖瓜的婆婆：三条腿的蛤蟆不好找，两条腿的男人还不好找？玉无痕又不是什么超级大神，有什么好的！

【世界】夏夜的小火：卖瓜的婆婆，你对玉无痕大神和三月清欢意见很大呀！

【世界】卖瓜的婆婆：呵呵。

世界频道刷得热闹，初筝那边也打得热闹。初筝刷道具的打法让玉无痕很是被动，即便他等级比初筝高，装备比初筝好，但也架不住这不要钱的道具乱砸。

道具只能弥补初筝装备的缺陷，初筝第一次玩这个游戏，导致她操作不是很熟悉，玉无痕反击的机会并不少。然而随着初筝越来越熟悉游戏，她发动技能越来越流畅，道具和技能可以无缝衔接上，玉无痕的血就开始“唰唰”地掉。

【玩家玉无痕死亡】

初筝看着屏幕跳出来的提示，迅速给玉无痕的“尸体”用上道具，让他复活不了。

【世界】风云榜第一：死了？

【世界】原点：玉无痕大神死了。

【世界】我是一只狼：这是被道具砸死了？还定尸，太狠了吧？

【世界】我超级萌啊：所以得罪谁都不要得罪我们女人，知道怕了吧！

三月清欢从人群中冲出来，想复活玉无痕，结果发现复活不了。

【附近】三月清欢：初兮，你不要这样。

三月清欢简短的几个字，明明并没有什么特别，可给人的感觉就是十分委屈。

【世界】初兮：我怎样？

她怎么了吗！你不说清楚，我怎么否认得理直气壮？过分！

【世界】三月杏花：初兮你个人妖，你有病啊！玉无痕大神又没有和你在一起，你有什么脸来闹？你还把自己当个人物了？

三月清欢的亲友跳出来，着重点明玉无痕没有和初兮在一起，三月清欢和玉无痕在一起没有问题。

【世界】三月桃花：就是，你是男是女都还不清楚，而且你骗大神的事，我们还没找你算账，你还敢自己跳出来。

【世界】初兮：我是男是女，玉无痕最清楚。

【世界】初兮：玉无痕，你说呢？

玉无痕虽然死亡，但还可以发消息。

【世界】玉无痕：初兮，你别闹了，这么多人在呢！我们私底下说不行吗？

玉无痕直接避开这个问题。

【世界】初兮：我的问题很难回答？

世界频道此时一片安静，只有初筝发着光的消息，挂在上面。

玉无痕当着这么多人的面，自己又不能复活，不能下线……

【世界】玉无痕：初兮，我和你私聊，你把我从黑名单拉出来。

【世界】初兮：我是不是女的，是，不是？

初筝没有过多的话，她穿着凤凰来仪的时装，站在人群中，颇有几分威仪。

【世界】玉无痕：是。

玉无痕没有办法，只能硬着头皮将字打上去。

【世界】三月清欢：初兮妹妹，那个帖子不知道是谁乱发的，网上的事本来就是胡编乱造，你不要相信。我和玉无痕在一起的事，如果让你不好受的话，我只能对你说声“抱歉”。

【世界】玉无痕：清欢，和你没关系。初兮，我和清欢是真心喜欢，以前和你在一起的时候，我只是把你当妹妹。

【世界】卖瓜的婆婆：呵呵，我就知道，就是不知道那个帖子出来的时候，玉无痕大神为什么不出来为初兮证明呢？

玉无痕看着世界频道的消息，隐隐有些头疼。他怎么也没想到，这个一直很听他话的女孩子，忽然变得这么强势起来。

【世界】发光的小萌炉：就算她是女的，她今天也没立场来闹吧？人家大神又没和她在一起过，她有什么立场来闹？

【世界】天天有喜：虽然看不懂怎么回事，但是我要冒个泡。

【世界】露露露露：所以初兮是女孩子，但是玉无痕和三月清欢在一起，确实也没什么问题，初兮你就别闹了。

世界频道有人开始劝。

游戏的婚礼虽然不是真的，可也是婚礼，打扰别人婚礼，这事可不好。

【世界】初兮：我的装备，玉无痕你不打算和我解释一下吗？

【世界】玉无痕：什么装备？

【世界】初兮：我号里的所有东西都被人清空，账号和密码，只有你知道。

【世界】玉无痕：这事我不知道，初兮你被盗号了吗？

玉无痕的话语里满是无辜。

世界频道上的有些玩家似乎这才发现初筝的账号不对劲，她身上只有那套时装，连宠物栏都空了，公布出来的战斗力值更是直线下降。

这是什么情况？

之前就有人说她的账号不对，但大部分玩家不知道，不过玉无痕此时装不知道就很不正常了。

【世界】初兮：知道你不会承认，无所谓。

初筝懒得和他们掰扯，先弄死他解解气再说！反正这是游戏！

【世界】初兮：最先杀掉三月清欢的可以在我这里领取 10000 金。

一万金，换算过来就是一千现金。

【世界】玉无痕：初兮！

玉无痕的消息很快被刷上去，玩家对三月清欢虎视眈眈，杀掉她就是一千块钱，游戏里杀个玩家没什么心理负担。

玉无痕还被初筝定着，于是三月清欢就宛如被豺狼虎豹盯上的小白兔，显得无助又可怜。

初筝屏蔽掉那些吵吵闹闹的消息，开始琢磨她该怎么才能完成王者号的任务。

一掷千金的成就……她根本没有在成就那里发现有这个，这个要怎么完成？

初筝点开自己的资料，发现余额那里只剩下一串零。

什么时候给她充的？这么多的零，游戏公司不会发现异常吗？

初筝点开举报，利索地把自己举报了，游戏公司很快反馈，正规渠道充值，无违规操作。

【……】小姐姐自己举报自己，这操作我也是服气的！

【公告】玩家初兮点亮福星高照，即将随机掉落福袋。

三月清欢被人围攻的时候，一条消息突然蹦出来，接着天空开始出现福袋，缓缓地飘落，玩家点击福袋，运气好可以获得物品和金币。

【世界】风云榜第一：这是什么东西？

【世界】我超级萌啊：一哥不知道吗？

【世界】我是一只狼：他穷，肯定没见过。

【世界】风云榜第一：说得跟你们见过似的，这是什么啊？

【世界】多少钱都不卖：来来来，请跟随我的指挥，请大家点开商场，再点击道具，随后点击道具分类其他，一直往后翻！对！翻到最后！你们就会看见……财神之光！

【公告】玩家初兮点亮万家灯火，即将随机掉落孔明灯。

【公告】玩家初兮点亮金玉满堂，即将随机掉落满堂彩。

……

游戏里有一些道具，只适合观赏，比如烟花、彩带、花瓣这类的……然后就是这一类的晋级道具，比如初筝此时放的这些。这一类道具会掉落东西，玩家拾取后有机会获得金币。

但这个价格……

福星高照——100000 金，折合现金一万块。

万家灯火——200000 金，折合现金两万块。

金玉满堂——500000 金，折合现金五万块。

【世界】风云榜第一：这都是钱啊！！

【世界】夏夜的小火：所以初兮这是被刺激到，然后开始买买买了？

【世界】下课就上线：我就想知道，初兮小姐姐是在哪里骗的钱，入行需要什么流程，请带我一个。

【世界】风云榜第一：首先你得是个女的。

【世界】下课就上线：我可以开女号！

【世界】我超级萌啊：土豪交个朋友吗？我不介意你是女孩子呢！

【世界】我是一只狼：楼上滚，女的凑什么热闹，我们单身男人都还没对象呢！

【世界】小可爱本人：只有我一个人觉得，初兮这是在欢庆三月清欢和玉无痕被杀吗？

【世界】风云榜第一：你小心咯，小心被灭口。

三月清欢和玉无痕此时都躺在地上，看着漫天飘落的东西，心情无比复杂。初筝这般作为，可不就是在欢庆吗？

【公告】天生我材必有用，千金散尽还复来。恭喜玩家初兮达成成就“一掷千金”。

初筝松开鼠标，甩了甩手。

【世界】触摸阳光：“一掷千金”是个什么成就？还全服公告？这么厉害？！

【世界】时光：情场失意就买买买吗？

【世界】原点：我想知道初兮刚才花了多少钱。

【世界】风云榜第一：同上。

【世界】我是一个小号：二十万。

二十万？！游戏币吧？一定是游戏币！

【世界】我是一个小号：现金。

我是一个小号非常贴心地补充一句。

【世界】一片沉默。

初兮是中彩票了吗？游戏里的土豪玩家也不少，但人家那是花在装备上，像这么花的，他们还真没见过……

“叮咚——”初筝听见外面有人摁门铃。

原主和父母住，但是他们常年出差，有时候一个月都见不上一面，所以原主现在和独居没什么区别。

这个时候来按门铃的——应该是玉无痕了。

初筝不想去开门，但那门铃响个不停。坐了一会儿，那声音实在是讨厌，最后初筝打开房间门出去。

门铃还在响个不停。初筝打开门，外面站着个高大的男生，面容俊逸，轩昂气宇，是个阳光帅气的大帅哥——应泽。

初筝脑中跳出这人的名字。

应泽见初筝开门，立即道：“初筝，你怎么回事？在游戏里花那么多钱，你哪里来那么多钱？”

“花你的钱了？”

初筝语气冷淡，把应泽噎了一下，他转而又担忧地问：“叔叔阿姨知道吗？”

“关你什么事，你有什么事？”

应泽心底有点古怪，他和这个女生见过好几面，还吃过饭，平时偶尔也通电话。

她不是这样的……

应泽似乎想到什么，一脸诚恳地解释："初筝，我和清欢只是游戏里的朋友，你别介意，我最在乎的还是你。"

渣、渣男吗？刚才还和人家恩恩爱爱，转个头就来和她说，最在乎的还是你？！

渣男！活的！！

原主并没有遇上这事，可能是因为初筝改变事情进展才发生的。

初筝面无表情地看了他一眼，突然反身回去，抽出桌子上的水果刀，转回来。

"初……初筝，你干什么？"应泽吓得往后退开。

水果刀在应泽惊恐的视线中，径直刺向他。应泽被这变故吓到，身体突然无法动弹。

初筝从始至终都没变过脸色，看着应泽恐惧地倒下。

"吱——"轻微的声音从对面响起。初筝抬眸，对上一双惊慌的眼。

那是一双湛蓝的眸子，漂亮清澈。

初筝还没看清脸，对面的门便合上了。

【恭喜小姐姐完成本位面第一次倒带，读档中……】王者号的声音响起，初筝眼前的画面渐渐暗下来。

"初……初筝，你干什么？"应泽惊恐的脸映入初筝的视线中。

倒带一次，初筝也没有丝毫混乱，镇定地举起刀："你再敢到我这里来，我弄死你。"

女生面无表情，眸底平静冷淡，似蕴着一层薄冰。她身上透着凶悍冷漠，让人丝毫不怀疑，她真的能说到做到。

"初……"

"滚！"谁要听你个渣男瞎说。

应泽看着初筝手里的刀，理智地选择离开。

初筝放下刀，往对面那户人家看去。门开着一条缝，但初筝并没有看见倒带前的那双眼睛。

初筝退回房间，关上门。她从猫眼往外面看，对面的门打开，一个人影从里面出来。

灰色的卫衣，卫衣帽子戴在头上，戴着口罩和墨镜……裹成这样，这是变态吗？

我突然有点害怕呢！

初筝回到电脑前，世界频道上还在讨论她刚才买道具的事。

初筝漠然地想：这算什么，后面能闪瞎你们的眼。

【小姐姐，请你努力练级呢！】

为何？我想做条咸鱼不行吗？你现在还管我练级不练级，你脑子里进水了？

【……】我就提醒一下，为什么就怼我？我哪里做错了？我还不是为你好！

王者号气得不能控制自己，不能弄死宿主，要对宿主有耐心，要做一个有礼貌有素质的系统。

初筝瘫在椅子上，完全不想动。

王者号也不敢再说，怕被初筝怼，小姐姐凶起来，它很害怕。

就在初筝准备好好当一条咸鱼的时候，突然有人私聊她。

【私聊】风云榜第一：嘿！小姐姐！八方神隐真的在你这里吗？

风云榜第一……之前在世界频道上非常活跃的一个玩家。

初筝点开游戏的风云榜。

风云榜是按照等级和战斗力排的。第一名——风云榜第一。

还真是……要不要点脸？万一掉了，那多丢脸啊？

【私聊】神豪榜第一：嗯。

【私聊】风云榜第一：小姐姐，你名字怎么回事呀！

【私聊】神豪榜第一：不知道。

风云榜第一那边估计被噎了一会儿，好一阵才打字过来。

【私聊】风云榜第一：小姐姐，八方神隐你卖吗？

【私聊】神豪榜第一：不卖。

卖？不可能的！这辈子都不可能卖，想让我赚钱的都是魔鬼！

【私聊】风云榜第一：不是，小姐姐，你一个召唤师，留着八方神隐也没用呀！这样好不好，我用一只神宠和你交换，要是不够，我能加钱。

【私聊】神豪榜第一：你不是穷？

【私聊】风云榜第一：咳咳咳，那什么，做人要低调。

《风云无双》这个游戏好玩是好玩，但也是一个耗钱的游戏，能登上风云榜第一，没投入钱是不可能的。

【私聊】风云榜第一：小姐姐，行不行呀？

【私聊】神豪榜第一：不！

风云榜第一毫无身为大佬的矜持，缠着初筝好一阵，直到初筝把他拉入黑名单才算安静下来。

但这人只是第一个，游戏里隐藏的土豪玩家不少，还有的人估计想倒手再卖一次。八方神隐整个服暂时只有一套，升值空间还是有的。

初筝把私聊关闭，最后索性下游戏。

第二天，初筝中午才起床，在王者号的碎碎念下，不情不愿地打开电脑登录游戏。

世界频道上插科打诨，好不热闹，风云榜第一最为活跃。这位大佬不努力升级，也不怕被别人抢走第一的头衔。

初筝再次看了一眼风云榜。玉无痕排在第五，确实称得上一声“大神”。

初筝点开客服。

【系统】神豪榜第一：我想查我这个账号和别人的账号登录过的 IP 地址，要充多少钱？

【系统】二二二：十分抱歉呢！您的我们可以帮您查，但是其余玩家的我们不能查，我们有义务保护玩家的隐私。

【系统】神豪榜第一：哦。

【系统】二二二：是的呢，您还有什么问题吗？

【系统】神豪榜第一：我如果给你一百万你会帮我查吗？

客服很是惊悚，打字的时候都有点颤抖。

【系统】二二二：您不要开玩笑，我是有职业道德的。

【系统】神豪榜第一：哦，我也没那么多。

客服磨了磨牙。

【系统】二二二：请问您还有什么问题吗？

【系统】神豪榜第一：有你也解决不了。

客服很是无语，这人是来耍着他玩的吗？

初筝关掉对话界面，一抬眸就看到在世界频道上蹦跶的风云榜第一。初筝若有所思，将风云榜第一从黑名单拉出来。

【私聊】神豪榜第一：你认识黑客吗？

【世界】风云榜第一：啊！

【世界】你滴滴一下：一哥突然鬼叫，是被人怎么了吗？

【世界】我是一只狼：别这么说，一哥还不至于穷得出卖肉体。

【世界】风云榜第一：大家都穷，相煎何太急。

风云榜第一回复完，立即切换到私聊界面。

【私聊】风云榜第一：小姐姐，你终于把我从黑名单放出来了，你知道我一个人在里面有多寂寞无聊吗？

对方发过来一张图。

风云榜第一瞅着截图上一溜的黑名单，心情很是复杂，她这是告诉自己，他一点也不寂寞无聊吗？

【私聊】风云榜第一：小姐姐找我干什么呀，是要卖给我八方神隐吗？

【私聊】神豪榜第一：看记录。

我都打过一次了，选择性看不见还是怎么的？

风云榜第一将消息滑上去，看到最初的那条消息。

【私聊】风云榜第一：认识啊，小姐姐想干什么？

【私聊】神豪榜第一：八方神隐给你，给我联系方式。

八方神隐等于黑客的联系方式？！风云榜第一被这个等式给吓到了。

小姐姐这是真阔气啊！

【私聊】风云榜第一：不是，小姐姐你想干什么啊？

【私聊】神豪榜第一：换不换？

【私聊】风云榜第一：换！

不换是白痴！

【私聊】风云榜第一：游戏里 ID 是姜凉的那个人就是黑客，你搜就行了。他要是不加人，你就备注我的名字。

【私聊】神豪榜第一：你的名字是什么？

【私聊】风云榜第一：风云榜第一。

【私聊】神豪榜第一：……

【私聊】风云榜第一：哈哈哈，小姐姐你怎么认真得有点可爱呢？

【私聊】风云榜第一：小姐姐，你找黑客干什么呀？

[消息发送失败]

风云榜第一差点一口水吐在屏幕上，他又被拉黑了？八方神隐还没给他呢！他这是被骗了吗？

【世界】风云榜第一：啊啊啊啊啊！！！

【世界】星星点点：大佬咋的了？掉级了？你的第一宝座保不住了？

【世界】卖瓜的婆婆：说不定是被人给嗯嗯嗯……

【世界】风云榜第一：我被骗了！！

【世界】卖瓜的婆婆：谁能骗你呀？你不是自称智商爆棚的美少年吗？

【世界】一根黄瓜：一哥被骗身了？

【世界】风云榜第一：你们这群人怎么就盯着我的肉体！肤浅！

【世界】风云榜第一：啊啊啊啊啊啊！！

【世界】我超级萌啊：我看一哥不是被骗身，是疯了。

【公告】天下风云出我辈，皇图霸业谈笑间！恭喜玩家风云榜第一获得“八方神隐”。

【世界】风云榜第一：哈哈哈哈哈。

【世界】一根黄瓜：……一哥你是不是和那个初兮做了什么见不得人的交易啊？

【世界】星星点点：同问。

【世界】神豪榜第一：没有，别乱说。

【世界】我是一只狼：这是谁？一哥你失散多年的亲人？

【世界】我超级萌啊：好像……是初兮。

众玩家点开资料，看见那身熟悉的时装，可不就是昨天闹得沸沸扬扬的初兮吗？

昨天的事，众人已经快不记得玉无痕和三月清欢，只记得初筝花钱的豪举。

【世界】一根黄瓜：所以这是情侣名都用上了？

【世界】神豪榜第一：不是。

【世界】卖瓜的婆婆：世界上男人那么多，初兮你有什么想不开的？就算你想找个人气玉无痕也不用找他吧？他除了等级高点，还有什么可取之处？

【世界】我超级萌啊：是啊是啊，为什么要选一哥呢？我也可以的！

【世界】风云榜第一：不是，我怎么不行了？你们什么意思啊？好歹我也是一哥吧！！

风云榜第一在世界频道一通乱搅和。初筝没有再说话，搜出风云榜第一给的 ID。

对方不在线。

初筝试了一下私聊，对方设置不是好友无法聊天，她只能申请添加好友，然而不过三秒就被拒绝了。

秒拒！从来只有我拒绝别人！

不是不在线吗？隐身干什么！风云榜第一很有先见之明吗！

初筝将“风云榜第一”的名字备注上，再次提交申请。

[玩家姜凉通过您的好友申请]

私聊界面直接跳出来，初筝视线刚扫过那一行字，对方就发来一条消息。

【私聊】姜凉：干什么我很忙长话短说别跟我瞎扯。

连个标点符号都没有，字里行间仿佛都透着我很忙，你有话快说。

【私聊】神豪榜第一：你是黑客？

对面有近一分钟才回消息。

【私聊】姜凉：你想干什么？

【私聊】神豪榜第一：盗个号。

【私聊】姜凉：我还没缺钱到这个地步，这种事我不干。

【私聊】神豪榜第一：要多少钱？

【私聊】姜凉：不是钱的问题，

【私聊】神豪榜第一：多少钱？你说。

姜凉把初筝给拉黑了。

天道好轮回，苍天饶过谁，报应来得像龙卷风一样快。
“你看，这不就是有钱办不到的事吗？”初筝立即给王者号当案例。
这又不是我发布的任务，跟我有什么关系？王者号假装听不见。

恶龙谷。
顶着“姜凉”名字，白衣飘飘、宛若谪仙的琴师被好几个玩家围住，即便是个游戏角色，也给人一种不一样的视觉感觉。
【附近】幻影逐风：姜凉！昨天你为什么突然攻击我们？
【附近】姜凉：看你们不爽。
【附近】秒杀：我们招你惹你了？我们好不容易守到的BOSS，就是因为你没了！
【附近】姜凉：那很抱歉咯。
这语气可没看出有什么抱歉的地方。
【附近】幻影逐风：姜凉，你别以为你技术了得，我们就怕你。
【附近】姜凉：昨天我能杀你们，今天也能杀你们。
姜凉这句话，把在场的几个人彻底惹怒，开着技能就冲了上去。
【世界】卖瓜的婆婆：八卦八卦，姜凉在恶龙谷被人围殴。
【世界】原点：他围殴别人？
【世界】卖瓜的婆婆：不是，是姜凉被人围殴。
【世界】风云榜第一：不可能，你这假情报。
【世界】我超级萌啊：那个祸害能被人围殴？
【世界】下课就上线：他被人围殴很正常啊，就他那嚣张狂妄的样，是个人都想打他吧？
【世界】卖瓜的婆婆：第一你再不过来救人，姜凉要被人围殴打死了。
风云榜第一赶到恶龙谷的时候，姜凉已经躺在地上，几个玩家站在他尸体旁。
风云榜第一最先看见的却是站在不远处的初筝。
初筝依然穿着“凤凰来仪”的时装，站在一块石头上，以双手环胸的姿势，居高临下地俯视着下方。那架势，跟帝王巡逻自己的领地似的。
【私聊】风云榜第一：怎么回事？
风云榜第一私聊姜凉。
【私聊】姜凉：那个女的突然冒出来。
【私聊】风云榜第一：那你也不应该被人围殴吧？
风云榜第一对姜凉还是很有信心。
【私聊】姜凉：她用道具我没注意。
【私聊】风云榜第一：她不是找你有事吗？你们怎么变成现在这样了？
【私聊】姜凉：她让我去盗号，这是侮辱谁啊？
【私聊】风云榜第一：有钱赚就行呗，她很有钱的，你……
【私聊】姜凉：这么低级的操作我不做。
【私聊】风云榜第一：所以她就动手？
风云榜第一不知道为何，觉得这是那个女生能干出来的事。
风云榜第一这边和姜凉交流完，陆陆续续有玩家也赶到。恶龙谷玩家聚集，附近频道十分热闹，消息刷得让人眼花缭乱。大部分都是庆祝姜凉被人围殴这一大喜事。

姜凉这个人在游戏里嚣张狂妄，而且有时候还喜欢挑衅人，没有惹他，他也能激得人打起来。

关键是姜凉常年霸占PK榜第一名。

风云榜上姜凉也排在前十，名次十分不稳定，有时候能冲进前三，有时候又堪堪吊在前十的尾巴上，但是人家就是没掉出去过。被姜凉惹过的人，打也打不过，骂也骂不过，最后只能受一肚子气。现在姜凉被人围殴，曾经的“仇人”们，能不高兴吗？

【附近】不灭神话：你们谁是药师，把人拉起来，我要弄死他！

【附近】秒杀：不行，他被定尸了。

【附近】不灭神话：谁干的？有钱烧得慌？

这种道具都需要花钱购买。

【附近】秒杀：神豪榜第一。

原本围殴姜凉的玩家都要输了，突然出现一个女玩家砸道具，他们这才合力将姜凉给撂到地上。

姜凉的仇家真多。

【附近】不灭神话：神豪榜第一是谁？你说名字啊！

【附近】幻影逐风：就叫神豪榜第一。

【附近】姜凉：技不如人还怪我没让你咯！

【附近】不灭神话：姜凉，你说什么？

【附近】姜凉：说什么你自己不会看，还要我教你，小学没毕业还是怎么的？

【附近】幻影逐风：姜凉，你现在躺在地上还这么狂？

【附近】姜凉：那你能打我？

姜凉这句话激起群体玩家的愤怒，然而姜凉现在的情况确实是谁都奈何不了他。

《风云无双》躺尸被人用道具定住尸体，除非道具失效，不然谁也不能对他做什么。

姜凉有恃无恐地不断激怒这群玩家。在众玩家怒气值达到顶峰的时候，姜凉的尸体忽地消失。

下线了？

初筝顾着看戏，没注意时间。主角都不在，初筝默默闪人。

她也不是非这个人不可，刚才只是恰好碰见，想到这人说话的语气，想给自己顺口气。

三天后。

玉无痕一上线就发现不对劲，自己账号里面的东西竟然都不见了，空荡荡的账号让他一度怀疑自己是不是上错号。

这名字也不对，被人改成了“我是渣男”。

玉无痕整个人都气炸了，这事是谁干的？

而此时世界频道上似乎有人发现了他的不对劲。

【世界】卖瓜的婆婆：有人发现没有，风云榜第五名怎么变成了一个叫“我是渣男”的人？

【世界】我是一只狼：第五名不是玉无痕大神吗？

【世界】多少钱都不卖：我瞅瞅。

【世界】星星点点：第五名……好像就是玉无痕大神吧？不过他的名字是怎么回事？还有，他穿的是新手装耶！

【世界】一根黄瓜：真的吗？

【世界】下课就上线：又是什么大新闻，玉无痕大神被人盗号了？

玉无痕改名和账号不对劲，立即被世界频道上这群人宣扬得到处都是，就连论坛都有帖子冒出来。

【新婚大神为何深夜改名“我是渣男”，脱下一身装备穿上新手装是道德的沦陷还是人性的扭曲】

【世界】我是渣男：我被盗号了。

玉无痕主动申明。

【世界】卖瓜的婆婆：我觉得这个名字很适合你。

【世界】夏夜的小火：大神竟然会被盗号，大神的账号难不成被清空了？

【世界】我是一只狼：盗号就盗号，为何要给你改名字？这盗号的对你有什么深仇大恨？

【世界】羽花花：被盗号找客服呀大神。

玉无痕第一时间就找了客服，然而客服那边现在还没有回复。

世界频道上七嘴八舌地讨论，玉无痕越看越觉得这事儿很奇怪。正如这群人所说，如果只是盗号，为什么要给他改个名字呢？

这个名字……

玉无痕脑中无端地闪过初筝的脸，结合最近的事，玉无痕觉得这件事和她脱不了关系。

他想找初筝，结果发现初筝把自己拉黑了，没办法聊天。用小号加她，她也没有任何反应。

玉无痕联系不上初筝，世界频道上还在讨论他，最后逼得他只能上世界频道找初筝。

【世界】我是渣男：初兮，我的号是不是你弄的？

【世界】卖瓜的婆婆：我说大神，你这号被盗了，关人家姑娘什么事呀？

【世界】夏夜的小火：这事说不定还真是初兮做的，大神这名字改得十分微妙。

【世界】卖瓜的婆婆：就不能是有人看不过去，替天行道。

【世界】风云榜第一：……

【世界】一根黄瓜：一哥怎么了，以前这个时候你不是最活跃的吗？此刻六个点怎么能表达你丰富的思想？

这事搞不好还真就是那个初兮做的，当然风云榜第一没敢乱说，他第一时间私聊姜凉。

【私聊】姜凉：我不做这种侮辱我技术的活，怎么可能是我。

【私聊】风云榜第一：真不是你？

【私聊】姜凉：不是。

风云榜第一还是很相信姜凉，他说不是，那应该就不是。那这个小姐姐去找谁干的？

【世界】神豪榜第一：你的号跟我有什么关系。

初筝的消息一如既往地金光闪闪，散发着土豪金的特效。

【世界】我是渣男：我的账号是不是你盗的？

【世界】神豪榜第一：不是，我没有，你别乱说。

【世界】我是渣男：这个名字不是你改的？！

玉无痕觉得这件事肯定就是初筝做的，这个名字就能说明一切。

【世界】我是渣男：初兮，你闹也得有个度，你找人清空我的账号，你知道我的账号里面有多少值钱的东西吗？你这是在犯罪！

【世界】神豪榜第一：你有证据吗？你说是我做的就是我做的，那我说你欠我一百万，你就欠我一百万？

【世界】卖瓜的婆婆：就是，玉无痕你先拿出证据，别血口喷人。

初筝点了一下卖瓜的婆婆，资料很快跳出来，是个女性玩家，不知为何对玉无痕的敌意这般大……

【世界】独孤是毒药：就我吃瓜的路人角度来说，我挺倾向于那个初兮报复玉无痕大神。

这件事确实很明显，任何人都会想到初筝身上。

【世界】原点：这件事也不能乱说，万一不是呢？冤枉人就不好，玉无痕大神最好拿出证据来。

【世界】夏夜的小火：我同意。

【世界】我超级萌啊：大神的新名字真的是……

【世界】三月清欢：初兮，你怎么能这么对无痕？无痕哪里对不起你？你怎么能盗号？

三月清欢估计是刚上线，一上来就拿着受害者的姿态指责初筝。

【世界】神豪榜第一：说我盗号就得拿出证据，没证据别乱说。

【世界】我是渣男：初兮，真要是查到你，你就完了！我知道你喜欢我，可是我已经和三月清欢在一起，我喜欢的是清欢，你这样做有什么意义？！

【世界】三月清欢：初兮，你不要任性，你只要承认错误，我会劝无痕原谅你。

玉无痕和三月清欢一唱一和，好像初筝是因为爱而不得，做下这种事一般。

【世界】心安：女人这么可怕？得不到就盗号？

【世界】王子变沙雕：如果玉无痕大神的账号真的被清空，里面的东西都没了，那大神可就……

【世界】神豪榜第一：我不喜欢你。

官方打脸，迅速又快捷。

【世界】卖瓜的婆婆：哈哈哈哈哈哈哈，容我先笑为敬。

玉无痕可能心存侥幸，觉得以前那么喜欢自己的人，肯定不会做得太绝，所以在世界频道上继续说。

【世界】我是渣男：初兮，你把我从黑名单拉出来，我和你单独说。

【世界】神豪榜第一：你和黑名单很配。

【世界】卖瓜的婆婆：哈哈哈哈哈哈。

【世界】一根黄瓜：卖瓜的婆婆你小心呀，这个时候还笑，也不怕被大神记恨。

【世界】卖瓜的婆婆：那哪儿能啊！人家大神有心胸，岂能跟我一个小虾米见识。

【世界】风云榜第一：……

【世界】我超级萌啊：你们有没有发现，今天一哥超级安静。

风云榜第一表示很害怕，之前初筝找人盗号，和今天这事联想起来……太可怕了。

玉无痕那边也得到客服的回复，说他的账号只有两处登录，一个是他常用的，还有一个是在某市，从登录频率上看，没有异常。

另外那个地方，是三月清欢的城市。玉无痕将自己的密码告诉过三月清欢，他不上线的时候，三月清欢会帮他上。除开这两个登录记录，没有别的记录。

【私聊】三月清欢：无痕，客服怎么说？

【私聊】我是渣男：说没有问题。

【私聊】三月清欢：无痕，这件事真的是初兮做的吗？

【私聊】我是渣男：应该是她，但是没有证据。

初兮变得很不一样，她没有来质问他账号的事，好像一点也不在乎。

初兮的账号不是玉无痕清空的，但是也和他有关系。初兮不能上线那段时间，他一直和三月清欢在一块儿，有一次需要一些东西，他身上没有，正好初兮的这个号上有。但是他当时又没办法再开一个号，所以让三月清欢帮忙登录了一下。

三月清欢当时在网吧登录，第二天初兮这个账号就被盗了。三月清欢说她可能忘记下号，走的时候没有关电脑。

玉无痕没办法交代，就决定装作自己什么都不知道。

【私聊】三月清欢：那账号里面的东西还能拿回来吗？

【私聊】我是渣男：不知道。

他现在都无法联系初筝，怎么知道能不能拿回来？

【私聊】三月清欢：无痕，你别着急。

三月清欢轻言细语地安慰玉无痕，玉无痕心中的怒火果然少了许多。

【私聊】三月清欢：无痕，你要不先把名字改回来？

【私聊】我是渣男：嗯。

这名字看着确实碍眼。

但是当玉无痕购买好改名卡，点击改名的时候，却被告知频繁改名被锁定，半年后才能更改。

应泽气得差点砸掉电脑，他直接起身拉开门出去。

“应泽，你去哪儿，马上就吃饭了。”

应泽完全不顾后面人的叫喊，直接摔门离开。

第二章
双面“好人卡”

【隐藏任务：请获取姜凉“好人卡”一张，阻止姜凉黑化。】

初筝异常平静地跷着腿：“你告诉我，姜凉是 ID 名，还是真名。”

【……都是。】王者号有点尿。

游戏里的 ID 叫这个，真名也叫这个。

【小姐姐……】

初筝一脚踹在电脑插头上，电脑“唰”的一下黑屏，插座还冒了点火花。

小姐姐这样是很危险的！小姐姐为何要这么凶？

初筝踹完觉得不解气，又一脚踹在桌子腿上，桌面晃动，电脑直接摔了下去，屏幕摔得粉身碎骨。碎裂的屏幕上倒映着无数个女生面无表情的脸。她在游戏里已经把姜凉得罪过了，现在来告诉她，要她去弄“好人卡”，她怎么弄？怎么弄？！

简直是有毛病！

【小姐姐，请你现在出门，去做一个好人。】

不去！你的小姐姐气死了！

初筝将椅子踹翻，直接往床上一倒，打算做一条咸鱼。

王者号在心底默念，系统不能和宿主一般见识：【小姐姐，“好人卡”需要你。】

“死不了。”

【但是会出事。】

“死不了。”还没黑化怕什么，肯定死不了。

【小姐姐！！】王者号声音提高，【你再不去就来不及了，请你认真地做一个好人好吗？！】

“你呼叫的小姐姐不在线。”初筝冰冷宛如机械的声音流转，配上她那张面无表情的脸，莫名有点反差萌。

王者号咆哮不止。

初筝拿被子压住脑袋，结果发现这声音是从脑海里传出来的……我想换个头呢！

小姐姐为何总有这种乱七八糟的想法？

初筝打开房门，走廊十分安静。

这层楼一共四户人家，但原主从来没在这一层遇见过邻居，根据原主无聊的观察，这层楼应该没有住人才对。

她住的902。初筝往对面看去——904。

那个把自己裹得眼睛鼻子都看不见的变态？这是嫌我死得不够快？为什么要这么欺负我这个小可怜！

初筝心情沮丧地走到904——抬脚踹门，“哐哐”的声音在整个楼道回荡。

“谁啊！”里面有个粗嘎的声音响起。

初筝懒得回答，继续踹门。

里面没了声音，初筝感觉到有人在看自己，应该是里面的人透过猫眼在看她。她抬脚就是一下，门跟着震了震。下一秒，门被打开，只开了一条缝，露出一张男人的脸。

他打量了初筝两眼，不耐烦地问：“干什么你？”

初筝的脑袋保持不动，视线沿着男人的脸，扫到脚。身上穿着廉价的T恤，头发油腻得不知道多久没洗了，手掌粗糙，还带着伤痕，指甲里全是脏东西，应当是个做粗活的男人。他的眼睛混浊又凶戾，和她上次见到的那双清澈得宛如蓝天的眸子完全不一样。

初筝后退两步，突然飞起一脚。

哐当——

男人被房门撞得后退，初筝堂而皇之地走进屋内，脚尖抵着撞到墙反弹回来的门。

男人低骂一声，操起旁边的一个扳手，冲着初筝过来。初筝偏头避开扳手，顺势抓住男人胳膊，人转到侧面，按住他的肩膀，往门上撞去。脑袋和门接触，发出一声沉闷的声音。

初筝将男人摁在门上，冰冷的刀抵着他的脖子。男人压根儿就没看见初筝手里有刀，此时那把冰冷的刀像死神的镰刀，悄无声息地出现，他哪里还敢动弹。

他动一下，那把刀子就会割破他的脖子。

“姑奶奶，我错了，我知道错了，您高抬贵手。”男人的脸压在门上，说话的时候声音都变了。

然而男人并没听见初筝的回应，眼前极快地一暗，便不省人事。

初筝松开男人，任由他砸在地上。她往里面看去，房子整体布局和她那边差不多。客厅摆设的东西颇多，但井井有条，环境干净。

卧室的房门半掩，初筝推开门，里面被翻得乱七八糟，穿着居家服的男生被绑在椅子上，椅子倒在地上，不知道是不是男生挣扎所致。

初筝过去将他扶起来，男生一抬头，湛蓝的眸子里盛满惊慌，和她之前见到的那双眼睛一模一样。

“没事了。”初筝将绳子给他解开。

男生得到自由，第一时间不是问外面的歹徒怎么样，也不是问她是谁，而是第一时间起身，离初筝远一些，将居家服上的帽子拉起来，挡住自己。他双手紧紧地拉着帽子，似乎有些害怕。

初筝在心底呼叫王者号：你告诉我，游戏里面的那个姜凉，不是“好人卡”。

【……根据资料，是他是他就是他。】

初筝十分迷惑，那面前这个人是怎么回事？！这是同一个人？游戏里那个嚣张的姜凉？

初筝深呼吸一口气：“你没事吧？”

男生猛地摇头，却将帽子拉得更低，初筝几乎看不见他的脸了。

初筝打量了他两眼，这“好人卡”是什么毛病？刚才吓到了？也不对啊……如果他吓坏了的话，见到来救他的人，不应该感激涕零地说她是好人吗？怎么反而搞得她是个坏人，要对他不轨似的？

初筝收回视线：“外面的人怎么办？”

男生紧张地拉着自己的帽子，整个人都忐忑不安。就在初筝觉得他不会说话，可能是个小哑巴的时候，男生艰难地挤出几个字：“……不……不知道。”

姜凉，孤儿，可能是小时候的某些原因，导致十分不喜欢和人接触，和人说话就紧张焦虑。在现实生活中无法与人正常交流，但是在虚拟世界，他的性格就是天壤之别，嚣张至极，经常挑衅他人。

姜凉一个人生活，靠着自己的技术，能自给自足。有一天，有个男人伪装成楼下的住户，说自己家里漏水，要上来检查，于是就发生了初筝现在看到的这一幕。

这个男人缺钱，萌生了抢劫的念头。但是在这个男人抢劫完之后，见姜凉虽然是男孩子，却生得比女孩子还漂亮，便心生邪念。就在男人准备对姜凉意图不轨的时候，有一个男人突然出现，救下姜凉，这个男人将成为姜凉的噩梦。

从他救下姜凉后，就一步一步地接近姜凉，让姜凉对他信任依赖，不再害怕他。然后他开始诱导姜凉利用自己的优势犯罪，先是在虚拟世界，随后是在现实世界，罪犯不需要和人打过多的交道，他们可以生活在自己的世界中。

姜凉就是在这个男人的诱导下，一步一步地黑化下去，犯下各种罪行。

初筝接收完姜凉的资料，只有两个字想说：可怕。为什么我这样的小可怜，要接触这样可怕的人？初筝将晕过去的男人拖进屋里，把房门关上。她来的时间尚早，那个男人还没出现……一会儿把他做掉好了。从根源上杜绝他带坏“好人卡”，我真棒。

然而初筝等了半天，并没有人上门。

初筝往房间里面看了一眼，姜凉还处于焦躁不安中，低着头也不敢看初筝。他认识她，住在他对面，之前他还看见她拿着刀威胁一个男生。姜凉只是社交方面能力有问题，智商没有问题，他知道目前的状态是怎么回事，他心底也有解决办法，可是他就是说不出口。

按照剧情里的时间，那个男人出现的时间早就过了。初筝猜他应该不会出现了，不知道是发现不对劲，还是因为她改变剧情，导致他没有出现。那么现在的问题……

“这个人……”

姜凉惊慌地后退几步，撞到后面的东西，稀里哗啦地掉下来。

“算了。”

初筝将还晕着的歹徒拖走。

“今天算我救你，你要觉得我是一个好人。”初筝出门的时候面无表情地给自己发了一张“好人卡”，“听明白了吗？”

姜凉不知道听清没听清，胡乱地点了点头。

“不要随便给人开门。”初筝道，“我住在你的对面，有事找我。”

姜凉还是点头。

房门关上，姜凉整个人都松了口气似的，身体放松下来。他拉下帽子，露出那张过分漂亮的脸，湛蓝的眸子里残留着几分惊慌，宛如一只劫后余生的幼兽。没有人在的房间，他放松得多。

姜凉走到门口，将门反锁上，然后从猫眼往外面瞧。走廊上空荡荡的，没有人，就在他准备收回视线的时候，他瞧见转角处似乎站着一个人影。

那个人影晃了一下，再看过去，什么都没有。

眼花了吗？

姜凉又仔细看看，没有瞧见什么，觉得自己看花眼了。

姜凉将屋子收拾一遍，然后坐到电脑前，登录游戏。

【私聊】姜凉：我今天遇见一件事。

对面的人秒回。

【私聊】风云榜第一：这得多大的事？

姜凉能主动说的事，估计得出人命的那种，风云榜第一顿时好奇起来。

【私聊】姜凉：我被入室抢劫了。

嗡嗡嗡——手机在桌面上振动，姜凉有点慌张地看了一眼，将手机给摁掉了。连续三次没接，对方才不打了。

【私聊】风云榜第一：你没事吧？报警了吗？凶手抓住了吗？

【私聊】姜凉：我有事还怎么和你发消息。

【私聊】风云榜第一：那你报警了吗？

【私聊】姜凉：没有。

【私聊】风云榜第一：为什么不报警？那个歹徒呢？

【私聊】风云榜第一：算了，一会儿我过来，你别装不在，我看一眼才放心。

【私聊】姜凉：你别过来，我没事，有人救了我。

【私聊】姜凉：繁繁，我好像恋爱了。

【私聊】风云榜第一：……

【私聊】风云榜第一：你没事吧，我已经上车了，你等着啊！

【私聊】姜凉：……

应泽将初筝家的大门拍得“哐哐”地响，初筝压根儿没开门的打算，直接打电话给小区的物业，说有人扰民。

应泽也是小区的住户，物业来人将他劝走。

夏木繁下电梯的时候，正好和这群人撞上。应泽脸色铁青，不等他出电梯，直接撞上来。

夏木繁的手机差点被撞掉，有些不爽，但心底担心姜凉，也没多计较，反而是应泽骂了一声“没长眼睛啊”。

姜凉这住的什么地方啊，得赶紧给他换个地儿。

应泽的账号成那个样子，装备全没了，顶着个奇怪的名字，他哪里能用得下去，最后只能放弃那个账号。好在他一直有练小号，只是可惜他账号里的东西，很多都是绝版……

三月清欢自然也不愿意自己的伴侣是“我是渣男”，强烈要求和玉无痕解除关系。

解除关系，也不能立即和小号成亲，得刷到一定的亲密度才行，于是两人又恢复单身状态。

这大概是游戏里面离婚最快的一对。

应泽一直找机会堵初筝，他必须要问清楚。

此时，初筝正操控穿得华丽非凡的角色，往怪物堆里冲。技能释放，小怪倒一大片，但很快她的角色也跟着倒下。

初筝嗑药复活，继续冲进去，反复几次后，初筝总算冲到最大的怪物面前。

【附近】月无痕：初兮，我们谈谈。

【附近】神豪榜第一：没空，不谈。

【附近】月无痕：你当真一点都不顾及以前的情分，初兮，我是真的把你当妹妹宠着，你就是这么回报我的？

初筝突然放弃打怪，朝着月无痕冲过去，两个技能甩出去，月无痕的头顶立即开始减血。

月无痕这个小号等级没有初筝这个高，初筝现在身上的装备都买得差不多，伤害值算得上极大。初筝再扔几个技能，月无痕直接挂了。

【附近】神豪榜第一：这样的回报你满意吗？

【附近】月无痕：初兮，你到底怎么了？

初筝把月无痕定在原地，过去把怪物打了，然后大摇大摆地离开。

初筝离开这个地图没多远，三月清欢就带着几个顶着“三月”前缀的女玩家出现，后面还有好几个男玩家。

【世界】三月清欢：初兮，你怎么这么过分？无痕都换号了，你还不放过他？

【世界】一根黄瓜：昨天我没下本，你们刷到什么了？

【世界】一根黄瓜：哎哟，又有瓜吃了？

【世界】我是一只狼：初兮又干什么了？有人科普吗？刚从副本出来就看见这么一句话。

【世界】我超级萌啊：每日一瓜，你值得拥有。

【世界】神豪榜第一：他不来找我，我就不会对他动手。

是他自己凑上来找死，关我什么事啊！

【世界】卖瓜的婆婆：根据前线可靠消息，玉无痕的小号月无痕，被人定尸在泷水河附近。

【世界】三月清欢：你……你太过分了！

三月清欢这几个字都透着委屈。

【世界】卖瓜的婆婆：人家说玉无痕不去找她，她就不会动手，证明是玉无痕先找她。这位清欢女神，你的阅读理解是幼儿园没毕业吗？

【世界】原点：大神被盗号这事还没查出来？

【世界】我是一只狼：怎么查得出来，以前那些被盗号的，最后还不是只能不了了之。

眼看世界频道上的楼要歪了，三月清欢那边的人立即将楼给正回来。

【世界】三月桃花：清欢，你别生气，她这种人就是为了找存在感。无痕大神都说了不喜欢她，她还非得做这些事，不就想引起无痕大神的注意力吗？

【世界】三月杏花：找人盗无痕大神的号，这么下作的手段也只有她能用。

【世界】神豪榜第一：说话要讲证据，没证据别乱讲。

【世界】三月杏花：除了你还能有谁？是个人都知道是你做的！

后面一些话不是很好听，初筝顺手把三月杏花举报了，在游戏里骂脏话、发布谣言、引起混乱等都有可能被禁言。不太过线的言语，没人举报就不会有事，但是如果有人举报，就有百分之七十的可能被禁言。

【系统】玩家三月杏花言语过激，禁言 2 个小时。

初筝才懒得和他们废话，打字不累的吗？废话不多说，举报走一波。

【世界】三月桃花：清欢，你和她废什么话，给无痕大神报仇。

三月桃花话落的时候，技能已经打了过来。她一动，后面的玩家也跟着发动技能，对初筝进行围攻。

世界频道上立即有人对这场围攻进行直播。

三月清欢找了不少等级高的玩家，初筝等级没他们高，但是有道具加持，一时间谁也奈何不了谁。但随着时间流逝，对面的人耗血耗蓝太快，初筝这边嗑药恢复，优势立即出来了。

【世界】原点：毫无悬念的结局。

【世界】我是一只狼：我就想知道这位新晋土豪，到底是买了多少药在身上？

【世界】夏夜的小火：突然变成土豪玩家，让我这等穷孩子瑟瑟发抖。

【世界】我超级萌啊：小姐姐好帅！

【世界】卖瓜的婆婆：初兮都说过自己不喜欢玉无痕，真不知道你们这群人自己上赶着说人家喜欢玉无痕做什么，丢脸不丢脸呀！

【世界】哔量不足：楼上的说什么呢？不知道就别瞎说。

【世界】卖瓜的婆婆：哦，我说错什么了？

【世界】跳跳猪：初兮就是个抠脚大汉，你们给他洗什么地？恶心人。

【世界】我超级萌啊：这人是刚从原始社会回来的吗？无痕大神都亲口承认，初兮是个小姐姐，你是在质疑你们大神吗？

【世界】跳跳猪：……

【世界】跳跳猪：那她还和别的玩家暧昧不清呢？！

【世界】我超级萌啊：你不知道这个世界上有种东西叫修图吗？

因为初筝对论坛上的帖子不在意，加上初筝闹出来的动静更大，众人都快忘了这事。论坛上的帖子里那些聊天记录，看着确实挺暧昧，像是初筝脚踏了几条船。

【世界】我超级萌啊：说到这个，我找我朋友看过，那些图都是修的。也不知道是谁发的帖，污蔑初兮，那人才是恶心呢！

初筝把找碴的三月清欢等人解决掉，世界频道上已经就聊天记录进行了全方位的讨论，最后得出修图的结论。

初筝很无奈，我就打个架，你们就唱完这么大一出戏了？果然群众的力量强大啊！

初筝准备继续去刷怪。她走出没多远，附近频道忽然跳出来一条消息。

【附近】风云榜第一：小姐姐，你报名下个月的城战不？这是新推出的玩法，很好玩的，而且奖励丰厚，听说有神宠！！

初筝拉着地图环顾一圈，看到不远处顶着“风云榜第一”的剑师。好歹是风云榜第一，这位大佬还是很拉风的。

【附近】神豪榜第一：没空。

［风云榜第一邀请您加入队伍］

初筝点拒绝。

【附近】风云榜第一：小姐姐，你真的缺一个神宠！

［风云榜第一邀请您加入队伍］

说了没空！听不懂人话吗？她哪有时间去参加什么城战。

［风云榜第一邀请您加入队伍］

初筝气得手滑，点到队伍详情，发现姜凉也在里面，她手抖地点了一下拒绝。

初筝蒙圈。点、点错了，怎么办！！

风云榜第一却没有再邀请她。初筝不断地点着鼠标，但风云榜第一好像放弃了。

你再邀请我啊！！你为什么不邀请我了？做人如此没有毅力，怎么能成大事？

初筝气得抠键盘。但是让她主动去说她要加入，那是不可能的，这辈子都不可能。

她高贵冷艳的形象还是要的。

城战是最近推出来的玩法，现在报名，下个月才开始……不过距离下个月也就几天而已。

《风云无双》游戏每个玩家都会加入一个大城池，在游戏剧情中，这些城池都属于敌对状态，城战开始，会传入另外的地图，可以选择攻城或者守城。这是游戏中第一次城战，玩法还比较单一。到后面城战系统成熟，估计会推出别的玩法。

初筝找“我是一个小号”，让他先帮自己搞装备，她不缺钱，全往顶级上收。

自从那天应泽被初筝定过尸后，就没有再冒头，听说他也忙着升级，打算参加城战。

因为是第一次城战，为吸引玩家，奖励比较丰富，很多人都在忙着搞装备和升级，一时间世界频道也挺和平。

【世界】神豪榜第一：下本，升级，一个小时一千金。

【世界】听那雨声：我我我我！！

【世界】我超级萌啊：初兮兮，我也要来。

【世界】我是一只狼：一个小时一千金？这是撒钱啊！在哪儿，加我一个！

初筝很快就收到不少入队申请，初筝挑出几个看上去战斗力还不错的。还剩下最后一个名额，姜凉突然申请加入队伍。

“好人卡”！他这是要找我报仇吗？真的要是报仇……我能还手吗？

【队伍】清茶一杯：大家好，我是弓箭手，85 级。

【队伍】我超级萌啊：小姐姐小姐姐，看我看我！！我是药师！！

【队伍】柠檬：近距离围观一下土豪，剑师。

［姜凉加入队伍］

热闹的队伍忽地安静下来。

姜凉这个毒瘤！祸害！

【队伍】姜凉：怎么不说话了，刚才不是聊得挺好的吗？你们都认识我，我就不做自我介绍了。

【队伍】你是猪：姜凉，你还敢出现在我面前！！！

队伍中有一个被姜凉祸害过的玩家，见姜凉出现后瞬间爆发，连打出三个感叹符号，巧妙地体现出他的愤怒。

【队伍】姜凉：为什么不敢，这不就出现了吗？

姜凉就嚣张多了。

【队伍】你是猪：初兮，你把这个人踢出队伍！

【队伍】姜凉：我等级比你高，实力比你好，聪明人都知道该踢谁。

【队伍】你是猪：姜凉，我要和你决斗！

【队伍】姜凉：不和手下败将决斗。

其余玩家都不敢吭声，这位姜凉大佬那可是……人人喊打的典范啊！看看人家这嚣张的样子。

初筝也有点无语，她觉得姜凉不是社交恐惧，他是精分。

[玩家你是猪被队长踢出队伍]

【队伍】姜凉：看到没有？

你是猪被踢，立即上世界频道嚷嚷。

【世界】你是猪：初兮，你有病啊，不踢姜凉这个祸害，踢我干什么？

【世界】神豪榜第一：你太吵。

【世界】你是猪：你……

【世界】你是猪：你知道姜凉是什么人吗？你竟然敢让他在队伍里，有你后悔的时候！

【世界】神豪榜第一：关你什么事？

【世界】你是猪：……

【世界】天生我才没有用：什么情况？姜凉和神豪榜第一？神豪榜第一是谁？

【世界】原点：同问什么情况？神豪榜第一是初兮。

【世界】风来了：姜凉！！这祸害又想干什么！！

【世界】独霸一方：姜凉在哪里？坐标来一个！

你是猪立即发了一个坐标。

【世界】你是猪：他和那个初兮下本，初兮把我踢出来了。

末了，这位你是猪，还给初筝拉了一波仇恨。

初筝这边直接点了副本，传送进副本里面，“好人卡”没有找我麻烦，真棒！这个人叽叽歪歪干什么！

【队伍】柠檬：这个本……我没打过。

【队伍】清茶一杯：我打过两次，没过。

【队伍】姜凉：这个本你们都没打过？

听出了浓浓的嫌弃和鄙夷。

【队伍】我超级萌啊：我打过，不过是别人带我，这个本有点难。

【队伍】我超级萌啊：不过升级很快，经验值多，适合升级。

【队伍】清茶一杯：初兮大佬，你呢？

【队伍】神豪榜第一：没打过。

这个副本刚开没多久，过本有点难，但是经验值多，适合升级，几个玩家陷入诡异的沉默中。他们这个队伍都没打过……唯一一个看上去可能打过的，却是眼高于顶的祸害，这还怎么玩吗！不懂大佬为什么要让这个人在队伍里。

【队伍】姜凉：我带队，大佬给我加钱吗？

【队伍】神豪榜第一：你想要多少？

这次的“好人卡”很有觉悟嘛！

【队伍】姜凉：我这身价，大佬看着给呗！

［您有一封新邮件］

姜凉点开邮件。

在没有物品交易的时候，游戏里的金币可以利用邮件进行赠送。姜凉数了数零……一万块？姜凉再三确认，自己没有数错。

【队伍】姜凉：这是你自己给我的。

【队伍】神豪榜第一：嗯。

“好人卡”这么有觉悟，当然得多给点，要不是一次只能给十万金币，她还想多塞两个零，这游戏不行，影响我发挥。

【队伍】姜凉：你把队长给我。

初筝将队长转给姜凉。

【队伍】姜凉：你们跟着我，听我指挥，让你们看看什么是神级打法。

这个副本一共六关，姜凉对这里十分熟悉，虽然说话的时候欠揍一点，但副本打得很顺利，很快就到最后的大妖怪。

【队伍】姜凉：老板，你动一下啊，划水这么长时间。

【队伍】神豪榜第一：我花钱请你们来，就是让你们打。

动手是不可能动手的，我就是来蹭个经验升级。

【队伍】姜凉：行吧，你是老板。

姜凉倒是无所谓，但是初筝不动手，导致五个人的队伍会出现空缺。另外三个人还以为会团灭，没想到最后姜凉竟然力挽狂澜，带着他们过了。

接下来姜凉带着他们过了两次，姜凉被人称为祸害，但还没被打出游戏，足见他的操作。

初筝负责提供道具，让队友无须担心后备资源不足，然后就抱着“蹭经验，打死也不动手”的坚定理念，全程划水。

【队伍】柠檬：我第一次见这种打法……

【队伍】我超级萌啊：我第一次见这样蹭经验的，小姐姐你想升级，为什么不请代练啊？

【队伍】神豪榜第一：账号余额太多，算了。

她怕账号里面的余额把代练给吓到。

今天也在努力做一个好人。

【队伍】柠檬：清新脱俗的有钱人生活。

【队伍】姜凉：还继续吗？带你们真费劲。

【队伍】我超级萌啊：委屈，我是一个药师啊！需要保护吗！小姐姐，呜呜呜。

【队伍】神豪榜第一：继续。

俗话说熟能生巧，另外几个也有了默契，过本的速度越来越快。

【公告】恭喜玩家姜凉、神豪榜第一、柠檬、我超级萌啊、清茶一杯开启副本［天山之雪］地狱模式，诚邀各位玩家挑战，首次通关地狱模式的玩家，将会获得稀有道具，还有机会获得神器“灵游剑”藏宝地图碎片。

公告从屏幕最上方飘过。

副本的地狱模式需要玩家达成系统设定的通关时间，然后才会开启。地狱模式的副本，都会有各种隐藏的稀有道具，但是现在副本被开发出来的地狱模式没有几个，游戏设定的时间简直变态。为了这事，游戏公司没少被玩家投诉，然而游戏公司就是不改。

【世界】风云榜第一：姜凉，你竟然和初兮下本！！

【世界】卖瓜的婆婆：地狱模式……厉害了，一哥，我就好奇，你到底为什么要和姜凉这样的人做朋友？

【世界】素锦年华：有人触发了副本的地狱模式，厉害了啊！

【世界】天天有喜：姜凉？初兮？？这两个人怎么会同框？！

【世界】分手后有钱了：你们的重点不是应该关注灵游剑吗？

【世界】卖瓜的婆婆：地图碎片而已，不知道什么时候才能齐，有什么好激动的。

【世界】一根花瓜：一看婆婆就是经历过大事的人，不过婆婆说得对，地图碎片而已，别激动，反正你也拿不到。

【世界】我是一个小号：拿到碎片可找我。

【世界】夏夜的小火：小号君只在这个时候冒头。

风云榜第一第一时间杀到副本外面。

初筝他们正好被传送出来，风云榜第一直接戳姜凉。

【私聊】风云榜第一：你怎么和她一起下本？

【私聊】姜凉：她给钱。

【私聊】风云榜第一：……

【私聊】风云榜第一：是谁跟我说，不会为这点钱折腰的？上次的事你忘了？她把你定在那里让人围殴你？！

【私聊】姜凉：一万块。

似乎怕风云榜第一没被刺激到，姜凉还特意加上一句。

【私聊】姜凉：就今天。

【私聊】风云榜第一：这妹子家里开矿的吧？以前她怎么就那么低调？

【私聊】风云榜第一：你说她是真的不喜欢玉无痕了，还是在欲擒故纵？

这么有钱，玉无痕会不会回头来找她？

【私聊】风云榜第一：姜凉，你可别跟她玩，我总觉得她怪怪的。

[对不起，您还不是对方好友，无法发送消息，请先添加好友]

风云榜第一茫然地看着电脑上的提示。

什么玩意儿？姜凉为什么要拉黑他？他说错什么了？！

初筝将今天升级蹭经验的费用结给其他人。副本地狱模式，他们很有自知之明，肯定是刷不过去的，今天的副本都是姜凉带的。

他们来的时候以为只是普通副本，谁知道会是这个新开，大部分玩家都还没通关的副本。

队伍里很快就只剩下姜凉和初筝。

风云榜第一疯狂地申请加入队伍，被姜凉无情地拒绝掉。

风云榜第一要疯了，这两个人都把他给拉黑了，他总不能上世界频道吼吧？

【队伍】姜凉：上次你找我盗号，你想盗谁的号？？

【队伍】神豪榜第一：不用了。

【队伍】姜凉：玉无痕的号是你找人盗的？

【队伍】神豪榜第一：你别乱说。

【队伍】姜凉：这个用得着乱说，不是明摆着的吗？你找过我没两天，玉无痕的号就被盗了，哪有那么巧合的事。

【队伍】神豪榜第一：你有证据吗？

【队伍】姜凉：……

证据肯定是没有的，不然玉无痕早就拿着证据找她了。

【队伍】姜凉：你真的喜欢玉无痕？

【队伍】神豪榜第一：跟你有什么关系？

【队伍】姜凉：问问而已，不能说？

【队伍】神豪榜第一：不喜欢。

喜欢玉无痕的是原主，她反正是不喜欢的。

初筝眼前莫名地闪过那双湛蓝的眸子，不知道“好人卡”的头发软不软，想摸摸看……

【队伍】姜凉：那你喜欢什么样的人？

【队伍】神豪榜第一：头发软的。

姜凉摸了一下自己的头发。头发软？

姜凉把风云榜第一拉出黑名单。

【私聊】姜凉：我头发软不软？

【私聊】风云榜第一：我又没摸过，我怎么知道？？？

【私聊】风云榜第一：姜凉，你竟然把我拉进黑名单！！

[对不起，您还不是对方好友，无法发送消息，请先添加好友]

姜凉拉黑完风云榜第一，起身走到镜子前，对着镜子照自己的头发。头发不是很长，天然带着一点亚麻色，发梢微微有点卷，应当是软的吧？

镜子里那个漂亮的少年，微微眨了眨眼。他抿了一下唇，沮丧地走回电脑前，自己根本没办法和人正常交流。

他做不到……

姜凉在初筝救他的当天晚上，就入侵了初筝的电脑，知道她在玩这个游戏，还知道她的账号，然后发现这个人，是之前找过自己的那个女生。

姜凉收拾好心情。

【队伍】姜凉：刷地狱模式吗？我带你。

【队伍】神豪榜第一：不刷。

地狱模式一听就好麻烦，不去不去。

【队伍】姜凉：你蹭经验。

蹭经验等于不用动手。

【队伍】神豪榜第一：嗯。

【队伍】姜凉：你等我一下。

姜凉再次将风云榜第一拎出来，在他发出质疑哀号之前，让他加入队伍。风云榜第一秉着自己的孩子不能被人骗的心情，麻溜地加入队伍。然而这个“儿子”不仅要自己加入，还让自己去找两个厉害的人过来。

风云榜第一无语极了，这个女生到底跟他家的崽说了什么！

[玩家慕容狗剩加入队伍]

[玩家皇甫铁牛加入队伍]

初筝一愣，这两个人的名字很有意思，非常霸道，一看就是干大事的人啊！

【队伍】皇甫铁牛：一哥，叫爸爸宠幸你啊！

【队伍】慕容狗剩：姜凉也在，这不是让我们来打扰你们二人世界吗？

【队伍】风云榜第一：闭嘴！

【队伍】皇甫铁牛：知道知道，要在你家姜凉面前给你留面子嘛，我们懂的。

【队伍】风云榜第一：……还有个人你们看不见吗？还有，我和姜凉很纯洁！！自己有故事，不要看谁都有故事！

【队伍】慕容狗剩：纯洁的兄弟情……哎，这……这妹子怎么跟你是情侣名啊？你劈腿了？还被姜凉抓住了？

【队伍】姜凉：你们脑洞这么大，不去当编剧可惜了。

【队伍】慕容狗剩：姜凉，你别怕，哥哥帮你打一哥，就他这德行还敢劈腿，哥哥给你打得他没腿可劈！

【队伍】姜凉：再废话你们都退出去。

【队伍】皇甫铁牛：不了不了，我们很乖的，下什么本啊？我待会儿还要上课呢，一哥突然让我上线，我是用生命在玩游戏！

【队伍】慕容狗剩：这个小妹妹名字很有个性，神豪榜第一，真这么豪啊？

【队伍】风云榜第一：她是真豪，前几天我给你们看的那个帖子，就是她。

初筝花二十万点了那么多商城道具，有人将此事发上论坛，瞬间火爆。慕容狗剩和皇甫铁牛临近毕业，正疯狂抱佛脚，没什么时间上游戏。这段时间发生的事，他们都不怎么清楚，他们的八卦消息来源都是家里有矿可以继承的风云榜第一。

【队伍】慕容狗剩：土豪，失敬失敬。

【队伍】皇甫铁牛：土豪，失敬失敬。

【队伍】神豪榜第一：嗯。

【队伍】皇甫铁牛：妹妹这么高冷？

【队伍】风云榜第一：行了你们，让你们刷个本，你们废话那么多做什么。

【队伍】神豪榜第一：嗯。

【队伍】风云榜第一：……你“嗯”什么？

【队伍】神豪榜第一：废话多。

【队伍】姜凉：开始吧！

想刷地狱模式副本的人很多，不过这变态游戏开出来的地狱模式副本又太少，晚一步他们连肉渣子都吃不上了。

队长还是姜凉，其余三个人也没有意见。

地狱模式的环境都变得不一样，阴森森的。小怪们的血量普遍提升，和之前打精英怪有得一拼。地狱模式不能辱没地狱模式的英明，队伍集体扑街成就完成。

【队伍】皇甫铁牛：不是，妹妹，你怎么一点都不动？你是召唤师啊！

【队伍】神豪榜第一：我蹭经验的。

蹭经验蹭得如此理直气壮，也是服气。

【队伍】姜凉：你们行不行，还要去靠一个女生不成？

【队伍】皇甫铁牛：姜凉，你应该问一哥行不行，我们绝对没问题，身体倍棒。

风云榜第一懒得理会这两个人。

【队伍】风云榜第一：小姐姐，你真的是来划水的？

如果是已经过了的副本，熟悉副本的人带着划水没问题。可这是没过的副本，划水是什么操作！

【队伍】神豪榜第一：你看我像开玩笑？

我！从来不开玩笑！说蹭经验就蹭经验！绝对不动手！做人要讲诚信，不然怎么做一个好人！

王者号表示自己没教过这个。

【队伍】姜凉：刚才读秒的时候慢了，第二层过去的时候速度也慢了，快上五秒，我们就不会遇上那批怪，你们到底行不行？

【队伍】神豪榜第一：我有药，要吗？

【队伍】皇甫铁牛：那个药？

【队伍】姜凉：你脑子里除了这些污秽还有什么？

【队伍】神豪榜第一：回血。

【队伍】风云榜第一：这种副本能用的回血药剂数量有限制，我也有药，磕完还不是一样没用。

【队伍】神豪榜第一：加状态。

我的药岂能和外面的一样。

【队伍】皇甫铁牛：哈哈哈哈哈哈哈哈！

【队伍】慕容狗剩：哈哈哈哈哈哈哈哈！

初筝的药都是买商城顶级的那种。虽然游戏里很多药都是玩家自己做的，这样效果才更好，但游戏为照顾土豪玩家，也上架了一批类似的药剂，不过很贵就是了，一般没什么人买，除非应急。

初筝将药剂分给他们。一组三十个，初筝直接一人发五组。

【队伍】姜凉：多谢老板。

【队伍】神豪榜第一：不客气。

两人客气的对话吓到另外三个，这是真土豪啊！

人家出手都是按组，不是按一个两个，哪里跑出来的富二代？

初筝提供的药剂回血快，还可以加状态辅助，副本打起来比第一次顺利多了。不过到打最后级别的怪物时，该团灭还是团灭。

【队伍】风云榜第一：我技能 CD 还没过就被拍死了。

【队伍】慕容狗剩：一哥你不行，你老了啊，你刚才的走位是什么鬼，老爷爷推车吗？

【队伍】风云榜第一：说得你没被拍死似的。

【队伍】皇甫铁牛：哈哈哈哈。

【队伍】姜凉：要不是你们，我也不会挂。

【队伍】慕容狗剩：小姜凉，这就是你的不对了，怎么能这么说哥哥们？我们这是没发挥好，再来一次肯定能行！

半个小时后，再次扑街。

【队伍】姜凉：再来一次肯定行？

虽然这只是一排字，却仿佛让人看见姜凉欠扁的嘲讽样。

【队伍】皇甫铁牛：我就不信了，再来！

皇甫铁牛和慕容狗剩和这个副本杠上了，被人说不行，是男人的耻辱！

初筝跟着划水，她吃完饭回来，这几个人还在较劲，BOSS 那里怎么都打不过。

不仅仅是他们，世界频道上不少人都在说这个 BOSS 不合理，强大得不合理。玩家都是刚碰上 BOSS 就被拍死，团灭得整整齐齐。

玩家又开始投诉。

【私聊】姜凉：老板，你觉得这个 BOSS 有什么问题吗？

【私聊】神豪榜第一：不知道。

我负责蹭经验的！蹭经验的要有自觉！

【私聊】姜凉：你看一下呗！

【私聊】神豪榜第一：不看。

【私聊】神豪榜第一：下了。

【私聊】姜凉：别啊！

姜凉这个消息发送出去，就见初筝的头像暗下来。

这人……怎么这么难接近？

【私聊】风云榜第一：姜凉，你干什么呢？

【私聊】姜凉：没干什么。

【私聊】风云榜第一：副本还打不打了？

【私聊】姜凉：她下线了，还打什么，不打了。

他下这个副本，本来就是因为她，现在主角不在，他下什么副本。

【私聊】风云榜第一：你上次不是跟我说你恋爱了吗？你现在在干什么呀？为什么要接近初兮？

姜凉这个人，他认识那么长时间，如果不是有目的，姜凉肯定不会如此热情。上次初兮伙同其他人围殴姜凉，姜凉不会在伺机报复吧？

【私聊】姜凉：她就是我跟你说的那个人。

【私聊】风云榜第一：你说什么？我信号不太好，你再说一遍。

【私聊】风云榜第一：好吧，你怎么知道是她？

这世界上竟然会有如此巧合的事？

【私聊】姜凉：我入侵了她的电脑。

【私聊】风云榜第一：……

是我输了。

【私聊】姜凉：繁繁，你说她会喜欢我吗？

【私聊】风云榜第一：……

我看难。

姜凉在现实世界可不是这个样子。那见人就怕的社交恐惧症，他怀疑这辈子姜凉都找不到对象，只能搞个柏拉图式的网恋，见光必死。

——长得好看都挽回不了的那种。

【私聊】姜凉：我再去研究一下，你让他们两个先下吧！

【私聊】风云榜第一：不是，你真的喜欢她啊？你知道她是什么人吗？你就见她一面，你连她叫什么都不知道！！

他万万没想到，有一天一见钟情这个剧情，会出现在姜凉身上。他最初知道的时候，只能用惊恐形容。

【私聊】姜凉：救命之恩，当以身相许。

去你的救命之恩，当以身相许。以前怎么没见你对我以身相许呢？

等等，好像哪里不对……

按照王者号的说法，她在这个世界，除了玩游戏买东西，暂时没有别的任务。所以初筝十分懈怠，保持筝爷霸气瘫半个小时，慢吞吞地登录上线。

【私聊】姜凉：你上线了？

初筝刚上线，姜凉就发消息过来。

【私聊】神豪榜第一：嗯。

【私聊】姜凉：我已经找到通关的方法，下本吗？

初筝用鼠标点了一下姜凉的头像，在线时间二十多个小时，他没睡觉吗？“好人卡”怎么好像对我很热情的样子？难道是觉得我是一个好人吗？

【私聊】神豪榜第一：我是不是好人？

电脑另一边的姜凉，被这个问题弄得一愣，这是什么意思？不过夸她，她应该会高兴的吧？

【私聊】姜凉：你是啊！

【私聊】神豪榜第一：哦。

小骗子，好人个鬼！

初筝毫不留情地拒绝姜凉下本的邀请。

初筝的角色还在昨天下线的地方，姜凉很快出现，站在她旁边。

【私聊】姜凉：地狱模式的副本第一次通关，会有很多经验值，你不是要升级？我带你，这次保证你能过。

【私聊】神豪榜第一：不去。

【私聊】姜凉：那你想做什么？

【私聊】神豪榜第一：什么都不做。

就这么瘫着。

【主线任务：请在一个小时内，花掉300000金币。】

【……小姐姐加油哟！】要微笑地给宿主鼓励！我是一个有素质的系统。

初筝再次砸了鼠标！

她坐了两分钟，去把鼠标捡回来。结果发现鼠标坏掉了……

【……小姐姐翻倍了解一下？】

初筝在房间翻了翻，没发现可以备用的鼠标。

好气呀！

初筝面无表情地瞅着桌子上坏掉的鼠标，心底想将它大卸八块。这么摔一下就挂了，一点也不结实。

最后，初筝只能先用键盘代替。

三十万金币，也不是很多，买个福星高照和万家灯火就用完了。

【公告】玩家神豪榜第一点亮福星高照，即将随机掉落福袋。

【公告】玩家神豪榜第一点亮万家灯火，即将随机掉落孔明灯。

公告一出，世界频道顿时安静下来。

【世界】我看见了梦想：初兮大佬又在买买买？

【世界】叮咚叮咚呀：有生之年我竟然真的亲眼见到官方这么富贵的道具，这玩意我只在宣传片里见过啊！！

【世界】是你的女朋友掉了：初兮大佬这么有钱吗？

【世界】原点：真・大佬。

【世界】夏夜的小火：我就想知道在哪个地图？

【世界】我超级萌啊：我要去围观！！求坐标啊！！

【世界】我看见了梦想：天山之雪副本这里。

天山之雪副本本来就聚集着不少玩家——研究天山之雪副本地狱模式——现在初筝搞这么一出，聚集的玩家更多了。世界频道上有人喊得被卡掉线，好歹是上万的道具，不可能一两分钟就完了。两个道具加起来，估计得飘上半个小时。跑过来捡福袋、孔明灯的玩家，和跑来见识一下土豪道具的玩家众多。

姜凉站在初筝身边，望着满屏的福袋和孔明灯。

为了效果，此时地图被调成晚上，仿佛是在夜里，漫天的孔明灯和发着光的福袋缓缓落下，画面唯美又震撼。

【私聊】姜凉：你为什么突然放这个？

【私聊】神豪榜第一：有钱。

初筝回答得异常诚实。

初筝把号挂着，出门去买鼠标。

原主住的小区附近有一个电脑城，初筝直接去那边买，重点要耐摔。

老板建议："不如你买个有线的？"

初筝冷漠脸："不要，就这个，给我来一件。"这个最贵。

老板蒙了，这是要买回去摔着玩吗？见过捏干脆面的，还没见过摔鼠标的，他这鼠标也不便宜呀！有钱人家的孩子怎么一点也不知道父母挣钱的艰辛？得亏不是他的孩子，不然非得往死里打。

初筝买完鼠标，顺便吃个饭，这才晃悠悠地回去。

叮——

电梯门打开，电梯门口站着个穿着外卖衣服的小哥，戴着耳机低头按手机，正给下一位顾客打电话。小哥也没看电梯有没有人，直接往里面走。初筝侧身等他进来，随后才出去。

"咔嚓——"初筝对面的门打开，男生先是露出一个脑袋，以为外面没人，结果一转头就对上初筝的视线。

湛蓝的眸子瞬间染上忐忑不安，他猛地缩回去，“砰”的一声关上房门。

我长得有那么可怕吗？

初筝瞅了一眼放在门口的外卖包装盒。

房门忽地又开了一条缝，男生只露出一只眼睛，像怯生生的小鹿。

“那个……我……”姜凉磕磕绊绊半天，也只憋出三个字。

初筝弯腰将外卖拎起来递给他。姜凉似乎想关门，但最后强行忍着才没关。

“请、你吃。”姜凉声音里满是紧张，“上次。谢谢。”

“我吃过了。”初筝眸色平静，“你自己吃吧！”

姜凉手心里全是冷汗，和初筝说的话，已经是他一周说话的量。他将门拉开一些，快速接过外卖，然后“砰”的一下关上门，初筝被门带起的风扇了一脸。

初筝一愣，我能做掉他吗？

【小姐姐不介意倒带，我没意见呢！】王者号声音清脆又欢快。

初筝看了一眼房门，摸出钥匙开门。

等她的房门关上，姜凉抱着还有些烫的外卖，靠着房门滑坐到地上。

他怎么就那么没用，不就是多说两句话吗？

姜凉坐了好一会儿，起身将外卖放在餐桌上，拉开椅子坐下，脸上带着点欣喜和兴奋，他拿手机给夏木繁发短信。

【姜凉：繁繁，我今天和她说话了。】

夏木繁不知道在做什么，几分钟后才回他。

【夏木繁：你问她名字和电话了？】

姜凉顿时如泄气的皮球，软在餐桌上。

【姜凉：没有。】

【夏木繁：你说几句？】

姜凉数了数……

【姜凉：十个字。】

【夏木繁：你可真有出息。】

夏木繁这话说得有点不客气，但姜凉并没生气，只是戳着手机，有点沮丧的小模样。

【夏木繁：晚上我去找你啊！】

【姜凉：找我做什么？】

【夏木繁：哥不帮你，人家娃都能打酱油了。】

初筝碰了一下键盘，息屏的电脑亮起，屏幕上的角色处于死亡状态。仇人榜上最新的记录，赫然是一个叫独霸一方的玩家。

这人……好像是姜凉的仇人吧？姜凉的仇人，砍她干什么？有病啊！

【世界】姜凉：独霸一方，PK 场等你。

初筝刚看完独霸一方的资料，姜凉的消息就出现在世界频道上。

【世界】我超级萌啊：哇，姜凉 PK 耶，抢前排！！

【世界】图腾：姜凉又开始蹦跶，烦不烦？

【世界】灰机不会飞：PK 榜第一的大佬点名，独霸一方干什么了？

【世界】独霸一方：去就去，怕你啊！

【世界】姜凉：来了也是输，劝你买个棺材带来。

【世界】独霸一方：姜凉，你给我等着！

【世界】姜凉：等着你。

《风云无双》中，除了风云榜这个最重要的榜单，还有一个 PK 榜含金量比较重。

PK 榜的规则，是按照 PK 场次胜利最多排序。两个玩家单打独斗的 PK，基本不允许使用什么道具，仅凭本身的装备和操作取胜。

风云榜上的玩家，不一定能上 PK 榜，但 PK 榜上的玩家，必定会上风云榜。

这个榜单姜凉排在第一位，第二名差他一半的战绩。

被姜凉挑衅过的玩家十分厌恶他，但也有些玩家，对姜凉还是很崇拜。

初筝溜达到 PK 场附近，PK 场外围着不少玩家，最大的那个 PK 场上，姜凉已经站在上方。

独霸一方还没到。附近频道和世界频道聊得热火朝天。

初筝正准备靠近一点，突然跳出来一个弹框。

[玩家月无痕对您发起挑战，是否接受？]

下面有“是”和“否”两个选项。

月无痕……应泽这个渣男。

初筝点了拒绝。我才不和渣男 PK，浪费时间。

[玩家月无痕对您发起挑战，是否接受？]

拒绝。

[玩家月无痕对您发起挑战，是否接受？]

拒绝。

[玩家月无痕对您发起挑战，是否接受？]

来劲了是不是？！

初筝点了接受。

【公告】玩家月无痕与玩家神豪榜第一将于十分钟后进行 PK，请两位玩家前往 8 号 PK 场。

世界频道上讨论姜凉和独霸一方的玩家，被公告吸引了视线，世界频道的消息出现短暂的断层。

【世界】浅夏夏：咦？

【世界】我是一只狼：昔日最亲密的人此时竟然刀剑相向，这是为哪般！

【世界】一根黄瓜：哇！月无痕和初兮 PK，有意思啊！

【世界】地里的小白菜：无痕大神是小号，不过这几天装备好像弄得不错，初兮这个号……她就那一身时装，还没有召唤兽，等级相差不多，无痕大神赢面更大啊！

【世界】三月桃花：初兮，你整天不出风头就不舒服？现在竟然用这种办法缠着无痕大神，你要不要脸？

【世界】人间值得：初兮这是表面上放得下，心里放不下吗？

【世界】娇气小可爱：初兮这么有钱，要什么样的男朋友没有。

【世界】风中精灵：这钱还指不定是怎么来的，突然变得这么有钱，呵呵……

【世界】卖瓜的婆婆：我说你们这些人思想就是龌龊。

【世界】卖瓜的婆婆：人家也许以前低调呢？

【世界】卖瓜的婆婆：有钱的男人就是富二代，有钱的女人这钱就来路不正？

【世界】卖瓜的婆婆：呵呵！

卖瓜的婆婆手速惊人，初筝刚看完她的第一句话，后面几句就接连蹦了出来。

这娃打字好快。初筝感叹一声，转念才想起正事：应泽非要跟我 PK，怎么就是我的错了？错在我不应该点“是”吗？

【世界】神豪榜第一：［图］

初筝直接将截图发上去。

【世界】卖瓜的婆婆：哈哈哈哈，我说你们这些人，能不能弄清楚状况再出声，丢脸不丢脸啊？

【世界】一根黄瓜：隔着屏幕我都能感觉到尴尬。

三月桃花没有再出声。

玉无痕估计都没想到三月桃花会突然冒出来说这么一句，让他都有点难堪。他将世界频道屏蔽掉，这才走上 8 号 PK 场。

初筝趁着还有几分钟时间，让“我是一个小号”将他最近收到的东西给自己送过来。她穿着这身时装，过去摆个姿势还行，打架肯定不行。初筝全副武装好，踩着最后十几秒，抵达 8 号 PK 场。

两人相对而站，默默对视。隔着屏幕，谁也不知道对方是什么情绪。

【世界】逆战：初兮身上的套装好像是……银凰？

【世界】夜店小王子：不是好像，就是银凰！她是什么时候集齐的？

这个套装和八方神隐一样，都属于稀有，现在游戏里还没听说谁有。

没想到今天会在这里看见。

【世界】残暴的安妮：我只知道小号在收，是他卖给她的吧？

有钱没什么买不到的。

【世界】全网最萌打怪小能手：刚才还说她装备不行，现在这么一比，无痕大神弱了啊！

【世界】一根黄瓜：也不一定，还是得看操作，我没见过初兮 PK。无痕大神的 PK 技术还是可以的。

【世界】夏夜的小火：昨天超级萌不是和她一起下过本？

【世界】我超级萌啊：大佬说花钱让我们下本，她蹭经验，从头到尾就没动过手。

PK 场的地图很大，而且是露天形式，两场 PK，玩家都不知道要看谁。最后大部分玩家聚集在姜凉的 PK 场外，世界频道上讨论的却是初筝那边。

两边都不耽搁吗！他们真是小机灵鬼。初筝一脸的严肃，盯着屏幕上的人。

为什么不来看我？我 PK 技术应该还可以的，我有偷偷练呢！

好想让人知道小姐姐内心的弹幕。

PK 场正在倒计时。屏幕上的倒计时结束，正式进入 PK 计时。对面月无痕却没有立即动手，而是发消息。

【PK 场】月无痕：初兮，我不知道你到底发生了什么，但是我真的希望能和你好好谈谈。

你……不是叫我来打架的吗？为什么要和我谈？我不谈！来吧！让我们开始这场决斗！

【PK场】月无痕：我和三月清欢在一起，你不高兴我知道，但这都是虚拟世界。初兮，你别躲着我行不行？

PK场里面的消息，只有她和月无痕能看见。

【PK场】神豪榜第一：你打不打？

【PK场】月无痕：初兮，我不想伤害你。

【PK场】神豪榜第一：……

可是我等不及想伤害你。

技能光闪现，初筝上来就是召唤师的大招。对面的人估计还在打字，突然出现的技能，让他没有第一时间闪开，被打中后掉了不少血。

月无痕也不敢再打字，两道人影在PK场上交错，拖出长长的光效。

《风云无双》的技能光效特别华丽，召唤师更甚。

【世界】夜店小王子：姜凉不愧是PK之神，独霸一方有备而来，还是三个回合就处于下风了。

【世界】一根黄瓜：输了？

【世界】原点：还没，不过也快了，按照姜凉刚才的说法，他五分钟就能把他打趴下。

【世界】残暴的安妮：……狂妄不羁一直是姜凉的代言词。

【世界】夏夜的小火：初兮大佬的PK技术不错啊！召唤师的听风连雨都能使出来。

这是两个技能，不过有人钻研出两个技能同时使用的小技巧，非常考验操作人的手速和反应力。

【世界】我超级萌啊：给初兮大佬应援！

月无痕看不到世界频道的消息，他没想到初筝会这么难缠，以前并没有和她对战过，但是根据他了解的情况，她应该没有这么厉害。

技能光再次过来，月无痕发现自己不知何时多了个状态，速度变慢了。他立即放弃避开，用技能硬扛。

“轰——”光芒炸开。血量“唰唰”地往下掉。

【公告】玩家神壕榜第一武艺超群，功高盖世，获得本场胜利。

【公告】玩家姜凉武艺超群，功高盖世，获得本场胜利。

两条公告同时发出来。

【世界】我是一只狼：独霸一方输的话我预料到了，但是无痕大神输了我有点意外。

【世界】一根黄瓜：原来初兮大佬也不仅仅是会买买买啊！

【世界】夜店小王子：初兮的装备很厉害啊，无痕比不过的。

初筝跳下PK台，月无痕躺在PK场上没有动静，下一秒尸体就消失了，估计是怕看到世界频道的讨论。初筝只能暗叹这游戏的可操作性太少，影响她的发挥，游戏公司不行。

【主线任务：请小姐姐买下游戏公司。】

初筝“啪”的一下把鼠标摔了。

让你乱想。

【小姐姐你想想呀，这游戏公司是你的了，你想怎么改就怎么改，对不对？】

【小姐姐，游戏称霸算什么呀，要称霸游戏公司！咱们也要有目标，不能那么肤浅。】

【小姐姐……】

初筝把王者号屏蔽掉，完全不想听见它说话。

买游戏公司没有时间限制，也就是说她什么时候做都行……想到这里，初筝镇定地把鼠标捡回来，试了试还能用。

【私聊】姜凉：下本吗？

【私聊】姜凉：我带你。

初筝看看自己的等级。

【私聊】神豪榜第一：嗯。

【私聊】姜凉：今天我一定会带你过！

【私聊】神豪榜第一：说得多不如直接做。

【私聊】姜凉：……

月无痕没有下线，他隐身了。翻着世界频道的消息，月无痕气得不轻。

【私聊】三月清欢：无痕，你今天怎么和初兮 PK 啊？

【私聊】月无痕：没什么。

可能是月无痕打出的字，给三月清欢语气不好的感觉，三月清欢好一会儿都没回复。

【私聊】月无痕：清欢，我只是觉得她有点不对劲，想试试她。

月无痕立即解释，他其实不是想试试初筝，他就是发现初筝和姜凉在一块，心里有些不舒服。

初筝以前总是围着他转，不管他找不找她，她都会主动找自己……他能看得出来，她喜欢自己。他不相信，这么短的时间，她就真的不喜欢自己了。

【私聊】三月清欢：这样啊，那你试出来了吗？

【私聊】月无痕：她的 PK 技术比以前厉害，我觉得她可能请了代练。

这是月无痕觉得最合理的解释。

【私聊】三月清欢：啊……

【私聊】月无痕：也没什么，我们去刷亲密度。

【私聊】三月清欢：可是我想去天山之雪副本，无痕，你陪我去好不好？我刚才看论坛，别的服有人通过了，首次通过不但有珍惜道具和神器地图碎片，还有漂亮的时装。

副本里面掉落的时装，都是绝版稀有，全服独此一份。三月清欢在论坛上看见那件时装，第一眼就喜欢得不行。

月无痕有点不想去，他现在的号，等级有点低。天山之雪本来就挺难，更别说还是地狱模式。但是三月清欢的要求，月无痕又不能直接拒绝，只能叫上几个人去天山之雪。

月无痕装备和等级都跟不上，连 BOSS 的影都没看到，就已经团灭。

【私聊】三月清欢：无痕，没事，他们这么长时间都没过去，咱们一次失败也没什么。

【私聊】月无痕：嗯。

三月清欢体贴地安慰月无痕，然而接连几次都失败，而且还没看到 BOSS 就被打死，三月清欢的语气里明显带着点不满了。

月无痕耐着性子哄她，三月清欢使点小性子，让人心疼却不讨厌，尺度拿捏得非常好。

【公告】恭喜玩家姜凉、神豪榜第一、东山不起、你的外卖、蓝山通关天山之雪地狱模式。

【公告】神器“灵游剑”藏宝地图碎片现世，请诸位玩家努力收集碎片，寻找神器。

【公告】恭喜队伍通关小意思获得绝版时装“花弄影”、绝版武器“赤夏”等珍稀物品。

三月清欢和月无痕忽地看见这么几条公告接连闪过。

初兮……

又是初兮！怎么哪里都有她？想到自己看上的时装可能在她手里，三月清欢的心情更差了，月无痕也好不到哪里去。

第三章
要去我家吗

初筝没想到姜凉真的研究出了副本通过的方法，也不知道他研究了多久。

【世界】下课就上线：天山之雪都通过了？

【世界】我是一只狼：姜凉和初兮是什么情况？

【世界】卖瓜的婆婆：天山之雪副本过了？还是姜凉过的？

【世界】夜店小王子：同好奇姜凉和初兮什么关系。

【世界】羽花花：花弄影好漂亮，好想要，嘤嘤嘤。

【世界】我超级萌啊：我也想要。

女孩子都喜欢漂亮的东西，世界频道上一群女孩子哭着想要花弄影。不少人有女朋友的玩家，打算私聊初筝，问她卖不卖，然而一群人碰壁。

初筝没开启非好友可以会话功能，还关闭了好友申请。

【私聊】神豪榜第一：你多久没睡觉了？

【私聊】姜凉：你喜欢什么？我分给你？不然都给你。

两人的消息同时出现。

姜凉看着那条消息，心跳漏跳半拍。

【私聊】姜凉：我睡过，只是号没下而已，你……这是关心我吗？

【私聊】神豪榜第一：不要，没用。

【私聊】姜凉：你不喜欢？

姜凉有点失望地看着背包里的东西，这些东西都很好看啊！

【私聊】神豪榜第一：没用。

“好人卡”自己不要，凭什么给我！不占地儿的吗？

【私聊】姜凉：也是，都没有出宠物，改天我给你抓个厉害的。

姜凉虽然这么说，但分的时候一点也不含糊，时装和武器都分给了她。另外三个拿剩下的东西，本来就是姜凉带队，怎么过也是他指挥，他们没有权利说这些东西怎么分。

【私聊】神豪榜第一：给我这些做什么？

说了不要！

【私聊】姜凉：想给你。
初筝看着那三个字，莫名地将姜凉的脸代入进来，他那怯生生又忐忑不安的模样……
初筝指尖在键盘上抠了抠，小东西有点诱人……“好人卡”是我的。
心路历程十八弯，面上却没有一点变化。
【私聊】神豪榜第一：我不要。
初筝将东西还给他。
【私聊】姜凉：送你的东西不能还回来。
姜凉再次将东西给她，并迅速下线。
给我干吗啊！！
“叮咚——”
初筝看了一下时间，六点整。这个时候，原主的父母回来了？不对啊，他们有钥匙，不用按门铃，那是谁？不会又是应泽这个渣男吧？
初筝出去的时候，顺手抄了把水果刀。
门外站着的是个青年，看上去也不过二十出头，年轻时尚，长相帅气俊美，走在大街上，小姑娘们都会回头的那款。
初筝把水果刀放在身后。
夏木繁余光里闪过一点寒光，他没看清是什么。面前的女生穿着简单的休闲服，清爽干净，五官精致漂亮，就是面色太冷，整个人冷冰冰的。
“找谁？”
她很确定，原主不认识这个人，来者不善……初筝默默地握紧背后的刀，绷着小脸，严肃地看着外面的人。
“咳咳……”夏木繁清清嗓子，“你好，我是夏木繁。”
“所以？”
“上次我朋友姜凉……”夏木繁怕初筝不知道姜凉是谁，指向对面的门，“就是住你对面的那个男生，他上次遇到了麻烦，是你帮的忙。姜凉性格有点内向……”
“他那叫内向？”初筝打断他，这人怎么瞎说。
“呃……”这只是一个委婉的表达方式，总不能介绍说他有社交恐惧症吧？那这事不是吹了吗？他家弟弟后半生的幸福啊！
夏木繁被初筝弄得有点不知道该怎么往下说，这姑娘怎么不按常理出牌呢！
“咳咳……那个，我就是想谢谢你，要不是你，还不知道要出什么事呢！这些天也没来给你道谢，实在是不好意思。你要是不嫌弃，我想请你吃个饭，聊表谢意。”
初筝语气平静：“不客气，是我应该做的。”保护“好人卡”是她的职责。
这话落在夏木繁耳中，就成为——路见不平，拔刀相助，是我应该做的。这是个好姑娘啊！虽然性格看上去似乎有点冷淡……不过没关系，人品好就行。
为他弟弟操碎了心。
在初筝不知道的时候，夏木繁给初筝发了一张“好人卡”。
“那吃饭？”夏木繁道，“就在家里吃，不去外面。”
夏木繁指了指隔壁。

初筝跟着夏木繁过去，姜凉坐在沙发上，戴着帽子和口罩，只露出一双湛蓝的眸子，清澈漂亮，宛如宝石。见初筝进来，他“噌”的一下站起来，站到沙发后面，犹如怕生的小动物。

“他就这样，你别介意。”夏木繁给姜凉使眼色。

我都把人给搞过来了，你倒是争点气啊！

然而姜凉没有任何反应，他忐忑不安地站在沙发后面，都不敢看初筝。

“嗯。”初筝随意地应了一声，“你和他什么关系？”

这人对“好人卡”家里好像很熟悉的样子，不会带着“好人卡”干什么坏事吧？这次的“好人卡”可是很容易被人带坏的……

“呃……”夏木繁斟酌了一下，“我和姜凉认识的时间比较早，那什么，你就把我当成他哥哥吧！”

“哥哥？”

“是啊！”夏木繁笑道，“我比他大。”

也就大一个月而已。

“对了，你叫什么啊？”

“初筝。”

“出征？”这是什么名字，亲妈取的吗？“你坐一下，我马上就弄好。”

姜凉家的厨房是开放式，夏木繁估计是叫的外卖，只是将菜装盘端出来。

初筝侧目看了一眼姜凉，后者笔直地站在那边，一动不动。她往姜凉那边走过去，姜凉察觉到初筝靠近，下意识地往后退。

“你很怕我？”

姜凉摇头。口罩遮着他大半的脸，什么都看不见。初筝想把他的口罩拽下来，但看着姜凉那一副不知道该怎么办的模样，她控制住自己的冲动。

“不怕我的话，离那么远做什么。”在游戏里面不是挺能的吗？

夏木繁密切关注这边，希望自家的弟弟争气一点，好歹也要说上几句话吧？

“对……对不起。”姜凉突然道歉，并迅速转身，绕过沙发，冲进卫生间。

对不起什么？

“哈哈……”夏木繁干笑，“姜凉他……可能不太习惯和陌生人接触，你别生气，他不是故意的，有时候他对我都这样。”

姜凉对他倒不至于这样，只是不愿意和他说话。

初筝眉宇间平静淡然，看不出在意还是不在意：“他这样多久了？”这是病！得治！

“我认识他的时候就有一点，不过那个时候不严重，还能和人简单交流，后来就越来越严重了。”

“没让他看心理医生？”

“看了。”夏木繁道，“没什么用。”

看心理医生的时候还是姜凉没有这么严重的时候，但是没有任何作用，现在姜凉几乎已经彻底断绝和人在现实中交流了。

夏木繁听到姜凉说自己可能恋爱了，他心底是高兴的，也许这能让姜凉的情况好转一点，所以现在夏木繁看初筝就跟看救星一般。

夏木繁噼里啪啦地跟初筝说着姜凉，把他说得除了不擅长和人交流这个缺点外，其他的都十分完美。但姜凉确实特别聪明，他初中以后的课程都是自学，夏木繁偶尔给他录个讲课录音，他就轻轻松松学完了所有课业。

“真的，我们姜凉很聪明的。”夏木繁那就是“我家弟弟是最好”的架势。

“我知道。”你不用特别夸。

“咳咳……说太多了哈，那个，吃饭吧！”夏木繁过去叫姜凉，“姜凉，出来吃饭了。”

卫生间里没人应，夏木繁敲了半天门，不管他怎么哄，姜凉就是不出来。

“我来。”女生清冽的声音从夏木繁身后响起。

夏木繁看了初筝一眼，给她让开位置。

初筝捏了一下手腕，在夏木繁疑惑的视线下——一脚把门踹飞。

卫生间里的姜凉，和外面的夏木繁，都吓得愣在原地。

初筝严肃脸：“开了。”

夏木繁咽了咽口水：“姜凉……”要不你换个人喜欢？这姑娘好像有点暴力啊！

姜凉双手捏紧放在身前，湛蓝的眸子里满是坚定。

姜凉：我不！

夏木繁心累。我竟然看懂了！

你不肯有什么用，你倒是说话啊！

姜凉：我不敢。

夏木繁扶额。我竟然又看懂了！

夏木繁恨铁不成钢，将他从洗手间揪出来，按到餐桌上：“吃饭！”

姜凉低下头，小心地拿筷子，浑身上下都透着不自在，似乎都不知道筷子是怎么拿的。

初筝提醒他：“你的口罩。”这个“好人卡”有点蠢萌蠢萌的。

姜凉闻言差点把脸埋进碗里，夏木繁不忍直视，伸手扶额。他错了，就姜凉这状态，人家能看上姜凉才有鬼嘞！

姜凉小心地拉下口罩，低着头扒饭。

“咳……”夏木繁试图化解尴尬，“你喝酒吗？有红酒和香槟，也有饮料。”

初筝无所谓：“都行。”

夏木繁没拿酒，拿的饮料。

“姜凉，你给人家姑娘道个谢呀！”夏木繁在桌子底下拿脚踹扒饭的姜凉，给他整这么一个机会，怎么还不知道抓紧。

姜凉“啪”的一下放下筷子，双手捧着饮料，低着头，举高饮料，气沉丹田，吼出声：“谢谢。”

姜凉心脏扑通扑通地狂跳，脸颊上隐隐有些发烫，一路蔓延到耳根，捧着饮料的手微微发着抖，手心里满是冷汗。

她……她会不会讨厌自己啊？

姜凉顿时在心底一阵自我厌弃。

初筝愣怔，这不是道谢，是给她上香吧！

夏木繁抚额，他家弟弟能说出“谢谢”已经鼓足了莫大的勇气。

好丢脸啊……夏木繁拿手挡脸，实在是不敢看这画面。

初筝镇定自若地拿杯子碰了一下，在杯子碰撞的清脆声中，淡淡地道：“不用谢。”

“要……要的。”姜凉磕磕绊绊地接话。他捧着饮料，咕咚咕咚地一口干了。明明喝的饮料，却跟喝烈酒一般，姜凉整张脸都通红起来。

好、好萌啊！“好人卡”犯规了！

夏木繁唉声叹气，完了，他弟弟肯定没希望了。

“咔嗒——”姜凉将杯子放到桌子上，低下头继续扒饭。

初筝抿了一口饮料后放下。夏木繁只能继续夸自家弟弟，希望初筝眼瞎，不会嫌弃。

但夏木繁觉得很难……

“他一个人住在这里，其实我也挺不放心的，以后要是有什么情况，还麻烦你帮我看一眼，我在这里先谢过姑娘了。”夏木繁拿出喝酒的架势敬初筝。

“应该的。”我的“好人卡”嘛！

夏木繁继续道：“现在像你这样好心的姑娘都找不到了。”

夏木繁心底微微有点奇怪，但是又找不到奇怪的点在什么地方。

初筝漠然地想：你给我发“好人卡”有什么用，“好人卡”不觉得我是个好人。

“我以前有时候也过来，怎么没见过你呀？”夏木繁有点好奇。姜凉住在这里其实有好长一段时间了。

“我不怎么出门。”原主也是个宅女，能不出门就不出门。当然，原主的人际交流没有问题。

“这样啊！”夏木繁笑道，“那你毕业了吗？在家工作啊？”

“还没有。”原主大四，前段时间就是弄毕业的事，所以才没时间上线。

夏木繁东拉西扯地瞎聊。

姜凉扒着空碗，余光瞄着两人，心底十分沮丧。他想说话又不知道该说什么，总觉得说什么都会尴尬……姜凉越想越沮丧，整个人都透着几分可怜。

吃完饭，初筝起身告辞，她瞅着被姜凉帽子压着，只露出少许的头发，很想摸摸看软不软。

可是夏木繁在这里，初筝只能端着高冷的形象，礼貌地告辞。

“姜凉！”初筝一走，夏木繁就爆发了，“你就不能拿出你在游戏里的勇气吗？”

姜凉缩在沙发上，抱着膝盖：“那不一样。”

“怎么不一样？不都是人？”

“我又看不见他们。”

“看不见他们，他们就不是人了？”夏木繁气得叉腰，“你在游戏里交流完全没问题好吗？”

姜凉想了一下，点头：“嗯。”

就你这样还想要媳妇！做梦去吧！

初筝晚上九点才上游戏，私聊被“我是一个小号”给轰炸了。

【私聊】我是一个小号：灵游剑的地图碎片卖不卖？

【私聊】我是一个小号：高价收。

【私聊】我是一个小号：上线请联系我！真的高价，童叟无欺！

初筝翻看了一下背包，发现姜凉之前把这玩意也打包给了自己。

灵游剑是《风云无双》宣传片里的一把特别厉害的神器，副本有机会掉落地图碎片。集齐这些碎片，才能找到这把神器。

因为不是第一次出灵游剑的地图碎片，游戏里的玩家，并不是特别激动。正如之前有人说，轮不到他们，不用激动。

【私聊】神豪榜第一：你觉得我缺钱？

【私聊】我是一个小号：……

和一个随随便便买买买的人说高价，我是一个小号觉得自己失策了。

【私聊】我是一个小号：我手里还有不少好东西，你缺什么？

【私聊】神豪榜第一：我什么都不缺。

【私聊】我是一个小号：……

【世界】我超级萌啊：啊啊啊啊啊！！！

【世界】一根黄瓜：超级萌你怎么学一哥鬼叫？

【世界】风云榜第一：谁鬼叫了？

【世界】夏夜的小火：惊现一哥。

【世界】卖瓜的婆婆：一哥，你家姜凉都跟人跑了，你回家得独守空房了。

【世界】我超级萌啊：刚刚我收到花弄影！！花弄影啊！！

【世界】风云榜第一：花弄影是谁？

【世界】我超级萌啊：好看死了，不行，我心脏扑通扑通的，要跳出来了。

【世界】一根黄瓜：那你不是要挂了吗？我得给你打个120吧？

【世界】卖瓜的婆婆：花弄影不是在初兮那里吗？谁给你的？

【世界】我超级萌啊：大佬给我的，说是送我了，嘻嘻，大佬肯定是被我的美色征服了。

绝版的东西就算你开出一个和市场价格不符合的价，只要有人喜欢，也有人会掏钱。

初筝送“我超级萌啊”绝版时装“花弄影”的消息，很快整个服的人都知道了。按照市场价估值，那套时装怎么也得大几千。这一出手就送上千的东西，还是一个陌生的玩家……这不会是游戏里的托吧？！

初筝抚额，那不是为了让人别再骚扰我吗！

自从初筝去姜凉那边吃过饭后，初筝不时地能在门口收获一份夜宵。夜宵肯定是姜凉放的，不过从来没被初筝撞见过。他每次放的时间都不一样，跟做贼似的。

初筝每天在游戏里撒钱让人带她蹭经验升级。

城战在即，世界频道上都安静了不少，大家忙着升级打装备去了。

城战当天，系统进行了两个小时的维护，初筝等维护结束后就上了线，城战系统已经完全更新出来了。

【私聊】姜凉：城战你参加吗？

【私聊】神豪榜第一：嗯。

城战经验挺多的，可以蹭蹭。

【私聊】姜凉：那你加我们队伍吧！

姜凉庆幸他和初筝是一个城池，不然就得成为敌对方。

每个玩家属于的城池，就跟户籍一样，选择出生点的时候就已经定下。姜凉的队伍里还有风云榜第一、慕容狗剩和皇甫铁牛三人。

【队伍】慕容狗剩：妹妹好，又见面了。

【队伍】皇甫铁牛：哈哈哈哈，一日不见，如隔三秋，妹妹好。

【队伍】神豪榜第一：你们好。

风云榜第一看着这三个人正儿八经地问好，忍不住插话。

【队伍】风云榜第一：你们够了。

【队伍】姜凉：队伍拿到第一名会有奖励，到时候争取多收点人头。

【队伍】皇甫铁牛：咦，小姜凉，你不是让我来凑人数的吗？

【队伍】慕容狗剩：我就是想看看城战是个什么玩法，我还有论文没写。

【队伍】神豪榜第一：我蹭经验。

定位非常准确的初筝，坚定不移地执行蹭经验方针。

【队伍】风云榜第一：……你们干脆直接退出去好了！要你们有什么用？

【队伍】皇甫铁牛：颜值担当。

【队伍】神豪榜第一：……

虽然没见过这两人，但是姜凉那长相，估计没多少人能赢过他吧？

【队伍】风云榜第一：你们把姜凉放在哪里了！

【队伍】慕容狗剩：是是是，你家小姜凉最好看，你倒是带出来让我们看看啊，无图无真相，是不是啊小姜凉？

【队伍】皇甫铁牛：小姜凉是团宠。

【队伍】风云榜第一：你们定位还挺厉害，那我和初兮呢？！

【队伍】皇甫铁牛：初兮是大佬，你……你就是一个小喽啰。

风云榜第一估计气炸了。

城战还没开始，队伍就面临解散的危机。

【队伍】神豪榜第一：开始了。

屏幕出现倒计时。

等倒计时结束，面前的画面都变了，大家被传送进城战地图。面板上也多出一个【城池】的聊天界面，因为都是第一次参加，聊天界面上非常混乱。

初筝和姜凉他们传送在一起，此时站在城墙上，四周全是拥挤的玩家。

他们这边是守城方，蓝方。正式开始前，还有半个小时时间让玩家部署。城池频道上公布了一个语音房间，初筝懒得切换界面，没有加。

风云榜第一、慕容狗剩和皇甫铁牛都进去了。

【队伍】姜凉：一会儿你跟着我就是，我保护你。

【队伍】慕容狗剩：小姜凉，怎么没见你保护哥哥呀？

【队伍】姜凉：皮糙肉厚，不需要。

【队伍】慕容狗剩：让人伤心啊！

【队伍】风云榜第一：他们已经确定指挥权了，一会儿怎么办？

【队伍】姜凉：你随便啊，我又不跟他们走。

初筝也不打算跟着大部队行动，那么多人，被误伤了怎么办？

半个小时一过，城池的保护失效，玩家可以自由出入，初筝第一时间移动。

【队伍】姜凉：你去哪儿？

【队伍】神豪榜第一：找个高点的地方。

【队伍】风云榜第一：做什么？

【队伍】神豪榜第一：看得清楚点。

不然留在这里挨打吗？当然要离远点看。

城墙上玩家比较多，还有技能的光效，确实看得不够清楚。

可是……你不是要蹭经验吗？不蹭了吗？

王者号表示呵呵，小姐姐的话能信，母猪都能上树。

姜凉本来打算拿个队伍第一，听说奖励也不错，可是初筝似乎没这个意思，他只能放弃，跟着初筝。

【城池】打包一份吴年糕：他们人数比我们多。

【城池】向钱冲：对面指挥是谁啊？

【城池】脑残也有脑子：好像是月无痕吧？

【城池】一滴水墨：月无痕指挥这么厉害吗？

【城池】雷雨公路：谁知道，我第一次玩城战。

对面指挥比他们这边厉害，攻城进度十分迅速，这边的玩家叫苦连天。死亡之后虽然可以复活过来，可是需要从复活点过来，从时间上就输了。

【主线任务：请在一个小时内，获得“挥金如土”成就。】

我就看个戏，蹭个经验！为什么这么一点小小的愿望都不能满足我？

【小姐姐加油呢！】王者号欢快地提醒。

我收拾你的时候，希望你也能这么高兴地加油。

【……溜了溜了。】惹不起我还躲不起吗？

初筝内心气成河豚，上次那个“一掷千金”就花了那么多，这次肯定只会多，不会少。

初筝绷着脸，点开商城，结果发现商城很多东西都暗了，不能点。城战期间，能购买的东西有限。

烟花都不许我放了！这要我怎么办？

【城池】我超级萌啊：不行了不行了，我没蓝了。

【城池】清风如橘：我也没有了。

【城池】忽而令夏：指挥怎么回事，左侧那么多人，看不见吗？

【城池】神豪榜第一：缺药的来找我，免费。

【城池】神豪榜第一：坐标 390.237。

初筝这个消息发出去，城池频道安静三秒，随后狂刷起来。

【城池】我超级萌啊：大佬竟然参加了！！

【城池】我超级萌啊：我就来，大佬等我！

我超级萌啊飞快地出现。

【城池】神豪榜第一：你不是药师？

【城池】我超级萌啊：医人不自医，大佬药师也需要呵护，嘤嘤嘤。

【城池】神豪榜第一：……

初筝开始发放城战可以使用的各种药剂，低级的买到封顶不能购买，就开始买高级的。这烧钱的玩法，众玩家看得有些愣怔。

有初筝的药剂支撑，玩家不用跑复活点，残血就补药，对方被这操作惊到了。一个两个三个补药没毛病，这一群人补药是什么意思？你们参加团购了吗？

《风云无双》这个游戏，比较有用的回血回蓝药剂，都是需要真金白银买的，不然就得自己做。

初筝点得有点手软。

【队伍】慕容狗剩：我今天算是看见真土豪了。

【队伍】皇甫铁牛：一哥，你和人家大佬比起来，差的不是一星半点啊？

【队伍】风云榜第一：我很穷，谢谢。
【队伍】慕容狗剩：又哭穷，打他！
【队伍】皇甫铁牛：大佬，你这么发下去会不会破产啊？！
【队伍】神豪榜第一：我也希望。
也不知道王者号什么时候会破产。
【破产是不可能破产的，小姐姐有这个时间，不如快点完成任务。】它怎么可能破产，哼！
小姐姐整天就希望它破产，它偏不！它就不！
希望什么？
你希望什么？
【队伍】慕容狗剩：大佬的思想高度，和我们都不在一个层面上。
【队伍】神豪榜第一：你们需要什么？
【队伍】皇甫铁牛：大佬……我们要什么你都给吗？
【队伍】神豪榜第一：我会感谢你们。
帮我做任务的都是好人。
【队伍】皇甫铁牛：大佬，我问个问题啊！
【队伍】神豪榜第一：嗯。
【队伍】皇甫铁牛：你这是为什么呀？
【队伍】神豪榜第一：……有钱。
惹不起惹不起。

初筝点得手软，但是王者号迟迟没有提示任务完成。游戏里的那个"挥金如土"成就，也不知道需要多少才够。再这么买下去，所有的商品购买量都快到上限了。

【系统】神豪榜第一：你们"挥金如土"成就需要花多少钱才能达成？

初筝直白地跑去戳客服问。

【系统】二二二：您好，"挥金如土"成就需要五百万个金币呢！

五百万……五十万？她得花到什么时候才能花掉这么多？

【系统】二二二：那个，我想问一下，您是怎么知道我们有这么一个成就的？

这个成就是隐藏的，正常玩家不应该知道……就算她之前已经得到这么一个成就，猜测下面还有，也不可能说出成就的名字吧？

【系统】神豪榜第一：不知道。
【系统】二二二：不知道您怎么能说出成就的名字？
【系统】神豪榜第一：现在知道了。
【系统】二二二：……

所以这位玩家是有内部消息，还……这么有钱，认识游戏公司里的人好像也正常吧？

这么一想，客服就觉得没什么大事，玩家消费，赚钱的还是公司！

初筝那边算了一下自己刚才花掉的金币，发现自己还差得远。城战的条件限制下……她能怎么办！她也很绝望啊！！为什么要为难她这个小可怜！！！

初筝气愤地在商城界面上一阵狂点，能买的都往最高的买，然后让我超级萌啊发出去。

于是那边还在迷茫集体补药事件的敌对方，突然发现他们的对手又开始换装备。

商城里的装备有好有坏，但有一个共同点——贵！不过因为批量的原因，并不是很受玩家待见，许多玩家都是用来做过渡的装备。

此时初筝批量地发，玩家们换上同款的装备，气势上忽然就变得不一样起来。

【世界】卖瓜的婆婆：根据前方最新情报，目前赤炎城的玩家都换上统一装备，赞助商：神豪榜第一。

【世界】杞暖：大佬家里有矿吗？

【世界】浅笑歌：何止有矿，自从上次和无痕大神的事闹开之后，这位隐藏土豪，就开始没有节制地买买买……

【世界】九重纱衣：膜拜一下土豪。

【世界】卖瓜的婆婆：装备换完，现在开始换武器了。

【世界】一根黄瓜：初兮大佬还缺暖床的吗？

【世界】卖瓜的婆婆：你就不要妄想了，就算人家大佬缺，也不会要你的。

【世界】一根黄瓜：……你这人说话好不讲理，很多人喜欢我的好吧！

【世界】原点：怎么好像画风不对啊……

【世界】三个人的时光机：我就是想知道对面玩家的心理阴影。

【世界】我是一只狼：我们在努力攻城，你们却在偷偷换装备！

攻城方确实是月无痕在指挥，面对对面突如其来的操作，月无痕也差点被打乱步伐，不过他们这边人数稍微多一些。而且对面的指挥似乎没选好，就算对方补药换装备，指挥跟不上，最后也是一盘散沙，因此月无痕很快就稳住自己这边的人。

月无痕的指挥确实没有问题，那边换上统一装备的玩家，在没有更好的指挥者的领导下，只能靠补药维持。月无痕有信心能打赢今天的城战，第一次城战的奖励不会太差。

然而就在月无痕自信满满的时候，他突然被迫下线，而且电脑直接动不了，不管他点哪里都没有反应。

应泽气得大骂一声，顾不上其他，直接拿了钱冲出房间，直奔最近的网咖。

然而，他那个账号在网咖也登录不上。

应泽只能上别的小号，然而小号没有参加城战。小号上没加什么人，城战里面的人没办法联系，应泽只能眼睁睁地看着城战结束。

【公告】恭喜赤炎城守城成功，获得城战首次胜利。

【世界】山川皆无恙：月无痕怎么回事？最后明明都快赢了，你突然让人撤走是什么意思？

【世界】青青草原杠把子：差一点就赢了，最后的操作是什么玩意啊？

【世界】铲屎大将军：月无痕是不是对面派来的奸细？

城战输赢刚公布，赢的那边还没出来庆祝，反倒是输的这边先跳出来指责月无痕。

世界频道的吃瓜群众十分迷茫，不知道发生了什么。

应泽也很茫然，他立即找自己认识的人询问。

他被盗号后，指挥没有什么问题，但就在最后关头，他们眼看就要赢了，结果他忽然让人撤。在战场上的人看不到全局，听从指挥的行动，就是最好的。就是这一撤，导致后面他们输了。

【世界】老子不稀罕：最后对方明显知道咱们的作战计划，有内奸！

【世界】龍爺：月无痕别装死，出来解释一下！

【世界】岛上称霸：输了就输了，你们突然甩锅给指挥，这么输不起？

【世界】老子不稀罕：要不是月无痕我们能输？你们得意什么，如果不是靠着神豪榜第一给你们提供药剂，你们不知道死多少次了。

【世界】我超级萌啊：你们就是嫉妒我们呗！

【世界】原点：幸好我没参加这次城战。

【世界】卖瓜的婆婆：板凳摆好，看戏。

【世界】一根黄瓜：所以月无痕最后把所有人都给坑了？这是为什么啊？

输掉城战的玩家，怒火正盛。世界频道上还有一批人搅和，场面更乱。

【世界】一人归心：我是月无痕，首先我被盗号了，后面的指挥我不知道怎么回事，作战计划怎么泄露的我不知道。

应泽在世界频道上解释。

他不说话还好，一开口输掉城战的玩家就炸了。

【世界】龍爺：你说被盗号就被盗号，怎么就你天天被盗号，还是在这么关键的时候被盗？月无痕，你自己说，这话说出来大家能信吗？

【世界】铲屎大将军：我们让你做指挥，是信任你，可是你干了什么？

【世界】一人归心：我真的被盗号了。

一群人在世界频道上掰扯，也有人帮应泽说话。但路人玩家较多，这么大的情况，应泽的解释看起来很是苍白。

最后有人站出来……

【世界】山川皆无恙：行啊，让客服查 IP，让我们看看登录 IP。

被盗号了是吧？那就让客服查。应泽试着再次登录自己的那个号，结果发现可以登录。里面的东西都还在，就是名字被改了——我是渣男 1 号。

【公告】天生我材必有用，千金散尽还复来。恭喜玩家神豪榜第一达成成就“挥金如土”。

别人在上面吵得不可开交，这位大佬暗戳戳地拿成就，贫穷限制了他们的想象力。

初筝转完账，将手机丢到一边，整个人都松了一口气，抬手拍了拍胸口。

王者号有句话说得没错，马不停蹄地买买买，她真的是马不停蹄地买啊！

应泽的号是她找人做的，还特意选在紧要关头。

应泽那边鸡飞狗跳地要说法，初筝这边的人都在庆祝。他们此时还停留在城战的地图里，不少玩家摆队形拍照。

【城池】我超级萌啊：大佬大佬，我可以和你合影吗？

【城池】神豪榜第一：嗯。

我超级萌啊立即蹦跶过来，做了一个可爱的捧心动作。

【城池】我超级萌啊：大佬，你介意喜欢我吗？

【城池】神豪榜第一：介意。

【城池】我超级萌啊：嘤嘤嘤，人家很可爱的。

有我的“好人卡”可爱吗？我的“好人卡”才可爱呢！

我超级萌啊失望地离开，转过头就在论坛上发了帖子。

【大佬合影，太帅了太帅了】

1 楼：我是一楼吗？

2 楼：沙发。
3 楼：这就是那个在城战中发药的土豪？
4 楼：土豪的装备看上去还行，但不是顶配，这和我想的不一样。
5 楼：大佬又不动手，装备好不好无所谓。
除了我超级萌啊这个帖子，还有关于城战的帖子，其他服的帖子都没有他们这个服热闹。
【震惊！史上最豪城战，背后竟是因为一个女玩家……】
帖子文字不多，只是简单介绍了一下初筝这位大佬，下面大部分是图片。开头第一张图片就十分震撼，穿得一模一样的玩家，站在城墙上，纷纷用游戏里面的动作，拍了好几张。
1 楼：这是批发的装备吗？游戏公司新的宣传手段？
5 楼：大佬就是大佬，玩个城战都和别人不一样。
13 楼：这么多的装备，得花多少钱？
23 楼：我期待我爸爸告诉我，其实我是隐形富二代的那一天。
29 楼：我们都在规规矩矩地打城战，却不想隔壁服居然如此放荡不羁吗？别说了，我要转服了！
34 楼：见过土豪男玩家，还没见过如此阔气的女玩家，请收下我的膝盖。
……
初筝暗戳戳地在世界上观看完应泽被撕大战。
应泽查不到被异地登录的 IP，就没办法证明他的账号被盗，这锅是背定了。
初筝放心地关掉世界频道。
【……】我要不要和小姐姐聊聊，正常的逆袭不是这样的。她老是暗戳戳地在背后搞，这一点都不符合她高贵冷艳的形象好吗？！

风云榜第一和其他人一样，被初筝的操作震惊，此时正在世界频道和论坛吃瓜。
姜凉反而镇定得很，在虚拟世界他一点也不慌。
【私聊】姜凉：月无痕的号是不是你找人做的？
【私聊】神豪榜第一：不是。
胡说八道！怎么会是我？
姜凉不是怀疑，他是确定，不过初筝否认，姜凉也没有追问。
【私聊】姜凉：你现在很讨厌他吗？
【私聊】神豪榜第一：谈不上。
【私聊】姜凉：为什么？你难道还喜欢他？
【私聊】神豪榜第一：无关紧要的人，为什么要讨厌？
对于初筝来说，这个世界只有两类人，男人和女人？不！在她眼里，只有有用和没用的分类。
【私聊】姜凉：他对你来说是无关紧要的人？
【私聊】神豪榜第一：嗯。
“好人卡”怎么这么多问题？
【私聊】姜凉：那我……
【私聊】神豪榜第一：什么？
【私聊】姜凉：没什么，时间不早了，我睡觉去了，你早点休息吧！

说话说半截！

姜凉下得快，初筝再看的时候，对方头像都黑了。然而半个小时后，初筝看见世界频道上的人开始对着姜凉进行人身问候。

说好的睡觉呢？！你睡到世界频道上去了？

【世界】神豪榜第一：杀不灭神话一次，可找我领1000金。

我的“好人卡”是你能骂的吗？！

【世界】一根黄瓜：咦？

【世界】天生一对：大佬合影！

【世界】原点：所以……大佬和姜凉有奸情？

【世界】国际美男：大佬这是有什么想不开的，为何要和这个祸害牵扯到一块？

【世界】再起风云时：简直是丧心病狂，不多说，我杀不灭神话去了！

初筝为姜凉出头，世界频道上一群人哀号她到底哪里想不开，要和姜凉勾搭在一块。然而此时被议论的主角云淡风轻地发完消息后，关掉游戏睡觉去了。

姜凉看着世界频道上的消息，嘴角忍不住弯了弯。

他戳了一下风云榜第一。

【私聊】姜凉：繁繁，你说她是不是喜欢我啊？

【私聊】风云榜第一：……没看出来。

【私聊】姜凉：刚才她为我杀不灭神话。

【私聊】风云榜第一：也许只是因为不灭神话惹到她了。

【私聊】姜凉：……

风云榜第一怕被拉黑，赶紧补上一句。

【私聊】风云榜第一：你告诉她，你是谁了吗？

【私聊】姜凉：没有。

【私聊】风云榜第一：为什么不说？

【私聊】姜凉：我不知道该怎么说。

【私聊】风云榜第一：……

风云榜第一操碎老妈子的心，给姜凉出谋划策。

接下来一段时间，初筝上线姜凉就等着她，但两人也没做什么，就是升个级、打个怪、下个本什么的。姜凉给初筝找了不少好东西，然而初筝反手会送他更多的东西。

姜凉心底拔凉拔凉的。每次找风云榜第一，就被风云榜第一好一顿说。

姜凉好几次想告诉初筝自己是谁，可惜都没说出口。

月无痕那边因为初筝的操作导致他被不少人抵制，不管做什么都有人横插一脚的感觉，升级困难，打装备也困难。三月清欢一开始还陪着他，时间长了，月无痕一找三月清欢，她就开始推脱。

初筝已经查清楚，当初原主的号被盗是三月清欢搞的鬼。三月清欢骗月无痕说自己是不小心，月无痕为了她，所以在原主面前装作什么都不知道。

英雄难过美人关啊！唉！

初筝抱着文件从小区进来，远远地看见姜凉和一个人站在一块儿。他似乎有些害怕，整个人都紧紧地缩着，如同被训话的小学生。

男人戴着帽子，白色休闲服，周身透着温润儒雅，那是一种让人信服的气质。

初筝的指尖在文件上敲了两下。

有人和我抢“好人卡”？！这完全不OK！

初筝立即朝着那边走过去。

“你下次小心些，你真的没事吗？要不要我送你去看医生？”男人声音温和地询问。

姜凉垂着头，只是摇头，没有说话。

“那好吧，实在是抱歉。你要是有什么问题，可以给我打电话……”

男人将名片递给姜凉，姜凉还没接，素白纤细的手指夹住名片抽走，微微一转。男人顺着那只手看过去，面色清冷的女生拿着名片，视线微微垂着，正看着名片。

姜凉余光瞄到初筝，心脏扑通扑通地跳得厉害，可惜他不敢抬头说话。

“霍煦阳？”女生清冽的声音念出名片上的名字。

男人颔首，礼貌又优雅：“这位姑娘，你是？”

初筝随手将名片夹进文件里面，伸手环过姜凉的腰：“你找他有什么事？”

姜凉整个人微微一僵，身体被初筝带着往那边靠了一下，少女的馨香顿时浓烈起来。

姜凉心跳得更快了。

霍煦阳的目光在初筝搂着姜凉的手上停顿了几秒：“是这样的，我不小心把这个小朋友撞到，我说送他去医院，他不肯，我只能送他回来。”

初筝睨着霍煦阳。

霍煦阳面色镇定，心底却有些浮躁，面前这个女生不好糊弄。

这是霍煦阳的第一直觉。

初筝收回视线，微微靠近姜凉：“你告诉他你住在这里？”

姜凉的紧张和忐忑更甚，他努力让自己镇定下来：“我……我没有。”

初筝转眸看向霍煦阳，阳光在女生眼底铺出的光芒，仿佛都透着冷意：“所以，你怎么知道他住在这里？”

霍煦阳心底“咯噔”了一下。

“是这样的。”霍煦阳面色不变，依然温和有礼，“我就住在隔壁小区，之前见过这个小朋友进出这个小区。”

初筝冷漠脸：“他出门时间屈指可数，就算他进出这个小区，也不代表他住在这里，你怎么就如此确定？”

姜凉和陌生人在一块儿就紧张，让他说话比登天还难。所以就算霍煦阳把他送回来，姜凉紧张之下，估计也不会发现有什么不对。就算姜凉发现了，随便找个理由也能糊弄他。

然而让霍煦阳没想到的是，会遇见初筝。而这个女生，对自己似乎……霍煦阳形容不出来那是什么情绪，她看上去太冷漠，冷漠得没有其余的情绪。

霍煦阳笑了一下：“姑娘，我不是什么坏人……”

“坏人不会说自己是坏人。”初筝截断他的话，“别让我再看见你出现在他的面前。”

初筝觉得这个人应该就是引诱姜凉犯罪的那个人，上次没有出现，竟然到现在还敢觊觎她的“好人卡”。

初筝带着姜凉离开，姜凉顺从地跟着她走。

霍煦阳盯着初筝的背影，温和的目光带着审视。

姜凉不敢挣扎，也不敢说话，乖巧得像没有任何危险的幼犬，初筝便心安理得地搂着他。

“你不是害怕陌生人，刚才那个人，你怎么不害怕？”电梯里只有初筝的声音。

“他……”姜凉张了张唇瓣，“给我……感觉……很安全。”

“是吗？”初筝冷漠脸，“那我呢？”

姜凉侧目看身边的女生，对上初筝的视线，仓促地低下头。隐在软发里面的耳尖，透着红晕。

初筝将他往怀里拉了一下：“问你话呢！”

姜凉磕磕绊绊地道：“你……你很好！”

“好人卡”夸我了！

初筝的心情舒服多了，但还是警告他：“不许和陌生人说话，有什么事给我打电话。”

“我……我没你的电话。”他其实是有的，不过不能让她知道，不然自己没办法解释是哪里得来的。

初筝想想好像是这样，她改口：“那你不许一个人出门。”

不是该给我电话号码吗？

姜凉乖巧地点点头。

姜凉开门的时候，初筝还是没松开他，他在心底微微吸了一口气，扭动钥匙。

初筝就这么堂而皇之地进屋，她将文件随意扔在桌子上：“夏木繁最近没来过？”

姜凉站在客厅，反而像一个客人，手脚不知该怎么放：“他……有点忙。”

“吃饭了吗？”

姜凉摇头。

初筝摸出手机点外卖，一边问他：“你出去做什么？”不好好在家里待着，跑出去就遇见变态，亏不亏。

“我……买电脑配件。”

“网上不能买？”

“这个……没有。”

初筝抬眸看他，仰头有些困难：“过来坐下。”

姜凉拳头捏紧又松开，松开又捏紧，慢慢地走过去，坐在边缘上。

“刚才那个人和你说过什么？”初筝觉得自己有必要好好问问。

姜凉摇头。亚麻色的头发随着他的动作晃动，微卷的发梢，配上少年漂亮的脸蛋，衬得他如橱窗里精致的娃娃。

初筝瞅着他的头发，突然伸出手，按在发顶。

初筝表情微微一肃。

软、软啊！

姜凉带着些许惊慌的眸子望过来，湛蓝一片，澄澈清透。

摸个头发而已，至于这么一副被欺负的样子吗？刚才我还拯救你往变态的路上走呢！收点利息怎么了？

这么一想，初筝就理直气壮得多了。

姜凉不太习惯，但是想到之前她说过，喜欢头发软的。

所以他的头发软不软？她喜欢不喜欢？姜凉心底满是忐忑。

初筝揉了两下，见姜凉一副如临大敌的模样，收回手：“外卖到了，你自己吃吧！”

不摸了不摸了，要摸哭了。不能摸哭，不然下次不让我摸怎么办，要为以后做打算！

头发上的力道消失，姜凉更紧张，心底还在想她满意不满意，结果就听见初筝这么一句话，才反问道：“你……你不吃？”

“我吃过了。”初筝起身，准备离开。

姜凉说不出挽留的话，只能看着初筝离开。

“你……你的东西。”姜凉叫住初筝。他将东西给她拿过去，视线落在文件上的标志和名字上。

“这……是，风云无双？”姜凉心底微微紧张起来。

“嗯。”她今天去找了点资料。任务让她买公司，结果她发现这家公司是个子公司，人家压根儿不卖，所以现在她要开始计划买下整个集团才行。

“你……你也玩吗？”姜凉当然知道初筝在玩，现在他就是要告诉她，自己也在玩。

“嗯。”初筝点头，将文件接过来。

“我……我也玩。”姜凉小声道。他用的就是本名，她应该能知道吧？

“嗯。”我知道你玩啊！

姜凉瞬间不知道该怎么接话。

初筝不知道姜凉想和自己说什么，耐着性子等着。然而姜凉后面没话了，两人就这么站在门口。

“那我回去了。”初筝很耿直地打破沉默。

姜凉拽着衣角，微不可察地点了一下头，直到初筝那边的门关上，姜凉脸上顿时露出三分沮丧，七分懊悔。

“姜凉你个猪。”

“骂自己干什么？”夏木繁拍了拍他的肩膀，“你怎么知道我要来呀，专门在这里等我。”

姜凉转身进屋，夏木繁也不在意，笑嘻嘻地将门带上。

初筝抽出文件里面的那张名片，片刻后将它摁在桌面上，摸出手机给人发短信。

——帮我查个人。

——大佬，查谁啊？

——霍煦阳。

——大佬，你就给我个名字没用啊，有照片、电话吗？或者邮箱什么的都行。

初筝将名片上的电话发过去。两天后，初筝收到对方发来的资料。

霍煦阳。宜阳集团董事，国外名校毕业，年纪轻轻便是一个集团的董事……这个人在网上就能搜到不少信息，但是这份资料里面，有许多比较私密的东西。

霍煦阳的作息很有规律，除开公司的行程，几乎没有别的活动，看上去没什么问题。

但是……太干净了。

一个正常人，电子设备上怎么会只有工作，一点私人活动的迹象都没有。比如打开个什么网页、看个电影、听个音乐……霍煦阳都没有。

有时候干净得过分，也是一种异常。

——没有别的了？

——没了，这人很注意隐私，电脑上除了工作，就没有别的东西。

——会不会有别的设备？

——可能有，但是我暂时还没发现。

——你看着他，有消息告诉我。

初筝放下手机。

今天也在努力做个好人呢！

初筝觉得霍煦阳不会那么轻易放弃，“好人卡”还是很危险。

【世界】我超级萌啊：最近无痕大神是不是太倒霉了一点？

【世界】下课就上线：无痕大神到底得罪谁了？

【世界】王子变沙雕：不可说不可说。

【世界】风华正茂：不可说是谁？

【世界】我超级萌啊：你别乱说，大佬想折腾他，用得着偷偷摸摸？

初筝上线就看见这么一条消息。这话说的，我还就——真会。

【世界】王子变沙雕：看吧，你自己都怀疑，不然你怎么知道我在说谁。

【世界】卖瓜的婆婆：活该。

【世界】卖瓜的婆婆：最近三月清欢怎么没和无痕一块儿啊？

月无痕被人针对，导致三月清欢和他在一块儿都会被连累，三月清欢哪里还肯和他在一块儿。

初筝看得正起劲，突然接到姜凉的私聊。

【私聊】姜凉：下本吗？

【私聊】神豪榜第一：不去。

【私聊】姜凉：给你蹭经验。

【私聊】神豪榜第一：行

有经验蹭，不蹭白不蹭！

姜凉邀请初筝入队。今天姜凉认识的人似乎都不在，姜凉随便在副本外面叫的人。

【队伍】柚子：你们好呀，我是柚子，请多多指教。

【队伍】梦神：柚子。

【队伍】柚子：师父。

【队伍】作死达人：我今天运气爆棚啊，竟然看见大佬了，我要去买彩票，蹭一蹭财神爷的喜气！！

【队伍】姜凉：先活着从副本出来吧！

【队伍】作死达人：姜凉大佬，你知道为什么没人叫你大神吗？

【队伍】姜凉：他们可能觉得大神这个称呼配不上我。

【队伍】作死达人：……

突然有点想退队了。

【队伍】柚子：师父，这个姜凉很厉害吗？

【队伍】梦神：别乱说话。

柚子账号等级倒是不低，但似乎是新人，不知道是别人的账号，还是买的账号。

等进了副本，初筝就确定，这个叫柚子的是个纯新人。

【队伍】姜凉：连简单的走位都出错，你下什么本，打野怪去啊！

姜凉在游戏里，本来就是一言不合就开怼的霸道状态。柚子这个样子，他哪里忍得了。

【队伍】梦神：不好意思。

梦神替柚子道歉。

【队伍】柚子：你这人怎么这么凶，谁生来就会玩游戏？你仗着自己等级高就不得了？

【队伍】姜凉：不会玩游戏的人，不会在别人说清楚要求后，还跟着下这种副本。

叫人的时候打上了要求，要求技术过关。柚子的等级和装备都不错，姜凉也没多想，谁知道进来给他弄这么一出。

【队伍】柚子：我……我就算技术不好，你也不用这么说我吧！

柚子可能没有经历过这样的事，委屈极了。

【队伍】柚子：再说，我刚才也出力了，总比有个人一直划水，什么都不做的好吧？

【队伍】柚子：你怎么只说我不说她？

柚子忽然转移火力。队伍里划水的人，只有一个——初筝。

初筝正无聊地点着鼠标，忽然发现话题转到自己身上。

关……我什么事啊？！

【队伍】梦神：柚子，你胡说什么呢？

神豪榜第一是什么人？她现在是名副其实的神豪榜第一。

【队伍】柚子：师父，他欺负我！

柚子没注意到气氛不对，还和自家师父告状。

【队伍】神豪榜第一：我本来就是来蹭经验的。

初筝回复得理直气壮。

【队伍】姜凉：下这个本就是带她蹭经验，我没说吗？

【队伍】姜凉：你选择性看不见？

【队伍】柚子：你这人怎么这样！

【队伍】神豪榜第一：他怎样？

初筝有点不耐烦了，不能因为你是女孩子，就欺负我的“好人卡”啊！

【队伍】柚子：你们欺负人！

【队伍】神豪榜第一：怎么欺负人？玩个游戏欺负你又怎么了？你不服可以欺负回来。

玩个游戏欺负你又怎么了……这句话可以说是十分嚣张霸气。

【队伍】柚子：我又没你们厉害。

【队伍】神豪榜第一：你没我们厉害，是我们的错？

你弱你有理？你弱我就要让着你？凭什么啊！我还弱小又无助，怎么没见王者号给我少发两个任务？

【队伍】柚子：你、你不能仗着自己等级高，就欺负人啊！！

【队伍】神豪榜第一：你弱是你的问题，跟我有什么关系。

姜凉看着屏幕上的字，心情莫名激动。

她是在维护自己吗？

【队伍】梦神：柚子！对不起，柚子不是有意的。

梦神几次插话，都被无视。

【队伍】梦神：柚子，你别无理取闹。

【队伍】柚子：我？我无理取闹？！

【队伍】作死达人：那个……姜凉之前叫人的时候，确实说过是带大佬蹭经验的。

作死达人都不敢说话。现在这个服还有人不知道神豪榜第一这位大佬吗？搞笑的吧？这个柚子的等级看上去也不低啊！

【队伍】梦神：实在是抱歉啊！

梦神估计是私聊了柚子，柚子此时不说话了。

这一局打得谁都不开心。还不如和风云榜第一他们打，虽然话多了点，但至少不会闹出这种事。

然而让初筝没想到的是，这局结束后，这个叫柚子的，立即在世界频道上嚷嚷，说她和姜凉仗着等级高，欺负人。

【世界】我是一只狼：这是哪里来的小可爱，说姜凉欺负人，哈哈哈哈。

【世界】天天有喜：姜凉不欺负人才奇怪吧！

【世界】幻影逐风：姜凉，你连女的都欺负，你简直是男人中的败类。

【世界】姜凉：败类都比你厉害，这么说你连败类都不如？

【世界】幻影逐风：……有本事你报坐标！

柚子约莫没想到世界频道的画风是这样的，这群人对于姜凉欺负人这事压根儿不在意。

至于初筝，直接被他们略过。

柚子的事只是一个小插曲，梦神私底下给姜凉和初筝道歉。柚子估计是在梦神的要求下，也给他们道了歉。本来这事也不是初筝和姜凉的错。姜凉已经说清楚自己是带初筝蹭经验升级，柚子自己技术不行，又拉上初筝。

自从这件事后，初筝就觉得姜凉带她麻烦，她宁愿自己花钱找人蹭经验，至少不会有这种事，姜凉最后反而成为蹭经验的那个。

【私聊】风云榜第一：小姐姐，我想和你说个事。

【私聊】神豪榜第一：说。

我什么时候把这货放出黑名单了？

【私聊】风云榜第一：那我可就明说了，你不要被吓到啊！咳咳。

风云榜第一说的不是别的事，就是姜凉的事。

风云榜第一思考良久，觉得这是最好的办法，虽然有可能说开后，会吓到这位小姐姐。但是这么一直蒙在鼓里，最后被发现，不也是一样的结果？

现在说开，自己还能说服她，让她帮忙让姜凉的情况好转一点。

【私聊】神豪榜第一：我知道。

还以为要说什么大事，结果就跟我说这事。

【私聊】风云榜第一：你知道？你什么时候知道的？！！

风云榜第一惊呆了。他思考好几天的问题，结果人家知道？！

总不能说是系统告诉我的吧？

【私聊】神豪榜第一：我就是知道。

想不到完美的理由……那就不想了。

显然风云榜第一也是觉得服气。

大佬就是如此理直气壮。知道就知道，连个理由都没有，你是怎么知道的啊！你知道还装作什么都不知道的样子！这么会演，怎么没拿奥斯卡小金人呢！

【私聊】风云榜第一：那个，既然你知道，那你也清楚姜凉现在的情况，我担心他继续这么下去会出事。他其实很喜欢你，只是不敢告诉你，你看能不能，帮忙让他的情况好转一些？

【私聊】神豪榜第一：我觉得他这样挺好的。
多乖啊，软绵绵的，像只小白兔。
关起来多好。
“叮咚——”姜凉先从猫眼看了看外面的人，见外面站着的是初筝，整理了一下自己的衣服，这才小心地打开门。清澈的眸子里虽没有往常的惊慌，但还是带着几分紧张。
面色冷淡的女生扫了他一眼，平静地问：“吃晚饭了吗？”
姜凉摇头：“叫……外卖了。”
霸道总裁初筝：“给你五分钟换衣服。”
少年白皙的脸上浮现出几分茫然，长睫轻颤，磕磕绊绊地问：“做、做什么？”
“吃饭。”
姜凉表情瞬间变了，他下意识地往门里面缩，觉得里面是他的安全区域。
“我……不出去。”姜凉很想和她出去，可是他本能地不想离开这里。吃饭的时候人很多……姜凉只要一想到那画面，就觉得浑身不舒服。
“你还有四分钟。”初筝面无表情。

姜凉跟着初筝走进餐厅，餐厅十分幽静，只有一个领班，带着他们往里面走，四周的位置都空着，也没见有客人。现在正是饭点，姜凉心底有些奇怪。这家餐厅他知道，夏木繁有时候会给他打包这家餐厅的东西，听说生意很好……
姜凉也不敢问，心底忐忑地跟着初筝进包间。
“两位稍等，马上就上菜。”
初筝给姜凉拉开位置，示意他坐下。
“怎么没有人？”姜凉小声地问。
“我包场了。”初筝道，“没人会打扰你。”
包……包场？就为了让他出来吃顿饭？
许是和初筝有些熟悉了，姜凉没有最初那么不适应。不过吃饭的时候，他还是低着头默默地吃东西，莫名可爱。
初筝吃得不多，姜凉见此，也不好继续吃，有点想放筷子。
“多吃点。”初筝用干净的筷子给他夹菜。
姜凉只好吃完。
但初筝接连夹过来，姜凉都不敢放筷子，担心自己拒绝她，她会生气。总之，姜凉想了一堆乱七八糟的，但就是不敢说。
初筝估摸姜凉应该吃不下了，这才放筷子。
姜凉偷偷地摸了一下肚子，有一点撑。
“以后晚上跟我出来吃饭。”初筝道。
姜凉错愕：“每……每天吗？”
初筝眸光冷淡：“你有意见？”
每天都出来，这对姜凉来说是一个挑战。可是……他真的好想和她在一起。就算他们什么都不做，待在一起他就很开心了。
“可以在家里吃吗？”姜凉小心翼翼地觑着初筝，“我给你做？”
初筝毫不留情地拒绝：“不行。”

初筝没有逼着他立即答应，所以姜凉纠结了。

走出安静的店，外面的嘈杂声如潮水一般涌来，姜凉下意识地将自己缩起来。

初筝回头看了他一眼，转回来，牵着他垂在身侧的手。姜凉手指有些凉，碰到初筝温热的手心，细嫩滑腻，她的手软得像是没有骨头。

姜凉觉得自己心脏负荷过大，有点喘不过气。

初筝牵着他走出店门。

绚烂夺目的霓虹灯，车流不息的夜晚，勾画出一幅绝美的画面。

姜凉回到家里，还有点迷糊，初筝趁机摸了摸他的头发。在姜凉看过来的时候，她立即摆着严肃脸："别玩游戏，晚安。"

姜凉关上门，整个人忽地放松下来，在原地兴奋地蹦了两圈。他摸出手机，给夏木繁发短信。

——今天我和她出去吃饭了。

——然后呢？

——她牵我的手了。

夏木繁觉得姜凉是真的没救了。

不过她竟然听进去了？

之前和她聊，夏木繁觉得她似乎并不怎么在意，甚至还认为姜凉这样挺好。夏木繁觉得自己还是不要告诉姜凉她已经知道他就是游戏里的姜凉比较好，不然他估计又得自闭。

第二天，初筝准时准点地按姜凉家的门铃，姜凉压根儿没有拒绝的机会。

这次换了一家店，不过还是清场。

接下来几天，姜凉每天都会享受不同餐厅的包场用餐活动。他发现初筝真的很冷漠，她话也不多，但和他的情况不一样，她只是不太喜欢说话。

这天吃完饭，姜凉鼓起勇气："这样很浪费钱，我们还是不要出去……"

"不吃才浪费。"

王者号让我买下一百家不同的餐厅。一百家啊！不同的！

很多餐厅都是连锁，这是你想买就能买的吗？

头都快秃了。

"啊？"少年湛蓝清澈的眸底，满是迷茫。嫣红的唇瓣微张，粉色的舌尖在唇缝间若隐若现，仿佛是在邀请人品尝。

初筝严肃脸。

"好人卡"勾引我的！！

初筝凑上前，在少年的唇瓣上亲了一口。姜凉脚下一退，整个人都贴在门上，震惊地看着初筝："你……你……"

姜凉觉得自己的语言能力，已经退化到婴儿阶段。他的脸颊一阵一阵地开始发烫，耳尖更是滚烫得厉害，整个人似乎都要烧起来。

初筝的手撑在他旁边，再次凑过去。带着些许温度的唇，柔软如棉花，轻轻地在他的唇瓣上辗转。女生放大的脸，投在姜凉湛蓝的眸底，她皮肤细腻光滑，阵阵馨香袭来，让他头晕目眩。

她、她、她……

初筝松开他，鼻尖碰着他的脸颊，呼出的气息喷洒在皮肤上，带起细细密密的酥麻。

“晚安。”初筝摸了摸他的脑袋。

姜凉垂着的手，拉住初筝的衣袖：“我……我、我……”

姜凉狠狠地掐了自己一把。

“慢慢说。”

女生淡然平静的声音，抚平姜凉心底的慌乱。但他还是不敢看初筝，如白瓷一般的皮肤上透着绯色。他像是下定极大的决心一般：“你……你可以喜欢我吗？

“如果不行……你……要怎么才能喜欢我？”

少年说到后面似乎有些急：“我知道……我这样，你可能不喜欢，我会努力改的。”

夏木繁说，他这样不会有人喜欢，没人会喜欢一个，连正常交流都不行的人。

姜凉心底紧张得不行。

“你……”

“你别说。”姜凉忽地转身，摸出钥匙，慌慌张张地开门，“你明天告诉我答案吧！”

他害怕她会说出拒绝的话。

少年匆匆关上门。

“……要去我家吗？”霸道总裁初筝默默地补完那句话。

第四章

不如结婚吧

姜凉回到家里，坐立不安，最后打算上一下游戏。他悄咪咪地看了看初筝，发现她不在，这才去了竞技场。他一连战胜了好几个人，可心情反而越来越难受。就像公布成绩，不敢看自己成绩的那一刻。

紧张、忐忑、不安……

姜凉将一位玩家送回复活点，托着下巴，看着游戏里的人物。真希望自己能是游戏里的姜凉，而不是……姜凉有时候自己都厌弃自己，他很想改变，可就是做不到。

【私聊】风云榜第一：今天小姐姐请你吃饭了吗？

【私聊】姜凉：嗯。

【私聊】风云榜第一：怎么不开心？

前几天提到这事，他就很兴奋。

姜凉不知道该怎么办，心底也不好受，想找个人说说。风云榜第一是最好的人选，也是唯一的人选。

【私聊】姜凉：她今天亲我了。

【私聊】风云榜第一：！！！

【私聊】风云榜第一：她主动亲你了？

【私聊】姜凉：嗯。

【私聊】风云榜第一：那你不应该高兴吗？第一次喜欢人，别人也喜欢你，还亲你了，这进步有点大啊！

风云榜想着，按照姜凉的进度，一年也就牵个小手什么的。结果这才几天，就亲了！自家弟弟总算有着落了！

【私聊】姜凉：可是……她没说喜欢我。

【私聊】风云榜第一：不是，你们都亲了，她不喜欢你？

【私聊】姜凉：我不知道。

姜凉将之前的事简单和风云榜第一说了一遍。

【私聊】姜凉：你说她会拒绝我吗？

【私聊】风云榜第一：应该不会，她不都主动亲你了吗？

风云榜第一其实很没有底，这事哪里说得准。

特别是那个女生……风云榜第一就没看明白过。说不定她只是看上自家弟弟的美貌了呢？！

想到这里，风云榜第一就觉得十万火急。

【私聊】风云榜第一：姜凉，我告诉你，你可不能和她做什么！！！

【私聊】姜凉：做什么？

风云榜第一直观地给姜凉发了一张图片。

姜凉将风云榜第一拉黑了。

就在姜凉准备下线的时候，余光瞥见私聊消息中，初筝的头像跳了起来。

心脏瞬间狂跳起来。

姜凉连正常呼吸都忘了，目光紧紧地盯着跳动的头像。他深呼吸好几口气，鼠标移到头像那里——

不对，她不知道自己是游戏里的姜凉啊！

姜凉这么一想，犹如被当头泼下一盆冷水，浇了个透心凉。他之前还暗示过她，名字也那么明显，她怎么就没问他呢？

姜凉沮丧地点开头像。

【私聊】神豪榜第一：你亲起来不错。

姜凉："！！！"

姜凉心慌地踢到了电脑插座，电脑屏幕"唰"的一下暗了下去。

他一定是看错了，一定是看错了。

姜凉稳了稳心神，重新开电脑。电脑开机很快，姜凉却觉得眼前的电脑开机好慢啊！

等他重新登录上游戏，点开私聊。

【私聊】神豪榜第一：我可以喜欢你，但是你得听话。

姜凉："！！！"

完了！我要死了。

姜凉猛地蹦起来，倒在后面的床上，随后又蹦起来。

啊啊啊！！她说喜欢我！！

初筝大清早就被门铃吵醒，她不耐烦地蒙着脑袋，不愿起来。门铃只响了片刻就消停，初筝躺着继续睡。半个小时后，门铃再次响起。

哪个神经病！大清早跑到她房门口发疯。

初筝下床，抓了一下头发，朝着门外走去，路过厨房抄了一把刀。拉开房门，她便见姜凉站在门外。

初筝立即将手背到身后。

少年穿着居家服，戴着兔耳朵的帽子，看上去格外可爱。湛蓝的眸子晶亮，但眼睑下有着一圈青黑。他皮肤白皙，这点青黑就显得很明显。

初筝面无表情地看着他："干什么？"

"早。"姜凉轻声打招呼，带着些许谨慎和欢喜。

初筝回头看了一下客厅里的挂钟："现在是早上七点，你不睡觉，跑过来跟我说'早'？"

半个小时前他还来敲过门，那时候才六点半，他是疯了吗？

“我……”姜凉瞬间有些不知所措。七点……该起床了啊！

“进来吧！”初筝让开身体，悄无声息地将刀放在后面的柜子上。

“啊……”他只是过来说一声“早”的。

姜凉带着茫然进了初筝家里，他手脚都不知道该怎么放，同手同脚地跟着初筝进去。等抬头的时候，他发现自己竟然跟着初筝进到卧室。

姜凉还没回过神，初筝已经粗鲁地将他塞进被子里。

“我……”

初筝躺在他旁边，抱着他：“别吵。”

姜凉：“！！！”我就是过来和你说一声“早”。

姜凉僵着不敢乱动，感受着自己身边人的温度和气息，姜凉觉得自己要窒息了。

初筝是被手机铃声吵醒的。她伸手在旁边摸，结果摸到不属于自己的胸膛。

初筝反应了三秒，想起之前姜凉大清早过来敲门，她把人给塞被子里了。

初筝起身，越过姜凉，去拿手机。手机铃声并不大，姜凉都没吵醒。

“喂。”初筝躺回，姜凉往她这边缩了一下，初筝便顺手将他抱进怀里。

“筝筝，起来了吗？”

“嗯。”是原主的妈妈。

“妈妈一会儿就回来，你吃早餐了吗？”

初筝看了一眼怀里的人，极其镇定地问：“你到哪儿了？”

“马上就到了，你吃过早餐了吗？没有的话妈妈给你买回来。”林母的声音极其温柔，带着些许宠溺。虽然他们经常不在家，但是对原主的宠爱并不少。

“没。”

“那行，妈妈给你买你喜欢吃的。”

挂断林母的电话，初筝瞅着怀里的人，有些发愁。这要怎么和林母解释？

早不回来晚不回来，怎么就那么巧呢？！

“姜凉。”初筝捏捏姜凉的脸蛋。

这……这么软的吗？初筝感觉自己在捏豆腐，又软又滑。

“嗯……”姜凉很困，他昨天晚上兴奋得一晚上没睡。

“我妈要回来了。”初筝道，“一会儿你别出声。”

姜凉迷迷糊糊地应了一声。

初筝见他困得厉害，没有再吵他，将他放下，盖好被子之后起身出去。她刚洗完脸，林母就拎着大包小包进来了。林母先是打量了初筝一番，絮絮叨叨地叫她吃早餐。林母这次有假，得待好几天，东西放下又开始收拾屋子。

初筝默默地吃着早餐，瞅着林母在房间转来转去。

她要是发现自己偷藏了一个“好人卡”，会不会气得跳起来？

初筝觉得很有可能，想到那个画面……有点恐怖。

“筝筝，你的房间怎么打不开？”

“锁坏了。”初筝随口应了一声。

“欸……那妈妈找人来修一下。”林母说干就干，立即翻着手机找人来修。

初筝等林母进厕所的时候，迅速打开房门。姜凉似乎刚被吵醒，坐在床上，茫然地看着她。初筝将他的帽子往脑袋上一拉，掀开被子，直接将人抱起来。姜凉身体腾空，眸子微微瞪大。

“别出声。”初筝在他出声前，提醒他。

初筝抱着他出门，打开房门，将人放在外面。

初筝亲了他一下：“回去睡。”

房门在姜凉茫然的视线中合上。

他怎么跟做了一个梦似的？

初筝避开林母的念叨，回房间上游戏。

【私聊】姜凉：我的手机好像掉在你那里了。

初筝上线，姜凉的消息就准时发过来。初筝一度怀疑姜凉是不是给她装了监视器，她在床上找了一圈，从被子底下摸到了手机。

【私聊】神豪榜第一：一会儿我给你送过去。

【私聊】姜凉：没事，反正也没什么人找我，繁繁打电话的话你挂掉就行。

【私聊】神豪榜第一：繁繁是谁？

竟然叫这么亲密！

【私聊】姜凉：夏木繁。

【私聊】神豪榜第一：哦。

【私聊】姜凉：刚才……是你妈妈回来了吗？

姜凉问得小心，他是听见外面有声音，才醒过来的。

【私聊】神豪榜第一：嗯。

【私聊】姜凉：那个……

初筝跷着腿坐在椅子上，单手握着鼠标，随便点着界面。她点完一圈，姜凉的“那个”后面还没有后续。

【私聊】神豪榜第一：那个什么？

初筝等了将近一分钟，姜凉那边才回信。

【私聊】姜凉：我……我现在是你的男朋友吗？

男朋友可以随便亲亲抱抱、撸头发……

初筝想了想，绷紧小脸，严肃地打字。

【私聊】神豪榜第一：你想做女朋友也行。

姜凉估计是被“女朋友”三个字给惊到了，半晌都没有回话。初筝也就不管他，点开“我是一个小号”。

【私聊】神豪榜第一：帮我收一套剑师的顶级装备。

【私聊】我是一个小号：八方神隐？

【私聊】我是一个小号：你又不是剑师，要这个来做什么？

【私聊】神豪榜第一：光明神诀。

【私聊】我是一个小号：大佬，这套装备还没出呢，我怎么收啊？

官方刚放出来的消息，等更新出来至少得两个多月。

【私聊】神豪榜第一：哦。

大佬这个“哦”字想表达什么呢？

然而没过两天，我是一个小号突然就发现游戏更新了！光明神诀也出来了！

这和官方以前的套路不一样啊！！

【私聊】神豪榜第一：现在可以做了吗？

这种装备收集起来很麻烦，初筝才不会自找麻烦。她本来想让游戏公司直接给她一套，然而那边的人说不行，这样会破坏游戏平衡。

初筝满脸疑问，我是老板了好吗？！拒绝我是什么意思！

用生命做游戏的负责人站在二十几楼窗台上，一边哭一边号叫，她要是一定要这么做，他就跳下去。

初筝后来转念一想，直接送就显得太廉价了，这样“好人卡”怎么会觉得她是好人呢？

【……】小姐姐对好人到底有什么误解？

应泽最近倒霉透了，那个被改名的账号也不能用，只能用等级更低的小号，上个线都只能隐身。

城战的事，应泽觉得还是初筝做的，毕竟那个“我是渣男”太有标志性了。本来他打算现实里哄着她，谁知道她这么对自己。

【私聊】一人归心：清欢。

【私聊】三月清欢：无痕，你上线了？

【私聊】一人归心：你在做什么？

【私聊】三月清欢：我没做什么呀，怎么了？

【私聊】一人归心：那陪我升级？

【私聊】三月清欢：呃，可是我马上就要出门了，不好意思啊无痕！你等我晚上回来再陪你练级，好不好？

三月清欢的语气十分有耐心。

应泽虽然有些不舒服，可也没生气，还叮嘱她出门小心点。可是应泽等到晚上，都没有等到三月清欢。接下来的时间，他每次找三月清欢，她都很快回应，言语上十分贴心，然而让她一起练级，她就各种推托。

应泽知道自己现在的等级不行，可他还能练上去。没过几天，应泽突然接到朋友发过来的截图，和他说有事下线的三月清欢，竟然在和别的玩家一起打怪。

【公告】玩家神豪榜第一点亮万家灯火，即将随机掉落孔明灯。

应泽阴沉地看着满屏掉落的孔明灯。

她当初是怎么和自己说的？父母只是公司的普通员工，因为住同一个小区，这个小区不是什么高档小区，应泽也没多想。可是普通员工能这么有钱？

应泽心底有一种被骗的愤怒，和自己在一起的时候，也没见她花过什么钱，怎么现在就这么大手大脚地花钱？

【世界】一根黄瓜：大佬厉害。

【世界】风云榜第一：小姐姐，你钱多烧得慌吗？

【世界】多少钱都不卖：我刚才看见大佬和姜凉在一块呢，这是冲冠一怒为蓝颜啊！

【世界】我超级萌啊：冲冠一怒是这么用的？

【世界】多少钱都不卖：不要在意细节，懂意思就行。

【世界】独霸天下：小白脸。

【世界】幻影逐风：姜凉，你被人包养了吗？

【世界】姜凉：小白脸通常为长相好看的男生，那我就当你是在夸我好看了。毕竟你想被人叫小白脸都不行。

【世界】独霸天下：我不像你那么不要脸。

【世界】姜凉：你没脸呗！

【世界】独霸天下：姜凉，你等着！

应泽气愤地关掉世界频道，他后悔吗？应该是后悔的吧！

当初和初兮在一起，她虽然没有三月清欢那么会说话和撒娇，可总是很听他的话。现在这个本该围着自己转的人，和别的男人打得火热。然而现在后悔有什么用，让应泽更气愤的是，三月清欢竟然和别的玩家在一起。

他高价在网上买了一个账号，特意混进三月清欢最近常在的队伍，然后就看见让他觉得头顶绿油油的聊天记录。那个玩家看上去很有钱，出手大方，对三月清欢更是好。那个玩家的朋友直接叫三月清欢嫂子。

应泽怒火冲冲地找三月清欢摊牌。

三月清欢丝毫没有被抓到的尴尬和难堪，她和应泽那个号的伴侣关系早就解除，她和谁在一起是她的自由。

【私聊】咒语：我对你那么好，你就是这么回报我的？当初是你先勾引我的！

【私聊】三月清欢：无痕，你说话不用说得这么难听吧？

【私聊】咒语：我说错了？如果不是你，我会不要初兮，和你在一起？

【私聊】三月清欢：你现在是怪我了？

【私聊】三月清欢：你自己先追的我，你现在来怪我，无痕你有没有点男人样？

应泽最初只是和三月清欢打过几次游戏，联系并不多。可是三月清欢有事没事就会叫他，渐渐地交集就多了。加上三月清欢会说话，会撒娇。后来应泽看过三月清欢的照片，是那种非常诱惑的照片，男人哪里会不喜欢她这样的。

应泽和三月清欢谈崩，气得失去理智，说话有些口不择言。三月清欢受到委屈，转头就和她的新欢告状。应泽被那个玩家带着人轮白（人物被一直杀），一怒之下，将这件事闹到世界频道上。

【世界】卖瓜的婆婆：我就跟你们说过，这个三月清欢不是什么好东西，你们不信，呵呵。奉劝那位接手的，小心你的帽子变色哟！

【世界】一根黄瓜：这又怎么了？

【世界】卖瓜的婆婆：还能怎么了，三月清欢劈腿了呗，我们无痕大神恼羞成怒，在世界上讨伐呢！

【世界】原点：无痕大神和三月清欢不是真爱吗？

现在还叫无痕大神，多少有点讽刺的意思。

不过不管应泽在世界频道上说什么，三月清欢那边都没有任何回应。

初筝看戏看得起劲，没想到应泽会突然找自己。不过她没加对方好友，因此他只能在附近频道上说。

【附近】咒语：初兮，上次你账号的事，我想和你说声对不起。

【附近】咒语：当时我让三月清欢帮我上号，没想到她竟然忘了下号。当时你问我的时候，我怕你生气，所以没告诉你。

【附近】咒语：初兮，你原谅我，好不好？

初筝还以为应泽来和自己说什么，结果是来甩锅。

三月清欢有一句话没说错，应泽这个男人一点担当都没有，当初原主怎么就眼瞎了呢？

初筝直接放了一个大招过去，应泽这个号，除了等级高，装备也是破破烂烂，寒酸得很。

初筝这个大招过去，应泽直接趴下。

【附近】神豪榜第一：你过得不好，我就好过。

王者号就是要你不好过，不然我就不好过。

既然要有一个人不好过，那就对不起，只能委屈你一下了。

毕竟我不会委屈自己。

“一定要出去吗？”姜凉捂着自己，视线来回环顾，如果他是只幼兽的话，此时浑身的毛肯定是竖着的。

“嗯。”初筝严肃地点头。

“可是我……”有行人过来，姜凉瞬间低下头，完全不敢看行人。路过的行人有点疑惑，这人包得跟个出行的明星似的。

等行人走过去，姜凉继续道：“我不喜欢外面。”

“喜欢我吗？”初筝问得直白，没有任何缓冲。

姜凉瞠目结舌，半晌才弱弱地道：“喜……喜欢。”她怎么能问得这么直白！！

初筝点头：“那就行。”

姜凉没从这两者的关系中理出头绪，喜欢她跟喜不喜欢外面有什么关系。

“初兮。”男生从另一栋单元楼跑过来，“初兮，我有话……”

应泽的视线忽地落在姜凉身上，姜凉捂得太严实，应泽只看见姜凉露出的一撮亚麻色头发。他视线下滑，落在初筝和姜凉交握的手上，脸色顿时难看起来。

“初兮，他是谁？！”应泽的语气带着质问，仿佛初筝背着他，做了什么对不起他的事。

初筝握紧有些紧张的姜凉：“关你什么事？”

“你之前那么对我，就是因为他？”应泽眼底有着笃定，慢慢转变成知道真相的愤怒。

这人是有妄想症吧？我和你有什么关系啊！

“初兮，你给我说清楚。”应泽突然理直气壮起来。

“我和你说清楚。”初筝将姜凉拉到后面，抄起不知谁放在单元楼外面的木棍，三下五除二地将人给打晕。

果然还是武力来得方便快捷。

姜凉瞪着湛蓝的眸，惊讶地看着倒下去的人。

初筝若无其事地将木棍放回原地，转头看着姜凉：“走吧！”

初筝吃饭都是清场，姜凉对这样的环境，倒是适应得不错。

“你不用这么花钱。”每次都这样，得花多少钱，只要不让他和别人说话，他还是能克服一下的。

“我喜欢安静。”初筝面无表情地说道。

“可是很浪费钱。”赚钱很不容易的。

“我有钱。”不浪费我就得倒带了！这和她自己选择倒带不一样。

怎么能因为这个倒带呢？

姜凉张了张唇，半晌没找到反驳的话。

“你负责给我花钱就行。”初筝摸了摸他的脑袋。

“我？”姜凉指着自己，“我为什么要……”

初筝严肃脸：“想不想做我男朋友？”

姜凉差点咬到舌头：“……想。”

“那就按我说的做。”不会花钱的“好人卡”算什么好人？

【……小姐姐，是让你做好人，不是让“好人卡”做好人。】

他好歹有“好人”两个字，怎么就不能做好人了？那他对得起“好人”这两个字吗？

【……】虽然你说得毫无道理，可是完全找不到话反驳。

小姐姐是魔鬼吗？！我要和隔壁系统换个小姐姐！现在、立刻、马上就换！

应泽私底下找初筝，游戏里却依然和三月清欢在闹。三月清欢给他戴绿帽子，应泽觉得自己面子挂不住，自然要讨一个说法，三月清欢反而一副委屈的样子，好像是应泽对不起她。

应泽被三月清欢的新欢带着人围堵，不过几天，应泽就没了踪影。

初筝也没再见过应泽。

【世界】三月桃花：我超级萌啊，你有病啊，突然抢我们的怪！

【世界】我是一只狼：超级萌你干了什么？

【世界】我超级萌啊：什么叫我抢你们的怪？明明是我先守在那里，你们突然冒出来，恶人先告状啊！

【世界】三月桃花：BOSS是我们打的，你凭什么捡走玲珑针？

【世界】一笑问青天：咦？玲珑针掉率那么感人，你们竟然刷出来了？

【世界】三月杏花：那是我们刷了好几天才刷到的，我超级萌啊不要脸，突然跑过来抢走了。

【世界】我超级萌啊：胡说八道，你们这群人怎么颠倒黑白啊！！

【世界】雾时之森：我超级萌啊你把玲珑针给我，我和你买。

这人不是别人，正是三月清欢的新欢，虽然等级不是很高，但是这位玩家花钱的手笔，也挺大方。

【世界】我超级萌啊：这是我辛辛苦苦刷来的，凭什么给你们！

我超级萌啊一口咬定是她刷的，那边的人说我超级萌啊抢他们的BOSS。

【世界】雾时之森：我不计较是谁刷的，现在你把它卖给我就成。

雾时之森上来就展现出自己的财大气粗。初筝本来只是看戏，扫到世界频道上有人提到雾时之森是三月清欢的新欢。雾时之森要玲珑针没用，那肯定是给三月清欢用的……

初筝立即来了精神，这个可以做掉！！

初筝拉了一下袖子，“啪啪”打字。

【世界】神豪榜第一：二十万金币。

【世界】原点：……吓我一跳。

【世界】一根黄瓜：大佬，你就不能把你的光效取消吗？闪瞎我的眼睛啊！

【世界】神豪榜第一：挺好。

王者号说不能放过任何一个做任务的机会！

【世界】神豪榜第一：二十万卖吗？

【世界】我超级萌啊：卖啊！

两万呢！玲珑针哪里值这么多钱。我超级萌啊又不傻，当然要卖。

【世界】雾时之森：这是我看上的东西，你也敢和我抢？

【世界】神豪榜第一：你开个更高的价。

初筝诚恳地给他建议。

【世界】雾时之森：二十五万！

【世界】神豪榜第一：三十万。

【世界】雾时之森：你有毛病是不是？这破针值这么多钱？

【世界】神豪榜第一：没病，有钱。

雾时之森刚玩这个游戏没多长时间。以往他在游戏里花点钱，一大拨的玩家就跑过来各种讨好。然而在这个游戏里，他总觉得有些奇怪，这个服的玩家，对于花钱的玩家态度似乎十分平静。

【世界】雾时之森：三十一万。

雾时之森感觉自己被人小看，这点钱他还不放在眼里。

【世界】神豪榜第一：四十万。

【世界】我超级萌啊：大……大佬，不用了吧！

玲珑针而已，虽然难刷一点，但是真的没这么值钱……她有点怕。

【世界】雾时之森：四十五万！

【世界】神豪榜第一：五十万。

我超级萌啊的消息直接被两人给过滤掉。世界频道上也没人再闲聊，只剩下他们两个人在报价。一把玲珑针的价格不断攀升，已经超过游戏里一些神器的价格。众玩家十分震惊，玲珑针难道有什么隐藏的属性？然而有玩家去把官方的信息翻出来，玲珑针没什么隐藏属性啊！

【世界】雾时之森：七十五万！

初筝没有再跟，而是私聊我超级萌啊。

【私聊】神豪榜第一：卖给他。

【私聊】我超级萌啊：大……大佬，我不敢啊！

大佬这是坑这个雾时之森呢！

【私聊】神豪榜第一：怕什么，他能吃了你？

这么多钱，她敢要才有鬼啊！

初筝给我超级萌啊撑腰，让她把价值七十五万的玲珑针交易给雾时之森。

【世界】雾时之森：你坑我！

雾时之森反应过来。

【世界】神豪榜第一：你价高，跟我有什么关系。

【世界】雾时之森：你……

【世界】神豪榜第一：刷玲珑针，刷到的找我，二十万收。

初筝这话一出，世界频道上还在感叹雾时之森花七十五万金币买玲珑针的玩家沸腾了，一把玲珑针就是二十万金币，这要是十把……那不得两百万吗？

你土豪还是你土豪。

玩家刷玲珑针的兴趣高昂。

于是，初筝几乎把游戏里的玲珑针都囤积了起来，气得雾时之森差点找初筝决斗。

【私聊】姜凉：你给我这个做什么？我不是药师，没用啊！

姜凉当天没上线，所以他收到无数玲珑针的时候，整个人都惊呆了。

【私聊】神豪榜第一：哦。

【私聊】神豪榜第一：那你扔着玩吧！

【私聊】姜凉：……

【私聊】神豪榜第一：你过来恶龙谷。

【私聊】姜凉：嗯。

【私聊】姜凉：我们不如结婚吧！

【私聊】神豪榜第一：结不了。

姜凉看着那三个字，满头雾水的同时又觉得失望。

【私聊】神豪榜第一：民政局规定的结婚年龄不够。

不过"好人卡"非要的话，她也可以想想办法，为"好人卡"操碎心。

姜凉脑中烟花噼里啪啦地一阵乱放。

让我死吧！

她怎么能次次都给他惊喜。

姜凉自个儿激动了一会儿，慢慢冷静下来。

【私聊】姜凉：那个……我说的是游戏里，这样我找你，就可以用夫妻传送技能。

【私聊】神豪榜第一：麻烦。

姜凉已经到恶龙谷了，他朝着初筝走过去。电脑屏幕上，停留着初筝发的那条消息。

【私聊】姜凉：你不想和我在游戏里结婚吗？

【私聊】神豪榜第一：有什么用？

游戏里结个婚，换个号，不就又是单身了吗？毫无用处。就算他在游戏世界里，并不是像现实世界那般，可他还是有点说不下去。

她不按常理接啊！让他怎么说。

【私聊】姜凉：到这里做什么？

姜凉转移话题。

【私聊】神豪榜第一：看。

【私聊】姜凉：看什么？

姜凉拉着地图看四周，和以前没什么不同，还是以前那个恶龙谷。

姜凉想起之前那次见面，她不知何时站在远处，就那么看着他被人围攻。本以为她不会做什么，谁知道她会突然过来砸道具，就在姜凉回忆的时候，四周的光线忽然暗下来。

整个地图进入夜晚，光线一点一点地减弱。

恶龙谷地图中，繁星开始闪现，月光轻柔地洒下，地图上的微草发出盈盈的光点。

恶龙谷虽然名字有点凶，但这里的风景其实很好。游戏有白天和夜晚两种模式，但几乎没有玩家见过地图白昼切换的场景。姜凉仿佛被拉入那个世界，站在那片繁星初现的星空下，四周的一切都变得柔和起来，只剩下自己和她。

【公告】恭喜玩家神豪榜第一获得"堆金积玉"成就。

姜凉被突然出现的公告惊醒。直到这个时候他才发现这不是地图的白昼切换，而是一种道具。

【私聊】姜凉：你钱很多吗？

【私聊】神豪榜第一：有点。

他是一个男的，理应他花钱，她怎么老是喜欢花钱？这和他了解的不一样啊！

然而姜凉心底并没有觉得这样不对……

姜凉揉了揉自己的脸。他怎么会接受得如此理所当然？

【私聊】神豪榜第一：你喜欢什么？

【私聊】姜凉：你。

【私聊】神豪榜第一：换一个。

【私聊】姜凉：不能喜欢你吗？

【私聊】神豪榜第一：除了我。

【私聊】姜凉：没有了。

要你有什么用！

初筝每天带着姜凉在游戏里玩。这个道具好，给"好人卡"买；这个武器不错，给"好人卡"丢着玩；这套时装好看，给"好人卡"穿。全游戏的人都知道姜凉被初筝包养了。

姜凉以前得罪过的那些玩家纷纷跳出来，跑到世界频道上对着姜凉冷嘲热讽，结局就是被初筝买人头。

雾时之森找过初筝两次，被初筝砸钱的手段震慑，后面就没出现。三月清欢正在风口上，更是不敢冒头，乖乖地夹着尾巴做人。

就在这个时候，论坛上突然爆出一篇帖子。

【八一八那些年三月清欢的男朋友】

帖子里有三月清欢用过的所有马甲，和她用那些马甲勾搭过的玩家。不仅是这些，帖子下面爆出三月清欢在现实中也是一个抢别人男朋友的人，论坛里的玩家都惊呆了。

16 楼：三月清欢这也太厉害了吧？我以前还觉得她好漂亮。

27 楼：这操作，专门三别人？

39 楼：她勾搭的玩家还都是有钱的那种大神，这是冲人家钱去的吧？

48 楼：这不仅是游戏里面三别人，现实生活里也三别人？

50 楼：虽然很不耻三月清欢这样的人，但是爆人家现实信息过分了点吧？

……

初筝瞅着论坛上的帖子，有点茫然。

谁啊！

帖子的 ID 初筝并不陌生——卖瓜的婆婆。那个一直和三月清欢不对付的玩家，之前只是在世界频道上冷嘲热讽一番，没想到这憋着大招……不过抢我饭碗是怎么回事？

初筝返回游戏，世界频道上倒没讨论这件事，不过附近频道上讨论得火热。

雾时之森这个新欢看见这样的帖子会是什么反应，初筝不清楚。但是第二天就听说，雾时之森和三月清欢闹掰了。

初筝以为这事到此为止，三月清欢不会再玩游戏。谁知道她低估了这位美人，三月清欢竟然换了个号。

这不是重点。重点是应泽也换了一个号，而且是花高价买的号，等级装备顶级。

应泽故意装出自己很有钱的样子，去勾搭三月清欢。三月清欢果然上钩，两人勾勾搭搭一阵，很快就敲定线下见面的时间。见面的时候，三月清欢发现是应泽。

你以为应泽打完脸就走？那你就想错了。应泽不知道受了什么刺激，在三月清欢发现是他想离开的时候，他竟然软磨硬泡，带三月清欢去吃饭。

三月清欢被应泽下药带去酒店，后面的事不用说也知道发生什么了。

三月清欢现在要告应泽。

“你说逗不逗？”夏木繁满脸的唏嘘，“多大的事呀，现在摊上官司，玉无痕被三月清欢告了。”

初筝神色未变：“你从哪里得来的消息？”

“嘿嘿，慕容狗剩家开律师所的，他过去找他爸的时候，正好听到这个案子。”夏木繁道。

夏木繁目光转了一圈，见姜凉去了卧室，他立即小声地问：“小姐姐，你和姜凉到什么程度了啊？”

“你指什么？”

夏木繁挑眉：“你们的关系呀！”还能有什么。

自从姜凉和她在一起后，变化挺大的，当然交流方面还是没什么进展。

初筝想了想，认真地回答：“睡过。”

“噗……”夏木繁一口水全喷了。

初筝闪身避开，目光冰凉地看着他。

“对不起，对不起。”夏木繁赶紧道歉。

夏木繁手忙脚乱收拾了一下，余光在初筝冰冷的面容上游走。

进展这么快的吗？姜凉不会吃亏吧？

所以等初筝不注意的时候，夏木繁拉着姜凉偷偷地问。

“你和小姐姐睡过了？”夏木繁带着老父亲的心酸，“我不是提醒你，不要这么快的吗？她万一只是看上你的美貌怎么办？”

姜凉莫名其妙：“我……没有啊！”

夏木繁咽了咽口水：“姜凉，要不，你还是换个人喜欢吧？这人我觉得……不靠谱啊！”

姜凉推开他：“不要，我就喜欢她。”

夏木繁心累，谁能体会我这个老父亲的心酸。

初筝觉得夏木繁看自己的眼神有点奇怪，但每次她看过去的时候，夏木繁又装作什么都没发生的样子。他还总是拉着姜凉嘀嘀咕咕，不知道在说什么。

初筝暗戳戳地观察几天，发现姜凉没什么异常，这才放心下来。

夏木繁要是敢带坏她的“好人卡”，她不弄死他！

“叮——”初筝摸出手机。许久没联系她的人给她发了一些东西，关于霍煦阳的。

霍煦阳看上去是真的很干净。但是经过对方的不懈努力，终于让他发现霍煦阳的一台不常用的笔记本电脑。这台笔记本电脑里有好几个网站，都是关于心理犯罪的。他还经常关注一个论坛，根据资料总结，这个论坛上聚集的都是一些变态，讨论着怎么杀人。

霍煦阳登录这样的网站……

“霍煦阳是那个人吗？”初筝问王者号。

【……小姐姐，你都觉得他是了，现在还问我做什么？】

“确定一下。”她觉得是那也不一定是，但王者号说是，那肯定就是。

【小姐姐，我不能告诉你……】

“那就让‘好人卡’黑化好了，我这就把他送给霍煦阳。”

王者号惊呆了。

这是你的“好人卡”？你不是喜欢的吗？为什么你能说出如此丧心病狂的话！！

【小姐姐，你……你不是喜欢他吗？】

“对啊！”初筝没有否认，承认得理直气壮，“我把他送给霍煦阳，等他可怜无助的时候，我再出现，他不就会觉得我是好人了吗？”

【小姐姐，你这么丧心病狂你家人知道吗？】

【……是霍煦阳。】王者号丝毫不怀疑，它如果不告诉她，她真的会干出这种事。

“我们还是可以合作愉快。”

【……】不，我们不能！

王者号觉得初筝在憋着坏，可是又没发觉有什么不对，她看上去很正常。每天上上游戏，逗逗“好人卡”，偶尔屏蔽它一下，但时间都不长，也不知道做了什么。

直到——

一个月后，王者号突然发现霍煦阳被逮捕了。逮捕的罪名有点多，挪用公款，私藏禁品……

【小姐姐，不要告诉我，这是你栽赃的？】

“关我什么事？”

初筝无辜的语气让王者号都想相信她，可是这个人有前科啊！信她才有鬼！

【你这样不合适吧？】王者号声音弱弱的。

“我怎么了？”初筝理直气壮，“你不要乱讲。”

【小姐姐，我还不了解你吗？咱们明人不说暗话好吧？霍煦阳的事，是不是你干的？】

“是又如何？”

【你这样好吗？】

初筝一脸的严肃：“他是不是想让‘好人卡’黑化？”

【……是。】

“他是不是会让‘好人卡’去干坏事？”

【……是。】

“他坏不坏？”

【……坏。】

“所以哪里不合适？”初筝理直气壮，“我这不是做好人？我都没有去做掉他，我已经进步了。”

我每天都在努力做好人呢！我怎么那么棒！

王者号气得差点爆炸。好人不是你这么做的！你还自己夸自己！！有你这样的吗？！

霍煦阳被逮捕的时候十分茫然。初筝后期还给警方举报，这个霍煦阳暗地里干的可不止这些事。根据警方调查，霍煦阳利用心理和催眠，让一些有潜在成为罪犯的人，彻底沦为罪犯。姜凉不是他的第一个目标。根据他的记录，前面已经有好几个人已经被他迷惑走上了歪路。

但霍煦阳没有承认，最后能不能让霍煦阳认罪，这就是警方的事。

霍煦阳的事，姜凉一点都不知情，他还在琢磨怎么让初筝在游戏里和自己成亲。初筝一度觉得这事浪费时间又没用，拒绝得干脆，没有任何转圜的余地。

“你……为什么不愿意和我在游戏里成亲？”

姜凉坐在地上，笔记本放在茶几上，他趴在边缘，侧着脸瞧坐在沙发上的人。女生单腿屈着，手指搭在膝盖上，随便的一个坐姿都透着帅气。

“没意思。”初筝回答。她了解过游戏里的结婚程序，要刷亲密度。这个亲密度有点麻烦，要做各种任务，初筝看完就放弃了。

姜凉撑着脸，望着游戏里的人物。

怎么就没意思了？要是没意思，游戏公司为什么要做出来？

姜凉手腕被握住，他被拉到沙发上，跌在初筝怀里。

初筝捏着他的下巴，在姜凉茫然的时候亲下去。

“你就这么想？”初筝问他。

姜凉含糊地应了一声。

他总觉得她太冷淡了，像是和这个世界没有任何关系，他想找个东西，给她一点束缚，也许是想给自己一点安全感。她对自己来说，像一个缥缈的梦，他怕自己醒过来的时候，她就不在了。

初筝将姜凉放在沙发上，慢慢地亲着他。

姜凉的手腕和双腿被初筝压得死死的，挣脱不开，湛蓝的眸子里漾起轻微的涟漪，如风平浪静的湖面，被微风拂过。

姜凉身上忽地泛起一阵凉意，他理智微微回笼，望向身上的人。

不……不对啊！他是想和她在游戏里成亲，不是做什么啊！

“你……呜……”

姜凉的话被初筝堵回来，刚刚回笼的理智，又如星辰一般，涣散在宇宙中，沉沉浮浮。

姜凉翻个身，身体忽然失重，掉在地上。他有点茫然地坐起来，趴在沙发上，眼睛还没有睁开，脑袋点了好一会儿，睡意才没有那么浓。姜凉后知后觉地觉得不太对，混沌的思维逐渐清晰起来，脑中闪过某些画面，姜凉的脸颊上瞬间蔓延上绯色。

“咔嚓……”姜凉听见门口传来声音，立即爬上沙发，将自己用毯子裹住。

初筝拎着东西从外面进来，扫了他一眼，语气平淡：“醒了。”

“……嗯。”姜凉小幅度地点点头，视线不敢瞧她。

“衣服在旁边。”初筝提醒他。

姜凉往旁边看去，叠好的衣服放在旁边，从外面到里面，一应俱全。

姜凉坐着没动，脸上更是火烧火燎的烫。

她怎么就跟没事人一样呢？姜凉茫然地想。

初筝放下东西过来，拿着衣服往他身上套，趁机薅了两把头发。穿裤子的时候，姜凉总算动了，不让初筝给他穿，他有些慌张地套上裤子，面前忽地出现两本红色的东西。

初筝塞给他，顺手摸了摸他的脑袋：“以后别再吵了。”总是吵吵就不乖了。

结、结婚证！

“这是假的吗？”姜凉蹦出一句。

初筝瞥了他一眼：“真的。”当然是假的，这么好骗？

姜凉半晌找回自己的声音：“不……需要我去吗？”

霸道总裁初筝本人：“不需要。”又不是真的。

怎么就不需要啊！！

姜凉翻开结婚证，上面的照片他很陌生，他什么时候和她照过这样的照片啊？他就这么和她结婚了？

姜凉心脏一阵涨热，仿佛有热流流动，一路到四肢百骸。欢喜之后，姜凉稍稍冷静片刻。

不对啊……他之前明明和她说的是游戏，不过这个可比游戏里的好多了。

姜凉趴在沙发上，拍照发给夏木繁。

夏木繁通宵玩游戏，被姜凉发的图吓醒，半晌，哆嗦地打字。

——你P的吗？

——真的。

——容我缓缓。

他就睡个觉而已，怎么一觉醒来，自家弟弟就和别人扯证了呢？！

“我们不告诉叔叔和阿姨吗？”姜凉跟着初筝转悠，整个人显得紧张不安。

“你想告诉就告诉。”

“……他们是你的父母。”姜凉从没见过自己的父母，不知道有爸爸妈妈是什么感觉。但是一想到要和初筝以外的人打交道，他又有点害怕，特别是那人还是她的父母，怕自己没表现好，让他们不喜欢。

“嗯。”初筝无所谓地道，“你想告诉他们，我就和他们说，你不想我就不说。”正好省麻烦。

“我……我准备好再说吧！”姜凉觉得初筝是在为他着想。她真好。

姜凉突然开玩笑一般地道：“我这算不算嫁进豪门了？”

初筝奇怪地看了他一眼：“你想嫁进豪门？”

姜凉眨了眨眼睛：“你不是吗？”

初筝摇头：“暂时不是。”我只是有钱，和豪门没关系。

姜凉觉得自己以后小金库的压力会很大。不过自己努力努力，应该也许……可以……

姜凉“噌噌”地跑回卧室，将自己的卡拿出来，又“噌噌”地跑出来，全部放在初筝面前。

“给你。”少年脸上带着乖巧的笑。

“好人卡”疯了吗？我让你帮我花钱，你现在给我卡是什么意思？

“姜凉。”初筝叫他，姜凉小心地挪到初筝身边，初筝将他抱进怀里，“不用给我钱，知道吗？”

“可是……”

初筝毫无征兆地亲他，末了，摸了摸他的脑袋：“乖。”

姜凉默默地想，可是男孩子不是要养家的吗？

姜凉的卡最后还是没送出去，反而被初筝塞了一张卡。姜凉后来偷偷看了一下卡里的余额，吓得他把自己的卡全部塞进柜子底下，还在上面放上几本书压着。

太丢人了。

姜凉觉得初筝很有钱，可又不是那种豪门大户人家的感觉，并不会给他造成压力。所以姜凉没有像电视里面那种，因为观念不同，产生不和。

初筝对姜凉满意极了，从不想着出去，她都不用琢磨怎么关他。

但是自从那天初筝说让他准备准备，去见她父母后，姜凉就开始琢磨出去了……

“你干什么？”初筝看着姜凉穿衣服，戴口罩戴眼镜，这是想跑吗？！

姜凉侧目就看见站在门边的人，突然紧张起来：“我……我约了心理医生。”

他还以为她睡着了……

"心理医生？"初筝将他拉住，"看什么心理医生？"

姜凉湛蓝漂亮的眸子轻眨了一下："我想好起来。"

"你很好。"初筝绷着脸。

姜凉愣了一下，说话突然磕磕绊绊起来："我想好起来，和正常人一样。"

他以前也看过不少心理医生，试着去治疗，可是没多久他就放弃了。然而他过一段时间又开始找新的心理医生，周而复始。

"你很好。"初筝强调。

他好吗？姜凉觉得自己很不好。可是她说自己很好……

姜凉心跳加速："你……真的觉得我很好吗？"没人会觉得他很好。夏木繁都觉得他这个样子不好，总想让他多接触人，不要总是一个人，说他这样会闷坏。

"嗯。"初筝点头。

"好人卡"当然好了，不好也得好。

"可是我还是想去。"姜凉弱弱地道。

他真的很想像正常人那样，和她走在一起，而不是每次出去都那个样子。

初筝沉默了几秒，进去换了衣服："走吧！"

"你陪我去吗？"

"嗯。"不然你出去又遇见变态怎么办？

姜凉脸上露出笑意："你真好。"

初筝复杂地看了他一眼，伸手薅了两下他的头发，软软的头发让她心情好了一点。

"好人卡"虽然口是心非，但是头发软，我就原谅他吧！

初筝觉得自己大度又善良。

【……小姐姐你对自己的定位到底是啥啊！】

许是有初筝陪着，姜凉这次的治疗要轻松得多。心理医生说姜凉的情况有些严重，得慢慢来，还说姜凉继续这么下去，很有可能会有更多的状态出现。初筝到底是担心姜凉的身体，心底再怎么不乐意，还是定时带他去治疗，监督他完成医生布置的任务。

"今天有城战，上游戏吗？"姜凉抱着电脑，跑到初筝那边，像问问题的小朋友。

初筝想到上次被城战支配的恐惧，果断摇头。

"那我上了……"姜凉小声道。

"嗯。"

姜凉抱着电脑想回房间，被初筝拉住："就在这里。"

姜凉被初筝拉到沙发上，从后面环着他。姜凉抿了一下嘴角，偏头在她脸上亲了一下，然后才打开电脑登录游戏。

初筝把下巴搁在他的肩膀上，无聊地看着他玩。实在是无聊，初筝开始亲他。

姜凉精神力被分散："死……死了，别亲我。"

"不喜欢我亲你？"

"……喜……喜欢。"姜凉耳尖泛红，乖得像只小白兔，"可是我在玩游戏。"

"你玩你的。"

你这样让我怎么玩！！

【私聊】风云榜第一：姜凉，我还是觉得她有些奇怪，你要多注意点知道吗？

【私聊】姜凉：你对我有意见？

夏木繁忽地看见这句话，莫名地觉得这不是姜凉发的。他也不知道为什么，就是这么觉得。

【私聊】风云榜第一：小姐姐？

【私聊】姜凉：我哪里奇怪？

夏木繁微微吸了一口气。

姜凉长期不和人接触，夏木繁总担心他会被人骗。他家弟弟那么好看呢……

但是他说人家坏话，被抓个正着，打字的时候，手都有点哆嗦。

【私聊】风云榜第一：……有钱。

夏木繁查过，她家庭算得上富裕，可和富豪还差得远，她哪里来的钱？

【私聊】姜凉：有钱是我的错？

【私聊】风云榜第一：不是……

【私聊】姜凉：所以我哪里奇怪？

【私聊】风云榜第一：……

【私聊】风云榜第一：我只是担心姜凉，也不是针对你，他要是过得好，我自然高兴。

夏木繁是真心想姜凉好。

【私聊】姜凉：他笨吗？

【私聊】风云榜第一：不啊！

姜凉很聪明的。

【私聊】姜凉：他有被骗过？

夏木繁想了一下，好像没有。

【私聊】风云榜第一：没。

【私聊】姜凉：既然如此，你为什么觉得他会被骗？还是你只是对我有意见？

【私聊】风云榜第一：……

夏木繁觉得初筝的逻辑无懈可击。

初筝将风云榜第一拉黑，抱着自己的"好人卡"，问他："你觉得我在骗你？"

"没……没有。"姜凉摇头。

初筝语调带着点冷意："你迟疑什么？"

"我没有，我只是习惯那样说话。"少年略显焦急地解释。

"乖。"初筝魔爪往姜凉的脑袋上伸，心满意足地薅了一会儿。软乎乎的"好人卡"，真好。

姜凉微微松了口气。

应泽和三月清欢的官司没打成，三月清欢撤诉了。根据夏木繁的消息，似乎是三月清欢怀孕了，这件事应泽的父母和三月清欢的父母都知道，双方现在要结婚。

据说应泽家里出了几十万，才将这个婚给结了。

初筝怕遇上这两人，带着姜凉搬了家。

应泽和三月清欢结婚后，两人也过得不怎么好。两人都喜欢玩游戏，没有正经工作，后面全靠三月清欢在游戏里骗男人维持生活。

听说后来应泽出轨，两人大打出手，闹得整个小区的人都知道了。

当然这是后话。

姜凉生日的时候，初筝送给他一套光明神诀，整个服，或者说整个游戏，都没有人拥有。

姜凉是目前唯一拥有光明神诀的玩家。

【世界】生命在于折腾：我想说，这个神豪榜第一是游戏的托吗？

【世界】原点：你不是第一个有这种怀疑的人。

【世界】一根黄瓜：哪个客服在？请问你们游戏公司还缺这样的托吗？

【系统】二二二：我们公司没有任何托，请各位玩家放心，神豪榜第一是真实玩家。

【世界】狗尾巴也是花：神豪榜第一不是托我不信，真的玩家谁会这么玩？

【世界】我是一只狼：也许人家就是有钱没处花呢？

【世界】我超神了：这么有钱玩什么游戏？

【世界】一根黄瓜：有钱不玩游戏干什么，上班吗？

【世界】风云榜第一：这就是你的不对了，有钱人怎么就不能玩游戏，游戏还歧视有钱人？

【世界】卖瓜的婆婆：一哥，你家姜凉都被大佬撩走了，你不伤心吗？

【世界】风云榜第一：儿大不由爹，唉！

【世界】神豪榜第一：你说什么？

【世界】风云榜第一：爹大不由儿。

风云榜第一能屈能伸。

【世界】我超级萌啊：哈哈哈哈，一哥你变了。

【世界】一根黄瓜：变的不是一哥，是姜凉这个祸害，他竟然忙着谈恋爱，不祸害玩家了。

【世界】我超级萌啊：我从大佬这几个字里面，看到了宠！姜凉不愧是被包养的那个，大佬你还缺暖床的吗？我可以哟！！

【世界】神豪榜第一：不缺。

初筝被人说成是游戏的托也不是第一次，大家讨论讨论就算了。但是自从初筝送给姜凉光明神诀后，有玩家发现光明神诀竟然被垄断了。

初筝让“我是一个小号”常年垄断游戏里制作光明神诀的材料，不许别人制作。当然她花了钱，别人把材料卖给她，总体来说，没有问题。可是这妨碍到了一些有钱玩家。

初筝被人举报到客服那里，说她破坏游戏的平衡，官方要是不解决，她就是托。

游戏的客服很为难。

这哪里是托……这是祖宗。

【系统】二二二：老板，光明神诀虽然很不错，可还不是游戏里最好的，您为什么要垄断啊？！

【系统】神豪榜第一：有钱。

【系统】神豪榜第一：我又没让你们做手脚，你还管我怎么玩？

【系统】二二二：……

敢情你之前还想让我们做手脚？

官方搞不定初筝，拿不出让玩家信服的说法，于是玩家的投诉更多。

【世界】智障热线：还让不让人玩游戏，那个神豪榜第一什么来头，我就算她不是托，这样真的合适吗？游戏体验感极差！

【世界】拖油瓶：我也想说，光明神诀都出来多长时间了，现在还是只有姜凉那个祸害有，游戏公司想干什么啊！

【世界】骑着王八追兔子：再这么干下去，你这游戏迟早倒闭！

【世界】一根黄瓜：大佬又上热搜。

【世界】神豪榜第一：游戏倒闭不倒闭是我的事，你们爱玩不玩。

世界频道上静止了将近一分钟。

【世界】卖瓜的婆婆：信息量有点大，这句话分开来理解的话……游戏公司是初兮的？

世界频道上顿时炸开。

【世界】神豪榜第一：姜凉是我的人，再让我看见谁说他的不是，你们不用玩这个游戏。

初筝这句话，以土豪金的颜色，久久地挂在最上方。如果有人仔细去看，会发现光明神诀的介绍下面，有一排小字——光明神赐下祝福，你便是独一无二。

卷二
天降福宝

第五章
你先亲我的

夜色如墨，净月高悬，月华如霜，铺洒在山林间。山顶风声急促，树叶沙沙地摩擦，在地面投出狰狞的残影。

沙沙沙——残影中有黑影蠕动，地面的树叶随着那黑影的蠕动，发出更大的声响。

初筝从落叶中坐起来，她抬手往后背摸去，摸到温热黏稠的液体。初筝将手举到面前，借着月华的光，平静地看了一眼。

血！

初筝看不见背上什么情况，但是她能感觉到血正不断流失。这样下去，她会因为失血过多死亡。

初筝在身上找了一下，没找到手机之类的东西。她撑着站起来，感觉有些眩晕。

夜风拂过，血腥味带向远方，远处似有狼嚎声。身上的衣服被血浸透，风一吹，贴在身上，更是难受。

别让我知道，是谁把我弄到这里来的！

“快点，这个病人需要急救！”

“医生，医生……”

“家属留步。”

“担架，拿担架过来！”

医院昼夜通明，不少人拥挤在医院大厅，医生和护士不断安排着这些病人。就在一个小时前，某校区爆发集体食物中毒，所有下班和休假的医生、护士，都被紧急叫回来。

好不容易将这些中毒的学生都抢救回来，已经是第二天。

医生和护士们累得完全不顾形象地瘫在走廊上。

“昨天晚上有个女生，我的天哪，全身都是血。你们是没瞧见，我刚看见的时候，还以为是丧尸。”

“你这是丧尸片看多了吧！”

“哎，你没看到那场面，真的好吓人。”

当时医院一片混乱，就在混乱中，有一个浑身是血的女生，慢吞吞地走进医院。她走过来的路上，蜿蜒出一地的鲜血，有一种恶鬼从地狱爬上来的感觉。

“那个女生呢？”

“好像是楚医生抢救的。”

“楚雾？”

“嗯。”

“怎么是他？”

“当时人手不够……”

“他不会出什么问题吧？”

“不……不会吧？楚医生那么帅啊！”

有人不放心道：“我去看看，可别出什么岔子。”

初筝背上被人剜下两块肉，特别狠，如果再往里面一点，她就算醒过来，也撑不到医院。

初筝，一个拥有翅膀的……小仙女。

好吧，学名叫守护天使。

这个世界背景……有点类似西方世界。

原主作为见习守护天使，要完成考核任务，才能成为正式的守护天使。

原主的考核任务是守护一个叫楚雾的人，然而原主认错了人。她第一个遇见的人，叫褚戊，和楚雾一个读音，不过字不同。

但是原主不知道，于是把褚戊当成她的考核任务，就这样跟在褚戊身边。

褚戊没有守护天使，但是他身边有堕落天使。

原主只在课堂上听过堕落天使，传闻堕落天使都是因为不想完成任务回到天堂，滞留在人间的天使转变而成。

他们被神遗弃。

褚戊听从堕落天使的意见，不断利用原主，最后成为人上人。

在他功成名就后，得知原主有可能会离开，褚戊不愿意她就这么离开。所以他伙同堕落天使，砍下原主的翅膀。有原主的翅膀在，褚戊这一生步步高升，站在顶端。

原主怎么也没想到，自己一直用心守护的人，最后会这么对待自己。失去翅膀的天使十分脆弱，能力消失，和常人无异。如果不及时救治，他们也会死。

然而那个堕落天使并不打算就这么放过她，最后原主是生生被折磨死的。

初筝接收完记忆，忍不住搓了搓胳膊。

真歹毒啊！

不过……竟然敢砍我翅膀！

初筝后背已经处理过，此时缠着绷带，她觉得很不舒服，想要扯掉。

穿着白大褂戴着口罩的医生进来的时候，看见的就是女生扭着身体，想扯掉身上的东西。

“你醒了。”男人的声音很好听，不过没多少情绪。

初筝回头看去。

白大褂医生站在门口，胳膊里夹着病历本，戴着医用口罩，只露出一双黑沉如墨的眸子，闪着冷淡的光泽。

医生走进来。

初筝的目光落在医生胸口别着的胸牌上——楚雾。

楚……雾？那个楚雾吗？

初筝定睛仔细瞧，确定自己没有看错，就是那个楚雾。

这就是她这个身体本应该守护的那个楚雾，那我们这算仇人见面？等等……应该算不上仇人，原主只是守护错人而已。

嗯！对！我不认识他！

初筝给自己找到一个理由，瞬间理直气壮起来。

楚雾眸子低垂，修长的手翻着病历："你后背的伤很特别，怎么造成的？"

"忘了。"被人砍的你信吗？！

"忘了？"楚雾稍微抬眸，黑眸的冷意微微泛滥，如三月的风，透着料峭的冷。口罩遮着他的脸，看不清他的神色。

"嗯。"初筝一脸认真地点头。

"呵。"楚雾意味不明地轻呵一声，合上病历，"你叫初筝是吧？"

他认识原主！完了，不会是要找麻烦吧！毕竟原主把工作搞砸了啊……我还是抵死不认吧！

反正我也不是原主，我只是恰好和原主同名同姓而已。

但是楚雾并没有找麻烦，他问完这句，没等她回答，直接道："我看一下你的伤。"

不用了吧，我们不熟。

"楚雾！你在干……"病房门被人推开，一个年轻的医生气喘吁吁地撑着房门，察觉到自己声音过大，赶紧噤声。他大步走进来，拉着楚雾。

年轻医生有些歉意地看着初筝："抱歉，一会儿我找别的医生过来给你重新看看。"

说完，他拉着楚雾就走。

楚雾被拽着离开，离开的时候，他回眸看她。那眼神……初筝觉得不太好。

初筝觉得自己的身体应该没什么大问题，毕竟有系统护航。

所以她决定——跑路。

原主的烂摊子，我才不给她收拾呢！

王者号如果有实体的话，此时只能扶额叹息。

初筝离开病房。在走廊上看见楚雾和那个年轻医生站在一块。年轻医生说着什么，楚雾有点不耐烦地听着，表现得地极度不配合。

初筝缩回脑袋。

"咦……你怎么下来了？"小护士从走廊另一头过来，见初筝站在门口，顿时惊呼一声。

楚雾和那个年轻医生似乎没有听见，初筝赶紧退回病房里，目光冷淡地看着小护士。

"你的伤那么严重，怎么能下床呢？你快回去。"小护士焦急地要扶她，很紧张她的伤。

初筝道："我没事。"

"怎么会没事？"小护士惊讶不已，"是不是麻药的效果还没过？你感觉不到疼吗？你的伤很严重的，必须好好治疗。"

说到后面，小护士已经拉下脸。

"你怎么这么不爱惜自己的身体，年纪轻轻的……你的伤很奇怪，怎么弄的啊？"小护士将初筝按回病床上。

初筝再次被小护士扎上输液针。

小护士叮嘱了她两句，又道："对了，我们没有在你身上发现手机或者联系方式，你要不要联系你的家人，让他们过来缴一下费用？你一个人也需要人照顾……"

"没有。"原主以前只知道褚戊这个她需要守护的人，哪里认识别的人。在这个世界，原主就和孤儿差不多。

"啊……"小护士嗫喏一声，"这样啊，那你的费用？"

小护士还在想初筝的费用怎么办，就见女生忽然从被子下面摸出现金，神色冷淡地递了过来。

"够吗？"

"……够、够了。"小护士结巴了一下。

这女生进来的时候也没见她带着现金啊，这钱哪儿来的？小护士满头雾水地拿着钱离开，去帮她将钱交了。

初筝第二次把针拔了，结果还没下地，病房门又开了。

有完没完！让不让人走了！

之前拉着楚雾离开的年轻医生，带着另外一个医生和两个护士进来了。

"你再帮她看看。"年轻医生拍拍那个医生的肩膀，"麻烦你了。"

年轻医生说完，匆匆离开。

那个医生一抬头就看见初筝冒血的手："你怎么把针拔了？"

初筝再次被扎针。

她绷着小脸，面无表情地看着围着自己转的医生和护士。本来有些紧张的医生，看完伤口后，神情松下来。

"你的伤口挺严重，不过你也不用太担心，会痊愈的……"

这个医生比楚雾尽职多了，不但和她说伤口的情况，还告诉她一些注意事项，仔细叮嘱完才离开。

医生离开病房，见年轻医生还站在外面。

年轻医生问："怎么样？"

医生的脸色变换了好几下，虽然很不想承认，但还是道："楚雾处理得挺好的。"

"没什么问题就好。"年轻医生松了一口气，"当年他可是咱们医大最厉害的人，要不是他父亲突然离开，说不定现在他已经是最厉害的医生了。"

医生皱眉："我不是否认他的专业，是他的态度有问题。"

如果真的是专业不行，医院根本就不会让他进来，医院不是闹着玩的地方。

年轻医生道："唉，发生那么大的事，让他缓缓吧！"

医生没再说楚雾的不是，转移话题："里面那个女生的伤怎么那么奇怪？她有说怎么弄的吗？那伤口我觉得像是被人剜下来的。"

"剜下来的？"

医生将病历给他看，上面有伤口的照片。伤口整齐，确实不像是意外造成的，两边还很对称……

"这……她还没有联系家人，这情况……我们要不要报警？"年轻医生看着那伤口，有点发怵。

"我让护士再问问她。"

"也好，要是有什么不对，就报警吧！"

然而等两人讨论完，再一转头，就被告知，那个病房的病人不见了。

初筝离开医院，先给自己换了一身衣服。

身为守护天使，原主长了一张人畜无害的脸，任谁看一眼都会喜欢的那种。她的长相就透着"我很好骗，很好欺负"的软绵。这不被欺负，谁被欺负啊？！

初筝面瘫着一张脸，软绵感少了许多，多了几分清冷的矜贵。

换好衣服，初筝站在大街上，望着来往的车流。原主之前和褚戊待在一块，都是跟着他的，因此原主并没有自己的住处。

所以，现在我要去哪里呢？

仙女都是睡树上的吗？

我难道要去找棵树？

【小姐姐，你现在知道任务多么重要了吧？】王者号时刻给自家小姐姐洗脑。

你闭嘴吧！

【主线任务：请小姐姐在二十四小时内，买下梵麓庄园，6号别墅。】冲呀，小姐姐！先给自己找个住处！

初筝一脸漠然地将王者号屏蔽掉。

不过，梵麓庄园在哪里？

王者号都已经屏蔽掉，初筝不可能把它放出来，她不要面子的吗？不能助长王者号的嚣张气焰，所以初筝决定……先找个地方睡觉，反正有二十四小时不是。

梵麓庄园。

本市最豪华的高端别墅区，住在这里，就是身份的象征。这里面的别墅就算要出售，也不会在普通的地方看见，都是内部流通。

初筝想在这里买别墅，王者号简直就是在为难她，她连找谁买都不知道。

初筝折腾了半天，好不容易联系上一个人，进到别墅区里面。

"初筝女士，这就是咱们正在出售的6号别墅，自带小花园和泳池，每一栋别墅之间间隔合理。互不干扰，给人园林一般的生活体验……"负责人带着初筝进去。

这里的别墅敢称为高端别墅，自然有它的特色。不管是外观还是内部设计，都让人挑不出错来。

初筝扫了一眼别墅内部："这里有人住？"

"呃……"负责人赔着笑，"是有人住，是这别墅的现任主人，不过他已经很长一段时间没住在这里……您放心，到时候我们会收拾好，这些东西都会搬走的。"

初筝并不关心这别墅如何，就算这是废墟，她还是得买下来。

"多少钱？"初筝只想直接走最后流程，其余的并不关心。

负责人刚准备介绍整栋别墅，初筝突然问价，让负责人微愣一下。负责人试探性地道："总价是一千五百万。"

"嗯。"

对于王者号来说他的钱都是游戏里的数据，不要钱似的，一千五百万算什么，毛毛雨。

"您……要了？"负责人没太理解初筝那个"嗯"字的意思。

初筝点头："我要了，哪里交钱？"我时间不多了啊！

这栋别墅其实出售有一段时间了，不过大部分人都是来看看，并没人下手。

主要原因是——传闻这栋别墅闹鬼。

有钱有势的人并不缺钱。但是如果有不好的传闻，这些富豪们哪里还肯下手。

初筝这么爽快，负责人自然开心："那您跟我来，我这就带您办理手续。"

负责人将初筝带到办公区，刚踏进大门，就看见一个原主十分熟悉的人。男人西装革履，身姿挺拔，五官英俊帅气，浑身透着成功人士的气魄。这人不是别人——正是褚戊。

褚戊本来和人说着话，察觉到有人进来，随意地往这边扫了一眼，便收回视线。三秒钟后，他猛地将目光锁定在初筝身上。

褚戊的瞳孔一阵紧缩。

她……怎么会在这里？她竟然没有事！

褚戊的心底丝毫没有为他做过的事感到后悔和愧疚，看见初筝也只是震惊和疑惑。

初筝的目光迎上褚戊。

褚戊乍一对上初筝的视线，后背猛然升腾起一阵冷汗。女生的眼神平静到冰冷，面容上也不见丝毫情绪，宛如一个没有任何情绪的机器人，周身萦绕着生人勿近的冷漠疏离，和他印象中那个总是软绵绵的人有很大的区别。

难道是长得一样？不……不对，她就是初筝。

初筝这边打量完褚戊，长得还挺帅的！

就是这家伙砍我的翅膀！

虽然动手的不是褚戊，但是和褚戊脱不了干系，这笔账怎么也得算他一份……可是褚戊没有翅膀，那我砍哪儿？

初筝视线慢慢地下滑。

褚戊莫名地觉得下身一凉，目光诡异又复杂地看着初筝，她在看什么？

"褚先生也要买 6 号别墅。"

"我这边都说好了。"

"褚先生也……"

负责人和另外一个男人嘀咕，之前这别墅没一个人下手，今天怎么就撞上两个人同时要买了呢？

现在怎么弄？

他们双方在不知情的情况下，各自都已经谈得差不多了。

有人道："褚先生不好得罪……"

初筝看上去年轻，他们也不认识。但是褚戊不一样，他是商界新生代的领军人物，前途无量。

负责人让人先去稳住褚戊，他转回到初筝这边："初筝女士，咱们 6 号别墅区的主人突然说不卖了，之前我没接到消息，给您造成麻烦，实在是对不起。"

"你刚才说褚戊要买。"初筝冷漠脸，"你想卖给他？"

负责人一脸震惊，他们讨论得那么小声，她怎么听见了？

"这……"不知道为何，负责人觉得这个小女生的眼神有点可怕，惊出一身的冷汗，"初筝女士，褚先生先到……"

"我们已经说好。"初筝神色不变，"你要变卦？"

这个男人砍我的翅膀就算了，现在还耽搁我做任务，简直不能忍……做掉算了。

负责人一阵胆寒，总感觉他点头，这个女生就会弄死他似的，负责人艰难地咽了咽口水。

“初筝女士，咱们别墅区还有别的在售的别墅，虽然没有6号别墅区这么大，但是也不错，不然我带您去看看？”

初筝平静地道：“我就要这户。”

负责人心情焦灼，褚戊那边也不好谈，他也非得要这户。

负责人最后都搬出了“别墅其实闹鬼”的消息，初筝和褚戊仍没任何退出的意思。负责人看着隔着近十米距离的两人，只觉得这两人像是正在争夺地盘的雄狮。

最后不知道是谁提出价高者得，本来只是随口的一句话，但是褚戊竟然同意了。

“好啊！”初筝也同意下来。

褚戊朝着初筝这边走过来，眸子半眯着打量初筝：“你确定？”

刚开始的震惊后，褚戊此时已经冷静下来。

当初自己都不怕她，现在她就是一个普通人，他还怕她吗？普通人在他眼里，就如蝼蚁一般。

初筝眉眼间都是冷漠：“确定。”

负责人给两人安排了一间会议室。

初筝坐在左边，跷着二郎腿，一只手放在膝盖上，一只手随意地搭在桌面上，大佬气势十足。右边是正襟危坐的褚戊，负责人站在前方，会议室的气氛让他十分紧张，冷汗不断往下淌。

“褚先生，初筝女士，咱们6号别墅的售价是一千五百万，因为两位都想要，所以现在我们实行价高者得。两位如果没有意见，咱们就开始……”

初筝没说话，无声地表示没意见。

褚戊扯了一下嘴角：“我出一千六百万。”

上来就加一百万，负责人艰难地吞咽着口水。

初筝漫不经心地敲了一下桌面：“一千六百万零一块。”

王者号瞬间奓毛。

【小姐姐，你干什么？】

【这是我们能叫出来的价格吗？！】

【你重新叫！！】

【丢脸不丢脸！！】

对面的褚戊直接笑起来，但他也没说什么，只是重新叫了一个数。

“一千七百万。”

“一千七百万零一块。”

褚戊现在不差钱，而且像初筝这种叫法，他做不到，好歹他现在是有身份的人，传出去会被人笑话。

因此他只能一百万一百万地加，然而初筝雷打不动地在他开价的基础上加一块钱。不管王者号怎么嚷嚷，她都不为所动。

“两千三百万。”褚戊脸色已经铁青下来，眼神危险地盯着初筝。

就算他不差钱，可是这价格越来越高，已经超过他的预算。

初筝语气听不出任何的起伏：“两千三百万零一块。”

负责人在旁边不断抹汗，那栋传闻闹鬼的别墅里面是有金山吗？这价格都超过他们别墅区成交史上的最高价了。

“两千六百万！”褚戊咬牙，“初筝，你不要和我作对，你现在可什么都没有。”

“两千六百万零一块。”初筝漫不经心地道，“我有钱。”

褚戊心底涌出阵阵疑惑：“你哪里来的钱？”

她现在突然出现在这里，是跟踪他过来，想报复他不成？

初筝冷漠脸：“关你什么事？”天上掉的不行吗？

“三千万！”褚戊一口气将价格提升到三千万。

哇！

好有钱哟！

初筝一脸冷漠地加上一块钱：“三千万零一块。”

褚戊脸色黑得跟锅底似的，要不是他长得好看，估计都维持不住他霸道总裁的身份了。

初筝泰然自若地看着他：“还加吗？”我还能加好多个一块钱呢！气死你！

【小姐姐的段位我着实没想到。但是我们就不能用财大气粗气死他吗？这才是我们的正常操作啊！！给他怼一个亿！】

初筝：……开局一个亿，我怕是不想活了。

褚戊双手握紧成拳，眸子里满是阴狠，他现在可以挪动的流动资金，其实并不多，三千万已经是他目前的极限。

最终，初筝以三千万零一块拿下这栋别墅。

褚戊离开的时候，阴沉着脸警告她：“看在我们以前的情分上，我也不想赶尽杀绝，但这是你逼我的。”

什么叫我逼你的？到底是谁逼谁？麻烦你戏不要那么多！

初筝冷笑道：“你觉得你之前是在做慈善，替我砍掉翅膀，我还得谢谢你吗？”神经病啊！

褚戊冷笑一声，转身离开。

初筝撑着下巴，琢磨怎么做掉褚戊比较好。

负责人在旁边小声地询问：“初筝小姐，我们可以签合同了吗？”

“嗯。”

初筝和负责人去签合同，大部分的程序他们这边会替她去办。

另一边，楚雾也接到了通知电话。

“楚先生，您的那套别墅已经售出，尾款我稍后会打给您。您看您什么时候方便，过来把您的东西带走，我们这边也好做清理。”

楚雾挂断电话。

不过三分钟，手机短信提示音响起。楚雾看着转进来的钱，眉头轻蹙。

楚雾主动给那边打电话：“怎么那么多钱？”

“楚先生，是这样的……”那边噼里啪啦地将事情描述了一遍。

楚雾听完，最后脑中只有一个结论：两个白痴抢房子。

他现在缺钱，有人送钱，他自然不会拒绝。这钱还没捂热乎，就被楚雾一批批转了出去。

“楚雾。”年轻医生搭着他肩膀，“你那边的事解决得怎么样了？”

“我房子卖了，已经还得差不多了。”楚雾道。

本来那房子卖掉，还会差上一些，但是卖出那么高的价格，已经足够他还完欠下的钱。

“啊？”年轻医生惊讶，“那你以后住哪儿？”

“不知道。”楚雾态度冷淡。

“要不你住到我那儿去？”年轻医生提议。

“不用了。”楚雾想都没想直接拒绝。

年轻医生叹了一口气：“楚雾，你要是有需要就和我说，虽然我也帮不了你多少，但是我们是朋友，不是吗？”

楚雾垂下眸：“嗯，我先走了。”

“唉……”年轻医生看着楚雾离开，重重地叹了口气。

褚戊回到家里，心底积压的怒火“噌”的一下冒了上来，直接将客厅的东西砸了一通。

空气里有黑色的羽毛飘落，年轻漂亮的女孩浮在空中，黑色翅膀在她身后展开。

女孩居高临下地睨着褚戊：“你又怎么了？”

褚戊站在一片狼藉中，仰头看她：“桑梦，我今天看见初筝了。”

桑梦落到地上，身后的翅膀消失，她带着笃定：“不可能，她已经死了。”

她亲自确定的，初筝怎么可能还活着？

“是真的。”

“你确定是她吗？”

“是她，她亲口承认了。”褚戊点头。

桑梦皱眉，怎么会呢？明明自己亲眼所见，她死了……失去翅膀的天使和普通人一样脆弱，她怎么还会活着？

但是褚戊没必要骗自己，难道她当时没死？

褚戊拉着桑梦：“她真的还活着，我觉得她变了。”

桑梦问：“哪里变了？”

“不像以前那样……变得很冷漠，被她看着，我竟然觉得浑身发寒。”

褚戊将之前的事和桑梦仔仔细细地说了一遍，任何一个细节都没遗落。

“她已经失去翅膀，就是一个普通人，就算还活着，也不用怕她。”桑梦道，“我会去确认一下，你不用担心。”

“我不是担心，我就是觉得奇怪。”褚戊和桑梦想的一样。

褚戊突然往楼上走。

桑梦跟着他上去。

褚戊打开书房，桑梦没有跟着进去，只是站在门口。

褚戊走到一排书架前，抽动书架上的一本书，书架缓缓挪动。纯白的翅膀缓慢展现出来，它被固定在墙上，给人带来视觉上的震撼和冲击。上面仿佛还带着圣光，让人觉得自己看见了神明。

初筝对着镜子，以艰难的姿势，打量自己后背上的伤口，伤口看着有些可怕。

原主好歹也是守护天使，即便如今是普通人，愈合能力应该也比普通人厉害，过两天应该就好了。

初筝套上衣服。

风吹着落地纱扬起，房间的灯同时灭掉。初筝从镜子里，看见窗外渐渐浮现的黑色翅膀。

好大的翅膀啊！活的！！

初筝转身，目光直直地望向窗外的桑梦。桑梦落在阳台上，翅膀消失，两人隔着飞舞的落地纱对视。桑梦是堕落天使，她身上散发的是黑暗、死亡的气息。

如果人盯着她看久了，会产生一种死亡的念头。

桑梦冷笑，带着诧异："你真的还活着。"

"高兴吗？"

褚戊说初筝变了，桑梦是不太相信的，可是此时桑梦不得不信。面前这个女生，如果不是长着那张脸，桑梦完全不会觉得，她就是初筝。

"没死也没关系。"桑梦并没有将初筝的变化放在眼里，"你已经失去翅膀，如今就是一个普通人，我想杀你易如反掌。"

桑梦将初筝的变化，归结为她经历过这些事后的变化。初筝还是天使的时候，自己就能对付她，更别说现在她已经失去天使最重要的东西。

"嗯。"说得有道理！

银色的光从桑梦眼前闪过，她下意识地往后退一步，脚踝一凉，整个人被拉着往屋子里扑去。

"唰——"黑色的翅膀展开。桑梦往空中飞去，脚踝依然冰凉，像是有什么东西顺着她的脚踝往上攀爬，可是她什么都看不见。

"哗啦——"桑梦被拽回阳台上，跌落的时候，翅膀扇在阳台上，巨大的力量，将玻璃震碎。

桑梦狼狈地跌在玻璃碎片中。

自始至终桑梦都没弄清楚到底是什么东西把自己扯下来的，又快又迅速……

初筝怎么会突然有这么厉害的力量？

桑梦再次扇动翅膀，黑色的浓雾蔓延开。初筝接触到浓雾的瞬间，心底产生出一种自我厌恶的情绪。

活着有什么用，不如死了算了。

死亡是解脱。

去死吧……去死……去死……

心底的声音越来越大。

初筝：开什么玩笑！谁要死了！

"哗啦……"玻璃碎片从没有栏杆的阳台上掉落，坠入灯火辉煌中。

初筝脚尖停在边缘，她只需要再走一步，就会掉下去。

初筝仰头往空中看去。桑梦在空中看着她，黑色的雾气包裹着桑梦，宛如融入了黑色的夜空。

初筝往前踏一步。

桑梦嘴角勾出笑意，然而下一秒，这抹笑容凝固在脸上。初筝并没有下坠，而是凭空浮起，立在桑梦对面，银光在初筝脚边交织。初筝踩着虚空，一步一步走向桑梦。每走一步，都有银光乍现，犹如绽放在黑夜的烟火。

"不……不可能……"桑梦震惊不已。

初筝都失去翅膀了，怎么还能飞到空中？那些银光是什么？

"什么不可能？"初筝冰冷的声音，混合着夜风，吹进桑梦的耳中。

桑梦心底骤然升腾起一阵寒意。

“你……”桑梦瞪大美眸，“你怎么回事？”

初筝应该失去所有能力，沦为普通人才对。

“如你所见。”初筝手掌轻抬，银光自她手中飞窜而出，如流星一般砸向桑梦。桑梦不知道这银光是什么，但是她本能地觉得危险，扇动翅膀挡住银光。

空气中似有金属物碰撞的声音。银光围着黑色的堕落天使，它们恍如有生命一般，不断地往翅膀上砸。

桑梦四周都是这样的银光，根本没办法反击，只能用翅膀保护自己。

皓月不知何时躲进云层，天穹不见半颗星子，只有那如流星一般的银光，在天空中若隐若现。

“啊——”桑梦的翅膀被银光穿透，她的身体猛地朝着下方跌落，黑色的羽毛漫天落下。

初筝追下来的时候，桑梦已经不见踪迹了。

竟然跑了！初筝踩在水池边，望着水面倒映出来的银光。水面波光粼粼，银光如揉碎的月光，在水面晃动。她伸出手，银光汇聚成一条线，飞快地缠绕在她的手腕上。

这可不是她这个身体的力量，是她自己的……就像游戏绑定的技能吧！

初筝的手指在手腕上蹭了蹭，转身，豁然闯入一双黑沉的眸，出于本能，初筝往后退了一步……脚下踩空。

“哗啦——”水花四溅，初筝整个人掉进水池中。

这是什么运气。

初筝心情不爽地浮上水面，男人站在水池边，正垂眸看着她。水面折射的光，如细碎的星辰，散落在男人的眼底。

初筝游过去，撑着边缘上去。男人的目光跟着她的动作移动，初筝面无表情地看着他。

气氛安静又诡异。

空中有黑羽飘落，打着漩儿落在水池中。

初筝在男人明显觉得困惑的时候一脚踹过去。

让你吓唬我！

男人跌入水池，初筝站在岸边，看着他挣扎了两下，慢慢地往水底沉去。

【隐藏任务：请获得楚雾“好人卡”一张。楚雾就是小姐姐刚才踢下水的那个哟！】

王者号贱兮兮地提醒初筝。

初筝：……请让我倒带回三分钟前。

【小姐姐，不可能的，就算你现在死亡，你也只能倒带回此时此刻。】

初筝望着已经连泡都不冒的水池，冷静地思考片刻，那就等着倒带吧！不然“好人卡”岂不是记得我踢过他？那我还怎么做好人！

【……千防万防，没防住小姐姐有这种操作。】

王者号咆哮着让初筝下去救人。

“我受伤了。”初筝理直气壮。

【……你之前干架的时候，没见你觉得自己受伤啊！】

初筝在王者号的咆哮，以及不下去救人立即发布任务的威胁下，下水将人捞上来。

楚雾已经没有了意识。初筝拍了拍他的脸颊，又探探鼻息，感觉是没气了……但是王者号还没读档，也就是说没死透。

没死透还可以补一下。

【小姐姐，请你停止这种丧心病狂的想法好吗？】

初筝面无表情地摁着楚雾的胸口，开始做急救。

王者号觉得楚雾这样都还没凉透，也是生命力顽强。

"砰——"大门被人撞开，褚戊吓了一跳，见桑梦跌跌撞撞地进来，他立即起身："桑梦，你怎么了？"

桑梦倒在门口，黑色的翅膀"唰"的一下出现，翅膀上有好几处伤口，此时血流不止。

"你……你怎么弄的？"褚戊赶紧去把门关上，"谁把你伤成这样？"

桑梦脸色苍白："初……初筝。"

"怎……怎么可能？"不是褚戊不信，是在褚戊的记忆中，那个守护天使并没有桑梦厉害，不然最后她也不会被他们切下翅膀。

桑梦道："她突然变得很厉害。"

褚戊追问："你不是说失去翅膀就失去了一切吗？"

怎么会变得厉害？她变得厉害……会不会来找自己复仇？

想到这里，褚戊心底就更着急，然而桑梦也不知道怎么回事，她此时还受了伤，没有精力回答褚戊的问题。

褚戊也发现桑梦受伤不轻，赶紧将她扶到房间。

楚雾是被冷醒的。

湿哒哒的衣服贴在身上，冷风一吹，刺骨的凉意。他撑着地面坐起来，旁边是漾着涟漪的水池，皓月投在水面，被风吹得不成形状。

他记得……自己被踹下水池了，凶手呢？

楚雾转头就看见凶手站在不远处，正望着他这边。她隐在阴暗处，楚雾看不清她脸上的表情。

楚雾从地上站起来："你还要帮着褚戊害死我不成？"

男人的声音有些嘶哑，但十分平淡，听不出喜怒。

初筝道："你不就叫楚雾？我为什么要帮着你，害死你自己？"有点绕口。

男人轻呵一声："你跟我装什么？"

初筝满脸疑问，我装什么了？你不叫楚雾吗？！我哪里说错了？！

楚雾质问道："褚戊让你跟着我？"

"你没让我跟着你。"初筝严肃脸。

楚雾深呼吸："我说的是你之前跟着的那个人。"

"你说那个……"初筝恍然，"我跟他没关系。"

等等！好像有哪里不对，楚雾以前见过原主？

之前在医院病房，他确实直接叫出她的名字，按理说当时还没人来问过她的名字，他不应该知道。可是原主以前是守护天使，只有褚戊一个人能看见……楚雾怎么会看见她？难道因为他才是原主真正要守护的人？

"没关系？"楚雾手指拨了一下湿漉漉的头发，"你觉得我会信吗？"

"你信不信，跟我有何关系？"初筝道。

楚雾打量面前的女生，他第一次见到她，就是在褚戊身边。当时这个女生就跟在褚戊身边，可是除了褚戊，旁人似乎看不见她。自己和她说话，她也像是看不见自己一般。

后来褚戊踩着楚家，一步一步地走到如今的地位，这个女生都始终如一地陪在褚戊身边。

还有好几次，他亲眼看见这个女生替褚戊做事，可是他只能看着，他阻止不了，告诉别人也没人相信。

她是一个不存在的人，像他的幻觉一般。他落到如今的地步，这个奇怪的女生，也有一份功劳，她是褚戊的帮凶。

在医院看见她的时候，发现其他人也能看见她，他还以为只是长得相似，后来发现并不是，她就是褚戊身边的那个女生。只是不知道为什么弄成那个样子，别人竟然也能看见她了。

他知道她不是正常人，然而她的检查报告……很正常。

"你三番五次出现在我面前，想做什么？"楚雾眸子微眯，"我现在什么都没有了。"

初筝严肃脸："……我说，我其实是你的守护天使，你信吗？"

空气陷入尴尬的安静中。

"守护天使？我的？"楚雾一字一顿说得极慢。他知道别人看不见她，但是他想的也只是鬼魂之类，从没想过竟然是守护天使这种存在。

可是此时听见，他也觉得可笑。他的守护天使，怎么会在褚戊身边，而让他沦落到如今的地步。

"你是我的守护天使，那么请问，我需要你的时候，你在何处？"楚雾冷淡的目光落在她身上。

这个致命的问题，我、我回答不了！下一个！

"回答不了？"楚雾偏了一下头，嘴角的弧度细微地上扬了一下，"那我帮你回答。"

"你在褚戊身边，我说得对不对？"

虽然你说得很对，可那又不是我，所以不对。

"我被褚戊骗了。"初筝绷着小脸甩锅，"他和你的名字一样，我以为他就是你。"

按理说守护天使不会出现这样的错误，就算名字是一样的，对方看不见守护天使，那么他也不是守护天使要守护的人。怪就怪在，褚戊能看见原主。条件都满足的情况下，原主这个新手上路，好骗的见习守护天使，自然就信了。

"哦？"楚雾声调上扬，微微有些沙哑，带着独特的韵味，似乎快要相信初筝所说。然而楚雾此时想的却是，她到底还想从自己身上得到什么，不惜说出这样的话。

"嗯。"初筝郑重地点头，"就是褚戊骗我。"

所以其实我是好人的，你要相信我。

楚雾突然朝着她走过去，抬手捏住初筝的下巴，微微抬高，月光落在女生的脸上，如镀上一层莹白的光芒。

楚雾微微俯身，凑近初筝。在他快要碰到初筝唇瓣的时候，忽地侧脸，温热的气息喷洒在初筝耳畔："天使都有翅膀，你的翅膀呢？嗯？"

翅膀……翅膀被砍掉了！竟然砍我的翅膀！好气！

初筝心底气得像只河豚，面上则越来越冷漠，看楚雾都有点不顺眼起来。

楚雾只觉得面前的少女身上突然透出几分凶气，和刚才那冰冷疏离的样子，微微有些差异。但是……楚雾竟莫名地觉得她有点可爱。

他此时离她很近，近距离下，可以看见女生白皙细腻的皮肤，以及鼻尖淡淡的冷香。

楚雾，你怎么能被敌人迷惑呢？这肯定是褚戊的手段。楚雾脑中是这么想的，然而他的唇瓣已经落在初筝的脸颊上，带着些许凉意的唇瓣，轻若鸿羽一般落下，柔软又冰凉。

初筝本来还在气褚戊砍她翅膀的事，突然被“好人卡”亲，心底的气愤忽然平息下来。月华的流光从水面渡过，流转到男子的侧脸，勾勒出好看的轮廓。纤长的睫羽在眼睑下刷出小片阴影，宛如轻颤的蝶翼。

初筝低下头，捕捉到男子的唇瓣，手环过男人的腰，将他往自己身前拉了一下。

楚雾正错愕初筝的吻，被那么一拉，直接往她那边靠过去，两人中间的空隙被挤压得一点也不剩。熟悉又陌生的情绪从灵魂深处席卷而来，心尖都忍不住战栗，那股战栗缓慢地从心脏蔓延到四肢百骸。

女生冷幽的香气萦绕在鼻端，唇瓣上的热度和柔软，让楚雾陡然回神，他猛地推开初筝。

初筝后退两步，楚雾抬手擦拭唇瓣，月华在他眼底铺出一片冷霜：“褚戊让你来做这种事？”

“哪种事？”初筝发问，“刚才是你先亲我的。”

你先动的手，是你，讲点理行不行？

楚雾反驳不了，初筝说的是事实，是他先亲她……

楚雾觉得她不是天使，她是会诱人心神的妖精，而自己竟然经不起诱惑。

“阿嚏！”

楚雾突然打了个喷嚏，身体也忍不住打了个寒战，眼前有些发晕，很是难受。在初筝出声之前，楚雾先一步转身离开，不能再和她待在一块。

“你跟着我做什么？”楚雾拿着房卡，看着站在自己身后的女生，语气是不耐烦的冷淡。

“我住的房间打架打坏了。”初筝理直气壮，同一个酒店，互相帮助多好！

打架……打坏了？

楚雾有点理解不了，怎么打架把房间打坏了？但是他现在很难受，脑袋昏昏沉沉的，只想赶紧回房间换一身衣服。

楚雾刷卡进房间，初筝跟着他进去，楚雾想关门的时候，已经来不及了。

“你……”约莫是没见过如此不要脸的女生，大半夜尾随男人就算了，现在还要闯进来，楚雾不知道该说什么。

但楚雾想想她也不是正常人，心底又释怀不少，懒得理会她，去找衣服换。

她真的要是褚戊派来的，自己除了这条命，也没什么可拿的了。楚雾换好衣服出来，脑袋更疼，凭着本能走到床边，掀开被子上床。

楚雾感觉有点凉的手放在他的额头上，好一会儿才挪开。

“你生病了。”女生清冽的声音在耳边响起。

这不废话，要不是你把我踢进水里，还跟我在风中说什么守护天使说了大半天，我会这样？

楚雾意识渐渐模糊，陷入黑暗中。

第六章
她的翅膀呢

楚雾落水，又被吹了冷风，一直高烧不退。初筝喂他吃了退烧药，作用也不大。楚雾额头滚烫，有点吓人。这么烧下去，会不会烧坏？所以，楚雾清醒过来的时候，发现自己被人抱着，而对方正准备将自己扔进浴缸里。

“你做什么？”楚雾声音嘶哑。

“你发烧了。”

“所以？”

初筝满脸的认真：“给你降温。”

这不是想给自己降温，是想弄死自己。

“放我下来。”

“我觉得你现在需要冷水。”他真的好烫，烫得有点吓人，拿水中和一下肯定就好了啊！男人嘛，哪有那么娇气。

“……我是医生还是你是医生？”楚雾嗓子难受，喉咙里发痒，想要咳嗽，但他生生忍住了。

“哦。”初筝觉得自己没错，但“好人卡”好像不太愿意，她只好将他放下来。

楚雾没什么力气，他坐在浴缸边缘，身上就穿着一件衬衣，因为发烧出汗，已经湿透，紧紧地贴着他的身体，呈现半透明的状态，无端的诱人。暧昧的光线沿着他的轮廓，勾勒出完美的侧脸。

男人双手撑着浴缸，俊美的面颊上带着绯色，唇瓣嫣红如同涂抹了胭脂。睫羽低垂，呼吸的时候，轻轻地颤动。

初筝默默地想：“好人卡”怎么就长得这么好看呢？

楚雾固定好自己的身体，这才出声询问：“你给我吃了什么？”

“退烧药。”

“给我看看。”

“你自己去看。”

初筝瞅了楚雾两眼，最后转身出去，将药拿进来。

楚雾看着初筝抱进来的药：“你买了这么多？”

“怕你不够吃。”多买点，以防万一。

我真是谢谢你啊！

楚雾问初筝给他喂的什么，初筝扒拉了一下，挑出一盒，递给他。

楚雾看一下，应该没什么问题，是他身体的原因。

“要不你进去泡泡？”初筝还是不死心，“说不定就好了。”

说不定我就死了。

她绝对是褚戊派来的奸细。

楚雾头疼得厉害，没精力和她掰扯，撑着站起来，一摇一晃地走出洗手间，自己倒水服药，然后躺回床上。

他刚躺上去，旁边就是一沉。

楚雾实在没精神，翻个身，沉沉地睡去。

等他再次醒过来，已经是晚上。

房间里很安静，楚雾先是打量四周，没见到那个身影，心底本该松口气，可又莫名地有点堵得慌。

肯定是因为生病。

他抬手试了试额头，烧已经退了。

楚雾撑着身体坐起来，找到自己的手机。

楚雾还以为手机掉进水里开不了机，没想到还能用。手机刚开启，短信提示音不断响起。楚雾看完短信，将未接电话回过去，等做完这些，他靠着床，有点不知道要做什么。

医院的大群里消息跳得快。

楚雾无聊点开看了一眼，发现他们在讨论有人昨天晚上看见某某酒店外，出现长着翅膀的人……

这家酒店不就是他现在住的吗？

楚雾往上面翻，找到最初的一个链接，那是一个视频。因为夜色的原因，视频清晰度感人。但还是可以看到，空中飞过的影子，巨大的翅膀展开，如电视剧里面的那些天使一样。

楚雾并不相信初筝说的。

可是……楚雾想到她背上的伤，那伤痕……看来很奇怪，什么样的情况能弄出那样的伤痕？如果根据她说的，结合这个视频来看，似乎就能解释得通……

当然前提是这个视频得是真的，现在科技发达，再真实的视频都有可能是假的。

楚雾翻着网上的评论，视频流传得快，现在已经成为热搜，天使、恶魔、飞鸟什么的，网友讨论得厉害。

楚雾眼前总是不自主地浮现那血淋淋的伤口……心脏莫名地揪起，有些闷。

肯定是病还没好的原因。

楚雾在心底给自己找了个理由。

初筝回来发现房间空荡荡的，连个鬼影都没瞧见。

又跑了？

出去的时候果然要锁门！下次一定要锁门！一定要锁门！

初筝一脚踹在床脚。

【小姐姐……接收一下楚雾的资料吧！】

王者号都为“好人卡”愁，这是遇见的什么魔鬼啊！

怕初筝找它的碴，王者号赶紧将楚雾的资料放出来。

楚雾，打小就多灾多难，但是生在豪门，楚雾除了倒霉一点，倒也没受过太多的磨难。他本来应该在原主的守护下，渐渐成长为一个成功人士。结果因为原主认错人，导致本来就倒霉的楚雾，更是霉运不断。

本是如日中天的楚家，出现各种问题，在短短几年的时间，楚家不断缩水。楚雾亲近的亲人也是相继离世，楚家最后宣布破产，楚家的一些人觉得楚雾打小就倒霉，楚家走到这个地步，也是因为楚雾这个灾星。

最后，楚雾独自背负着破产后的巨额债务。他卖掉剩下的房产和父母留下来的一些东西，将债务还上。

楚雾大学学医，因为楚父突然去世，他才回到楚家接手楚家的一切。失去这一切后，楚雾在一家医院上班。

如果只是这样，楚雾也许还不会黑化。坏就坏在，褚戊似乎并不打算让楚雾这样下去。褚戊买通病人，策划出医疗事故，将楚雾推到风口浪尖上。医疗事故导致楚雾惹上官司，楚雾就是在这件事后黑化的……

总之导致楚雾黑化的是原主和褚戊。

原主虽说是被褚戊欺骗，但是她确实间接造成了楚雾后来的悲剧。

初筝万万没想到，王者号给的任务越来越难，以前“好人卡”和她还没什么关系，现在已经发展到仇人关系。

她要怎么让“好人卡”觉得自己是好人？

好难啊……

夜凉如水。

冷霜般的月华洒在大地上，天地如披上一层纱衣。梵麓庄园的别墅，鳞次栉比地坐落在茂盛的绿林中。巡逻的保安打着哈欠，走在林荫小道上，有风从小道尽头吹来，保安忍不住打了个哆嗦。保安抱着胳膊，加快速度，准备巡逻完回去找人喝一杯。

然而就在他走到 6 号别墅的时候，发现别墅某处似有光。6 号别墅没人住……保安顿时想到关于 6 号别墅的传闻。

以前他只是听人说过，自己从没见过，没想到今天会让他碰上。保安咽了咽口水，心底胆小，没敢往那边去看，转身就跑了。

初筝是在第二天接到梵麓庄园负责人的电话，让她来看一下房子，没有问题就走最后的程序。

初筝坐车到梵麓庄园，负责人等在外面，跟着她一起去 6 号别墅。

“初筝女士，有句话我不知道当讲不当讲。”到 6 号别墅区，负责人突然吞吞吐吐起来。

“说。”

“这……这个别墅，它闹鬼。”

“闹鬼？”

“是啊，昨天晚上我们一个保安看见 6 号别墅有灯闪，可是 6 号别墅已经快半年没人住了。”

初筝正经脸："说不定是闹贼，不要封建迷信。"

"肯定不是闹贼，这半年，不时有巡逻的保安看见这种情况，哪个贼这么大胆，而且每次都是同一个地方，那地方总不能有金矿吧？我也在白天的时候和人去查过，什么都没查出来。"

房子都卖出去了，负责人也不怕初筝反悔。但是他要是不说，如果事后人家知道，反而会找他们麻烦。

"哪个地方？"

"我带您去。"

别墅里面的东西没有初筝上次看见的那么多，不知道是不是原主人搬走了。负责人带着初筝一路上去，走到三楼的尽头。

"就是这个房间。"

房间空荡，没什么特别之处。负责人说前任主人要出售时，他们过来检查的时候，这个房间就是空着的。

"初筝女士，您要是住在这里的话，多加小心。"负责人将别墅的钥匙交给初筝，还是忍不住叮嘱一句，好歹人家也是一个女孩子。

初筝高冷地点了一下头，表示自己知道了。负责人噼里啪啦说了一大堆，初筝将人打发走后，总算清净下来。

"楚先生，您怎么回来了？"

"还有点东西没拿完。"

楚雾逆光进来，像是有人在他周身打上了一层光晕，宛如希腊神话中，从光芒中走来的神，耀眼夺目，优雅尊贵。修长笔直的腿，踩着光芒，缓步而进。有些刺目的光芒一点一点褪去，露出男人挺拔修长的身材，面部轮廓也逐渐清晰起来，那是一张女人看见都会自惭形秽的脸。

黑沉深邃的眸淡淡地瞥来，仿佛带着深空宇宙的秘密，神秘而浩瀚，却又冷淡。

楚雾眸子微微一眯，盯着站在客厅里的女生，她怎么阴魂不散？

"楚先生，我给您介绍一下，这位是初筝女士，就是她买下了您这套别墅。"负责人又倒了回来，还自觉地给俩人介绍。

楚雾：……这就是那个抬高房价的白痴。

为了接近自己，这么不择手段？楚雾更加相信初筝是褚戊派来的。

"我认识。"

负责人忽地听见楚雾说这么一句，后面的话卡壳。他觉得气氛有点不对，干笑两声："原来认识啊，那我……就先走了，你们聊你们聊。"

负责人赶紧溜。

别墅瞬间安静下来，他们甚至能听见别墅外面风吹过树木的声音。

楚雾朝着里面走，他并没有看初筝，而是直接上了楼。

"你想拿回属于你的一切吗？"女生清冽的声音，忽地在耳边炸开。

楚雾踩着台阶的步伐微微一顿。

拿回属于他的一切……还有什么是属于他的？

楚雾修长的手握住扶梯，微微侧身，睨着她："你又想玩什么把戏？"

"我可以帮你。"初筝面色冷肃，"你想要什么，都可以。"

"都可以？"楚雾松开扶梯，彻底转过身，面对着初筝，"你当真是守护天使？"

“嗯。”

“你说你认错人了？”

“嗯。”认错人的是原主，不是我。

“那么……”楚雾语调微微拖长，眉梢轻扬，让他的眸子看上去更加神秘浩瀚，宛如凝视星辰宇宙，“你现在怎么知道自己认错人了？”

我又不能告诉你，原主换了个人。

初筝理直气壮：“我就是知道。”

“你连理由都说不出来，凭什么让我相信你？就算你说的是真的……你的翅膀呢？”

不提翅膀，你还是我的“好人卡”。

“我比较特别。”初筝一脸严肃，“我不长翅膀。”

“你的翅膀被人剜掉了吧？”楚雾毫不留情地踩初筝的雷区，“谁干的？褚戊？这就是你来找我的原因？或者说……是你们的诡计？”

这是结合他所知的，能想到的原因。要么是她和褚戊闹翻；要么就是她和褚戊联合起来，还想对付他。

楚雾继续道：“以前别人看不见你，但是现在谁都能看见你，是因为你失去翅膀的原因？”

翅膀、翅膀、翅膀……能不能不提这茬，好气。

楚雾觉得对面的女孩突然变得凶起来，虽然她面上还是没什么表情，可她周身的气场变了，惹怒她了？

楚雾心底冷笑，这是被自己说中，恼羞成怒吧？

“你就不能相信我？”

“不能。”楚雾回过头，继续往楼上走，“你让我怎么相信你？”他只知道，这么多年里，她一直帮着褚戊。要如何去相信她……是自己的守护天使这种荒谬的说法？

楚雾站在楼上，垂眸看着她：“换成是你，经历过我这些事，你会相信吗？”

初筝默默地想了片刻。我相信个大头鬼！要是我遇见这种事，那必须做掉！竟然认错人！这样的守护天使不做掉要来有何用……等等，好像有哪里不对，现在这个人是……我。

完了。“好人卡”完全不相信我，怎么办？

初筝琢磨了一会儿，眼前忽地一亮——不然我把他搞失忆吧！完美！

【……小姐姐，我求求你，不要走这种乱七八糟的歪路子好吗？我们真的只是一个正经的系统，不是什么暴力拆家系统！】搞失忆是什么鬼啊？小姐姐到底是怎么想出来的？就算“好人卡”失忆了，那要是记起来了？“好人卡”不得恨死你？小姐姐丧心病狂起来简直不能忍。

初筝跃跃欲试，王者号咆哮着让她停止这么危险的想法，絮絮叨叨地和她说搞失忆的危害。

楚雾抱着东西下来。

初筝拦住他，将钥匙交给他：“这房子你可以继续住。”

“不用。”楚雾拒绝。

初筝不由分说地将钥匙放进他抱着的东西里面。

“不要就扔了。”反正她也没打算来这里住。

初筝先楚雾一步离开。

楚雾看着桌子上的钥匙出神，那栋别墅其实不用钥匙，他刷脸就可以进去。自从那天之后，他眼前总是闪过那个女生的样子。

以前他也见过她，可自己从来没有过这样的感觉……很奇怪。

想到她的时候，心跳总是不由自主地加快。

“叩叩。”敲门声响起。

楚雾将钥匙放进抽屉：“进。”

“楚医生，今天病人特别多，有个病人需要你处理一下。”

“嗯。”

楚雾其实没什么病人，顶多给他安排个护士都能处理好的病人。

上次能处理初筝那样的伤，是因为学校学生食物中毒，又是大晚上，好些医生都还没及时赶过来，医院就楚雾一个能处理那样伤口的医生。

楚雾从手术室出来，已经是晚上。他累得揉了揉脖子，刚回到办公室没多久，护士就急匆匆地跑来告诉他，病人突然不行了。

病人推进手术室抢救，不过半个小时就没了。

他的手术很成功，不应该出现这样的情况……

初筝到医院的时候，楚雾被人拉扯着，额头上不知被谁砸出血，鲜红的血顺着他的脸颊流下，从下巴滴落，染红了白大褂。他站在混乱的人群中，骂不还口，打不还手。

“你这个庸医，我家老公就这么没了，呜呜呜。”

“你还我儿子啊！”

“我弟弟这么年轻就死在你手里，你让我们这一家人怎么活啊！”

四周围观的人，对着这里指指点点。

“死人了？”

“听说那个医生不负责把病人害死了。”

“真的假的？”

“可不是吗！”

“幸好我没碰上这样的医生。”

“哎哟，造孽哟……”

“你还我弟弟的命来！”病人的哥哥一边骂一边扬手，眼看就要落在楚雾的脸上，却被一只手截住。

病人哥哥被截住，愤怒地想抽回手，却发现那只手的力气异常大。

“你把他的脸打出问题，你赔得起吗？”

“你谁啊？”病人哥哥恼怒地瞪向手的主人，“他害死我弟弟，我打他一巴掌怎么了？那是一条命，一条命啊！！”

初筝甩开病人哥哥的手，强行站到里面，将楚雾护在身后。女生看着娇小，然而她脸上的冷漠和疏离，竟然让人不敢随便靠近她。

“他医死人，就得负责，得为我弟弟偿命。”病人哥哥愤怒又激动。

初筝不知从哪儿摸出一把刀，拿着刀刃，将把柄递给对方：“偿命？好啊，你杀一个给我看看。”

四周顿时一阵抽气声。

病人哥哥看着面前递过来的刀，脸上青一阵白一阵，比调色盘还精彩。

“杀啊！”初筝继续往前送。

“你……”

“不是要为你弟弟报仇？”初筝道，“动手啊！”

病人哥哥被初筝逼得后退，四周也安静下来，所有人都震惊地看着那个女生。

哪有人在别人闹事的时候，主动递上刀的？

病人哥哥突然大叫一声，抢过初筝手里的刀，朝着楚雾冲过去。

“啊！”围观群众吓得尖叫起来。

然而血腥的画面并没有出现，那个看似娇小的女生，抬脚踹在病人哥哥的腹部，将人直接踹到后面的墙上。

“当——”刀子掉在瓷砖地板上，发出清脆的声响。

病人哥哥可能被踹蒙了一阵子。待他反应过来，也不起来，就坐在地上，开始耍泼。

“打死人了……打死人了！哎哟，这医院医死人，还要打死人，还让不让人活了。”

初筝看都没看他，转头去看楚雾：“你没事吧？”

楚雾额头上血流不止，漆黑如墨的眸子随着初筝的声音，慢慢地有了焦距。女生倒映在他的瞳孔里，精致的五官上，没有丝毫的情绪，平淡而冷漠。

“我先送你回办公室。”初筝见他不说话，直接揽着他的腰，往人群外面走。

“不许走。”病人哥哥怒吼一声，“你们快拦住他们，必须给我们一个交代，哎哟……我的腰。”

病人家属闻言，其中两个男人准备上前。

初筝回眸，冷淡的视线落在他们身上。两个男人后脊猛地蹿起一股凉意，同时停下。这个小女生的眼神怎么那么可怕……

被小女生唬住，两个男人心底都有点恼怒，不就是个小女生，就算有点拳脚功夫，还能是他们两个大男人的对手？这么一想，两人再次上前。

“哎哟，这是要人命啊，打死人了，快来看啊……”

在病人哥哥的哀号大哭声中，两人准备一人抓一个。

初筝拉着楚雾，侧身踢在一个男人的大腿上，再一勾，男人直接往地上扑去。初筝顺势踹在男人的屁股上，男人扑下去的方向改变，直接扑向另外一个男人。两人抱着摔成一团。

“别打了！”穿着白大褂的年轻医生带人来将初筝和激动的家属隔开，“都别打了，这件事还没调查清楚，请你们不要激动……”

“死的不是你的家人，你当然不激动，你把我老公还回来！！”病人妻子痛哭流涕。

年轻医生安抚道：“医院肯定要查清楚怎么回事，才能给你们交代。你们放心，我们绝对会查清楚，这是对死者负责，也是对医院负责。”

“负责？你们医院就知道推卸责任，你们领导呢？让你们领导出来！”

“我告诉你们，今天你们一个也别想跑。”

“她、她还打人！还有没有王法了？！”

年轻医生看向被指着的初筝，表情微微诧异。这不是那个……年轻医生脑中念头闪过，也没时间多想，只是道：“她不是我们医院的。”

“不是你们医院的就能打人了？你看她还和那个杀人凶手站在一块，他们是一伙的！！”

“你们这群刽子手，根本就不配当医生！畜生啊！！”

“还我弟弟的命啊！”

初筝听得烦，往前走了两步。刚才被初筝踢过的病人哥哥和那两个男人，同时往后退一步。

他们这一退，导致闹腾的家属那边，也跟着退。

场面莫名安静了下来。

“我报警了，安静地等警察来，别吵吵。”烦不烦？

“报……报警？”病人哥哥的表情明显变了，但转瞬就态度强硬地道，“你以为你们报警，我们就怕你们？”

“你们是受害者，为什么要怕我们？”初筝语气冰冷得如寒冬腊月的冰雪，“你这话说得有问题。”

病人哥哥顿时噎住，脸上的神情极快变换，约莫三十秒后，病人哥哥梗着脖子：“好啊！我还没报警呢！你刚才打人，等警察来了，有你好看的！”

初筝是真的报了警，而且是在她进来之前，所以病人哥哥的话还没落下，警察已经过来了。

病人哥哥看见警察就冲了过去，腿不瘸了，腰不疼了，叫得中气十足：“你们可算来了，你们再不来我们就要被这家医院的人打死了。”

病人哥哥和几个家属围着警察，噼里啪啦地一通告状。警察一听是医疗事故，都有点头疼。

“就是她，她打人。”

警察看向初筝，第一反应是初筝过于娇小，面对这么几个大男人，怎么能打得过他们？而且瞧着这群人也没什么问题。反而是小姑娘后面的那个年轻男人，脸上流淌着血迹。

“你打人了？”但是人家都说了，警察还是要问的。

“没有。”初筝一脸严肃地否认。

打什么人！我那是打的吗？我那是踹的！

“刚才这么多人看着，她还狡辩，必须把她抓起来！”病人哥哥嚷嚷，还不忘和四周的人求证，“你们都看见她打人了是不是？她护着那个杀人凶手，打我这个受害者家属，还有没有王法了？”

警察询问四周围观群众，确定初筝确实动了手。

“我自卫。”初筝理直气壮，“他们先拿的刀。”

“放屁！那刀是你给我的！！”病人哥哥一听就急眼，“你怎么颠倒黑白？”

【……颠倒黑白算什么，小姐姐还能送你口锅。】

那把刀还在地上，警察将刀子捡起来：“这里有监控吗？”

“有。”年轻医生接话。

“你们先让这些病人散了，别围在这里。”警察道，“你们也先别闹了，先弄清楚怎么回事。”

“那不行，他们必须给我们一个交代，我弟弟死在这里，不能就这么不明不白地死了。”病人哥哥不依。

病人妻子也跟着闹，警察更头疼，安抚好闹事的病人家属，开始一件事一件事地解决。

先解决的就是初筝打人和那把掉落在现场的刀是谁的。本来这也是件小事，刀又没伤到人。但是病人家属闹得厉害，非得让他们抓初筝。

年轻医生说有监控，结果去看的时候，发现这边的监控因为需要维修，并没有拍摄下这一段。

初筝拿刀出来，很多围观群众都看见了，但初筝不承认，非要让他们拿出证据来，证明这把刀是她的。

现场有人拍了视频，然而因为当时场面混乱，所以没人拍清楚。

“她拿过这把刀，刀上有她的指纹！”家属里面不知是谁吼了一句。

警察赶紧将刀送回公安局去检验，结果刀上只有一个人的指纹——不属于初筝。

那么多人都说看见初筝拿着刀出来，然而证据面前，警察虽然也觉得有点奇怪，也不能说什么。

初筝和那群家属被分开问话。

“你打过他们吗？”

“没有。”我踹的，不算打。

“你是医院的什么人？”

初筝沉默两秒：“病人。”

“病人为何参与到这件事里面？”警察狐疑。

这是死人了，她一个病人，为什么要去搅和这样的麻烦？这不符合正常人的避险反应。

“路见不平。”拔刀相助！

“你还这么有正义感呢？”警察挑眉，“不怕这群人连你也不放过。”

虽然医疗事故不多，但他们也不是没遇见过。这些家属激动起来，警察都跟着遭殃。

初筝神色平静：“不怕。”

警察摇摇头。笔录没得到什么有用的东西，经过他们的查证，初筝确实算得上是这里的病人……不过没住两天就跑了。

病人哥哥和另外两个男人身上没发现伤，连瘀伤都没有。就算初筝真的打了他们，也就是小纠纷，够不上让初筝进局子的程度。

病人家属那边肯定不服气，但也没什么用，接下来就是调查医疗事故这件事，这事不是一两句话就能掰扯清楚的。

初筝将楚雾送回办公室，将他摁在办公室的椅子上：“有药吗？”

楚雾眉头微蹙，目光直勾勾地盯着她。他额头流下的血迹已经干涸，呈现暗红色，将他那张脸衬得越发明晰清绝。

初筝得不到回答，自己在办公室翻找一圈，找到纱布和药。

她拿着药怼到他面前：“自己上药。”

楚雾的脸色有些苍白，抬眸看向初筝：“这件事和你没关系。”

“嗯。”初筝点头，“上药。”

“你为什么要掺和进来？”楚雾声音有点嘶哑，黑沉的眸子死死地盯着初筝，似乎想从她的脸上看出一点端倪。

然而初筝从始至终都绷紧小脸，面无表情。

“我掺和不掺和，和你有什么关系？”要不是你，我能在这里？

“这是我的事。”

“当事人又不止你一个。”

初筝拍着桌子，有点凶巴巴的：“你上不上药？”

后者没有反应。

初筝捏着楚雾的下巴，微微抬高，拨开他额前的碎发：不软。

第一个念头闪过，初筝才看清碎发下的伤口，那群人是随身携带了一个二榔锤吗？搞这么大一个伤口！

初筝离得特别近。

这样的距离，让楚雾想到之前他生病的时候，她也是离得这么近，还有更……

楚雾不知道自己为什么会想到这个，但是他的思想似乎不受控制。

女生微微弯腰，似乎在打量他的伤口，还伸手戳了一下。本来已经止血的伤口，被她那么一戳，楚雾就感觉热流顺着脸颊而下。

楚雾稍稍抬眸，女生修长纤细的脖颈闯入视野，往下可以看见衣襟下若隐若现的锁骨。女生呼出的气息，喷洒在他的脸上，带起轻微的酥痒。

她樱花色的唇瓣，微微抿着，唇形格外漂亮，亲起来肯定很舒服……

初筝上药可不管什么疼不疼，怎么快怎么来。她动作麻溜地清洗伤口，上药，包扎。前后也不过几分钟时间。

两人距离突然拉开，楚雾惊醒，“噌”的一下起身，椅子没有退开的余地，他身体不稳，下意识地抓住身前的人。

初筝手里还拿着药和纱布，被楚雾那么一拽，她也跟着倒下去。

初筝撑住椅子两边，手里的纱布和药掉在地上。楚雾坐在椅子里，脑袋微微后仰，冷淡俊美的脸上露出几分不易察觉的恼怒。

两人的视线在空气里撞上，谁也没动。

楚雾恼怒自己刚才竟然在想和她接吻的画面。

生病的时候意识不清楚，他其实不太记得，可越是模糊，画面就越旖旎，他就越想起来。

楚雾屏着呼吸，苍白的脸上，渐渐出现绯色。

初筝忽地屈起右腿，跪在楚雾双腿间，身体压下，擒住他的下巴，直接吻了过去。

楚雾陡然瞪大眼眸。

初筝并不似他想象中，女孩儿温柔似水的吻，而是带着蛮横的霸道，让人无法拒绝……楚雾不知道是自己不想拒绝，还是她不容许他拒绝。

但是他真的……很想沉沦在其中。

扑通、扑通、扑通——

“楚雾。”办公室的门忽地被推开，门口的人一眼就看见办公室里的情景，“啪”的一下合上房门。刚才是看错了？还是楚雾真的在和女生接吻？

办公室里面，初筝被人打扰，有些不满地咬了他两下，然后退开一些。

女生认真又严肃地问他：“还疼吗？”

楚雾十分迷惑，你这什么神仙问题！他疼什么？他哪里疼？

门外的人估计是收拾好了心情，礼貌地敲门。楚雾有些手足无措地推开初筝，站起来的时候还带翻椅子，一阵稀里哗啦的声音。

外面的人估计都听见了。

楚雾深呼吸两口气，也不敢看初筝，大步走向门口，拉开房门。年轻医生探头探脑地往办公室里看，楚雾不知是有意还是无意，竟然将他挡住了。

年轻医生也不是来八卦的，他过来是因为医疗事故的事。

“你真的确定手术期间没有问题吗？都处理好了吗？”

“嗯。”楚雾确定。

“那他为什么会突然死亡？”年轻医生倒是相信楚雾，只是不解地皱眉，“原因还没有找到，你暂时不要露面。要不，你先离开医院避避？”

“不用了，这是我惹下的麻烦。”楚雾坚持要留在医院，年轻医生劝不了。

“你办公室里面那个女生……”之前可彪悍了，那些闹事的家属在她面前，就跟小鸡崽似的，他都忍不住叫一声帅。

“我和她……”楚雾微微蹙眉，“一时间说不清楚，以后和你说吧！”

年轻医生点点头：“你别多想，这件事会查清楚的，我相信你。”

“谢谢。”

“说什么谢谢。”年轻医生拍拍他的肩膀，“那我先过去看看，有消息第一时间通知你。”

楚雾目送年轻医生离开，然后关上房门。走廊上的声音被房门隔绝，办公室里忽地陷入死寂。楚雾甚至能听见自己脉搏跳动的声音，他握着门把的手，慢慢地收紧。他竟然在紧张……

第一次做手术的时候，他都没有紧张过。

楚雾深呼吸，平复下心底的紧张，转身……

初筝坐在刚才他坐的那张椅子上，双手随意地搭在椅背上，右手食指在椅背上有一下没一下地轻敲。明明是个娇小的女生，坐姿却十分豪放。每个医生办公室必备的椅子，被她坐出一种王座的霸气。

如果她真的是来迷惑自己的……楚雾觉得她做到了。

自己对她一点抵抗力都没有。

“过来。”初筝大佬招呼楚雾。

楚雾鬼使神差地走了过去，他垂眸看着椅子上的女生。女生微微仰头，线条优美流畅的脖颈微微拉伸，镀上莹白的微光，犹如上好的美玉。

“想知道这件事是谁做的吗？”

“……什么？”楚雾皱眉。

“外面发生的事。”初筝点着椅背的手指一顿，“你以为只是单纯的意外吗？”

“还没有出结果……”楚雾下意识地接一句。

还没有检查结果，到底是他没处理好，引起的死亡，还是别的原因……

“嗯。”初筝点头，语气没有任何起伏，“我问的是你，你觉得只是单纯的意外吗？”

单纯的意外……楚雾是不信的。

他道：“我对自己有信心。”

那场手术没有任何风险，他处理得也没有问题。

楚雾凝视椅子上的女生，她为什么要这么问？难道是有人故意……

女生抬手，勾住他的小手指，见他没反对，轻轻拉住，逐渐蹭着握住他整个手掌。

“所以你想知道是谁做的吗？”我可以告诉你哟！

柔软的小手仿若无骨，手指从他手心里蹭过，楚雾心尖也跟着微颤。内心深处有什么东西想冲出来……

楚雾强迫自己忽略初筝带来的感受：“你的意思是有人想害我？”

初筝眸色平静地看着他：“你想知道吗？”你到底想不想知道啊！给句痛快话！

楚雾沉默了几秒：“……你说来听听。”

“你亲我。”初筝微微扬了扬下巴，“我就告诉你。”

楚雾想甩开初筝的手，然而她紧紧地扣着，根本甩不开。

“初筝小姐，请你自重。”楚雾心底气愤，她就是故意来耍自己的吧！

“我不重。”初筝认真脸，“不然你抱抱？”

女生清澈淡漠的眸子，此时满是认真。

楚雾脑海里想的却是，女孩子拉着他的手，软软糯糯撒娇的画面……

楚雾想不明白……可能是他疯了吧，都想的什么东西。

楚雾性情冷淡，待人处事皆是如此。

可是此时他有点暴躁。

“这件事对我来说很重要，你如果是要着我玩，抱歉，我没时间陪你。”就这还守护天使？呵呵！

“嗯，你亲我一下，我就告诉你是谁干的。”初筝歪了一下头，“很划算。”

一个亲亲买不了吃亏，买不了上当。像我这样的好人，拿着钻石都找不到，你还犹豫什么！

“你不是我的守护天使吗？”楚雾突然道，“你难道不应该主动告诉我？”

“你不是不相信吗？”初筝气定神闲地回应。

楚雾眉宇间透着冷淡：“想我相信，你总得拿出一点让我信服的理由，你连翅膀都没有，算什么天使，如何让我相信。”

不提我的翅膀不行吗？“好人卡”对我的翅膀到底有什么执念！没有翅膀就不能是天使了吗？

初筝镇定地胡诌：“折翼天使。”

楚雾不想和初筝掰扯天使这个中二的问题——虽然他心底差不多已经相信——但还是觉得好中二，跟动漫里的情节似的。

“我亲你，你真能告诉我？”楚雾眸子微微眯起。

“我不会骗你。”“好人卡”不好骗，得严肃点，于是初筝的小表情更凝重几分。

楚雾弯腰，撑着椅背，俊脸在初筝的瞳孔中放大。在距离初筝一指宽的时候，他忽地顿住。

下一秒，唇瓣落下。

男人眸子半眯，从初筝的角度，能看见他眼底铺着的碎光，像是谁撒了一把钻石在里面，熠熠生辉。

楚雾并没有亲多久，很快就松开初筝：“现在可以说了？”

初筝有点失望，应该加个时间的。

“褚戊。”

“嗯？”楚雾等着她的回答。

然而初筝指尖搭在唇瓣上，眸光低垂，不知在想什么，并没有继续说话的意思。

楚雾……褚戊……

“你说是褚戊做的？”楚雾反应过来，这个和他有着一样读音名字的男人。

“嗯。”

褚戊……听见这个名字，楚雾反而不惊讶。

只是她真的……和褚戊已经划清界限了吗？

楚雾的手还被初筝拽着，她的手指贴着他的手心，有一下没一下地蹭着，蹭得楚雾没办法思考。

“他还不肯放过我？”他都落到如今的地步了。

初筝道：“他怎么舍得放过你。”你不死，他哪里会心安呢？

毕竟他的一切，都是从楚雾这里抢过去的。

她说这话怎么怪怪的……楚雾片刻后问：“他想让我如何？身败名裂？”

“不。”初筝将他往身边拉了拉，手环过他的腰。女生清冽的声音缓慢地在办公室里流转开，“他怎么会让你身败名裂，他要……你死。”

他要你死。

这四个字，落在楚雾耳中，格外清晰。

褚戊……又是他。

第七章
新院长上任

医院那边要求对尸体进行检查，可家属死活不愿意。家属不同意，这事就没办法查，警察那边和家属做工作。

想要调查清楚死因，就得从死者身上入手。可家属以“人都死了，你们还不放过他”为由，不同意检查尸体。

家属纠集更多的人在医院里闹。说医院的医生是庸医，医死人，还纵容医院的人打人。

这件事闹得非常大。各路媒体闻风而来，跟着那些家属围堵在医院外面。

网上关于楚雾的资料，开始乱传。

网络上有一种人。他们不了解真相，说得却跟自己在现场一样，比当事人还要了解。

楚雾这个当事人被困在医院里，医院里的人对他意见颇大。

“大哥，这样真的没事吗？”

“能有什么事，只要咱们不让他们尸检就不会有问题。你放心，他们不敢强行尸检，我都问过了。”

家属不同意，他们无权对尸体做什么。

“我还是有点……”

“你放心，有我。行了，你先回去。”

“那好吧！”

女人从角落闪身出来，左右看看，确定没人，低着头快速离开。

初筝站在墙角，绿植挡住她的身影。待女人离开不见踪影，她才踱步走出来。

男人推开安全通道的门，一抬眸就看见站在门外的女生。

容貌精致的女生，面无表情地盯着她。清澈的眸子里，像是盛着冬日的冰雪，寒意彻骨。

男人下意识地往后退了一步。

又是这个女生……

初筝朝着他走过去。

“你干什么？”男人呵斥一声。

“不干什么。”初筝语气平淡，“找你聊聊。”

安全通道的门缓慢合上，将两人的身影挡在里面。

十分钟后，医院天台。

男人被初筝绑在天台的栏杆上，她靠在旁边，双腿交叠，随意中带着散漫。男人的眼泪、鼻涕糊了一脸，哪里还有半点嚣张气焰，此时恨不得找个地洞钻进去。

他要离这个魔鬼远点。

“再给你一次机会，要么下去自首，要么我送你下去见你弟弟。”女生的声音被天台上的风，吹得有些零散。

下去见他弟弟……那不就是死吗？

男人往天台外看了一眼，顿时吓得腿软。

“我……我自首，我自首。”男人赶紧道。

初筝瞥了他一眼：“有人指使你吗？”

“没……没有，是我……是我想讹医院一笔。”

“真的没有？”

“没有，真的没有。”

男人不像是在说谎。

初筝想到上次见到桑梦的时候，她给自己带来的影响……那似乎是能唤醒人内心深处邪恶的一面，甚至能催眠人。

这就是堕落天使的力量，根本就不需要他们亲自出面。

有点厉害的样子。

不知道我把桑梦翅膀砍下来为我所用，我是不是也能做到……想想还是蛮激动的。

王者号默念几遍微笑服务准则。【小姐姐，请你不要黑化好吗？】

“好人卡”还没黑化，你怎么先黑化了！

“我哪里黑化了？”初筝很是无辜。

【你都想砍别人的翅膀据为己有，你还没黑化？】你一直在黑化！从未被超越！

“她先砍我的翅膀，我砍回来有什么错？”礼尚往来，我不回敬怎么对得起自己被砍掉的翅膀？

初筝理直气壮。

【好像……没错。】

呸！

【可是我们要文明和谐，不能做这种事。】王者号挣扎了一下，【小姐姐，我们来买点东西压压惊？】

发个任务，让小姐姐冷静一下。

【主线任务：请小姐姐在72个小时内，成为“新南医院”的股东。】

并不是很想冷静呢！

初筝在心底将王者号好一通问候。

初筝踹了旁边吓得不轻的男人一脚：“滚！”

男人只觉得面前的女生凶气毕露，哪里还敢耽搁。

“你别想跑，我下去的时候，你要是还没自首，我保证就算你跑到天涯海角，我也会把你抓回来……”初筝语调冰冷地威胁男人，后面她有话没说完，但男人一点也不想知道。

他刚才是真的想跑……然而此时被初筝的眼神一看，有一种头皮发麻的恐惧感。

“不……不敢。”男人咽了咽口水，跌跌撞撞地跑下楼，抓着警察嚷着要自首。

男人是死者的大哥，死者半年前检查出癌症晚期。这半年为给他治病，家里能花的钱都花光了。死者还因为生病，脾气格外差，家里的人跟着受折磨。

于是男人策划了一场意外，导致死者重伤。本想碰瓷讹一笔钱，然而没想到撞人的人跑了。送到医院抢救，又没想到手术进行得很顺利。

谁知没过几个小时，死者突然死亡。于是男人心生一计，打算讹诈医院。

他迅速叫来亲朋好友，告诉他们死者被医院给医死了。于是就有接下来的这么一出。

但是死者到底是怎么死的，男人也不清楚。

得到家属同意，警方对死者进行尸检，发现死者是心肌梗死。可是根据他们的口供，死者除了癌症，一切正常。

护士站的护士也说，当时病人没有什么异常。五分钟前看还好好的，五分钟后去看就没气了。

虽然不知道死者为什么突发心梗，但这件事肯定和医生没有关系。

楚雾的嫌疑洗清。但这也不能让网上的人消停，医院压力很大，楚雾主动辞职。

“楚雾……”年轻医生欲言又止地看着他。

“没事。”楚雾反而极其平静。

他将自己的东西收进箱子里。其实也没多少东西……他在这个世界上，剩下的东西已经不多了。

年轻医生劝道：“你不用在意网上那些言论，他们根本什么都不知道，在网上胡说八道。你其实不用……”

“我没事。”

“你真的要辞职？”

“嗯，我决定了。”

年轻医生知道楚雾决定的事，一般不会变，只是担忧不已：“要不你先来我家住吧？虽然简陋一点，但也算宽敞，你先住着，要是找到合适的房子，你再搬怎么样？”

“不用。”楚雾摇头，“我有地方住。”

楚雾抱着东西走出医院大门，马路上车流不息，楚雾不知道自己此时要去什么地方。

“叭——”黑色的跑车停在他面前，车窗落下，年轻女孩儿的脸缓慢出现，白皙的下巴微微扬着，像矜贵优雅的猫。

“上车。”不是询问的语气。

楚雾也不知道自己要去哪里，脑子可能抽了一下，拉开车门上去。

“去哪儿？”

“随便吧！”

初筝开着车，楚雾撑着下巴，望着车窗外闪过的街景。

良久，楚雾出声：“那个人为什么会突然认罪？”

“良心发现。”初筝随意地答一句。

良心发现？那样的人怎么会良心发现。

“你做了什么？”这件事肯定和她脱不了关系。

楚雾也不知道为什么会这么想，直觉告诉他，肯定是这样的。

初筝握着方向盘，侧目瞧他。男人并没有看她，依然看着窗外，仿佛外面有特别好的景色，吸引着他。

初筝心底微微不满。外面有什么好看的？

初筝把车窗关上，但楚雾依然没收回视线。

初筝微微吸口气：“你想知道？”

楚雾想到上次在办公室，心底隐隐有点期待，可嘴上却道：“不想知道。”

“哦。”初筝失望地收回视线。

车子里再次陷入安静中。

车子最终停在梵麓庄园 6 号别墅。

“你带我来这里做什么？”

“你有地方住？”

“有。”楚雾一点迟疑都没有。

“哦。但是从今天开始，你要住在这里。”初筝下车，替他拉开车门。

楚雾坐着没动：“我不会住这里。”

“为何？”

楚雾目光望向那栋别墅：“这里已经不属于我。”

“我送给你，它还是你的。”这种东西就应该送给“好人卡”！

楚雾蹙眉：“你们天使能随便变出钱来？”

“不能。”

“那你哪里来的钱？”不会是偷的吧？以前那些人都看不见她……楚雾突然觉得很有这个可能。

“这是我的事。”王者号给我好多钱，你还不帮我花，要你有什么用啊！

“所以我住哪里，是我的事。”楚雾立即举一反三，“我不会住这里。”

初筝沉默地站在车外。

一分钟后，她关上车门，带着楚雾离开这里。

褚戊家。

桑梦的翅膀好得慢，整个人都显得有点苍白，她眼神阴郁地看着窗外，浑身透着浓郁的死气。

“桑梦。”褚戊急匆匆地进门，扯了扯自己的领结，有些烦躁。

“医院那件事办砸了。”

“嗯？”桑梦皱眉，“怎么会办砸？”

褚戊神情不太好：“那个人突然自首，但是楚雾辞职了。”

“辞职……也好。”桑梦道，“现在网络上关于他的消息都是负面的，没有医院会再要他，一步一步来。”

“桑梦，为什么非得要他死？”

桑梦转身，走到褚戊跟前，指尖抚上褚戊的脸颊：“怎么，你不想他死吗？”

桑梦的手指很冷，褚戊忍不住打了个寒战。

“我只是好奇，为什么你一定要让他死。”

“你现在拥有的一切，都是从他手里夺过来的。”桑梦幽幽地道，“他的守护天使，将他的好运都带给了你。现在初筝没有死，还回到他的身边。他若是不死，你现在拥有的一切，也许就会失去。”

褚戊顿时瞪大眸子：“怎么会……她已经不是守护天使了。”

他知道自己的一切，都是守护天使带来的。因为怕她有一天知道真相，所以在桑梦的撺掇下，他听了桑梦的建议。

她已经失去翅膀，怎么还能让自己失去一切？

他好不容易拥有的东西，绝对不能失去。

桑梦捧着褚戊的脸，在他唇瓣上亲了一下：“如果找回自己的翅膀，她依然是守护天使。”

“翅膀……”褚戊下意识地往楼上看去，“那……那我们毁掉不行吗？”

“你以为天使的翅膀，是随便能毁掉的吗？”桑梦嘴角噙着冷笑。

楚雾没想到，初筝不强迫他住在梵麓庄园，却带着他跑了好几个地方，让他挑。

“我不想住这么大的房子。”楚雾拒绝，再次强调，“我有地方住。”

“哦。你住哪里？”我去买下来。

楚雾哪里有什么住的地方，他一直住酒店。

“挑一个。”初筝将几处别墅广告图放在他面前，“你不挑我就全买了。”

“我不喜欢住这么大的别墅。”楚雾憋出一句话。

“那给你买个小的。”初筝翻了翻，“这样的喜欢吗？”

初筝微微抬眸。

两人此时靠得近，她这么一抬头，直接对上楚雾的视线。彼此的呼吸似乎都能感受到，暧昧的气息在车子里蔓延。初筝往他那边一倾，覆盖上他的唇瓣，蛮横地夺走他的呼吸，辗转厮磨。

良久，她停止亲吻，唇瓣贴着唇瓣，若即若离地亲了好几下。

“选哪一个？嗯？”

“我不……”需要。

“你不选，我就亲到你选为止。”

楚雾挣扎着，却被初筝压得死死的，他视线垂落，从空隙间，望向初筝手里的各种宣传图册。

“这……这个。”

“好。”

初筝看都没看，再次剥夺他的呼吸。

楚雾：我都选了！！

楚雾选的地方虽然只是普通小区，房子也不大，但是因为地处繁华地段，房子还是很值钱。

初筝直接买的精装房，拎包就能住。

“以后你就住这里。”初筝将楚雾的东西放下，“别让我找不到你，不然……”

初筝冰冷的语气里，威胁意味十足。

这和传说中温柔善良的天使完全不一样。

楚雾觉得自己被骗了。

“谢谢你。”楚雾突然道。

“好人卡”谢我了！！

初筝豁然转身，清冷的眸子带着些许亮光：“你觉得我是好人吗？”我是吗？我是吗？

不觉得吗？我对你还不够好吗？

初筝心底失望：“那你谢什么？”

“医院的事，谢谢你。”遇见那种人，讲理根本没用。

初筝冷漠脸：“不用，你觉得我是好人就行。”今天也在努力做好人！

初筝要搞定王者号给她的任务，但是初筝连新南医院的大门朝哪儿开都不知道。

这不是为难她这个小可怜吗！！

就是找这家医院，她都用了不少时间，新南医院是私立医院，一开始经营得还算不错。然而前两年发生的医疗事故，让新南医院陷入风暴中，加上那两年监管得严，从此新南医院便一蹶不振，现在面临关门的窘境。

这是让她来收拾烂摊子啊！

初筝的出现，对于医院来说，无疑是天降财神爷。最后苦苦支撑的一个股东，如扔烫手山芋一般，赶紧将医院脱手，初筝于是成了唯一的股东。初筝以为自己买完就没事了，谁知道王者号不打算就这么放过她。

【主线任务：请小姐姐为新南医院购置最新设备。】

初筝坐在会议室，看着这群歪瓜裂枣，头疼得想捶桌子。

以前新南医院的医生质量很不错，自从出事后，那些医生走的走，散的散，最后就只剩下这些。新南医院突然换老板，还是一个看上去什么都不会的小姑娘，医院的这些员工，心底都在猜测，新南医院是不是真的要关门大吉，为自己的前途担忧。

初筝敲了敲桌子：“谁负责医院的设备采购？”

“……我。”坐在角落的男人举手，“以前是我，不过咱们已经很久没有更新过设备。”

主要原因就是医院没钱，能维持他们这些员工的工资都已经很困难了。

初筝道：“你负责将整个医院的设备，都换成最贵的。”

不要最好最新，就要最贵！

男人呆在原地。

“听明白了吗？”

男人支支吾吾：“咱们的资金……”

“资金我会给你准备，你只需要告诉我，你能不能完成。”女生随意地靠着椅子，冷冷淡淡地睨着他们，宛如坐在王座上的女王陛下，气势慑人。

“有……有资金就没问题。”

初筝点了一下头。

男人坐下，后背惊出一身冷汗，这个小女生给人的压力也太大了。

初筝估摸着这事一时半会儿没那么快结束，便让自己坐得更舒服些。

“谁负责招人？”

“我。”有人起身，带着点忐忑。

初筝只是扫了他一眼，镇定自若地吩咐他去招人：“另外医院关门整顿，什么地方需要重新装修，差什么东西，都给我置办好。”

初筝语气冷淡，说话的时候不紧不慢，一条一条地说得格外清楚。最后她强硬地表示，资金不是问题，问题是你们要办好事。

“听明白了吗？”

在场的人不知为何都忍不住涌出一阵激动：“听明白了！”

“老……老板，关门整顿，咱们医院现在的病人怎么办？”有人提出疑问。

能怎么办？做掉呗！

初筝忍着冲动：“给钱，让他们转去别的医院。”

“好的。”

死气沉沉的新南医院，医生和护士脸上忽然间都有了笑容。

褚戊的助理将车停在新南医院的外面，见大门上挂着暂停营业的牌子，微微皱眉。

“怎么没有开门？”助理有点奇怪，“褚总，我先下去问问？”

后座的男人“嗯”了一声。

助理下车进到医院里面。

装修工人进进出出，搬着各种东西。

“看病啊？最近看不了，你去别的医院吧！”有人见助理站在门口，说了一句。

“你们这是在做什么？”助理好奇地问。

“装修啊！”那人回答，“你看不见吗？”

助理回到车上，和褚戊汇报：“褚总，他们说是在装修。”

“装修？新南医院还有钱装修？”褚戊皱眉。

“我也问了，但是那些工人不清楚。”装修工人只是来工作，哪里能清楚医院内部的事，打听不到也正常。

“那褚总，我联系一下问问？”

褚戊面色不虞地看着新南医院的招牌，半晌才点了点头。

助理立即打电话。

约莫十分钟后，医院里跑出来一个人。

“你好，我是新南医院的办公室主任李民航，请问是褚戊先生吧？”

李民航知道褚戊，这两年风头正盛的年轻企业家。外界评判有魄力，有野心。

但是这么一个人……不知道突然到他们新南医院来做什么。

总不能是来看病的吧？

他们新南医院现在的名气……李民航还是有点自知之明的。

“我想见你们医院的负责人。”

褚戊这边联系不上医院的最高负责人，不然他也不会亲自过来。

李民航道：“褚先生，现在医院是我负责，您有什么事吗？”

车子后座的车窗落下，褚戊打量面前的人两眼：“你能做主？”

“能的。”李民航笑着点头。

褚戊皱了一下眉，让李民航上车。

褚戊亲自过来，是想谈收购新南医院的事。李民航听完心底直犯嘀咕，最近新南医院是走的什么运啊，财神降临了吗？之前都快倒闭，也没见谁要来拯救一下。

“褚先生，是这样的。”李民航做惯了外交的事，得心应手地应对褚戊，“咱们医院刚换了老板，以前的股东都散了，现在就剩下一位老板。您这个时候要收购新南医院，恐怕是不太容易。”

他们这位新老板，那砸钱的气势，恨不得将整个新南医院用钱堆起来。大家都没见她心疼一下，有问题就砸钱，砸钱解决不了——就多砸点。

“换了老板？”褚戊拿到的资料是说新南医院快要维持不下去了，可没听说换老板的事。

“是的。”李民航多人精啊，见褚戊脸色不对，立即道，“褚先生若是想见我们老板，我这边可以给您联系一下，您看？”

褚戊思忖片刻，不咸不淡地看着李民航道：“你帮我联系一下。”

李民航琢磨了一下，褚戊这是要他当面联系。

他其实是有点怕那个小女生的，每次出现，她都是面瘫着脸，一点情绪都没有，让人琢磨不透她的真实想法。往往喜怒外放的人更容易对付一点，像那种……李民航很不喜欢打交道，太难猜了。

但那是老板，他没办法。

就在李民航准备联系初筝的时候，突然瞥见外面有车过来。

李民航道一声：“这么巧，我们老板过来了。”

因为褚戊的车子停在大门，后面的车只能停在后面。

初筝冷飕飕地瞅着褚戊的车。

李民航跑过来：“老板，有人说要收购咱们医院。”

“神经病。”

这是骂谁啊？

“让他把车挪开。”初筝冷冰冰地道，“挡路了。”

“欸……老板，我刚才说有人想收购咱们医院。”李民航重复了一遍。

初筝视线瞥向李民航，李民航仿佛从初筝平静冰冷的眸子里读懂了她的意思。

“老板，我……我知道了，我这就去回绝他。”老板又不缺钱，怎么会卖呢！

李民航跑回去和褚戊说了一通，然而褚戊主动下车，走了过来，大概是想谈一谈。

看见车里坐着的人，褚戊的表情顿时难看起来。

怎么又是她？新南医院的新老板是她？她哪里来的钱？

各种疑问瞬间充斥在褚戊的脑海里。

初筝的心情就简单多了——又是这个砍她翅膀的浑蛋！此仇不共戴天！

她一踩油门，朝着褚戊撞过去。眼看车子就要撞上褚戊，褚戊身体忽地往旁边闪去，像是被人突然拉开。车子擦着褚戊的身体过去，撞到前面的车子上，“砰”的一声巨响。

李民航整个人都吓蒙了。

老……老板这是干什么啊？

初筝从后视镜望向心有余悸的褚戊。

褚戊的身边站着桑梦。

李民航如机器人似的转动脖子，他都不知道那个女人是什么时候出现的……

初筝的车子再次动了。

“走。”桑梦拽着褚戊离开。

“她……”褚戊有点不甘心，她刚才是想撞死自己，要不是桑梦及时出现，自己说不定真的被撞死了。

“走。”桑梦语气加重。

车子已经倒退着撞来，黑色的翅膀猛地展开，拽着褚戊飞上空中。

初筝的车子撞到后面的建筑停下。桑梦使用了力量，她想让谁看见，谁才能看见她，所以马路上的其余人并没有看见桑梦，也没发现有个人突然飞上天空。

会飞了不起哟！有翅膀了不起哟！

初筝冷漠地推开车门下去。

李民航回过神一般："刚才……褚先生和那个女孩呢？"他怎么晃个神，他们就不见了？

还有，老板刚才是想撞褚先生吗？

李民航回想起来，双腿就有点发软。

老板要不要这么凶残？

初筝吩咐李民航："把车扔了。"

"啊？"李民航看着那辆车，没有撞得多惨，修一下就是了……

"好的，老板。"

桑梦带着褚戊回到住处。

"我们走什么？你不是很厉害吗？她刚才是想撞死我！！"褚戊冲桑梦发火。

他真真切切地感受到，就差那么一点……他离死亡那么近。

"那是白天，那么多人，我动手会被发现。"桑梦脸色阴郁，"我跟你说过，你要控制住自己的脾气。"上次她在酒店外面找初筝麻烦，受伤没法使用力量隐身，导致被人拍下来了，现在网络上还在到处传，她得谨慎点。

褚戊有点失控："她要杀我，你让我控制脾气？我怎么控制？你为什么不杀了她？她对你来说，不就是个废物吗？"

"她给我感觉不太好，你冷静点。"桑梦也说不出是什么感觉，当时想的，就是赶紧离开。

褚戊发泄一阵，渐渐冷静下来："医院怎么办？"

"重新找一家。"桑梦道。

"新南医院是最好谈的，他们缺钱，其他的不好谈。"

"不好谈也得谈。"桑梦看着他，"除非你能将新南医院从她手里抢过来。"

褚戊想到之前的遭遇，心跳就忍不住加速，那是他离死亡最近的时刻。

初筝推门而入，意外听见一声细声细气的猫叫。她往客厅看去，男人坐在沙发上，腿上蹲着一只雪白的小团子。

"喵！"软软糯糯的叫声，叫得人心都酥了。

猫……猫猫！初筝眼睛微微发亮。

"你回来了。"

楚雾抬眸看过来，抱着小团子起身。小家伙有一双灵动的冰蓝色眸子，毛茸茸的小爪子搭在楚雾的手心里。面色冷淡的美男和软萌可爱的幼猫，形成异常和谐的画面。

小家伙冲初筝叫了一声："喵。"

"今天我出去，在楼下看见有人要扔掉它，我就把它抱回来了，你不介意吧？"楚雾出声解释。末了还征询她的意见，毕竟这房子不是他的。

虽然她说送给自己……

初筝换鞋进屋："不介意。"

毛茸茸的，好想摸！想摸、想摸、想摸，我想摸！！

初筝内心已经快要学王者号咆哮起来，面部表情却稳如泰山。

“要抱吗？”

初筝立即不客气地接过，抱在怀里摸了两把。

初筝表情陡然严肃起来。

好、好舒服啊！

楚雾见她绷紧小脸，还以为她不喜欢，想要将小团子接回来。

初筝却避开他，坐到沙发上。

所以这是喜欢还是不喜欢啊？

根据楚雾接下来的观察，初筝应该是喜欢的。因为她从进门到吃饭，就抱着猫猫没撒过手。

他就想不明白，她既然喜欢，怎么还绷着小脸？甚至比平时还严肃一些。

吃完饭，楚雾坐到初筝对面，翻着手里的书：“明天我带它去宠物医院检查一下。”

“你不是医生吗？”

“……我不是兽医。”兽医和医生还是有很大的差别的。

“哦。”

“明天我陪你。”陪我的毛茸茸小可爱。

楚雾本想说不用，但最后还是没说出来，沉默地翻着手里的书。

第二天一早，初筝开车带着楚雾和小团子去宠物医院。

医生抱着小团子检查，初筝负手在旁边走来走去，时不时冷飕飕地看医生一眼，跟视察的老干部似的。

怎么还没好？这么长时间了，是不是庸医？！

我家“好人卡”这么长时间一台手术都做完了。你检查个猫，检查这么久！！

医生还在弄，初筝转悠两圈，烦躁地去找楚雾。

楚雾正和店员了解一些细节。

男人高大帅气，比电视里的明星还要好看。店员面红耳赤地和他说话，不时小心地瞄两眼，眼底冒着粉红桃心。

楚雾腰间忽地被人搂住，他惊了一下，看清是谁后，又放松下来。

店员知道初筝是和这个帅气小哥哥一起来的，不过当时他们走得并不亲密，这个女生的注意力也不在男人身上。他们都以为俩人只是普通朋友的关系。

然而没想到……空气里仿佛有什么东西碎裂的声音。

女生侧脸贴着楚雾的肩膀：“说什么？”

“看看猫粮。”楚雾道，“这两种都不错，你觉得哪种好？”

初筝看了一眼，懒得选：“都买。”

从宠物医院回来，初筝就抱着小团子瘫在沙发上，一动不动。

楚雾冷淡的眸光扫过她，他不知道自己为什么此时有一种……和她在过日子的感觉。

但更让他惊疑的是，他并不讨厌这种感觉。

楚雾赶紧收拾好心情：“它还没名字。”

“哦。”初筝撸得舒服，眼睛都不想睁。

没有名字也不影响我撸猫啊！

楚雾：“你取一个？”

初筝：“你自己取。”

楚雾：“你不想给它取名字？”她都抱着不撒手，难道不是喜欢它吗？

初筝：“懒得想。”

楚雾：那你别撸啊！

楚雾想了片刻，目光在初筝身上停顿时间略长。

初筝警惕地打量他，就算你看着我，我也不会想名字的！

楚雾没懂初筝的意思，慢慢地道：“就叫福宝吧！”

“嗯。”叫什么都一样，有毛就好。

福宝就这样在这里有了一席之地，如果不是初筝整天抱着它撸，福宝大概觉得自己很幸福。

“你在干什么？”初筝抽走楚雾手里的东西。

“我想找个工作，我不能一直住在这里。”

“你不想住在这里？”初筝只听见这么一个重点。

这里不好吗？哪里不好？

初筝俯身，将楚雾压在沙发上，目光望进他的眸底：“你想住哪里？”

初筝流氓似的捏着楚雾的下巴：“我对你不够好？”

“你还想着离开这里？嗯？”“好人卡”乖乖待着不好吗？外面那么危险！

楚雾总感觉哪里怪怪的：“我……”

楚雾的话还没说出来，就被初筝给堵了回去，她压着他反反复复地亲。

楚雾是正常男人，女孩儿这么亲他，他哪里能没有反应。

女孩儿贴着他的皮肤处，像是有火在燎原，不断蔓延到四肢百骸。

楚雾心底厌恶自己，如此没有定力，不就是被亲了一下，竟然像是被人……然而他的身体却十分沉迷其中，想让女孩儿在自己身上留下更多的痕迹。

楚雾的手掌不自觉地抚上初筝的后背。手下凹凸不平的触感，让楚雾猛地惊醒。

他偏开头，避开初筝的亲吻。

“不舒服？”初筝问他。

“你的伤……”楚雾眸底还残留着迷离的光华。

初筝感觉到楚雾的手掌贴在自己的后背上，她不在意地亲他的嘴角：“没事。”

“我看看。”

“有什么好看的。”初筝想继续亲他。

楚雾避开：“那你别亲我了。”

我的伤口为什么要给别人看！

但是不给他看，就不让我亲……嗯！好难选择哟！

【小姐姐，你可以给他看呢，这样有助你获得“好人卡”。】王者号积极地出谋划策。

初筝：我不！女孩儿怎么能把伤口给别人看？

【“好人卡”不是别人。】

那也不行！不亲就不亲！

初筝果断起身，抱着在地上转悠的福宝，气势汹汹地进了卧室。

就在楚雾准备起来的时候，初筝突然又气势汹汹地出来，不由分说地将他按回沙发上。

女孩儿凶巴巴地看着他：“我想亲你就亲你，凭什么要听你的。”你这个人都是我的。

“你……呜……”怎么蛮不讲理！

初筝拒绝给楚雾看伤口，楚雾却跟她杠上似的，整天琢磨着想看她的伤口。楚雾的行为打扰到初筝撸猫，简直让她不能忍。

楚雾最后还学会主动亲她……

“给我看一下。”

“看看看！”烦死了。

楚雾松了一口气：“转过去，脱掉衣服。”

初筝颇有几分认真地问：“全脱？”

楚雾看了她一眼，不知为何觉得脸上有点烫：“衣……衣服撩起来就行了。”

初筝转过身，卷着衣服下摆，将后背露出来，伤口就那么毫无征兆地暴露在楚雾面前。

楚雾倒抽了一口凉气。

两道弯月形的伤口，横陈在女孩儿纤细白皙的背部，血肉模糊，触目惊心。虽然没有流血，可那伤口，让人看着就害怕。

这么长时间，她一直没有任何异常，他以为她的伤已经好了。毕竟她说自己是守护天使，那肯定有异于常人之处。

他想着，也许伤口愈合得很快。可万万没想到，她的伤口，和之前没什么区别。

楚雾心尖都在颤。

她不疼吗？

“看完了？”初筝将衣服放下来。

楚雾张了张唇，半晌才出声：“你为什么没有上药？”

“上药又好不了。”初筝无所谓的态度让楚雾很是恼怒。

“你都不上药，怎么会好？”楚雾许是察觉到自己失态，稍稍冷静下来，“你等我一下。”

小东西刚才是不是凶我了？

楚雾极快地进房间，拿着药箱出来。

“趴在沙发上。”楚雾道，“我给你处理一下。”

“不用。”真的好不了。她也不知道为什么，也许是因为那对翅膀……想到翅膀就好气！

“你要是出事，以后谁守护我？”楚雾满脸的严肃。

我怎么会有事！开什么玩笑！

初筝趴在沙发上。楚雾满脸严肃地坐在旁边，给她处理背上的伤。

“疼吗？”

“不疼啊！”初筝抱着福宝，漫不经心地回答。

【……好着急啊，这么好的机会，小姐姐就这么放过了。】

楚雾每天坚持给她看伤口，然而几天过去，那伤口一点变化都没有。

“我说了，没用的。”初筝将衣服拉下来，“这下死心了？”

“为什么？”楚雾心脏特别疼，像是有人握着他的心脏，呼吸都困难。

他心疼她。

她越是表现得无所谓，他就越心疼。

“不知道。”初筝想了想，“可能是因为我的翅膀吧！”

楚雾伸手将初筝抱住：“是褚戊做的吗？”

“算是吧！”褚戊是帮凶，有他一笔账。

褚戊……楚雾一直觉得自己很冷血，同时十分冷静，不会对任何人有过多的情绪。然而此时此刻，他心底有恨意滋生，他想让褚戊付出代价。

“你的伤怎么才会好？”

“不知道。”我要是知道，还能不自己治好吗？

楚雾避开初筝背部的伤，将她抱紧一些。

接下来一段时间，楚雾都在想办法治疗她的伤，但效果甚微。

“伤在我身上，你这个样子做什么。”初筝摸着福宝，不明白楚雾这副样子是做什么。

“我难受。”楚雾道了一声。

“哪里难受？生病了？”初筝腾出一只手，摸他的额头。很正常，没发烧啊！

“这里。”楚雾指了指自己的胸口，“我也不知道怎么了……”

每次看见她的伤口，就特别难受。

楚雾低垂着视线，侧脸线条流畅凌厉，带着成熟男人特有的美感，好看得让人移不开眼。

初筝心里痒痒，凑过去亲他。

楚雾瞪了她一眼，起身离开。

没心没肺。

他为她难受，她反而一点感觉都没有。

不亲就不亲，瞪我干什么。你难受我亲亲你不就好了吗？！

初筝粗鲁地撸了两下福宝，气愤地躺回沙发上。

没有“好人卡”亲亲，我还有猫撸，哼！

周末。

“你带我来这里干什么？”楚雾望着面前的建筑，新南医院？

初筝牵着楚雾走进新南医院的大门，新南医院还没有营业，不过已经装修得差不多了，环境明亮干净，走廊里摆着绿植，给人的感觉非常舒服。

初筝推开一扇门，将楚雾推进去：“以后你就在这里上班。”

楚雾先是一愣，随后退出房间，看房门上挂着的牌子。

院长办公室？院长！

“别闹。”楚雾皱眉，“这里……”

“我买了。”初筝道，“你之前不是说你想上班吗？”

买……买了？

初筝环胸倚着门：“你要是想上班，要么在这里，要么就在家待着，哪里也不许去。”

“老……老板好。”李民航听到初筝来了，屁颠地跑过来。

“嗯。”初筝颔首，给李民航介绍，“这是你们的院长，楚雾。”

李民航诧异地打量楚雾，这么年轻？看着怪眼熟……

楚雾这长相，李民航很快就想起来。之前闹医疗事故的新闻上，有他的照片……不过听说那件事只是误会，和他没关系。

“楚院长好。”李民航立即赔着笑。

初筝吩咐李民航：“你带他熟悉一下。”

“好的，没问题。”

“初筝……”

初筝语气冷淡：“你想待在家里？”我一点也不介意！你快点头啊！

楚雾确实发现初筝越来越限制他出门，刚进去的时候，他还能自由出入。然而随着两人相处的时间越来越长，他发现每次出门，她不是跟着，就是不许他出去。

楚雾就这么稀里糊涂地当上院长。

医院的员工得知院长如此年轻，女性员工很快就接受了，美男嘛，犯了错也能被原谅，但男性员工就有些硌硬了。院长看的是资历和能力，楚雾这么年轻，凭什么就当上院长了，让他们怎么服气。

但这人是初筝亲自带来的，为了这么好的待遇，这群人还是只敢在私底下讨论。

和楚雾有关的那件医疗事故，自然就有人拿出来讨论。

楚雾听见后，也只当作没听见。

新南医院重新开业，也不知道是哪个花钱请了各路媒体前来捧场。一个个写的软文，跟写小说似的，把新南医院吹得可以跟度假胜地媲美。各科有名气的医生，也是大费笔墨地吹捧一番。

先进的医疗设备，专业有资历的医生，训练有素的护士，给您带去春天般的温暖，给您家的呵护……

初筝抖了抖广告：“谁写的？”肉麻不肉麻。

李民航嘿嘿地笑：“我请专人写的，大家都说好呢！”

李民航还是挺能干的，也不知道怎么挖的人，总之现在医院各科都有出名的医生坐镇。

新南医院不怕没病人来……不对。

生意太好不行啊！

初筝脑中警铃大作。

“这样……”初筝招手让李民航过来，“病人来看病，全部三折。”

初筝本来想全免，但是一想不行。全免的话会造成医院负荷太大，到时候惹出麻烦，又得她来收拾。

李民航十分疑惑，我听过超市商店打折，我还没听过看病打折的。

医院不需要促销手段啊……

“去办吧！”大佬挥挥手，对自己的决议十分满意。

李民航很蒙，迷迷糊糊地将这个新规定传达下去。

整个医院的人和李民航一样迷茫，医院还怎么盈利啊？！这得亏本啊！！老板有钱也不是这么烧的吧？

新南医院逐渐上了正轨，同时，初筝也接到褚戊收购一家民营医院的消息。

“他收购医院做什么？”上次褚戊出现，初筝压根儿没打听他来干什么的。

【小姐姐，你问我？】

这里还有别人？

【小姐姐，这个我不知道呢！】

初筝撑着下巴，不知道在想什么。

李民航进来的时候，瞧见的就是女生霸占两张椅子，坐得跟个悍匪似的，浑身都透着凶气。

“老……老板。”

“李民航啊！”初筝叫了一声。

突然有点害怕。

女生像是没发现李民航的异常，托着下巴问他："你会干坏事吗？"

李民航抖了抖："老板，我是个好人。"

"嗯。"我也是好人呢，"帮我去办件事。"

老板，我真的是个好人！

麻将馆里乌烟瘴气，有人挑开帘子叫了一声："强哥，有人找你。"

其中一桌上，一个叼着烟的男人不耐烦地回头："谁啊！没看正我正赢钱吗？有事等着！"

"周强。"这次的声音和刚才的声音不一样。

周强再次回过头，脸上的表情瞬间从愤怒转变成狗腿般的讨好，直接从桌子那边跑过来："哎哟，这不是赵哥，怎么有空来找小弟？"

被称为赵哥的男人抽了一口烟："赵爷那边有事要你做。"

周强一听，更是谨慎："好的，好的，没问题，我们出去聊。"

第八章
恋爱中勿扰

新南医院由于看病费用低，医院里每天都是人来人往。但也正是因为如此，新南医院的知名度再次打响。

为了防止病人太多，李民航那是费尽心思。以前是愁没有病人，现在是愁病人太多。

楚雾快凌晨才走出新南医院，今天的手术有些难度，精神力高度集中，导致他现在很累。

他在门口张望了两眼。

初筝今天没来接他？

楚雾摸出手机，刚点亮屏幕，又摇摇头，将手机放回去。

他这是怎么了？怎么就习惯她把自己当成小白脸养了呢？

楚雾往外面走，准备自己打车回去。然而此时大街上，几乎没什么车。

“吱——”两辆车忽地从马路上开过来，径直停在他的面前。车门打开，蹿下来几个人，其中一人拿着针管就往楚雾身上扎。

楚雾学过一点跆拳道，这群人一出现，他就警惕起来。所以那一针没有扎在他身上，但对方极快地将他包围起来。

“你们想干什么？”

没人回答他。

其中两人同时上前，楚雾和对方过了几招，不过他那点武力值，完全不够看。

楚雾身体往地上倒去，意识消失前，他隐约听见有人说话。

“妈呀，可算把人给抓住了，快带走。”

这群人迅速将楚雾扔进车里。

楚雾醒过来的时候，发现自己被关在一间仓库里，手脚都被绑着，不远处站着两个男人。

楚雾不动声色地打量了一会儿。

“哟，醒了？”有人朝着他走过来。

“你们是什么人？”楚雾并不惊慌，镇定地看着来人。

他不认识这个人。

“楚先生，贵人多忘事啊！”那人冷笑，“你这欠的钱，什么时候能还啊？”

“欠谁的钱？”上次卖别墅的钱，他已经将所有欠款都还上了。

“楚先生，欠谁的钱，你不清楚吗？”

楚雾不说话了。

对方也不卖关子：“我们赵爷的钱。”

赵爷……楚雾脑中闪过一个人名。

“我还过了。”

“还过？”周强冷笑，“楚先生，你可别说笑了，赵爷要收到了，还能让我来？”

楚雾记得自己是真的还过。一共三百万，当时他就转了账。但是周强说赵爷压根儿没收到，楚雾转账的那个账号，是赵爷身边的人，现在那人已经拿着钱跑了。

楚雾哪里还不明白，他们就是故意来找碴。

“账号是你们给的，你们的人拿着钱跑了，跟我有什么关系。”

“那只能说楚先生倒霉呗！”周强丝毫没有掩饰他们就是故意找碴，“这三百万现在加上利息，一共是六百万，楚先生打算怎么还？”

“我没钱。”

“你是没钱，但是跟你住的那个小姑娘，似乎很有钱。”周强道。

楚雾眸光陡然一冷：“你们有什么冲我来。”

“楚先生没钱呀！”周强为难，“给你半个小时，好好想想，是你给她打电话让她来赎人，还是我们亲自去找她。”

楚雾握紧拳头，盯着周强的眼神，仿佛要将他绑在手术台上肢解。

周强被那眼神看得有些不自在，骂骂咧咧两句，转身走到旁边。

有人迎上来，不怀好意地道：“强哥，这楚雾细皮嫩肉的，长得跟个女人似的，要不我们……”

“你恶心不恶心？”周强嫌恶脸，“我可不喜欢男人。”

那人有些心痒难耐：“那我……”

周强往楚雾那边看了一眼：“反正是个男的，你注意点，别弄出事。”

得了周强首肯，那人立即兴奋起来，拍着胸脯保证，不会让楚雾出问题。

周强恶心得不行，直接出了仓库。

“强哥，赵爷这是什么意思啊？”仓库外面的人见周强出来，和他搭话，“这个楚雾的钱不是还上了吗？”现在怎么还让他们来搞他？

“赵爷的事，我们哪能过问。”周强抽出一根烟叼着，“办好事就行，别瞎打听。”

“是是是，强哥说得对。”

仓库里。

楚雾被绑在仓库的柱子上，他们没有堵住他的嘴，证明完全不怕他叫。

楚雾即便是被绑着，颇为狼狈，可也掩不住他与生俱来的矜贵之气。

男人眼里带着邪淫，心花怒放地朝着楚雾走过去。

男人咽了咽口水，伸手想摸楚雾，楚雾俊美的脸上没有表情，他扭头避开，眼底满是厌恶。男人当这是情趣，笑着继续摸过去，然而几次都被楚雾避开。

男人突然恼怒，一巴掌甩在楚雾脸上。楚雾白皙的脸颊上，顿时呈现一个巴掌印。他的脑袋被打歪，细碎的头发垂下，挡住他眼底翻涌的杀意。

“也不看看这里是什么地方，你还以为自己是那个高高在上的楚总？”

“我告诉你，今天你要是把我伺候好了，我就让你好过一点。”

男人一边骂一边去拉楚雾身上的衣服。

楚雾一头撞到男人的脑门上。

男人吃痛，往后退开几步。

楚雾咬着牙，如被激怒的野兽，浑身都透着尖锐之气。

“你……你敢撞我。”男人被撞得头晕，指着楚雾，“今天我不让你哭着叫爸爸，我跟你姓。”

“砰——”仓库的门突然被撞飞，周强从外面飞进来，砸在地上，溅起一地的灰。

男人似乎被突然的变故吓住，半晌都没回过神。

周强捂着胸口，在地上哀号。

“强……强哥。”听见周强的声音，男人赶紧跑过去，将周强扶起来，“怎么回事？”

周强脸色铁青，惊惧地看向仓库大门的方向。强光照着仓库大门，灰尘在光线中飞舞。影子晃动，四周的空气都仿佛静谧下来，宛如有王者即将登上舞台。

娇小玲珑的女生缓慢出现，她双手插在衣服兜里，漫不经心的目光扫过来。

女生淡如樱色的唇瓣轻启：“谁，想做他的爸爸？”

每一个字，都像是裹挟着寒冰，砸在他们的心底，碎成无数寒气，冲向四肢。

楚雾望着站在光芒里的女孩儿，脸上紧绷的神色，不由得微微一松。然而下一刻难堪和窘迫涌上心头，他不敢再看她。

他现在狼狈的样子……

初筝缓步走进仓库，从兜里抽出一只手，指尖在空气里划过。

“啊！”扶着周强的男人猛地撞到仓库墙壁上，重重地摔在地上。

周强眼底的惊惧更深，刚才也是这样，她什么都没做，可他们完全没有还手的能力。

初筝没看周强，越过他，将楚雾救下来。

楚雾脸上的巴掌印格外清晰。

初筝眸色微微一冷。

她抬手抚上他的脸颊，楚雾的视线猛地闯进初筝清冷的瞳孔里，他看见自己狼狈的样子。

“没事了。”初筝捧着他的脸，亲了他一下。

楚雾的心脏仿佛被人重击了一下，暖意不断泵压出来，蔓延到身体各处。

初筝放下手，捏着楚雾的手腕打量，手腕上有一道明显的勒痕，隐隐渗着血丝。这么短时间就把自己搞成这样……果然还是需要关起来。

周强那边见初筝不理自己，也不顾同伴的死活，捂着胸口往仓库外面溜。

初筝抬手一挥，走到仓库门口的周强，猛地飞回来撞在墙上，摔在刚才那个男人身上。

“我让你走了吗？”清冽冷淡、没有任何起伏的声音在仓库里缓慢流转开，宛如冰雪化开，潺潺流淌，一路蜿蜒进人的心底。

周强心惊胆寒地望向那边的人。

女生依然低头看着男人的手腕，连余光都没给他。周强只能看见女生紧绷的下巴和侧脸，属于上位者的威势，悄无声息地在女生四周流动。

他在这个人面前，宛如蝼蚁……

周强后背冷汗涔涔，身体哆嗦，他爬起来，直接跪在地上求饶：“姑奶奶，我错了，我知道错了。

“我只是替人办事。

“我不是故意冒犯您。”

初筝语气冰冷：“替谁办事？”欺负我的“好人卡”，胆子很大吗！

“……赵……赵爷。”周强不敢隐瞒。

“楚先生欠赵爷的钱，我们是替赵爷来要钱。”

“要钱需要刚才那样？”初筝握着楚雾的手腕，都红了。

周强心底暗骂，这件事跟他有什么关系。

他瞥向还躺在地上的人，抬起脚就踹过去：“都是这浑蛋不知规矩，让你对楚先生动手动脚了吗？你个混账东西……”

周强接连踹了两脚。男人估计承受不住这样的“厚爱”，又是一口血吐出来。

初筝让楚雾站稳，她走到男人跟前，用脚将他翻过来踩着。

周强在旁边大气都不敢喘。

“刚才，你说想做谁的爸爸？”

“没……没有……”男人吓得直哆嗦。

“我听错了？”初筝脚尖用力。

男人本就不好的脸色，更是难看起来。

“不……不是，是我胡言乱语，楚先生是我爸爸。”男人满脸的惊恐。

初筝一脚踹在他身上，男人痛苦得蜷缩起身体。

初筝凶巴巴地问：“刚才你哪只手打他的？”

男人如溺水的鱼，大口大口喘着气，心底只剩下恐惧，艰难地伸出自己的右手。

初筝居高临下地俯视他：“自己打，打到他解气为止。”

男人：“！！”

初筝眉梢低垂：“有意见？”

女生面色淡漠，周身萦绕着睥睨众生的冷冽，让人不敢反驳她一个字。

“没……没。”

男人艰难地坐起来，用右手抽自己。啪啪声在仓库里清晰震耳。

周强被吓得快尿裤子了，整个人抖得跟筛子似的。

“你欠那个谁的钱？”初筝回眸问楚雾。

“我还了……”楚雾声音有些低，“他们说没收到。”

“哦。”初筝睨向周强，“故意找碴。”

“姑奶奶，我们只是听命行事，真的不知道怎么回事，这一切都是赵爷指使的。”周强求生欲极其强烈。

初筝漫不经心地问：“他欠了多少？”

周强心底“咯噔”一下，畏畏缩缩地回答：“六百万。”

“半个小时内，我要见到这个赵爷，没有问题吧！”初筝不知道在哪儿学的霸道总裁语录。

有……有啊！他能见到的都是赵爷身边的，他称为赵哥的那个人，赵爷哪里是他能见的？然而此时求生欲面前，他哪里敢说不行。

初筝说半个小时内要见到赵爷，实则二十分钟，这位赵爷就出现在外面。

周强也很惊讶。他没想到赵爷真的会出现……

赵爷带着几个保镖，缓慢地出现在仓库大门。

这位赵爷年过六旬，满头白发，面色不是很好，拄着拐杖，倒颇有几分威严。

“赵爷……赵爷……”周强立即朝着赵爷那边奔过去。然而还没靠近，赵爷身边的保镖，一脚踹在周强身上。

赵爷阴沉地看了倒在地上的周强一眼，拐杖在地上杵了两下：“一点小事都办不好。”

“你就是初筝。”赵爷看向初筝。

初筝面无表情地打量了赵爷两眼：“冲我来的啊！”

这个赵爷来得太快，一来就叫出自己的名字，这不是冲她来的，是冲谁来的。

还想用“好人卡”诱她……

“小丫头倒是个明白人。”赵爷露出几分赞赏，“既然这样，那小丫头就跟我走一趟吧！”

“你让我跟你走我就跟你走？”我的脸往哪儿搁！

赵爷脸上的褶子皱得更狠：“小丫头，识时务者为俊杰。”

初筝语气平淡：“我是女的。”当什么英雄豪杰，这个词跟我有几毛钱关系。

赵爷眸子微微眯起，危险的光芒流转其中：“这么说来，你是不跟我走了？”

初筝不答话，冷冰冰地看着他。

赵爷嘴角露出三分笑意，抬手在空中打了个响指。仓库外，训练有素的保镖迅速将大门堵住。

对付我这么一个小姑娘，竟然动用这么多人，是想吓死我吗？

赵爷：“那就别怪我不客气……”

初筝果断打断他：“带路。”

【……小姐姐，说好的面子不要了吗？】

他们人多。

【人多怕什么，你还打不赢他们？】毕竟它的小姐姐有无敌模式。

你是想我做掉他们？

【不！我没有！】王者号立即否认，【我只是好奇，你为什么要跟他们走？】

他们人多！

初筝小脸严肃。我一个手无缚鸡之力的小姑娘，怎么能跟这么多打群架？当然要识时务者为俊杰。

【……小姐姐说的话，只管一分钟。】

初筝突然转变态度，赵爷和楚雾都同样疑惑。但是初筝肯和自己走，赵爷便没多想，料定初筝跑不掉。

楚雾上前两步，压低声音：“我们真的跟他们走？”

楚雾也没想到，这群人不是冲自己来的。

“不然，你能打赢他们？”

“……他们想做什么？”

“去了不就知道了。”初筝道。

初筝揽住楚雾的腰身，让他靠近自己：“别怕。”

楚雾心底哭笑不得，他哪里害怕了？他只是担心会出什么意外。

赵爷给初筝和楚雾准备了一辆车，前面放下了挡板，车厢里就只剩下楚雾和初筝。

初筝让楚雾靠着自己："害怕了？"

楚雾姿势憋屈，然而初筝没有让他起来的意思，他只能调整一下，让自己靠得舒服点。

"你想做什么？"

初筝望向窗外："不做什么。"

楚雾有点怀疑，她之前明明不打算跟他们走的……

不管楚雾问什么，初筝都是一脸"我不做什么"的严肃正经模样。

楚雾发现自己并不担心，他的所有不安，在她身边的时候，总是消失得无影无踪。思及此，楚雾胳膊环过初筝的腰身，将她抱住。

车子行驶了一个多小时才停下，车门被保镖拉开，初筝先下车，然后朝着车里伸出手。楚雾搭着她的手下来，两人完全不像是被胁迫，反而悠闲得像是来走红毯的明星。

"初筝小姐和楚先生的感情不错。"赵爷拄着拐杖过来，面上带着三分笑意，将一个和蔼老人演绎得淋漓尽致。

"所以呢？"初筝认真地问。

其实我就客套一下，赵爷似感叹："挺让人羡慕的。"

"嗯。"初筝理所当然地点头。

你羡慕也没用，"好人卡"是我的！

赵爷跟各路妖魔鬼怪打过不少交道，像初筝这样的，他还真没遇见过。

赵爷深呼吸，做了个请的手势。初筝也不客气，牵着楚雾大摇大摆走到赵爷前面，将大佬的架子发挥到极致，赵爷反而像个跟班。

赵爷一愣。

做大佬这么多年，已经多久没被人如此对待过？在上位待久了，有人不顺着自己，心底就不舒服。

赵爷也是如此，看初筝的眼神隐隐带着阴沉，但他很快敛下情绪。

"初筝小姐就不好奇，我为何要请你来这里。"

"总会知道的。"

这小丫头还挺随遇而安？不过想想怎么那么气人呢？他把这当胁迫，人家把这当度假……

赵爷觉得和初筝说话自己迟早得被气死，好在已经到了。

独栋的别墅，四周没有别的建筑。别墅里面的装修低调奢华，处处透着大人物的格调。

初筝进去，不客气地霸占客厅沙发主人家的位置。

赵爷深呼一口气，拄着拐杖，也不坐了。

"初筝小姐稍等片刻。"

赵爷带着保镖离开，房间顿时安静下来。楚雾刚想说话，就听四周一阵咔嗒的落锁声。

楚雾立即起身去看门窗："他把我们关在这里了。"

"嗯。"初筝镇定地坐在沙发上。

慌什么，不就是被关一下，小问题，不慌。

楚雾皱眉，望向沙发上，依然摆着做客姿势的初筝，心底疑惑地想：她就不担心吗？

"他想对我们做什么？"

初筝抬眸看向天花板，通风口有烟雾弥漫进来。

楚雾也看见了。

初筝招手让楚雾过去。

楚雾皱眉，见烟雾蔓延的速度越发快，快步走到她身边。

赵爷站在外面，不时看看手腕上的表。从外面看，里面烟雾滚滚，完全看不清。

“赵爷，已经半个小时了。”

赵爷拄着拐杖，戳了两下地面：“通知桑梦小姐。”

“是。”

赵爷望向里面的目光，染上些许激动。桑梦小姐说得那么严重，他还以为很难对付，没想到这么容易。

桑梦小姐说要用楚雾做诱饵，以防万一。不过看来，是桑梦小姐高看了这两个人。他很快就能获得健康的身体了……

“桑梦小姐来了。”有人在赵爷耳边低语了一声。

这么快？

赵爷转身，果然看见那个熟悉的人影，他立即迎上去。

“桑梦小姐，这人我给您抓住了。”赵爷小心谨慎的样子，完全没有大佬该有的派头。

“人呢？”

赵爷立即道：“就在里面，您放心，没有一天，他们绝对醒不过来。”

桑梦颔首：“进去看看。”

赵爷让人把里面的机关关闭，等烟雾散开一些，递给桑梦一个防毒面具。

“不用。”桑梦直接往屋子里面走。

赵爷心底惊讶，想到桑梦的手段，又觉得正常。

他可不敢不戴，戴上面具，进入里面。烟雾还没完全散开，房间里的环境有些模糊。

“人在哪儿？”

“那边。”赵爷往客厅的方向走：“他们……”

赵爷的声音戛然而止。

烟雾像是避开沙发，形成一个真空地带。而此时沙发上，初筝一只手搭在沙发背上，一只手搂着楚雾，从头到脚，连头发丝都透着“我是大佬”的霸气。

“这么久才来。”初筝平静的目光望过来，“你们是乌龟吗？”

“你……”赵爷心底震惊，“你怎么没事？”

因为桑梦特意嘱咐过，他用的药已经加了十倍的剂量，可是初筝现在却依然好好地坐在这里……

“我应该有什么事？”初筝视线偏了偏，看向赵爷身后的桑梦。

就知道是她，正面搞不过我，就背地里搞我。

赵爷心底打鼓，惜命的他不敢再站在前面，往桑梦后面退。

桑梦用看废物的眼神瞪了赵爷一眼。

“初筝，你既然活着，就不应该再出现在我面前，让我看见你。离开我的世界，这样你还能好好地活着。”桑梦眼底的狠厉一闪而过。既然被她看见，那初筝就非死不可。

初筝纤细嫩白如玉竹的手指，在沙发上轻敲，她的声音随着节奏响起“你可以戳瞎自己。”

这样就看不见我了呀，多好！

桑梦冷笑：“死过一次，你现在倒是伶牙俐齿了。”她话音一顿，语气急速下转，“不过，今天就是你真正的死期。”

“我的死期？”初筝眉宇间似染上冰霜，冷意瘆人，“你也太高看自己了。”

桑梦只是冷笑，胸有成竹地拍了一下手掌。

四周忽地暗下来。

赵爷吓得在原地乱转，后背被冷汗浸透。

初筝丝毫不慌，拉着楚雾亲了一下：“乖乖待在这里。”

桑梦轻啧了一声：“你放心，我会把他也给你送下去，让你们在下面好好恩爱。”

桑梦着重“恩爱”两个字。

初筝起身，突然一脚踹在客厅的茶几上。茶几“刺啦”一声，朝着桑梦滑撞过去。

桑梦身体一跃，轻巧地落在茶几上，茶几停止滑动。

“我要是你，就不会再惹怒我。”桑梦语气阴沉，“就算你还有点本事，也别忘了，你已经失去翅膀了。”

“所以你不是我。”初筝眸色冷淡，“你还敢提翅膀，胆子也很大。”

“呵。”桑梦冷呵一声，旋身而起，茶几猛地往初筝那边撞过去。

初筝气定神闲地站着，在茶几快要撞上自己的时候，抬起脚，足尖轻轻松松抵住茶几。动作干净利索，姿势帅气潇洒。冷淡的容貌，似乎都有了几分帅气，看得人怦然心动，让人想为她尖叫。

桑梦心头一跳，她可不是将茶几踹回去那么简单，那上面带着她的力量。

怎么会……

如果桑梦能看见，那么她会发现茶几四周布着银色的细线，是那些细线，将茶几停住。初筝不过是抬脚，摆个姿势罢了。

【……我对小姐姐的认知需要好好刷新。】

银线不只缠在茶几四周，此时整个屋子里，到处都是交错的银色细线。

初筝脚尖用力，将茶几踹回去。茶几速度不快，桑梦没放在眼里，然而当她接触到茶几的时候，一股无形的力量将她撞飞。

桑梦在空中做抛物线运动，最后砸在上楼的楼梯上。木制的楼梯，被她那么一砸，从边缘断裂，滚到地上，翻滚两圈才停下。

桑梦第一时间想爬起来，视线中出现一双鞋子，她动作猛地一顿。下一秒，她整个身体被人踹下去，狠狠地砸在地上。地面碎裂的木头，扎进肉里，鲜血洇出。

她们的身体和正常人一样，会流血，会受伤，只不过可以极快愈合。

“我惹怒你又如何？”清冽淡然的声音，在桑梦头顶炸开。

桑梦只觉得那瞬间，像是被无形的大手扼住咽喉，窒息感从四面八方涌来。

赵爷被这变故惊得不敢出声，躲在客厅角落。桑梦想翻身起来，却发现自己手脚不知被什么东西给绑住。她看不见那东西，只能从手腕上，感觉到那冰冷的触感。

这是什么东西……

桑梦身体猛地被拉拽起来，贴在破损的楼梯栏杆上。此时不仅仅是手腕，整个身体，都有那种冰冷的束缚感。越是挣扎，束缚她的东西就缠得越紧。

“初筝！”桑梦气急败坏地怒吼。

“嗯？”底下的人微微抬眸，认真又严肃地看着她，“怎么了？”

一个能打的都没有，无敌的寂寞无人能懂。

桑梦对上初筝平静冷淡的视线，怒火“噌噌”地往上冒。

怎么了？她竟然问自己怎么了。

“你到底是谁？”失去翅膀的天使，怎么还会这么厉害？她到底是谁……

“你刚才不是叫了我的名字，你健忘？”初筝冷笑道。

“这是病，得治。”初筝微微一顿，“赵爷，你说是吧？”

突然被点名的赵爷，对上女生投过来的视线，整个人都哆嗦一下，寒气从脚底蹿上脑门。

他到底招惹到什么人了！活了大半辈子，赵爷什么样的人没见过，即便是桑梦这样，有着不一般能力的人，他都没有出现过这种心悸的感觉。

仿佛自己已经不在人间，坠入无间地狱，即将被处刑。

赵爷不知道初筝突然问自己做什么，他看看桑梦，又看看初筝，双腿发软，狼狈地倚着墙，没敢出声。

初筝也不在意，踩着满地狼藉，走到楚雾那边。她不知从哪儿摸出来一条丝巾，绑在楚雾的眼睛上。

“初筝……”

“别怕，没事。”

楚雾感觉眉心上微微一热，接着耳朵里就被音乐充斥，再也听不见别的声音。

“赵爷，给你一个机会。”初筝站在沙发边，拥着楚雾，不让他看，也不让他听。

赵爷靠在墙角，哪里还能看见之前的半分气魄，满脸惊恐的样子。

桑梦依然被绑在楼梯栏杆上，脸色煞白如纸，怨毒又憎恨地盯着初筝。眼神如有实质的话，初筝此时估计已经被戳成筛子。

然而桑梦很快就没有力气瞪初筝。桑梦失去了自己最重要的东西……力量枯竭，桑梦视线模糊，隐约听见初筝在打电话，最后陷入一片黑暗中。

初筝挂断电话，看了一眼已经失去意识的桑梦，后面的事，会有人来处理。

初筝扶着楚雾起来，路过赵爷的时候，说道：“知道什么该说，什么不该说吧！”

“知……知道。”

赵爷看着初筝带着楚雾离开，她的声音徐徐传来：“小心台阶。”

那么凶残的女人，竟然会如此贴心地提醒一个人……

赵爷再回想一下，从始至终，她都无微不至地照顾着楚雾，和她这个人的气质完全不搭。就像一个冰冷无情的人，突然对一只小动物露出柔情的一面。

直到上车离开，初筝才取下楚雾眼睛上的纱巾，轻声询问：“吓到没？”

他什么都没看见，什么都没听见，吓到什么？

“你把他们怎么了？”楚雾心底有一种不好的预感。

总感觉刚才发生的事，不是那么简单。

“没怎么。”初筝语气一如既往地平静，“回家吧！”回家撸猫！

“回家”两个字，让楚雾心跳漏了半拍，她觉得那是家吗？

楚雾敛下心底的悸动，还是想问：“他们……”

初筝头疼，不想回答他的问题，直接用手将他捂住。安静一点不好吗？问那么多做什么，我解释起来很累的，吓到你怎么办，我还想做个好人呢！

被捂住嘴巴不能说话的楚雾一脸疑惑。

“褚总，这是今天下午的行程，要是没什么问题，那我就去安排……褚总？褚总，您有听到我说话吗？”助理大着胆子，伸出手，在褚戊面前晃动了两下。

褚戊猛地回神：“你说什么？”

“褚总，我说今天下午的行程……”

“你去安排。”褚戊挥挥手，示意助理下去。

助理瞧褚戊的脸色不好，怕连累到自己，识趣地离开。

办公室里安静下来，褚戊坐在老板椅上，脸色难看地揉了揉眉心，他已经快三天联系不上桑梦了。

三天前，桑梦说自己已经想好办法对付初筝。三天过去了，桑梦一点消息都没有。

他让助理去新南医院那边打听消息，楚雾准时出现，初筝也露过面，他们都没事。

桑梦去哪里了？

褚戊心不在焉地工作完，驱车回家。家里的门半掩，灯亮着，褚戊心头一喜，推门而入：“桑梦，你回来……”

褚戊僵在门口，心跳在那瞬间停止跳动，眸底倒映出沙发上的女生。

须臾，褚戊提高音量质问：“你……你怎么在这里？你怎么进来的？”

“走进来的。”初筝淡如樱色的唇瓣轻启，“不然我能飞吗？我都没有翅膀了。”

褚戊压住自己心底不好的预感，故作镇定地问：“桑梦呢？她在哪里？”

“你想见她？”

褚戊表情微变，桑梦突然消失，果然和她有关系。桑梦那么厉害……想到这里，褚戊心底的不安无限扩大。

“你把她怎么了？”褚戊一边问一边往右边挪动。

“哗啦——”摆件在褚戊脚边炸开，溅起的碎片，划过褚戊裸露在外的手背，血珠子往外冒。

“别乱动。”初筝的声音缓缓响起，“下次我砸的说不定就是头了。”

褚戊僵在原地，目光阴沉地盯着她：“你想干什么？”

“拿回属于我的东西。”

她的东西？褚戊眼前闪过那圣洁的羽翼——她的翅膀！

“替我保管挺辛苦的，不如还给我。”初筝语气十分平静。

好像她来要的，不是她的翅膀。

如果不是她背上的伤一直不好，初筝是真不打算来要。但是伤不好，每次想做点什么，“好人卡”就开始念叨，她只能来取回她的翅膀，看还能不能抢救一下，装回去。

褚戊额头上渗着冷汗：“你的翅膀是桑梦砍的，她拿到哪里去了，我怎么会清楚？”

这就开始过河拆桥了？！对得起人家美人那么帮着你吗？太不是人了！

“桑梦。”初筝忽然对着门口叫了一声。

褚戊身体猛地一僵，他回头看去，门口哪里有桑梦。褚戊心底顿时蹿起一股无名之火，然而这股火，还没发出来，身子就猛地往地上栽去。褚戊膝盖着地，跪在瓷器上，痛得惨叫一声。刚才还坐在沙发上的女生，不知何时站在他面前。

褚戊用手扫去，初筝抓着他的胳膊就是一拧。

“咔嚓——”胳膊无力地垂落下去。

初筝看一眼他另一只胳膊，衡量了一下，也给他卸了。

褚戊痛得整张脸都扭曲起来，她按着他的肩膀，转到后面，随手将门关上。

门刚关上，又“吱呀”一声打开……

忘了，她进来的时候把门给踹坏了。

初筝瞄一眼背对着她的褚戊。

咳咳！初筝当作自己没伸手关过门。

“桑梦不会来救你的，她现在自身难保。”初筝道，“你不想受折磨的话，就告诉我，我的翅膀在哪里。”

“我……我不知道。”褚戊嘴硬，“你找桑梦去，我不知道，我没拿过你的翅膀。”

“是吗？”初筝用力将褚戊往下压，碎片扎得更深，褚戊忍不住叫出声。

“别叫。”初筝微微弯腰，对上他的视线，凶巴巴地警告，“被人听见就不好了。”

褚戊巴不得有人听见后来救他。可是他住的是独栋别墅，如果不是巡逻的保安，谁能听见？

“乖，告诉我，翅膀在哪里？”

“我不知道……”褚戊依然嘴硬。

桑梦说过，他现在的一切，都是靠初筝。只有留下那对翅膀，他才能保住现在的一切，不然都会失去。

他不能说，不能……

初筝有点不耐烦了，她并不是很擅长折磨人，因为麻烦。但是她的手段，也不是一般人能承受的。褚戊硬扛了几分钟，终究还是松口了。

初筝拖着他上楼，褚戊颤抖着双手，打开书房的机关。书架移开的瞬间，初筝感觉到一股熟悉的气息与她的灵魂产生了共鸣。书架后，洁白的羽翼，徐徐出现在她面前。

她仿佛看见神话中，从天而降的天使，圣洁的羽翼，环绕着盈盈光晕，美得让人震撼，可远观而不可亵玩焉。

原主的翅膀这么漂亮吗？嗯……看上去好像有点软。

初筝手里痒痒，要不是顾忌还有个人在这里，初筝很想过去摸摸看。

“我……我拿回来就放在这里，没有动过。”褚戊主动道。他是真的怕了，眼底只剩下恐惧，浑身也抖得厉害。

楚雾将福宝抱进猫窝，哄着它睡下，抬眸看时间。

凌晨过了……她怎么还没回来？

楚雾在房间走来走去，给她打电话，却听见铃声从她的房间传出，她出门根本没带手机。

楚雾坐立不安。

“呼啦——”阳台忽地有风吹起来，楚雾起身想去关窗户，余光瞥见阳台上站着一个影子。巨大的黑影展开，投在玻璃上，夜色里有些瘆人。

阳台的玻璃门有些窄，初筝直接往里面走，下一秒就是“砰”的一声闷响。

卡、卡住了。

此时的情况就是初筝人在里面，翅膀在外面。

不慌，小问题。

初筝绷着小脸，使劲扯了一下，翅膀一点也不动。退不出去，进也进不来，卡得很到位。

气死我了！翅膀也跟我作对！还不如不要呢！

楚雾从客厅转过来，看见初筝，心底隐隐松了一口气。那口气还没落地，又猛地提起来。

“你怎么在阳台上，外面是什么？”她带了什么东西回来？看着有点像……翅膀。

初筝立马保持严肃脸，站得笔直：“飞上来的。”

“飞……”楚雾被吓到了。

他们住的地方，可有十几层楼高呢！

初筝继续道：“你不是想看我的翅膀吗？”

翅……翅膀？外面果然是翅膀吗？

楚雾靠近阳台，模糊的影子清晰起来。

楚雾愣住。

纯白色的翅膀，在她身后展开，圣洁得仿佛能洗涤心灵。女生被翅膀衬托得越发白皙精致，周身都像有莹莹的光波流动，梦幻唯美。

他虽然已经相信初筝是天使的说法，可是他没有亲眼见过……视频里的那个不算。

这就是天使的翅膀……如此震撼。

“你……”楚雾咽了咽口水，找回自己的声音，“你的翅膀找到了？”

“嗯。”

楚雾靠近一些，看得越发清晰。

“你、你先进来，被人看见怎么办？”楚雾紧张起来。

“你摸摸看。”初筝没动，反而让楚雾摸。

圣洁纯白的翅膀，暴露在他的眼底。他眼中的碎光被洁白的羽毛占据，鬼使神差地伸出手，指腹碰到羽毛，柔软的羽毛，在指腹上扫过，带起细微的酥痒。他小心地将手放在翅膀上。

初筝的身体微不可察地颤了一下，她能感觉到楚雾手指上的温度，那感觉，比摸她的胳膊还要清晰。

她自己摸起来没什么感觉，没想到别人碰到，竟然会这么敏感。

初筝顿时后悔，但是作为一个高冷的霸道总裁，初筝只能暗中咬牙忍着。

“先、先进来吧！”楚雾突然收回手。

“你怎么还不睡？”初筝转移话题。

“等你。”

“你去睡觉。”我卡住了！这让“好人卡”知道，他还会觉得我是一个好人吗？！

【小姐姐，恕我直言，这和好人有什么关系？】

好人是完美的，绝对不会出现这样的情况。这么丢脸的事，绝对不能让“好人卡”知道，绝不！

【……我……我无言以对。】

“你先进来。”楚雾有点疑惑。

初筝冷漠脸，你不走我怎么进来？

“你怎么了？”许是察觉到初筝不对劲，楚雾靠近一些，“不舒服？”他离得近，就看见初筝的翅膀被卡住的情形。

“被……卡住了吗？”楚雾疑惑地打量。

“没有。”谁被卡住了？她才没有被卡住！没有！“好人卡”就知道瞎说。

楚雾狐疑，视线在翅膀和初筝的脸上来回游移：“那你怎么不进来？”

初筝镇定地道：“外面空气好。”

楚雾眸子微微眯了一下，向来冷淡的脸上，露出几分笑意：“是很好，那我出去陪你，你让一下。”

楚雾伸手碰她的翅膀，往外推了推，没推动，感觉卡得很紧，刚才他听见很大的一声碰撞声，也不知道她用了多大的劲。

“你的翅膀不能收起来？”楚雾问。

能收起来，我还会被卡住，这不是问的废话。

初筝面无表情地看着他，一声不吭。

楚雾忽地觉得她有点可爱，像福宝不让人碰的时候，矜贵高傲，优雅中透着乖萌。想到这儿，楚雾又有点想笑，她竟然把自己给卡住了，还不想让他知道……

“我看一下。”

初筝推开他：“你去睡觉。”谁要你看！

楚雾忽地凑近，亲在她的脸颊上，小声提醒：“你站在外面会被人看见，明天就会有人上门找麻烦了。”

麻烦！初筝放弃推开楚雾，楚雾从前面抱着她，先看了看翅膀的位置。

“你怎么……这么进来的？”半晌，楚雾有点无奈地问。她这是横冲直撞地往里面冲啊。

初筝忘了还有翅膀，这玩意儿在身上一点重量也感觉不到。

“你不能收起来吗？我以前见你……你都没有这双翅膀。”楚雾觉得应该是可以收起来的。

初筝冷漠地摇头。

“为什么？”

“我要是知道，我现在就不会在这里了。”

楚雾转念一想，她刚把翅膀拿回来，也许出了什么意外……

“那我推一下，你疼的话就叫我。”

楚雾的手掌碰到翅膀，敏感带来的酥麻，如细微的电流，传遍全身。楚雾并不知道，正小心地推着她的翅膀。小面积的接触、磨蹭，让这感觉越发明显，她往楚雾怀里靠。

“疼吗？”楚雾以为她疼，停下问她。

“不疼。”

“那我继续了？”

“嗯。”

楚雾推得更小心了，生怕把人弄疼了。

楚雾努力了半天，最后初筝实在是受不了了，让他拆玻璃门。楚雾不觉得到了拆玻璃门的地步，他去洗手间拿了沐浴露，努力了十几分钟，终于把翅膀弄进来了。

初筝侧身进来，翅膀上湿漉漉的，全是泡泡。

“洗一洗。”楚雾拉着她去卫生间。

卫生间本来挺宽敞，可初筝那翅膀一进去，似乎转身都困难了。

楚雾主动帮她洗，温热的水浇在翅膀上，楚雾手掌慢慢地顺着羽毛滑动，将沐浴露冲洗干净。

初筝暗戳戳地摸自己的另一边，没有任何感觉，就跟左手摸右手一样。可是被楚雾摸着的那一边，就感觉……

卫生间水汽袅绕，初筝觉得有点热。

许是察觉到初筝的视线，楚雾偏头看过来：“怎么了？”

初筝收回手，镇定地催促：“赶紧洗。”

“好了。”楚雾关掉热水器，“我找东西给你擦一下，你这个样子真的……”有点可爱，还有点好笑。

“闭嘴！”初筝很凶地吼他。

楚雾忍着笑：“我不说了。”

翌日。

楚雾微微动了一下身体，柔软的触感，让他忍不住轻蹭两下。

楚雾忽地感觉自己被抱紧，他微微睁开眼，眼前只有微弱的光线……天还没亮吗？

显然并不是，他被初筝抱在怀里，用翅膀裹着。

楚雾忍不住伸手，去摸羽毛。

初筝按住他的手：“别乱动。”摸起来要死啊！

楚雾的指尖从柔软的羽毛上挪开，借着微光，去看抱着他的人。女孩儿面色冷淡地看着他，丝毫没有女孩子该有的矜持娇羞，甚至还带着点……霸道的打量。

楚雾被看得不自在，立即起身离开。楚雾进卫生间洗漱一番，一边擦头发，一边看坐在床上，严肃着脸摸自己翅膀的初筝。

不让他摸，她自己倒摸得起劲。不过楚雾不得不承认，那翅膀的手感摸起来真的很舒服。

“它难道要一直这样？”这要是不能收回去，她以后还怎么出门？

“不知道。”初筝收回手，“你不喜欢？”

“不是。”他很喜欢她的翅膀，总觉得看到它，自己心底的那些压抑都会消失，“它一直这样，你怎么出门？”

初筝想了想：“那就不出门。”这样王者号就没机会让我做任务，简直完美！

初筝突然拉住他，认真又严肃地问：“你不会跑吧？”

楚雾满头雾水：“我跑什么？”

“那就好。”初筝执起他的手，低头在他手背上落下一吻，“乖一点，别跑，不然我会打断你的腿。”

楚雾顿时觉得下身凉飕飕的，她说的打断腿，是打断哪个腿？

女孩儿温热的唇，落在他的手背上，灼热的气息拂过，刚刚平息下去的某些东西，又开始躁动不安。

“我……我去做饭。”楚雾几乎是落荒而逃，走出房间，恨不得给自己一巴掌。她就亲了亲他的手背而已，怎么自己就跟被撩拨得不行似的？然而一想到刚才的事，楚雾的耳根就开始发烫，整个人似乎都透着粉红色的泡泡。

不是他定力不够，是她太诱人。

“呼……”楚雾重重地呼出一口气。

“喵。”雪白的小团子趴在沙发上，冲他乖巧温顺地叫了一声。楚雾过去将福宝抱起，准备先给它弄吃的。

后面忽然传来“砰”的一声巨响。

楚雾回头看去，房门开着，白色的翅膀尖“唰”的一下闪过，消失在门口。他兀自思索一会儿，冷淡的脸上露出一点笑意。

楚雾点着福宝的额头，小声道：“她有时候真的很可爱。”

翅膀在身，真的极其不方便，出个门都得跟螃蟹似的。她的翅膀太大，横冲直撞地走，不免就会磕磕碰碰。

福宝“喵”的一声，也不知道听没听明白。

初筝好不容易收拾出来，小心翼翼地没有碰到门框，最后终于坐到了餐桌前，赶紧松了口气。

太艰难了，她怎么就那么命苦。

楚雾在厨房忙活，不时看她一眼，福宝在初筝脚边打转。初筝想抓它，福宝溜得快，初筝有对翅膀不方便，福宝很快就溜没影了。

楚雾将早餐端上桌。

初筝没吃多少，楚雾看她，突然有点忐忑：“不合胃口？”

“还好。”

楚雾看了看早餐，琢磨是不是自己做得不好吃：“明天给你做别的？”

初筝心不在焉地应了一声。

她在琢磨这翅膀怎么才能收回去，就这么背着一对大翅膀，她行动很不灵活啊！！一个不灵活的仙女，是合格的仙女吗？！

吃完早餐，初筝因为带着这对洁白闪耀的大翅膀，所以不能出门，只能缩在沙发上看书。

福宝不知道从哪儿跳过来，初筝余光扫着它，福宝也看着她，一人一猫略显僵持。最后，福宝慢吞吞地趴下，就在此时，初筝猛地出手将它抓住。

福宝委屈地叫了一声，最后还是逃不过初筝的魔爪。

楚雾出来就看见女生抱着福宝，一脸严肃地撸猫，眸子却透着些许亮光。

楚雾站在后面看了她一会儿，心底那个觉得她可爱的念头又冒了出来。

真的……越看越可爱。

“宝宝。”

初筝突然听到楚雾这么叫自己，心底闪过一丝古怪，抬头看过去。镜头“咔嚓”一声，照片里女生抱着雪白的小团子，与她身后雪白的翅膀，形成一幅绝美的画面，仿佛童话里才会出现的场景，楚雾看得有些呆愣。

好一会儿，楚雾回身，把拍好的照片给她看：“你看。”

初筝没做任何点评，只是道：“照片不要外传。”不然我会被当成怪物抓去研究的。

“知道。”楚雾当然知道轻重，“不会给别人看的。”他也不想给别人看。

楚雾将照片保存好，还加了密，他突然倾身过去亲了初筝一下。

初筝撸猫撸得舒服，完全不想理楚雾。

楚雾伸手去摸福宝，初筝立即往旁边挪了挪，把福宝藏在自己的怀里。

“褚总，您在家吗？

“褚总？”

助理见门没关，小心地推开门。屋里光线暗沉，无端地给人带去压抑。

助理咽了咽口水，视线扫过客厅，看见地上碎裂的瓷器和已经干涸的血迹，脸色顿时一变，这怎么跟凶杀案现场似的？

褚总不会被人给……

“褚总？”

助理叫了半晌，没人回应，他看看客厅里的场景，心底直打鼓。

助理深呼吸，在客厅找到一根棒球棍，拎着上楼。

“褚总……褚总，您在吗？

“褚总？”

走廊上只有助理的声音，阴暗幽深的环境，让助理心底发毛。他一路走到书房门前，颤抖着手，推门。

“褚……总？”

助理第一眼没看见人，第二眼就看见倒在地上的褚戊。他手中的棒球棍掉在地上，三秒钟后，拔腿奔过去。

“褚总，褚总，您没事吧？”

褚戊被送到医院，医生检查了一遍，说没什么大事。助理吓得不轻，褚戊身上全是血，他差点以为褚戊死了。

“嘶……”

“褚总，您醒了。”

守在床边的助理立即上前。

褚戊眼前模糊，好一会儿才看清：“这是什么地方？”

“医院。”助理道，“褚总，发生什么事了？”

褚戊想到自己经历过的事，激动地抓着助理的手：“报警，报警……不，不能报警。”

“褚总？”助理蒙了一下，到底是报警还是不报警？

“没事，我没事。”

助理担心不已，这瞧着可不像是没事。

褚戊神情有些恍惚，一惊一乍地问：“公司没事吧？”

“没事啊！”助理道，“就是一直打不通您的电话，我就来您的别墅找您。真的不用报警吗？”

听见公司没事，褚戊松了一口气：“不用，你先出去。”

“……好的。”

助理离开房间，褚戊瘫软在病床上，手背搭在额头上，阴沉的眼神盯着天花板。褚戊的身体虽然没有大事，但还是需要养着。

几天后。

“褚总，不好了，出事了。”助理连门都没敲，直接闯进来。

褚戊心头一跳：“出什么事了？”

助理急急地道：“有人传咱们公司的婴儿奶粉有致癌物。”

褚戊脸色一变：“怎么可能？”

“我也不知道怎么回事，刚才我来的路上，接到监管机构的电话，要对我们的产品进行检查。”

褚戊极快地镇定下来：“别慌，我们的奶粉没有问题，不怕被检查。”

“可是这消息传出去，就算最后真的没有问题，也对我们很不利。”

现在关于婴儿这一方面的负面东西，一沾上就完了。褚戊这些天的不安，此时仿佛得到了印证。

褚戊在医院待不下去，带着助理赶回公司。监管机构的人已经到了，要对他们的产品进行检查。褚戊本来觉得应该没什么问题，可是当结果出来的时候，褚戊就傻眼了。

网上的舆论也是瞬间爆发，网友们的谴责讨伐，如雪花片似的飞来。

俗话说：福无双至，祸不单行。

奶粉的事还没出个结果，子公司的药品也出现问题。

“怎么会出现这些问题？”褚戊气得砸了办公室，办公室里站着的人瑟瑟发抖。

“褚总……我们也不知道。”

“不知道，你跟我说不知道，我花钱请你们来做什么的？！”

“褚总……”他们真的很无辜，他们的产品是没有问题的。

“褚总，我觉得是有人在搞我们？”有人出声。

褚戊当然知道是有人搞他。

“是谁，我要知道这个人是谁！”褚戊拍桌子怒道，“你们跟我在这里说有什么用？去查啊！查清楚是谁陷害的！”

“还杵着干什么，还不去！”

办公室的人如获赦令，迅速离开。

褚戊撑着桌子喘气，难道没有守护天使的翅膀，他就真的什么都要失去？

桑梦……桑梦到底在哪里！

褚戊的公司陷入四面楚歌中，民众舆论和官方的压力不断地冲击着公司。偌大的产业，开始摇摇欲坠。

庞然大物倒下的时候，四周的食尸兽们便开始蠢蠢欲动，随时准备一拥而上，将其吞灭。

第九章
不要离开我

阳光落在阳台上，越过玻璃窗，倾泻进房间。落地纱随风拂动，在地面投出阴影。

沙发上，拥有纯白羽翼的女孩，慵懒地躺着，翅膀被她压在身后，沙发在翅膀的衬托下，无端地小了一圈。她怀里抱着雪白的小团子，和她的翅膀几乎融为一体。

“喵。”小团子软软糯糯地叫了一声。

“叫什么？”初筝没好气地道，“你的铲屎官还没回来。”

“喵。”福宝用脑袋拱初筝。

“别叫。”初筝凶它。

“喵……喵……”福宝饿得直叫。

初筝索性松开它，抱着自己的翅膀尖，冷漠地看着福宝跳下去，在自己的饭盆那里嗅来嗅去。

初筝被它叫得烦，翻身背对着它。

楚雾开门进来，小团子屁颠屁颠地跑过来，围着他的脚边可怜巴巴地叫，他连忙去给福宝投喂。

然后走到沙发边，他先观察了一会儿，确定初筝没有睡，这才将她转过来:“怎么不喂它？”

“为什么要喂？”

“它饿了。”

“我也饿了。”初筝理直气壮。

楚雾顿时说不出话。他脱下衣服，一边挽袖子一边问：“我不是告诉过你，今天突然有一台手术，所以要回来晚一点，让你叫外卖吃吗？”

“外卖不能送进来，我得下去拿。”初筝冷漠脸，“我怎么出去？”出去吓死他们，然后让人来把我拖去解剖吗？

她也不知道是怎么回事，翅膀一直收不回去，守护天使的能力也没有回来，自然不能隐身什么的。

她现在就是个长着翅膀的……鸟人？

好愁哟！

“抱歉。”楚雾听初筝那么一说，心底顿时涌出愧疚，在她的额头亲了一下，“我这就去给你弄吃的。”

楚雾进厨房去准备吃的，初筝从沙发上坐起来，抱着她的翅膀尖，走到厨房门口。她倚在门口，看着在厨房忙碌的男人。楚雾回头，见她站在门口，嘴角忍不住扬起细微的弧度：“马上就好。”

叮咚——

楚雾疑惑地往门口看了一眼。

初筝慢条斯理地吃饭，连眼角都没抬一下。

叮咚！叮咚！！叮咚叮咚！！！

门铃急促地响着，像是在催主人过去开门。

“你别过来，我去看看。”楚雾叮嘱初筝。

初筝随意地点了一下头，她才懒得动呢！

楚雾先是从猫眼往外面看，见外面站着一个熟悉的人，这才打开门：“你怎么来了？”

年轻医生笑道：“我来看看你啊！最近过得怎么样？”

楚雾挡在门口：“挺好的。”

“不请我进去？”年轻医生示意里面。

“不方便。”楚雾道，“我们出去说。”

“不方便？”年轻医生顿时露出意味深长的笑容，“有女朋友了？哎，别说啊，当初我还以为你这辈子都得单身呢！当年咱们学校的校花给你表白，你还记得吧，你都不看人家一眼，学校的人都说你是……

“等等，你不会交男朋友了吧？”

楚雾将年轻医生推出去，关上房门，年轻医生觉得自己知道了真相。

真的要是交女朋友，哪里用得着这样，肯定是男朋友！！

年轻医生越想越惊恐，楚雾完全不知道年轻医生在想什么，带着他去附近的咖啡厅。

“怎么突然过来找我……”楚雾忽然一顿，“你怎么知道我住这里？”

因为一开始是初筝买的房子，他根本就没告诉别人。

“上次你让我帮你寄东西，就是这个地址，我正好路过，顺便就过来看看。”年轻医生耸耸肩，“你忘了？”

楚雾想起来有这事：“嗯，找我什么事？”

“没事就不能找你？”年轻医生无语，“好歹也算朋友吧？我关心一下你，看你过得怎么样……你最近在做什么？”

他住的房子虽然不是别墅，可那地段，也不便宜……不会是被人包养了吧？

年轻医生脑中不由自主地闪过这个念头，目光瞄到楚雾的脸上，他觉得……很有可能啊！！

“上班。”

年轻医生颇为意外：“你在哪里上班？”

“新南。”

新南医院的名声，年轻医生早有耳闻：“那家做慈善的新南医院？”

对！外面就是这么传新南医院的。现在不少医生和护士挤破头想进去。还有一些人当初嫌弃新南医院没有前途，而拒绝了新南医院发出的邀请，现在后悔得肠子都青了。

“嗯。”

年轻医生顿时来劲：“那里的待遇真的那么好？我听说护士的工资都很高。”

“嗯。”

“这么好，那我也去。”年轻医生道，“你在里面，能让我进去吧？”

这个人在自己刚落魄的时候，帮助过自己不少。

楚雾点了点头：“你想什么时候过来都行。”

年轻医生挑眉，显然没想到楚雾能说出这样的话，这得在医院有话语权才敢这么说吧！

本来他只是随便一说，然而楚雾都这么说了，年轻医生在心底琢磨了一下自己离职的事。

“对了，你最近看新闻了吗？”

楚雾摇头。他从医院回来，时间就被初筝霸占着。

“褚戊出事了。”

楚雾眉梢一抬：“出什么事了？”

“他公司出事了……”年轻医生噼里啪啦地将最近发生的事一股脑地抖给楚雾。说完，年轻医生感慨了一句，“你说他这算不算报应？”

楚雾眉头轻蹙，他可不觉得这是报应，更像是……有人故意搞他。哪有这么巧合的事，接二连三地出事，不过这些事跟他都没什么关系。

年轻医生见楚雾不是很想谈论，识趣地转移话题。楚雾和年轻医生聊了半个小时，分开的时候，年轻医生欲言又止，最后似艰难地祝他幸福。

楚雾：……总觉得哪里怪怪的。

褚戊公司接连受到打击，公司资金链断裂。身边的人见局势不对，各自收拾铺盖跑路。曾经的圈中新贵，成为人人躲避的对象。面对他的时候，宛如面对瘟疫。

“褚总，不是我不帮你，是现在我要是帮你，我对公司的股东也没法交代。”

“褚总，实在是抱歉，我一个人哪里能做主……”

“褚总，您还是找别人问问……”

以前挤破头想和他合作的人，此时都找各种借口拒绝。褚戊拆东墙补西墙，以前觉得特别容易的事，此时却变得无比艰难。而褚戊越倒霉，初筝就感觉自己的力量越强大。

翅膀有时也能收回去，只不过持续时间不长。原主本该守护楚雾，可是她弄错对象，就像是本该属于楚雾的好运，安放在褚戊头上。现在这些在褚戊头上的好运，正渐渐回到她的身上。

所以她的力量正在恢复……总算可以把这破翅膀收起来了。

褚戊宣布破产的时候，初筝的翅膀就可以彻底收起来了。原主的力量，她也能随心所欲地使用。

楚雾回家没看见初筝的翅膀，微微有些诧异：“可以收起来了？”

“嗯。”

楚雾将她拉到沙发上坐下：“我看看你的背。”

翅膀在她身上的时候，看着很正常，可他怕翅膀收起来，那伤口还在。

“有什么好看的。”

“我看一下，放心。”楚雾拉着初筝衣摆，微微推高，露出她白皙的背部。背上光滑平整，没有任何伤痕。

楚雾手指拂过之前伤口的位置，指腹下的肌肤，宛如白玉豆腐，细嫩滑腻。

楚雾放下衣服，从后面搂住她，下巴搁在初筝的肩膀上，温柔地亲她的脖颈。

“你会离开我吗？”

“去哪儿？”“好人卡”在这里，她能去哪儿。

楚雾往外面的天空看去。

守护天使……应当是住在天堂的吧！

楚雾其实很担心这一点，她不是常人，她也许无法陪伴自己一辈子。

“你会离开我吗？”

“不会啊！”你还没觉得我是好人呢，我怎么会离开你？“好人卡”天天都在想些什么东西呢！

“那我们说好了。”楚雾拥着初筝，声音低沉，“在我死亡之前，你都不能离开我。”

“好。”

楚雾的吻渐渐放肆起来，两人倒在阳光里，交叠的身影投在地板上。

新南医院的名气越来越大，来新南医院看病，费用少不说，还能享受VIP一般的待遇，这让一些病人都不愿意走。

新南医院的病房告急，李民航瞅得头发都快掉光了。李民航好不容易逮住几个月没露面的初筝说这件事。

“扩建。”李民航还没汇报完，初筝就冒出这两个字。

他想说的是政策问题，为什么到她这里，就变了呢？

“扩建也可以，咱们旁边正好是老旧小区，正好可以沟通商量一下，不过这笔钱……”李民航已经开始计算需要多少钱。

“不是，老板，这么下去不行。”李民航反应过来，“那些人没病还赖在医院，这是浪费资源。”

初筝沉默地思考了几秒：“那打一顿。”

初筝慢条斯理地补充：“这样他们就能继续住。”我怎么那么聪明？

老板是混道上的吧！这是妥妥的威胁啊！

李民航不敢再提这个问题，生怕初筝立即就让他去打人，这个问题还是他自己想办法解决吧！

“老板，我们真的买地扩建啊？”

“我什么时候说笑过？”

“呃……”老板财大气粗，李民航也很无奈。

初筝将还想继续说话的李民航打发走，准备去找“好人卡”。医院的走廊尽头，不知何时站着一个少年。少年一头灿金色的头发，模样俊俏得宛如从希腊神话中走出来的天使。然而奇怪的是，走廊上路过的医生护士，仿佛无人可以看见他。

初筝认识他——原主的天使导师。

少年迈步过来，他轻轻地在空中一挥，四周仿佛有了无形的屏障，将这个世界和他们隔绝开了。

“初筝。”少年站定在她面前。

初筝面无表情地看着他。

“之前似乎出了点意外。”少年不在意她的态度，语气轻缓地问，“出什么事了？”

原主这么长时间没有回去，身为导师，他下来看看，也属正常。

初筝平静地答：“遇见堕落天使了。”

“哦？”少年眉梢微扬，他眼睛里似乎有灿金的光芒流动，“那堕落天使呢？”

“被抓了。”

“被谁抓了。”少年饶有兴趣地问。

“人类。”

少年的目光带上了审视：“初筝，你学会撒谎了。”

初筝：……本来就是被人类抓住，她怎么就是撒谎了？

“你知道你最初为什么会认错人吗？”少年忽然问。

认错人的又不是我，我怎么知道。

“因为桑梦让褚戊看见了你，所以你就相信了。”少年似乎对人间发生的事，了如指掌。

“人类都说天使好骗，我在你身上仿佛明白了这个道理。

“不过也算你运气不好，遇见了堕落天使。

“桑梦已经残害过我们好几个天使，没想到最后栽在你的手里。”

初筝总算插声：“既然你知道她，为什么不解决她？”留着她过年吗？

“堕落天使不归我们管。”

“她杀天使。”

“那只能怪他们运气不好，实力不够。”

我需要对天使做一个重新的认知。

少年嘴角扬起笑容，给初筝科普：“堕落天使也是天使，他们舍弃神明，堕入黑暗，可惜黑暗之神并不会接纳他们，想要获得力量，只能不断掠夺我们这些天使的力量。

“否则……他们就会死去。”

少年俊美不凡的面上带着笑，可是他的声音冷飕飕的，听得人背脊发寒。

“哦。”初筝冷淡地应了一声。

少年对初筝的反应似乎有点不满意，但也没说什么。

少年迈步走近，与初筝错身站着：“你什么时候完成任务？还等着你回来呢！”

“我不回去。”

“初筝，这可由不得你来选择，你是天使，就算是死，也得回来。”少年的身影逐渐扩散，声音变得虚无缥缈，“早点完成考核，我会来接你的。”

谁答应你了！！

初筝并没有将这件事放在心上，每天过着撸猫、保温杯、红枸杞的老年养生日子。

也许是因为她的力量回来，楚雾的好运渐渐来了，他的名气渐渐大起来。

医院的人都知道，他们的院长和老板有不可说的关系。因此即便院长再好看，也没人敢打他的主意。而跳槽过来的年轻医生，得知这个消息，差点一口水噎死，之前还以为他……结果是被包养了……他也算猜对了一个。

年轻医生怎么也没想到，之前在他们医院就医的那个女孩儿摇身一变，成为新南医院的老板，真的是人不可貌相。

她之前去医院，不会是去卧底的吧？

不过那伤有点奇怪……

楚雾开完会，拒绝和年轻医生闲聊，推门进来就看见初筝趴在他的办公桌上，手里还抱着她的翅膀尖。楚雾连忙关上门，她这是疯了吗？在外面也敢把翅膀露出来。

楚雾放下东西，拿了外套，披在她身上。衣服刚搭上，初筝就醒了。

“怎么睡在这里？”楚雾问，“着凉了怎么办？”

“天使不会着凉。”现在她可不是以前那个的自己了，怎么可能会着凉，笑话！

楚雾噎了一下：“把翅膀收起来，被人看见怎么办？”

初筝把翅膀收了。

楚雾靠着桌子：“你天天在这里等我，会不会觉得厌烦？”

“嗯？”初筝抬眸，心底略显期待，“你要辞职在家陪我吗？我有钱。”

初筝语气认真，不似说笑，她是真的想让自己一直待在家里。

有的时候楚雾甚至觉得，她很想囚禁自己……

楚雾冒出这个念头的时候，自己也被吓一跳，毕竟她并没有做过太过分的事，可他就是有这样的感觉。

然而就算初筝真的囚禁他，他心底也是愿意的。

但是……他伸手摸着初筝的脸蛋，眉眼低垂：“我要是什么都不做……我会觉得自己真的没什么用了。”

女孩儿眨了眨眼，清澈冷淡的瞳孔里，倒映着他的身影，淡如樱色的唇瓣轻启：“你对我有用就行。”

楚雾愣了一下，喃喃地问：“我对你来说……那么重要吗？”

初筝不假思索地点头：“嗯。”“好人卡”当然重要。

女孩儿仰头看着自己，眸子里满满都是他。

楚雾心跳蓦地加速，空气里似乎有香甜的气息，引诱着他弯下腰，亲在女孩儿的唇瓣上。

楚雾好不容易熬到下班，拉着初筝就走。

“欸，楚雾……”年轻医生叫了一声，话还没说完，俩人已经进电梯了。

楚雾去将车开出来，初筝拉开车门，旁边忽然冲过来一个人，伸手抓她。泛着寒光的刀子，一闪而过。

“初筝！”楚雾带着惊慌的声音从车里传来。

锋利的刀子从初筝的眼睛边划过，初筝弯腰，闪身到旁边，踹在袭击者的腰上。

砰！

袭击者被踹到车门上，拉开的车门猛地关上。

楚雾已经下车，朝着她跑过来。

初筝伸手拦住他，按着袭击者的脑袋，夺走他手里的刀。

“褚戊。”初筝看清袭击者的脸。

褚戊满脸狰狞，破口大骂：“都是你！都是你，是你毁了我的一切！”

“上次的教训还不够？”初筝的声音冷淡得听不出情绪，像一台机器，乍一听，还有点瘆人。

褚戊被初筝制伏，此时动弹不得，只能逞口舌之快：“你为什么要这么对我？”

“都是你，你害得我失去了一切。”

初筝不知道在想什么，按着褚戊的手松了松。褚戊的眸子微微一亮，挣开初筝，夺走她手里的刀，往她身上刺去。而初筝似乎还没回过神来，竟然没有反应，任由褚戊刺中自己。

“宝宝！”楚雾瞳孔紧缩。他一个箭步上前，踹开褚戊，扶着初筝。

初筝腹部被鲜血染红，楚雾吓得整个人都在哆嗦，好像受伤的人是他一般。

她冷冰冰的视线定格在褚戊身上，一字一句地道：“你死定了。”

不对，她为什么不躲开？她明明可以躲开的？

保安赶到，迅速将褚戊制伏。

“报警。”初筝吩咐保安，“持刀伤人，褚先生，祝你在牢里过得愉快。”

【……小姐姐狠起来，果然是自己都不放过，吓死本系统了，不过你用得着往自己身上扎吗？】

这样更快。

【……快你个头啊！你挂了咋整啊！】

不是还能倒带，我的机会还没用完呢，慌什么，你能不能稳重点？

【……我、我……让我死吧！】

“你……”褚戊被压在地上，“你故意的！”

初筝冷漠脸：“你持刀行凶，监控可拍得清清楚楚。”

褚戊面色一白，是啊，那是他自己刺的，是他抢的刀，她只不过是没躲开而已。

楚雾将初筝快速带回医院，不让任何人帮忙，亲自给她缝合伤口。

伤口不深，而且不是致命伤，楚雾缝合完之后，初筝除了脸色苍白一点，没有别的症状。

他脸色难看，抿着唇，依然不发一言。

“怎么了？”初筝问他。

哗啦——手术盘掉在地上，稀里哗啦地摔了一地。

初筝沉默地看着地上的东西，发什么脾气？

“你刚才是故意的对吗？你这么不珍惜你的命吗？”

初筝否认：“是他……”

“你可以躲开的，你不松手，他根本挣不开，你故意松开他，还让他抢到刀。”楚雾当时站得那么近，他看得清清楚楚。

初筝换个说法：“我又不会死。”

初筝这种无所谓的态度，更让楚雾生气。

“你知道我刚才有多担心吗？”楚雾现在还心有余悸，“你知不知道……”

他声音微微哽咽，眼眶瞬间红了一圈，他现在手抖得厉害，他是真的被吓到了。

初筝向来习惯我行我素，而且只求能更快达成目的，可不管其余有的没的。因此对于楚雾的心情，初筝肯定是无法照顾，也无法理解。

但是“好人卡”不高兴，她也不太舒服，这要怎么哄啊？他都要哭了……

初筝看着楚雾的样子，越看越不舒服，半晌做出让步，憋出几个字：“你不喜欢……我以后不这样了。”

楚雾眼角红得厉害，漂亮的眸子里，似乎有水波晃动，那模样让人看着心疼。他走到初筝身边，蹲下身子。

“宝宝，我不是故意冲你发脾气……但是你为什么要刺伤自己？”

“这样他就没机会再出现。”初筝道，“我做得不对吗？”

初筝在心底一点也没觉得自己有错，她只是意思意思。

“正常人不会这么做。”楚雾握着她的双手。

“我……”是天使，不是正常人。

【小姐姐，我求你闭嘴！】王者号打断初筝。

王者号恨不得拿胶布把初筝的嘴封住，按回床上。

【你装一下虚弱，“好人卡”就会同情你、爱护你、心疼你，懂不懂？！】

我不虚弱，为什么要装？你神经病吧！

【我……我……】王者号选择下线。

“我不知道在你的世界是怎么样，但是在人间，你这样做，是不对的。”楚雾循循善诱。

“你这样做，会让我难过，让我心疼，我刚才很害怕会失去你。

“宝宝，答应我，不管任何时候，都不能用自己的身体做筹码。”

初筝沉默地看着他，没吭声。

“宝宝？”

“哦。”初筝应了一声，至于有没有放在心上，就只有她自己清楚。

“宝宝，你到底明不明白？”楚雾有些难过，他说这么多，她到底懂不懂。

“明白，明白！”初筝严肃地点头。

你说什么都是对的。

你说得不对也是对的。

楚雾看不透初筝的情绪，心底除了无奈还是无奈，他虚虚地环着她：“伤口疼吗？”

初筝面无表情地摇头。疼什么，堂堂的女孩子，怎么能因为这点伤就喊疼呢？

“你下次再这样，我就不理你了。”

初筝突然抱着他：“不许，你是我的。”

“那你不能这样。”楚雾道，“你要好好爱护你的身体，为我，好不好？”

“嗯。”这不是我的身体，所以答应了也没事。

初筝为自己的机智点个赞。

“院长，警察……”护士敲门进来，见两人抱着的姿势，连忙移开视线，并迅速说完，“警察来了。”

初筝受伤是事实，监控清晰录下褚戊袭击初筝的过程。人证物证俱在，褚戊百口莫辩，持刀伤人，初筝还受了伤，褚戊肯定会被判刑。

解决了褚戊这个麻烦，初筝和楚雾的日子过得十分平静。

时间像是被人拨快，一晃就是两年。春暖花开，万物复苏，小团子已经长成一只大团子。

初筝抱着猫，有气无力地往宠物医院走，为什么她要做这种事？她的任务是撸猫，不是养猫，养猫好烦。

为什么猫要吃饭，要去医院检查？就不能成精自己去吗？

初筝将福宝送到宠物医院检查，听着医生一大堆乱七八糟的嘱咐，再次在心底确定，养猫果然好麻烦。

以前都是楚雾做这些事，她完全不管。

两天前楚雾去参加一个座谈会，她懒得走动，不愿意跟他去，早知道就去了！

楚雾到底什么时候回来啊！

初筝漫天神游，等医生说完，她立即抱着福宝离开这个可怕的地方。

刚走到小区下面，面前的环境忽然静止下来。喧嚣声消失，四周静谧得只剩下她的呼吸声。

初筝镇定地回头。

拥有一头灿金头发的少年漫步而来：“初筝。”

“你又来干什么？”初筝摸着福宝，漫不经心地打量着他。

少年的声音轻缓好听：“你该回去了。”

两年时间，因为她陪在身边，楚雾已经彻底在医学界拥有一定的地位。只要他一直这么走下去，他的前途将是一片光明。

初筝只是见习守护天使，带着他渡过最难的那道大关，她的考核任务便算完成。可她迟迟没有回去，所以少年亲自找来。

“我不回去。”

“你是天使，不能滞留人间。”

“那我不做了。”

少年眸子微眯：“你知道自己在说什么吗？”

“当然。”

少年沉默了几秒：“你是不是喜欢上人类了？”

“是又怎样？”

女生毫不在意的语气，让少年升起某种怒火。

“你忘了天使守则吗？”

“忘了。”

少年逼近初筝：“喜欢人类，滞留人间的后果，你知道是什么吗？”

还有后果？初筝表示……不知道。

“人类都有劣根，他们自私贪婪，你的喜欢，最后只会成为你灭亡的开端。”

初筝一脸冷漠：“既然人类如此不堪，为什么还有守护天使？”

少年冷笑：“当然是交易。”

交……交易？什么交易？

原主以前只是和众多的见习天使在一块学习生活，接触不到更多的事，所以完全不清楚少年所谓的交易是什么。

但是在初筝看过的资料中……天使不是纯洁、美好、善良的象征吗？怎么听少年的语气，有哪里不对呢？！

“什么交易？”

“这不是你现在能知道的。”少年倾身，凝视初筝的眸，“你还有一个月的时间，处理好人间的事，跟我回去。”

“我不……”

万物之声，忽地回到她耳边。风吹过身畔，卷起小道上的落叶，树冠摩擦出沙沙的轻响。

初筝磨了磨牙，心底气愤，说来就来，说走就走，把这里当什么？公交车站吗？我就不回去！你能拿我怎么样！

初筝回到家里，发现楚雾已经回来了。他就站在门口，似乎在等着她，她一回来，楚雾就张开手，将她抱住：“宝宝，想我吗？”

初筝直接得多，勾着他的脖子亲过去，缠绵思念在唇齿间流转。

“喵。”福宝被挤得不舒服，喵喵地抗议，俩人这才分开。

楚雾将福宝放到沙发上，抱着初筝往卧室去。卧室的门关上，福宝在门口转悠，用爪子软绵绵地抓门。

“喵。”好饿，主人还没给我喂饭呢！

初筝觉得楚雾自从上次回来后，就有点怪怪的。但是哪里怪，她又一时间说不出来。

初筝暗戳戳地观察了几天。

“楚雾。”

“嗯？”楚雾从文件中抬起头，“怎么了？饿了吗？”

楚雾看了一下时间，还没到午饭时间。

初筝坐在沙发上，扬着精致的下巴：“你过来。”

楚雾放下手里的东西，走到她身边坐下：“怎么了？”

初筝拉着他坐到沙发上，认真地问他：“楚雾，你没事吧？”

楚雾疑惑：“我没事啊，宝宝，你怎么忽然这么问？”

“你最近有点奇怪。”初筝凑近，“你是不是生病了？有病咱们得治。”

楚雾无辜地看着她：“我哪里奇怪？”

“你……”初筝仔细想想，“你每天晚上都缠着我，以前你不会这样。”

以前都是她先主动，他才会回应。可最近……他总是故意引诱她，天天晚上都是如此，怎么不奇怪？

“我喜欢你。”楚雾道，“想和你在一起，宝宝不喜欢？那我……”

他顿了顿，似乎有些失望：“那我不闹你了。”

“我没有。”你不闹我怎么行！你想闹谁去！初筝绷着小脸，“你有点反常。”

“我主动就是反常吗？”楚雾眨了下眼，“宝宝，我喜欢你，自然想主动亲近你。”

“这么说，你以前不喜欢我？”所以都不愿意主动亲近我？

楚雾感觉自己给自己挖了个坑。

“我不是……”楚雾脸色莫名地红了。

“不是什么？”

“是……是你……”楚雾说话磕绊起来，“你每次都那么霸道，我想主动也不行。”他根本就没机会。只要他有一丁点儿想拿到主动权的念头，都会被她压得死死的。

“你以前也没有在晚上主动找我……”

“你不喜欢我主动？”楚雾问。

“这很反常。”一个人突然改变，不是有病就是有鬼，鉴于楚雾之前一个人离开过，初筝觉得是有鬼。

“我就……我就是想要你。”楚雾耳朵尖都是红的。

“你……”

楚雾抬头，堵住初筝的嘴。

初筝查了一下楚雾离开的那几天，座谈会期间，楚雾一直在酒店里，没有离开，也没有和什么人特别接触过。座谈会结束，他立即就回来了。

所以到底谁勾搭过我的“好人卡”？

初筝观察楚雾的期间，他表现得一切正常，只是偶尔会露出让初筝看不懂的情绪。她一看过去，楚雾就将神情收敛下去，冲她轻轻地一笑。

就这么过了半个月，金发少年再次出现，这次是直接在家里。

少年坐在沙发上，宛如宫廷里矜贵优雅的小王子：“那个人类对你来说，很重要吗？”

“你有完没完？”初筝不耐烦极了，这人烦死了。哦，不对，他不是人，做掉算了。

初筝心底跃跃欲试。

“人类的寿命极其短暂，生老病死，可悲又可怜。他们对你来说，不过是沧海一粟的尘埃。”

“所以呢？”

少年不在意初筝冷漠的态度：“你身为天使，拥有永生。你愿意舍弃永生，留在人间？”

“我愿意。”我又不能一直待在这里，永生不永生，对于她来说，没什么用。

“初筝，你可要想清楚。”少年语气严厉起来，“我身为你的导师，要为你负责，你不要耗尽我的耐心……”

“唰！”凌厉的风袭向少年，少年的身体猛地一闪，出现在阳台上。风扫过房间，宛如狂风过境，整个房间都乱成一团。少年身上隐约有纯白的翅膀展开，呈半透明的状态。

他……他……他的翅膀竟然比我的还好看！！凭什么！我不是女主角吗？

【……小姐姐，你什么时候给自己加的戏？】王者号弱弱地问。

小说里面写了，像我这样，拥有系统，一个能打的都没有，妥妥的女主角。

【……那都是骗人的。】

少年飞出阳台，立在空中俯视初筝：“半个月后，我会再来找你，你好好考虑。”少年的身影消失在空中。

初筝一脚踹在沙发上，下次再来弄死你！

“咔嗒——”玄关响起开锁的声音。楚雾进来，宛如狂风过境的房间，让他愣在玄门处。

“宝宝……你在做什么？”把房间弄成这个样子。

不慌不慌，小问题。初筝深呼吸，镇定地甩锅：“福宝弄的。”

“喵。”蹲在角落的福宝，委屈地抗议。

“福宝？”楚雾狐疑地打量福宝，转头问初筝，“它怎么了？”

初筝脱口而出：“发情吧！”

“喵。”福宝的声音似乎更委屈，水灵灵的大眼，望着自己的主人，可怜得很。

楚雾若有所思：“……这样啊！”

楚雾没有拆穿初筝，福宝再怎么发情，也不可能把房间搞成这个样子吧！

“嗯。”初筝郑重地点头，就是这样。

她抬手放在沙发上，沙发“哗啦”一声，直接散架在她面前，白皙纤长的手尴尬地停留在空中。

楚雾意味深长地看过来，初筝手一转，摸着自己的头发，转身往房间走：“做饭，我饿了。”

入夜。

初筝迷迷糊糊地摸旁边，没有摸到人，“噌”的一下坐起来。

视线扫过房间，在窗边看见立着的人影，楚雾不知道在窗边站了多久。

腰间突然多出一双手臂，将他环住，温暖的身躯贴在他的背上。

“不睡觉，晒月亮修行呢？”初筝冷淡的声音，在黑暗中缓缓响起。

“宝宝，我睡不着。”

睡不着？

“那我们做点别的。”

这个做点别的是什么，楚雾很清楚。但初筝只是这么说，并没有动。

楚雾将她拉到怀里抱着，初筝此时有些软绵，不太想动，便伏在他怀中。他也不说话，就这么静静地抱着。

月光洒在俩人身上，在地面投出交缠的影子。

楚雾望着窗外，目光沉沉。许久，他垂眸，看怀中的人，发现她闭着眼，呼吸平稳，不知是不是睡着了。

楚雾抿了一下嘴角，将人抱起来放到床上。他也跟着躺下，抱着初筝，像是要将人嵌进他的身体。楚雾声音嘶哑：“宝宝……别离开我。”

第十章
再也不分开

初筝疯狂买完东西，在王者号念叨总结她任务如何如何不对中，烦躁地开门。

“你有完没完？我都给你做完任务了，你还念？”

【小姐姐，我们要文明，要有素质，不是你这样威胁着别人卖！！】

你刚才干了什么？你竟然威胁人家？！这是正确的做任务姿势吗？谁教你的！

“东西买到就成，你要求怎么那么多？”

王者号暗自咆哮挠地，默念了几遍服务准则：【小姐姐，你还想不想回去？】

“你能让我回去了？”

【请你好好做任务，回去不是梦。】不要再暴力解决问题了！！

“呵呵。”

【……气死了。】

【警报：“好人卡”黑化中，请宿主注意！】

王者号的声音突然变了，一人一系统沉默着。

半分钟后，初筝往房间里面看去，洗手间有轻微的声音。初筝扔下手里乱七八糟的东西，飞奔过去，一脚踹开洗手间的门，血腥味从里面飘出来。

初筝看见雪白的福宝躺在浴缸里，而楚雾就坐在浴缸里面，手里拿着一把手术刀。

楚雾听见声音，侧目看过来。他那如墨的眸子里，像是熄灭星光的星空，压抑着阴沉。初筝对上他的视线，毛骨悚然的感觉油然而生。他的衬衣袖子挽到臂弯，露出雪白的皓腕，修长如玉竹般的手指上沾着猫毛和血。画面黑暗颓废，刺激着人的感官。白色的衬衣上，溅了两滴血迹，如盛开在白雪上的红莲，将他俊美的面容衬得妖冶诡异起来。

男人眉宇间染着几分戾气，用陌生的眼神看着初筝，似不满被人打扰。

初筝微微吸了一口气，“好人卡”在干什么！！

她一个箭步上前，在楚雾反应之前，一个手刀劈下去。

初筝接住倒下去的楚雾，轻拍胸口，小脸绷得无比严肃。

吓、吓死我了。

初筝将楚雾抱出来，清理干净他手上的血，将他抱回卧室。最后想了想，直接将他绑在床上。

弄好这些，初筝回到浴室。福宝雪白的毛发染着血，毫无动静地躺在浴缸里。

初筝检查了一下，发现福宝只是晕过去了，还有气。

看在这身毛的分儿上……初筝将它送去宠物医院。

医生检查后告诉她，福宝腿上被划了一条口子，像是被什么东西剐蹭出来的。血虽然流得多，但没什么大碍，不过还是要留在医院检查。

初筝没时间照顾它，将福宝留院观察。为了方便医生好好照顾它，初筝直接将宠物医院给买了。

这行为吓坏了医院的所有工作人员。众人看福宝的眼神顿时就变得不一样起来，为一只宠物，就直接买下宠物医院，家里是有矿吗？

初筝没有回家，而是先去了新南医院。

我对他那么好，他怎么会突然黑化？肯定是他接触了什么人，带坏了他！

“老板，您怎么来了？”

新南医院如今俨然成为各大医院中的翘楚，慕名而来的病人每天都能排成长队，李民航现在可是大忙人一个。不过初筝这个大老板过来，李民航怎么都得抽出时间亲自陪着。

“最近楚雾都和哪些人接触过？”

“院长？”李民航心底直犯嘀咕：难道是院长劈腿，被老板发现了吗？

“没有啊！”李民航心思转弯，立即道，“院长每天除了工作，上下班都很准时。”

“病人呢？”

“院长最近的病人只有两个。”难不成院长的劈腿对象是他的病人？

不对啊……院长的病人都是男的！

李民航越想越惊恐。

初筝让李民航把病历拿给她看。

病历上看不出什么问题，初筝按照病历上的房号找过去。

第一个病人是个少年，因为车祸腿受伤，初筝在外面观察了一会儿，没发现异常。

第二个病人是个中年男人，做活的时候从工地上摔下来，现在躺在病床上，动弹不得，但总体来说，也没有什么异常之处。

“你想知道他为什么会这样吗？”熟悉的声音从初筝左侧响起，少年倚在旁边，灿金的碎发微微低垂，挡住他的一只眼睛。

他嘴角微翘，语气似感叹，又似遗憾：“人类就是这么脆弱，任何一个细微的变化，就会走上绝路。”

初筝余光扫过四周，走廊上来来往往的人，完全无视他们。

初筝冰冷的视线盯着他：“你对他做了什么？”

少年歪了一下头：“初筝，我是你的导师，你怎么能怀疑我？”

“你对他做了什么？”

少年笑了一下。他挥手，四周的场景陡然转换。依然是在医院，楚雾的办公室。楚雾正低头翻着病历，房门忽然被人撞开，一个穿着病服的男人闯进来。

楚雾抬眸，眸色冷淡：“你找谁？”末了，他有点疑惑地看着进来的人。

“救命，救命！有人要杀我！有人要杀我！救我！”病人看见楚雾，直接喊救命。

楚雾皱眉，后面有医护人员冲进来。病人看见那些人，情绪更是激动。

“你们不要过来！你们都该死！”

几个医护人员，竟然奈何不了一个病人，办公室里被弄得乱七八糟。楚雾明显有些不悦，他起身将病人制伏，医护人员松了口气。

“院长，对不起，这是精神科的病人，他突然跑了上来。”

楚雾语气冷淡：“带回去吧！”

医护人员上前，七手八脚地将病人按住。就在他们交接的时候，初筝看见有一缕黑气，渗进楚雾的身体。

画面又是一换，人来人往的机场。

还是刚才那个病人，不过他的脸上有胡子，戴着一顶鸭舌帽，低着头，如果不是此刻的上帝视觉，初筝可能也不会注意。男人在人群中穿梭，似在寻找什么。忽地，他眼前一亮，迅速朝着那边过去。

楚雾和一群人坐在椅子上候机，旁边的人不时和他讨论两句，楚雾表现得很冷淡。

男人在旁边徘徊，见楚雾对面的人离开，立即过去坐下。他也不做什么，就坐在那里，拿出手机开始玩。但是在看不见的地方，有黑色的雾气，丝丝缕缕地浸进楚雾的身体。

初筝面前的画面消失，她依然站在医院的走廊上，少年依旧倚在旁边。

初筝看完后神情也没有任何波动，少年眸光忍不住阴沉起来。这个小家伙……

初筝睨着他：“你找人做的？”

那些雾气是什么初筝不清楚，但肯定不是什么好东西，有点像桑梦之前……

“初筝，我是天使，不会做这种事。”少年无辜地指了指上面，“规则不允许。”

也就是说，规则允许，他也许就会做。

初筝确实知道这一点，如果没有规则，拥有非凡力量的天使，岂不是会称霸人间？

“人类连自己的心都无法坚定，喜欢上他们，无疑是自讨苦吃。”少年朝着初筝伸出手，“初筝，你的任务已经完成，跟我回去吧！”

他身为天使导师，如果天使滞留在下面，他也会受到惩罚。

初筝语气有些凶：“我最后说一遍，我不会跟你回去。”

“你不跟我回去，就再也回不去了。”

“哦。”回不去就回不去呗，反正她也不想做什么天使。

“初筝！”少年忍不住拔高音量。

初筝心底烦躁，后面的背景似乎都在往外冒着“做掉、做掉、做掉”的弹幕。

初筝毫无征兆地动手，两人在走廊上过上招，银光自初筝袖间闪过，游蛇一般，窜向对面的人。

“砰——”医院的外墙突然炸开，飞溅的水泥和灰尘中，有一个人砸了下来。少年狼狈地从碎石中站起来，他拍了拍身上的灰尘，抬头往上面看去。

初筝站在上面，一脸冷漠地看着下面。少年似乎察觉到什么，身体猛地透明，翅膀在他身后展开，一扇翅膀，飞到空中。巨大的翅膀扇动，阳光仿佛在他身上打上一层圣洁的光环。

“初筝，你会后悔的。”少年扔下这句话，扇动翅膀，隐进云层。

“后悔……”初筝心底冷笑。后悔就后悔呗，有什么大不了的。后悔完又是一条好汉！

李民航赶到案发现场，瞧见初筝，心惊胆战地上前：“老、老板，发生什么事了？”

“这墙不结实，换。”初筝扔下这句话，霸气地转身离开。

李民航往外面看一眼，发现下面不少人都望着这边。他连忙缩回去，赶紧叫人来收拾烂摊子。

“哎哟！”李民航走得快，没注意到前面，撞到了人。

“李副院长，你慌慌张张的干什么呢？”年轻医生将李民航扶稳。

“唉。”李民航叹了口气，一脸便秘地走了。

年轻医生往刚才李民航过来的方向看去，豁然看见那个大缺口。这是……有人医闹，把医院的墙给炸了吗？！

【小姐姐，你不回家看看“好人卡”吗？】王者号实在是忍不住出声。

她就这样把“好人卡”扔在……不对，绑在家里，合适吗？这个时候，正常人应该在“好人卡”身边嘘寒问暖，做一个好人。她可倒好，不嘘寒问暖就算了，还把人绑了，试问有这么丧心病狂的人吗？！

小姐姐黑化起来，“好人卡”这个在黑化边缘疯狂试探的小可怜算什么啊！

“绑着跑不了，合适。”初筝理直气壮，“我现在去把麻烦解决掉。”不然后面又会有乱七八糟的麻烦。

王者号唉声叹气，觉得自己的命真的好苦，它要怎么和隔壁系统吹？它自己都吹不下去了。

初筝在医院查了那个人的资料，上面有住址，不过……初筝瞅着横七竖八的小胡同，她应该走哪条路？这长得好像都一样。这种小胡同，地图都拿它们无可奈何。

初筝看看四周，夜色正浓，空荡的路口，没有看见活的生物。她伸出手在空气里乱点，最后选中中间那条。运气不好，不是她要找的地址。

她走出来，继续点……

初筝一条小胡同、一条小胡同地找过去，最后终于找到了。

初筝站在破旧的木门外，深呼吸……

“吱呀——”木门打开，一盆水毫无征兆地泼出来。初筝快速闪开，那口气卡在喉咙里，呛得她差点咳嗽起来。

“啊！”初筝还没表示自己被吓到，反而是门口先响起叫声。

初筝憋住咳嗽的欲望，冰冷的目光，移向木门的方向。门口站着一个体型稍显丰腴的女人，正心有余悸地看着她。

许是看清有人，女人立即出声：“你站在我家门口做什么？大晚上的，你想吓死我啊？幸好我没心脏病。”

“这是田胜利家？”初筝想咳嗽，但一直告诉自己要忍住，忍住。

初筝深呼吸，将喉咙的痒意憋回去。

女人狐疑地打量初筝，大晚上的，这么年轻漂亮的小姑娘，找到家门口来……

“你干什么的？找我们家老田做什么？”女人看初筝的眼神，顿时变得凌厉起来，宛如初筝是一个找原配掐架的小妖精。

初筝被这个解读吓到了，更想咳嗽……

初筝放在兜里的手，握紧衣裳。

不行，忍不住了。

于是在女人狐疑警惕的视线中，初筝突然转身，极快地离开。

这条巷子极窄，初筝拐个弯，女人便看不见了。女人脸上的表情变来变去，老田又在外面招惹了什么麻烦？人家小姑娘都找上门来了……

女人越想越不对，正准备进去找田胜利算账，就见刚才急匆匆离开的女孩子，又转了回来。

“田胜利在家吗？”女孩子声音清冽，在夜色里流转，无端地让人觉得寒气侵体，她问得直白又冷漠。

女人直接愣在原地：“你……你找我家老田做什么啊？”

“有点事问他。”初筝摸出一沓钱。

看见钱，女人眼睛顿时一亮。她丢掉手里的盆，双手来接，生怕晚了初筝就会收回去似的。女人见钱眼开，一边数钱一边带着初筝进去：“我家老田在喝酒，我给你叫去啊！

“老田，老田！”

“啊——”

初筝听见女人的惨叫，三步并作两步跑进去。

女人吓得瘫软在地上，而在她一米远的地方，躺着一个口吐白沫，脸色青白，已经失去生命力的男人。地上乱七八糟的，横陈着空酒瓶和烟蒂，屋子里有一股难闻的农药味。

田胜利死了。

根据警方勘察，应当是喝醉之后，把农药当成酒喝了，线索仿佛在这里就断掉了。

但是初筝在警察来之前，从田胜利身上搜出了一根羽毛。黑色的羽毛，初筝可以说是十分熟悉。

桑梦！

初筝致电给当初带走桑梦的人。

“初筝小姐？桑梦？啊……她被我们教授带走了，我不清楚……教授的联系方式吗？等等……我找一下。”

各种各样的管子，铺在地上，房间四周都是仪器，上面跳动着数据和线条。

巨大透明的玻璃罐，立在房间中间，玻璃罐里面蜷缩着一个人。四肢和头部插着各种管子，脸色苍白地盯着某处——正是桑梦。

她被带到实验室后经历各种折磨。现在还被那个所谓的教授，带到这里来。房间中，还有一个人，正背对着桑梦，在电脑上操作什么。

桑梦撑着身体坐起来，房间的仪器顿时“滴滴滴”地发出警报声。

教授回头警告她：“你不要乱动。”

教授走到玻璃罐前，像是打量商品一般，上下打量着她：“你什么时候能告诉我，我想知道的事？”

桑梦苍白的脸上扯出冷笑：“我让你办的事，办得如何了？”

“放心，我都按照你的要求办妥了。”

“我要等到结果，才会告诉你。”桑梦道，“否则就算你杀了我，我也不会告诉你。”

教授脸色有点不好：“行，我等着。”教授冷哼一声，甩袖离开。

桑梦阴毒的眼神盯着教授的背影。

教授走到门口，忽然又倒退着回来，他双手慢慢地举高。

桑梦被教授挡住，看不见那边。但是直觉告诉她，有人来了……

“初……初筝小姐。”教授紧张地看着初筝，“有话好说。”

“砰——”

“啊！”教授倒在地上，捂着腿哀号。

桑梦看见站在门口的女生，她面色沉冷如千年寒潭，一步一步地走进来，恍如从深渊重临人间的王者。

“我警告过你什么？”初筝走到教授跟前，居高临下地俯视他。

竟然敢对“好人卡”下手，嫌命长是吧？教授捂着腿，惊恐地往后面缩。

这个女生警告的话，还历历在耳。

一开始他确实遵守着和她的约定，可是随着他的研究，以及桑梦的蛊惑，他就忘了这个约定，他想从桑梦身上得到更多的资料，所以同意了桑梦的提议……

“初筝！”桑梦不知哪里来的力气，撞在玻璃罐上，玻璃罐发出沉闷的声响。她双手握拳，贴着玻璃的脸微微有些扭曲，一双眸子盛满怨毒和憎恨。

“你怎么知道是我？”

“不知道。”初筝望向她，语气平静得像是说今天的天气，“我只是来碰碰运气。”

毕竟她看到的那些黑色雾气，只在桑梦这里看见过，事实证明，她的运气还算不错。

一来就听见桑梦和教授的对话，虽然没有详细说明，可也不难猜。

桑梦突然冷静下来，她坐回玻璃罐中：“让我猜猜，你找到这里来……是你的楚雾出事了吧？”

“哈哈，我不会让他死的，你放心，我要让他折磨你。”不用初筝问，桑梦就痛快地说出来。

“他内心深处的黑暗会被无限放大，谁也救不了他，除非……你杀了他。”

“可是你舍得杀他吗？”桑梦笑得恶毒，“你舍不得吧？所以……你们就只能互相折磨。”

“就算你不杀他，他也会因为那些负面情绪，陷入更可怕的地步，最后……”桑梦双手张开，无声地做了一个“砰”的口型。她癫狂地笑起来，她是堕落天使，最擅长的，就是如何将人类内心的黑暗、欲望，完全释放出来。

“我不好过，你也别想好过，哈哈哈！”房间只有桑梦突兀的笑声，尖锐刺耳。

半晌，笑声停下，桑梦握紧拳头捶在玻璃上，怒吼出声：“你怎么不害怕？你那么看着我做什么？你应该害怕！你应该求我！！”

桑梦仿佛看见初筝跪在地上求她的画面，心中一阵畅快。

“你做梦。”初筝冷漠地打断桑梦的幻想。

桑梦愤怒地捶打玻璃，身上的管子被她震开，鲜血飞溅在玻璃上，被她的手拍出一个接一个的血手印。

“那你就眼睁睁地看着他去死吧！哈哈哈！！”

初筝走出建筑，天空下着绵绵细雨，雾蒙蒙的，看不远，旁边有人撑伞过来，挡住雨水。

“初筝小姐……”

初筝用干净的手帕擦着手指，她接过雨伞，手帕从她的指缝滑落，跌落到地上，被人一脚踩过。递伞的那人，看着初筝远去的背影，忍不住打了个寒战。

这个女生……太可怕了。

初筝回到家里，屋里漆黑一片。初筝没开灯，直接往卧室走。

“宝宝？”楚雾嘶哑的声音响起。

啪。

卧室灯打开，床上的人显露出来，楚雾通红着眼，脸色苍白地看着她。

“宝宝，你把我绑着做什么？”他醒过来的时候就发现自己被绑着，不管他怎么叫都没人回应他。如果不是还在他熟悉的房间里，楚雾大概会觉得自己被绑架了。

“你不记得自己做过什么了？”初筝问道。

“我好像……福宝受伤了，我想给它清理一下伤口，可是……”楚雾脸色更加苍白。

他有些无措地看向初筝：“我……”看见福宝身上的血，他就像是被蛊惑一般，“福宝……”

“它没事。”初筝坐到床边，伸手拨了一下他的头发，片刻后又放在头顶轻轻揉了两下，“别怕，我在。”

初筝安抚了他两句，楚雾的脸色一点好转都没有。

“宝宝，放开我……”楚雾祈求地看着她。

“不行，你不乖。”放开你，半夜睡着的时候，拿刀把我剁了怎么办？

初筝低头亲他：“饿不饿？”

“你……你先放开我。”

“不行。”初筝给他盖上被子，“我去给你拿吃的。”

楚雾肯定饿，初筝在外面那么长时间都没回来。楚雾的手脚都被绑着，只能让初筝拿着东西喂他吃。

楚雾也不愿和自己的胃过不去，乖乖地吃着东西。

楚雾以为初筝只是怕自己会再做出过激的行为，很快就会放开自己，然而他想错了。

初筝给新南医院那边打了招呼，压根儿就不打算放他。

楚雾大多数时候挺正常，可是有时候会突然问她，会不会离开他。

初筝被问得烦躁：“我说过，不会，你要怎么才信？”

烦不烦，天天问，天天问！

“宝宝。”被初筝一凶，楚雾语气就是一软，“我……我只是害怕。”

“你到底在怕什么？”

“我怕……”楚雾眸光一垂，似下定决心一般，“你和那个人说的话，我都听见了，你要和他离开，回到属于你的地方。”

初筝愣了一下，那个人？哪个？

“我控制不住自己去想，只要一想到你会离开我，我就觉得自己要窒息了，想找一个发泄的地方。我不是故意伤害福宝的。”楚雾声音压抑，他死死地掐着自己的手心。

他真的好怕……好怕她会离开自己，从来没有这么害怕过。

他只想和她在一起，他可以什么都不要……只要和她在一起就好。

初筝琢磨，楚雾说的应当是那个翅膀比她好看的便宜导师。

初筝问：“什么时候听见的？”

楚雾飞快地看了她一眼。

“就是我座谈会回来的那天……”不只那天，房子被弄乱那次和医院那次，他都看见，也听见了。

初筝顿时恍然，难怪她觉得楚雾从座谈会回来就怪怪的。

不对啊……

“你怎么听见的？”她和那个人说话，外人应该看不见、听不见才对。

“就……就那么听见的。”就像以前，他可以看见跟在褚戊身边的她一样，他也不知道为什么。

“我不会离开你。”初筝捧着他的脸，认真地道，“相信我。”

楚雾迟疑片刻，点头，又迟疑地问：“那……你能放开我吗？”

小东西刚才的迟疑，就是在考虑这个问题吗？还是刚才就是在骗我，想我放开他？小东西可以啊！

楚雾解锁失败。

也许是初筝给他的感觉很有安全感，楚雾接下来几天，没有什么异常。

“宝宝，我想要。”

“要什么？”

“你。”

“我在啊！”

楚雾示意初筝过去，在她耳边低声道。

“你好好养身体。”初筝义正词严地拒绝他。

楚雾觉得自己继续养下去，会成为一个大胖子，整天除了吃就是睡。

你不要我，干什么要亲我！

楚雾觉得自己需要和她好好聊聊，他们到底是谁有问题？

“宝宝，我觉得最近我没有那种想法，我没有问题，你是不是能放开我了？”

“不要。”关着多好，安全。

“宝宝……你不觉得你这样，也有问题吗？”

“有什么问题？”初筝理直气壮，“我不看着你，你就出事，我这是在保护你。”

“可是你不能这么关着我……”

“为什么不能，你不是我的吗？”

“……我是你的。但我是一个人，我需要活动空间，不然我会被憋坏的。”虽然和她在一起很好，可是总是待在这里，他的身体真的会出问题。

初筝若有所思：“你想出去？”小东西总是骗我放了他，不会是想跑吧？

楚雾觉得初筝的眼神有点危险，他到嘴边的话一转：“我只是想和你出去走走，散散步，可以吗？”

初筝不想答应，但楚雾闹得她很烦，最后同意了。不过出门都得她陪着，不许一个人出门。敢一个人出门，打断腿伺候。

初筝一方面确实是怕他出去，突然受到刺激，又黑化了。另一方面就是她惯有的认知：“好人卡”要关起来才保险。

初筝这行为把另外一个人气得不轻，她现在跟看狗子似的，寸步不离守着楚雾，不许他接触任何有可能带给他危险的人。

桑梦的力量只是唤醒并放大楚雾心底罪恶的一面，可是他的罪恶来源是初筝，他怕她会离开自己。现在初筝这么看着他，他还会黑化个鬼啊！

少年头疼不已。

她真的要是留在人间……他还得替她受罚，这绝对不行，很疼的。

少年还没行动去找初筝，反倒被初筝找上门。这家伙一直在她家附近，初筝想找他并不难。

“初筝，你想好……”

少年的话还没说出来，初筝伸出两根白皙的手指：“我给你两个选择：一、永远也别回去；二、滚。”

永远也别回去……什么是永远？死亡？

她想杀了自己！少年无端地冒出这么一个念头。

少年有些生气：“你不是我的对手。”

“在医院是你输了。”初筝冷淡地提醒他。

少年噎了一下：“那只是我顾忌有人类，没有和你认真……”

“你认真也打不过我。”

我才是你的导师！哪有学生比导师厉害的？你以为自己下个人间，就厉害了吗？

“好。”少年突然松口，“既然你喜欢这个人类，那你只要打赢我，我就再也不来找你。”

“你说的。”

“我说……”少年突然爆粗口。

初筝招呼都没打，直接冲了过去。论打架，初筝表示——专业的。

即便这次少年放开手脚和初筝打，他还是发现，初筝不好对付……不是说她天使的力量比自己厉害，而是四周有什么东西干扰他，总是突然拽他。

这里有他看不见的东西……关键就在于他看不见、摸不着、感受不到。不知道是什么，他自然没办法提防。几番下来，少年略显狼狈起来。

银线欢快地骚扰着少年，初筝配合银线，极快将少年撂倒在地。少年在地上躺着，半晌才坐起来，倒也爽快。

“好，既然这是你选的，那我尊重你的决定。”少年拍拍身上不存在的灰尘，“你今天的选择，代表你再也无法回去。”

“我也没打算回去。”

“即便他死了？”

他死了，我也就挂了。

少年笑了一下：“那希望你以后不要后悔。”

说完，少年朝着初筝伸出手。

初筝：……干什么？还要临别握手吗？这什么奇怪的仪式？

就在初筝考虑要不要礼貌握一下的时候，少年道：“天使之羽。”

那是什么东西？

初筝好一会儿才从原主的脑海中，找到关于天使之羽的记忆。

天使之羽是天使诞生的时候，长辈赐给幼年天使的，作为力量的传承和身份的认可。拿掉天使之羽，就代表，她再也不能使用天使的能力，也不被天使们认可。再次遇见，他们不会将她当作同类，这就是留在人间的代价。

少年嘴角勾着笑：“你想留在这里，必须将天使之羽给我。”

初筝退后几步，展开翅膀。一枚羽毛从她翅膀上飞出，极快地射向少年。

少年双指一夹，接住那根羽毛，少年收好天使之羽，往外走去。他忽地顿住，回头：“初筝，作为你的导师，最后奉劝你一句，人类生命短暂，你用一切来换，不值得。”

“值得不值得，没有任何衡量标准。”

“……是啊！”少年笑了一下，身形渐渐透明起来。

回去要受罚了，唉。现在的小天使们越来越难带了。

初筝还以为这个便宜导师不好打发，需要大战几百个回合，再说破嘴皮子，接着再来一个棒打鸳鸯之类的苦情剧情。

结果没有！就这么轻轻松松解决了，便宜导师走得毫不留恋。

初筝跟系统炫耀，看见没，这就是有实力的好处，你这个时候有钱有什么用？拿钱砸他都还要力量呢！

【……不听不听我不听，王八念经。】

初筝呵呵一声。

初筝虽然将天使之羽交出去了，可翅膀还在。现在翅膀的作用……可以当自动收放的装饰物，偶尔能当交通工作用用，别的没有任何用，不过还怪好看的。

有初筝天天陪着，楚雾表现得很正常，没有再出现黑化的情况。可能因为还有一点心理阴影，楚雾得知福宝好了，也没有立即去接。

初筝无所谓，反正她有翅膀，自产自销，不能浪费。

楚雾看了一眼躺在旁边，抱着自己翅膀的初筝。初筝突然翻身，将他拉进怀里抱着。

晚上睡觉的时候，她总喜欢用翅膀裹着他，虽然很舒服……可是现在已经是三伏天，很热的！开着空调他都感觉热。

“宝宝，你热不热？”

“不热。”

“可是我热。”

初筝摸摸他的脸，没有出声，不知道在琢磨什么。

在楚雾疑惑的时候，她格外认真地道：“那我给你降降温。”

一个小时后。

楚雾浑身湿透，躺在床上，眸子里的迷离渐渐褪去，脑中混乱的思维渐渐回笼。他的脸上带着绯色的红晕，汗水顺着他的侧脸，滑到锁骨上。

这是哪门子的降温啊……他都快烧起来了。

楚雾翻个身，脸埋在臂弯里。她怎么就能让人想起来的时候……脸红心跳。

楚雾身体忽地腾空，他下意识地抱住初筝，稳住身体。

“宝宝？”

“洗澡。”初筝道。

“宝宝，我自己去。”

初筝垂眸看他。

就在他以为初筝要打他的时候，初筝将他抱进浴室，放进已经放好水的浴缸里。

她弯腰在他的额头亲了一下：“洗好叫我。”

然后，她就毫不犹豫地出去了。

楚雾失笑，她有时候就是这么可爱，可有时候又霸道得让人不知道该说什么好。

楚雾一开始不明白，他洗好自己出去就行，为什么要叫她。可等他洗好，发现浴室里没衣服，也没有可以用的浴巾，甚至是连鞋子都没有的时候……

楚雾只能叫初筝。

初筝将他捞起来，随便擦了擦，就这么将他抱回床上。

“衣……衣服。”楚雾有些窘迫地用手挡着。

“不穿。”初筝道，“你不是热吗？”

楚雾瞠目结舌，他热是因为她的翅膀，毛茸茸地贴在身上。

她怎么就把热归结到衣服上了？！

初筝继续语出惊人：“我哪里没看过？挡什么？”

这能一样吗？！

楚雾最后还是偷摸地将衣服穿上，他真的不习惯裸睡。但是他只找到衣服，没找到裤子，所以最后只能穿着一件衬衣躺下。

初筝立即将他捞进怀里，羽毛从他腿上扫过，他忍不住蜷缩一下，伸手去摸初筝的翅膀，初筝立即将他的手拉下来。

“……给我摸一下。”楚雾道。

初筝迟疑片刻，将翅膀尖拽过来：“你摸摸翅膀尖吧！”不能再多了！

初筝什么都依着他，但是一直不许他摸她的翅膀，楚雾觉得有猫腻。

福宝已经休养得很好，俩人去宠物医院把福宝接回来。作为宠物医院的小主人，整个宠物医院都得为它服务。

回去的时候，初筝认真严肃地撸猫。

楚雾坐在一旁看，嘴角忍不住上扬。

“看什么？”初筝抱紧福宝。

楚雾凑过去亲她：“你好看。”

“嗯。”不是跟我要猫就好。

楚雾又忍不住笑，将这个吻加深。

初筝有些为难，“好人卡”亲起来不错，福宝撸起来也不错……

楚雾稍微换个姿势，让她能抱好福宝，又能让她亲得舒服。

“喵。”福宝拿软软的爪子推楚雾，表达自己的不满。

压着人家了，讨厌。

一年后。

楚雾被关在房间里，叫天天不应，叫地地不灵。他一边给初筝打电话，一边在房间里转来转去：“宝宝，你听我说……”

嘟嘟……

楚雾继续打，电话很快被挂断。他走到门口，拍着门：“宝宝，你开门，你听我解释。”

楚雾听见脚步声，接着房门被人拧动，他立即后退一步。初筝推开门，将手里的票扔过来：“你想去哪儿啊？”

我对你不够好，还是怎么的？你竟然还想着跑？

“宝宝。”楚雾欲哭无泪，“我真的没想跑，这票，我买了两张，不信你去翻我衣服的口袋。”

他不知道那张票怎么掉出来了……

楚雾怀疑是福宝掏出来的。昨天他回来的时候，将衣服放在沙发上，福宝在那里玩，结果今天就被她在沙发上发现这张票，以为他要跑，不由分说就把他关了起来。

楚雾被关也不是第一次，流程他都懂。她也不会对自己做什么，只是每次他得花很长时间哄着她放自己出去。

初筝示意他站着别动，她出去在他衣服里面找到另外一张票。

“你买票干什么？”买两张以为我就会上当吗？

楚雾点开手机，指着手机里的照片：“想和你去这里，我怕你不跟我去，所以我就先买了票。”

“和我？”

楚雾点头，他哪里敢一个人出远门。

初筝镇定地将票给他：“你想去，直接和我说，不许用这种方法。”

害得我以为自己哪里没做好，“好人卡”要跑路了，吓死我了。

“你会答应吗？”楚雾小心翼翼地问。让你出门你都嫌累。

初筝点头：“嗯。”“好人卡”的要求，都要满足。

楚雾眉梢和眼角都染上了笑意：“那我……”他指了指房间，又指了指外面。

初筝双手往兜里一插，转身回到客厅，没有关门，证明他可以出来。

楚雾松了口气，还以为又得被关好几天呢！

楚雾想出去玩，初筝答应他，他便开始收拾。这样要准备，那样要带，他忙得像个小仓鼠。

初筝有点看不下去：“你带上自己就可以了。”

“那怎么行，外面的用得习惯吗？”楚雾摇头，“而且也不干净。”

楚雾一个人收拾得起劲，等到出发的时候，他傻眼了，沿途都有人安排，根本用不上他准备的东西。不过楚雾并没有看见谁在安排这些事，他从始至终就没看见过人。

他们到的时候，一切都会安排好。就连他用的牙膏，都是家里用的那个牌子。

初筝还动不动就要买酒店、买车、买房子……如果不是风景区不能买，估计她都要买下来。

暗中安排一切的李民航：我真的好累啊，我要管个医院，我还要管你们吃喝玩乐。

李民航看看自己卡里的余额，觉得又是动力满满呢！

酒店顶楼，总统套房。夕阳的余晖落在阳台上，将坐在阳台上的男人笼罩，给他整个人都添上一层温暖的光芒。他支着下巴，望向对面的女生。

“宝宝，你把我当什么养？”

初筝想了想：“小少爷？”

“宝宝，小少爷在外面可不是什么好称呼。”

“在我这里是就行。”

楚雾失笑：“宝宝，你知道当初我为什么要给福宝取这个名字吗？”

初筝懒得猜，耿直道：“不知道。”

楚雾习惯了她这个样子。

“因为我觉得，你是我的福宝。”那个时候，他脑中就冒出这么两个字。

她像福宝一样，突兀地出现，带给他温暖。

天降福宝。

初筝沉默了几秒，平静的眸子望向他，唇瓣轻启：“你把我当猫？”什么玩意？！

“噗……”

“你笑什么？”

“宝宝，你真可爱。哈哈哈哈……”

谁要你夸我可爱！说我是好人！

“别笑。”

“我……我忍不住，哈哈哈……”

“不许笑。”

“好好好，不笑……噗……”

“楚雾！”

夕阳下沉，天边夜色渐起，两人的轮廓似乎融在了一起，再也分不开。

卷三
无上仙途

第十一章
苏醒的上神

“撤！”

“上神还在里面！”

“等不了，再这么下去，我们也会交代在这里。”

“上神那么厉害，她不会有事的。”

“可是……”

“走！”

初筝一睁眼，就听见这些对话。几乎是同时，迎面扑过来一道罡风，危机猛地蹿上初筝心头，她下意识地挡下。那道罡风力量蛮横，初筝整个身体飞了出去。银光蹿出，绕着她飞旋，初筝稳住身体。罡风再次袭来，初筝立即挥手，银线随着她的手指舞动，在空中结成一张网。

“轰隆——”初筝感觉耳膜都快被震破，喉咙里一热，血腥气直往上涌。

想、想吐。

理智告诉初筝不能吐，她将那口血咽回去。吐血什么的……太丢人了！不能吐！

初筝忍住体内翻涌的血腥气，目光冷静地扫向四周。四周空旷，没有任何障碍物。整个空间，唯一的东西，就是不远处那个类似祭台的圆形台子。

没人……要不还是吐吧，憋着好难受。

这是一个仙侠世界。

她就叫初筝，是一个上神，活的神仙。

原主有一对好父母，所以她生来便是上神。可惜原主虽有上神的头衔，却没有上神匹配的实力。原主的父母又不在了，所以这个上神，神界众人叫得敷衍，私底下说的都极其不好听。

原主这个上神，在神界过得并不是很好。因此原主很少出自己的仙宫，一直待在仙宫里努力修炼。可能是她的幸运都用在了上神这个头衔上，她的修为不管怎么修炼，都比不上别人。

这样的情况下，原主更不愿意出仙宫，和神界的人几乎没什么来往，神界的人也快遗忘了她……

直到原主遇见一个叫青霄的男人。原主和青霄遇见是意外，但是青霄却经常主动来找她，给她带去各种新奇的小玩意。

不仅如此，他还教她修炼。有青霄的指点，原主发现自己的修为确实比以前有进步。

长年累月的相处下，原主不由自主地喜欢上了青霄。但是她不敢告诉青霄，怕青霄拒绝她。她只能将这份喜欢藏在心底，每次只要看见青霄她就觉得幸福。所以当青霄提出要借用"聚魂锁"的时候，原主只是问他聚魂锁是什么，青霄说是她一直戴在脖子上的那枚锁。

原主不记得这枚锁是怎么来的，她只知道自己从记事起就一直戴着，平时也没觉得这东西有什么作用。青霄需要，原主想都没想就给了他。青霄离开的时候告诉她，他有事需要去处理，可能有一段时间不能来，原主便安安静静地在仙宫等他。

可是她等了很长时间，青霄都没有出现。原主等不下去了，鼓起勇气出去找青霄。

然而她没想到，青霄早已成婚，只不过他的仙侣夕兰出了问题，需要聚魂锁聚魂。因为她不怎么出去，这些消息完全不知道，青霄就是为了聚魂锁接近她。

原主得知这个真相，心底宛如刀割，一个人回到仙宫，黯然伤神。谁知没过多久，青霄又找上门来。聚魂锁是原主的东西，青霄根本就无法使用聚魂锁。他上门求原主救救夕兰，原主的性格本来也不是强势之人，更何况还是喜欢的人求她，所以原主答应了青霄的请求。

可是原主并不清楚如何使用聚魂锁。

青霄不知从哪里找来一本手札，上面记载着聚魂锁的使用方法。原主照着手札上的方法，开始为青霄的仙侣聚魂。这个时间非常漫长，足足千年之久。

当然，对于神仙来说，千年光景，也不过弹指一瞬。

终于，夕兰清醒了过来。原主虽然伤心，但还是默默地祝福。但是青霄没有告诉过原主，聚魂锁起效后便会破裂。

聚魂锁自原主记事起就在她的身上，她对自己的父母没有印象，神界中人也从不提她的父母。原主觉得，聚魂锁是她父母留下来的。现在破碎……原主更加难过。

可是青霄正沉醉在和夕兰重聚的高兴之中，压根儿就忘了她，她只能远远地看着。

原主本以为，她和青霄的交集，会到此为止。她的喜欢，就是成全他。然而原主很快发现，自己的修为开始大幅度增长。就算她不刻意修炼，也会增长，速度快得让原主害怕。原主一开始被吓到，不敢和任何人说，当然她也没有可以说的人。

原主自己观察得出结论，除了实力增长得快，没有别的问题。她在担惊受怕中，慢慢地镇定下来。

原主没想到，青霄的仙侣会来找自己。

她也没和原主说什么，无非就是感谢的客套话。接下来一段时间，她总是出现在原主面前，端着知心小姐姐的温柔，陪着原主。

当然在原主心底，自己救了她，她有心感激，特意过来陪自己，真是个好人，所以原主更不敢表露出自己喜欢青霄。

有一天，原主和这位小姐姐说话的时候，身体忽然发生意外。等原主醒过来，所有人都知道了她的实力。有人问她怎么回事，原主没敢说是聚魂锁破裂，她的实力才开始逐渐增长，只能说自己不知道，自己每天修炼，功力也就渐渐增强了。

神界的人轮流对她进行观察，没人看出个所以然来。大家只当她好歹生来便是上神，血脉觉醒的时间和他们这些人不一样。

原主明显感觉到，自从她有了实力后，众人对待她的态度就好了不少，至少在明面上……

再次变故，是在百年后，有一个上古封印松动，神界的人紧张得很。神界有实力的人前去加固封印，皆是铩羽而归。

那个封印之前是用上神的力量封印的。有人提出，也许需要上神出面才能将其重新封印。

而神界仅存的三位上神。一位不知所终，说不定已经坐化；一位闭关，谁也进不去这位上神闭关的地方。

最后剩下的这位，便是原主。

她的实力虽然增长得快，然而说到底，她只是上神血脉，并不是在洪荒时代，通过自己实力打拼下来，得到这个尊号的。

所以神界的人，对她都表示怀疑，然而原主主动请缨，前往封印之地。

原主以为自己能完成这个任务，但是她没有。封印被破，原主也死在这里。

初筝此时所处的时间线，便是原主死亡之前。

还能再晚一点吗？这样我就凉透了！

初筝望向肉眼可见的罡风，吓死我了。这么对付我一个娇弱的小姑娘，合适吗？！

初筝想着，她是现在跑呢，还是把这玩意儿封印住呢？

封印好麻烦啊……还是跑吧！

罡风像是有意识一般，见初筝动，立即掉转方向，朝着她攻击过来。

……你别过来啊！

罡风直直地撞上来，银光乍现。初筝从银光中落到地上，抬眸看着上空分裂成无数股的风。

初筝的行为似乎惹怒了这股罡风，分裂的风，开始壮大。

“呼——”罡风交错着从初筝面前掠过。初筝的身体不断闪避，从缝隙中躲开，罡风刮在脸上，她仿佛闻到浓郁的血腥味。

破……破相了？！

初筝面无表情地看向几步远的圆形祭台。她在罡风再次扫过来之前，几步蹿上祭台。神界的人说，要用上神的力量封印，确实没错。原主之前已经快要封印成功，可是突然有人攻击她，导致了现在的局面。

这些罡风就是从封印里面跑出来的，罡风恍如真的有灵智一般，见初筝冲上祭台，顿时就急了，像无头苍蝇一般，不断冲击过去。

然而初筝四周，像是有无形的屏障，将罡风隔绝在外。

初筝低头打量祭台，祭台用类似白玉的材质砌成，表面刻画着图案。

初筝琢磨了片刻，觉得有点像——狗？

这是封印的什么玩意儿啊？

此时有光从图案的刻痕处溢出，仿佛有东西要冲破祭台跑出来。

“咔嚓——”初筝踩的地方，开始出现龟裂，她往后退，裂痕便顺着她的移动轨迹延伸。

完了完了，这里面的东西要出来了！

“咔嚓、咔嚓”的声音，不断响起，祭台上的光芒越来越盛。初筝脑中快速闪过原主之前的行为，赶紧按照原主之前的做法，用法术稳住祭台。但是祭台龟裂的速度并没有减缓，祭台的中心位置，开始有突起物。

初筝拽着银线，直接打了过去。祭台里面的东西还没出来，突然被银线一抽。

恍惚间，初筝好像看见一个狗头……但那只是一闪而过的画面。

初筝迅速结印，祭台光芒大盛，裂开的纹路，逐渐恢复。

四周的罡风似乎不甘心一般，发出呜呜的声响，吵得初筝耳朵疼，满脑子都是“做掉”。

就在她分心的这么一会儿，祭台忽地又开始震动，像是有东西在下面撞击祭台。

初筝赶紧凝神，银线将祭台缠绕得严严实实，沉闷的撞击声不绝于耳，直到祭台纹路恢复。

初筝感觉身体被掏空了，累得不行。

好在祭台已经恢复正常，她微微松口气。

然而这口气还没松下去，后背就是一凉。银光从她的脸颊飞过去，撞到后面的罡风。罡风分裂成两股，一股缠上银线，一股直接撞向初筝。

初筝刚消耗那么多的力量，此时身体正虚，罡风撞过来，初筝虽然避开了，但脚下还是滑了一下，整个人扑在祭台上。

对上祭台上刻画的那双眼睛——那双眼睛忽地眨了一下。

会……会动！活的！成精了！！

初筝镇定地深呼吸。

我什么都没看见！

她猛地起身，面无表情地转过身，从容地抚了一下头发，拍拍衣摆。

许是因为祭台重新被封印，罡风被银线撞得乱七八糟，渐渐消散在空气里。初筝感觉有风拂过她的裙摆，慢慢地绕上她的手腕、脸颊，像是春天里，最柔和的风，轻轻地拂过面颊，转瞬便消失，整个空间安静下来。

初筝内心十分崩溃，我怎么那么倒霉？我怎么就那么倒霉？为什么要对我这么一个小可怜下手？有没有一点公德心？

半个时辰后。

初筝毫无形象地靠着祭台，小脸上满是严肃和认真，仿佛在思考人生中的大事。

初筝此时内心都是大写的冷漠：我要怎么离开这个鬼地方？！

进来的时候，是别的神仙带路，她压根儿不知道怎么进来的，结果那群人扔下自己跑了。

所以原主记忆中，根本没有出去的办法。她刚才试着往前走了一段距离，结果没走多远，就又回到祭台这里。

算了，睡一觉再说，好累。

初筝不但要睡，她还要睡得舒服。她从空间掏出一把椅子，放在祭台旁边，躺上去闭上眼就没了动静。

【……小姐姐什么时候往里面塞的椅子？】

【等等！小姐姐这个地方适合睡觉吗？不怕有东西跑出来把你给做掉吗？！】

王者号不知道该吐槽自家小姐姐心大，还是她自信得过头的嚣张。

初筝睡觉的时候，感觉身体里的力量正在自动恢复，所以她睡得更加舒服。

静谧的空间中。

祭台宛如一头巨兽匍匐在地上，旁边的椅子上，躺着一个小姑娘，画面无端有些诡异。

不知道过了多久，摇椅上的小姑娘缓缓睁开眼。清冷淡然的眸子，宛如这世界最纯澈的溪水，能让人照见自己的灵魂，那双眸子静静地看着虚空。

须臾，那双眸子轻轻眨了一下。

小姑娘撑着椅子坐起来，她先凑到祭台上看了一眼，之后就盯着祭台上刻画的那双眼睛看。

没有任何动静，好像之前是她的错觉一般。

【小姐姐，你知道你睡了多久吗？】王者号的声音响起。

初筝冷漠脸，能有多久？总不能有一千年吧？

……那倒没有。【你睡了三个月。】

哦。我可是神仙，睡三个月算什么？睡个几百年都不成问题，不用做任务真好。

初筝喜滋滋地躺回去继续睡。

【……小姐姐！】王者号咆哮。

【请你离开这里好吗？】你待在这里，怎么完成任务？！能不能有点上进心？

我不。

【小姐姐！】王者号深呼吸，不能生气，她是宿主，要微笑服务，要有素质，【你不想办法出去，我也会给你发布任务，小姐姐，请你不要逼我。】

到底是谁在逼谁啊！我睡个觉都不让！你是魔鬼吗？！

初筝想赖在这里，王者号天天在她耳边咆哮。最后可能是这个空间看不下去，突然将她送了出去。

冰冷的水瞬间将她淹没，初筝差点被呛死，她赶紧掐诀，用仙法护住自己。

【主线任务：请在一个时辰内，花掉两枚仙灵叶。】王者号几乎是咬牙切齿地发布任务。

我就知道！就不能离开那个地方！

初筝站在幽深的水中，四周可见度极低，偶尔可见水中生物，从她面前游过。

初筝伸手去抓游得欢快的小鱼，刚碰到小鱼的尾巴。小鱼猛地回头，脑袋猛地变大，张开的嘴，比人的脑袋还要大。它一口朝着初筝咬过来，吓得初筝猛地往后窜出几米。

小鱼的脑袋恢复正常，眸子幽幽地盯着她看了几秒，转过头，继续悠然地往前游，尾巴甩得极其欢快。

王者号偷笑。真的好想让人看看小姐姐这个样子，太刺激了。

初筝镇定地摸着手指，好像刚才手贱去抓人家的，不是她一般，她装模作样地打量四周。

原主当时进去的时候，也没有从水里……怎么出来还不一样了！

初筝从水里出来，发现是个湖泊。这个湖泊倒是眼熟，进去的时候看见过。

她从水里走上岸边，岸边有一只小羊羔，初筝突然出现，小羊羔受惊，窜进旁边的草丛里。

但它没跑，而是探头探脑地打量初筝。初筝也警惕地打量小羊羔，这毛……看上去不软。

更重要的是，不要像刚才一样，突然变大。

吓死个人。

初筝决定绕着它走。

小羊羔见初筝走了，从草丛里钻出来，看看湖面，又看看初筝离开的方向，突然一蹦一跳地追了上去。

初筝发现小羊羔追了上来，回头看它。

小羊羔就停下。

初筝继续走，小羊羔立即跟上。

回头。

停下。

一人一羊，就这么走了一段距离。

……它是想让我吃掉它吗？说实话，我挺饿的。

在初筝琢磨着要不要吃掉它的时候，路边草丛突然“沙沙”地响起来，接着一个人影窜出，抱起小羊羔，迅速退后几米。

“你是什么人？为什么拐跑我的小弟！”

抱着小羊羔的是个少年，皮肤有些黑，虽然还是少年，但肌肉结实，此时正警惕地看着她。

关我什么事！！

“它自己跟着我。”这个锅初筝表示不背。

“不可能！小弟不会跟着陌生人走，定是你使了阴险法子，诱骗我家小弟！”少年十分笃定地把初筝当成坏人。

嘿！我需要诱骗吗？我要是想要它，直接抓就是了！

“你爱信不信。”初筝冷着脸，转身离开。

不对！有人！

初筝猛地转回来。少年和小羊羔都吓了一跳，一人一羊的眼神都如出一辙。

“你……你、你想干什么？”少年说话都不利索了。

初筝气势汹汹地走到少年面前。少年转身想跑，初筝抓住他的衣领，少年跑了半天，发现自己没挪动一步。他有些僵硬地回过头，咽了咽口水，壮着胆子：“我告诉你，这一片山都是我的，你敢对我做什么，你走不出这里！”

“这么厉害。”初筝平静地道一声。

“那可不！”少年挺起胸脯，“我可是这十里八山的大王！”

十里八山？初筝只听过十里八村，十里八山是什么玩意儿？

初筝继续冷漠脸：“那你很厉害。”

少年一愣，她怎么都不害怕啊？

初筝摸出王者号发在空间的仙灵叶。

初筝没摸出来之前，以为仙灵叶是这个世界通用货币的名字，她还奇怪，原主怎么不知道有这种的存在。但是摸出来后……她发现真的是树叶子，有点像柳叶。

初筝镇定地将叶子举到少年面前：“我和你换样东西。”

少年黝黑的眸瞪大：“不换！”他抱紧小羊羔。

“你想都别想，我不会把小弟给你！！”拿着叶子就想换他的小弟，当他那么好骗吗？

谁要你的小弟。

“你身上有什么？”

“没有，我什么都没有……”少年想跑。

初筝抓住他。

“你放开我，我告诉你，我可是这里的山大王，你敢对我做什么，我的那些小弟不会放过你！”少年虚张声势地大喊。

“看你这样……”初筝将他拽回来，冷冰冰地陈述事实，“再来百个也打不赢我。”

初筝从少年身上拽出一根……红薯？初筝觉得有点像，不管了。

她将叶子塞给他，挥挥手：“你可以走了。”

【……看来是时候增加任务规则了，小姐姐越来越不守规矩了！】

“你……”少年气得脸色通红，然而当他接触到叶子的时候，脸色忽地一变。

这叶子……好浓郁的灵气，比他在山上随便挖的那根野参有价值多了。

“你真的给我？”少年警惕地问。

“嗯。”初筝点头。

少年抱紧小羊羔，转身就跑。

“你怎么还抓着我，你不是说给我的吗？你又后悔？！”

初筝的视线从“红薯”上挪开，看向不远处大喊大叫的少年。他的衣服被树枝钩住，少年头都没回地大喊。

有毛病啊！初筝转身离开。

少年喊半天，没听见后面的动静，回头一看，钩住自己的是树枝，哪里还有什么人。

少年脸色红一阵白一阵，打掉钩住自己衣服的树枝，将小羊羔放开，低头训它：“我跟你说过多少次，看见陌生人要躲起来。”

“咩……”小羊羔委屈地叫了一声。

“我不是次次都能救你的！”少年有些生气，“你上次差点被人吃掉，你忘了吗？我怎么会有你这么笨的弟弟。

“咩……”

少年气歪了鼻子，将刚才初筝给他的叶子，塞进小羊羔嘴里。

“你赶紧修炼，化形，听见没有！”

“咩……”

少年担心初筝后悔，抱起小羊羔，迅速往山林中窜去。他没跑出多远，就听后面一声巨大的声响。

少年抱着小羊羔往山上跑，将小羊羔放在一个山洞里，然后敏捷地冲下山，往声音传来的方向过去。

等少年赶到地方，他第一眼看见的就是刚才那个小姑娘。她立在虚空，地上躺着好几个人。

少年咽了咽口水，他认识那几个人……不，他们不是人，都是这山里修炼的妖，平日里横行霸道、作恶多端。像他们这些小妖，不是他们的对手，遇见他们只能当作自己运气不好，等着死在他们手里。

初筝从空中落下来，用脚踢了踢地上躺着的人，那人“唰”的一下化为原形，变成一只豺狼。

初筝：……狼！就这玩意儿还想打劫我！我是你能打劫的吗！就算你是狼也不行！谁还不是一个狼人！

初筝忽地往少年躲的方向看过去。唰——少年匍匐进草丛里，心跳如擂鼓。

初筝踢了踢地上的碎石头，转身走回去，拨开草丛，冰冷的目光落在少年身上：“你跟着我做什么？”也想打劫我吗？看你这小胳膊小腿，还没那边趴着的结实，一点都不抗打。

少年撅着个屁股，趴在草丛里，此时抬头看着初筝，眼底藏着几分畏惧和惊慌。

“我……”少年从地上爬起来，“那些妖都死了？”

“你跟着我做什么？”初筝面无表情地重复问题。

“我没跟着你，我就是过来看看。”少年小声道。

初筝瞧着这熊孩子，也不像是有狗胆偷袭自己的，沉默了几秒，她退回去。

少年站在原地，待她走得远一些，小心地出去，检查地上那几只。

都……都死了。她好厉害啊！

少年看看已经走远的人，索性跟了上去。

初筝回头看他，少年便顿住。

初筝继续走，少年又继续跟着。

初筝仿佛看见之前那只小羊羔。

初筝转身，语气有点凉：“你跟着我做什么？”

少年像是下定决心一般："你能不能收我为徒？"

初筝拒绝得果断："不能。"收徒这么麻烦的事，打死她也不干。

"我真的很想和你学本事。"少年有些急，"你只要收我为徒，你让我做什么都可以。"

他黝黑的眸子，期盼地看着她，她能打败那几只为非作歹的妖，她一定很厉害。

初筝无情地打破少年的幻想："我没本事，我很弱。"像我这么弱小无助的小可怜已经找不到了！

少年微微瞪大眼："你刚才把那几只妖都杀了。"

"我来的时候，他们就躺在那里。"初筝开始睁眼说瞎话。

"可是……"

"你看见我杀了？"

"……没、没有。"

"那就不是我杀的。"初筝理直气壮，"别找我。"

【主线任务：请在一个时辰内，花掉十枚仙灵叶。】

初筝看看不远处的城池，烦躁地往城里走。

她可是神仙啊！上神！一根手指就能毁灭天地……哦，她做不到。

为什么要在这里做任务？！

初筝气势汹汹地拿着叶子进城，结果没一个识货的，还拿看神经病的眼神看她。

王八，你是不是报复我？

【小姐姐，你在说什么？我永远是站在你这边的，绝对不会做这种事，小姐姐，请你相信我。】王者号坚定地宣布自己的立场。

呵呵。我没看见你什么时候站在我这边，我就看见你逼迫我做任务。

【……这不是咱们的任务吗？怎么就是我逼的了？小姐姐，你讲点道理好不好？！】

初筝冷漠脸：这玩意儿花不出去，可不是我不做任务，你不许翻倍！

【小姐姐，这些凡人不识货呢，你要找个识货的。】王者号解释。

谁识货？

【……会找到人的。】干脆我帮你把任务做了吧！

初筝要是知道王者号的想法，肯定会欣然同意，并会给它发一张"好人卡"。

初筝回头，看了一眼跟着自己的那个少年。他一路跟到这里……也是挺执着的。

可是收徒是不可能的，这辈子都不可能。

初筝冲他招手，少年立即笑着跑过来："大人。"

"你认识这个吗？"初筝晃着手里的叶子。

少年摇头："不认识。"

"不认识？"初筝狐疑地打量他，"不认识你怎么会要？"

"这……我感觉到里面蕴含着很浓郁的灵气，是我从来没有见过的，对……我们修炼有益。"少年心里忐忑，她不会是想把东西拿回去吧？可是他都给小弟了……

初筝若有所思片刻，问他："你知道哪里能把这个用出去吗？"

少年瞠目结舌，用、用出去？这一看就是天材地宝，极其难得。

初筝将手里的叶子转个圈："不知道？"

"知道，知道。"少年连忙点头。

“带我去。”

“……好的，大人。”少年赶紧在前面带路。

万物客栈。

少年指着客栈：“就是这里……”少年似乎有点怕这里，并没有进去的意思。

初筝往客栈里面走，刚走两步，少年就被人推得一个踉跄，直接扑在客栈门槛上。

“痕生，这么长时间不见，你怎么还这么弱啊？”

“哈哈哈，就他那修炼速度，能化形已经不容易了。”

“也不能这么说，万一人家是天赋异禀呢！”

不怀好意的调笑声，接二连三地响起。痕生脸色苍白难看，眼底隐隐有恨意浮现。

初筝侧目看去，说话的是三个青年，中间的黑衣青年笑得最开心。黑衣青年给同伴使个眼色，两位同伴上前，将痕生架着进客栈。

“你们放开我！”痕生怒吼。他不是他们的对手，根本挣不开。

“哎哟，小羊羔生气了。”黑衣青年笑得更开心，“各位，来，今天给大家带来一个好玩的小东西。”

黑衣青年的话，引起客栈里面所有人的注意力。这个客栈里的客人，都不是人。初筝用仙术开眼，瞧了一眼……迅速撤掉仙术。

吓死个人，群魔乱舞，好一个动物开会，刺激。

“你们放开我……”痕生还在挣扎。

黑衣青年手搭上痕生的肩膀，拍了拍：“痕生，你别担心，我不会杀你的，杀你多没意思，不过……”

痕生脸色瞬间苍白。

黑衣青年笑得不怀好意：“我们可以玩点别的。”

黑衣青年将客栈所有人……不对，所有妖的视线都聚集过来。这些妖对于这种情况，见怪不怪地看着。甚至有妖兴奋地吹起口哨，示意别磨叽，赶紧开始，他们等不及了。

黑衣青年道：“今天我们就玩……飞镖打靶。”

痕生被推搡着到客栈正前方的台子上，底下的人起哄、笑闹、催促，各种各样的声音汇聚在一起。痕生在台子上，瘦弱的身体，看上去弱小好欺。

“喂……”客栈角落，突然站起来一个人，黑衣青年循声看过去。客栈里的其余妖也停下，纷纷往声音传来的方向看过去。

是个女子，女子面容柔美，给人第一眼的感觉就是温柔似水，声音也极其好听，像夏日里缓缓流过的凉风。

不得不说，这个女子，在这群妖中，绝对算得上最好看的。她有些生气地看着黑衣青年：“你们这么欺负一个小家伙，太过分了！”

黑衣青年打量女子，嘴角噙着一抹坏笑：“小美人瞧着面生，哪里来的？”

“你们放开他。”女子指着痕生。

黑衣青年大笑：“小美人，要我们放开他也可以，但是你得补偿我们吧？好不容易遇上这么一个乐子，可不能就这么没了，大家说是不是啊？”

“对啊！”

“这小美人长得可真好看。”

“小美人从哪里来的？”

底下的妖精们起哄。女子皱眉，倒没有多怯场：“你们要什么？”

“要什么吗……”黑衣青年的视线，在女子身上打转，“不如就用小美人你来换怎么样？”

女子变了脸色。

黑衣青年继续道：“小美人不是想为这家伙出头吗？当然得一人换一人。”

黑衣青年赤裸的眼神，看得女子浑身不自在。

“你们……”女子涨红了脸。

四周的妖，打量女子的眼神也变得不安分起来。女子和他们争论起来，然而她一个人，哪里能说过这么多的妖。

【小姐姐，别看戏了，要翻倍了哟！】王者号提醒看戏的初筝。

翻倍你个头啊！

初筝几步走进去，操起旁边的椅子，往黑衣青年的脑袋上砸下去。椅子砸在黑衣青年的脑袋上，椅子散架。

客栈里齐齐响起抽气声。

初筝砸得突然，加上众妖的注意力，都在女子和黑衣青年身上，压根儿没注意到初筝。

黑衣青年被砸，阴沉着脸转过来，还没看清是谁敢砸他，耳边又是一声响动。

“啪——”又是一把椅子砸在黑衣青年的脑袋上。

黑衣青年没感觉到疼，正想发怒，眼前忽地一黑，失去了意识。

初筝还想补第三把椅子，结果发现人晕了。

这么不经砸，还妖呢！丢脸。

众妖一愣，这……这谁啊？妖界的小霸王也敢砸！不想在妖界混了吗？

众妖想认认是哪个妖精如此大胆，结果看半天，只觉得面前的小姑娘怪好看的……然而十分陌生，完全不认识。

初筝抬眸看向黑衣青年的两个跟班：“你们……”

两个跟班猛地往后退，眼底透着警惕。

三秒后，两人同时上前，拽住晕过去的黑衣青年，将他拉过去。

“初筝！”被众妖围着的女子，忽然惊喜地出声。

“你没事，太好了，我就知道你不会有事……”她满脸都是高兴。

初筝淡漠地扫了她一眼，又转头盯着那两个跟班：“你们……”

“你谁啊！”跟班怒吼一声，“敢打我们老大，你不想活了！”

初筝拎起第三把椅子，往两个跟班砸过去。

众人惊叹：这小姑娘好彪悍。

初筝用行动证明，她不仅敢砸他们老大，她还敢砸他们。客栈里一阵稀里哗啦的响动，两个跟班华丽丽地躺在黑衣青年旁边。

初筝扔掉手里的椅子腿，一家人就是要整整齐齐。

嗯！每天都在努力做个好人呢！

初筝扭头看客栈的其余妖精们。唰——妖精们迅速后退，初筝四周顿时空旷起来，仿佛她是什么可怕的瘟疫。

他们可都是妖，那是能随随便便砸晕的吗？这个小姑娘的实力，绝对不低。

初筝：“你们……”

妖精甲：“我们和他们不是一伙的！”

妖精乙：“对对对，我们不认识他们。”

妖精丙：“我们只是路过的……”

群妖十分识时务，笑话，刚才这个小姑娘砸妖的手法熟练又迅速，连那三个都不是她的对手，他们这些小喽啰，当然是要装作不认识那三个啦！

妖嘛，大难临头各自飞。

初筝：……我就想做个任务。

初筝睨着他们：“你们身上有什么宝贝，拿出来。”

哐当。有妖往桌子上扔了东西，接着一阵稀里哗啦的哐当声。

初筝在袖子里摸，那边的妖精们警惕不已，怕初筝突然摸出什么厉害的武器，绿色的叶子尖从初筝手里显露出来。

初筝走到扔东西的那张桌子跟前，将仙灵叶放下，从里面挑了两样看上去顺眼的东西:“这个我买了。”

“大王喜欢拿去就是。”妖精甲弱弱地道。

那叶子……看着很普通，能买他们这些东西？这怕是在路边随便摘的吧！

当然群妖只敢在心底吐槽，可不敢和初筝叫板，不然他们就得和地上躺着的做伴了。

初筝将叶子推过去：“拿着。”

小姑娘面无表情地看着他们，四周温度无端地开始下降，让人忍不住恶寒。

妖精甲咽了咽口水，瑟瑟缩缩地上前，拿了五枚仙灵叶。他刚抓在手里，表情就是微微一变，然后猛地揣进兜里，像是被吓到一般，缩回妖群中。

另外一个妖精就没他那么聪明，拿到仙灵叶就惊呼起来，引起妖精们的注意。

初筝在妖精们的议论声中，抬手一挥，被绑在台子上的少年束缚自动松开。他立即踉跄着下来，缩在初筝后面。

“谢谢大人。”

“带路的报酬。”初筝冷漠脸。

初筝转身往万物客栈外面走，痕生看了一眼躺在地上的黑衣青年，迟疑几秒，最后跟着初筝离开。

“初筝，初筝……”客栈里那个女子也追了出来，“你……你没事，怎么不回去？我们都很担心……”

这人不是别人，正是夕兰，青霄的伴侣。

“担心什么？”初筝反问，“担心我没死透？”

“初筝，你在说什么？”女子惊讶，脸上划过一缕受伤，“我是真的担心你。”

“哦。”

原主为什么会主动请缨前往那个封印？追根究底，也是因为她。夕兰极其聪明，她没有直接让初筝去，而是愁眉苦脸地跟初筝说，封印只有上神的力量才可以加固，现在神界中，除了初筝无人可以胜任。那忧心忡忡的模样，看得原主都心疼。

原主自个儿思来想去，她怎么也算上神，要为神界出一份力。

所以原主就去了……

只是不知道这个夕兰的目的是什么。夕兰心底有些不安，她观察初筝面上冷淡的神情，疑惑渐渐地扩散。

初筝什么时候会有这样的表情了？给她的感觉很不舒服……

夕兰小心翼翼地问：“初筝，封印里面发生什么了？为什么最近都没有动静了？”

似乎怕初筝误会，她又补充一句：“我们当时想进去找你，可是入口突然封闭，我们怎么都进不去，你没出什么事吧？”

初筝冷漠脸：长得这么好看，就不能安静一点吗？问题那么多，做掉算了。

【小姐姐，做个积极向上的好人可以吗？】做掉什么的，和我们不搭的好吗？！

王者号就怕初筝一个不顺心，就要做掉别人，他们真的是正儿八经的系统啊！

为什么隔壁的小姐姐可以积极向上，它家这个就不可以。

夕兰温柔地叫她：“初筝？”

她怎么回事？夕兰心底越来越奇怪，在那个封印之地，她到底发生了什么？她怎么出来的？封印怎么没动静了？难不成真的被她封印住了？

“我是上神吧！”初筝突然道。

“……是……是啊！”夕兰有点蒙，不知道初筝突然问这个做什么。

“你见到上神，就是如此没有礼貌？”就算你长得好看，也不能没有礼貌啊！

夕兰没料到初筝会突然提出这个，自己之前和她相处，她从来没计较过。

“夕兰。”高大俊美的男人从远处走来，满脸的担心，“我不是让你等我，你怎么……”

青霄瞧见初筝，表情有一瞬间的空白：“初筝上神……”

“夕兰见过上神。”夕兰突然福身，委委屈屈地行礼，好像初筝逼迫她似的。

“夕兰。”青霄连忙将她扶起来，满脸的心疼，“你做什么？”

初筝冷冰冰的视线扫过去：“青霄仙君觉得给我行礼，委屈了她？”

原主喜欢青霄，他知道吗？他肯定是知道的，或者从一开始，青霄就是要原主喜欢上他，故意骗原主的聚魂锁，最后还哄原主替他救自己喜欢的人。

太可怕了。

青霄语气加重：“夕兰之前受伤，还没有好，她整天担心你，你怎么能让她行礼？”

“为什么不能？”她受伤又不是救我造成的，我为什么要为她的伤承担责任？

初筝理直气壮的语气，让青霄怒火“噌噌”地往上冒：“初筝！”

“上神。”初筝提醒他，“注意你的身份。”怎么和我说话的！

青霄一愣，初筝什么时候这么和他说过话，她从来没摆过上神的架子。即便是最近她实力大增，也没有过，在他面前更是不会。

现在她却提醒自己，她是上神，提醒他，她身份比他尊贵，不容放肆。

她眼底再也没有以往看他的那种隐秘的欢喜，只剩下一片冷淡，犹如积淀千年的寒潭，无声无息地散发着寒气。

青霄心底的落差感，让他很不舒服。

“夫君。”夕兰拉着青霄，“上神许是在封印里面遇见不顺心的事，你别顶撞上神。”

夕兰的口风转得非常快，上神叫起来熟稔又恭顺，隐约间带着几分委屈。

“咳咳咳……”夕兰突然咳嗽起来。

青霄顾不上初筝，紧张地关心夕兰：“没事吧？”

“夫君，我没事。”夕兰说着说着掉泪了，那模样哪里是没事，明显就是有事。她目光若有似无地往初筝那边看一眼。

初筝瞪过去，看我干什么！又不是我把你弄哭的！！

但是在青霄看来，就是因为初筝突然的转变，让夕兰伤心难过。青霄心底怒火更盛，好像夕兰被欺负了似的。

初筝觉得长得好看的人，就是不一样。这委屈的小表情，这可怜的小语气，弄得我……好想做掉她。

初筝心底已经想好怎么做掉他们，并跃跃欲试。

“砰！”就在她动手之前，万物客栈突然飞出两只妖精，砸在地上。刚才拿到仙灵叶的妖精甲，被妖精追着飞窜出万物客栈，一边骂一边还手。初筝就站在客栈外，里面的妖精打架，她也被波及。妖精将初筝和夕兰、青霄隔开，晃动的人影中，初筝抻长脖子找人。

然而这群妖精打得欢快，等初筝绕到对面，夕兰和青霄竟然不见了。

什么意思？什么意思啊！

“你个死肥猪，我弄死你……”

“你骂谁肥？”

“你不肥谁肥！”

“你再骂一句！”

“死肥猪！死肥猪、死肥猪！”

“啊！！！”

两个妖精撞向初筝。

初筝操起旁边的东西，直接砸在最近的那个妖精头上，妖精双眼一翻，直接倒了下去。

骂死肥猪的那个妖精表情一变，转身就跑。

妖精甲鼻青脸肿地哼哼唧唧。

初筝走在前面，旁边跟着痕生，妖精甲瞄了一眼初筝，加快速度追上去。

“大人，您要去哪里呀？这里我熟，我可以给您带路。”

初筝一转头就看见那张鼻青脸肿的容貌，“唰”的一下收回视线，严肃地直视着前方。

妖精甲见初筝不说话，还绷紧一张脸，大人肯定是不喜欢说话。

妖精甲将视线转向痕生：“小羊羔……”

痕生表情一变，加快速度，跑到初筝旁边，警惕防备地看着妖精甲。

妖精甲觉得脸更疼了。

“大人，我这里还有很多宝贝，您那个……叶子还有没有？”

妖精甲觍着脸，眼巴巴地捧着自己的宝贝。

初筝扫了那些宝贝一眼：“那东西对你们用处很大？”之前用来做任务的叶子都用完了，但是还有任务完成之后奖励的，所以她手里还有一些。

妖精甲狂点头，不然他会被那群死妖精揍成这个样子吗？这后面还跟着不少妖精，不过是忌惮初筝砸妖精的实力，不敢出现。

一群胆小鬼！

初筝摸出一枚叶子给他，妖精甲眸子一亮，伸手就要接。

初筝将叶子突然拿高，擦着妖精甲的手指尖过去。妖精甲已经感受到那叶子里蕴含的力量，心底狂跳起来。

虽然不知道这是什么，但是这里面蕴含的力量，会给他带来极大的好处。

“不给你。”

清冷淡雅的声音响起，将妖精甲的一颗火热的红心，浇得透凉，都快不能跳了。

更过分的是，初筝手指一转，仙灵叶落在痕生手上。

痕生茫然地看向给自己仙灵叶的小姑娘，余光扫到妖精甲羡慕嫉妒，隐约还有几分凶戾的眼神，痕生下意识地握紧仙灵叶，瑟瑟发抖。

“看什么？”

妖精甲心底一颤，连忙收回视线。

妖精甲内心苦哈哈，过分了！那个小羊羔那么弱，怎么就和她攀上关系了？

“大人，这些宝贝您都看不上吗？那您想要什么，您跟小的说，小的保证给您弄来。”

“你能给我弄个神仙来吗？”

妖精甲：……我要是有那个本事，还用得着在这里讨好你？

痕生跟上初筝，回头看了一眼妖精甲，又连忙收回视线。

“大人，谢谢你救了我。”痕生身高还没有初筝高，需要仰头看她。

“不客气。”

痕生倒是没想到，初筝会如此正经地和自己说不客气。

“大人，您要去哪里？”痕生小心地问。

“不知道。”先找个地方睡觉吧！

【隐藏任务：请获得雪渊“好人卡”一张。】

初筝的睡意被王者号惊飞，雪渊是谁？完全不认识。

【提示：雪渊就是小姐姐之前在封印之地，拍回去的那个。】

初筝想了一下，陷入沉默中，突然又耿直地问：“那只狗？”

【“好人卡”会打死你的信不信。】

初筝和王者号同时沉默。

如果王者号此时有实体，绝对是和初筝大眼瞪小眼。

须臾，初筝内心炸裂，为什么之前不提醒？你是不是故意的？她都把他拍回去了！现在来提醒，她怎么做好人？

要是有人把她拍回去，她非得把人往死里拍不可。怎么可能还会觉得对方是好人呢？

破系统一定是在搞我！

【……不是，我没有，小姐姐你别乱说！请小姐姐尽快赶回封印之地，否则你将收获黑化“好人卡”一个，超凶的！！小姐姐加油！！】

我不！黑化了就关起来！

【……为“好人卡”默哀。】

【小姐姐，他有毛毛哟！】

初筝眸色微微一凝。

【超软的，超大的。】

“很大的一只狗？”

【……“好人卡”真的会打死你的！】

第十二章
凶兽重出世

封印之地。

祭台四周围着不少人，不管男女，个个都是仙风道骨，出尘脱俗，祭台上又出现了裂纹。这些人同时稳住裂纹蔓延的速度，可是这么多人，裂纹只是蔓延得缓慢，完全没有停止的意思。

空间光芒一闪，青霄和夕兰同时出现。

“青霄仙君，夕兰仙子，快！”有人冲他们吼了一声。

夕兰受过伤，青霄没让她动手，自己快速加入行列。

“怎么回事？”

三个月前，他们前往这里，发生那样的意外，初筝被留在里面。他们在外面不管怎么做，都没办法进去。但是他们发现封印似乎被加固好了，没有再出现异动。

他们在外面守了一个多月，都没有任何异常。初筝一直没有出来，他们也进不去，神界不少人都以为是初筝在里面加固好了封印。

至于她没有出来……说实话，神界大概也没人在乎。但是没想到，平静三个月的封印，突然又开始出现异动，祭台上裂纹蔓延的速度越来越快。

在场的人，额头上开始渗出冷汗。

“噗——”中间一人先支撑不住，吐出一口血。他这一吐血，导致本来还算稳定的局面，突然像是被人打开一个缺口似的。

夕兰见情况不对，迅速补上刚才那人的位置，龟裂的裂纹猛地顿住，但夕兰脸色瞬间苍白下来。

“初筝上神！”夕兰旁边的人忽地大叫一声。

众人余光扫过去，面色冷淡的小姑娘，迈着不紧不慢的步子，缓缓走来，裙摆在空气里划出漂亮的弧线，如绽放在空气里的娇美花朵。

小姑娘气定神闲地站定在十米开外，眸光宛如冰雪化开流淌而下的清泉，蕴含寒意。

如果以前的初筝，只是拥有上神虚衔。那么此时的初筝，她已经拥有上神具备的气质和威势——她就是上神。冷淡清雅，清贵无双。

青霄心底像是有冷风在呼啦啦地吹，好像有什么东西，突然离他而去，他再也不能拥有，心底跟着空落落的。面前这个人对他来说，熟悉又陌生……

“初筝上神！快来帮忙！封印要破了，初筝上神你快点过来帮忙！”

此起彼伏的喊声，在这个空间传开。

“当初你们把我扔在这里，可没有这么着急。”小姑娘清冽的声音，随着祭台里溢出的风声，落在众人耳畔。

在场的人中，有三个人脸上微变。当时他们就在场，可是那样的情况，她被困在最里面，他们根本不可能冲进去救她。

“初筝上神，当时情况紧急，我们只能撤。”

“我们不撤，当时所有人都得折损在这里，我们也是为神界着想。”

“我们相信初筝上神，您这不是没事吗！”

“初筝上神，此事稍后再议，现在最紧要的是加固封印！”

空间有风渐起，吹拂过小姑娘的裙角，轻轻地扬起一个弧度。小姑娘眉宇间尽是冷淡，唇瓣轻启：“可是我想破开封印！”

这几个字让整个空间都安静下来。

对面小姑娘说得认真又严肃，完全不似开玩笑。

破开封印做什么？她是神界的人，为什么要破开封印？各种各样的问题堆在众人心底，得不到答案。

就在他们分神这么一会儿，祭台裂纹突然“咔嚓咔嚓”地蔓延。站在祭台四周的人，突然被一股力量弹飞。“轰隆——”以祭台为中心，地动山摇起来。祭台四分五裂，罡风从缝隙扫出，攻击向四周的人。

青霄抱着夕兰，两人闪身到边缘。夕兰柔柔弱弱，宛如一朵小百合，清新可人，娇美得惹人怜爱。

初筝环胸看着，此处应有掌声啊！小美人演得多好。

“他出来了！”不知是谁惊恐地大吼一声。

祭台的方向，罡风肆虐，恐惧的力量从里面溢出。中间的位置，有纯黑色的巨型生物缓慢出现。浑身覆盖着黑色的毛，身体线条流畅，凶煞之气逼人。爪子锋利，泛着寒光，蓬松的尾巴在他身后展开——那是一只黑狐。

九尾黑狐。

整个空间因为它的出现，仿佛都变小不少。黑狐一爪子拍向最近的一个人，那人惊恐地看着，似乎忘记反应，被黑狐拍个正着。

那人“啪叽”一下摔在地上，黑狐又是一爪子踩下去。

初筝看着都替他疼。

“吾终于出来了！”黑狐的声音浑厚又低沉，像是来自远古的呼唤。那声音不断在这个空间回响，震耳欲聋。从黑狐身上，能感受到一股磅礴的力量，那种力量，来自远古，让人畏惧。

初筝没事人似的，仰头看着突然出现的庞然大物。心底满是感叹，好大一只狗啊！这次是要我拿……好狗卡吗？

【人家是狐狸。】

不是一个品种吗？

【不是，谢谢您哟！】

都是犬科，怎么不是？你少唬我！

【我……我……】你说是就是吧！

初筝的目光落在黑狐巨大蓬松的尾巴上，毛茸茸的……好想摸，好想摸，想摸、想摸、想摸、想摸……

“跑啊！”一群神仙，完全不顾形象，开始往外面跑。

青霄也带着夕兰离开。

黑狐高贵冷艳地看着，并没有拦着他们，很快就只剩下初筝还站在原地。

黑狐垂下视线，他的瞳孔呈红色，浓烈得宛如火焰。被黑狐注视的时候，四周压力陡然增大，仿佛是千斤巨石，突然压下。

初筝目不转睛地盯着黑狐的尾巴。

黑狐的爪子在地上抓了一下，低沉的声音响起：“你不跑？”

“跑？”初筝收回视线，“为什么要跑？”

“他们都跑了。”黑狐火色的瞳孔微微缩紧。他记得这个人类，上次就是她，害得自己没能出来。

君子报仇，十年不晚！他现在不和她计较！

“嗯。”初筝点头，“跟我有什么关系？”

他们跑我就得跑吗？凭什么啊？！我偏不跑！初筝平静得让黑狐怀疑，她看见的是不是自己。

黑狐心底抓狂：她再不走，自己就要维持不住了。自己从那个地方出来，已经消耗掉他全部的力量，现在这个样子，都是花架子……唬人的。

黑狐低下头，两人之间的距离瞬间缩小。拳头大小的瞳孔对上初筝的眼睛，他凶狠地威胁道：“你不怕我吃了你？”

“我不好吃。”初筝认真回答，“不过我可以给你找好吃的。”

黑狐：……现在的人类胆子都这么大了吗？

黑狐突然张开大口，朝着初筝怒吼一声。

初筝反手就是一巴掌扇在黑狐的脸上，黑狐的身体“唰”的一下缩小，空间里充斥的那股威压瞬间消失得无影无踪。小狗大小的黑狐趴在一堆碎石里，像只小奶狗。

一神一狐面面相觑。

初筝疑惑，我也没用力啊……怎么就打小了？

黑狐突然朝着旁边蹿去，初筝截断他的去路，将他抓起来抱着。

黑狐浑身的毛奓开：“人类，我警告你，放开我！！”

那声音也不再是刚才那唬人浑厚低沉的嗓音，而是清澈的少年声音。但是有几分软，尾音勾人。即便是凶狠的语气，也听得人心底痒痒的。

“从今天开始，你就是我的了。”初筝霸道地宣布。

“……你、你做梦！”现在的人类好生大胆！连他也敢调戏！待他恢复过来，定要将她碎尸万段！

黑狐瞳孔里忽地倒映着小姑娘落下的手，往他的尾巴……

黑狐怒吼：“人类，你干什么！你住手！你不许……”

黑狐的声音戛然而止。

初筝抓着他乱动的尾巴，许是变小的原因，此时只剩下一条，但也很蓬松柔软。

初筝抓住的同时，表情就是一肃。黑狐的表情极其难看，屈辱和怒火“噌噌”地往上冒，牙齿磨得嘎吱嘎吱地响。他的尾巴谁摸过？没人可以摸他的尾巴！

黑狐挣不开，怒上心头，瞄到初筝横在自己面前的胳膊。火色的眸子闪过一缕凶戾，他突然张嘴，一口咬在初筝的手腕上，锋利的牙齿，刺破皮肤，嵌进肉里。

鲜血入口，一股子的腥甜。黑狐多年未进食，那股腥甜在舌尖化开，极快地滑到喉咙，被吞咽下肚。

黑狐的吞咽声在寂静的空间，格外清晰。

初筝沉迷于摸尾巴中，让他喝口血没什么大不了的。

初筝感觉失血有点过多，挑起黑狐的下巴，迫使他松开自己。

黑狐瞪向初筝："你摸我的尾巴，本尊不与你计较，把你的手腕拿过来，本尊要进食！"

这个人类的血，该死的美味，肯定是他被封印太久，他太饿的原因。

初筝冷漠地看了他一眼，冰冷地戳穿他："你不需要进食。"

这玩意儿一看就是活了好久的，这样的存在，哪里需要进食。休想骗我！

"本尊饿了！"少年的声音带着怒气，"我告诉你，你不把我喂饱，你会倒霉！"

"忍着。"初筝止住血，将黑狐换个方向抱。

黑狐挣扎了一下，发现自己体形太小，根本不是初筝的对手，不是他不厉害，是他为了冲破封印，消耗了太多的力量。

"你叫雪渊？"初筝问黑狐。

一身黑，却取个名字叫雪渊？以为自己叫这个名字就白了吗？天真！

"你也配叫本尊的名字。"黑狐冷哼一声，傲气又轻蔑。

"我叫初筝，我允许你叫我的名字。"我就不像你，我大方多了。

初筝摸到黑狐的脑袋上，黑狐一抖耳朵，甩着脑袋："别碰我！"

摸他的尾巴就算了，现在还摸他的脑袋！这个可恶的人类！

初筝手顺着他的背脊，滑到尾巴上。黑狐又气得怒瞪初筝，后者的表情越摸越严肃。

黑狐磨牙，等他恢复……第一个弄死她！！

"现在是什么时候？"冷静下来，雪渊开始打听外面的情况。他不记得自己被封印了多长时间。

"神界八万九千年。"神界八万九千年……如果这个计算方式没有改变。那么……他已经被封印了七万年，真是漫长啊！

"万竹还活着吗？"

万竹？这名字……有点耳熟。

初筝想了想，那位失踪没有消息的上神……

"不知道。"都失踪了，活着还是死了，那谁知道。

"你知道什么？"

初筝小脸严肃："你真软。"

雪渊的脑袋顶着无数个问号，这个人类是不是在调戏自己？

"你不许摸我的尾巴！"雪渊奓毛。

少年有些软的声音，配合那怒气满满的语气，加上这娇小可爱的造型，怎么看怎么可爱。

初筝将他的毛摸顺，丝毫不在意他的怒吼。

雪渊，世间唯一的黑狐。他是诞生于洪荒时期的上古凶兽，怎么诞生的没人知道。

在那个时期，雪渊能和上神打个平手。后来雪渊犯事，屠杀无辜人类，被侥幸略胜一筹的万竹上神封印在这里。

这一封印便是七万年，直到七万年后，封印薄弱，雪渊冲破封印出来。

但是因为冲破封印，消耗掉雪渊的力量，导致他出来的时候，十分虚弱。

原来的剧情中，雪渊被夕兰偷偷救下，雪渊以为自己运气好，谁知道夕兰包藏祸心，她根本就不是真心救他，夕兰要的是雪渊的力量。

雪渊得知这个真相，看在夕兰救过自己的分儿上，打算离开，不愿与她为伍。然而他没料到，夕兰早有准备，给他下了血咒。

血咒的力量牵制着雪渊，雪渊被迫做着自己不喜欢的事。

雪渊被称为上古凶兽，这可不是一个称号，他凶起来，几乎是毁天灭地的灾难。这样的控制，让雪渊不断黑化，搅得各界不得安宁。

夕兰……又是她。这位小美人到底想做什么？

王者号给的资料比较笼统，都没有提到夕兰要让雪渊做什么。

初筝撑着下巴沉思，之前封印被破的时候，夕兰看似在帮忙，仔细回想一下……夕兰当时有别的小动作，她故意让封印破裂。

初筝抱紧雪渊，雪渊突然被勒紧，差点没喘过气。

“你干什么！想勒死我吗？！”

初筝抓着他的两只爪子，举高：“我告诉你，你以后不许跟着别人跑。”

黑色的小狐狸，火色的眸子里，倒映着小姑娘的面貌。她面容精致，不是那种张扬的漂亮，但是让人看一眼就无法忘记，她身上有一种沉淀的冷寂。

“我凭什么听你的。”他跟不跟别人跑……啊呸！他才不会跟别人跑，他不会跟着任何人！他现在只是……只是狐落平阳被人欺！

初筝强调：“我刚才说过，你以后就是我的。”

“你……你胡说，谁是你的，你们人类就是臭不要脸！”雪渊气呼呼地大骂，“我告诉你，我可是凶兽！凶兽知道吧！”

初筝捏着他的爪子威胁：“你敢跑，我就打断你的腿。”

两人压根儿不在一个频道，雪渊气得浑身奓毛，恨不得一爪子抓花她的脸。

初筝又添一句：“还有，我不是人，我是神。”

神经病。

等他力量恢复，看他怎么收拾她！

初筝将雪渊抱好，想着夕兰应该快回来了。

她带着雪渊离开这个地方，谁知道刚出去，后面的整座山就开始坍塌，要不是她跑得快，得被埋在里面。

雪渊下巴搁在自己的小爪子上，冷笑道：“我提醒过你，得罪我是要倒霉的。”

初筝极其平静地科学分析：“这是你出现带来的影响，跟得罪你有什么关系？”

因为雪渊代表不祥，所以他出现的地方，和他有接触的人，总会出现一些不祥的事情，这跟得罪他完全没有关系。

被初筝拆穿，雪渊明显有些气愤，呼吸都沉重几分。

“你知道得还不少。”雪渊咬牙切齿。

“还好。”初筝淡定脸。

“既然你知道，带着我会不祥，你还要带着我？”

“当然。”初筝爱不释手地摸他的尾巴。“好人卡”当然是在自己手里才最安全，更何况你还有这么舒服的尾巴，绝对不能被别人拐跑。

“我会好好保护你的。”初筝郑重地许下承诺。

谁要你保护！臭不要脸的人类！

雪渊气得不想说话，他要养精蓄锐。

初筝走出一段距离，看见不远处等着的痕生。雪渊看见痕生，舔了舔嘴角，阴森森地道：“那个小羊羔看上去很美味。”虽然看上去有点弱小，但是当个点心还是不错的。

“你不需要吃东西。”

雪渊磨磨牙，大爷似的提要求：“你不是想我跟着你，现在我饿了，我要吃东西！”

就当给自己找个小弟，伺候自己吃喝。雪渊这么想着，目不转睛地盯着痕生。

痕生已经看见他们，被雪渊盯着，小羊羔本能地害怕，已经快要维持不住化形，脑袋上羊角都出来了。

就在雪渊想着吃掉小羊羔的时候，嘴里被塞了两片叶子。

“呸！！”雪渊将叶子吐出来，“你给我吃的什么玩意儿？！我要吃那只小羊羔！”

雪渊吐完，又觉得不对，拿鼻子嗅了嗅，小爪子猛地按住叶子。好像刚才怒吼的狐狸不是他，几下塞进嘴里，嚼了嚼直接咽下去。

雪渊咽完，仰头看她：“这是仙灵叶，你哪里来的？”

哪儿来的？当然是做任务得来的奖励。但这个问题要怎么解释？这不是为难我这个小可怜吗？

别的妖精都只知道这东西对他们有用，但并不知道叫什么。可雪渊直接叫出这玩意儿的名字……

初筝垂眸，对上雪渊的视线。小狐狸眸子湛亮，火红色的瞳孔，宛如宝石一般，镶嵌在眼眶里，灵动清澈。

“你知道这是什么？”

“哼，我当然知道。”雪渊骄傲地挺了挺小胸脯，“我可是凶兽，洪荒期就存在，没有什么是我不知道的。”

“那你知道万竹死了吗？”

小狐狸瞪了初筝一眼，这臭不要脸的人类，故意和自己作对的吧！

初筝无辜，不是你说自己什么都知道吗？怎么还瞪我？

“你再跟我提万竹，我就……”

“你就如何？”

“我就……”他现在这样，也不能对她做什么，小狐狸一咬牙，“我就咬你。”

说完，小狐狸龇了龇牙，露出凶狠的小表情……很有凶兽的样子。

“哦。”初筝摸了摸他的脑袋，“你好厉害。”

“好人卡”要夸，要不要再鼓个掌？

雪渊感觉受到了无形的羞辱，心底悲愤。

狐落平阳被人欺啊！他堂堂一只凶兽，竟然沦落到这个地步，气死他了！

“不要转移话题，你还没回答我的问题。仙灵叶早就灭绝了，你哪里来的？”

仙灵叶是洪荒时期的产物，生长在灵气最盛的地方，每一片叶子都蕴含着灵气。因为数量稀少，所以即便是在洪荒时期，都十分珍贵。

初筝：……到底是谁在转移话题？

不过这破叶子，都灭绝了吗？系统哪里搞出来的？

初筝解释不了，便理直气壮地道："我就有。"你能奈我何？

小狐狸能屈能伸："你还有吗？"仙灵叶能让他恢复得更快，管她哪里来的，有用就行。

"有。"

"给我。"小狐狸望着初筝。

初筝打量了他两眼："给你可以，你得答应我一个条件。"

小狐狸两只小爪子交叉，挡住胸前，警惕道："我告诉你，我不卖身的！我是有身份的凶兽！"

你是有身份的凶兽，我还是有身份的神仙呢！

初筝道："你以后得听我的。"

听她的……这和卖身有什么区别？但是……靠他自己恢复，不知道要到猴年马月去了。

小狐狸咬咬牙，讨价还价："你如果有不合理的要求，我有权拒绝！"

初筝沉默了几秒。

小狐狸眯着狐狸眼，盯着她。

本以为她会说"不行"这类的话，谁知道她认真地问他："什么是合理，什么是不合理？"

合理不合理，对于不同的人来，也有不同的衡量标准。

雪渊哪里能料到初筝如此正儿八经地问，他一点准备都没有。雪渊思索片刻，气呼呼地道："反正……不能让我做我不喜欢的事！"

初筝："比如？"

雪渊："不许摸我的尾巴。"

初筝十分冷静地提醒："这是我做的事，不是你做的。"凭什么不让摸，你不是我的"好人卡"吗？不摸"好人卡"摸谁的啊！！

雪渊无语，好像有点道理……

雪渊重新打个比方，等打完比方，发现自己竟然没有解救自己的尾巴，那叫一个气。

初筝将仙灵叶给他，她身上其实也不多，就是王八发布的那两个任务完成后，得来的奖励。雪渊抱着仙灵叶，吃得不亦乐乎。

痕生老早就看见他们两个，结果初筝和雪渊在那边站了很久，才慢慢过来。

痕生本能地畏惧雪渊，说话都忍不住哆嗦："大……大人。"

刚才山里面发生什么事了？山都塌了……

"你怎么还在这里？"初筝有点奇怪。

"我……我还没拜你为师。"痕生壮着胆子，视线不敢看雪渊。顶着羊角的少年，莫名有几分可爱。

"我不会收你为徒。"初筝冷漠地拒绝，"别再跟着我。"

"大……大人。"

小狐狸眯着眼打量，不怀好意地道："虽然肉少了点，但是看着很美味，不如给我吃？"

痕生吓得腿软，好不容易稳住身体，屁股后面的小尾巴都露出来了。

要不是雪渊现在受伤了，身上的气息比较平和，痕生此时恐怕早就被吓回原形。

初筝认真脸："吃草健康。"

小狐狸瞪了初筝一眼，他是凶兽！凶兽吃什么草！

初筝拒绝痕生跟着，仗着自己有实力，几下就把他甩开。

小狐狸把初筝当座驾，很不客气地指挥她："去人多的地方！"

初筝看了他一眼，没有理会。

雪渊拿爪子挠她："听见本尊说的话没有？去人多的地方！"

"干什么？"

"吃啊！"雪渊理所当然，"我是凶兽，吃人才是我应该做的！"

"以后吃素。"吃人什么的……太凶残了。而且也很麻烦，被人追着到处跑，这样不好，吃素比较安全。

雪渊："……"你让一只凶兽吃素？你把凶兽当什么！

不管雪渊怎么气愤，初筝都不为所动。任你狂风骤雨，我自巍然如山。

雪渊很抓狂，等、等我恢复，再找这个臭不要脸的人类算账！先记着！

入夜。

雪渊被初筝抱着撸毛，他捧着仙灵叶苦兮兮地啃。就算这东西对自己有用，可是也太难吃了。没什么味道不说，还有点苦……他堂堂一只凶兽，为什么沦落到这种地步。

这不怪他，都怪这个臭不要脸的人类，竟然敢这么对他……

雪渊的视线瞄到初筝的手腕，獠牙露出，张口就咬下去。牙齿刺破皮肤，鲜血的味道，让雪渊幸福地眯起眼，大口大口地吮吸起来。

初筝只是垂眸看他，没有制止他的行为。

雪渊这次有分寸多了，差不多就收起獠牙，舌尖在她伤口上舔了舔，冒血的伤口，瞬间被止住。

雪渊在初筝怀里打了几个转，然后找到舒服的位置趴下去。

吃饱喝足……就该睡觉了。雪渊乖巧地伏在她怀里，哪里有半点凶兽的样子。

初筝舒舒服服地抱着他，望着虚空神游。

某处山林。

夕兰脸色苍白地依偎在青霄怀中，其余人站在四周，个个面色沉肃。

"初筝上神为什么要帮着那只凶兽？"

有人忍受不了这样的沉默，突然怒吼一声。身为神界的人，竟然帮着凶兽，与凶兽为伍！

"你们说话啊？"

"说什么？"某神仙不耐烦地道。他们能说什么？谁知道初筝上神为什么突然要站在凶兽那一头。

"黑狐已经出来，大家还是想想，怎么解决这件事。"

"他能出来，还不是因为初筝上神。我就觉得那封印破得太快，若有人在外面帮忙，那一切都能解释得通。"

夕兰眸色微微一暗，她将脸埋进青霄怀里，不看任何人。

"怎么了？"青霄关切地询问。

"没事……"夕兰柔柔弱弱地摇头。她得想办法，赶紧和他们分开。黑狐刚冲破封印，力量应该比较衰弱……

讨论的人很快得出一个方案，一批人分开去找黑狐，找到踪迹不要妄动，通知他们。

另外派人回神界搬救兵，青霄让夕兰回神界去。夕兰答应下来，中途却和人分开。她必须先他们一步，找到黑狐。

沙沙沙……灌木丛摇动，夕兰往那边看去，少年从灌木中钻出来。他见有人，愣了一下，旋即转身就跑。然而还没跑两步，身体忽然动不了，紧接着身体不受控制地往后退去。

脖子被人扼住，他看到女子温柔似水的面庞。

“小家伙，看见我跑什么？”女子声音也温柔，如果不是她掐着自己的脖子，他完全不会觉得这个女人有危险。

痕生的脸色越来越难看。

“告诉姐姐，你之前跟着的那个女人，在什么地方？”

“我……我不知道。”痕生艰难地出声。

“嗯？”夕兰掐他的手用力，“怎么会不知道呢？你不是跟着她吗？”

“我……我真的……不知道……”痕生呼吸困难，惊恐地看着面前笑容温柔的女子。

“你不说，姐姐可就要生气了。”

夕兰的脸色缓慢沉下。痕生摇头，他不知道，他真的不知道。

夕兰瞧着痕生不像是说谎，美眸一眯，危险的光芒从中闪过：“她手里是不是有一只黑狐？”

痕生眼泪都出来了，还是一个劲地摇头。

“什么都不知道？”夕兰突然冷哼一声，“废物。”

夕兰将他扔在地上，手中突然多出一把剑，一剑刺在他的胸口。少年的身体“唰”的一下变回原形。

夕兰似乎觉得这一剑肯定让痕生活不了，连补一剑的想法都没有，直接闪身离开。

痕生躺在地上，黝黑的眸子盯着某处，生命力正不断流失。他要死了吗？

“咩……”细微的叫声，拉回痕生渐渐消散的意识，他的嘴里被推进来什么东西。灵气不断溢进身体，止住他正不断流失的生命力。

“缘分妙不可言，这不吃都对不起本尊。”

熟悉的声音在痕生耳边响起，他还没睁眼，最先感受到的是一种恐怖的气息。他一个激灵，猛地睁开眼，对上一双火红的眸。黑色的狐狸踩着他的胸口，正张开嘴，露出獠牙……

“啊！”痕生惊得大叫一声。

接着黑狐被人抱起：“我说过，不许吃这种东西。”

黑狐抗议：“你想饿死本尊是不是？你这个阴险的人类，我就知道你不怀好意，你竟如此歹毒！”

歹……歹毒？“好人卡”说我歹毒！看我给你惯的！

于是，歹毒的初筝语气冷淡：“你不吃也不会死。”

黑狐磨牙：“我饿！”

“忍着。”又不会死，嚷嚷什么。初筝往他的嘴里塞仙灵叶，“吃点草。”

黑狐悲愤地想吐出来。天天让他吃草！吃草、吃草、吃草！他都要变绿了！

但是他转念想想：不行，我得赶紧恢复，恢复过来才能好好教训这个臭不要脸的人类。

所以黑狐气得将仙灵叶当初筝嚼。

痕生发现自家小弟也在旁边，此时整只羊都圈成一团，吓得瑟瑟发抖，他赶紧抱紧自己的小弟。他心有余悸地看着初筝……怀里的黑狐。

小狐狸正生气，嚼得特别用力，眼神凶戾。痕生感觉他嚼的是自己的骨头，跟着小弟一起瑟瑟发抖。

【主线任务：请在两个时辰内，花掉二十枚仙灵叶。】

荒郊野外！你让我花哪里去？

初筝瞄向抱着小羊羔的痕生，然而初筝高看痕生，他身上啥都没有。

“大……大人。”痕生咽了咽口水，眼底藏着畏惧和恐惧，“我……我之前遇见……一个人，好像在找你和这位……黑狐大人……”

“我没告诉她，我什么都没说。”痕生又急急地补充两句。

神界的那群人？她把这小狐狸带走了，神界的人找她也正常。

初筝问他：“长什么样？”

痕生道：“就是……那次在万物客栈外，遇见的那个女人。”

初筝想起来了：“夕兰。”

痕生想了一会儿，在万物客栈外面，那个男人好像就是叫她夕兰。

夕兰找自己肯定是为了小狐狸，竟然觊觎我的“好人卡”。做掉！必须做掉！

初筝瞄了他的身体一眼：“你的伤是她弄的？”

痕生点头，他抬起头：“是大人救的我吗？”

“不是。”初筝否认，确实不是她。

在痕生醒过来之前，她刚到这里。小狐狸冲过去就要开吃，她也就……来得及拦住他。

痕生有些失望，不是大人救的自己吗？他看向怀里瑟瑟发抖的小弟，自己隐约听见的那一声叫声，不是自己的错觉。

“你知道这附近哪里有妖精吗？”荒郊野外，初筝总不能找棵树做交易吧？只能找妖精了。

“妖？”痕生下意识地看向雪渊。是……是大人，要给这位黑狐大人找吃的吗？

初筝严肃地点头：“知道不知道？”

雪渊正舔着自己的小爪子，察觉到痕生的视线，火红的眸子转过去，轻蔑地冷哼一声。

痕生慌张地垂下头。

“知……知道。”痕生磕磕绊绊地道，“这附近有一只大妖。”

“带我去。”初筝挥手。

之前痕生说十里八山，这其实是个地名，名字就叫十里八山。十里八山上住着一只虎妖，这只虎妖占山为王，手底下有不少小弟。附近的妖精，都不敢和他作对。虎王此时正惬意地躺在自己的专属王座上晒着太阳，身边是给他捶背捏肩的小妖。

而在另外不远处的石椅上，坐着一只狼妖。

“虎大王，我们很有诚意，最近深山里的变故你也看见了，那股威势，定是有什么强大的东西出来了。”

狼妖面色不虞地说着话。

“虎大王，你可能还不知道，最近神界的人频繁出现的事吧？”

“神界？”虎王总算有反应了，“他们想做什么？”

“还能做什么，肯定是之前出来的那个东西引来的。”狼妖道，“现在不知道那个东西在哪里。按照神界以往的行事作风，咱们这些妖都被他们视为眼中钉，必要的时候，他们可就是宁可错杀一千，也别放过一个。”

虎王沉了沉脸。

狼妖知道自己说到虎王心坎上了，也没继续说，等着他自己想清楚。须臾，虎王开口：“合作也不是不可以……”

“大王！大王，有人上山来了。”

有只小妖精飞快地跑来，嘴里还不断地嚷嚷着，打断他的话。

“人？”虎王不甚在意，“抓起来，今天晚上加餐。”

“大王。”小妖精抹了抹汗，“我们打不过她。”

虎王“噌”的一下坐起来，捏肩捶背的小妖精们吓到，狼妖也侧目看过来。

“打不过？”虎王声音洪亮，“修道中人？”

“不……不像。”小妖精摇头。他们跟着虎王这个大王，也见过不少修道中人。那些人身上的气息很容易就能辨别出来，可是现在上山这个……怎么说呢……就是那种实力了得，却又完全看不出来是何来头。

“去看看！”虎王挥手。他刚跳下自己的专属王座，远处突然飞过来一个妖精，砸在虎王的脚下。

虎王望过去，嶙峋的山石间，缓缓走来一道纤细的人影。

此时夕阳渐沉，她的影子被拖得细长。

虎王粗黑的眉毛一扬，凝眸看着小姑娘走近，她怀里抱着一只纯黑色的小狐狸。小狐狸此时脑袋埋着，毛茸茸的耳朵微微耷拉着，似乎睡着了。

黑色的……狐狸？

虎王表示自己见多识广，可还真没见过黑色的狐狸。

虎王没从小狐狸身上感觉出危险，便将视线投向初筝。小姑娘未施粉黛的面上白净漂亮，宛如上好的羊脂白玉，夕阳的余晖在上面镀上一层光晕。

虎王还没见过这么好看的人。

“你是何……”

“你这里有东西卖吗？”初筝先虎王一步说完，她的声音清冽冷淡，像是山间沉寂的寒潭，突然被人搅动，发出的声音。

虎王古怪地打量初筝。小姑娘清雅淡然地站在凸起的山石上，眸光冷寂地看着他，没有丝毫的畏惧……或者说，她眼底看不见任何情绪。

他这十里八山上，只有妖精，哪里有什么东西卖？而且妖……从来不做生意。

虎王心中转了几道弯：“你想买什么？”来路不明，还看不透实力，先稳住再说。

“你有什么？”

虎王道：“我这里只有妖。”

“吃！”小狐狸突然抬头，火色的眸子盯着虎王，露出几分馋涎，“好吃。”

这只比那只小羊羔看着强大，吃起来肯定美味。

初筝将他按回去。

小狐狸只抬头一瞬，可虎王还是看见了他的眼睛，莫名打了个寒战，一股寒气蹿上心头。

自称凶兽的雪渊恼怒地大吼：“为什么不让我吃，他满身都是杀孽，我吃这样的妖，也不行？！”

因为初筝按着他，他传出来的声音有些闷。

“你不要太过分！

“我吃他是积德！

"你放开我！我要吃了他！"

初筝内心咆哮：我任务都没做，你吃个头啊！

虎王一时反应不过来，当了山大王这么多年，今天竟然有人要吃自己？？

初筝将小狐狸抱紧，小狐狸的声音顿时变成呜呜声。

"你到底是什么人？"虎王警惕地盯着初筝。

"虎大王。"后面观察的狼妖，突然上前两步，"我认识她。"

"哦？"虎王狐疑地看向狼妖。

"前几天，你可是在万物客栈伤了妖？"狼妖凌厉的眼神扫向初筝。

"没有。"初筝想都没想直接反驳。

狼妖冷哼一声："你伤到了我们少主，你竟然敢不承认？"这身打扮，和他们少主回去描述的一模一样。

"不是我。"初筝一脸的严肃，"你没有证据，不要乱讲。"

"哼，有胆子伤害我们少主，没胆子承认？你也就这么一点本事，今天我就替我家少主讨回公道。"

狼妖飞身而下。

讲点道理！你家少主是谁啊！我认识吗？我什么时候打你家少主了？！

狼妖还不忘和虎王告状："虎王，她伤我家少主在先，我必须为少主讨回公道，还请虎王见谅。"

虎王巴不得有人先试探试探初筝，此时当然不会阻拦。

狼妖的爪子幻化而出，锋利的爪子如利器一般抓向初筝。狼妖看初筝的眼神，满是狠戾。

【小姐姐注意，即将翻倍哟！】王者号欢快地提醒初筝。

谁要翻倍啊！！为什么要这么欺负我这个小可怜？！

初筝冷着脸，避开狼妖的攻击，踩着石头，轻灵地跃上虎王所在的平台，虎王猛地往后退开几步。

初筝在袖子里摸索。

虎王抬手，四周冒出不少妖，个个凶狠地盯着初筝。

初筝将小狐狸的脑袋拨开。虎王以为她要发大招，表情一凶，结果几片绿色的叶子怼在虎王面前。

虎王先是眼前一绿，还以为是什么法器，下意识地往旁边闪开。定睛再瞧，发现那小姑娘手里拿着的只是几片叶子。

虎王感觉自己被狠狠地羞辱了，勃然大怒："你……"

"打他，这些都是你的。"初筝豪气地堵住他的话。

"你开什么玩笑！"虎王怒道，"几片破叶子，也敢指挥本王。"

初筝抬手，一片叶子朝着虎王飞过去，诚恳地建议："你尝尝。"

仙灵叶晃悠悠地飘过来，看着没有任何攻击力。

初筝表情严肃又认真，看得虎王……忍不住伸手，接住那片叶子。虎王狐疑警惕的眸光，顿时一变，诧异地看向初筝。而被忽略的狼妖，也在这个时候冲了上来。

"虎王，你疯了不成？她不是什么好东西，你竟然帮着她对付我！"狼妖被压在地上，愤怒地冲着虎王咆哮。

而初筝站在旁边撸狐狸，神情从始至终都是冷漠的。

“人为财死，鸟为食亡。”虎王装腔作势地道。

初筝给他的东西，可比狼妖提出来的要实际得多。

“你……”狼妖不知道初筝给虎王的东西到底有什么用，能让虎王直接对付自己，他发狠地警告，“你不怕狼王……”

“哈哈哈！”虎王大笑，拿看白痴的眼神看着狼妖，“狼王怎么会知道，你是在我这里出的事呢？”顿了顿，虎王又道，“况且，狼王不会发现你失踪了。”

狼妖脸色顿时就变了：“你……你想做什么？”

不会发现他失踪……但是虎王不会让自己回去，那……他要找妖冒充自己回去吗？

虎王让妖精将狼妖带下去，他转身看着初筝：“不知这位姑娘，刚才说想从我这里买东西，是想买什么？”

“我已……”初筝刚想说自己已经不需要了，谁知道王八就蹦出来。

【主线任务：请收服十里八山的妖精。】

这跟任务有什么关系！收服这种活需要……

【请小姐姐不要暴力，请你好好收服他们！仙灵叶管够！】王者号赶紧道，【小姐姐加油哟！看好你！】

我信了你的邪。仙灵叶你是从哪里薅来的？！树都薅秃了吧！

初筝气呼呼地撸了两把雪渊，雪渊抬眸瞪她，后者正目不转睛地看着客客气气，甚至带着点讨好的虎王。

雪渊舔了一下唇，目光阴森，想吃……

初筝没察觉到雪渊的视线，心底正思考，自己会不会被虎王拍死。这是打发点仙灵叶能做到的吗？这是抢人家地盘，不就和挖别人祖坟一个道理吗？

虎王能答应？王八肯定要翻车！

需要好好教一下系统怎么做人了。

初筝这么一想，大手一挥，耿直地提出要求：“我要十里八山。”嗯！气势要有！

虎王蒙圈。

虎王也只蒙了那么一会儿，很快道：“没问题，这十里八山以后就是姑娘的，去吩咐小的们搬家。”

后面一句话是吩咐旁边的小妖，语气随意极了。

不是！这不是你们的家吗？你们就不要了？不需要打一架什么的吗？你们这操作不对啊！

【小姐姐注意哟，不仅仅是十里八山，还要收服这些妖精们哟！】

王者号提醒初筝。

哦！这不仅仅是挖祖……抢地盘，这连人家坟头上的草都不放过，系统是魔鬼吗？

【……到底谁才是魔鬼啊！】王者号气得吐血。

初筝吐槽完，镇定地看向虎王：“山上的妖也要留下。”

虎王脸上的表情这才发生变化：“姑娘，你这是何意？”

初筝迟疑了一下：“……大概是我要当你们的大王。”

“姑娘，虽然你手里的东西对我来说……”

初筝抓出一把仙灵叶，小狐狸两爪子薅过去，抱在怀里。这臭不要脸的是傻吗？这些仙灵叶用完就没有了！！虽然不好吃，可也不能这么给这些妖精啊！败家子！

“跟着我，这些都是你们的。”初筝没管他，继续道，“干不干？”

虎王盯着被小狐狸抱着的叶子，那叶子他不知道是什么，但是他能感觉到里面蕴含的力量。那力量让他多年没有松动的修为，竟然隐隐松动了，谁不想拥有更多宝贝。

可是……让他一个虎王，沦为别人的小弟……

初筝巴不得虎王不答应，这样初筝就能用拳头教那破系统做人。然而初筝高看了虎王这只妖精，他不过思考了一阵，竟然就答应了。

只要实力能上去，管他给谁做小弟呢！她要是真的厉害，自己以后也会发达。她如果只是意外拥有这些东西，那自己就先骗过来，到时候……

虎王心底的小九九打得噼啪响。

初筝冷漠地看了虎王一眼。怎么一点身为妖的觉悟都没有？怎么能就这么屈服？骨气呢？立场呢？不好好坚定立场，我怎么好好教王八做人！

虎王有点蒙，不是，我都答应了，怎么她好像还不高兴似的。

初筝将仙灵叶从小狐狸爪子底下拿出来。

“我的！”雪渊凶巴巴地吼。

“你不是嫌不好吃？”

“那也是我的！”就算不好吃也是他的！雪渊拿出凶兽的气势，“到本尊手里的东西，岂能有拿走的道理！”本尊不要脸的吗？

初筝放弃那些仙灵叶，重新摸出来一些。雪渊傻眼了，她……她到底有多少？洪荒期他都没一次见过这么多仙灵叶！你以为仙灵叶像正常树木那样，全是叶子？一棵仙灵树上，撑死不会超过九片仙灵叶，剩下的就是中看不中用的仙灵花。

雪渊眼睁睁地看着仙灵叶被揣进虎王兜里，他气得挠初筝。

“干吗？”初筝垂眸看他。

“你竟然还要养别的妖精！”雪渊气狠了，“本尊不许！”

身为他的坐骑，怎么能和别的小妖精有染？而且还是这种弱得只能给他塞牙缝的！！

雪渊完全忘了，自己此时也是弱的那个。

“哦。”初筝平静地应了一声。你不许就不许呗，关我什么事。

雪渊瞪圆红宝石一般的眸子，小表情凶悍，可惜他个头太小，看上去一点气势都没有，反而有点萌。

初筝忍不住摸了他两把，真舒服。

“乖一点，别闹。”

气死本尊了！雪渊别过头。

初筝是后来才知道，虎王之前那么容易就将十里八山让出来，是因为对于他们妖来说——换地方就跟换客栈一样。

妖本来也不是什么重感情的存在。如果不是虎王，这些妖根本不会聚集在一起。

初筝让虎王将仙灵叶分下去，妖精们很不解，为什么虎王要听初筝这个人类的。但是虎王都害怕她，自然没有妖敢多说什么，大家都乖乖地拿着仙灵叶。

等拿到仙灵叶后，这群妖精看初筝的眼神就不一样了。

小狐狸没事在旁边磨爪子，阴森森地盯着这些妖。每当他想发起攻击的时候，就会被初筝塞一把草，虎王看得那叫一个心疼。

初筝给的仙灵叶不少，十里八山上的妖，短时间内，修为基本都有所精进，这比他们自己修炼快多了。而且吸收过仙灵叶后，他们感觉自己修炼也快多了。

“大王……”小妖精飞扑过来，视线接触到虎王，顿时改口，“虎王，狼王带着人到山下了，他们来势汹汹。”

虎王皱眉，他都还没处理那只狼妖，狼王怎么就来了？

“下去看看。”

虎王带着小弟们，到山下会狼王。狼王身形比虎王稍微小一些，但是身上的气势并不比虎王弱。

狼王就在十里八山隔壁，俗话说一山不容二虎。虎王和狼王，平日里很不对付，三天两头打架。

“狼王，你来做什么？”虎王站在山上，望着底下的人。

狼王扛着狼牙刀：“我听说你们十里八山上，来了个小姑娘？”狼王的声音在山间回荡，一些小妖都受不住，畏惧地垂下头。

“……你有什么事？”

“那个人类打伤了我儿子，你把人交出来！”狼王粗声粗气地放话。

虎王：……还以为是狼妖的事走漏风声，吓本王一跳。

“人呢？”见虎王没反应，狼王又吼了一声，挥动着自己的狼牙刀，“我告诉你，那个人类伤害我儿，今天你不把她交出来，就别怪我翻脸不认人。”

“你还有脸？”虎王怼了一句。

“虎王，我有心跟你谈和，你别找事！”狼王眼神凌厉，“那个人类和你非亲非故，你没必要护着她。”

“你懂什么！”虎王忍不住骂道，“你跑到我十里八山来叫嚣，还带着这么多妖，你想干什么啊？”

狼王威胁道：“你不把她交出来，就别怪我不客气。”

虎王的眸子微微一眯：“以前咱们就打得不分伯仲……”

狼王接下话：“所以没必要弄得两败俱伤，最近的事你也知道，我不想和你闹得太僵。”

山里不知道出来了什么东西，当时那股威压，他现在想来都还心有余悸。神界的人也在山里转悠……

虎王接着上面那句话：“但是现在不一样了。”我已经不是原来的我了。

狼王冷哼，哪里不一样？你还能打赢我不成？

“小的们！”虎王高喊一声，“冲啊！！”

山上涌出一大批小妖精，浩浩荡荡地冲下去，场面顷刻间便混乱起来。

第十三章 批发仙灵叶

初筝坐在山上，神情淡漠地看着下方混乱的场面，雪渊吃草吃得正起劲。

“你是不是知道有人要来找你麻烦？”他突然抬起头问。

不然怎么好端端的，为什么要收服虎王？

不对，她那不叫收服，她那叫收买。

堂堂虎王毫无骨气可言！

虎王在不知道的时候，又被贴上“毫无骨气”四个大字。

“不知道。”

“哼！”雪渊冷哼一声，没有发表看法，继续啃他的草，阴险狡诈的人类！

雪渊的耳朵忽然动了动，他嚼着一片仙灵叶，往某个方向看过去。初筝似乎也有所察觉，草丛被人拨开，夕兰的身影渐渐明晰起来。

“初筝。”夕兰好像多年未见的老朋友，真心实意地扬起笑容。

初筝余光睨了一眼，又看向笑得温柔的夕兰。今天这出戏，是面前这个小美人导的？

夕兰的视线落在小狐狸身上，美眸里忍不住涌起一阵激动。

这就是黑狐雪渊。

“把它给我。”夕兰连废话都没有，直入主题，“初筝，把那只狐狸给我好不好？”

她的声音依然温温柔柔，好像他们之间是多么亲密的朋友。

“凭什么？”初筝冷漠脸，就算你长得好看，也不能跟我抢“好人卡”！

“他对你没用。”夕兰道，“不仅如此，还会给你带来灾难。”

胡说八道！“好人卡”对我没用，对你难道有用？！

“他对你有什么用？”

抱着黑狐的小姑娘眉眼冷淡，夕兰很不喜欢初筝这个样子。也不知道怎么回事，初筝突然就变成这个样子。不过夕兰没时间去计较这些，她现在最想要的，是初筝抱着的雪渊。

然而，雪渊神情轻蔑：“你是什么东西，也配要本尊？”

夕兰立即接话：“我能让你恢复。”

雪渊狐狸眼一眯。

恢复……

雪渊自然是想恢复自己的实力，这样他就可以将这个摸他尾巴，臭不要脸的人类踩在脚下，让这些愚蠢的人类，看看凶兽的实力。

然而雪渊并不相信面前这个笑容温柔的女人，甚至还有点厌恶，他心底宁愿和初筝在一块。

夕兰还想说什么，但是碍于初筝在场，她最终没有说出口。

“我真的可以让你恢复。”夕兰只能强调，“只要你跟我走，你就能恢复。”

初筝语气冷得像是结了冰：“你当我是死的吗？”当着我的面就挖墙脚，就算你长得好看，也不能这么干啊！

她扣住雪渊的脖子，低声威胁：“你敢跟她走，我就打断你的腿。”

雪渊被掐住脖子，那叫一个怒，凶狠地出声：“我说了我要跟她走吗？就你还想打断本尊的腿，你真当本尊奈何不了你是不是！！”

本尊凶起来，自己都害怕！

“没有就好。”初筝将动作改为抚摸，“乖一点，你要什么都有。”

还不如掐他的脖子。雪渊立即顺着杆子往上爬：“我要吃妖！”

“吃草。”初筝往他嘴里塞仙灵叶。

雪渊呸呸地吐出来：“你不是说什么都有？”

初筝镇定地道：“你不乖。”

初筝和雪渊说话，直接无视夕兰。夕兰攥紧拳头，忍着怒火：“初筝，我不想和你为敌。”夕兰面露为难之色，一副“我都是为你着想，你不要逼我”的模样。

初筝冷声道：“那你走啊！”不想和我为敌，还出现在我面前，找死啊？

夕兰被噎住，指甲狠狠地掐着掌心，面带微笑：“初筝，你不要逼我。”

“逼你又如何？”打我啊！我好怕哟！

夕兰对雪渊势在必得，她抬手在空中打了个响指。身后的灌木丛中，响起沙沙的声音，紧接着有两个人走出来。这两个人皆是修道中人的打扮，步伐一致地从灌木丛中走出来。但是他们目光无神，像是被控制的牵线木偶。两人走出来，不用夕兰发话，径直冲向初筝。

两人都是修道中人，有法术。初筝好歹也是上神，法力比他们厉害，但是这两人似乎不知道疼痛。不管伤到哪里，他们都能第一时间爬起来，无惧无畏地冲向她。

“他们不死不休，你对付不了他们。”夕兰的声音缓缓响起，“初筝，你最好将雪渊交给我，看在之前你救过我的分上，我饶你一命。”

初筝踢开扑过来的人，我的命需要你来饶？做什么白日梦，长得好看，做个梦都是美的？

初筝一边吐槽，一边抬手，银线飞出，卷住其中一个人，猛地往夕兰那边摔过去。夕兰发现异常，似乎想让那人停下。那人挣扎得厉害，然而并没什么作用，夕兰见势不对，迅速闪开。

“砰——”那人砸在夕兰刚才站的地方，他依然不知道疼痛，摇摇晃晃地要站起来，还没站稳，身体又飞起来。

另外一个人趁机扑向初筝，初筝抬脚将他踹开，银线同时将这人也绕上。

两个人同时砸向夕兰，夕兰发现两人不听使唤，心底涌起一阵不安。她想避开这两个人，可是她突然发现自己脚踝一阵冰凉，接着整个身体都像是被定在原地。她低头往脚踝飞快地扫了一眼，什么都没有。她使劲想挪动脚，然而分毫未动。脚踝上的冰凉，瞬间蹿上背脊，冷汗“唰唰”地往外冒。那两个人砸下来，夕兰整个人被撞飞。

“啊……”夕兰惨叫一声。

“夕兰！”灌木丛中飞出一人，接住掉下去的夕兰。

“夕兰，夕兰，你没事吧？”青霄搂着夕兰，满脸的关心。

夕兰心底“咯噔”一下，青霄怎么会出现在这里？夕兰心底极快地转了几圈，脸色瞬间苍白，像是被吓坏了一般。

“夫君……”夕兰哆嗦着开口，“初筝上神……不知道为何指使人攻击我。”

嘿！这是你的人！就算你长得美，也不能乱甩锅啊！

本来想直接做掉的初筝，猛地撤掉力量，将那两个人怼在地上。

“初筝！”青霄一听就怒，质问初筝，“你为何要指使人伤害夕兰？夕兰对你那么好，你还有什么不满意的？你是蛇蝎心肠吗？！”

“这是她的人。”初筝语气平淡，“你别乱说。”

“我看见他们攻击夕兰，你还狡辩！”

青霄摆着“你说什么我都不会相信，你就是欺负了我的夕兰”的样子。

夕兰装模作样地咳嗽起来，脸色难看得像是要当场去世。

初筝十分无语，刚才还神采飞扬，满面红光，转眼你就要挂了，这到底是如何装的？

沙沙沙……灌木丛里陆续出现人，都是神界的。他们看见这边妖气冲天，以为有什么异动，便赶了过来，谁知道是两群吃饱没事干的妖怪在打架。

“青霄仙君，这是怎么回事？”有人问。夕兰不是回神界去了吗？怎么会出现在这里？“夕兰仙子怎么会在这里，怎么了？”

“初筝把夕兰打伤了。”青霄道。

“为何？”有人惊疑，“初筝上神和夕兰仙子不是很要好吗？”

自从夕兰醒过来后，神界的人都知道，她和初筝关系不错。

夕兰委屈地摇头：“我……我不知道，我找到初筝上神，她忽然就指使那两个人攻击我。”

夕兰说的那两个人，是指被初筝怼在地上的那两个。

夕兰肯定不能让神界的人知道，这两个人是她的人，不然她怎么解释？所以先发制人，将这两个人甩给初筝。

夕兰那楚楚可怜的模样，立即就激起男人的保护欲：“初筝上神，你这是何意？”

初筝冷漠脸，都说了跟我没关系，这不是我的！

初筝拢在袖子里的手，微微一动，地上的人忽然动起来。两个人从地上爬起来，宛如被控制的玩偶，关节十分僵硬，走动期间，发出咔嚓咔嚓的声音。

“他们怎么回事？”

“好像没有意识……”

“被控制了？”

有人怒吼一声：“初筝上神，你做什么？”当着他们这么多人的面，还想攻击他们不成？那两个人缓慢地行进，没有任何攻击的意思。

夕兰被青霄抱着，余光扫着那两个人，心底升腾起一阵不安，她拼命地控制那两个人停下，然而那两个人完全不听使唤，眼睛和鼻子开始流血。

“初筝上神，你……”

那两个人同时停在夕兰面前，无神的眸子直勾勾地盯着她，单膝弯曲，缓缓跪下，宛如誓死效忠的骑士。

众人是听见初筝说过，这两个人是夕兰的……他们将视线投向夕兰。如果这是初筝的人，为何要向夕兰跪下？

“我不知道……他们……”夕兰被吓坏一般，“这……夫君，我不知道他们为什么向我跪下，他们都是初筝上神带来的。”

青霄完全信任夕兰：“没事，没事。”

“我的？你有证据吗？他们跪的是你。”初筝觉得自己很无辜，为什么要对她这个小可爱下手？

青霄沉下脸，为夕兰做证：“我来的时候，看见你指挥这两个人攻击夕兰，难不成是我看错了？”

初筝无缝衔接地接话：“你眼瞎。”

青霄脸色铁青地盯着初筝，好像要从她脸上盯出朵花来，这个初筝到底怎么回事，之前她不是这样的。

“这是不是鬼侍？”人群中，不知道是谁突然冒出一句。

鬼侍？显然这个词不是什么好词，现场的气氛变得古怪起来。

“你们看那个人的脖子。”有人指着其中一个人的脖子，“这就是鬼侍。”

不止这一个，另外一个人也有，脖子上的纹路一模一样。鬼侍只是一个称呼，最开始出现，是在魔族中。魔族不知道用什么法子，控制住修道中人，炼制成自己的鬼侍，用他们来战斗、打探消息。传闻说，高级鬼侍和常人无异。

然而魔族和神族和解已久，两族互不相干，甚是和平，鬼侍怎么会出现在这里？

“这是御魂术。”雪渊忽然出声，语气傲慢不屑，“连这个都不认识，你们是越活越回去啊！”

雪渊的声音，将众人的视线集中在他身上。

刚才小狐狸窝在初筝怀里，没有抬头，从他们的方向看，初筝就是抱着黑乎乎的一团。此时雪渊抬起头，露出毛茸茸的耳朵和那双火红的眸子。

“黑狐！”

初筝抱紧小狐狸，警惕地看着对面的人，休想觊觎我的毛……我的“好人卡”！这是我的！！

“御魂术抽离灵魂驱使，主人和被驱使的那傀儡身上，会出现相同的纹路。傀儡一般是在脖子，主人一般是在手腕，一看便知这两个人是谁指使。”

雪渊完全不在意对面人的视线，拿爪子推开初筝的袖子：“她手腕上可没有。”

白皙的皓腕上，毫无瑕疵。

初筝倒是没想到，雪渊知道得还不少，不过不用她费劲说话，挺好，没有白养他。

雪渊的爪子指着夕兰：“该她了。”

众人都没听过御魂术，他们只知道魔族的鬼侍……

夕兰的脸色比刚才还要苍白，她缩在青霄怀里，没敢接话，脑中极快地想着办法。

“怕了？”雪渊冷笑，“这两个人是谁的，你只需要撩起袖子，看一眼就清楚。”

夕兰掐着自己的手心，雪渊说得都对，她要是真的拿出来……她敢直接将那两个人推给初筝，就是料定没人会知道御魂术。然而她忘了洪荒时期就存在的凶兽——黑狐雪渊。

“我们都没听过，你说是就是？”有人出声。

“就是啊，这不是你自己说了算吗？你可是凶兽，你的话能信？”

“大家不要被凶兽蒙蔽。”

雪渊冷哼一声，少年音带着傲慢：“本尊堂堂的上古凶兽，用得着骗你们这群老不死的。”

论起来，作为上古凶兽的黑狐……怕是比他们年纪大得多吧！

叫他们老不死的，你自己是个啥？上古老不死的？

“夕兰，给他们看一下。”青霄从身到心都相信夕兰，他不信夕兰会对自己撒谎。

夕兰视线低垂，紧咬着唇瓣。

“我……夫君，这么多人……”夕兰似窘迫一般。

“就看个手腕而已，又不看你的其他部位，你怕什么？”初筝冷冰冰地道。

雪渊瞄了初筝一眼，这说得也太直接了吧？

“我……”夕兰心底焦急。

雪渊舔着自己的爪子：“不敢给我们看，这两个人就是你的咯。”

“夕兰？”

初筝突然闪身上前，青霄反应过来的时候，初筝已经拉住夕兰的胳膊。夕兰瞳孔瞪大，试图挣开初筝的控制。然而初筝二话不说，上手就将她的袖子撩起。和那两人毫无二致的纹路横陈在夕兰的手腕上，暴露在众人眼皮子底下。

“啰唆。”磨叽半天，一点实质进展都没有，这不就简单多了！

初筝冷漠地扔开夕兰的手，闪身退回原地，速度快得好像她没动过一般。

夕兰慌张地拉下袖子，盖住手腕，眼底闪过一缕暗恨，但更多的是慌乱，她现在该怎么办？

“夕兰仙子……”有人震惊地看着她，“你……你怎么回事，你……怎么会有鬼侍？”

他们不知道御魂术是什么，但是鬼侍他们清楚。

这是魔族才会的东西，神族没有一个人会，夕兰怎么会？

虽然魔族和神族相安无事多年，可是魔族对于神界来说，一直是个隐藏的隐患。这事和魔族扯上关系，他们就不得不重视。

“我……我不知道。”夕兰泪眼蒙眬，她抓着青霄的衣襟，“夫君，你相信我。”

“你别急。”青霄安抚夕兰。

夕兰梨花带雨：“我真的不知道怎么回事，是……是她陷害我。”夕兰突然指向初筝。

又是我！怎么又是我！你不能见我弱小无助可怜就欺负我啊！

夕兰柔柔弱弱地继续道：“她突然过来抓我，我手上才出现这个东西……”

初筝打断她：“既然没有，之前你怎么不亮出来？”

“这么多人，我怎么能……那么不知羞耻。”夕兰苍白的脸颊上，染上羞恼之色。

好像初筝把手腕当着这么多人亮出来，就是不知道羞耻一般。

初筝摆着一脸的正经：“身体不过也是大道的一部分，有何不能看？当神仙这么久，还为这点凡尘俗世所扰，如何能成就大道。你连这点觉悟都没有，是怎么修道飞升成神的，走后门吗？”

众人：……总感觉她在胡说八道，然而让人找不到反驳的话。

雪渊：……要不是知道这臭不要脸的一直逼自己吃草，说是对身体好，他现在就要信了。

夕兰张了张唇，半晌没说出反驳的话来。好像她说自己没有觉悟就是走后门。承认自己有觉悟，又会被扣上被凡尘俗世所扰，不配为神……

夕兰藏在袖子底下的手，狠狠地攥紧……不对，自己好像被带歪了。

夕兰猛地抬眸，泪眼婆娑地对上初筝清冷淡漠的眸子，她刚打好的腹稿，忽然间又卡在喉咙里。

“夕兰仙子，这两个鬼侍是你的？”

“不……”

“不是你的是谁的，证据在你的手腕上。”初筝友好贴心地提醒。

“是你……”

“我还能给文上去？”初筝冷漠脸，“你这么高看我，我要不要谢谢你？”

“你刚才碰到我了。”夕兰强行辩解。

“他也碰你了。”初筝看的是青霄。

凭什么就怀疑我一个人啊？人人平等呢！

“你……你不要胡乱攀扯。”夕兰美眸瞪圆，“夫君怎么会害我！”

那可不一定，枕边人有时候才可怕呢！

“还有一个办法，可以辨认到底谁是他们的主人。”雪渊打着哈欠，“身为主人，主人的鲜血是他们最喜欢的。”

显然神族也是知道，这个办法是有效的，众人目光灼灼地看着夕兰，这些鬼侍到底是谁的？谁和魔族有关系？这人有什么目的？！

初筝毫不在意地划破手心，那边跪在地上的鬼侍毫无反应。

夕兰不想用这个办法，然而被众人盯着，青霄还一脸“我相信你，别怕”的表情在安慰她。夕兰被迫划破手心，安静的鬼侍忽然动了，争先恐后地扑向夕兰，神族那边的人顿时变了脸色。

“不……不是我……你们相信我……我不知道怎么回事……”

“夕兰仙子，你和魔族有什么关系？”有人厉声道，“你为什么会驱使鬼侍？”

“我不知道……”夕兰一个劲地摇头，脸色苍白得随时能晕厥过去。

青霄似乎被这变故震惊到，好一会儿才抱着夕兰和那群神仙争论起来。

青霄不管真相如何，坚定不移地站在夕兰这边。这么一看，青霄也许只是对原主渣，对夕兰那是真爱……唉，可惜了。

这群人越说越起劲，初筝觉得吵。她手里痒痒，想做掉他们。

雪渊感觉到初筝摸着自己的手，突然挠了挠，不像之前那种摸，就是很轻微地挠了一下，紧接着就是第二下，正好挠在雪渊的肚皮上。不知道为何，雪渊感觉，肚皮上更敏感一些。

雪渊甩甩脑袋：“别摸我的肚子！”

雪渊凶狠地瞪初筝一眼，并用小爪子护住自己的小肚子。

摸他的背、摸他的尾巴就算了，现在还想摸他的肚子！！臭不要脸！

“你们够了！”青霄发怒地吼了一声，“现在最重要的是上古凶兽黑狐！！”

青霄将话题引到雪渊身上。捂着自己小肚子的雪渊一脸疑问，关本尊什么事！

显然在神族心目中，鬼侍的事，可以放一放。破除封印的上古凶兽，更重要一些。之前在封印之地，他们被黑狐出现的那股气势给吓到。

毕竟这是万竹上神拼尽全力才封印住的凶兽。面对这样的凶兽，他们没有那个自信。但是他们出去后，发现那股让他们心惊的气息消失了。

他们经过讨论，觉得当时冲破封印，消耗掉黑狐大部分力量，那个时候他应该是虚弱的。等他们想明白，回去的时候，那里已经没有黑狐的踪影。

“初筝上神，你为何要和这只凶兽在一起？”

初筝镇定地反问：“我为何不能和他在一起？”

“他是凶兽。”

“凶兽怎么了？你们歧视凶兽？”初筝眉眼冷淡，“你们不是常说，众生平等，歧视凶兽是你们这群神仙能做的事？”初筝开口就是大道理。

众人被噎了一下，有人反驳：“那不一样，你可知他残害过多少生灵？”

“不知道。”跟我也没关系。

雪渊不服气：“明明是他们先攻击我，我反击，他们就说我残害生灵，一群老不死，胡说八道、颠倒黑白、鬼话连篇、无中生有、胡搅蛮缠！”

雪渊一口气连说好几个成语，说完大喘气。

初筝：说这么多……不嫌累吗？

初筝冷静地摸他的脑袋：“不气。”

雪渊抓狂，你摸我的脑袋我就更气了，上古凶兽的脑袋，是能随便摸的吗？

某个神仙在那边痛心疾首地怒吼：“当初万竹上神好不容易将他封印住，你怎么能站在他那一边？初筝上神，你不要犯错，快将他交给我们，别让他恢复过来。”

“不可能。”做梦！

好言相劝没有作用，对面的人开始威胁：“初筝上神，那你不要怪我们不讲情面！我们定不会让黑狐出去祸害人间，必须将他重新封印！”

初筝认真地想了一下：“你们为什么不杀了他？”

初筝觉得自己这个问题没什么毛病。这么古怪地看着她做什么，做掉才是最省麻烦的，为什么非得封印？

“我们要是能杀掉他，用得着封印？”某个耿直的神仙怒道，“万竹上神都只能勉强将他封印！”他们能比万竹上神厉害？只有弄不死，他们才会封印啊！

初筝：“可是他现在力量很弱。”

众人：……好像说得有道理哟！

场面陷入尴尬中。

雪渊想一爪子挠死初筝，这个座驾脑子里到底怎么想的，是不是和他们是一伙的！！

神族的人看雪渊的眼神，顿时变得犀利起来。之前只是想他把摁回去，重新封印，现在他们想的是怎么摁死他。

“跑啊！”雪渊冲初筝吼。

“为什么要跑？”

“你能打赢他们？”雪渊气得想挠死她。

初筝往对面看了一眼：“他们人多。”打起来很麻烦。

“那还不跑？”要不是本尊力量虚弱，这群老不死的渣渣，还不够本尊塞牙缝！待本尊恢复再战！

神族估计听见雪渊的喊话，迅速呈包围圈扩散，试图将初筝围起来。

【主线任务：请在一个时辰内，花掉三十枚仙灵叶。】

王八认真的吗？

看在小姐姐叫我王八的分儿上，那必须是认真的！【小姐姐加油哟！！】

这让我怎么干？对面的人可是要打我！拿破叶子砸人都砸不了好吧！这个时候你让我做任务，你是魔鬼吗？有你这么欺负我这个小可怜的吗？

王者号怕初筝凶她，十分迅速地遁走。

初筝气成球，气到扭曲，气到变形，气到……撸毛。

初筝薅了两下雪渊的尾巴，毛茸茸的尾巴让她稍稍冷静几分。初筝冷静下来，扫了一眼对面的人，放弃破叶子砸人的想法。她曲起手指，放在嘴边，清亮的声音响彻山间。

底下打得正欢的虎王，闻声虎躯一震，一巴掌扇开狼王，化作原形，抓着山石，攀飞而上。其余小妖们，也迅速跟上虎王。

你们这打一半，就撤了？几个意思？看不起谁啊？！

狼王气愤地挥手："追！"

虎王带着妖精，迅速落在初筝后面。高大威猛的老虎，化作人形。

"大王？"打得正起劲呢，突然叫他上来干什么？虎王余光扫到四周的人，"这……他们是什么人？什么时候上来的？"

他怎么没发现？穿得还挺人模狗样……不像妖啊！

"他们想打我。"初筝道。

虎王脸色一变："咱们大王你们也敢欺负，你们哪个山头的？趁我和那个狼崽子交手，摸上来干什么？"

"我告诉你们，休想在十里八山上撒野！"

青霄冷哼一声，神族的威压释放出来，威风凛凛的虎王瞬间尻了。

"神……神族！"虎王躲到初筝后面，"大王，这是神族啊！"你怎么惹到神族的了！

初筝漫不经心地道："有什么好大惊小怪的，我也是。"

"这些神族的没一个好东西……西……你……你也是？！"虎王惊悚地退开，没看出来啊！他只是觉得面前这小姑娘有点冷淡，看不出是妖族，但也不像修道中人……身上的气质冷冷淡淡，更像是一个人类。

初筝摸出一把仙灵叶："他们想打我，你觉得可以吗？"

虎王的目光瞬间被仙灵叶吸引。

"仙灵叶！"神族那边的人先吼出来，其余人皆是一惊，"你竟私盗仙灵叶！"不是说仙灵叶绝种了吗？

初筝垂眸看雪渊，雪渊火色的眸子闪过一缕尴尬，转瞬就理直气壮："我哪里知道这群老不死的会偷仙灵树种在自家后院！"

再次被叫老不死的神族气得脸红脖子粗。

"仙灵叶何其珍贵，初筝，你怎么能……"

初筝面无表情地否认："我没有，你别胡说！"

这是王八给我的，要盗也是王八盗的，跟我有什么关系。

"仙灵树，仅存活的一棵就在神界，你不是盗的，你哪里来的？！"

"你有证据证明我是盗的？"胡乱给我扣锅，是要挨打的！

"这还用证据？"对方理直气壮，"只剩下神界有的仙灵树，你这仙灵叶不是盗的，那是哪里来的？"

初筝看说话的那人一眼，当着他的面又摸出一把。

神族的人倒吸一口冷气，一棵仙灵树不会超过九片叶子……神族的那棵仙灵树上，也才七片叶子，她一摸就是一把，这么多……肯定不是神族的那棵。

众人只觉得脸上有点疼。

初筝不理会神族震惊复杂的目光，将仙灵叶怼到虎王面前："打他们，干不干？"

虎王咽了咽口水，对方可是神族……仙灵叶……神族……

虎王心一横，接过仙灵叶："干！！"

不就是神族吗？有什么好怕的，这可是他的十里八山！

虎王余光瞄到冲上来的狼王，眸子滴溜溜地一转，扯开嗓子吼："好你们这群神族的混账，竟然打我妖族的主意，今天本王就跟你们决一死战，捍卫我妖族尊严！"

刚冲上来的狼王顿在原地：神族？！

狼王也是个脑洞不一般的妖，虎王这一嗓子，直接让他把所有剧情脑补完，并迅速加入捍卫妖族尊严的爱族队伍。

作为一只妖，可以内讧，但绝对不能在神族面前内讧！虎王和狼王联手，跟神族的人打了起来。

"是你！"狼王看见被青霄护着的夕兰，表情顿时变了，"呵！我就觉得不对劲，你故意引我过来，你们这些神族果然没安好心！"

夕兰本就难看的脸色，黑成锅底。离得近的人，目光若有似无地扫过来，带着探究和疑惑，不懂狼王怎么也和夕兰扯上了关系。

夕兰咬碎一口银牙，今天她怎么那么倒霉？

狼王挥着狼牙刀，粗声粗气地吼："你们这些神族，就知道用龌龊的手段！恶心不恶心？休想挑拨我妖族的关系！"

狼王自家狼崽子被人打，他当然想找回场子，然而他找不到人。

就在这个时候，有个人找上门，说看见是谁打了他家的狼崽子，还知道这个人在哪里。狼王那个暴脾气，一听就拎着狼牙刀找上门。现在得知夕兰是神族中人，狼王又自动脑补了一出大戏。

自己这是被利用了！

虽然他脑补的方向有点偏，但是结论没有问题。

初筝站在后边，镇定自如地撸着小狐狸，有戏看，有毛毛撸，再来一杯茶就更好了。

神族没有消灭掉妖族，证明妖族的实力也不容小觑。

即便这两只都是自封的王，但是架不住他们小妖多，妖海战术，优势凸显。

初筝观察了半天，她觉得神族奈何不了妖族……大概是因为妖族比较流氓不要脸。你好好地打着架，他突然给你下个黑手……不错不错，这群妖很有前途，做妖那么讲究做什么，当然是赢了就好。

【小姐姐……我觉得你的思想有点问题。】

有什么问题？我不是根正苗红的好人吗？

【……你现在的思想就很有问题。】喵喵喵？根正苗红的好人？你跟好人有几毛钱关系？打死隔壁系统，它也不会相信！

【小姐姐，我再次严肃地重申一次，我们是正经系统，请你停止某些危险的想法，我们真的不需要。】王者号语重心长地劝解。

初筝问："我没有认真做任务？"

你什么时候认真做过任务？！【请小姐姐记住做个积极向上的好人！！】

初筝认同地点头："我很强。"

【我……我……】王者号气得说不出话来。

王者号觉得自己要被初筝气死了，它需要换一个宿主，现在立刻马上安排上！！

神族到底是屹立在食物链顶端的种族，妖族虽然不要脸，但是实力差人家一截，打不过实属正常。神族有人突破防线，朝着初筝这边冲过来。

初筝吓了一跳，干什么干什么！！我不和你打！你又打不赢我！

神族的人可不知道初筝心底想的那些乱七八糟的，法术攻击直接甩了过来。

初筝被迫加入战局。

雪渊被颠簸得头晕眼花……打架的时候，能不能不抱着他！！！

半个时辰后。

神族和妖族的人躺了一地，即便是爬不起来，双方还用眼神攻击，势必将种族不和的重点体现出来。

初筝镇定自如地拍了拍裙摆："大家都是成年人，为什么不能和平解决？"

神族在心底呐喊：你倒是把我们放开啊！！

初筝上神的实力什么时候这么厉害了？

在神族的印象中，初筝的实力虽然不像以前那般弱，可是也还没到能一人抵挡住他们所有人的地步啊！刚才有好几个实力弱点的，直接被她打得灰飞烟灭了……

想到刚才的场景，众人心底就是一阵寒凉。那是什么样的力量……

神族挣扎着扭动身体，结果身体被牢牢地固定在地上，像是钉在板子上的鱼，任人宰割。

初筝走到夕兰跟前，垂眸打量她。

夕兰和青霄绑在一起，她眼底的怨恨和愤怒快要掩饰不住了。

初筝弯腰，捡起地上不知道谁丢的剑。

不管了！我要先解解气！

"你想干什么？"青霄怒吼出声，身体挣扎得更厉害，想要保护他的夕兰。

初筝一言不发。

雪渊只能看见小姑娘线条流畅的下巴，他莫名地吞咽了一下口水。

这个臭不要脸的人类，此时怎么有点可怕呢？

不……不对！本尊堂堂的凶兽，岂能被一个人类吓到！

"扑哧——"雪渊的念头刚转完，就听见利器刺入身体的声音。他的小脑袋一歪，对上夕兰瞪大的美眸。因为疼痛，夕兰的脸颊显得扭曲。但是除了疼，夕兰并没有要挂的征兆。

青霄大吼："初筝，你疯了！！你有什么冲我来，你不许动夕兰！"

初筝应了一声："哦。"

青霄心疼夕兰："夕兰是无辜的，骗你聚魂锁的是我，你不要伤害夕兰。"

"忘了你是神族，没那么容易死。"对不起，没有想到这一点。

初筝将法术灌注到剑上，在青霄惊怒的眼神下，再次刺下去。

"初筝！"

【恭喜小姐姐完成本位面第一次倒带，读档中……】

初筝在青霄的怒吼声中陷入黑暗。

叫什么叫，一会儿你的夕兰又活蹦乱跳了。

"初筝，你疯了！！你有什么冲我来，你不许动夕兰！！"

初筝沉默地看着手里的剑，这就有点尴尬了，倒带回来的时间，是在她刺夕兰第一剑没死之后。

初筝内心顿时炸裂。

这不行啊！

【我提醒过小姐姐的。】王者号道，【所以小姐姐，咱们不要这么暴力，身为女孩子这么暴力多不好啊！打打杀杀不符合你高贵冷艳的形象，是不是？咱们只需要买买买就可以了！】

废话一堆，最后点明主题，你王八还是你王八。

初筝眸光冷冽："看来必须一次搞死。"这样就不会出现现在这么尴尬的场面了。

初筝扔掉剑，觉得没什么意思，又弄不死，浪费时间。

初筝让躺在地上装死的小妖精们起来，把这群神仙都扒光扔了，让你们来欺负我的"好人卡"！

虎王捂紧自己不多的衣服。

"对了。"初筝突然出声，"之前破除封印的事，也有你一份功劳，我替雪渊谢谢你。"

好人要懂礼貌，别人做好事，就应该好好感谢。

嗯！今天也在努力做好人呢！

夕兰闻言，瞳孔猛地一缩，后背早就被冷汗浸透，贴着身子，冷得她浑身发抖。

"你这话什么意思？"某个神族赤红着眼质问。封印破除的事，怎么和夕兰有关系了？

"意思就是，雪渊能出来，多亏你们的夕兰。"初筝漫不经心地扫过他们，"不然你们觉得好好的封印，会说破就破？"

"不可能！"青霄最先反驳。

"万事皆有可能。"初筝冷静道。

初筝准备离开，地上还没能起来的狼王突然吼了一嗓子。

"你站住！"

初筝侧目瞧他，冷冷淡淡地问："有事？"

见识过刚才初筝动手，狼王心底有点发虚。但是为了自家狼崽子，狼王还是硬气地问："我家小崽子是不是你打伤的？"

"你家小崽子是谁？"初筝问得认真。

"万物客栈！"狼王提醒。

"不是，我没有，你有证据吗？"初筝迅速否决。

"她说……"狼王看向夕兰。

"她的话能信？"

鉴于刚才狼王自己脑补的剧情，狼王觉得夕兰不能信。

"不要听信他人谗言，脑袋长在脖子上，不是用来当装饰的。"初筝冰冷的声音缓缓流，"况且你这装饰也不好看。"

狼王：心理创伤翻倍。

不对啊！！他家小崽子也说过的啊！！等狼王反应过来，初筝已经不见踪迹。

狼王：感觉自己被忽悠了！！

初筝往山下走，雪渊竖起耳朵，抖了抖，突然爆发："你刚才是什么意思？！啊？你什么意思！！"

初筝有点蒙，"好人卡"……狂犬病了吗？突然发作……我要不要带他去看病？！

雪渊心底极其不服气："本尊是靠自己的力量出来的，你凭什么说是那个老不死的帮我？你还给她道谢？你不要脸，本尊堂堂的凶兽要脸！！"

明明他是靠自己的力量破除封印的，他很厉害的！！

“本尊这样的……你有没有听我说话！”

初筝眨了一下眼，认真点头：“有。”

“你有什么？你根本就没有听我说话！！”雪渊气得尾巴都翘了起来。

雪渊似乎想到什么，连忙将尾巴藏回去，可惜已经来不及了。

初筝一把抓住他的尾巴，想撸尾巴，得眼疾手快啊！小狐狸学会藏尾巴了，一点也不可爱。

雪渊气炸了，话题顿时弯成蚊香。

神族众人毫不例外地被扔在山下，场面一度尴尬，但是没人提再杀回去的茬。初筝留给他们的印象过于深刻，众人迅速离开。等回到他们较为熟悉的地方，有人才重重地松了口气。

“初筝到底是怎么回事？”有人皱眉问。

“我也想知道，她怎么就跟变了一个人似的。”

“在封印之地的时候，她到底发生了什么？”

“是不是黑狐迷惑了她？”

“也不是没有这个可能，毕竟那可是上古凶兽，他存在的时候，咱们都还不知道在哪儿呢！”

“对啊……”

“夕兰仙子呢？”突然有人环顾四周。

众人找了一圈，都没看见夕兰。

一个神族说：“她刚才和青霄仙君在一块儿，在我们后面，怎么突然不见了？”

众人确定夕兰和青霄都没有跟着回来，脸色顿时变得难看起来。那两个鬼侍和黑狐封印被破，都和夕兰有关系。就算最后初筝说的话是为了挑拨他们，但是鬼侍呢？夕兰怎么和鬼侍扯上关系了？

“青霄仙君？！”

青霄出现在众人面前，他们还没问夕兰哪里去了，青霄先出声：“夕兰呢？”

“她不是和你在一块？”

青霄道：“没有……我让人带她先回来，我去帮她取点东西。”

他本来不放心，可是夕兰坚持，他只能听她的。

“她不在吗？”青霄顿时焦急起来，所有人都只能摇头，夕兰没有跟他们一起回来。

他们一直以为青霄带着她，当时大家只想赶紧离开那个地方，自然没有过多关注。

某神族拧眉问：“青霄仙君让谁带她回来？”

青霄眉宇间皆是紧张之色：“金义仙君。你们没有看见吗？”

所有人看向后方的一个人，金义仙君茫然：“没……没有啊，我在最前面，没有见过夕兰。”

“夕兰会不会出事了？”

青霄转身就要走，被人拉住：“青霄仙君，你冷静点，夕兰仙子的事……”

青霄斩钉截铁：“我相信她！肯定是初筝陷害她！”

拉着青霄的那个神族皱眉：“青霄仙君，你冷静点，夕兰仙子的事，我们得弄清楚。”

“对！”

“夕兰仙子是从哪里弄来的那两个鬼侍？她是不是和魔族有关系？”

“她现在不见了！！”青霄情绪激动，“说不定是出什么意外了，我要去找她！你们都放开我，别拦着我……”

青霄不顾大家的阻拦，挣开他们，返回去找夕兰。

神族的人面面相觑："青霄仙君怎么……"

初筝发现自己不用修炼，实力也在增长，情况和原主当初一样，只是初筝感觉增长得比较缓慢。原主记忆中，她是增长得比较快的，当然初筝也不在意这个，她现在比较关心的是小狐狸。

"把你的狗尾巴露出来。"初筝一脸严肃地蹲在小狐狸跟前。

雪渊瞬间跳起："本尊是黑狐！黑狐知道不？！你才狗尾巴呢！！"

"嗯。"初筝表示知道了，"狗尾巴给我摸摸。"

雪渊气得胸脯直起伏，半晌憋出一声："你怎么这么不要脸！"

雪渊抖抖耳朵，跳到高处，抱着仙灵叶，不愿意搭理初筝。初筝起身，有点发愁地仰头看着他。

小狐狸不肯给我摸，怎么办啊！

虎王过来的时候，看见的就是这么一幅画面。

"大……大王。"虎王这些日，对初筝已经有了全新的认知。

上次把那些神族扔到山下去，他还以为很快就会遭遇反击。谁知道这么多天过去，对方一点反应都没有。

"大王，您找我有什么事吗？"

"有个活交给你做。"

活……什么活？？虎王心底十分没底，总感觉不会是什么好活。

初筝带着虎王，往另一边走了几步："这附近的妖精有多少？"

"欸……"虎王有点蒙，"大王，您问这个做什么？"

大王不会想要抓妖精给那位吃吧？虎王瞄一眼上面舔爪子，阴森森盯着自己的小狐狸，艰难地咽了咽口水。

还真有可能……毕竟这位天天嚷着要吃妖。

初筝眸色冷淡地扫了他一眼："问你话就答，问那么多做什么？"

虎王表示：我害怕啊！

虎王掰着手指数了数，最后发现自己并没有数数的才能，心虚地道："附近的妖精挺多的。"

初筝摸出一把仙灵叶给他："去把这些妖精都收服，没问题吧？"

"啊？"虎王的震惊直接写在脸上。

"有问题？"

"没……没问题。"

虎王作为一个征南闯北的大妖怪，抢地盘这种事干得挺多的，哪一次不是浴血奋战！哪一次不是历经万险！

然而……这次初筝给他的任务，虎王表示这和他高大威猛的形象不符！他竟然坐在山下，像个傻子一样发仙灵叶！！大王的仙灵叶是批发来的吗？如此廉价，任谁来都能给！！

初筝也有点好奇："王八，你给我这么多仙灵叶，不会引起这个世界的混乱吗？"

这么多仙灵叶都被大家吸收了，岂不是要他们打遍天下无敌手？

【第一，仙灵叶目前在这个世界属于濒危灭绝的品种。第二，就算你将仙灵叶给他们，就这么一点仙灵叶，还不能让他们打遍天下无敌手。第三，仙灵叶是消耗品，用完就没有了。】

初筝无语，王八这是歧视吧？

【……这跟歧视有什么关系。】它说的是事实，还不许人说实话了？

王者号给初筝的仙灵叶其实不多，虎王发到后面发现了这个问题，但也没有再去问初筝要，而是擅自做主将投诚就送仙灵叶改成——带领小弟投诚才送。

初筝不管虎王怎么搞，她只看结果。

十里八山上的妖精越来越多，雪渊整天盯着这些妖精，想趁初筝不注意的时候，偷偷去咬几口。

他好馋啊！！这么多活蹦乱跳的妖精，为什么不能吃！！臭不要脸的人类，等他恢复了，他就把这些吃光光。

雪渊恨恨地吃了两口草，虽然不能吃他们，但也可以饱饱眼福……

雪渊忽然蹿下去，一下子蹦到初筝身上。

"做什么……"初筝的话还没说完，就感觉手腕一疼。

小狐狸尖锐的獠牙，刺破她的皮肤，吞咽声极快地响起。初筝拨开他的脑袋，然而小狐狸极快地抱住她的手腕，赤红的眸瞪了初筝一眼，那一眼颇有几分凶兽的威风。

然而初筝只扔给他一个冷漠的眼神，用力将他拨开。

"你！"雪渊瞪着初筝，"你不许我吃那些，你还不许我咬你，你想饿死我！"臭不要脸的人类用心险恶。

"吃草。"

"我不吃！！"

"不吃就饿着。"初筝那叫一个耿直，"反正你也死不了。"

雪渊抓狂，我要咬死她！！都别拦着我！！

初筝突然低头，对上他愤怒的眸子："你想喝我的血也可以。"

雪渊眸子顿时一亮："嗯？"

初筝目光瞄着他的尾巴："尾巴给我摸摸。"

这段时间小狐狸有点本事了，都不许她摸尾巴了，看来是时候克扣他的草了。还想吃妖精，想得美呢！！

给初筝摸尾巴，雪渊肯定是不乐意的。但是……这些妖精都吃不到，还不喝口血解解馋？

不就是摸尾巴吗？堂堂的凶兽就是要——能屈能伸！！！

"你说话算话！"

初筝一脸的认真："我什么时候骗过人？"

王者号无语，要不是小姐姐前科太多，我差点就信了。

雪渊将信将疑……他估计在心底做了一番挣扎，最后咬咬牙："你要是敢骗我，我就咬死你。"

初筝绷紧小脸，特别认真地点头："嗯。"

雪渊不情不愿地将尾巴露出来，又不是没有撸过，有什么好大不了的。堂堂凶兽，就是要能屈能伸。

初筝心底顿时就云开雾散，有尾巴摸……

初筝抓住雪渊的尾巴，雪渊赤红的眸子里有些异样的光。他瞄准初筝的手腕……一口咬下去。这一下比刚才用力，但是初筝的注意力在毛茸茸的尾巴上。

雪渊其实不饿，他就是馋的。许是领悟到给尾巴就能喝初筝的血，所以雪渊这只凶兽彻底开始不要脸起来。初筝不给他喝血，他就暴跳如雷。整天都是一只奓毛小狐狸。

两个月很快就过去了，神族在十里八山外晃悠过两次，不过没有起冲突，估计是来打探消息。

十里八山群妖密集，都是被虎王招收来的。后期招收的那些妖虽然没有被派发仙灵叶，但是因为之前招收的妖都实力不错，后期的那些妖也不敢不服。附近的妖精们，最终都只能选择，屈服于淫威之下。

不！他们是没得选。

初筝看着底下的妖精们心情复杂，让他们帮自己做任务，怎么妖精是多了，仙灵叶却没用多少呢？

为初筝节省了仙灵叶而沾沾自喜的虎王，被叫到初筝面前。

"我让你给他们的仙灵叶，你都给完了？"

"没有没有，还有剩呢！"虎王赶紧道。

心底甚至觉得自己为初筝节省，会得到夸奖。

留着干什么？过年吗？

"我说过，每只妖都要有吧！"

小姑娘的眼神格外冷，虎王瞬间就尿了。

"我……我……"这种东西难道不是越节省越好吗？

"把没发的补发下去。"不花白不花。

"啊……"虎王担心，"可是大王，这发下去……"数量多么庞大啊！

"这不是你该管的事，你只需要按照我说的做。"

虎王心底直打鼓，又不敢顶撞初筝，只能应下，迅速去将没有发的补上。

虎王那叫一个心痛，这些小妖精用得着这些吗？给他们不是浪费吗？当然虎王也不敢私吞，只能忍着心痛，含泪将仙灵叶发出去。

初筝看着不断消耗的仙灵叶，顿时放心不少。破系统，这下你满意了吧！！

【……小姐姐，这是任务，不是我满意不满意的问题，小姐姐加油呢！】

第十四章
魔族的传说

初筝用仙灵叶壮大妖族，这一举动引起了神族那边的注意力。

“初筝这是要做什么？？”

“她把那么多妖族聚集在十里八山，不会是想和我们神族开战吧？”

“也不知道初筝上神是怎么想的，为什么要和黑狐为伍？”

一群神仙对初筝进行各种批判。

“再这么等下去，黑狐岂不是要恢复过来了？”某个神族冒出这么一句。

其余神族瞬间变了脸色：“黑狐要是恢复过来，咱们可就……”当年封印黑狐的万竹上神，现在一点音信都没有，若是黑狐恢复过来，神族要怎么抵抗？

“夕兰和青霄还没有消息？”

“没有。”

自从上次夕兰突然消失，青霄追过去后，两人就失去音信。他们后来讨论，觉得真的是夕兰帮了雪渊，不然她跑什么？

“继续找，初筝和黑狐那边也要盯紧，想办法……”

“那是什么？”某个神族指着东方，东方灿金的金乌像是突然被人咬了一口。细看，会发现那是一团黑沉阴暗的雾气。即便是相隔甚远，他们似乎也能感觉到那股骇人的气息。

“那边有什么？”神族们面面相觑，显然也不清楚那边有什么。

十里八山。

初筝倚在石椅上，漫不经心地看着趴在远处晒太阳的小狐狸，心里琢磨着怎么去骗这小东西给摸尾巴，理直气壮又不失高冷。就在此时，东边一股骇人的气息冲天而起。几乎是同时，初筝感觉身体不对劲，像是有什么东西要从她身体里冲出去。

原主这是给她留了什么宝藏！！

那种感觉越来越强烈，体内游走的力量，宛如海面上的浪花，不断冲击着她的经脉。

初筝撑着石椅的边缘站起来，她的手指有些发抖，这是身体造成的生理性原因，跟她没有关系。

“你怎么了？”雪渊不知道从哪儿跳下来，狐疑地打量她。

“没怎么。”初筝尽量保持语调没有变化。

怎么能在“好人卡”面前狼狈呢？不能！

雪渊微微眯起眼，她怎么看着都不像没怎么啊？

雪渊往东方看去，那边阴沉的气息越来越浓……他又转头打量初筝。

“看什么？吃你的草去。”初筝拿手赶他，再不走她就要撑不住了。

雪渊赤红的眸子在她身上转悠，不知道在打什么主意：“你的身体……”

“我没事。”

雪渊冷哼：“我都没说什么，你这么急着否认做什么？”

“我没有。”初筝义正词严脸。

“哼。”雪渊一甩黑色的尾巴，神情倨傲，小爪子在原地走来走去。

“东边的那个看见了吗？”雪渊扬起下巴，示意初筝看那边。

“我不眼瞎。”那么大的动静，她怎么可能看不见。她这身体，还极有可能就是那个变故引起的，也不知道原主到底给她留下了什么宝藏。

“那是上古魔气。”

“魔气还分上古？”不就是气吗？不是，谁要跟你聊天，你走不走啊！！

初筝想做掉“好人卡”了，再磨叽下去，她就稳不住了。

“当然。”雪渊一副学识渊博的模样，“上古时期存在的，都被称为上古，比如像我……”

初筝接了一句：“这么弱？”

“我这是意外！”雪渊瞬间奓毛，“意外，知道不知道！！”

“嗯，你可以走了。”初筝赶人。她抓着石椅的手，微微缩紧，手背上隐隐有青筋暴起。可即便是这样，她的脸上也没有任何情绪。

雪渊视线从她的手背上挪开，自顾自地道：“上古时期的存在，他们的力量常人无法企及，就算是现在的神族也不能。”

“那你还被封印。”我不听你讲故事，你到底走不走！

身体里冲击的力量越来越厉害，刚才只是海浪，现在已经是海啸。

“我那是意外！！”提到这个，雪渊就要奓毛。万竹那个伪君子，不过是使诈，不然他哪里是自己的对手。

初筝冷着脸：“不管是不是意外，事实都是，你被封印了。”

雪渊噎住了，她故意想撵走自己，是怕自己发现她的异常，会对她突然发难？

哼！想得美！！他今天就非不走。

“东边那个……”雪渊故意拖长音，狐狸嘴似乎都能看出一点笑意，“和你身体里面的力量，一脉相承。”

初筝伸手去抓雪渊，雪渊灵活地跳开，尾巴扫在初筝的手背上，带起轻微的酥麻感。

雪渊刚想回头，藐视初筝一番，结果下一秒身体就被抽飞，整个身体都往山崖下掉去。

雪渊第一反应不是趁机赶紧跑。而是这个臭不要脸的人类竟然敢扔他！必须去找回场子，不然他凶兽的威名往哪里放？？第二反应是初筝拿什么抽的他……接着又是，她竟然敢抽他！！

雪渊很快就爬回去，然而原地已经没有初筝的身影。雪渊心底这才微微一沉，刚才他没骗她。她身体里的那股力量，他能感觉到，和东方突然出现的力量一样……

而且他还有点熟悉，黑狐心底隐隐有些担忧。

她的身体里，为什么会出现那样的力量？她去哪儿了？她会不会有事？

雪渊反应过来，自己竟然在担心她，他当即“呸”了一声。

我那不是担心她，我那是担心她要出事，以后谁给我仙灵叶。

对！都是为了仙灵叶！！才不是为了她呢！！！

雪渊冷哼一声，跳着脚去找初筝。

虎王带着一群小弟，正看着东方的动静，这股气息，给他的感觉很不舒服，明明还隔着那么远……

“喂！！”

虎王听见声音，正想呵斥谁这么没大没小，结果一转头就看见初筝爱不释手的那只黑狐……这只黑狐把仙灵叶当零食吃，大王还十分乐意的模样……

虎王莫名地怕他：“怎……怎么了？？”

雪渊的语气很冲：“你看见那个臭不要脸的了吗？”

要保持自己凶兽的范儿，在那个臭不要脸的女人面前，他不能威风，还不能在这些……能吃的小妖面前威风？？

虎王感觉雪渊看自己的眼神变得奇怪起来……像是他看食物的眼神。

虎王当即后退一步：“您问谁？”敬语都用上了。

“就……”雪渊觉得找初筝比较重要，“你家大王。”

“大王？”虎王茫然，“我没看见大王啊！”

“没看见？”小狐狸眯起眼，连这点作用都没有，那留着干什么啊？吃了吧……反正她也不在。吃草吃得他都想吐了，哪个凶兽是吃草的？

“我……看见了。”虎王旁边的一只小妖拯救了虎王，“大王，往……往那边去了。”

雪渊顺着小妖指的反向看去……东边？发生异常的地方。她一个人去了？疯了吗？！

“我……”虎王的“我”字刚出口，面颊上就是一道风扫过，接着黑色小狐狸没了踪迹。

杜回村。

这个村子不大，仅有三十多户人家，据说世世代代都居住在这里。村子虽然贫穷，但是这里的村民活得轻松自在。

一个月前，来了一个姑娘。那个姑娘受了伤，善良淳朴的村民好心让她养伤。姑娘生得好看，说话温柔，村子里的人都很喜欢她。

但是就在半个月后，这姑娘突然带着村子里的男人上山，说是要找什么宝贝。男人们像是被她蛊惑一般，就这么跟着她上去了，只留下满村的妇孺。

“接着……”讲述的妇女面露惊恐，“接着有一天，我们家男人，突然出现在家门外，他、他、他………”

妇女浑身都在颤抖，面前似乎还能看见那个场面。

“他……他……他变成了一具尸体，一具干尸！！”妇女捂着脸痛哭，“那个女人就是魔鬼，是她害了我家男人！”

初筝头疼得很，但是她没有发火，只是略显清冷地问：“那个女人是不是叫夕兰？”

“呜呜呜……”妇女失声痛哭，越哭越伤心，最后哭得上气不接下气，压根儿回答不了初筝。

初筝见问不出答案，强撑着身体离开。她此时所处的这个村子，就在发生异常的那座山下。

初筝又找了一个人，这个比刚才那个好多了，没有崩溃得哭哭啼啼。

“她是叫夕兰吗？”初筝问。

“夕兰……夕兰……”初筝一问，那人表情忽然一变，嘴里开始不断重复地念叨这个名字。

“是她……是她……她是魔鬼！”女人忽然抓住初筝，眼睛瞪得格外大，“就是她，是她害死了我们村子里的人！”

“嗯。”初筝被晃得有点头晕。好好说话，动手动脚做什么呀！

“你知道她是个魔鬼吗？”

“现在知道了。”夕兰这个小美人，不好好做自己的仙女，跑到荒村野外来拐卖男人，也不知道咋想的，是青霄不能满足她吗？

妇人突然大力推开初筝，声音都变了调：“你知道你还找她！！你也是魔鬼！！”

跟我有什么关系啊？

“来人啊！！就是这个女人抓走了我们的男人。她是魔鬼，来人啊，抓住她，把我们男人还回来！！”妇人毫无征兆地开始咆哮。

初筝一脸蒙地在原地站了几秒，随后转身就走，再不走她就要被疯子攻击了。

初筝走出杜回村，往山上看去。别看她此时面无表情，好像什么事都没有的样子，实际上体内正波涛汹涌。越靠近这里，她就感觉体内的那股力量折腾得越厉害。

初筝深呼吸一口气，抬脚往山上走。

黑色的狐狸一下子蹿出来，挡住她的去路。雪渊扬起脸，赤红的眸子盯着她：“你干什么去？”那质问的语气，宛如抓住出轨丈夫的妻子。

初筝平静地看着他：“你怎么来了？”

“哼！”雪渊傲娇地冷哼一声，“我乐意来，你管得着吗？”

“我干什么去你管得着吗？”初筝直接怼回去。

雪渊瞪了初筝一眼：“你身体里的力量……”

雪渊的话还没有说完，就被初筝打断：“跟你没关系。”

雪渊继续瞪初筝。

初筝懒得理他，径直往山上走。

“你站住！！”雪渊气得挠地，气哼哼地追上去，“我跟你说，这山上的东西不是你能面对的。

“你身体的力量是怎么回事？

“你为什么会和它有关系？

“本尊问你话呢！”

初筝沉默地往山上走，阴沉的气息越来越重，那种压迫感，像是一座大山压下来，压得人喘不过气。初筝停下微微喘了一口气，后面跟着一只小狐狸，还不能让他看出来。

冷静冷静，再坚持一下就可以到了！！

他跟着我干吗！

“你别往上面去了！”雪渊在后面气急败坏地吼。

初筝内心咆哮，我不入地狱谁入地狱，不上去对得起这身体的主人给我留下的宝藏吗？必须上去！上去看看是谁搞我！弄死他！

雪渊拦不住初筝，只能跳脚跟在后面。

山上寂静无声，薄雾散在山林间，没有风声，没有虫鸣，整个世界，仿佛被人抛弃，被人遗弃。

“咔嚓……”轻微的声音打破这里的寂静。那是一个人，一个浑身枯瘦，仿佛没有血肉的村民，他缓慢地从薄雾中走来，四肢僵硬，目光无神。

“唰——”那人忽然转头，无神的眸子盯着某处，他缓慢地转过身，浑身绷紧，然后猛地朝着那边掠过去。

他的速度完全不是一个村民应该有的。

“唰——”薄雾涌动，冲过去的那人被薄雾中的东西踹飞出来。薄雾缓慢散开，露出里面的人。

初筝看着摔在外面的人，摸了摸自己的胸口。

吓死我了……

她瞄了一眼雪渊，后者正盯着那边，没有看她，她便立即将自己的手放了下去。

“这都是被御魂术控制了。”雪渊道。

“嗖——”物体划破空气，一股危机感油然而生。初筝本能地往旁边闪开，就在此时，另一边也蹿出一个村民。村民不由分说地抓向初筝，初筝抬脚踹在村民的肚子上。初筝整个人也往后退了几步，后面伺机而动的村民瞬间冲上来。

初筝侧身闪开，村民扑了个空。

“砰——”还想发动攻击的村民被突来的力量撞飞，砸在地上。

初筝往某个方向看去。雪渊蹲坐在不远处，察觉到初筝在看他，立即甩头：“哼！”

初筝瞪了雪渊一眼，谁要你这个小东西多管闲事啊！！我自己不知道弄他吗？！影响我发挥！

初筝过去补了一下，还想爬起来的村民彻底起不来了。

这些村民都是村子里失踪的那些人，不过此时他们的样子可不太好：浑身枯瘦，没有血色，就剩下个皮包骨，看着有点瘆人。

“这也是御魂术？”初筝问蹲在旁边的小狐狸。

这个御魂术这么可怕的吗？

“嗯。”

“需要这样……”初筝拿手比画了一下。

雪渊望了一眼犹如枯骨的村民，小脑袋摇了摇：“不需要。”

“哦。”所以这群村民是遇见吸血鬼了？

雪渊仔细观察初筝的神情，发现她看上去没有任何异常，心底觉得奇怪。

“你身体里的那股力量到底怎么来的？”

“什么力量？”初筝摆着正经又严肃的表情，拒不承认。

“哼，你到这里来，不就是因为那股力量吗？”雪渊扬起小脸，满脸都写着“你别以为我不知道”的表情，倨傲中带着点小得意。

初筝不理会他，继续往深处走。

“喂！！本尊和你说话，你听见了吗？

“你站住！

“你……”

雪渊迈着小短腿追上去，竟然敢这么对待本尊！！等本尊找回场子，非得让她试试——追不上是什么感觉！

“我告诉你，你身体里的力量和这里同源同根，你继续靠近，谁都不知道会发生什么。”雪渊警告初筝。

“你烦不烦？”初筝有点不耐烦了，一路上唠叨个没完……做掉算了！！

初筝冷冰冰地看了他一眼。

雪渊莫名地觉得有点冷。

“看什么看，你以为本尊想理你！”雪渊说完，也微微愣住。她想去做什么，跟自己有什么关系。自己趁机溜走，不是更好吗？不用受这个总是揪他尾巴、臭不要脸的女人的摆布……现在就走！！

半个小时后。

“尾巴也摸了，可以说了吧！”雪渊咬牙切齿地挤出几个字。

初筝镇定地又撸了两下，漫不经心地吐出几个字：“我不知道。”

“你耍我！！”说好给尾巴摸，就告诉他的！

“我真的不知道。”初筝一脸的认真。

你以为你摆着这么认真的脸，我就会相信你吗？

初筝确实不知道自己的身体到底是怎么回事，她要是知道，就不会到这里来。

“啊——”惨叫声从深处传来。初筝和雪渊对视一眼，同时往声音传来的地方奔去。

浓雾深处，隐约有人影晃动。

初筝比雪渊先一步到，她最先看见的就是站在雾气里的夕兰。夕兰穿着一身红色的裙子，以往温婉的气质不复存在。突然间就像是有了祸国殃民的一代妖姬的妖邪气息，她脚边躺着一具村民的干尸。

夕兰听见动静，抬眸看过来，那眼神说不出的阴冷，配合上此时的环境，更显得恐怖。

初筝脚步一顿……这个小美人的眼神怎么这么可怕，是想吓死我吗？

“没想到你自己来了。”夕兰红唇轻启，语调没了往日的温婉，透着几分古怪。

“我不来，你打算去接我？”初筝问得一脸认真。

夕兰将脚边的村民尸体踹开，红裙轻微晃动。

“我其实挺感谢你的。”夕兰笑得诡异。

初筝忍住身体里那乱窜的力量：“我没看见你的诚意。”感谢我是这样感谢的？

夕兰再次被噎：“当初如果不是你把聚魂锁拿出来，我现在也不会出现在这里。”

聚魂锁？关那破玩意儿什么事儿……

初筝忽然顿住，好像原主的身体，就是从聚魂锁破碎后，才开始出现问题。

聚魂锁……原来是这样。可是那跟我又有什么关系？

初筝一脸的冷漠。

初筝不为所动的样子，让夕兰更显得尴尬。她这反应……自己都不知道该如何继续说下去。

夕兰深呼吸一口气：“你的身体难受吗？”

“我……”

“难受就对了。”夕兰自顾自地接话，“因为你身体里的力量，是大人的力量。”

初筝的“我不难受，胡说八道”卡在喉咙里。

“聚魂锁将那些力量封印住，这东西本应该在你父母手里，没想到，我找这么多年，找错了人。”

初筝面无表情地问：“你是谁啊？”突然开启讲故事模式，我说过我要听吗？过分！

“我？”夕兰怪异地笑了两声，“我是夕兰啊！”

初筝差点爆粗口，她最后生生地忍住了，爆粗口不是一个女神应该做的，她要保持高贵冷艳的形象。

不管了，先干翻吧！

“大人马上就能出来了！”夕兰突然激动地大吼一声，吓得初筝一个激灵。

你家大人是谁啊！！熊孩子放出来，就不能好好管管吗？非得放出来吓人。

初筝做掉夕兰的姿势还没酝酿好，雪渊忽然打断她：“你想让杜回出来？”

“杜回又是谁？”初筝语气不耐烦，冷冰冰的，有点吓人。这不是下面那村子的名字吗？怎么又变成一个人名了？欺负我这个小可怜不懂吗？

雪渊瞥了她一眼：“你没听过杜回？”那语气里带着点嫌弃和质疑。

初筝冷漠脸：“谁？”到底有完没完，就不能让我先干掉她再说话吗？我要忍不住了！！身体里的力量，像是在找一个出口，找不到就不断冲击她的经脉。

雪渊道：“杜回是……”

“大人的名字也是你能直呼的！！”夕兰突然呵斥一声。

“轰隆隆——”夕兰的话音刚落，四周突然开始摇晃起来。初筝这才看清，夕兰身后的浓雾中，有一潭血池。而此时血池正汩汩地冒着泡，下面似乎有什么东西要出来。

夕兰面色顿时激动起来，眸子都放光。

初筝的身体随着地面震动也开始轻微地晃动，她微微吸了一口气。

雪渊侧目看着她，冷哼一声，臭不要脸的女人就知道死撑。

“大人。”夕兰望着血池的方向，激动地喊着“大人”。血池只是汩汩地冒泡，并没有任何声音回应她。

“轰隆隆——”地面晃动得更厉害了，蜘蛛纹一般的裂纹，不断蔓延。

“小心！！！”雪渊突然叫了一声。

初筝只觉得脚下踩空，失重感袭来，整个人都往下坠。这变故太突然，不仅仅是初筝没有防备，就连夕兰都没有防备，跟着初筝坠落下去，眼前的光线被尽数吞没。

初筝想在空中稳住身体，可是体内的力量正不断拉扯她往下面去。

“哗啦——”底下传来重物落进水里的声音。暗淡的光线渐渐亮起来，初筝看见底下的那一潭血水。血水里漂浮着东西……黑色的毛发，隐约可以辨认出那是人的脑袋和四肢……

一具干尸从初筝的身边极快地掉下去，砸在血池中，血池里冒出更多的脑袋。

初筝连忙稳住身体，银线将她带偏，避开落入血池的悲剧。

“接住我！！”雪渊的声音从上面传来。

初筝抬头看去，黑色的小狐狸，正如炮弹一般砸下来。

初筝下意识地闪开。

“接住我！”雪渊见此叫得更大声。

初筝只是冷着一张脸看着。雪渊砸在血池旁边，咕噜噜地滚两圈停下，他爬起来的第一件事就是瞪初筝：“你为什么不接着我？”

“我为什么要接着你？”初筝反问。

“你……”雪渊找不到话反驳，怒火却“噌噌”地往上冒，气得跳脚，“那你别摸我的尾巴！！”

初筝冷哼，在这个世界上，唯一让我觉得还行的事，也要这么给我剥夺吗？为什么要这样对我这个弱小无助的小可怜！

初筝思忖片刻，朝着雪渊走过去。

“你干什么！”雪渊警惕地看着她。

初筝微微弯腰，小脸绷紧，严肃地问：“要不你再掉一次，我这次接着你。”

雪渊用震惊和不可置信的眼神看着她。

初筝认真地点头：“我说的是真的，这次我一定接住你。”

雪渊像看神经病一样看着她。

两人说话的这会儿，上面又掉了一些乱七八糟的东西进来，砸进血池中，血水飞溅，血池表面浮起淡淡的血色雾气。

“砰——”夕兰也砸在地上。她打量了一下四周，迅速起身……

初筝冲出去就是一脚，踹在她身上。

“初筝！”夕兰恼怒，屈指成爪，反手攻击初筝。

两人在血池边过上招。

血池上的雾气越来越浓，初筝眼前仿佛就只剩下那血色的雾气。血池中央，一个黑色的轮廓，逐渐显露出来。

“哈哈哈哈……”狞笑声从雾气中传开，那声音幽幽地传远，仿佛是从地狱里传来的声音，听得人毛骨悚然，头皮发麻。

“大人！！”夕兰第一时间转身，满脸的惊喜。大人真的出来了！

“汝是何人？”那个黑色的轮廓晃动，轻飘向夕兰的方向。

夕兰激动地看着，像信徒终于等到自己的神明，虔诚，崇拜，尊敬。

“大人，我是您的追随者。”夕兰虔诚地低下头，膝盖微弯。眼瞧着就要跪到地上，下一秒，她整个人突然往外飞去。

有什么东西拽她……可那是什么，夕兰完全不知道，只感觉胳膊和脚都使不上力气。

拽她的东西，将她拉上高空，然后猛地放开。夕兰的身体“嗖”的一下往下跌落。

夕兰脸色阴沉，稳住自己的身体，后背破空声响起，危机使她全身的汗毛竖立起来，下意识地甩出一道攻击。

电光石火间，她看清是谁攻击了自己。

初筝！这个该死的女人，这个时候竟然打扰自己和大人交流，该死！

眼前血色的雾气越来越浓，夕兰视线受阻，只能凭着直觉攻击。

夕兰蓄积力量，准备给初筝致命的一击，然而下一秒，她面前的雾气散开，那道攻击直奔血池凝聚起来的黑影过去。

夕兰脸色巨变。

血池上的黑影猛地晃动，攻击落在血池中，溅起一地的血水。

“放肆！”裹挟着怒火的呵斥，振聋发聩。

“大人！”夕兰的脸色吓得苍白，“我不是故意的，是她……是……”

夕兰打量四周，哪里还有初筝的影子。

“汝就是如此追随本尊的？”杜回冷笑。

“不是。”夕兰急切地辩解，“刚才有人攻击我，我不是想攻击大人。”

“哦？”杜回音调拖长，显得有点阴阳怪气，“人呢？”

人……她刚才还看见人，怎么一眨眼的工夫就不见了？

夕兰心跳如擂鼓，小心翼翼地问：“大人，您刚才没看见吗？”

“看见什么？”杜回明显有些不耐烦，“汝是在耍着本尊玩吗？”

不可能啊！当时初筝就站在那边，大人怎么可能没看见呢？

“大人，这里还有别人，您真的没看见吗？您相信我……”

黑影轮廓越来越有人形，此时已经有四肢，他抬起手，微微往下一压。夕兰的话顿时卡在嘴边。

“汝是怀疑本尊？”杜回心底很不爽，这是哪里来的追随者，竟然敢质疑他。他没看见就是没看见！！

“不敢……”感受到杜回散发出来的威压，夕兰声音发颤，连直视杜回都做不到。

“哼！”

夕兰的脑袋压得更低，心底将初筝大卸八块，也好奇初筝到底是怎么做到的，竟然连大人都没有发现她……

“大人！”夕兰忽然抬眸，“您能感觉到这附近有和您非常相似的力量吗？”

初筝身体里有大人的力量，大人肯定能感觉到。

杜回这次沉默了一阵，他确实有感觉到周围有一股非常熟悉的力量，就好像是从他身体里分裂出去的一样。就在这附近，离他很近很近，可他就是看不见。

此时初筝和雪渊就站在不远处，他们四周交织着银色的细线。

雪渊有点好奇地打量这些细线。

“这是什么？”

“线。”

他当然看得出来这是线，可这是什么线？

雪渊问：“什么线？你的本命仙器？”

“本命仙器？”

雪渊狐疑：“不是？”

初筝摇头：“不是。”

不是本命仙器，那是啥？这么厉害的，杜回那个老匹夫都看不见他们。

雪渊眸子滴溜溜地一转，忽然有点跃跃欲试。

“你说我现在过去打他，他能发现我吗？？”

“你想打他？”

“嗯。”雪渊狂点头，怎么不想打，老想打了。

“为何？”

“哪有什么为何，本尊就是想打他。”雪渊赤红的眸子里满是理所当然。

初筝沉默了两秒：“你打得赢？”

雪渊顿时奓毛：“你看不起谁呢！本尊打遍天下无对手，会打不过那个老匹夫，你开什么玩笑！”

初筝的视线在他身上转悠了一圈，仿佛是在说：你现在沦落到这个地步，还打遍天下无对手？

雪渊气得跳脚："我告诉你，你少瞧不起人，要不是之前你趁我力量衰弱抱走了我，我会成为你的怀中物？"乘人之危，算什么英雄好汉！！臭不要脸！

初筝冷漠脸："你不是人。"

初筝伸手拉出一根银线，将它绕在雪渊的爪子上："去吧！"

雪渊只觉得爪子有点凉，那根银线正渐渐隐没在空气中，完全寻不见踪迹。

"这就可以了？"雪渊有点狐疑，"你不会故意害我吧？"

初筝睨了他一眼："害谁也不会害你。"我不想活了吗？"好人卡"是能随便害的吗？

雪渊垂下头，那句话仿佛魔音一般，不断在耳边响起。

心跳加快。

扑通、扑通……

雪渊心底莫名有点慌乱，他也不知道自己怎么回事，反正就是……说不出道不明的感觉。

雪渊不敢看初筝，往杜回那边飞蹿过去。

雪渊如果此时回头，就能看见，初筝难看的脸色，以及脸颊上不断渗透出来的汗水。她身体微微晃动了一下，有些脱力地往地上滑去。

雪渊接近杜回，杜回当真一点反应都没有，还和夕兰说着话。

"汝既然是吾的追随者。"杜回声音低沉，"那就将身体献给吾。"

夕兰眸子瞪大，似不可置信："大人……"

"怎么，汝不愿意？"杜回只能凝聚成一个黑色的人形影子，他没有实体。

雪渊发现自己离这么近，杜回都没发现自己，心底顿时乐开了花。

"大人……"夕兰没想到杜回会提出这么一个要求，自己费尽心思，就是为迎接他。

夕兰的话还没说出来，那团黑色的影子，忽然像是被什么东西撞散。黑色的雾气飘到血池上，再次凝聚。

"何人？"

"你爷爷！"

"雪渊！"杜回准确地叫出名，仔细一听，还有点咬牙切齿的意味，"你还活着！"

杜回不知道雪渊在哪里，只能凭着直觉看着某个方向，心底的警惕飙升，他怎么会在这里！

雪渊的声音缓缓响起："你都没死，本尊当然活着！"

杜回听见声音，第一时间往那边掠过去，然而当他快要跨出血池的时候，身体像是被什么东西挡住，再也无法前进。

雪渊的眸子微微一眯，杜回还不能离开血池。

雪渊身形一闪，在血色的雾气中若隐若现，杜回凝聚起来的影子，不时被撞得零散。

杜回气急败坏的怒吼声也接连而起。

雪渊和杜回都是上古就存在的，一个是妖，一个魔，本来都被规划为邪魔外道，理应守望相助。然而这两个都是争强好胜的主儿，认为自己是最强的，谁也不服输，每次见面都是刀剑相向。

时间一长，俩人就成了死敌。

初筝无聊地站在旁边。"好人卡"的实力……好像恢复得挺快。之前他都没有表现出来，这是想……骗自己，找机会跑吗？

【小姐姐，你能不能阳光正直一点？】有你这么想"好人卡"的吗？想不想要"好人卡"了？

“我怎么不阳光正直？”天天都做好人，还不阳光正直？

【你是很直。】但是阳光和正是没有的。

“大人！”夕兰惊呼一声。

初筝抬眸看去，杜回被雪渊撞散，此时已经快维持不住形状了。

“雪渊！”杜回咬牙切齿，“你有本事出来，躲着偷袭算什么本事！”

雪渊理直气壮：“我不！”

“大人！”夕兰紧张地询问，“您没事吧？”

杜回此时瞧着确实不太好，随时都会烟消雾散。

夕兰用村民的鲜血，让杜回暂时有力量恢复到这个样子，但是他还没有挣开封印。这个血池的范围，就是他能活动的地方。

“过来。”杜回声音低沉地唤夕兰。

夕兰心头一跳，本能地想后退，然而身体却往前走去。

不……夕兰身体猛地朝着血池飞去，不过眨眼间，夕兰已经站在血池边缘，血色的雾气缠上夕兰，迅速没入她的身体。

夕兰脸上的表情变换着，时而痛苦，时而疯狂，时而狰狞，时而惊恐。

“不……不要……”夕兰的美眸里涌出恐惧。

“为什么不要，你不就是为了迎接我吗？”杜回的声音，从夕兰嘴里发出。

“不……”夕兰摇头。她是想杜回出来，可不是这样，剥夺她的存在！

“大人，我可以给您找更好的身体，我可以给您做很多事，您放过我。”夕兰惊惧地求饶。她本来可以准备好这一切，都是初筝坏了自己的事。

“大人，这里还有一个人，她的身体可以！！”夕兰大声地喊，“她身体里还有属于您的力量！”

“是吗？”

夕兰狂点头：“她就在这里，她真的就在这里。”

夕兰很确定，初筝就在这里。她看不见，大人一定可以看见。

显然夕兰高看刚出来的杜回，杜回只是感觉到有一股若有似无的气息，完全无法确定人在哪里。

“没关系，我先用着你的身体，找到人再换。”杜回道，“你不就是来接我的吗？这点要求都不愿意吗？”

“不……”夕兰不知道哪里来的力量，突然转身往后跑。然而她还没跑两步，迎面而来一股冷风，将她拍了回去。

她隐约看见雾气里那朦胧的身形，顿时瞳孔紧缩，喉咙像是被谁掐住，身体动弹不得。

夕兰脸上的表情极快变幻，狰狞又扭曲。

不要……

杜回打量自己的身体，似乎有些不满。

“女人的身体你也用，你这么饥渴？”雪渊蹲在血池边缘，开启冷嘲热讽模式。

“呵。”杜回冷笑，“你现在连人形都没有，有什么资格说我？”

雪渊怒：“那也比你用女人的身体好！”

“这是权宜之计！”

“什么权宜之计，不就是自己不行……”

“雪渊你个臭狐狸，有什么资格说我！”

杜回和雪渊当场吵了起来。那架势，哪里有来自上古的觉悟，十足像两个吵架的小孩子。

“你们吵够了没？”初筝有点烦，“还打不打？”

杜回的声音戛然而止，他准确地看向声音传来的方向。那边什么都没有，但是他感觉到了，属于自己熟悉的力量。

“你是何人？”杜回低声呵斥，“体内为何有我的力量？”

“我也想知道。”

杜回看见那边雾气中，逐渐出现的身影，是个小姑娘……

小姑娘声音平静清冷：“我也想知道，我身体里为何会有你的力量。”

杜回的目光在初筝脸上打了个转，似想到什么，脚下往后退了一步：“夜江是你什么人！”

夜江是谁？不认识！

【你父亲！】王者号提醒。

初筝：……原主都没见过，我怎么会知道！

夜江是原主的父亲，上古时期就存在的上神，和面前这两个邪魔外道同期。原主身体里既然有杜回的力量，那么杜回认识原主的父亲，完全没有逻辑问题。

小狐狸睨着初筝，不知道是不是初筝的错觉，小狐狸似乎警惕起来。

初筝镇定脸：“关你什么事？”

“你是夜江的后人？！”许是因为用夕兰的身体，杜回的声音显得有点尖细，像太监似的。

我不是，但这身体是，四舍五入，算是吧！

初筝的沉默，在杜回眼里就是默认。

“雪渊，你竟然和她在一起！”杜回余光扫向雪渊，“当年夜江对我们做的事，你都忘了？”

雪渊身体微微往后：“本尊不知道。”

杜回冷笑：“你不是号称自己什么都知道吗？”

雪渊瞪杜回。

初筝打断他们：“夜江对你们做了什么？”

杜回和雪渊同时瞪向初筝。

初筝愣怔，这么凶干什么，我就问问，不想说就不说嘛，我也不是很想知道。

“轰隆隆——”头顶沉闷的声音传来，地面都在跟着晃动。血池里的血水乱溅，空中似有重物落下的声音，抬眸看去，几个黑影极快地下降。几个神族自空中砸下来，落在血池四周。

“夕兰！”最先落地的神族，看见夕兰，表情就是一肃，呵斥出声，“青霄在何处？”

“青霄？”杜回拥有夕兰的记忆，知道那是谁，他笑得有几分诡异，“那个愚蠢的神族。”

剩下的几个神族，也纷纷落地，先是警惕地打量现场的情况，迅速站到神族的那一方。

初筝和黑狐也在这里……这里发生了什么？

神族众人有点蒙。

但是为了己方利益，他们不能表现出怯场，不知道发生什么，也要把场子撑起来。

“夕兰把青霄怎么了？”

“当初我们真是瞎了眼，看错人，夕兰，你把青霄弄到哪里去了？快将他交出来！”

青霄追着夕兰离开。此刻只看见夕兰，却不见青霄，神族众人如何不多想。

杜回负手站在血池边，女子的容貌，让他脸上的表情显得不伦不类。

“那个神族没死，你们放心。”

“你……”神族似乎察觉到夕兰的声音不对，“你是谁？”

这不是夕兰。

“这里是什么地方，诸位不清楚吗？”杜回张开手，“时间已经让你们遗忘过往了？”

神族众人还真有点蒙。

雪渊翻了个白眼：“神族的人都换了好几批，他们认识你才有鬼。”

“哦？”杜回似有点意外。但是想想自己被封印的时间……杜回又很快接受了这个设定。

“杜回这个名字，你们也没听过？”

神族那边的人立即窃窃私语起来。

“杜回？”

“谁啊？”

“好像……好像是……好像是魔族。”有个神族小声道，“那个和黑狐雪渊齐名的魔族就叫杜回。”

雪渊：“放屁！”

杜回：“胡说！”

雪渊和杜回同时出声，对视一眼，从各自眼中看见嫌弃，又同时挪开视线。

那个神族又道：“没……没有啊！”历史上出名的，叫杜回的……只有这么一个啊！

雪渊小爪子挠地，不服气地大声嚷嚷：“谁和他齐名？你胡说八道什么？本尊比他厉害不知多少倍！你在侮辱谁？”

杜回：“你厉害的话，会现在连个人形都没有？”

雪渊：“人类的身体有什么好的？本尊的本体挺好！”

杜回：“呵呵。”

雪渊：“你呵呵什么？！”

神族怔在原地，重点是、是这个吗？

魔族啊！上古魔族！为什么会出现在这里？！

杜回突然回眸睨着初筝：“神族对于夜江的事更了解，你为何不问他们？”

我们……应该知道什么？

上古时期，夜江是很出名的一位上神，娶了上古时期神族第一美人晚琼上神。

当时妖魔横行，弱小的种族，在那个时期，都面临着灭族危机。夜江带领神族，和妖魔战斗，保护着弱小的种族。

然而有一天，夜江突然消失了，同时消失的还有晚琼上神。

夜江失踪，导致神族乱了方寸，妖魔两族趁机发起进攻，神族伤亡惨重。

等夜江再次出现，他跟变了一个人似的，虽然还是为神族而战，可是他对妖魔，再也没有以往的温和。每一个死在他手里的妖魔，都十分惨烈。

一开始，神族的人只是觉得夜江是因为神族在他离开后，受到重创，伤亡那么多，导致夜江更加痛恨妖魔。然而没过多久，神族的人发现夜江在偷偷凝聚妖魔的力量。

这个时候，神族才反应过来，夜江回来这么长时间，晚琼上神都没露过面。

一开始夜江还偷偷摸摸，后面被神族发现，他也不藏着掖着。

没人知道夜江想做什么，妖魔当时都害怕遇见夜江。死在他手里，可比死在其余神族手里惨多了。

“我那个时候什么都没做，是夜江追着我不放。”雪渊赤红的眸子里带着几分不满，“他像一个疯子。”

神族和妖魔的战斗，雪渊完全没兴趣。

初筝冷漠脸：“所以，这跟我身体里，有你的力量，有什么关系？”

杜回看了她一眼，嘴角扯出一缕冷笑。

晚琼上神为什么不露面？因为她受伤了，而且是在怀着孩子的情况下，受的伤。

晚琼上神执意要生下这个孩子，但是因为受伤的原因，她几乎无法将这个孩子生下来。

就算生下来，这个孩子也活不了多久。

夜江就是为了这个孩子，开始凝聚妖魔的力量，试图以此来拯救这个孩子。

怎么救孩子就成为最大的难题。

夜江不知道从哪儿得来的法子，以物养物。

晚琼上神受伤，导致腹中胎儿也受到重创，被妖魔之气侵染，所以需要妖魔之气来温养。

当时妖魔两族，即便是有共同的敌人，也不是很和睦。

杜回是当时魔族的头头。

雪渊在妖族中地位极高，然而雪渊没兴趣，所以妖族领头的是另外一位大妖。

夜江最先找上的是这位大妖，结果他发现不行，其后便是雪渊。

但是雪渊脾气比较古怪，见到夜江先打一顿，然后就跑了，夜江抓不住他。

后来夜江才发现伤晚琼上神的是魔族，需要魔族的力量，所以夜江找上杜回。

夜江在那个孩子降生后，用聚魂锁将其封印，让任何人都看不出来这个孩子有问题。唯一的后遗症就是修炼进度缓慢，直到原主用聚魂锁去救夕兰。

聚魂锁碎裂，封印解除，她拥有上神的血脉，资质不会差，实力也开始“噌噌”上涨。但是那些魔气沉寂在她体内，没有被人发现。

到如今，杜回出现，那些魔气才受到召唤一般，彻底苏醒。

“是我的力量在保护你。”杜回语气里满是恨意，“夜江偷走我的力量，让你降生，最后他还将我封印在这个鬼地方。你们这些神族，自诩清高，正义不凡，这就是你们所谓的正义？”

原主的父亲也挺厉害啊……但是我又不是神族一伙的。

杜回阴沉的眼神扫向初筝：“现在该取回我的力量了……”

被他的力量温养过的身体，会和他更契合，这都是夜江欠他的。

杜回脚尖一点，身体朝着初筝飞掠过去。

“砰！”

“雪渊，你做什么？”

雪渊替初筝挡下杜回的攻击，锋利的爪子在地面划出几道细痕。雪渊表情难看，牙齿磨得直响。

鬼知道他在做什么。

“这个人是我的。”雪渊挺起小胸脯，霸道地宣布，“你不许动她。”

杜回若是将那些力量取走，她会怎么样雪渊不是很清楚，但肯定不会有什么好下场，自己还没有找她报仇呢！怎么能让她就这么被杜回给干掉，不行！自己的仇自己报！

杜回眸子微眯：“雪渊，你不会是喜欢上这个神族了吧？”

“呸！”雪渊连呸了好几声，“你会不会说话，本尊会喜欢神族？我看你的脑子还被封印着，没有放出来吧！”

“那你拦着我做什么？”杜回质问，“她可是夜江的后人，夜江当初追着你的事，你都忘了？”

他当然没忘。

上古时期的上神，和现在的上神……乃至于万竹，都是没办法比拟的。更别说夜江当时是神族中最厉害的神，雪渊还清楚地记得自己当时多么狼狈。

如果不是他够聪明，估计就会和那些妖族一样，成为夜江手底下的亡魂。

可是……他心底有一个声音，不断地在他耳边响起，不能让她死。

雪渊还没找好借口，身体忽然腾空，接着就被人抱进怀中。

初筝摸了摸他的脑袋："聊够没？"我等得好烦的，能不能做掉了！！

雪渊顿时奓毛："谁聊了？"他是在保护她好吗？

"聊够了，就该我上了。"初筝语调冰冷。

再聊下去，一会儿杜回变厉害了，岂不是给自己增加额外的负担吗？必须现在就做掉啊！

正好他还用着夕兰的身体，一箭双雕，简直完美！我真棒！

初筝将小狐狸往肩膀上一放，纤细素白的手从空中挥过，银光在空气中闪现，宛如坠落人间的星光。

"你……"雪渊的声音被风声吹散，爪子死死地抓住初筝的肩膀，才避免掉下去。

杜回到底还没有彻底破除封印，他现在借用的是夕兰的身体和力量。如果能夺走初筝身体里的力量，也许还能让他强大几分，可惜这是不现实的。

初筝的攻击又快又狠，那些银光神出鬼没，杜回连初筝的身都近不了。这些银光是什么东西？感觉不到任何气息，就像是不存在一般，他从来没见过如此古怪的力量。

"唰——"银光从杜回面前闪过，红色的裙摆被割破，悠悠扬扬，自空中落下。

血色的雾气如云雾涌动，人影朦胧模糊。杜回后背猛地升腾起一股冷汗，他豁然回身，毫不犹豫地攻向身后。

攻击落空，后面只有血色雾气。

"我在这里。"清冽的声音从头顶倾泻下来，杜回抬头，银光在瞳孔中扩大，视线一片白芒。

杜回的身体被击飞，砸在血池边缘，头发和衣裳浸进血池中。他脸上极快地发生着变化，像是有两个人在争夺这张脸的使用权。

初筝在杜回压制身体里的夕兰的时候，冲过去就是一脚，将杜回踹回血池中，动作一气呵成，行云流水。

杜回栽进血池中，肉眼可见的烟雾，从夕兰的身体里渗出。他想再次回到夕兰身体里，然而只能从夕兰的身体中穿过。夕兰挣扎着爬上血池，惊恐地远离血池，在地面蜿蜒出一道血痕。

"回来！你回来！"没有身体，杜回又不能离开血池，此时只能用咆哮来表示自己心中的愤怒。她将自己唤醒，要放自己出来，为什么现在后悔了？

夕兰此时浑身都是血，她倒在地上颤抖着，显然刚才的经历，将她吓到。

"雪渊！"杜回将视线转向雪渊，"我们才应该站在同一条线，你放我出去！这些神族不安好心，他们肯定会对付你，现在你帮我，就是在帮你自己。"

"我不是三岁小孩，你少糊弄我。"雪渊完全不听。

杜回是个什么样的魔，他还能不清楚？今天自己真的要是放他出来，转个头他就能和自己反目成仇。

不管杜回怎么蛊惑，雪渊都摆着上古凶兽的派头：你随便说，反正本尊不听。

杜回的声音嘶哑："雪渊，你会后悔的。"

"那也不关你的事，你管好你自己。"雪渊冷哼一声。

"吵死了。"初筝不耐烦地挥手，杜回再次被摁进血池中。

血池中冒出几个泡泡，几缕雾气若隐若现。然而那几缕雾气，像是被人摁着脑袋，怎么都出不来，底下还有疑似"呜呜""咕噜噜"的奇奇怪怪的声音。

血池渐渐平静下来，池面恢复平静。

初筝镇定自若地收回手，放在身前，端庄大方，平静淡然。

没拍死，失策。

初筝是打算弄死杜回，结果发现杜回是团气，要弄死得费点劲。作为一代高贵冷艳的女上神，不能摆个姿势半天不动，所以……只好先拍回去。拍回去果然安静多了，让你出来浪一圈，再把你拍进去，已经对你很宽容了，竟然还敢威胁我的毛毛。

不能忍！必须拍回去！往死里拍！

初筝摆完姿势，一转头就看到一群蒙了的围观群众。

他们是谁？他们在哪儿？发生了什么？这就没事了？

咕咚……血池突然冒出一串泡泡。初筝心头一跳，不好！她瞬间将银线放出去，将血池缠得水泄不通，这样我不信你还能出来！

第十五章
凶兽化形了

杜回的封印还没有彻底破除，夕兰只完成了一半。神族的人商量着，先将杜回再次封印回去。不然这魔族的老祖宗出来，魔族那些家伙还能坐得住？

但是怎么封印成了一个问题。

神族将目光放在夕兰身上，她知道怎么破除封印，也许知道怎么封印呢？

“我不知道……”夕兰摇头，“我什么都不知道，你们别问我。”

不管神族怎么问，夕兰都是这个说法。

“初筝是夜江上神的女儿，她也许知道……”不知道是哪个神族突然提了这么一句。

正揪着雪渊的尾巴，突然被点名的初筝很无语。

关我什么事？你们别看我，看我也没用。

初筝不太想管这闲事，但是身体还在乱窜的力量提醒着她，如果不搞定这个，她也不会安生。

初筝冷着脸：“你们先离开这里。”

神族不解：“你……你想做什么？”

初筝平静的目光望向血池方向，唇瓣轻启：“想不想封印他？”

神族众人一愣，当然想！

“那就走。”你们在这里围观，我还怎么做……封印？！

“你……真的能重新封印他？”神族的人将信将疑。

“刚才是你们说我可以，现在又质疑我？”抓鬼的是你们，放鬼的也是你们，你们想咋的，上天啊？

神族被噎了一下，他们只是觉得初筝可能会，可没想到，她会一口答应下来。

“你们走不走？”初筝见他们不动，不耐烦地道，“你们不走我走。”

“初筝上神，有劳。”某个神族立即拱手。

神族从血池里出来，众人都有几分郁色。

“我们真的让她和杜回待在一起？”

“那可是上古魔族！”

"不然呢？你们能封印杜回？"

"她手里还有雪渊……"

神族的人觉得他们真的是疯了，将两个邪魔外道的头头放在一块。之前他们还对初筝那般作为，初筝要是和这两个达成什么协议，他们可就是罪人了。

神族在外面左等右等，就是不见初筝出来。四周阴沉的气息还在，并没有散去。整座山都透着雾沉沉的压抑，让人浑身不舒服。

"不行，我得进去看看。"某个神族待不住，不顾同伴的阻拦，毅然重新进去。

一刻钟后。

那个神族从里面出来，其余神族瞬间涌上，将他围住，七嘴八舌地发问，不少人还往后面看，试图找到初筝的身影。

"里面没人。"那个神族面色不太好地道。

"没人？"有人拔高音量，"你确定吗？"

"嗯。"

"杜回呢？"

那个神族摇头，他没有看见杜回，也没有看见血池。

"你们看！"

就在众人忐忑的时候，有人突然指着虚空。

虚空笼罩的阴暗气息，正渐渐散去，阳光倾洒而下，落在众人身上，带着暖意。

神族的人面面相觑片刻，他们在山上找了一圈，没有找到初筝和雪渊，只好先带着夕兰回去。

夕兰作为俘虏，带回去就被关起来了。

"夕兰，你为什么要做这种事？"

夕兰蜷缩在里面，不搭理问话的人。

"青霄仙君在何处？"

"你现在还有机会，不要顽固不化！"

夕兰阴沉沉地看了他一眼，将脑袋完全埋进膝盖里，不管外面的人问什么，她都没有回应。

神族的人想找到青霄，只能对夕兰用刑。然而夕兰嘴巴紧闭，他们一个字都没问出来。不知道夕兰为什么做这些事，也不知道青霄在何处。

夕兰躺在仙牢里，脸色苍白，身上斑驳着血迹。这是专门对付神族的神器打出来的伤痕，不会自动愈合。

夕兰指尖狠狠地抓着地面，她不是夕兰，她只是一个魂体，一个从上古时期就存在的魂体。杜回是她的信仰，是她尊敬的大人。她跟随杜回多年，陪他征战四方。

只不过杜回不认识她罢了。

在杜回眼里，也许自己就是一个随时可以牺牲，无关紧要的小人物。

聚魂锁将她唤醒，并让她存在夕兰的身体里。当时夕兰的灵魂还在，不过没有她强大，所以她将夕兰的灵魂吞噬，彻底占据了这个身体。

她还发现拥有聚魂锁的那个女孩子，身体里竟然拥有杜回的力量。

有了这些条件，她就可以将杜回放出来。

如果她能将杜回放出来，那么杜回眼里就会有她，她会成为杜回唯一信任的人。

她知道杜回被封印在何处，所以她开始策划。只是没想到，自己的计划，最后会变成这个样子。想到之前自己被杜回控制，夕兰心底就忍不住打了个冷战。

那个她最崇敬的人，从始至终，眼里都没有她。她依然是一个随时可以牺牲、随时可以被放弃的小人物。

不……她绝对不要就这样结束。

十里八山。

虎王一个一米八几的汉子，蹲在地上，和几个小弟聊天。自从初筝回来后，虎王就觉得压力倍增。

初筝让他发的仙灵叶越来越多。

神族的人说，仙灵叶在神界。他们家大王是把神族给打劫了吗？他好怕神族带着人来打他们。

“虎王，这么多仙灵叶，就这么发了，多浪费啊！”小弟十分痛心。

“你想说什么？”虎王睨了小弟一眼。

“虎王你说……”小弟凑近虎王，在他耳边低语两句。

还没说完，虎王俩巴掌呼到小弟的脑门上：“你是不是傻，你是不是傻，你想死别拉上我。”

小弟捂着脑袋求饶：“虎王，我错了，我错了。”

“我告诉你们，”虎王指着剩下的几个小弟，“大王让我们做什么就做什么，谁敢有小心思，被大王发现，后果自己承担。”

几个小弟缩成一团，忙不迭地点头，表示知道了。

“看见我的狗了吗？”

冷淡清冽的声音突兀地从上方响起。

虎王抬头看去，小姑娘站在稍微凸出的石头上，逆着光，看不清她脸上的神情。但是能感觉到她此时很不爽，浑身都透着冰冷的气息。

虎王忍不住打了个寒战，快速地带着小弟们站起来。

“大王……您……您的什么狗啊？”

大王什么时候养狗了？你们看见了吗？虎王用眼神询问小弟们。

小弟们纷纷摇头，他们不知道大王养狗了啊！

初筝纠正：“雪渊。”

虎王嘴角顿时一抽。雪渊……那不是狐狸吗？怎么就变成狗了？

好吧，大王说是，那就是吧！

虎王问小弟：“你们看见了吗？”

小弟们继续摇头。

“大王，我们都没看见……”

虎王的话还没说完，初筝就转身走了，她的声音缓缓传来：“去找，找到给我带回来！”

虎王一怔，总感觉大王这话……杀机满满啊！为狗……不是，为雪渊默哀。

虎王见几个小弟还站着，又是一巴掌拍过去：“愣着干什么，找啊！”

初筝不过就是眨个眼的工夫，小狐狸就不见了，就不应该放养他！

虎王那边带着妖精们到处找，结果都没看见雪渊。雪渊那么小一团，随便往角落一钻，想找他很困难的。

初筝头疼地走回虎王给自己准备的山洞，心底琢磨着找到小东西后，怎么打断他的腿。

有窸窸窣窣的声音传来，初筝步子一顿，往山洞里面看去。

山洞有绿色藤蔓垂落，形成天然屏风，屏风里面才是休息的地方。里面有声音……

这个山洞是她专用的，虽然她没说过不许人进来，可是外面的妖精都十分懂规矩，不会不经她允许，就出现在这里。

初筝摸了一下手腕，镇定地往里面走去。她挑开垂落下来的藤蔓，一眼望去。

黑衣少年缩在石椅里，一只手心托着下巴，另一只手抓着几片仙灵叶，正闷闷不乐地往嘴里塞。

少年眉眼精致，像一块墨玉，不需要雕琢打磨，便能惊艳四座。

初筝一愣，完了！尾巴没了！

初筝心痛完自己的尾巴，随后才感叹，“好人卡”长得真好看。

雪渊耳尖微动，脑袋微微一偏，赤红如宝石的眸倒映出初筝的身影。

雪渊将蜷在石椅上的双腿放下，赤足站在地上：“你去哪儿了？”

少年的声音带着质问，尾音有几分软意，让人无法对他的语气生出反感。

“找你。”

“找我？”少年捏着仙灵叶转了转，警惕地问，“我就在这里，你去哪里找我？你是不是去外面找别的小妖精了？！”

初筝有点无语，我就是去找你了！我还打算打断你的腿来着……看来现在是不行了，唉。

【……】总觉得小姐姐好失望的样子。

“你怎么不说话？”少年哼了一声，“被我说中了是不是？！你们这些人类就是喜新厌旧，没一个好东西。”

“没有。”初筝放下藤蔓，走进里面。

“我告诉你……你干什么！放我下来！”雪渊被初筝抱起来，他顿时惊悚地叫起来。

他现在是人形！不是原形，没有尾巴给她摸！而且这抱法不对啊！！

初筝将他放在石椅上，雪渊有些不习惯，挣开她的束缚：“你有病啊，突然抱我！”

“又不是没抱过。”

“那能一样吗？”雪渊怒。

“怎么不一样？”初筝问。

“我那个时候是原形，能一样吗？”

“不都是你？”有什么区别，难道变个身，就不是你了？

雪渊说不过初筝，气呼呼地瞪着她。

原形的时候都没什么杀伤力，此时少年形态，更没什么威力。

初筝伸手在他的脑袋上揉了一下。

雪渊偏头避开她的手抗议：“别摸我的脑袋！”

雪渊的头发顺滑，像绸缎一般，但是没有毛毛舒服……

唉，难受。

初筝蹲下身子，手掌顺着他的小腿，握住脚踝。

“……你干吗？”

初筝没出声，沉默地拿出鞋，仔细给他穿上。

脚踝被握住，手心里的温度，贴着他的皮肤，一点点传递过来，雪渊瞬间觉得浑身开始滚烫起来。

他并不是很喜欢化形，就算是以前，不是必要，他几乎不会用人的形态。然而他不知道哪根筋不对，在发现自己可以化形后，竟然直接化形了。

少年垂眸看着她，她认真仔细的样子，让他微微有些发愣。

初筝给他穿好鞋子，整理好他的衣摆。

初筝随口问："你实力恢复得怎么样了？"

雪渊回过神，视线忽地不敢看初筝："就……就那样吧！"

穿上鞋子，让雪渊很不舒服，好像身上的束缚又多了一层。

初筝沉默，我要不要把他打一顿，再让他恢复到原形呢？

【……小姐姐，你到底为什么会有这么丧心病狂的想法？】

我想他的毛毛。

王者号估计要死机了。为了毛毛，就要把人家打回原形，小姐姐，你是魔鬼吗？！考虑过"好人卡"的感受吗？

【小姐姐，我觉得你需要冷静冷静。】

初筝在心底叹气：我也觉得。

王者号找到一丝安慰：【对对对，冷静冷静，想想他是你的"好人卡"，你怎么能对他做这种事呢？】

初筝继续叹气：我需要毛毛冷静。

初筝瞄向雪渊的身后……雪渊似被踩中尾巴似的，突然跳起来："我告诉你，没门！！"

臭不要脸的女人，他都化形了，还不打算放过他的尾巴！尾巴都要被她摸秃了！！

我还什么都没说呢！

初筝镇定地起身，像什么事都没发生一般，坐到旁边做自己的事。

雪渊站在原地，瞅瞅初筝，又瞅瞅自己脚上的鞋。他试着走了两步，像蹒跚学步的幼童，身体摇摇晃晃，莫名地可爱。

初筝用余光观察他，刚才郁闷的心情，微微有一丝好转。

"好人卡"真好看。

雪渊十分不适应脚上的鞋子，走了几步，整个人都气鼓鼓的。

这什么玩意儿！他为什么要穿这个？他可是凶兽！

雪渊将鞋子踢掉，赤脚站在地上，舒服多了。

初筝抬眸看他。

雪渊挺直腰："我不喜欢穿鞋！"哪有凶兽穿鞋的！你见外面的那些妖精穿鞋了吗？他穿身衣服，已经比那些只遮重点部位的妖精好多了好吗？！

"地上脏。"初筝顿了顿，表情微微一肃，"你不会要舔吧？"

雪渊差点气得恢复原形。谁要舔了！他要舔什么？！神经病啊！

雪渊转身离开，走了几步，又转回来，一巴掌拍在初筝旁边的石桌上。

干什么！造反啊！

少年瞪着初筝："你看见我化形，一点也不惊讶吗？"

从进来到现在，她对自己化形，没有露出半点惊讶，也没有其他的情绪。

跟了她一段时间，他也知道，这个女人就是这样。可是他还是想知道，她真的一点都不惊讶吗？

初筝认真地反问："为什么要惊讶？"

为、为什么……他突然化形，正常人的反应，不都是惊讶吗？她怎么就毫无障碍地接受了？好像自己一直是这个样子……

雪渊挫败地坐下。

初筝垂下头，不再搭理他。

“喂。”

雪渊坐不住，忍不住出声。

“嗯？”

女孩子的声音淡淡的，在山洞中显得有些缥缈空灵。

雪渊噘着嘴吹了口气：“本尊长得好看不好看？”

初筝不假思索地答：“好看。”

被人夸好看，雪渊顿时喜上眉梢：“本尊可是上古时期最好看的凶兽，那个杜回……”

说到杜回，雪渊微微一顿。

“你把他怎么了？”

上次她让神族的人都离开，但是他也没看见她对杜回做什么。

就是绕着那个血池转了几圈，然后就没事人似的走了。

结果出去他就发现，那些魔气不见了，她体内乱窜的力量，似乎也安定下来。

初筝漫不经心地道：“怎么了？”

“我就想知道，你把他怎么了。”

初筝张口就想说：当然是做掉了，不然留着过年吗？

王者号及时阻止了她。

【不要在“好人卡”面前这么暴力！要让“好人卡”觉得你是一个可靠的好人，好吗？好吗？！】

我帮他搞定他不喜欢的人，我还不是好人？我这样的好人根本就找不到好吗？！

【请小姐姐不要胡乱解读“好人”这两个字，根本就不是这样的！不是！】

“没怎么。”初筝改了口。

雪渊不信：“没怎么？那他怎么没动静了？”

“我怎么知道。”初筝道，“你问他去。”

“你怎么不知道？你肯定对他做了什么。”

“我对他做了什么？你看见了？”

雪渊噎了一下：“本尊要是看见了，还用得着问你？”

“既然你没看见，那就不要乱讲，我没对他做什么。”初筝严肃脸。

没有证据的事，怎么能乱讲呢！这样是很不礼貌的！

雪渊琢磨了一下：“你把他封印回去了，是不是？”

雪渊觉得很有可能，毕竟自己之前就经历过。

初筝不耐烦，凶巴巴地看着他：“你有完没完？”问题那么多，《十万个为什么》转世啊！

雪渊被初筝凶，也跟着奓毛：“你凶什么？别以为本尊怕你，告诉你，本尊现在可不怕你！”

雪渊吼完，越想越气，转身要走。

“你……”

“我不怕你的！你少跟我凶！”雪渊脾气上来了，哼哼唧唧地跑出山洞。

“……把鞋穿上。”初筝镇定地说完后面几个字。

雪渊跑出山洞，撞到正打算过来汇报的虎王。

虎王被撞得后退了好几步，抬眸一看是个陌生少年，警惕地问："你是谁啊？"

赤红如宝石的眸子盯着虎王："本尊都不认识，你找死！"

熟悉的声音让虎王虎躯一震，雪渊？！化……化形了？怎么看上去……这么弱呢？

少年微微眯起眸子，阴森森地道："你看上去比之前更美味了。"那些仙灵叶也不是白吃的！

虎王："……"不！我一点也不美味！

还是那个熟悉得让他发抖的声音。

少年看上去没什么危险，可是虎王能感觉到，少年身上那股若有似无的压迫。

雪渊打量了虎王两眼："你干什么去？"

虎王脱口而出："找狗。"

说完，虎王整个人恍如被定在原地。完了完了，脑子是被狗吃了吗？！

"找什么狗？"雪渊倒没多想，只是有点气闷，"她想养别的狗了？"

虎王眨了眨眼："不是不是。我就、随便找找……随便找找……"

雪渊狐疑地看了他一会儿，虎王后背全是冷汗。

须臾，雪渊抬步离开。虎王重重地松了口气，目光循着雪渊那边看去。

"你看什么？"雪渊忽然回头。

虎王吓得哆嗦，看也不能看吗？

"我、我、我就是觉得您……您长得好看，和我想的不一样。"

"哼！"他当然好看，他可是上古最好看的凶兽！少年歪了一下头，赤红的眸子里流转过一道光华，"你之前想的我是什么样的？"

虎王一愣，他想的是……凶兽，自然是那种身材魁梧，让人一看就害怕的形象。谁知道化形的会是个少年，清隽漂亮得不像话。

虎王觉得自己说出来可能会尸骨无存。

"您是黑狐，我以为您是那种比较成熟……"虎王磕磕绊绊地回答，好不容易将雪渊糊弄过去。虎王感觉自己这一会儿就丢了半条命。

小弟从远处跑来："虎王，虎王，狼王来了。"

虎王咳嗽了一声："他来做什么？"

小弟："不知道啊！"

虎王："带了多少妖？"

小弟："没呢，就他一个。"

虎王眸子微眯："去看看。"

初筝傍晚的时候从虎王那里得到消息，狼王想要仙灵叶。初筝有的是仙灵叶，不过狼王……

"大王，狼王说他已经弄清楚万物客栈的事了，是他那小崽子的不对。他知道错了，特地来道歉的。"虎王转述狼王的话。

狼王从十里八山回去，就重新问了他家那个狼崽子。这小崽子在外面什么样，狼王心底清楚得很。果然他稍微威胁一下，小崽子什么都说了。

"你自己解决。"初筝嫌麻烦，直接将这件事扔给虎王。

虎王一愣，我怎么解决啊！

虎王一脸蒙地看着初筝离开。

初筝在回去的路上，遇见几只受到惊吓的小妖。

少年蹲在一条小道上，明明是有些不雅的姿势，但因为他长得好看，看上去也是赏心悦目。

长得好看的人就是不一样啊！

“你蹲在这里做什么？”初筝走近，将他拉起来。

雪渊像是没骨头似的，软绵绵地靠在她身上，动作自然，好像他还是之前那只小狐狸。

“饿。”想吃！想吃那些活蹦乱跳的小妖精！！

初筝顺手拍了拍他的后背：“你一只凶兽，饿什么？”

雪渊不满：“凶兽怎么了？凶兽不需要吃东西吗？你歧视凶兽？”

凶兽就应该吃妖吃人！

雪渊靠着初筝，能看见初筝修长的脖颈，如玉般光滑细腻，他忍不住舔了一下唇。

“吃……”初筝的“草”字卡在喉咙里。

雪渊凑到颈间，咬住她的脖子，牙齿刺破皮肤，吞咽的声音格外清晰。

初筝微微将他抱紧，雪渊越喝越来劲。

初筝只能出声阻止他：“够了。”

“好喝。”少年含糊地应了一声，“还要。”

神族的血当然好喝！金贵着呢！

“够了。”初筝将他推开。

雪渊瞪着她：“你想饿死我是不是？本尊告诉你，虐待凶兽，是会倒霉的！！”

初筝冷漠脸：“哦。”

初筝觉得雪渊真的是个扫把星，说她倒霉，她就真的倒霉了，大晚上还掉坑里！哪个吃饱了撑的在这里挖坑！

“哈哈哈哈！”

初筝看了一眼旁边笑得没心没肺的小东西，镇定地起身，拍了拍身上的泥土。

要不是这个小东西，她会掉下来？他还有脸笑。

“就跟你说要倒霉的。”雪渊扬着下巴，清冷的月辉镀在他的身上，形成一层光晕，将他那张脸映衬得更加精致。

初筝手痒痒，想打他，但最后只是在他的脸上掐了一把，软滑细腻，像棉花糖。

初筝又捏了一下。

雪渊似乎被吓到，愣在原地，没有反应。直到初筝意犹未尽地捏他第三下的时候，雪渊才爆发，挥开初筝的手，怒道：“你竟然敢掐本尊！！”

摸他就算了，现在还掐上了！臭不要脸的女人，真当自己好欺负是不是！

初筝眸光里一片冷淡：“没有。”

雪渊目瞪口呆：“你当着我的面掐我，你还不承认？”

“我没掐你。”初筝从坑里上去，站在边缘，垂眸看着坑底仰头的少年，“我捏你，不算掐，别乱说。”

有什么区别！强词夺理！

“你站住，你走什么，你给本尊回来，听见没有，本尊让你回来！”

雪渊爬出坑，追着初筝，一路吵吵嚷嚷地回到山洞。

初筝嫌他吵，毫不犹豫地将他关在山洞外面，世界顿时清净下来。

【小姐姐，你是不是忘了什么？】

初筝上下打量自己，很确定地道：“没有。”

【你关在外面的……是你的“好人卡”，记得吗？】王者号咬牙切齿地提醒。

哪有把“好人卡”关在外面的？！

初筝一本正经地道：“男女有别。”

男女有别？你眼里有男的和女的吗？【小姐姐，你这样会让“好人卡”心里对你不满的，这种丧心病狂的事，咱们不要做好吗？】

初筝：“我又没关他小黑屋，怕什么？”

【……敢情你还想把他关进小黑屋？】

不……它错了！小姐姐什么时候不想关“好人卡”小黑屋了，她时时刻刻都在琢磨这件事！可怜的“好人卡”！

入夜。

山洞的石壁上，有幽幽的微光闪烁着。躺在山洞最里面铺着柔软皮毛的石床上的小姑娘睫毛轻颤，放在身侧的手，缓慢握紧。

轻微的脚步声和衣服的摩擦声，在山洞中静静流转，接着就是一阵窸窸窣窣的声音。

初筝感觉身边多了一个人，熟悉的气息，让她松开手，翻了个身，背对着来人。

别吵吵，爱干吗干吗，她要睡觉。

然而对方并不打算就这样，初筝耳边好一阵窸窸窣窣的声音，温热的气息喷洒在脖颈间，柔软的触感蹭过脖颈。

初筝“唰”的一下睁开眼，但还是没来得及阻止。

“雪渊。”初筝平静地叫他。

“呜……”少年应了一声，接着大口地吮吸两口，生怕初筝把他拍下去。

而初筝也确实把他拍开了，捂着脖子坐起来。

雪渊坐在旁边，用舌尖舔了一下唇瓣，嘴里都是血的味道。

两人隔着黑暗，悄无声息地对视。

半晌，雪渊为自己申辩：“我才喝了两口。”

“我身体里的血就那么多。”初筝冷静地道，“你想喝多少？”

雪渊挣扎了一下：“……那我……喝小口一点。”他真的好饿啊！！抓心挠肺地饿！从出来后，就没吃过一顿饱的！

她这是虐待！！

初筝冷漠地躺回去。

雪渊盯着她。

初筝张开手：“过来。”

雪渊迟疑了一下，跟着躺下去，初筝将他抱进怀里。许是被初筝抱习惯了，雪渊没有意识到自己此刻是人形，下意识地想蜷缩进她的怀里。

“想喝？”

少年小幅度地点头。

初筝手指搭在他的肩膀上：“可以，尾巴给我摸。”

臭不要脸的，就知道觊觎他的尾巴！他长得不好看吗？为什么只看他的尾巴？！

"不愿意？"黑暗里，她的声音压得低，像极了一个诱拐乖学生的坏人。

"我变……"

初筝按着他："不可以，就这样。"

你是变态吗！

雪渊内心十分挣扎，理智告诉他不行，这简直就是在羞辱他。然而雪渊并没有立即拒绝，他沉默着，耳边甚至能听见她的心跳声，沉稳平静，和她这个人一样。

雪渊心底很清楚，自己并不是很讨厌她。

初筝耐心地等着他，经过数次心理斗争后，雪渊妥协了。

他不想挨饿！堂堂凶兽就是要——能屈能伸！

雪渊将尾巴露出来，许是因为人形的原因，尾巴比他本体的时候大很多，蓬松柔软。

初筝就知道自己的选择没有错！不过她更想让雪渊变成最开始见面时那么大，那尾巴……

"你不是有九条尾巴吗？"初筝突然反应过来。

雪渊都快气哭了："你觊觎我的一条尾巴就算了，你还觊觎我别的尾巴，你有没有人性！"

初筝有些心虚："我就问问。"

"你摸够了吗？我先出去了。"雪渊吃饱喝足，准备溜。

初筝抓着他，严肃地申明："我没摸够。"软软的毛毛怎么摸得够！放在这儿我能撸一年！不能放过！盘他！呸！摸他！

雪渊目瞪口呆："你要不要脸？"

"这跟我摸你的尾巴有什么必要关系？"初筝格外认真地请教。

怎么没有关系？要脸的人，怎么会这么摸别人的尾巴？！

"你……我……这个……"

初筝将他捞回来："别闹了。"

雪渊被初筝紧紧地抱着，尾巴还被她抓着，手指上的温度，从尾巴上传过来。

以往她摸也不过是有些痒，但是现在……他感觉有电流从四肢流淌而过，从头到脚，乃至头发尖都带着一股异样的酥麻感，身体里仿佛有什么东西在苏醒，导致他开始兴奋。

整条尾巴比刚才更蓬松，搭在身上，格外热。

雪渊憋着一口气，努力在心底默念冷静，不能在这个臭不要脸的女人面前发情，太丢他这个凶兽的脸面了。

然而初筝身上的温度，她摸着自己尾巴那邪恶的爪子，以及时而扫过的呼吸，都让他在发情的道路上一去不复返。

雪渊往初筝怀里缩了缩，脸埋在她脖颈，呼吸逐渐沉重起来，身体本能地往初筝身上靠。

初筝摸着摸着，突然发现自己被抱得快要喘不过气来。

不就是摸了一下尾巴，用得着这样？这是打算和我同归于尽吗？

初筝试着拉开他，发现雪渊抱得更紧了。

"雪渊？"

雪渊一开始只是蹭她的脖子，现在已经开始亲了，而且有点不满足于此。

初筝好不容易将他拉开一些，还没来得及说话，雪渊的脸便靠了过来，唇瓣堵在她的唇瓣上，瞬间夺走她的呼吸。

少年的吻笨拙生涩，只是凭借本能，辗转地吮吸。

初筝瞪圆眸子，静静地看了他一会儿……其实她什么都没看见。

山洞里面的光线太暗。

初筝微微叹了口气。看在他给我摸尾巴的分儿上，我就不推开他了。小东西自己送上门的……初筝琢磨着可以尝尝味道。

然而她还没来得及细细品尝，雪渊突然推开她，跳下去，一溜烟地跑了出去。

初筝望望空荡荡的怀抱，又瞅瞅隐约还在晃动的藤蔓。

什么意思啊？小东西亲一半就跑了？

初筝双手往胸前一环，抱抱自己，太可怜了，毛毛没有了，难受。

初筝没事人似的睡得极好。早上起来，她在门口撞到雪渊。后者一见到她就跟火烧屁股似的，掉头就跑了。

虎王磨磨蹭蹭地过来："大……大王，您和雪渊大人怎、怎么了？"

昨天晚上他被雪渊盯了一晚上，吓得他一晚上没睡。

初筝琢磨了一会儿，认真地回答："欲求不满吧！"

欸？欲、欲求不满？雪渊大人欲求不满吗？

初筝说完就走了，留下虎王在原地凌乱。

"不……不是，大王，您等等我，我有事和您说。"虎王回过神，赶紧追上去。

虎王说最近有不少妖失踪。万物客栈那边发来警告，让妖族的都警惕点。

万物客栈相当于妖族的连锁情报客栈，是妖族自发建立的，作用就是在有什么风吹草动的时候，可以第一时间让妖族都知道。如果有外敌，也能让妖族在极短的时间内团结起来。

初筝漫不经心地问："有人抓妖炖汤喝？"

虎王嘴角抽搐了一下："大王，我跟您说真的。"

"嗯。"初筝点点头，"可是跟我们有什么关系？"

妖又不是我抓的，总不能来碰瓷我吧？！

"大王……"

初筝抬手："十里八山有妖失踪？"

"……没。"

"那跟我们有什么关系？"初筝道，"少管闲事，活得久。"

翻译过来就是——不要惹麻烦！

"大王。"

初筝的声音轻缓冷淡："安静，不要吵。"做个好老虎。

初筝没把这件事放在心上，毕竟她从来没把自己当妖……不对，她本来就不是妖！

虎王倒是挺关注这事，每天都来和她汇报，又有谁失踪了，初筝烦得不行。

她就想安安静静地撸她的狗！

然而自从那天晚上后，雪渊看见她就跑。

初筝终于逮着机会，将雪渊堵个正着："你跑什么？"

"谁跑了？"雪渊不满地反驳。

初筝冷漠脸："哦，你没跑，刚才你在做什么？"

"做运动不行吗？"雪渊道，"你还管我做什么？"

初筝道："你是我的，我管你有什么问题？"

"你……我？我是你的？什么时候的事？"雪渊十分蒙，"你在胡说八道什么，谁是你的！！”

“你。”初筝强调，“我的。”

雪渊气得胸口直起伏，指着初筝：“你……你这个臭不要脸的，本尊堂堂的凶兽，岂能是你的？你要不要点脸？你也配拥有本尊！”

不经过他的同意，就说自己是她的，太不要脸了。世上怎么会有如此不要脸的人！

面对雪渊的怒吼，初筝平静地拉着他的手腕，将人往自己怀中一拉，直接抱起来。

雪渊的瞳孔微微一缩，刚酝酿好的话，滚到嘴边，还没说出来，他的身体就被放在旁边的石头上。

初筝弯腰握着他的脚踝：“我跟你说过，要穿鞋，为什么不听？”

“本尊为什么要穿鞋？”他又不是人，穿什么鞋？不穿！穿着难受！

“脏。”

“那你别碰我啊！”

你才脏！他干净着呢！

初筝不理会雪渊的叫嚷，自顾自地将鞋子给他穿上。

雪渊当场就要脱下来。

初筝压着他的膝盖，倾身靠近他。

雪渊不由自主地往后靠，后背抵着冰冷的石壁，他忍不住咽了咽口水。眼底倒映着他熟悉的容貌，可是他完全不敢看，脑中不由自主地闪过那天晚上的画面。

在雪渊满脑子风花雪月的时候，初筝冷冰冰地威胁：“再敢不穿鞋到处跑，打断你的腿。”

这多脏啊！

小姑娘脸上并没多少表情，可雪渊感觉到一股凶煞之气。雪渊顿时有点㞞，目光扫过四周，瞄到有一条小道，转身就往小道上溜了。

等跑出一段距离，雪渊撑着旁边的树喘气。

“本尊为什么要跑？”雪渊懊恼。

他可是凶兽，超凶的那种，跑什么跑啊！

雪渊整理好心情，坚定下次见面绝对不跑，要找回身为凶兽的场子。

第十六章
隐秘的心动

妖族不断有妖失踪，终于这失踪的地点轮到了十里八山。山底下巡逻的几只妖，突然不见踪影。

如果是平常，也许是他们自己跑了，可是结合之前的情报，明显不是。

初筝作为十里八山名义上的大王，出这样的事，要是还不管，那就有点对不起她的身份。

“有发现什么异常吗？”初筝站在疑似失踪的地点，打量着四周。

“没有，上面的都没听见声音，就下来一看，这里就没影了。”万物客栈那边传来消息，初筝没放在心上，但虎王不能不管，因此十里八山的巡逻很密集。

据其他消息，其他妖失踪的时候，也是这样悄无声息。

初筝烦躁，背景板开始滚动播放“麻烦”。

“大清早的你们就在这里吵吵闹闹，都没事干吗？”少年傲气又带着几分软意的嗓音，从头顶响起。

初筝仰头看去，雪渊不知何时躺在树上，脑袋枕着胳膊，跷着二郎腿，黑色的衣摆下，露出一双赤足。

小东西又不穿鞋！

“雪、雪渊大人。”虎王声音发抖，这小祖宗什么时候在上面的？最近他不是总躲着大王吗？大王……还说……雪渊大人欲求不满来着……

虎王脑中不由自主地开始跑火车。

初筝眸色冷淡：“你在这里做什么？”

“本尊一直在这里。”

最近他都不敢回山上，晚上都在山下转悠，随便找个地方一躺就是一晚上。

虎王立即问道：“那……那雪渊大人看见……看见什么了吗？”

雪渊道：“看见了。”

虎王眸子一亮：“请问雪渊大人，您看见什么了？他们是怎么失踪的？”

少年冷哼一声，傲气又不满地道：“本尊为什么要告诉你？”

衣服猎猎的声音划破空气，少年翩然落地，赤红的眸望向站在中间的人：“你想知道，本尊倒是可以告诉你。”

“不，我不想。”初筝冷淡地拒绝，在少年微微错愕的视线中，摸出一双鞋，“穿鞋。”

虎王默默地看着雪渊被初筝压着穿鞋，在雪渊满含威胁的眼神看过来的时候，果断捂眼。

他什么都没看见，什么都没看见。

雪渊觉得自己的发情期还没有过去，因为初筝一靠近他，他就感觉想……最可怕的是他忍不住想要靠近她。

“你真不想知道？”雪渊尝试转移自己的注意力。

初筝抬眸看他，雪渊瞧见自己倒映在她瞳孔里的影子。那双眼睛平静又淡漠，不见半分涟漪。

初筝垂下头，没有接话。

雪渊移开视线，闷声闷气地道：“昨天晚上，有魔气在附近出现，不过没有看见魔族，那几只妖是凭空消失的。”

“只有魔气？”

雪渊“唰”的一下瞪向问话的虎王。竟然敢质疑本尊的话！

少年的眸光无端的凶悍，无形的压迫笼罩过来，虎王吓得腿软，差点给雪渊跪下。

虎王欲哭无泪：“难道是魔族？”

“不是魔族。”雪渊否认。

您怎么知道啊！虎王忍住，没有问出来，怕雪渊又给自己来一个眼神杀。

初筝并没有感觉到附近有魔气。按照雪渊的说法，就是魔气出现，小妖消失，然后那些魔气也不见了。如果不是雪渊当场看见，估计不会有人发现有魔气出现过……现在也没什么线索。

初筝琢磨了一会儿，道：“先回去，晚上再说。”

初筝拉着雪渊离开，雪渊穿着鞋，走路很不适应，歪歪扭扭，随时都会摔倒的样子。

初筝伸手扶着他的腰，最后索性将人拉过来，直接抱着。

虎王站在下面，遥遥听见雪渊气急败坏的声音。

净月高悬，夜凉如水。

雪渊烦躁地蹲在灌木丛里，他不时拿眼神瞄旁边的初筝。

初筝倚着一棵树，月光自树冠中落下，斑驳在她身上，宛如镀上一层冷霜。她半张脸隐在黑暗里，只露出小半张侧颜。

雪渊第一次发现她长得很好看。不是那种张扬的漂亮，而是一种内敛的好看，越看越好看。

雪渊脑子里全是她的样子。

不能再想她了！

雪渊移开视线，强迫自己冷静下来：“你怎么知道凶手还会来？”

“十里八山上妖精多。”初筝平静地回答。

十里八山的妖精何止是多，看得他都好想吃。一想到那么多活蹦乱跳的妖精在自己面前蹦跶，不能吃，雪渊就怄得不行。

“那他也不一定会在这里出现。”雪渊道，“等你过去，早跑了。”

“嗯。”

“你不担心？”

初筝摇头。

“我发现……”雪渊顿了一下，“你这人真是凉薄、冷血！”

“嗯。”初筝很大方地应下来。她就是凉薄、冷血，怎么了？世界那么大，不同的人有不同的活法，她就喜欢这样。

初筝记得有个人说过：她只喜欢自己，只在乎自己……

雪渊嘴角抽搐了一下：“你不是神族吗？你们神族不是要心怀大义，关怀众生？”

雪渊说完，发现初筝正看着他。

“我只关怀你。”别人又不是“好人卡”，关怀有什么用？

雪渊心脏狂跳起来。半晌，他才干巴巴地道：“你是不是看上本尊了？”

初筝想了一下：“嗯。”“好人卡”就是我的！没毛病！

雪渊不得不承认，自己此时有点心慌意乱，还掺杂着一丝隐秘的心动。

“我……本尊可是凶兽！”少年拿出凶兽的气场，“你是神族，你竟然看上本尊，你疯了吗？”

初筝的目光凉飕飕地扫了他一眼，突然往他这边走过来，捏住他的下巴，将人抵在树干上：“你有意见？”

雪渊噎住，我是凶兽啊！超凶的！

近在咫尺的容颜，让雪渊忘了如何言语，他艰难地吞咽口水。

初筝眸光微微一深，在雪渊唇瓣微张，准备说话的时候，突然亲了下去。

初筝的手指松开了他的下巴，抚上他的脸颊，指腹蹭过脸颊，碰到他的耳垂。

雪渊的身体像是被定格住了，瞳孔微微瞪大。

那天晚上的亲吻又在眼前晃过。

可是当时他有点神志不清，没有此时此刻的感受这么清晰，而且那次是他先主动的。

初筝的吻炙热霸道，勾起他内心深处还没有停歇的欲望。

雪渊气死了。

眼看他的发情期就要过去了，被她这么一亲，全完了。

他的自控力什么时候这么差了？！

一吻结束，初筝松开他。

雪渊呼吸到新鲜空气，立即出声：“我是凶兽，你是神族，种族不同，是不会有好结果的！”

“嗯。”初筝指尖压着雪渊的嘴角，轻轻地摩挲，她冷淡的声音缓缓响起，“那又如何？”

平静中透着嚣张。

初筝的唇瓣再次落下，不过这次是蜻蜓点水，一触即离。

“我要的，就必须是我的。”

这女人怎么比自己还狂？雪渊忍不住翻了个白眼：“本尊还没答应呢！你凭什么自作主张？”

“那你跑啊！”

雪渊看看自己此时的处境。

他要怎么跑？根本就没法跑好吗？！

“本尊告诉你……呜……”

“安静。”初筝的唇瓣贴着他的唇瓣，但是并没有更多的动作，灼热的呼吸喷洒过来，烫得雪渊的身体都跟着热起来。

然而此时情况不对。

雪渊感觉到了魔气，不过离他们有一段距离。

所以……初筝继续这个吻。

初筝是很认真地在亲他，好像根本不在乎出现的魔气。

雪渊深一脚浅一脚地跟在初筝后面，心底不断懊恼，自己堂堂的凶兽，竟然被人这么羞辱！过分！

不就是被亲一下！亲回去就行了，怕什么！下次绝对不能㞞！

在雪渊懊恼的时候，他们已经抵达“案发现场”。

虎王和一群小妖也前后赶到，雪渊有些不自然地垂下头，耳根和脸颊都在隐隐发烫。好在众妖的注意力都在中间那团被缠成蚕蛹的人身上。

“这……这不是神族的那个青霄吗？”

雪渊眉梢微挑，用余光扫过去。中间被绑成蚕蛹的可不就是青霄。

雪渊的注意力却在绑青霄的银色细线上，那些线……很古怪。

雪渊往四周看去，他发现四周都有银线的踪迹，在林间交错绷紧。

雪渊心底顿悟。难怪她一点也不紧张，她早就布下陷阱，就等对方自投罗网。

有句话怎么说的来着——最毒妇人心。

这臭不要脸的也太可怕了。

在这边布下陷阱，自己却在那边和他……

呸！雪渊将脑子里面的想法甩出去。

“大王，这是神族的……”虎王可能想到初筝也是神族，闭上嘴，紧张兮兮地看着。

初筝漫不经心地道：“叫神族的人来收尸。”

“啊？”收、收尸？

他听错了，还是大王说错了？这人不是还活着吗？

初筝睨了他一眼，虎王表情一肃，狗腿一样地道：“大王，我这就去办。”

大晚上的，十里八山的偏僻角落里，人头攒动，着实有点吓人，还有点挤。

虎王让人先回到宽敞的地方。

神族的人来得快。

青霄还被绑着，神族的一瞧，表情各异，好在没人不分青红皂白就出声。

估计是之前被初筝给吓到，此刻大家都不敢乱讲话。

杜回到底是被封印，还是如何，神族的人也不是很清楚，但是他们确定，杜回肯定是不会再作乱了。而拥有一只凶兽的初筝，在那件事后，安安静静地回到十里八山，没有任何兴风作浪的意思。所以神族的人商量了一下，决定静观其变。

主要是神族的人觉得……他们好像打不过初筝。

“青霄仙君。”有人上前试图将青霄摇醒。

初筝环胸站在旁边，冷漠地看着。

“青霄仙君？青霄……”

青霄没有任何反应。

“这……是怎么回事？青霄仙君怎么了？怎么会在十里八山？”还被绑成这个样子？

虎王瞅了一眼摆着大佬姿势，端着冷漠神情的初筝，赶紧上前一步：“最近妖族有妖失踪的事，各位都听说过吧？”

来的神族们对视几眼，没有否认。因为初筝和雪渊的关系，他们密切关注着妖族这边的动静，他们不但知道，还暗中查过。

“凶手……”虎王指着青霄，“可能就是他。”

“不可能！”神族下意识地反驳，“青霄仙君怎么会做这种事？他和你们妖族无冤无仇……”

初筝截断他的长篇大论：“这是你们神族需要给的交代。”

初筝一出声，场面就诡异地安静下来。

“你们这位青霄仙君不是失踪了吗？谁知道他失踪后做了什么，你们还是先弄清楚发生了什么，再帮他辩解吧！”雪渊插声打破沉默。

众人循声望去，黑衣少年趴在横在他面前的枯木上，手里还抓着几片仙灵叶，看热闹看得津津有味。落在神族的眼里，那就是幸灾乐祸的表现。

不过……这是黑狐？身上的气息一样……应该不会错。

凶兽长得这么好看的吗？

神族将思绪从雪渊身上拉回来，回归到正题上。

青霄失踪了这么长时间，他们并不知道他在外面做了什么。

神族试图唤醒青霄，奈何青霄怎么都不醒。

神族要带走青霄，虎王哪里肯，这还没给一个交代就想走，哪有这么好的事。

十里八山全是妖，还有一个初筝，真的打起来，神族这边讨不到好。

于是众人只能等青霄醒过来。

等待的时间就显得十分尴尬，妖族站一边，神族站一边，这架势跟要打群架似的。

双方瞪大眼，凝视着对方，到后面气氛明显有点不对劲。

“醒了！青霄仙君醒了！”

有个神族突然吼了一嗓子，打破了这诡异的气氛，成功阻止了一场流血冲突事件。

青霄幽幽转醒，看到四周全是人，显然有点蒙。

神族的人问：“青霄仙君，你怎么会在这里？那些妖族失踪，和你有关系吗？”

“什么妖族？”青霄转着头打量，“这……这是哪里？”

青霄身上的束缚被解开，他捂着头，脸色极差，对于自己身处何处，露出十分茫然和不解的样子。

虎王眯起眼，狐疑地打量他：“你到我十里八山来做什么？”

“十里八山？我不是……我怎么会在这里？”

很好！这个问题正是你需要回答的！

“青霄仙君，你还记得你之前在哪里吗？”

青霄看着问话的人，像是在分辨这是谁，脸上的茫然之色，不似作假。他的神情突然定格住，似乎想起什么，双手捂住脑袋，挡住众人的视线。等他放下手，再次看向众人的时候，眼神和表情明显变了。

“青霄仙君……”离青霄最近的一个神族，小心地上前，想关心几句。却不想青霄突然抓住他，扼住他的喉咙。

“青霄，你干什么！”神族这边顿时吓得变了脸。

“你们别过来！”青霄呵斥一声，指着众人，身上开始溢出丝丝缕缕的魔气，“你们把夕兰关在哪里了？”

神族的人劝阻：“青霄仙君，你别干傻事，那是你的同僚，你快放开他！”

青霄完全听不进去："把夕兰带过来，不然我就杀了他！"

"青霄仙君，夕兰她试图放出杜回，她不再是你认识的那个夕兰……"

"闭嘴！"青霄情绪激动，身上的魔气越来越重，"按我说的做，不然我就杀了他！"

神族的人赶紧七嘴八舌地安抚青霄。就在他们和青霄谈判的时候，有人看见初筝从青霄后面出现。

神族的人面部表情变化，让青霄有所警觉，下意识地回头……

"砰！"青霄只觉得眼前一暗。脑袋上挨了一下，耳边有嗡嗡的声音，眸底有一个清晰的人影，正是袭击自己的人。

青霄表情顿时狰狞："初筝……"

竟然没晕！神族就是不一样！

不慌，小问题。

初筝镇定脸，抬手又是一下砸下去，这一下比刚才用力，而且还加上了法术，她就不信他还能活蹦乱跳！

"砰！"还是没晕。

青霄脸上的狰狞更重，眼睛充血，怨毒的光泽闪动，似要将初筝撕碎。

初筝冷着脸，在青霄动手之前，"梆梆"地连砸好几下，银线从青霄脚底下绕过，将他往地上一拽，青霄双眼一翻，总算晕了过去。

初筝暗自松了一口气，果然就是要速度快啊！只要速度快，仙人都跳不起来！

嗯！完美！

神族的人目瞪口呆。

还能这样吗？

雪渊似乎习惯了，无聊地打了个哈欠。

初筝扫了他一眼，将手里的武器扔掉，走到他那边："回去睡觉？"

大王！大庭广众之下，你这样不好吧！

当初青霄追着夕兰离开，夕兰很快就将青霄控制，让他作为自己的外援。夕兰被抓后，青霄一直在想办法救夕兰出来。

因为关押夕兰的地方比较特殊，青霄找不到。所以他即便是冲上去，也无法将夕兰救出来。

最后青霄想了个办法，打算先挑起神族和妖族的争斗，然后再趁机救人。

结果就是被初筝给抓住了，出师未捷身先死。

青霄的计划还是不错的，神族真的和妖族打起来，魔族那边肯定坐不住，到时候就是大混乱。他趁机救人，估计等神族的人反应过来，他们早就逃之夭夭。

不过这个计划，还没有彻底将神族和妖族的恩怨挑起来，他自己就先栽了。

青霄和夕兰都是神族的人，这件事自然要神族去处理。初筝这位上神，他们意思地问了一下她的意见。初筝很不客气地发表意见，问他们能不能做掉……然后就没有然后了。

虚伪！初筝给神族打了个标签。

【小姐姐，你不用做掉他们，真的！求你放过他们吧！他们现在这样才符合我们的价值观！】

就是要让他们活着，看着小姐姐走上人生巅峰啊！

初筝："你变态啊！"

王者号深呼吸，要对小姐姐微笑服务，不能生气。

【主线任务：请小姐姐在一个时辰内，花掉一百枚仙灵叶。】发个任务冷静冷静。

初筝以“此山是我开，此树是我栽，想要过此山，留下买路财”的架势，将准备离开的神族拦下。

神族很紧张：“初筝上神，您要做什么？”

初筝逆光站在高处，如巡视自己领土的帝王，漫不经心地看着下方的人：“你们身上有宝贝吗？”

这是要打劫吗？！

“初筝上神，我们出来得匆忙……”

“没事，你们不是还穿着衣服。”

神族有点发抖，想到上次他们的经历，个个都开始后背发寒。之前初筝上神提出要做掉青霄和夕兰，他们没有答应，她瞧着没什么异常，难不成这是秋后算账？！

半个时辰后。

神族捧着仙灵叶，目光呆滞地离开十里八山。

她到底哪里来的这么多仙灵叶？

如果不是确定这些仙灵叶都是真的，他们会以为初筝是在造假……

初筝将从神族身上搜刮来的东西，全部扔给看戏的雪渊。

雪渊嫌弃地跳开：“这都什么破败玩意儿，你扔给本尊做什么？！羞辱本尊吗？！”

谁要那群老不死的东西。

初筝将东西堆在他面前，认真地道：“送给你砸着玩。”

雪渊不想承认，初筝说这话的时候，他心跳会加速，耳根都跟着一热。

呸呸呸！谁要她的东西！

神族的东西其实并不差，只不过雪渊见识过的东西太多，所以看不上这些东西。

对于初筝来说，送出去的东西，泼出去的水，绝对不会收回来。

所以这批东西被扔在十里八山上。

十里八山的妖精们虽好奇，但不敢对它们动手。

这批东西渐渐就成为十里八山的一道风景线。

神族的人知道这事，差点没被气死。

初筝这是在报复他们吗？

神族推翻之前对夕兰和青霄的处决，剥夺他们的神格，受尽刑罚后，罚入人世，经历世间最惨的轮回。

这样初筝应该满意了吧？这可比死亡可怕多了。

雪渊发情期间隔时间长，发情时间也长，而且初筝时不时在他面前晃悠，还趁他不注意的时候亲他，因此雪渊觉得自己的发情期一直没过去。

雪渊都不敢靠近初筝。

“雪渊大人，您在这儿干什么？大王正找您呢！”小妖精好奇地看着站在角落里的少年。

“乘凉！”少年没好气地道，“滚滚滚，关你什么事。”

雪渊大人好凶，不过真好看。

小妖精怕惹到雪渊后自己小命不保，一溜烟地跑了。

雪渊拿手扇风，惆怅地望着天空。

“你最近躲着我做什么？”耳边忽地响起一道熟悉的声音。

她怎么阴魂不散啊！

雪渊有点僵硬地转身，初筝站在外面，眸光冷淡地瞧着他。

“本尊……本尊觉得这里甚好！”雪渊挺直腰板，“本尊哪里有躲着你，你不要胡说八道！”

“哦。”初筝面无表情地走了。

雪渊松了一口气，但心底又有点古怪，她就这么走了？一定有鬼！

雪渊接下来一整天都提心吊胆，就怕初筝突然冒出来。然而到天黑，初筝都没出现，他稍微放心了一些。

事实证明，他太天真了。

雪渊站在坑底，仰头看着上面的人，没好气地怒吼：“你幼稚不幼稚？”

竟然在这里挖坑等他跳？！她怎么就这么无聊呢！

初筝蹲下身体，双手交叠，放在膝盖上，表情严肃，但是这姿势，莫名有点乖。

“你想不想上来？”

“本尊想上来就上……”雪渊往上一蹦，结果没蹦上来，反而摔了下去，“你！”

“你想不想上来？”初筝又问一遍。

雪渊不肯服输，试了好几次，发现自己真的上不去。

雪渊觉得自己作为一只凶兽，走南闯北，什么样的事没遇见过，所以——他能屈能伸地屈服了。

初筝总想哄着雪渊，在他们亲密的时候，将尾巴露出来。然而她没有一次成功过。雪渊以他凶兽的兽格抗拒，坚决不要。

初筝试过几次，没成功之后就放弃了。逼“好人卡”做不喜欢的事，不是一个好人应该做的。

每天都在努力做好人呢！

不过这个念头初筝到底打消没有，王者号以隔壁系统的人头保证——没有！绝对没有！

它太了解它家这个说一做二的小姐姐了，她的话完全就是放……一个字、一个标点符号都不能信。

王者号怀疑，她整天绷着脸，装出一副高冷女神的样子，就是为了好骗人。

初筝完全不知道王者号暗戳戳地把自己给剖析成这样。

“你有什么想做的事？”初筝在雪渊旁边坐下。

雪渊单手撑着下巴：“找万竹报仇。”

万竹？这个上神不是失踪好久了吗？

“然后呢？”

“……不知道。”雪渊摇摇头。

“那跟着我。”

雪渊瞪她：“你就挖着坑等我跳？”

“你不乐意？”初筝危险地盯着他。

好像他敢说不乐意，初筝就敢立即把他推到坑里去活埋了。

“本尊堂堂的凶兽，为什么要跟着你，要也是你跟着我！”

“嗯。”初筝不在意地点头，反正是我的，说法不一样不影响本质。

雪渊愣了一下，片刻后问：“你不回神族去？”

“神族……”初筝微顿，“回神族去杀神？”这个挑战有点麻烦，我选择放弃。

雪渊差点以为自己听错了，你是一个假上神吧？

初筝接下来几天似乎很忙，雪渊有点奇怪。但是不用被她逼着穿鞋，雪渊浪得飞起，就差偷摸摸地抓妖吃了。

虎王觉得初筝要是再神出鬼没几天，雪渊真的会抓妖吃了。

不过……虎王瞅着从山下上来的人，咽了咽口水。

大王这是不让雪渊大人吃妖，跑去抓人给雪渊大人吃吗？

初筝手里拎着一个孩子，那孩子看着有点生无可恋，似乎已经被折腾很久了。

“大王……”

初筝从虎王面前过去，连个眼神都没留给他。

初筝拎着孩子，落到山洞外面的空地上。

少年倚在空地上的一棵枯树上，见初筝回来，只是抬眼看了一眼，然后就垂下视线。下一秒，他猛地抬起头，目光紧盯着初筝手里的小孩。

少年从枯树上跳下来，警惕地问：“这是给我吃的？”

“不是。”

不是给他吃的，那就是她想养的？好啊！有他还想着别的！

初筝将小孩扔到地上，小孩在地上滚了两圈，本来是白白嫩嫩的一团，顿时灰头土脸。

“万竹。”

初筝指着小孩。

小孩儿茫然地抬起头，无辜地看着雪渊，忽地露出一个笑脸，脆生生地道：“哥哥真好看。”

雪渊深呼吸一口气，漂亮的脸上染上红晕——气的。

雪渊气沉丹田，怒吼出声：“你骗鬼呢！就算要找人冒充，你也得做点功课吧？万竹是这么一个小不点吗？”

这些天她跑出去鬼混就算了，还带一个莫名其妙的小孩儿回来……

雪渊忽然道：“这不会是你的私生子吧？！”

初筝复杂地看了雪渊一眼：“你整天想些什么？”

雪渊：“是你在干什么！”

初筝：“他是万竹的转世。”

为了查这件事，她把神族都光顾了一遍，因为神族都不知道万竹的下落，她又费尽周折，最后才找到人。现在这小东西却怀疑，这是她的私生子？她哪里来这么大的私生子！

“你不是要找万竹？”初筝道，“我给你找来了，你想怎么弄死他？”

雪渊看着这个睁着水汪汪的大眼、单纯无辜的小孩儿，又看了看一脸认真的初筝，迟疑地问：“你……真没骗我？”

初筝冷漠脸：“骗你干什么！”又没尾巴摸。

雪渊盯着差不多和自己膝盖一样高的小孩儿，腮帮子不时鼓起。

小孩儿坐在地上，仰着头，清澈明亮的眼睛，正乖巧地看着他。

“怎么还不动手？”初筝问他，“你还要等个吉时？”

雪渊气闷：“他真的是万竹？”

初筝点头，这问题都问了十几遍了。这就是万竹——的转世！

初筝点头，雪渊就更气了。

要是万竹站在他面前，他早就把万竹砍成几大块了。

可是这么大一点……雪渊下不去手。

“你……你把他送回去！”雪渊转身。

“你不是要报仇吗？”

“我……”雪渊怒了，“本尊岂是那种乘人之危的凶兽，等他长大了再报仇！”

凶兽还需要讲什么仁义道德吗？

雪渊突然转身，抱住初筝，闷声闷气地道：“时间真的很可怕，它才是无法抗衡的存在。”

初筝眉心微不可察地蹙了一下，她想说什么，最后也只是拍拍雪渊的肩膀。

两人拥抱了一会儿，雪渊在她耳边低语：“谢谢你。”

“谢我可以……”

“不要！”雪渊立即冷哼一声，松开她，“你快把他弄走！”

“真不报仇？”初筝有点不死心，好歹也是她费尽心思弄来的。

“不。”

雪渊拒不报仇，初筝只好将小孩儿扔给虎王。

给我吃吗？可是我已经好久不吃人了。这个小孩儿看着白白嫩嫩，似乎很好吃……

虎王和小孩儿大眼瞪小眼，小孩儿一点也不怕，抓着他的头发就开始扯：“丑丑，哥哥好看。”

虎王不知道要把这小孩儿送哪儿去，心惊胆战去问初筝。初筝说了个地址，虎王让小妖把小孩儿送回去了。

结果没过两天，小孩儿就出现在山脚。

不管送回去多少次，小孩儿最后都会回来，奇怪的是他的家人也不会来找他。

于是，虎王屁股后面就多了一个张口闭口叫虎王“丑丑”的小孩儿。虎王整天当奶爸，气得他暴跳如雷。

初筝每天都过着撸“好人卡”，看虎王气得跳脚的悠闲日子。

除了“好人卡”有时候不太听话，初筝大体还是很满意的。

如果系统不见缝插针发任务，初筝就更满意了……

卷四
血族女王

第十七章
沦为阶下囚

“这是哪里送来的？怎么这么脏？”

“哎，送都送来了，别抱怨了，先关着吧。”

“砰——”初筝感觉自己的灵魂都跟着震动，浑身黏腻难受。她躺在地上，翻个身，瞧见头顶的天窗。光线从上面倾泻进来，照得她眼睛酸涩，还有些……疼。

初筝听见“滋滋”的声音，像是什么东西放在火上烤。

三秒钟后。

初筝猛地往旁边滚去，光线从她身上移开，“滋滋”的声音顿时停歇。初筝面无表情地捂着胳膊坐起来。胳膊上灼烧出来的痕迹，宛如被放在火里烧过似的。

这、这……什么鬼东西？她的身体吗？为什么会跟烧烤似的？她在一个烤盘上吗？！

初筝看看旁边的阳光，指尖捻了捻，缓慢地伸过去。手指穿插进阳光中，在地面投出虚影……

“滋滋滋……”

初筝“唰”的一下收回手，手指尖被灼烧出同样的痕迹。

初筝一怔。

我在哪儿！我是谁！我在干什么！吓死我了！

血族，古老而神秘，无数传说都围绕着血族展开。凄美的爱情故事，恐怖的灵异事件……不管是什么，只要和血族有关，都会成为奇闻怪谈。

人类惧怕那些传闻中长生不死的血族，却又向往。

在人们不知道的地方，存在着一座学院——艾薇格斯特。学院里有人类和血族。

人类和血族共存？不！人类是血族圈养在这里的小宠物。

刚进入艾薇格斯特的人类，都不知道自己将会面临什么。他们会在学院的教习下，慢慢知道，他们所处什么位置，需要做什么。

他们要做的只有一件事，乖乖等着被血族挑中，成为食物。

但是在私底下，他们还有另外一件事——努力让血族喜欢上自己，成为血族的私宠，那样会比在学院，被不同的血族挑中要好得多。

原主并不是这些人类中的一位。

她是血族的女王。

原主娇生惯养，早就被定为下一任女王人选。作为下一任女王人选，她每天要学习的东西非常多。

为了缓解她的压力，血族给她找了一位伴读，方便照顾她的饮食起居，每天和她做伴。

知道自己有这个权利，原主要求自己寻找伴读。

原主没有看上血族精挑细选送过来的血族，而是看上了艾薇格斯特学院里的一个人类。

她叫夏慈。

夏慈长得水灵，一双眼睛似乎会说话，不似学院里那些人，没什么精神，永远低着头，死气沉沉。

原主很喜欢她，挑她作为自己的伴读。

血族中没有过这样的先例，人类是他们的食物，怎么能作为伴读呢？可是原主坚持，血族拿她没办法，只能同意。

夏慈就这么在原主身边留下了。她们可以说是一起长大，原主教她东西，让她在血族中得到尊重，成为艾薇格斯特学院人人羡慕的存在。

原主继承女王后，夏慈依然留在她身边，并得到重用。

让原主没料到的是，夏慈会背叛自己。夏慈联合另外一位亲王，将她逼上绝路，夺走了她的王座。

原主没有死亡，而是到了艾薇格斯特学院。她受伤严重，能力消失，所有人都以为她是一个人类。

新来的总是受欺负，而向来前呼后拥，有人伺候的原主，在这样的环境下，哪里能生存下来。她那些与生俱来的骨子里散发出来的高贵，在这里成为装模作样的象征。

原主都沦落到这个地步，还端着架子，自然没人喜欢她。她被人排挤、欺负，这种事时常发生。

其中欺负她最厉害的便是一个叫关小茹的女生，关小茹设计将她暴露在一个血族面前。

原主想不明白，自己即便失去血族的一部分能力，可她还是血族，这些血族不可能认不出她来。然而那个血族就是不认识她，直到最后她在那个血族的折磨下，即将死亡的那一刻。她见到夏慈，才明白这一切都是夏慈指使。

夏慈知道她活着，夏慈就是想慢慢地折磨死她。

初筝接收完剧情，在心底叹口气，不管多厉害的人，最后都会被身边的人算计。

她现在所处的时间线，正好是夏慈联手亲王，夺走了她的权利。原主侥幸逃走，遇上运送人类到这里来的船只。被打捞起来后，原主为求自保，混进了人类中。随后，她被当作货物，送到艾薇格斯特学院。

艾薇格斯特学院的消息比较封闭，原主想打听到血族中发生的事，并不容易。

背叛，被剥夺身份。这一切都让原主心中充满愤怒和仇恨。

原主伤好了一些后，便想办法联系她信任的血族。结果人没选好，对方是夏慈那一边的。应该就是那个时候，原主暴露了自己在艾薇格斯特学院的行踪。

初筝扒拉下身上的衣服，试图盖住被灼烧出痕迹的胳膊。然而衣袖破破烂烂，实在是鸡肋。

哪个狗东西把她的衣服给扯坏了！！好气。

初筝心底气成了河豚。

她坐了一会儿，开始打量自己所处的位置。

这个房间，只有头顶那个窗口可以看见光，前面类似铁栏杆，可以看见走道，对面也是同样的房间，不过里面没人。

有点像牢房……

这是每个抵达艾薇格斯特的“新人”都会经历的第一步，先关到你怀疑人生。

脾气倔强的就多关几天，关到你没脾气为止。

初筝靠着墙，在心底问王者号：“在这个世界里，你要我怎么做任务花钱？”

【小姐姐，这不是我需要考虑的问题呢！】王者号声音一如既往地欢快，【你现在要做的，就是尽快离开这里。】

我不！这里挺好的！有吃有喝，挺好！

【……就知道是这样！】

所以在有人过来查看的时候，初筝很不客气地对着他们展现自己凶气外放的一面。

做人……不是，做血族就是要凶一点！

如果隔壁的那些狱友，不整天大喊大叫，她会更满意。

“不要……你们放开我！你们要带我去哪里？放我回家，呜呜呜，我不要在这里！”

初筝被哭喊声吵醒，她从墙角站起来，避开有些刺眼的光。走道上，有两个人正拖着一个女生往一个方向走。那个女生又哭又闹，抓着旁边的牢门不肯撒手。

“放开我，你们这群人贩子，你们放开我！！”

女生哭得厉害，抓住她的人不耐烦，几巴掌打过去。

“吵什么吵，以为自己在什么地方？给我安静点！！”

女生可能被打蒙了，好半晌都没回过神，只能被那两个人拖着离开。

远处传来重重的关门声。

“唉！”

斜对面牢房里，一个女生蹲在角落，抓着栏杆，黑漆漆的眸子正盯着初筝，像一个蘑菇……

初筝靠着栏杆，神情漠然地回视她。

“你怎么好像一点都不害怕？”女生好奇地问。

你瞧着也没多害怕，蹲在地上跟个蘑菇似的，眸子还东张西望，透着一股子机灵劲。初筝在心里吐槽。

女生抓着栏杆，十分努力地想将脑袋从栏杆里面挤出来：“我被抓到这里这么多天，他们到底要我们做什么？是人贩子吗？”

“你觉得是就是吧！”初筝语气淡淡。

“你是不是知道什么？”女生观察好久了，这个牢房里住的人，没有像隔壁那些人又哭又闹，甚至都不怎么见她活动。

“不知道。”初筝转身回去。

“欸，你别走啊！！”女生伸出手，“你回来呀！”

这一批人已经差不多都被带出去了，初筝本来早就应该被带出去了，因为她十分“乖巧安静”，奈何这个钉子户她自己不愿意走。只要有人想带她离开，这个原本看上去乖巧安静的女生身上的气势就会变得特别凌厉，吓死个人。

斜对面牢房的那个女生，也闹腾得厉害，不愿意离开。

然而等人走得差不多了，他们几乎就不怎么送吃食过来了。巡逻的人每天过来看一眼，确定大家还活着就行。

初筝短时间内不需要进食，好歹也是女王，怎么会被饿着。

【主线任务：请在一个小时内，花掉一瓶“蔷薇花露”，并离开这里。】

你刚才说什么？“蔷薇花露”是什么东西？你怎么不说六神花露水呢？

【友情提示：如果小姐姐只是完成任务，没有离开这里，也是会翻倍倒带的哟！小姐姐，加油哟！】鼓励自己的小姐姐是身为一个系统应该有的修养。

安静了这么多天，就琢磨出来这个玩意儿，你能干点正事吗？

王者号很委屈，它一直在干正事，是小姐姐不干正事好吧？

怎么现在变成它不干正事了？

王者号估计现在什么修养都不想要了，就想和它的小姐姐同归于尽。

初筝将所谓的“蔷薇花露”拿出来。一指高的透明小瓶子，瓶体上刻有图案，极具血族代表的蔷薇花。小瓶子里装着的鲜红液体不多，也就小半瓶，估摸着喝一口就没了。

初筝举高晃了晃，这怎么看……都是血啊！

【小姐姐，劝你最好不要打开。】王者号在初筝准备打开的时候，及时出声提醒。

初筝冷漠脸：“这里面是血？”

【是的哟！】

这玩意儿都能搞到，有点厉害呀！

初筝走到栏杆边，往走道上看了一眼。自从这里人少下来之后，那些人几乎要到晚上才会过来看一眼……

初筝抬头看了一眼天窗……现在距离晚上，至少还有六个小时。请问她要如何在没有人的环境下，将这玩意儿花出去？

我自己喝行吗？

【不行。】

“喂，你干吗呢？”斜对面的狱友又蘑菇蹲，抓着铁栏杆，好奇地看着初筝。

初筝脑中闪过之前这位看上去柔柔弱弱，混起来比街头大妈还厉害的战斗力……

“你想不想出去？”初筝问她。

“……不是很想。”蘑菇姑娘摇头，“我觉得在这里挺安全的。”

我也这么觉得！

长长的走廊上，挂着壁灯，初筝和蘑菇姑娘跟着一个穿着干练得体的金发女人，正走在这条长廊上，蘑菇姑娘眸子滴溜溜地乱转。

“不要乱看。”金发女人回头警告，蘑菇姑娘立即垂下头。

金发女人扫了旁边的初筝一眼，微微蹙眉，这个女生……身上的气息怎么有点奇怪？态度也让人觉得有点不舒服。

在这里，他们见惯了大喊大叫的人，更看习惯了寻死觅活的人，还从没见过气定神闲、毫无波澜得好像漫步在自家后花园的人。

金发女人回过头，继续带路。

蘑菇姑娘靠近初筝：“你说她要带我们去哪里？”这个奇怪的女生让她闹出动静，引来人。也不知道这人给了看守的人什么东西，很快她们就被接出来，见到了这个金发女人。

蘑菇姑娘本不想出来，可初筝都走了，她觉得留在那里有点恐怖，所以赶紧跟上来。

“不知道。”初筝双手插在破旧的衣服兜里，语气冷淡。

蘑菇姑娘悄悄地打量她，一身狼狈，也压不住她身上那比前面金发女人还要足的气势，冷淡疏离，却让人由心底升起敬畏。

金发女人停下，蘑菇姑娘立即收回视线，偷偷瞄向前面。

“你们暂时住在这里，里面有衣服，明天会有人来带你们。”金发女人推开门，“晚上不要乱走，出什么事，后果自负。”后面那句话女人说得有点不怀好意。

蘑菇姑娘的胳膊上起了一层鸡皮疙瘩，她忍不住往初筝身边靠了靠。

初筝抬步走进房间，蘑菇姑娘看看金发女人，又看看初筝，赶紧跟进去。

房间的布局出乎蘑菇姑娘的认知，直接愣在原地，整个房间呈古典的欧式风格。

精致奢华到她只在电视里面见过，不，这里比电视里面还要高档得多。

“砰——”后面的门关上。

蘑菇姑娘吓了一跳，下意识地跑过去拉门。

大门轻易拉开，她往走廊上看，空荡荡的走廊，空无一人。走廊仿佛看不到尽头，给人一种压迫感。她咽了咽口水，没敢出去，关上门，跑进里面。

“那个女人不见了。”蘑菇姑娘跑进来，“我们要不跑吧……你……你怎么睡下了？”

房间非常大，地面铺着绒毯。房间里有两张大床，用帘子隔着。另外一边是客厅，用架子做了隔断，旁边是厨房和卫生间。此时初筝就躺在那张大床上，黑色的床单上绣着红色的蔷薇花，栩栩如生。

初筝躺得非常端正，双手交叠放在身前，蘑菇姑娘有一种……参加葬礼的感觉。

嘤嘤嘤……这里太可怕了。

蘑菇姑娘跑过去：“你怎么还睡得着？我们得想办法离开这里。”

她们被抓到这里关了那么多天，现在又被带到这种房间……不会是那种……要她们……她听说有很多人贩子，专门抓年轻貌美的姑娘接客。

蘑菇姑娘脑补过头，抱紧自己的身体：“你别不说话啊，这里好安静，我……”

“那边有电视。”初筝被吵得烦。

电视？蘑菇姑娘刚才没仔细看，一回头往客厅看去，果然看见了电视。她看看闭着眼、一脸“我已入眠，别再吵我”冷漠架势的初筝，又看看客厅，“噌噌”地跑过去把电视打开。

电视频道是她没见过的标志，里面的人和语言都不对。不过她换了几个台后，就看见了熟悉的频道，熟悉的内容让她心底得到片刻的安宁。

但很快蘑菇姑娘又“噌噌”地跑到初筝床边：“你……你真的睡了？”

躺在床上的初筝睁开眼，目光冷幽地盯着她，凶巴巴地威胁：“你再说一个字，我就把你从这里扔出去。”

在小房子里初筝就没睡好过，好不容易看见一张大床，还不让她好好休息！就不能放过我这个弱小无助的小可怜吗！

蘑菇姑娘果然不敢吭声了。

电视里正放着某个热门综艺节目，里面欢声笑语，蘑菇姑娘却觉得四周阴森森的，下意识地往初筝床边挪。

“啊！”

初筝“噌”的一下坐起来。

靠在床边的蘑菇姑娘也惊醒：“怎么了，怎么了？”

初筝往门口看去，那一声尖叫突兀又尖锐，但此时已经消失，一片死寂。

初筝直接躺回去。

“刚才是什么声音？”蘑菇姑娘眼珠子不断扫着四周。

“不知道。”吵死了，睡个觉都不安生。

“像是惨叫……”蘑菇姑娘有些担忧，“会不会有人出事了？”那声音听着可不太好。

“顾好你自己。”初筝冷漠脸，“少管闲事。”

“……可是。”蘑菇姑娘张了张嘴，但初筝已经闭上眼，秒睡。

可是她们现在似乎也面临着这种问题。她就不担心吗？不害怕吗？

“啊……”又是一声惨叫。

初筝抓着旁边的枕头就往虚空砸去，枕头在空气里砸过，落在帘子上，滚落到地上。外面的尖叫声不断传来，初筝翻身下床，掀开帘子出去。

蘑菇姑娘咽了咽口水……这气势……好恐怖啊！

初筝拉开大门，走廊上，一个穿着睡裙的姑娘，正捂着脖子，尖叫着朝她这边跑过来。

看见初筝，女孩眸子一亮，直接扑过来：“救……救命，救命啊！有怪物。”

初筝避开女孩，女孩扑空，撞到墙上，跌坐在地上。女孩似乎想站起来，可她已经没有力气，只能不断地往墙角缩，身体抖得厉害。

她恐惧地看着跑过来的地方，嘴里喃喃：“有怪物，有怪物……”

走廊深处，一个人影缓步走来。他穿着燕尾服，面容俊美，嘴角勾着邪肆的笑。

是个美男子。

美男子行了一个贵族礼：“美丽的小姐，夜安。”他宛如从宴会上走下来的王子，一举一动都十分优雅绅士。

血族！能在这里如此招摇行事，除了血族，不会有别人。

初筝冷漠脸：“进食别弄出那么大的声响，吵到我了。”有没有公德心？大半夜的不睡觉，瞎搞什么玩意儿！

美男子微微诧异，诧异初筝那句话，以及她那冷静的态度。这些人类，可是很害怕他们的。

即便是有心攀附他们的人类，也只会露出臣服的表情，不会这般冷漠平静，无动于衷。

有趣！这个人类比那些死气沉沉的人类有趣多了。

“吵到美丽的小姐，是艾尔的错。”美男子的左手放在胸前，微微弯腰，“希望美丽的小姐能原谅我！”

“凭什么？”你让我原谅就原谅，我不要脸的？

艾尔露出自认迷人的笑容，朝着初筝逼近。

缩在墙角的女孩惊恐无比，张着嘴，恐惧让她无法发声。

怪物，这是怪物……

艾尔睨了那个女孩一眼，他笑着问：“你的前辈们，没有告诉过你，不要在晚上随便出来吗？”

女孩呜咽到不敢说话。

“你是不听话的坏孩子呢！”艾尔语气温柔，“所以这是你的惩罚哟！不要哭，你哭起来不好看呢！”

女孩的眼泪掉得更厉害，不断地摇头。她捂着脖子的手，有鲜血溢出，血腥气在走廊里飘荡。

艾尔眸光微微一深，身体微微往女孩那边转过去。

“不要……不要，救命，救命……”女孩不知哪里来的力气，从地上爬起来，跌跌撞撞地离开。

艾尔只是看着，没有追。

艾尔手指抬起，放在唇瓣上亲了一下，舌尖舔过指尖上的血：“不知道有没有荣幸，邀请这位美丽的小姐赏月呢？”

越靠得近，艾尔越觉得初筝身上的气息不太对。不像人类的气息，但也不像普通的血族……

初筝意味不明地看着他：“好啊！”

艾尔立即将那点奇怪抛之脑后。

“那我们找个安静的地方，不要让人打扰到我们，怎么样？”

初筝面无表情地捏了一下手腕。

【小姐姐，我建议你不要动……】

王者号的声音还没落下，初筝已经动手，一拳挥在艾尔脸上。

让你跟我赏月！我跟你好好赏月！吵我睡觉！

【唉！】身为系统好累啊！为什么你就不能和隔壁小姐姐学学呢？

初筝手指收紧，往身前一拽，艾尔整个人都扑在地上，被拽着往前滑行，震惊的表情还停留在他那张俊美不凡的脸上。

初筝用脚抵着他的肩膀，女生眉眼低垂，看不清里面的情绪，只能感受到她身上的冷意。

艾尔挣扎着，身上明明什么都没有，却感觉被束缚着，他俊脸微沉：“美丽的小姐，你知道我是谁吗？”

这个人类好大的胆子，竟然敢对他动手。

初筝顺口接了一句：“哦，那你知道我是谁吗？”管你是谁，吵到我就是不行！我好不容易睡到床的！！

艾尔仰头看她，模样端庄漂亮，但十分陌生。

初筝懒得和他废话，只想快点做掉他回去睡觉。

“艾尔阁下！”

攻击从后面过来，初筝身子一闪，走廊上摆放的花盆，砸在她刚才站立的位置。金发女人和两个血族架着刚才逃跑的女孩匆匆赶来。

“艾尔阁下，您没事吧？”金发女人紧张地将艾尔扶起来。

“她是谁？”艾尔脸色极差地盯着初筝。

金发女人立即道：“这是新来的，还没教过规矩，冲撞了艾尔阁下。”

艾尔有些发狠地道：“把她送我那里去。”他要好好教教她规矩，竟然敢顶撞他！

金发女人有点迟疑：“艾尔阁下，她还没教过规矩，送您那里去，再冲撞到您……”

艾尔：“按我说的做。”

“……是。”

显然这个艾尔在这里的地位更高，金发女人根本不敢违背他的话。当然，金发女人也不在意，不过是个新人罢了，还敢攻击艾尔阁下。艾尔阁下将她要去，说不定还是救她一命。

“你们，问过我的意见吗？”当着她的面，就决定好她的去处？认真的吗？我同意了吗？！初筝怒道。

“我警告过你，晚上不要出来！”金发女人满脸的严厉，“你现在还敢有意见？艾尔阁下没有要你的命，都是网开一面……啊……”

金发女人话还没说完，整个人就倒飞出去。跟着金发女人来的两个血族见此，赶紧放开那个女孩，同时上前来抓初筝。

初筝抬手一挥，银线绕着两个血族，将他们猛地往墙上撞去，他们的身体顿时溃散成粉末。

金发女人撞到走廊的壁灯，一个侧翻，安全落地。然而她还没来得及发怒，表情便定格在脸上。

她看见那两个血族突然凭空消失了……

这……这是什么？

初筝清浅冰凉的声音在走廊上缓缓响起：“你们真的很吵。”

目睹这一切的艾尔也好不到哪里去，一股寒气升上背脊，恐惧自心底席卷上来。

“你……你……”艾尔结巴了起来，一双眸子瞪大，哪里还有刚才的绅士风度。

艾尔说到底也只是在这里有点地位，放在血族中，什么都算不上。

不然他也不会连血族女王都不认识。

他转身就想溜，然而下一秒就被拽回来，后背着地，眼前光线晃动。

初筝缓慢地出现，低头对上他的视线。

艾尔从她的眼底看见狼狈的自己，还看见……她眼底的冰冷。

有那么一瞬间，他觉得自己坠入万丈深渊，风雪从底下吹上来，四肢的血液开始凝结成冰。

“我让你走了吗？”初筝冷漠的声音将他拉回现实。

“你……你想怎么样？你知道这是什么地方吗？”艾尔强作镇定，可是颤抖的双手出卖了他。

“你不要胡来！”金发女人回过神，立即出声警告，“伤害他，你也不会有好下场。”

“我当然不会伤害他。”初筝望向金发女人，郑重地承诺。

初筝一脚踹到艾尔身上。艾尔此时害怕和愤怒交织，眼神格外扭曲。

初筝踹的那一下，让艾尔更加愤怒，他似乎连害怕都忘了：“人类，我警告你，这是艾薇格斯特。你敢再对我做什么的话，你绝对走不出这里。”

糟了！忘了血族和正常人不一样。那么踹一下，肯定不会晕。

初筝琢磨着再踹一下，但这不太符合她的身份，所以她很是镇定地将艾尔绑了起来，并堵住了他的嘴。

初筝扔开艾尔，走向金发女人。长廊寂静无声，暖黄的壁灯，将她的影子投在墙上，拉出纤细诡谲的形状。

“想活着吗？”

“你……你不要乱来！”金发女人往后退，后背抵住冰冷的墙。

素白纤细的手拿着一个玻璃瓶，在金发女人面前轻晃一下。玻璃瓶里鲜红的液体，衬得那只手更加雪白。

初筝将视线转向艾尔：“帮我搞定他，这个就是你的。”

金发女人瞪大眼。

——我当然不会伤害他。

是的，初筝不会伤害他，可是初筝会逼着自己伤害艾尔。

这是艾薇格斯特名誉长老的儿子，她怎么敢……

金发女人撑着墙喘气，神色惊恐。初筝将玻璃瓶放进她手里："今天晚上我们谁也没见过谁，不要再吵我了，明白吗？"

金发女人握紧玻璃瓶，她不知道这里面是什么，但是她如果不动手，这个人类就会杀了自己。

在这里这么久，金发女人从没见过这样的人类……或许她不是人类，因为她身上并没有多少人类的气息。

那她是什么？

金发女人心有余悸地看着初筝进房间。直到那扇门合上，金发女人顿时松了一口气。

艾尔还躺在地上，金发女人望向角落里吓坏的女孩，眸色微沉。

初筝回到房间，蘑菇姑娘离得老远，脸色煞白煞白的，不知道是不是看见刚才走廊上那一出。她的唇瓣动了动："外面……那个人，死了？"

"嗯。"

"这……到底是什么地方？"她一直觉得自己是被人贩子绑架了。可是刚才她看见的事让她明白，他们不仅仅是人贩子那么简单。

她亲眼看见一个人死了。

"艾薇格斯特。"

"……什么……什么地方？"

初筝推开更衣间的门，里面一排一排地陈列着各种各样的衣服，以及精美首饰。

"血族的圈养地。"

"血……血族……"蘑菇姑娘浑身的鸡皮疙瘩都起来了。

这种生物，真的存在？怎么可能！

初筝打算换上一身干净的衣服。她没有挑那些看上去华丽的小洋装，而是穿了一套休闲装。里面是衬衣，下身是一条小裙子……不好意思，这里只有小裙子，没有裤子，外面套一件宽松的黑色外套。

原主的头发有些长，微卷，到腰间的位置。

初筝坐在镜子前，望着里面的人。

黑色的衣服，衬得她肤如白雪。柳眉下一双清澈乌黑的眸子，淡漠地凝视着镜子里面的人，淡如樱色的唇瓣轻抿，凌厉的气势瞬间便有了。

不需要做任何装饰，也美得像一幅画。

挺好看的。初筝很满意。

初筝在满意自己长得挺好看的时候，隔壁蘑菇姑娘已经快要把自己吓死了，她以为自己被人贩子绑架的时候都没这么害怕。

她想着自己总会找到机会跑掉，可是刚才被人告知她遇见的是血族……血族啊！传说中吸人血的血族！

刚才初筝怎么说的？血族的圈养地？也就是说……她极有可能是血族的食物。

呜呜呜，我想回家！

蘑菇姑娘叫苏梨，刚满二十岁，生日的时候，她奖励了自己一场旅行。就是这场旅行，将她带到了这里。

如果再给苏梨一次机会，她绝对不会去旅行，打死也不去！

可惜，没有如果。

“叩叩。”客厅的钟刚走到早上七点整，就有人来敲门。苏梨吓得从床上跳起来，白着一张脸看向门口。

初筝镇定地去开门，门外站着一个穿着蓝色小洋装的女生，脸上没什么表情：“你们就是新来的？十五分钟后，楼下大厅集合。”

蓝色小洋装女生说完，也不管初筝听没听懂，直接转身走了。

【主线任务：请在三个小时内，花掉五瓶“蔷薇花露”。】

王者号将初筝不想出去的念头堵了回去。

苏梨也听见了：“她……她要我们下去？做什么啊？她也是血族吗？”

“你话很多。”初筝嫌苏梨吵。

“我……我害怕啊！”

“在地牢的时候，你怎么不害怕？”

“我那个时候哪里知道会有血族这种东西！！”苏梨惊恐。

这不是在电视、电影、小说里面才存在的吗？为什么现实里会有？

还那么倒霉让她遇见了，她不会被吸成人干吧……

想到那个画面，苏梨就觉得更可怕了。

“害怕也没用，你已经在这里了。”

初筝打开门出去，苏梨见此也顾不上什么，赶紧跟上去。这个小姐姐好像很厉害的样子，她得跟着她。

她们走过长廊也没遇见一个人，下到所谓的大厅，苏梨才发现，这里人很多……男女都有，各种肤色的都有。每个人都穿着精致漂亮的衣服，花枝招展得宛如开宴会，然而这些人看上去死气沉沉，并没多少活气。

这肯定是血族！血族才这样！

“这是人。”初筝冷漠脸。

“啊？”不是血族？

初筝很快就看见昨天那个金发女人。金发女人带着几个血族，走到中间。金发女人一出现，现场就安静下来。

金发女人扫到初筝，表情僵了一下，但她很快恢复过来。

“今天的课程是学习礼仪，除了新来的，其余人去第三教室。”

大厅的人群开始往外移动，没多少人说话，气氛压抑。

苏梨和初筝都是新来的。另外还有两个，一男一女，陌生环境让两人不安地站在原地，低着头，都不敢看四周。

初筝端着两米八的大佬气势，双手插兜，漫不经心地打量大厅。

“你先带他们去。”金发女人吩咐旁边的血族。

“那这两个……”

“我来带。”

“……是。”那个血族看了一眼初筝和苏梨。

金发女人等人都离开，走过来，带着点谨慎：“这里是艾薇格斯特学院，你知道吗？”

昨天晚上经历的事，金发女人还历历在目。

如果初筝直接杀掉艾尔，肯定会有人来抓她。可是初筝没有动手，她逼着自己动手，将自己逼迫到她那边，还拿了东西给自己……这简直就是打一巴掌再给个甜枣。

初筝语气平淡：“我知道。”

金发女人心底不意外，这个女生对这一切都不陌生，明显是知道这里。

“带我转转。”初筝插在兜里的手抽出，递给金发女人。

金发女人眸子微亮，这玻璃瓶里面的东西，是血。但是她从来没喝过这么美味的鲜血，比她喝过的任何一个人类的都要纯净甘甜。

“好的。”金发女人接过瓶子，小心地放好。这一个瓶子也就一小口，五瓶也不过一大口，分量真的很少。

苏梨觉得金发女人的语气有些畏惧，但又掺杂点别的……像是讨好。

“我带你……”金发女人看了一眼苏梨。

苏梨顿时有一种危机感，她水汪汪的大眼瞧着初筝，央求初筝不要赶自己走，她害怕。

初筝道：“随她。”

金发女人点点头：“那我带你们转转，顺便给你们介绍一下这里。”

金发女人带着她们往外面走。

走出大厅后，苏梨才发现她们在一座古堡中，而这座古堡建立在半山腰，往山下望去，全是这样的古堡，错落有致地分散在山间，十分壮观。外面阳光正烈，金发女人是血族，她没有往阳光里走，而是转过去，走旁边特别建立出来的长廊。

“我们这里是‘天光学院’。艾薇格斯特一共分为三个学院，天光学院是最末端的一个。上面还有‘玄月学院’‘圣堂学院’。”

“这里是学校？”苏梨忍不住问。

金发女人道：“嗯。算是吧！”

苏梨：“为什么要抓我们到这里来？”

金发女人小心地看了初筝一眼，有些迟疑：“这个……”

初筝替她说：“因为你是食物。”就问你怕不怕！

金发女人顿悟，她果然什么都清楚。

“食物？！”苏梨惊恐，“我要被……吸干吗？”

“当然不会。”金发女人道，“如果是这样，又何必大费周章将你们找来。”

苏梨更惊恐：“你们连尸体也吃吗？”

初筝无语，作为一个血族，她有必要做一下申明，她是不吃尸体的。

金发女人一顿，血族是优雅绅士的种族，怎么会做这种事！

人类被养在这里，是为了让血族喝到新鲜血液。而血族喜欢漂亮优雅的事物，所以即便是食物，也要做到这一点。

因此他们需要学习各种礼仪，直到可以服侍血族进食，才会被带去见血族。

要么成为血族的私宠，要么……沦为一个单纯的口粮。

苏梨被吓得双腿哆嗦，要不是怕自己落单，被突然冒出来的血族吃掉，她早就走不动了。

"前面是教室。"金发女人指着长廊尽头的古堡，"那边……"

"吉安大人。"有血族从另外一条长廊上过来，"菲利特长老有请。"

金发女人脸色微变，菲利特……艾尔的长亲，艾薇格斯特的名誉长老。现在叫她，肯定是为艾尔的事。

"你们顺着原路返回，我去去就回。"吉安转头对着初筝说，"如果有人问你们，你们就说是我让你们回去的，不会有人为难你们。"

初筝漫不经心地问："知道怎么说吗？"

"……知道。"吉安低声答。

艾尔的事，绝对不能曝光，不然她也会受到牵连。

吉安跟着那个血族离开，苏梨顿时软在地上："我……我是不是在做梦啊！"

初筝掐了掐她的胳膊。

"啊！"苏梨痛呼一声，瞪圆眸子，"你掐我干吗？"

初筝面无表情地问："痛吗？"

苏梨抱着胳膊："当然痛！"

初筝给她结论："那就不是做梦。"

苏梨眼角挂着两滴晶莹的泪花，要落不落，蹲成一个标准的蘑菇，看上去格外萌。她忽然转着脑袋打量四周，小声提议："要不我们跑吧？"

这里都没人呢，他们刚才走过来，也没遇见人。

"看见那边了吗？"初筝示意苏梨看远处。

远处是海面，一望无际。

"你会飞就可以跑。"这里不是陆地，是一座海岛，早就不在你生活的国家了，这座海岛甚至不存在于地图上，你能往哪里跑？就算你跑出去了，能离开这里吗？

苏梨失望地抱着自己："我难道真的要死在这里？"

苏梨正伤心，初筝突然往旁边走去。见苏梨还蹲在那里，初筝转回去，拽着她就往旁边躲。

苏梨下意识地要惊呼，被初筝一把按住。

有脚步声传来，苏梨顿时屏住呼吸。

"大人，卡洛亲王即将举行盛典，外边正忙着，咱们这个时候到这边来做什么？"

走在前面的是一个女人，蓝色旗袍裹着她玲珑有致的身体，曲线曼妙。行走时，旗袍开叉，露出一双分外修长的腿，惹眼得紧。

"大人有事让我办。"女子道一声。

后面的人闻言，顿时噤声。如今这位可是卡洛亲王身边的红人……他们得罪不起。

这人不是别人，正是夏慈。

"小茹，听说你接到了邀请，可以去那边！"

"没有……是我家大人说要带我去。"

"天哪，小茹，你真好命……"

"好羡慕小茹。"

"是啊，小茹，你回来跟我们好好说说，让我们也长长见识。"

"肯定会有很多血族大人们去……"

不远处，几个女生簇拥着一个女生往这边走来。这几个女生和古堡里的那些人不太一样。她们看上去很开心，没有任何不满自己所处的地方。

此时初筝就在这两拨人中间，长廊上修建着各种拐角，倒不会被发现。

不过……关小茹和夏慈都出现了。不做点什么，是不是有点对不起她们？

双方很快走到交汇处。

夏慈只是睨了关小茹一行人一眼，没有停留的意思。关小茹等人也没有要行礼避让的意思，双方各走各的路。

初筝手腕一转，银线从她手腕上落下，往中间一横。

说时迟那时快，就在两人快要错开的时候，夏慈的身体忽地往前倾，撞到关小茹身上。

关小茹惊叫着往后倒去。

“夏慈大人！”

“小茹！”

“啊啊啊……救命啊！”

长廊上顿时鬼哭狼嚎。

初筝把银线收回来，环胸看着滚下去的一群人。

发生了什么？

夏慈厉害的不是她的武力，关小茹等人更没什么战斗力。到下面平坦的地方，几个人才停下。

夏慈被追上来的血族扶起来，头发凌乱，整个人都晕得厉害。关小茹躺在地上，估计也摔蒙了。

“小茹，小茹，你没事吧！”

关小茹被人七手八脚地扶起来。等关小茹被人扶起来后，她立即摸自己的脸，确定脸上没伤后，她才松了一口气，随后怒瞪着夏慈：“你推我干什么？我惹你了？”

夏慈出这么大的丑，心情自然也不好。

“放肆！”血族立即呵斥一声，那声音吓得关小茹颤了一下。

夏慈整理好自己的仪态，看着关小茹：“我没推你。”

刚才她不知道踩到了什么，脚下忽然一滑，身体完全不受控制，才会撞了上去。

“我亲眼看见的，你还狡辩？”关小茹涨红了脸，“给我道歉！”

夏慈身后的血族上前一步：“这是夏慈大人……”

“我管你是谁，你撞了我，就得道歉，不要以为我好欺负！”关小茹有血族撑腰，她才不怕。

“小茹。”关小茹身边的人拉她。

“干什么？她撞人还有理了？”

“不是，小茹……”那人紧张兮兮的，“夏慈，她是夏慈啊！”

“什么夏……”关小茹似乎想到什么，表情微微一变。

夏慈，前任女王身边的红人。她是个人类，而且是从艾薇格斯特出去的。但是不久前女王殿下留下退位密旨，消失不见，夏慈便跟了卡洛亲王，如今也是如火中天，不过到底只是一个人类。

这些事，关小茹都听她家大人说过……

半个小时后。

关小茹将这件事闹得格外大，被叫去问话的吉安和学院的一些高层都出动了。

长廊上密密麻麻地挤满了看热闹的人。

夏慈不仅是前任女王身边的红人，如今还是卡洛亲王的亲信。但关小茹也是亲王身边的人，关小茹正得宠，俗话说，得宠的有恃无恐，她怎么肯善罢甘休。

初筝站在高处，望着下方的闹剧，两个小美人就应该相亲相爱嘛！

苏梨抱着长廊的柱子，瑟瑟发抖。她怎么觉得自己的室友有点恐怖呢？虽然她也不知道恐怖在哪里……

“她们都是人类？”苏梨听见人群里的议论，八卦使她忘记了害怕。

“嗯。”

“那她们怎么敢这么闹？”

“可能是长得好看。”初筝一本正经地回答。

……室友长着一张面瘫脸，怎么说话还挺幽默？

夏慈被围在中间，烦躁不已，她抬头扫过围观群众，更显得烦闷。就在她低头的瞬间，又猛地抬起头，看向某处。

初筝不避不闪，就那么站在那里，任由夏慈瞧。

初筝还不知道，原来夏慈和卡洛弄了一个退位密旨……如今卡洛即将成为血族之王。

真是厉害……啊！血族智商税是不是没有交？这样都能信！血族哪里来的退位密旨！！

夏慈看见初筝，整个人都有点慌神，脸色青一阵白一阵。

“夏慈大人……”有人叫她。

夏慈回头，等她再看过去，那边哪里还有刚才看见的人。

第十八章 流放死亡岛

夏慈匆匆回到卡洛的古堡。

“夏慈，你怎么和布鲁诺的人闹起来了？”

夏慈听见声音，抬头看去。男人趴在二楼栏杆处俯视她，俊朗的脸上，没什么表情，瞧不出喜怒。

“大人。”夏慈恭敬地叫了一声，“是她先找碴的。”

“布鲁诺最为护短，即便那只是一个无关紧要的人类。”卡洛蹙眉，“你知道今天的事，有可能会影响到他最后的站队吗？”

“无关紧要的人类”几个字，让夏慈心底有些不适，她也是人类。

“大人，我有事和你说。”夏慈压下心底的异样，几步上楼，“我……刚才看见女王陛下了。”

卡洛眸光一顿：“你说什么？”

“我可能看见女王陛下了。”夏慈重复。

“她还活着？”

“当时我们并没有确定她死亡了……”血族的生命力本来就顽强，而且那位还是女王陛下，也许还藏着他们不知道的手段。

“你确定吗？”卡洛捏着夏慈的手腕，“你没有看错？”

夏慈也不是很确定。

“查！”卡洛冷下脸，“一定要给我查清楚。她要是回来，一切都完了，知道吗？”

夏慈清楚这件事的后果，他们还没有完全将血族收服。他们说的退位密旨，某些血族抱着怀疑的态度，中立着没有站队。

至于女王陛下的心腹则完全不信他们的话……

这个时候，女王陛下要是突然出现，他们做的一切都白费了。

夏慈道：“是。”

初筝坐在房间，无聊地换着电视频道。这里没有手机，没有网络，电视里的节目播放的也是前一天的，也是为难这些血族了。

“叩叩。”

蹲在角落的苏梨抬头，望望初筝，见初筝躺在沙发上不动，她咽了咽口水，小心翼翼地去开门。

敲门的是吉安。

“艾尔的事没问题了。”吉安主要是过来说这件事。幸好她多留了个心眼，这件事好歹糊弄过去了。菲利特即便生气，现在也迁怒不到她身上。

“嗯。”初筝懒洋洋地应了一声，她放下遥控器，“卡洛是不是要举行继任盛典了？”

吉安吓了一跳，她竟然直呼卡洛亲王的大名。

吉安咽了咽口水：“……是。”这件事不是什么秘密，血族都知道。因为前任女王突然退位，血族不能没有王。所以按照退位密旨上所说，由卡洛亲王继承。

“邀请函你有吗？”

“……您太看得起我了。”她只是一个在艾薇格斯特稍微有点地位的血族，血族之王这样的盛典，只有上层的人能参加。

这都没有。初筝觉得自己应该留下艾尔……失策失策。

“怎么能拿到邀请函？”这种盛典极其严苛，没有邀请函绝对进不去。

当然，初筝只是嫌麻烦，有邀请函直接就能进去。

这个问题把吉安给难倒了。

“我……我想想办法？”吉安小心地回答。

初筝不置可否，吉安觉得她应当是答应了。

关小茹和夏慈的事，初筝听苏梨说，夏慈主动去给关小茹道了歉。

卡洛亲王正在紧要关头，夏慈不敢得罪布鲁诺。即便不甘心，她也得乖乖道歉。

这件事发生在学院里面，加上关小茹如今还在学院，所以消息传得比较快。

不过有这件事，这两个人以后估计是水火不容了。

初筝和苏梨本要随着大家一起去上课。不过鉴于吉安的特别关照，初筝和苏梨不用去。

“我到现在才知道，原来这天光学院和玄月圣堂两个学院是不一样的。”苏梨趴在床上，已经没了前些天的瑟瑟发抖，估计已经接受了自己的处境。

“欸，你不好奇吗？”苏梨扭头看初筝。

“不好奇。”

苏梨似乎想到什么，讪讪地摸了一下头发。她这个室友好像对这里非常熟悉来着。

天光学院是艾薇格斯特最末端的一个学院。因为这里的人类，都是和苏梨一样。

而玄月学院里面，都是有钱有势的人家主动送来的。为的就是和血族搭上关系，即便是作为一个食物……

苏梨从来没想到，人类会如此疯狂。为了血族的力量，不惜将自己的后代奉上，比如关小茹。

当然玄月学院里面的人，到了一定年纪，如果还没能被血族转换，那么最后会离开这里，回到外面，但天光学院的人类就不要想了。

最后一个圣堂学院，这里面都是血族，相当于血族的学校。毕竟年幼的血族，或者刚转换的血族，也需要学习。

“天光学院的人，最后会到哪里去呀？”血族喜欢年轻貌美的，据说如果没有成为哪位大人的私宠，那么只能在这里待到二十五岁。

二十五岁后，这些人会被带走，可是去了哪里，没人知道。

“死亡岛。”

苏梨没想到初筝会和自己搭话，“噌”的一下坐直：“死亡岛是什么地方？”

初筝睨了她一眼，冷冰冰地问：“阅读理解没做过？”

苏梨：“……做过啊！”

初筝：“自己理解。”

死亡岛，还能怎么理解？前面两个字已经全方位地突出了重点。

苏梨咽了咽口水，搓搓胳膊，这里真的好可怕。

苏梨安静了一会儿，肚子开始咕噜咕噜地唱空城计。她摸着肚子：“奇怪，今天送餐的怎么还不来？”

“我都没见你吃什么东西啊！”苏梨后知后觉，“你不饿吗？”

初筝耿直地回答：“我又不是人。”这话怎么有点不对劲啊？

苏梨僵在原地：“你……你……你不是人……你是什么啊？”

“这里除了人还有什么？”这么显而易见的问题，还要问我。

“血……血族……”苏梨双腿打战。

苏梨万万没想到自己的室友不是人，她竟然跟一个血族，住了这么多天。

天啊！怎么不一道雷劈死她！

苏梨在角落里蘑菇蹲，吓得瑟瑟发抖。

“砰砰砰——”房门被粗暴地敲响，苏梨吓得更往里面缩了缩。

初筝去开门，外面站着陌生的血族。见开门的是这么好看的一个女生，血族愣了一下，人类里面长得好看的不少，可是能让血族第一眼关注到的不是他们的血甜不甜，好不好喝，而是他们长得好看的，绝对很少，毕竟血族更好看。

敲门的血族回过神，低头看了看自己手里的本子，对了对门口的号牌，又看看初筝：“你……你叫什么？怎么没有登记？”

不会是哪位大人预订了吧？毕竟这么好看……住在这一层的，都是新人，如果被预订了，应该会被送去别的地方才对，真是奇怪。

初筝眉宇间尽是冷意：“有事？”

显然名字并不重要，血族道：“马上到楼下集合，和你住的叫苏梨是吧？一起下去，快点！”

大厅。

人类站在大厅，和相熟的人交谈，下来的人没有上次初筝看见的多，不过也有几十号人。

“发生什么事了啊？今天的学习不是结束了吗？”

“我好饿啊！”

“我也有点饿，今天都没有提供吃的，现在还不知道把我们都叫到这里来是要做什么。”

“不会是……”

人群中忽然开始流传着恐惧。这么多人都在这里，唯一的可能就是有血族要来挑选……

他们中间不少人都听说过，被选中的人类，因为反抗，活活地打死在他们面前。

苏梨虽然不能接受自己的室友是个血族，可是和陌生的人群比起来，她更愿意和初筝站在一块儿。

好歹也一起睡过那么久，比这些陌生人要好得多。
再说如果她真的想吃自己，早就动手了，何必等到现在。
对对对！不要自己吓自己。
室友只是冷漠了一点。除了这一点，其他都挺好的，挺好的！
苏梨给自己打气，捏紧拳头，找初筝说话：“你真的是……那个啊？”
“骗你有什么好处？”你又不是“好人卡”，骗你有什么用，浪费时间，我才没有那么闲呢！
骗她的确没有好处，苏梨深呼吸，小心地问：“你为什么之前没告诉我……”
“你没问。”难不成我见面就说：你好，我是血族？我是傻子吗？！
苏梨暗自抹汗：“那你为什么会在这里？”血族为什么要装成人类，混在人群中啊！
虽然那是原主的经历，可还是有损我形象，初筝正儿八经地道：“秘密。”
苏梨语塞，这是不肯告诉她了？
大厅前方有人喊：“现在大家依次出去，跟着前面的人走，不许掉队！谁敢乱跑，后果自负！”
苏梨只好将其余疑问压下去。
初筝没看见吉安，此时出现的血族，都很陌生。初筝不是很想去，视线扫过四周，准备开溜。
【小姐姐，建议你去哟！】
为什么？你又想整什么幺蛾子？
【小姐姐，你的“好人卡”在等你哟！】
不要了！我要回去睡觉！
【小姐姐，你不去，你的“好人卡”会很惨的，他很惨的结果就是——你会被迫倒带。】王者号赶紧道，【你现在去刷好感度，绝对妥妥的。】
谁要被迫倒带？绝不！
初筝琢磨了一下：“你今天怎么提醒得这么早？”任务都没发呢！
王者号也很无奈，我不早点提醒，你就要溜了啊！作为一个系统，我容易吗！
初筝跟着人群出去。
大队伍往山下走，这架势，可不像是有血族要来挑人。
清冷月光笼罩着这片古堡，给古堡铺上了一层薄纱，朦胧中透着神秘。
“我们要去哪里？”苏梨小声地问初筝。
“不知道。”鬼知道要去哪里。
“好人卡”在的地方……肯定不会太好。初筝抱紧可怜的自己，要去受苦了。
【主线任务：请小姐姐在十二个小时内，花掉二十瓶“蔷薇花露”。】
【小姐姐，你放心，我不会让你受苦的！！】
呵呵。要不是你，我现在就不会受苦。
队伍一路往山脚走，中途似乎有人逃跑，前面停了一会儿，不过很快就继续往前，队伍里不时发出一声惊叫。
“啊……”苏梨猛地抓住初筝的胳膊，抖得很认真。
路边一个人躺在地上，面部朝上，惊恐还残留在她的眼底。
这就是逃跑的下场。
初筝面无表情地走过去，苏梨迈着小碎步，瑟瑟发抖地跟上。

大部队抵达海边，海边有一艘船，血族正点着人数，让人上船。上船之后大家被带着往里面走，初筝和苏梨被分到一块，另外还有十几个人，男女混合在一起。

“我们要去哪里？”

“我害怕……”

“谁不害怕。”

“我想回家。”

家？他们哪里还能回家……

人群中不时响起抽泣声，绝望、恐惧又悲伤。

初筝站在边缘，从玻璃窗往外面看。月光投在海面，折射出粼粼碎光。远处有一座小岛，烟雾缭绕，远远看着，像一个骷髅头。

那就是死亡岛。

而这艘船的目的地似乎就是那里。

大船果然在死亡岛靠岸，血族让他们排队下去，分发给他们一个计时器：“你们将在这里生活十天，十天后我们会来接你们。”

没有任何规则，也没有给她们食物和武器。

血族将所有人放下去，大船立即启程返回，所有人都站在沙滩上，目送那艘大船离开。

在艾薇格斯特已经很恐怖了，现在还被扔在这里，已经有不少人哭了起来。

初筝看了一眼计时器：239:58:39，十天。

初筝将计时器收起来，往远处看去，茂密的丛林深处，似乎隐藏着什么，正窥视着这边。

死亡岛……

原主也没上来过，只听身边的血族提起过。二十五岁后，如果没有血族愿意留下人类，那些人类就会被送到这里来。

这里是低级血族的狩猎场……

现在他们也是食物。

这可稀奇了。

他们来的这一批人，应该都是新来的，来得久一点的，也不过一两年的时间，按理说是不会被送到这里来的。

这下刺激了。

“我们要在这里生活十天，怎么生活十天？没有吃的，也没有水！他们是要我们死吧！”人群里有人崩溃。

“我要离开这个鬼地方。”

“大家别慌，先冷静一下。”

“怎么冷静！我们都要死了！”

初筝扫了一眼人群，这里的人差不多有五十个，还有好几个熟悉的面孔，都是和原主曾经在一条船上待过的人。

初筝不想和这些吵吵闹闹的人在一起。趁他们还在争吵的时候，她从边缘离开。

苏梨看看人多势众，却完全不知道该怎么办的大部队，又看看走得胸有成竹的初筝……苏梨咬咬牙，跟上初筝。

大部队的人吵完哭完，总算冷静下来，有人站出来组织队伍。他们分成几个小队，分到最后，发现少了两个人。

没人注意到有人离开，当然他们也不确定，这两个人到底是离开了，还是……

他们不能一直等在这里，十天时间，他们需要食物和水。

于是几个小队分散开，往岛中央行进。

丛林安静，只有踩在落叶上的声音。

一个小队十个人，此时领队的是个男生，看着年纪也不大，脸色不太好地走在前面。

“啊……”队伍后面突然爆发出一声尖叫，男生立即倒回去。

“死……死人……”在路边的草丛里，白森森的骨头被带出来。

“这里也有！”

不仅是两边，就连他们踩着的落叶下面，也有白森森的骨头。

“啊！”后面又是一声尖叫，一个人从树上倒掉下来，抓着站在边缘那个女生的肩膀，往上一提，一口咬在女生的脖子上。

咕咚咕咚……被抓着的女生尖叫挣扎，满脸的惊恐。

“吵死了。”清冽的声音从旁边传来，咬着女生的血族松开了手，女生跌落到地上。

队伍里的人僵硬在一边，没人敢上前去。血族落下来，恭敬地站在一边：“对不起，大人，我实在是太饿了。”

众人看着不远处的一棵树上，一个人影跳下来，她往这边看了一眼，语气冷淡：“没有下次。”

“……是。”血族不甘心地看了一眼众人，赶紧跑回去。

“你……你站住！”队伍里一个女生突然出声，叫住准备离开的初筝。她记得这个人，是和他们一起来的，可是后来就没见过这个人……

“有事？”

“你是人类！”那人道，“你为什么……和……和血族在一块？”

“谁规定人类不能和血族在一起？”初筝眉宇间的冷意逼人。

不和血族在一块，你们能帮我做任务吗？能帮我做任务的都是好人！

莫名被称为好人的血族噎住，我只是喝口血，好饿呀！

初筝转身继续走，女生咬咬牙，突然跟上去：“你带着我们一起。”

那语气不是请求，更像是颐指气使。

她能和血族在一块，证明她有本事，跟着她比较安全……

初筝用余光扫了那女生一眼。

女生穿着蓬蓬裙，还算干净，只是头发稍微有点乱，脸色微微发白，但挺着小胸脯，比起后面那些瑟瑟发抖的女生来说，算得上大胆。

初筝冷漠脸：“凭什么？”就算你长得好看，也不能对我颐指气使啊！

“我们都是人类。”女生理直气壮，“大家应该互相帮助，这个地方这么古怪，人多才能活下去。”

明明就是看上我的战斗力，还说什么人多才能活下去，一点也不诚实！

“谁跟你说我是人类？”我可是血族一伙的！帮忙是不可能的，这辈子都不可能。

女生瞪着眼，脸上的表情极快地变换着，一时间不知道该怎么接话。

和他们一起来的，不是人类是什么？难不成是血族？

“你就算不肯帮我们，也不用这样吧！”女生突然反应过来，“你这人怎么这么冷血？”

初筝指挥血族："把他们吃掉！"

血族眸子顿时一亮，朝着人群扑过去。一群人吓得惊叫，朝着丛林里跑去。

初筝把血族叫回来。

血族一头雾水，不是说让我吃的吗？！

初筝就是想把这群聒噪的人吓走而已。

血族很想问问初筝，她刚才说自己不是人类，是不是真的……可是瞧初筝那冷漠的脸，血族就默默闭嘴了。

不管她是人还是血族，自己都不是她的对手。

"你回来了。"蘑菇蹲的苏梨，见初筝回来，立即起身跑过去。

后面的血族将手里的东西扔到地上，咧着嘴露出笑："吃吧，小可爱。"

这个血族有一头耀眼的红发，一张娃娃脸，还长着两个酒窝，可以说是很好看了。

可是苏梨完全不觉得。她只觉得这个血族好可怕。

苏梨不敢和血族叫板，乖巧地将地上的果子捡起来："刚才我听见那边有人尖叫，是那些人吗？"

"可不是吗！"说话的是血族，"和你一样可口的小可爱。"

可口的小可爱……苏梨忍不住起了一身鸡皮疙瘩。都是血族，怎么差别那么大呢？看看她的室友，高贵冷艳，优雅尊贵，这才是血族，哪像这个血族，这么轻浮无耻！

苏梨靠近初筝，警惕地盯着那个血族。血族冷哼一声，身体一跃，隐进树丛里。

在苏梨松口气的时候，血族忽然倒挂着下来，吓得苏梨脸色惨白地跌坐在地上。

"哈哈哈哈，胆小鬼。"

初筝冷冰冰地看了血族一眼，血族顿时闭嘴，"唰"的一下回到树上，没了动静。

苏梨默默地啃着果子，不是很好吃，可是能填饱肚子。

"忘了告诉你，这个是长在尸体里面的果树结出来的果子。"血族不怀好意的声音在苏梨耳边响起。

"呕……"苏梨趴在旁边狂吐。

吐完，苏梨虚弱地问初筝："他……他说的是真的？"

初筝耿直地点头："嗯。"

"呕……"苏梨吐得昏天暗地。

初筝疑惑，果子又不是尸体变的，有什么好吐的？这个岛上本来就不是为了让人活命的，他们还能找到一点吃的，都算不错了。

苏梨打死也不吃了。

"还有八天，你不吃只能饿死。"初筝冷淡地提醒。

"岛上肯定会有别的吃的。"苏梨捂着肚子，满怀期望。

"没有。"初筝打破她的幻想，"还有血族，你吃吗？"

苏梨：身为血族，你说这话合适吗？

血族：瑟瑟发抖。

初筝眸光冷冰冰地扫了树冠一眼："血族吃人，人怎么不能吃血族？要礼尚往来不是吗？"

礼尚往来这个成语是这么用的吗？

"大人，我们血族不吃人的。"血族从树上探出脑袋，有必要为自己正名，"我们只喝血。"

“哦，一样。”

“大人……哪里一样啊？”

初筝理直气壮：“都会死。”

血族汗颜，虽然觉得大人说得毫无道理，可是完全无法反驳。

苏梨瞄了一眼血族：“血族怎么能吃……”

“你没吃过怎么知道不能吃？”人都可以吃，血族怎么不可以？不可以种族歧视，万物都是平等的。

苏梨语气极弱：“真的……可以吗？”

血族：你们能不能考虑一下我的感受？！

血族怕初筝和苏梨讨论着，真的要架锅吃自己，赶紧缩进树冠中，不敢再吭声。

苏梨瞄了一下，小小地出了一口恶气。

出完恶气……好饿啊！

初筝撑着脑袋，无聊地看着远处。黑夜使她清醒，完全没有睡意。她换了个姿势，让自己坐得舒服些。

她的余光扫到侧面的丛林，有一个白影立在那边。

嚯！什么东西！

初筝转头看过去。丛林黑沉沉的，哪里有什么白影。

闹、闹鬼吗？

初筝抱着胳膊，把树上的血族叫下来：“你去附近看看。”

“大人，看什么？”血族精神抖擞。

我怎么知道要看什么，我知道还要你去！说不定闹鬼呢！！吓死个人！

初筝镇定道：“随便看看。”

血族离开后没几分钟，初筝又瞧见一闪而过的白影。初筝冷漠地坐着，没动。

休想引我离开！说不动就不动！

片刻后，血族回来：“大人，附近没什么东西。”

初筝视线不动声色地扫了一眼四周，镇定地“嗯”了一声。

那个白影没再出现。

早上天一亮，苏梨就饿得不行，咬着牙将那几个果子吃了。十天时间，今天不过才第三天，她不想饿死在这里。

王八一直没发任务，初筝只能漫无目的地在岛上走着，偶尔会听见一声惨叫。

据红毛血族说，这个岛上有不少血族，都是些低级血族。

如果说艾薇格斯特是圈养人类的地方，那么死亡岛就是圈养低级血族的地方。所以在这里踩到骨头什么的——那就太正常了。

“你为什么会在这里？”

“我？”红毛血族指了指自己，“我不应该在这里吗？”

“低级血族大多数都长得丑，你不像这里的。”这个血族身上有一股优雅感，更像是受过良好教养的血族。

“就算我不像，我也更喜欢这里。”血族抓抓红毛，笑着道，“大人，血族里的斗争也很残酷。”

想想原主的遭遇，初筝默了一下，转移话题：“死亡岛还有什么？”

"没什么。"红毛血族摇头，"血族，被丢弃的食物。"

那些自诩拥有高贵血统的血族，是不会到这里来的。

不过死亡岛上大部分的血族都在沉睡，只要不弄出大动静，将沉睡的血族惊醒，在岛上的存活率还是挺大的……前提是得有食物。

当然也有些血族不喜欢沉睡，比如他……

"尸骨。"苏梨在旁边加了一句。

这几天她快要把这辈子的尸骨都看完了。吐着吐着……大概就不想吐了。

她现在只想吃东西，饿得不行。

初筝望向丛林深处："说不定还有鬼。"

死亡岛的另一侧。

白衣少年赤脚走在丛林中，衣袖被血浸透，鲜血顺着他的手腕，从手背上滑落到指尖。

在他身后跟着一只血族。

这只血族只有人形，身后长着一对翅膀，面容丑陋，此时正贪婪地看着前面的少年。

食物……好香……吃掉、吃掉！！

血从少年的指尖，滴落在两侧的草丛上。血族在后面舔舐而尽，眼中越发贪婪。

少年爬上一处陡坡，然后滑下去。下方白骨森森，随处可见骷髅头，不知有多少人死在这里。

血族站在上面，看着少年踩着白骨，神色莫名地望着白骨中生长出来的一棵树。树上光秃秃的，只剩下几片叶子。

少年微微皱眉，转身靠着树，仰头去看血族。血族丑陋的脸上露出残忍的笑，嘴里流淌出污浊的液体，恶心万分。

"啊……"不远处响起一声尖叫。

血族回头往那边望去，锋利的爪子在地上抓出一道痕迹。

最近岛上来了不少新鲜食物……不过上面说不许乱动。当然也有沉睡的血族没有接到这个命令，醒过来后看见送到嘴边的食物，哪里会不吃。

血族没有理会那边的尖叫，全部心思都在底下的少年身上。

血族在上面等了一阵，终究是等得不耐烦，一跃而下。

少年袖子里落下一把刀，紧紧地握在手里。

血族顿时后退几步，那把刀很古怪，血族之前就吃过亏。

就在两人僵持的时候，上面有声音传来。一撮红毛先露出来，接着就是一张娃娃脸。

血族见他，浑身都紧绷起来，眼底的忌惮一览无余。

"这不是你的地盘，你到这里来做什么？！"血族的声音粗嘎、嘶哑且难听，虽然忌惮，却也没后退。

"你在做什么？"红毛血族挑眉问他。

血族不吭声。

红毛血族脸上的酒窝明显："我记得上面传了命，不许私自动这批人，你违反规定。"

血族顿时一慌："又不止我一个……"

红毛血族眨了一下眼："可是你被我瞧见了，怎么办才好呢？"

血族忽地想起什么道："他不是那批人！"所以是可以动的！

“哦？”红毛血族脸上的酒窝更明显了。

“你少管闲事，滚回你的地盘去！”血族低吼。

“找到了？”

红毛血族脸上的表情一敛，回身拨开草丛：“大人，有个人。”

草丛里，女生漫步而出。黑色的休闲服，没有多余的装饰，五官精致，却没有任何表情。她看上去有些冷淡，不容易接近。

红毛血族恭敬的态度，让底下的血族心底怪异不已，产生了警惕。

死亡岛上也有地盘划分，这个红毛血族算得上是死亡岛的人物。他自己有地盘，却对一个女生这么恭敬……难不成是那边来的血族？

底下白骨森森，白衣少年站在中间。脚边的白骨滴了血，将白骨染成红色，宛如盛开的蔷薇，灼目耀眼。

这就是这个位面的“好人卡”，这么小吗？

白衣少年看上去也不过十六七岁的模样，整个人都透着少年的稚嫩。

但那双眸子却像是饱经沧桑，历经人世苦难，沉淀着让人看不透的情绪。

少年目光遥遥地望过来，带着警惕与戒备，像一只落入虎穴的狼崽子。虽有些弱小，却锋芒尚在。

初筝扬声：“这个人我要了。”

玻璃瓶从空中落下，血族下意识地伸手接住。鲜红的液体，在玻璃瓶中流转。瓶身上的蔷薇花，栩栩如生。

血族警惕：“这是什么？”

“好东西。”红毛血族冷哼一声，“赶紧滚！”

血族警惕地拔出瓶盖，放在鼻尖嗅了嗅。那味道让血族的脸上顿时流露出一丝垂涎，伸出舌尖一舔。

血族的眸子顿时一亮，这味道……比他喝过的任何一个人类的鲜血都要好喝。

下一秒，血族将玻璃瓶的东西一饮而尽。

血族眼露贪婪，激动地问：“还有吗？”

红毛血族沉下脸：“找死？”

血族突然闪身，出现在少年身边，抓住少年的胳膊。少年眸色一沉，挥刀砍向血族。

血族早就防着他，屈腿踢向少年的腹部。少年挨了一下，身体微微蜷缩。血族想夺走少年手中的刀，却被少年发狠一撞，那把刀割破血族的胳膊。

“啊——”血族惨叫一声，捂着自己的胳膊。滋滋滋……被刀伤到的地方，正冒出一阵黑烟。

少年撑着树干，眼神凌厉地看着血族，手中的刀紧握。

血族被激怒，凶狠地瞪向少年。少年忽地上前，双手握住刀，直直地将刀子刺进血族的胸膛。迅速果断，没有任何迟疑。

滋滋滋——血族面容狰狞，锋利的爪子，挥向少年的脸颊。

眼看他的爪子就要落在少年的脸上，少年忽地被拉着后退。血族的腹部挨了一脚，倒飞出去，摔在地上。

红毛血族踩着血族：“拿着东西离开，还能捡一条命，怎么就这么贪心呢？”

他摇摇头，似无药可救一般。

血族的胸口不断地冒着黑烟，他痛苦得说不出一句话来。

另一边。
少年被初筝抱着，半个身子倚在她的怀里，初筝手环着他的腰，很是亲密的姿势。
如果……那把沾着血族鲜血的刀，没有对着她的脖子。
“你也是血族！”少年目光凌厉得如他手中的刀，要将初筝剖开。
初筝毫不畏惧地任由刀子对着自己：“你很聪明。”
许是因为原主受伤的原因，加上和人在一块，她身上的气息混乱。
那些血族都不能直接分辨自己是个血族。
这真是个悲伤的故事，每次都要她来说自己不是人，总感觉像是在骂自己。
虽然她确实不是……
少年声音紧绷：“你看见了，这把刀刺下去，你会和他一样，我劝你最好放开我。”
初筝冷淡的眸光扫向已经被红毛血族搞定的那个血族，不为所动：“我救了你，你就是这么回报我的？”
少年：“如果刚才不是你们突然出现，他不会动手。”
所以还是我的错了？
不！我怎么会错！“好人卡”尽瞎说！
“我救你。”初筝强调，“你得谢我。”
少年握紧刀子，尖锐的一端已经贴近初筝的皮肤。初筝感觉到灼热感，就像是被火焰炙烤。
这还没碰到，要是碰到，得多可怕。
“好人卡”好凶残啊！
少年的腹部很痛，刚才被血族踹的，但是他不能表现出来：“放开我！”
初筝松开手，少年腹部抽痛，失去初筝的依靠，他直接往地上栽去。
你让我放开你的！你自己摔的！可不关我的事！
【小姐姐，他让你放你就放？你还能更丧心病狂一点吗？】
我是讲礼貌的好人，再说，你不是让我顺着“好人卡”吗？
【……是，它是说过，可不是你这么理解的吧！】王者号觉得它家小姐姐完全抢救不了。
少年摔在地上，很快就自己站起来。
“你想如何？”他警惕地看着初筝。
“不想如何。”初筝平静地答，“救你。”
跋山涉水来救你，我怎么那么好啊……
“多谢你没害死我。”少年眸光深邃暗沉，他顿了顿，“我可以走了吗？”
初筝眸子微微一眯：“你想去哪儿？”
少年握紧刀子：“我去哪儿，与你有什么关系。你不是不想对我做什么？”
初筝面无表情地否决：“不可能，别做梦。”
我大老远跑过来找你，岂能让你跑掉？我的时间很宝贵的好吗？
初筝两步上前，极快地捏住少年的手腕，在他吃惊之下，下意识将刀往前送的时候，往下一拉。
少年用力，刀子的刀口转向。
滋……刀子划伤初筝的胳膊。
初筝宛如没感觉到疼痛，将少年的手往后，反剪在身后。
少年的脸色白了几寸，手中的刀也被初筝夺走：“你……”

初筝抬手就劈在他的脖子上，干净利索，毫不迟疑。
少年的身体一软，倒在她的怀里。
初筝呼出一口气，扶着少年的腰，将他搂着，这样就乖多了！
红毛血族咽了咽口水："你……你是血族？"
那把刀明显是对付血族的，可是对她也有效，这……
"我不像？"初筝抱着少年，一本正经地问。
红毛血族摇了摇头，她身上的气息有点奇怪，但和血族……
"哪里不像？"初筝认真地问。
我会努力做一个像样的血族。

月凉如水。遥远的地方隐隐有惨叫声传来，在这样的环境下，无端瘆人。
躺在地上的白衣少年，紧闭着双眸。
不知道过了多久，少年睫毛轻颤，缓慢睁开眼。他转过头，对上一颗骷髅头，在月光下，白森森的，格外瘆人。
少年没有被吓到，眉头微蹙，抬起手揉揉眉心。
不对！他在哪里？他遇见一个奇怪的血族……
少年"噌"的一下坐起来，抬手摸自己的脖子，没感觉到异样，随后才转头看向不远处的火光。那个女生坐在火堆边，撑着下巴，不知道在看什么。旁边躺着一个陌生的女生，睡着了。
那个红毛血族不见踪迹。
少年在身上摸索……武器不见了！他暗自咬牙，盯着背对他而坐的身影，屏住呼吸，小心地爬起来。
"咔——"脚底下的骨头断裂，少年身体一僵。他回头看去，那边的女生已经看过来，清冷淡然的声音划破夜色："醒了。"
少年深吸一口气，拔腿就跑。
"扑通——"少年扑在地上，眼前是一颗骷髅头，空洞洞的眼眶和他对视。凸起的牙齿，呈诡异的弧度，似乎在嘲笑他逃跑的愚蠢行为。
"小心点。"一双手将他扶起来。
【……我真是服了！】明明是她拴着人家，现在竟然还叫人家小心点？她是魔鬼吗？
初筝手腕晃了一下，银线从少年的脚踝上松开，回到她的手腕上缠着。
初筝镇定地将少年扶着坐下，火光在少年的眸中跳跃，将他的警惕戒备照得一清二楚。
初筝撩起他的袖子，少年想抽回去，却被她轻轻按住："别动。"语气平淡却不容拒绝。
少年的胳膊受了伤，白衣染成红衣。袖子底下的伤口已经停止流血，初筝闻到血腥味，突然涌上一股欲望，出自血族本能的欲望。
"不要假惺惺，你抓我不就是想吸血。"少年捏紧拳头，"既然我跑不掉，你动手吧！"
他太累了，这些天被血族追杀，消耗了太多的力量，现在已经没力气再跑了。
"我只是想看你的伤。"初筝压下那股欲望。
"你真的想看伤，何必等我醒过来？"少年将不信任写在脸上。
这不是要等你醒过来，才知道是我给你看的伤吗？！
这样才能印象深刻地觉得我是一个好人啊！
每天都在努力做好人！

“我就想等你醒过来再看，不行吗？”初筝凶气外泄。

初筝粗鲁地拉着他的胳膊，将袖子挽起，清理血迹。血迹在她眼前洇开，原始的欲望冲击着她的理智。

饿……想喝血……

初筝捏着他胳膊的手，微微用力。

“嘶……”少年倒抽一口气。

初筝猛地松手，将手里的东西给他：“自己弄。”

初筝往旁边走，她的声音在少年起身的时候响起：“你敢跑就打断你的腿，我想抓你很容易。”

少年沉默一瞬，坐回去，自己清理伤口。他不是被初筝吓到，他是真的……没什么力气再跑了。

织空，血族猎人。世界上有血族，自然有和血族相关的职业。

织空就是这样的职业。

三年前，织空随自己的族人，追捕在外面滥杀无辜的血族。不承想突然出现一个亲王，亲王看上他，不顾他的意愿，杀他族人，将他带回来，囚禁在古堡中。

亲王想织空臣服于她，这个臣服不仅仅是精神上的，还有身体上的。

织空不愿意，亲王便关着他。亲王查出织空的族人，为逼他就范，将他的族人统统杀害。

几天前，织空彻底惹怒那位亲王。那位亲王便将他扔在死亡岛上，任由他自生自灭。

织空在死亡岛上活了下来，他要向那位亲王复仇，从此走上了一条黑化路。

那位亲王原主也认识——露西。血族中，唯一的一个女性亲王。

露西向来喜欢美貌的男子，不管是血族还是人类，她都不介意。只要长得好看，她看上了，就要把对方弄到手。织空虽然年纪尚幼，但已经是一个难见的美男子，露西哪里会放过他。

真是可怕，“好人卡”也是可怜本怜了。

初筝感叹一声。

空气里飘荡着淡淡的血腥气，越发勾起她的欲望。她暗自吸气，努力压住那股吸血的渴望，转头就见红毛血族正逼近少年。

红毛血族眼中只有少年跳动的血管，他不断地吞咽口水。在他快要靠近少年的时候，脖子忽地被掐住，红毛血族瞬间清醒。

“大……大人。”

女生冷着眉眼，冰凉的手指掐着他的脖子：“你想干什么？”

红毛血族的背脊升腾起一股冷意：“大人……我……我刚才不知道怎么的，被他的血吸引了。”这只是他的本能，他想喝血啊！这些天他都没好好喝过血。闻见那血腥味，就觉得特别香甜。

初筝将他甩开：“离他远点。”

“是……大人。”红毛血族“噌噌”地跑远。

“你怎么了？”苏梨揉着眼睛坐起来。

红毛血族瞅着苏梨，顿时露出两个小酒窝：“小可爱……”

苏梨双手交叉抱紧自己：“初筝，初筝，他吓我！”

初筝回头看红毛血族。

红毛血族百口莫辩。他哪里吓她了，他这么友好！

红毛血族瞪了苏梨一眼，走到旁边去靠着。

苏梨吸吸鼻子，爬起来跑到初筝那边："他醒了吗？他没事吧？他是血族还是人类啊？"

少年瞧了苏梨一眼，心底有些诧异，这竟然是个人类。

初筝没回答，苏梨便问他："你是人类还是血族？"

少年放下染血的袖子："人。"

苏梨眸子顿时一亮："太好了，我也是人。"

【主线任务：请在一个小时内，花掉五十瓶"蔷薇花露"。】

"大人，有血族过来了。"王者号的声音刚落下，红毛血族的声音就传过来。

苏梨的笑容顿时僵在脸上，往初筝身后躲。

远处的丛林"沙沙沙"地响起，像是什么东西在丛林里穿过。不过顷刻间，便有血族自丛林里飞出，落在空地上，火光被风带动，晃动得厉害。

一共八个血族，一字排开，个个气势非凡，一看就不是善茬。他们的目光落在苏梨和初筝身上，观察几秒后，最后锁定了初筝。

看我干什么？我惹你们了？！

还是……冲我来的？

她之前就觉得上岛有点奇怪，毕竟原主的记忆中，并没有这件事发生。

他们这批人类都是为血族准备的，浪费岂止是可惜，简直就是暴殄天物。

所以这次行动肯定有什么目的。

可是她在岛上这么多天，一直没出什么事。她还以为自己想岔了，现在人找上门来了，真是让人有点兴奋呢！

不如做掉……

【小姐姐，我给你发了任务。】王者号提醒。

我知道，不用你提醒。

【你知道还做掉他们！！好好做任务！！】

第十九章
她的“储备粮”

“你们想干什么？”红毛血族走到前面，这些血族有点古怪，不像是死亡岛上的。

“苏极阁下，少管闲事。”其中一个血族开口，警告意味十足。

红毛血族皱眉：“你们是从那边来的？”

对方阴森森地笑了一下，抬手一挥：“杀了她。”

那个“她”，指的是谁，不言而喻。

初筝捏了一下手腕，迎着这群人上去。

我！打架！专业的！

这群血族是从那边过来的，实力完全不是死亡岛上这些血族能比拟的。初筝发觉这身体本身的力量很弱，她只能动用自己的力量。

几个血族被初筝遛得团团转，就在他们恼怒的时候，银色的细线猛地出现在空气里，血族同时僵住，他们被困在中间。

这些线……是什么东西？

“不要乱……”初筝的话还没说完，其中一个血族便撞向银线，紧绷的银线将那个血族分成几块。“……动。”初筝镇定地补充完，“这就是下场。”

不好好听我说话，会死得很惨的！

初筝的手指搭在一根银线上，轻轻地拨了一下：“谁让你们来的？”

“你从我们这里什么都问不出来。”

血族十分硬气，表示什么都不会说。

“哦。”初筝双手负在身后，平静的眸子里，有火焰跳跃，“那你们去死好了。”

银线动起来，几个血族都没来得及反抗，便化作齑粉，消失在空气中，前后时间也不过几秒。

这就完事了？！人家摆这么大的阵仗，就这么会儿就完事了？！

“大人，这些血族是来杀你的。”红毛血族最先出声，“你把他们都杀了，幕后主使还没问出来。”

初筝语气平淡：“我知道。”这还用问吗？上次夏慈看见她了。

能将这么多人送到死亡岛上来，再趁机杀她，这样的手段，除了夏慈和卡洛，还能有谁。
不过就是派来的血族弱了点，无敌的寂寞。唉。
初筝往少年那边看了一眼，他安静地坐在那边，半个身子隐在黑暗中。
无声无息，像一尊雕塑。
“小红毛。”
红毛血族指了指自己，满头雾水：“大人，您叫我？”
“这里还有别人是红毛？”
红毛血族弱弱地道：“大人，我叫苏极。”
“嗯，小红毛，给你个任务。”初筝将蔷薇花露给他。
苏极立即笑道：“大人，您说。”这可是好东西，比这些人类的血好喝多了。
“给我找一批血族过来。”
“没问题。”苏极打包票，血族而已，死亡岛上最不缺的就是血族。

苏极以为初筝找血族，是因为有人来杀她的事。谁知道初筝找血族，是让他们去找吃的，还给每个血族都发了那瓶好喝的血。
找到吃的，还会有。
死亡岛上哪里有那么好喝的血，不用初筝说什么，大家立即就屁颠屁颠地去了。
“你怎么也姓苏？”受到惊吓的苏梨，此时才回过神。
她竟然跟这个血族一个姓，太倒霉了！
“我不姓苏，我的名字是这个。”苏极冷哼一声，娃娃脸上满是嫌弃，“你懂什么！”
“我怎么不懂？”苏梨弱弱地道，“刚才那些人都认识你？”
“……那是，我可不是一般的血族，你小心点，别惹我！”苏极咧嘴露出一口白牙。
苏梨小嘴一扁：“初……”
“祖宗耶！”苏极伸手捂她的嘴，“不许叫！”
苏梨瞪大眼睛，惊恐地“呜呜”不停。
就在俩人僵持的时候，有几个血族回来，左边一只鸭，右边一只鸡……手里都是人！
苏极放开苏梨，拿眼神威胁她不许叫，他赶紧往初筝那边走过去。
初筝正沉默地看着被拎来的人，让他们去找吃的，是人吃的！不是人！！
这几个血族，一共抓了四个人回来。
“呜呜呜……”被抓的人绝望极了。
“大人，您满意吗？”血族讨好地问。
我满意个头啊！
“我要你们找吃的。”初筝尽量保持冷静，“你们找的什么？”
血族面面相觑。吃的……不就是人吗？最近岛上很多活蹦乱跳的人类，很好吃的！大人不满意吗？
“大人要人吃的东西。”苏极很有眼力见儿。
“可是岛上没有人吃的东西。”血族甲弱弱地举手。
“有……有一棵果树。”血族乙声音微弱，“但是我之前看那棵果树已经没果子了。”树叶都撸秃了！
“那是岛上的人类唯一可以吃的东西。”血族丙附和。

也不知道是哪个人类带上来的，反正一直长在那里。被送上岛的人类发现那里有吃的，都喜欢往那里跑。

所以那里的尸骨也多……

“大人，我做证，这里确实没有别的吃的。”苏极也出声。

那棵树上的果子，上次就被他给撸光了，早就进了苏梨的肚子。

初筝目光冷飕飕，问得认真：“血族的肉好吃吗？”

血族们精神紧绷，不好吃！他们不好吃！！

“外面有海。”初筝突然道。

海……怎么了？难不成想把他们淹死，再吃吗？他们真的不好吃啊！！

在血族连同苏极的紧张注目下，初筝冰冷地吐出几个字：“下海去抓鱼。”

几个血族目瞪口呆，好一会儿，血族甲举手发言：“大人，海里有鲨鱼。”

“鲨鱼也可以吃。”初筝点头。

“大人……鲨鱼很恐怖的！”

什么玩意儿？堂堂的血族还怕鲨鱼？你们的狂拽霸气呢？

“血族还怕鲨鱼？”初筝无语道。

“那些鲨鱼不一样……”血族乙瑟瑟发抖，“是特意饲养出来的。”

死亡岛附近的鲨鱼是为防止有人类从海里跑掉饲养着的。对付成群结队的鲨鱼，对于死亡岛上的血族来说……有点困难。毕竟海里是鲨鱼的地盘，那还不是一般的鲨鱼。

“你们这么弱？和电视里面写的一点都不一样。”苏梨不知什么时候蹭过来的，蹲在初筝旁边吐槽。

初筝深有同感，太弱了。

小说里面的血族都是高贵优雅，参加个宴会，出席个活动，谁没事去写血族下海啊！

初筝往少年那边看了一眼：“那就想办法，脑袋不是长着好看。”

饿着我的“好人卡”，他不觉得我是好人怎么办！谁负责！绝对不行！

血族们也很崩溃，让他们抓人没问题，下海不可能！这辈子都不可能下海的！！

血族们愁眉苦脸地离开。

“你们……”

“大人，我们马上就去！！”

血族们跑得飞快，转眼就消失在丛林中。

初筝话还没说完，有些无语。

我就是想让他们把抓来的人带走，扔在这儿挡地方。

被抓来的四个人留在了原地，纷纷惊恐地瞪着初筝。这里面有个女生，是上次遇见的那个。这些天她被折腾得够呛，蓬蓬裙都破破烂烂，快看不出原本的颜色，看着怪可怜的。

于是，初筝果断吩咐苏极：“把他们扔出去。”

“大人……不可以留下吗？”苏极试探地问，“都抓回来了。”

苏梨默默地看着他，一双眸子瞪得极大，雾气朦胧。她蹲在地上，小小一团。

苏极视线扫到，突然愣了一下。

初筝语气不耐烦：“扔出去。”

“……是。”苏极不敢违背初筝，只能在心底可惜。

不过想想，这些人也不能随便动，还是扔出去比较好。

他将那四个人都扔出去，坏心眼的没给他们松绑。但苏梨跟在他的后面，见他就把人给扔在那里，细若蚊蚋地道：“你不放开他们，他们会被其他血族……”

“那你要不要去陪他们？”苏极坏笑。

苏梨小脸一白，转身就跑回去。

“胆小鬼。”苏极的声音远远地飘来。

血族们狼狈地抱着几条鱼回来，初筝给他们发了“蔷薇花露”做奖励。

初筝拿着烤好的鱼，走到少年那边：“吃。”

少年饿狠了，没有矫情。他的动作算不上多优雅，但是少年长得好看，即便是粗鲁的动作，有颜值加分，所以这般也显得格外好看。

果然好看的人做什么都是对的。

一条鱼很快就见底，初筝又拿了一条。她坐在旁边，看着少年吃。

少年吃完第二条鱼，擦了擦嘴：“你想要我做什么？”

“我是不是好人？”初筝立即问他。

少年不答，借着微弱的火光，打量对面的女生。她背对火焰，火焰在她的四周，勾勒出一圈浅淡的光晕。

这个血族……半晌，他道：“你是血族，不是人。”

总感觉“好人卡”在骂我！

“血族也有好的。”比如我，我这样的好人打着灯笼都找不着。

少年侧脸在火光下，镀上一层暖色，他的语调有几分古怪：“你说自己？”

初筝严肃地点头，对啊对啊，就是我呀，好人！绝对的大好人！

“血族只会伤害人类。”少年嗓音微沉，藏着隐隐的恨意，“为达目的不择手段，你们都是一样的。”

“血族吸血，就和人类吃肉一个道理。”初筝语气平静地陈述，“人类吃掉的那些肉，不也是活生生的生命？”

就因为人类有智慧会说话，血族狩猎就是罪大恶极？那么人类狩猎动物呢？人类对动物赶尽杀绝的时候，和血族又有什么区别？在动物眼中，人类同样罪大恶极。

动物不能说话，不能控诉他们受到的伤害，人类就觉得他们什么都没做过。

初筝眉眼低垂：“我们不过是种族不同。”

少年握紧双手，指甲掐进手心，眸底似有风云涌动。

须臾，他开口问：“既然你说你是好人，那你能放我走吗？”

初筝意味不明：“你就这么想离开？”

少年抿了一下唇：“我们本来就不是一路人。”

初筝冷漠脸：“那你走吧！”

她起身，居高临下地看着他。

少年愣了一下，她……就这么放自己走了？

少年警惕地确认：“你当真放我走？”

“你不是说我放你走，你就会觉得我是好人吗？”初筝十分平静，“你可以走了。”

【……小姐姐，你确定吗？他现在离开，会被血族攻击，被血族攻击就会导致他身体受伤，身体受伤会让他心灵黑化。小姐姐，你不要丧心病狂好不好？】

之前还说绝不让他跑，现在就让他走了？你就不能说话算话一次吗？
初筝不理会王者号的咆哮。
少年站起来，他问："我……我的武器可以还给我吗？"
"苏梨。"初筝叫了一声。
"哎。"苏梨啃着烤鱼，屁颠屁颠地跑过来。
"刀给他。"
那把刀没有刀鞘，初筝根本碰不得。苏极也是血族，所以只有苏梨这个人类可以保管。
"哦哦哦！"苏梨将那把刀拿出来。
少年看看初筝，又看看眸子滴溜溜转的苏梨，迟疑了一下，拿回自己的刀。
武器在手，少年心底安心了不少。
"……谢谢。"他低声道谢，然后毅然转身往黑暗中走去。
"欸，他要去哪里？"苏梨惊讶的声音响起。
"吃东西都堵不住你的嘴？"
"……他一个人，会不会有危险？"苏梨声音极弱。
"管好你自己。"
室友怎么这么凶啊！
声音渐渐远去，少年再也听不见后面的动静。他回头看了一眼，火光也消失了。那个血族……说话算话，当真放自己走了。

半个小时后。
织空回身，看向跟着自己的人。她一个人，那个红毛血族和那个人类，不见踪迹。
"你不是说让我走吗？"
初筝理直气壮地回："我没说不跟着你。"你走你的，我跟我的，不矛盾。
织空被噎住，血族的厚颜无耻他早就领教过，织空就知道她不会这么轻易放过自己，亏得之前还觉得她有点不一样。
果然都是他的错觉，血族都是一样的。
织空不看初筝，继续往前走，他暗自握紧刀，集中精力，不敢分心。
夜里的丛林安静诡谲，能让人心里都跟着升腾起一股冷意。天边晨光乍现，初筝讨厌阳光，这些天她白天都不怎么活动，活动也只在森林深处，树冠可以挡住阳光。
但是织空此时往海岸线走，丛林越来越少。
织空抬头看看阳光，加快步子，前面就是丛林出口。他跑过去，沐浴在阳光中，浑身的寒意，瞬间被驱散。
少年回眸，女生站在树冠下，阳光正好照在她的脚边，明暗界限分明。
她果然不敢出来……
然而下一秒，他就见初筝拿出一件斗篷，将自己全身裹起来，不紧不慢地走进阳光里。
小东西跟我斗，没门！

古堡。
夏慈心神不宁地来回走动。
"夏慈大人。"

血族从外面进来，夏慈不等对方过来，径直走过去："怎么样？"

"夏慈大人……"血族的脸色不太好，"没有消息。"

"怎么会没有消息？"夏慈怒了，"你们怎么办事的？"

"夏慈大人。"血族开始冒冷汗，"唯一的可能就是，派去的血族已经……"死了。

不然怎么会没有任何消息传回来。

"废物！"夏慈气得大骂。

"大清早的，怎么了？"

"亲王阁下。"血族立即行礼。

夏慈敛下脸上的怒容，挥手让血族下去。她踩着台阶上去："大人，我派去的血族，都失去了联系，可能……失败了。"

卡洛穿着居家服，衣襟半敞，露出结实有力的胸膛。他抬手抚上夏慈的脸，亲昵又暧昧："她好歹是女王殿下，即便是穷途末路，也有我们想不到的本事。夏慈，我教过你的，不要小看她。"

血族的手冰凉，夏慈身为人类，忍不住打了个寒战："我……"

卡洛捏着夏慈的下巴，微微抬高："你觉得在她身边那么久，就自以为很了解她吗？"

"大人……"

卡洛的指尖压着她的唇："上次我们能成功，不过是因为她太信任你，接下来可就没那么容易了。"

卡洛倾身过去，凑到夏慈的脖颈处。冰凉苍白的手指拨开夏慈垂下的头发，獠牙露出，咬在她的脖子上。夏慈身体颤抖了一下，软在卡洛的怀里。她目光近似痴迷地看着卡洛。

须臾，卡洛松开她，在她耳边低喃："我不希望她出现，明白吗？"

"夏慈明白。"

夏慈转身离开，当她走到下方的时候，卡洛叫住她："你后悔吗？"

"大人，夏慈不后悔，您才是夏慈愿意追随的。"

卡洛低笑一声："去吧！"

初筝解决掉一批血族，烦躁地踹了一脚草丛。

天天来！天天来！来就算了，还派这种货色，好歹我也是个女王……前任女王也是女王。看不起谁呢！

初筝越想越气，又踹了一脚，草丛哗啦啦地响。

少年站在旁边，尚显稚气的脸上，有着不符合他年纪的沉稳："你得罪了血族？"

"没有。"初筝镇定地收回脚。

"那他们为什么来杀你？"

这已经是第五批血族了，是多想她死，才会接二连三地派血族过来。

初筝想了想："嫉妒我长得好看。"

织空嘴角抽搐了一下："血族没这么无聊。"

"他们就是这么无聊。"初筝笃定，顿了一下，凶巴巴地道，"你是血族还是我是血族？"

你真的以为血族不无聊吗？血族无聊起来你根本想象不到。

织空决定不和初筝计较，他走到旁边，爬上树干，往海面眺望。

初筝站在阴影里，揪着旁边的树叶子，不过片刻，树叶子就揪了一地。

"你要跟我到什么时候？"

“我不跟着你，你早死了。”初筝一边揪叶子，一边面瘫着脸回答。

织空想到这些天自己吃的食物，沉默着没反驳。但是织空心底觉得，她是把自己当储备粮养着。

唰——

织空分神，脚下踩空，身体不受控制地往下面滑去，一路滚落到底部，手掌和膝盖都火辣辣地疼。

织空抬眸看去，女生站在上面，垂眸看着他。那眼神冰冷得毫无起伏，像看一件无关紧要的物件。

手掌上火辣辣地疼，使得织空回神。他抬起手看了一眼，手掌蹭破了皮，正渗着血珠子。

织空心头狂跳，第一时间割下一块布料，将手掌绑起来。

死亡岛上遍布血族，血腥味很容易引来血族。

沙沙沙——左侧的丛林里，一阵沙沙的声音。草木被压弯，有东西快速朝着这边过来。下一刻，一个巨大的身影窜出，直奔他而来。织空被血族撞到地上，锋利的爪子按住他的肩膀。

血族的獠牙展现在他的面前，赤红的瞳孔里，满是兴奋和垂涎。

织空冷静地摸到自己的刀，握紧，横着一划。

滋滋滋——

血族吃痛，松开织空。腹部的伤口，冒起阵阵的黑烟，像极了被阳光灼烧后的情形。他愤怒地低吼一声，看织空的眼神，更加凶狠。

可恶！这个人类竟然敢伤自己，他要吸干他的血，再把他的尸体拿去喂鲨鱼！

织空握着刀后退，余光扫向上方。

女生安静地站在上面，风吹动她的斗篷，扬起清浅的弧度。她身上有一股王者气势，让人臣服、仰望。仿佛她生来就该是站在巅峰，俯视众生。

织空收回视线，专心对付面前的血族。这个血族比他之前遇见的都要强大，织空接连两次被血族摔飞在地上。他抓着刀，缓慢地爬起来。

血族似乎也来了玩性，没有立即将他制伏，而是逗着他玩。

“需要我救你吗？”女生清冽的声音忽然飘下来。

织空下意识地抬头看去，她还站在那里，没有挪动一分。

织空咬紧牙：“不需要。”欠下一个血族的情，他能用什么去还？

血族早就看见了初筝，不过是发现她身上的气息不太对，而且她也没插手的意思，所以血族就没管她。

初筝出声，血族还警惕了一番。结果她就问那么一句，然后……就没有然后了。

【小姐姐，你就这么看着“好人卡”被血族欺负，合适吗？】王者号咆哮不止。

初筝理直气壮：不让他看看外面的血族有多可怕，他怎么会知道我的好？

【……呵呵。】“好人卡”真的是倒了八辈子的霉，遇见了你！

王者号电光石火间想到了什么。

【小姐姐，这血族是不是你找来的？】

初筝冷漠脸：我是那种人吗？

【你是。】坚定又肯定的语气。

王者号完全不怀疑，它家小姐姐干得出这种丧心病狂的事。

初筝假装没听见。

怎么一点也不相信人，这血族跟我一点关系都没有。

王者号理智地保持怀疑态度。小姐姐的话不能信，信谁都不能信她，全是坑！！

“真的不需要我帮忙？”看上去有点惨烈啊，一会儿让这个血族怎么死才好呢？打我的“好人卡”是要付出代价的。

血族怒瞪了初筝一眼，有完没完，你要帮就帮，站在上面喊什么喊！

初筝十分疑惑，瞪我干什么？再加个喂鲨鱼套餐好了！

初筝愉快地决定好血族的去处。

就在血族瞪初筝的时候，织空突然一跃而起，手中的刀，插进血族的肩膀。血族吃痛，身后露出一对翅膀，猛地扇向织空。

织空被扇飞，手中的刀也滑落了。他的身体砸在后面的树干上，刀落在距离他几米远的地方。血族冲上前，将那把刀踹开，阴狠狠地看着他。

织空撑着身体，呼吸略急，眼底倒映着逐渐逼近自己的血族。

难道他今天真的要死在这里？

不……他不想死。

他还没报仇。

织空看向初筝，自己真的要求她吗？她是血族……他一旦开了口，会落到什么下场？

可是他不想就这么死了，他还有仇没报……

少年心底天人交战，最后他目光坚定下来：“救我。”

高处的女生声音轻轻落下：“如你所愿。”

血族后背陡然升起一股寒意。

初筝将血族扔下山崖，海水拍打着崖壁，极快地将血族吞噬。

说喂鲨鱼就喂鲨鱼！初筝向王者号表示，她是一个说话算话的好人。

初筝拢着斗篷回去。

少年坐在石头上处理伤口，见初筝回来，少年道一声：“谢谢。”

“不客气。”

少年抬眸，对上初筝的视线。她的眼神还是那么平静、冷淡，看不出任何的不同。

他见过不少血族，其中不缺乏性格冷漠的。可是没有一个血族，像这个女生这样。

她的眼神是冷漠到平静，被她看着，有一种整个世界都在飘雪的错觉。

少年眨眨眼，避开初筝的视线。他问：“你想要什么？”救下他，他要付出什么样的代价。

少年放下斑驳着血迹的白衣，袖子半挽在臂弯，露出遍布擦伤的小臂。

初筝诚实地回答：“我救你，是因为我要做一个好人，你只需要觉得我是好人就行。”日常洗脑“好人卡”。

王者号很无语，小姐姐对自己的行为是不是有什么误解？！

不！小姐姐是对她整个人都存在一种迷之误解！

织空的表情有瞬间的古怪。

好人……她已经提到过几次。这个词放在人类的身上，他或许会相信。放在血族身上……不是他没有良心，是在这个种族面前，容不得他用良心去衡量。

“你救了我一次……”织空不想欠下这份人情。

至于上次，织空压根儿不觉得是初筝救他。

正如他所说，如果不是初筝突然出现，那个血族根本不会对他动手。

织空抿了一下嘴角，拉开自己衣领："我身上只有血是你需要的，你喝吧！"

织空的皮肤很白，修长的脖颈暴露出来。初筝甚至能看见皮肤下的血管，空气中飘荡着极淡的血腥气，那味道香甜又诱人。

该死的血族本能！

初筝忍不住靠近少年，织空有些紧张。他被露西亲王抓来那么长时间，实际上只是被关着，露西更喜欢别人主动去讨好她、服侍她，不喜欢强迫他人。

所以他并没有被露西咬过，至于别的血族，更没可能咬到他。

他闭上眼，感觉到冰冷的气息洒在颈间，身体更是绷紧。

"你好脏。"

织空"唰"的一下睁开眼。女生已经退开，拢着斗篷，面无表情地看着他。

织空上下打量自己，他被扔到这里的时间，比这群人上来的时间更早。为躲避那些血族，他身上肯定脏。

只是被她这么说出来……织空的脸颊忍不住发烫。

"你自己不咬的。"少年向来沉稳的脸上，露出几分窘迫。

"存着吧！"初筝顿了顿，"反正我肯定还会救你，到时候你洗干净点。"

织空心想，果然是把自己当储备粮了吗？

血族说十天后来接他们，当计时器归零，海岸线就有信号弹升起。有船停靠在海边，等着接死亡岛上的人类回去。

织空站在悬崖边，看着停靠在那边的船。

"你不走？"初筝问他。

"我不是跟你们来的，上去会被发现。"织空道。

"岛上没有食物。"你会饿死的！

"我……"

"跟我走。"初筝打断他，"如果你想报仇的话，最好听我的。"

"好人卡"不带走，我岂不是白受罪了，必须带走，打断腿也要带走！

织空抬眸看她，稚嫩的脸上难得流露出些许诧异："你……你怎么知道……"怎么知道他要报仇？

因为我有系统提供的资料啊！

"我就是知道！"

初筝板着脸："你想不想报仇？"

"你能帮我？"

"你想做的，我都能帮你。""好人卡"的愿望都要实现……先骗回去再说吧！

织空不想相信她，可不知道为什么，他还是点了点头。

来的时候是晚上，离开的时候自然也是晚上。

初筝取下斗篷，将织空裹起来，然后带着他往船那边走。

"上船没有问题吗？"织空问她。

初筝自信地点头："当然没问题。"没什么问题是拳头解决不了的。

"初筝、初筝。"苏梨不知从哪儿钻出来，一溜烟地跑上来，"呜呜呜，我差点以为见不到你了。”

“现在见到了。”

苏梨身上不是特别脏，不过怎么也是十天没洗漱过，不算得好。

“苏极说要吸干我的血，你不知道他……”

苏梨余光瞄到后面，苏极正大摇大摆地走来，小姑娘的表情顿时僵硬起来。她的双腿有点发抖，直往初筝旁边躲。

“大人。”苏极走到初筝身边，“您没事吧？”

“嗯。”初筝看了他一眼，“苏梨说你要吸干她的血？”

苏极立即讨好地笑：“没有，大人，您别听她胡说。我是一个好血族，不随便咬人的。”

苏梨狠狠地瞪着他，放屁！第一次见面的时候，你就在乱咬人！

初筝离开这几天，苏极天天吓她，她都快成精神病了。

“下次要做什么，不要只说不做。”初筝教育他。

“大人，这……”苏极转移话题，看着被裹着的织空。

上次大人就是因为这个人类，才和他们分开。

不过他还挺喜欢这个小蘑菇……吓唬起来真好玩，要是能咬一口就更好了。

初筝拉了拉少年的兜帽，看向苏极，问道：“你跟着我们干什么？”

“就是，你快回去！”苏梨点头。

死亡岛才是苏极的地盘。她们现在要回去了，从此分道扬镳！

苏极露出一口白牙：“我也要回去啊！”

苏极一句话将苏梨浇得透心凉。

登船的时候，血族看见苏极，不冷不淡地叫了一声：“苏极阁下。”

态度算不上多好，但也没敢出言不逊。

苏梨内心崩溃，十分想表演孟姜女哭长城。

“他是谁？”收回计时器的时候，血族指着织空问，“计时器呢？”

“他是我带来的。”苏极主动为初筝分忧，“有什么问题吗？”

血族看了苏极一眼，垂下眼：“没有，苏极阁下。”

初筝幽幽地看了苏极一眼。

苏极立即扬起笑，露出两个可爱的小酒窝。

初筝表示：为什么总有人打扰我做好人！

交完计时器，初筝他们上船等了差不多一个小时，船才启程返回。

这次所有人都集中在一个地方，不知道是有人没来得及赶回来，还是那些人都死了，总之人数只有一半不到。

渡口。

吉安来回走动，看见船渐行渐近，抻长脖子望着。

等船靠岸，吉安直接上去。

“依次下去。”吉安镇定地指挥，“所有人跟着回去，回去之后大家可以先去用餐，然后休息，明白吗？”

一群人死气沉沉，没多少人回答。

吉安的目光在人群中穿梭，终于看见落在最后的初筝，她果然还活着……

吉安本以为她会死在死亡岛上，不过现在没死，吉安觉得自己还是乖乖听她的话比较好。

吉安没有表露出任何情绪："都快点。"

船上的人依次下船，初筝落在最后。她身边带着一个陌生人类，吉安一眼就看见了。

"这是……"

"不该问的别问。"

吉安噎住，可是我是管事的啊？！

这冒出来一个陌生人类，她不问会出事的！

"大人，您带着他不方便，不如我先带他去安置？"苏极主动提议，"大人放心，我会好好照顾他。"

初筝思索了一下，点头："嗯。"

吉安看着苏极将从头到尾都没露过脸的人类带走。

"刚才那好像是苏极阁下？"吉安问得小心。

"他很有名？"

吉安观察了初筝一眼："您不知道吗？"

"不知道。"原主记忆中，没有这个人。

吉安赶紧表现："苏极阁下是布鲁诺亲王的第三子，不过似乎不太得亲王喜欢，大多数时间都在死亡岛上。"

布鲁诺亲王……不就是那个关小茹背后的大佬吗？

不受宠的话，肯定不会出现在女王面前，所以原主不知道苏极，苏极也不认识她这张脸。

初筝带着苏梨和吉安落在最后。吉安不敢离她太近，怕被别的血族瞧出端倪。

"这次的事，谁组织的？"

"我不是很清楚。"吉安回答，"我得知消息的时候，你们已经走了。"说到这事，吉安也很奇怪。

"这事是上面下的命令，不知道为什么要人类去死亡岛……这次肯定死了不少人，能做这个主的，地位不会低。"吉安分析道。

"以前有过吗？"

"当然不会有，这些人类都是教导出来，给贵族们准备的，怎么会送到死亡岛上去糟蹋了。"吉安按照血族的思维说话。

苏梨听得浑身不自在。

"嗯。"初筝意味不明地应了一声。

吉安看着她的脸色，许是察觉自己用词有些不好，想解释什么，张了张嘴，又一个字都没说出来。

"邀请函拿到了吗？"初筝突然问。

吉安表情顿时有些僵："这……邀请函都按名单来的，没有多余。"意思就是没有。

初筝也僵住了。

没有邀请函难道要我去翻墙吗？这是一个女王应该做的吗？

初筝想了一下："帮我约布鲁诺。"

吉安瞪大眼睛，结结巴巴地道："亲王不会轻易见人。"

亲王是除血族王之外，最有话语权的血族，岂会随随便便赴约？

初筝步子微顿："用初筝这个名字去约，他会见的。"

吉安似乎被吓到。
这是女王的名字，怎么能随便用？

布鲁诺古堡。
布鲁诺看上去也不过三十岁的样子，沉熟稳重的美男子一枚。关小茹半跪在地上，给布鲁诺捏着双腿。
“大人。”关小茹脸上满是柔情，“最近我一直在古堡和学院两边跑，好累呀！”
“怎么了？不是有车子接送吗？”
“可是伺候大人，人家还是很累的吗！”关小茹撒娇，“大人，不如我搬到古堡来住吧？这样……”
“小茹。”布鲁诺打断她，“我可以宠你，可以给你想要的，但是，你不能提出过分的要求，明白吗？”
关小茹瑟缩一下，她有点不甘心，委屈地道：“大人，我只是想好好伺候您。小茹很喜欢大人，想和大人在一起的时间久一点。”
只有住进古堡，才能有地位。没有住进来，她就算再得宠，也只是一个随时可以丢弃的玩物。
“小茹，你可不要恃宠而骄。”布鲁诺已经沉了脸，警告意味十足。
关小茹暗道不好，赶紧安抚：“是小茹不对，大人别生气，小茹以后不说了。”
“大人，客人到了。”外面有人敲门。
布鲁诺起身，拉着关小茹的手，让她起来：“先回去吧，这几天不要过来了。”
“大人……”关小茹表情一白。
布鲁诺不说话，只是看着她。
关小茹咬了咬唇，不敢再说，乖巧地退出房间。
走廊上，古堡的管家引着一个女生，正往这边过来。女生只穿着简单的休闲服，双手插在兜里，目不斜视，神情淡漠。她行走的时候，仿若有风，潇洒又帅气。
关小茹驻足看着。
这个女生……布鲁诺看上别人了？
关小茹自心底升腾起一股危机。
“小茹小姐，我送您回去。”有血族过来带领她下去。
“好。”关小茹回头看了一眼，管家已经带着那个女生进了房间，她转头问旁边的血族，“那是谁啊？”
“小茹小姐，大人的事，我们不敢乱说。”血族礼貌地拒绝回答关小茹。

别人不认识女王殿下，布鲁诺自然是认识的。见到初筝的第一眼，他心底就狂跳起来。
写下退位密旨，然后消失的女王殿下，此时出现在他的面前。
“您……”
“我需要宴会的邀请函。”初筝开门见山，“你有吗？”
宴会……最近只有一场宴会。下一任血族王的继承典礼。
女王殿下虽然退位，但想去，完全可以光明正大地去。
布鲁诺不解：“殿下，您为什么要退位？”

退位后去了哪里？血族中无人知道。唯一可能知道的夏慈只含糊其词地说，女王殿下需要一个人静静，不想被人打扰。

这情况怎么都不对劲。

但是他们找不到女王殿下，他们能怎么办？

“我没有。”

“没有？”布鲁诺惊讶，“那您……”

初筝三言两语将这件事和布鲁诺解释了一遍。

真的是三言两语，布鲁诺需要连猜带蒙，靠自己脑补，才能完成整个剧情。

布鲁诺听完，顿时怒道：“卡洛好大的胆子！”

“行了。”初筝端坐在沙发上，“换成是你面对这样的机会，你也会这么做。”

权力，永远是不够的。这些亲王，没有人甘愿于此，他们不过是没有找到机会。

初筝说得太直白，布鲁诺蒙了一下。

亲王的野心，大家心底都有数……

布鲁诺觉得初筝不太一样了。

以前的女王殿下，虽然聪明，但处事不够果断，也没有现在这样的气势。

难道是经历这样的事，让她蜕变了？

布鲁诺倒没怀疑初筝的身份，女王殿下的气息，他还是能辨别出来的。

现在女王殿下在他这里……布鲁诺心底转过几道弯，到底是压下不太实际的念头。

血族对血族王的要求很严苛，并不是说你有实力就能上。卡洛现在能举行继承典礼，第一是手里有血族女王的退位密旨，第二还是他有血族女王的退位密旨。

布鲁诺看向初筝：“殿下，您才是血族王……”

初筝抬手：“我不听你的废话，我只是来要邀请函。”就这么简单，请你不要瞎说话！

布鲁诺义正词严地保证：“殿下，您放心，我一定会拆穿卡洛的谎言！”

初筝噎住。

我真的只是想要一封邀请函，真的！

布鲁诺表示一切他会来安排，让初筝安心等着。

不需要！真的不需要！我不需要猪队友！！

猪队友布鲁诺继续道：“殿下，卡洛以下犯上，您放心，我们这些亲王定不会让他得逞。”

初筝转念一想。有人给自己办事，就代表不用自己去找麻烦……好像也不错。

自己省下麻烦。

“殿下，我这就吩咐人给您准备住处。”

初筝本想拒绝，视线忽地落在窗外。

从这里，正好可以看见古堡的后花园。后花园的秋千上坐着一个少年，白衣如雪，宛如坠入尘世的精灵。

布鲁诺顺着初筝的视线看过去。

“殿下，那是我家那老三带回来的人类，好像叫织空，您……”

“不是给我安排住处？”初筝回眸瞧他。

我这不是瞧见你在看那个人类吗！！“是。”布鲁诺离开房间。

初筝住在这里的事，很快就传到苏极那边。苏极趁没人的时候，溜到初筝的房间：“大人，您怎么住到这儿来了？”

“不能住？”我想住哪儿就住哪儿！

“不是不是，我就是好奇，好奇……”连布鲁诺都以礼相待，她到底是什么人？苏极一笑就有酒窝，“那大人需不需要我把织空给你带过来？”

初筝刚想说，就听门外一声呵斥：“苏极！”

苏极表情变了一下。

布鲁诺从外面进来：“你跑到这里来做什么？”

呵斥完，他朝着初筝赔礼：“殿下，这小子不懂事，不知有没有冲撞到您？”

苏极满脸疑问，布鲁诺是疯了吗？他可没见过这人如此有礼貌的时候。

等等……他刚才叫大人什么来着？殿下？！

能当得起这个称呼的……只有血族王！！

“没事，你先下去。”

布鲁诺拽了苏极一下：“还不走！”

初筝睨了布鲁诺一眼：“你。”

布鲁诺差点没绷住。

气氛有点尴尬。

苏极在旁边笑嘻嘻：“父亲大人，请。”

布鲁诺咬咬牙，冲初筝行了个礼，拿眼神警告了苏极一番，带着心底的猜疑离开房间。

布鲁诺也没走，就在门口等着。

苏极打开房门出来，布鲁诺立即上前：“你和殿下认识？”

“她是女王殿下？”苏极反问。

“……这不是你该过问的事。”布鲁诺没正面回答，“你怎么和殿下认识的？”

称呼已经表明一切。

“父亲大人，这不是你该过问的事。”苏极心底有了底，笑嘻嘻地道，“女王殿下吩咐我做事，我就不陪父亲多聊了。”

“苏极！”布鲁诺怒火“噌噌”地往上冒，然而苏极走得极快。

布鲁诺想吼，视线扫到房门，只能憋屈地咽回去。

他一直不太喜欢苏极，没有特别的原因，就是因为他不听话，他总是和自己对着干。

让他往东，他非得往西，气死个人。

苏极哼着小曲，拐过弯，推开雕花大门。

白衣少年坐在房间的吊篮秋千上，用一块布擦着他那把古怪的刀。

苏极关上门，朝着白衣少年吹了个口哨：“知道我看见谁了吗？”

少年将刀收起来，稚嫩的脸上，没有丝毫符合这个年纪的好奇：“谁？”

“你可走运了。”苏极摸着下巴，笑得贱兮兮的，“被女王殿下看上了。”

少年猛地抬头，眼底的情绪翻涌得厉害。

他声音有些发涩：“血族女王不是退位了吗？”

这件事他还被关着的时候，听看守他的血族讨论过。血族女王退位失踪，谁也不知道她去了何处。

“退位又不是不在。”苏极道，“衣柜里面有衣服，你挑一件穿上，一会儿我带你过去。”

织空警惕：“你……要我做什么？”

苏极哼笑："你说呢？要不是女王殿下看上的是你，你以为这样的好机会会轮到你？你知道以前有多少血族，排着队等女王殿下看一眼吗？"

他倒是想让女王殿下看上，可惜女王殿下看不上他呀！

"我是人，不是血族。"织空起身，视线扫过窗户。

"殿下，您好生休息，其余的事，我会安排妥当。"布鲁诺将初筝送到门口。

"嗯。"初筝冷漠地点了点头。

初筝推开门进去，将还想说话的布鲁诺挡在外面。

初筝往房间里走几步，床上的人，瞬间跃入她的眼底。少年被人蒙着眼睛，呈大字形绑在床上，嘴巴也用东西堵着，正在床上挣扎。

许是听见声音，他安静下来。

谁干的！

初筝走过去，拉下覆盖少年的眼罩。

少年的视线清明起来，他的眸子微微瞪大。

初筝将他嘴里的东西拿开。

"你怎么在这里？"他声音沙哑，似有些疑惑和惊讶。

"这是我的房间。"初筝冷漠脸，"我不在这里去哪里。"

织空的身体升腾起一股凉意："你……是血族女王？"

"算是吧！"毕竟是前任了。

血族女王……她竟然是血族女王。

织空一时间不知道该说什么。

以为自己会看见一个陌生的女人，谁承想会是她……刚才盘旋在他心中的愤怒、紧张、忐忑不知为何都变得淡薄起来。

织空深呼吸，组织了一下语言："你让苏极把我绑到这里来的？"

她的房间，苏极是她的人。苏极把自己绑来这里，肯定是她授意。

"……我只是让苏极把你带过来。"

谁知道他会把你绑起来！这跟我没有一毛钱关系的！我是好人！

"他就是这么把我带过来的。"少年抬抬手，下一秒绷紧，再也抬不起来。

初筝否认："跟我没关系，不是我指使的。"

少年咬咬牙，觉得自己此时的姿势有些古怪，他道："你先放开我。"

初筝上下打量他："我觉得……"

少年的眼眸微微瞪大。

初筝游移的视线，落在他的脸上："这样挺好。"绑起来的"好人卡"，越看越好看。

王者号叹气。它现在已经脑补完：霸道总裁挑起"小娇妻"的下巴，说着"只要你讨好我，你要的一切我都能给你"的剧情。

少年的脸颊泛起不自然的红晕，不知是恼的还是羞的。他咬着牙问："你想如何？"

初筝的指尖碰到少年的头发，她捻了捻，头发不是很软，她不喜欢。

所以初筝的手指下滑到少年的脸上。这里挺软，没有头发摸，摸摸脸也不错。

冰凉的手指，在他的脸颊滑过，像冰块一样……

少年侧了侧头，初筝的手指落空。小狼崽露出锋利的獠牙，充满戒备地看着她。

初筝的手指落在他的脖子上，轻轻地拉开衣襟。

初筝俯身下去，冰凉的气息落在他的脖颈上：“我有点饿。”

不知道为什么，总觉得这小东西很香，特别想咬。

少年的身体猛地绷紧，身体动弹不得，他此刻就是俎上之肉。

少年闭了闭眼，再睁开的时候，里面只剩下无尽的冷淡。

“死亡岛上的那一次，是我欠你的，你要咬就咬吧！”少年豁出去一般。

这是他欠她的，迟早得还。

冰凉的唇落在他的脖颈下，少年能感觉到她的牙齿，刮过皮肤，他的身体有些异样的感觉。

锋利的牙齿刺破皮肤，似有电流蔓延开，织空的眸子有瞬间的紧缩。

下一秒，疼痛和冷意同时席卷而来。

鲜血让初筝的瞳孔颜色加深，逐渐染成漂亮的紫色，流金闪过，神秘而尊贵。

织空的身体微微蜷缩，可因为被绑着，无法缩成一团。

初筝腾出一只手，解开他手上的束缚，拉着他抱着自己。

血液从身体里流失，脖子上的疼痛，让织空非常难受。所以发现有东西抱，他下意识地抱紧。

房间里只有轻微的吞咽声。

【小姐姐，别喝了，要死人了！！】

好喝！

【那你也不能这么喝！！！】王者号抓狂，【“好人卡”挂了就倒带了！】

没事，倒带就倒带吧！

王者号觉得自己阻止不了初筝。

初筝到底没丧心病狂到真的完成倒带成就。

初筝有点不舍地——又喝了一口。

王者号抓狂，能掐死宿主吗？！

初筝舔了舔织空的脖子，血瞬间止住。她撑起身体，看着怀中的人。

容貌精致的少年脸色有些发白，疼痛使他的眉头紧皱，颇为可怜的小模样。

果然小说里面，说什么人类被血族吸血会有快感都是骗人的！

“好人卡”明明很痛苦的样子！

小说害人！！

初筝的视线落在织空的唇瓣上，半张的唇瓣，粉色的舌尖若隐若现，像是无言的邀请。

初筝低头压在他的唇上。

自己的“好人卡”，亲亲怎么了？！就要亲！

织空失血过多，身体发软，晕乎乎的，根本没办法拒绝。

事后，初筝一脸严肃地把苏极叫过来。

“大人。”苏极满脸都是求夸奖。

初筝目光复杂地看着他。

“殿下？”有什么话您直说啊！

“我问你……”初筝总算出声。

“殿下，您说。”

初筝手指抠着沙发，指尖挠了又挠。她绷着脸，让苏极过来一点。

苏极狐疑地上前，初筝低声问了他一句。

苏极表情有点古怪："殿下……您以前没有这么进食过吗？"

初筝语气极其冷淡："身为女王，不能随便咬人。"

原主以前进食的方式，都是挑选最纯净的血液，盛在器皿中送来。

哪里能抱着人咬？女王的优雅尊贵不要了吗？！

苏极挠挠头："想让食物不那么痛苦，很简单，您只需要在进食的时候，和他那个什么就可以了。"

"苏极！"布鲁诺不知何时站在门口，"你和殿下胡说什么呢？！滚出来！"

苏极委屈。

明明是殿下主动问我的！吼我干什么！

"你那么大声干什么？"初筝不满。

吓我一跳！

大晚上的血族都喜欢这么神出鬼没地晃悠吗？！

布鲁诺神色一敛："殿下，我只是……"

"准备一些吃的送上来。"初筝不耐烦地打断他，"补血的。"

第二十章
女王与圣坛

“小茹，最近布鲁诺亲王怎么都没来接你？”

“是呀，之前不是两天去一次吗？这都五六天了，亲王怎么都没派人过来。”

坐在一侧的关小茹，表情有些难看。

自从上次她离开古堡后，布鲁诺就再也没派人来接过她。

关小茹脑中不由自主地闪过那个在走廊上看见的女生。

布鲁诺亲王是不是有新人了？

这事当然不能说出来，不然这些人怎么看自己？

关小茹冷哼一声：“你们不知道吗？血族盛典马上就要举行了，大人身为亲王，很多事要忙。”

“这样啊！小茹，你可以去那样的盛典，真羡慕你。”

关小茹听着同伴的恭维，心思却不在这里。等应付完同伴，她给古堡那边打电话。

管家接起：“关小姐，有什么事吗？”

关小茹小心翼翼：“大人在吗？”

“大人有事在忙，关小姐如果有什么需要，可以和我说。”

“……我就是想问问，大人需不需要我过去？”

“暂时不需要。”

这个管家在古堡里地位很高，关小茹不敢得罪，礼貌地挂断电话。可越是这样，关小茹心底就越多想法。

她担心自己会失去布鲁诺的宠爱。

虽然就算没有布鲁诺的宠爱，她也不会沦为天光学院那群人类的下场。她依然可以在玄月学院里面，享受着贵族式的待遇。

可是……她被送到这里来，不是为了享受贵族式的待遇。

关小茹越琢磨越害怕，索性自己离开，前往古堡。她有布鲁诺亲王的信物，又是玄月学院的人类，艾薇格斯特的人不会为难她。

关小茹抵达古堡的时候已经是晚上。古堡的大门紧闭，关小茹在外面转悠了一会儿。她正想怎么进去，忽然瞥见古堡的小门被人打开。一个人迅速出来，往旁边去了。

关小茹瞧见那人没有将门关严实，眸子一亮，混进古堡。

古堡她来的次数不少，可是整个古堡，她去过的地方，也就那么几个。关小茹走着走着就迷了路，她转悠半天没找到自己熟悉的标志。

“东西送上去就出来，不要乱看，亲王交代了，谁敢惹怒上面那位，小心脑袋。”

“是。”

关小茹捂着口鼻，等着外面的脚步声远去。

楼上……关小茹有些害怕。她定了定神，还是跟着刚才那些人上去了。

她正好瞧见那几个人，从一个房间退出来，原路返回。

关小茹小心地摸过去。

房间门没有关，可以看见里面的情形。一个女生坐在桌子前，桌子上都是人类的食物，女生拿着叉子拨着盘子里的食物。

关小茹脑中空白一瞬，亲王真的有了新欢。

关小茹不知哪根筋没搭对，突然走进去质问：“你是谁？”

坐在桌子边的女生回头。

关小茹记得她，就是上次在走廊上遇见的那个女生。

“你怎么让大人留下你的？”关小茹捏紧拳头，“你使了什么手段？”

大人明明那么喜欢她，肯定是这个女人用了下作手段！

初筝茫然，我干什么了？！

关小茹……也是害原主的凶手之一来着。

初筝握紧叉子，叉柄在桌子上轻轻一磕。

可以做掉！

关小茹被初筝的眼神盯得不太舒服：“你……你这么看着我干什么？我问你话呢！”

你问我我就得答啊？凭什么！我就不告诉你！

初筝缓慢起身，手中的叉子在灯光下折射出一缕寒光。

关小茹心底无端地升腾起一股寒意。可是自己即将被人取代的担忧愤怒，将她的心底填满，无法让她思考自己这么做的后果。

初筝一步一步接近她。

“你想干什么？”关小茹脚下忍不住后退，“你站住！”

关小茹已经退到门口，初筝转了转手里的叉子……

“哗啦——”房间里卫生间的门被人推开。少年从卫生间出来，精致绝美的脸上，没有半点血色。水珠从他的发间滴落到肩膀，打湿了身上的衬衣，呈半透明，无端地诱人。

关小茹有些错愕。

房间怎么还有人？

少年长得极其好看，关小茹心跳都忍不住加快了些许。

布鲁诺长相不差，或者说有权有势的血族，容貌都不会太差。但是布鲁诺的容貌到底定格在三十多岁，不像面前这个少年，风华正盛，比她见过的任何一个血族，都要好看。

“你在干什么？”少年疑惑地看着站在门口的两人。

他的目光在关小茹身上打了个圈，这是个人类……不过被血族标记了，想来应当是食物。

能自由走动的食物，那就是心甘情愿，少年没了看的欲望。

他的目光转到初筝身上。
“她突然闯进来，吵。”
织空：“所以……”
“做掉她。”初筝认真地答。
关小茹脸色惨白，控制不住地颤抖。此时别说质问，她恐怕连自己想说什么都忘了。
眼前只有女生冰冷的眉眼，宛如来自地狱死神的凝视。
“关小姐。”管家出现得及时，他双手交叠放在身前，“您怎么会在这里？”
关小茹回神，张了张唇：“我……”她要怎么解释？
她是偷溜进来的，被发现的话后果不堪设想。
关小茹说不出话来，她此时后悔自己刚才冲动的行为，可是已经来不及。
管家没有逼问，只是转身，恭敬地道：“殿下，不知关小姐可是冒犯到了殿下？”
初筝嫌管家出现得太快，看他有点不顺眼：“她吵到我了。”
“抱歉，殿下，是我们的错。”
管家道歉道得很是诚恳。
初筝想发火做点过分的事，都有点无从下手，她失望地看了关小茹一眼。
管家安抚好初筝，将神情愣怔的关小茹带出来：“关小姐，您能告诉我，您为什么会在这里吗？”
这几天主人忙着殿下的事，没有时间叫她过来，她不应该出现在这里。
“管家，我……”
“关小姐，我带您去见主人。”管家忽然笑笑，语气温和，“别害怕，主人会听您解释的。”
关小茹双腿发软，管家及时扶着她：“关小姐，这边请。”
布鲁诺亲自过来道歉。
少年正吃着东西，布鲁诺低眉垂眼，姿态放得极低，甚至都不敢大声说话。这和他所见到的那些血族，完全不一样。
血族永远都是高高在上，睥睨万物。
少年余光瞄向坐在一侧的女子……
这就是血族女王，她能凌驾在所有血族之上。不关乎她的实力，只因为她有着这么一个称号。
血族真是个奇怪的种族。
当然，也不是每个血族都这样。有些亲王依然不会买血族女王的账。
譬如那个想要自己当王的卡洛亲王。
少年在胡思乱想中吃完东西，那边布鲁诺已经道完歉离开。他放下刀叉，擦了擦嘴：“你刚才真的要杀了那个人？”
“不然我是说笑？”初筝冷冰冰地回。
“她没有对你造成实质性的伤害。”
“你怎么知道没有？”原主可是因为她，被欺负得极惨的！
织空也觉得自己失言，这不关他的事，他放下餐巾：“你真能帮我报仇？”
“我帮你报仇，你会觉得我是好人吗？”
“……会。”他郑重地点头。
他自己的力量实在是不够看，也许连仇人的身都近不了。

只要能报仇……他做出什么样的牺牲已经不重要了。

"你心里除了仇恨，还有什么？"初筝问他。

织空微微握紧拳头："从我亲人相继离世的那一天起，我就已经死了。"

他活着，只不过是仇恨在支撑着他。

初筝起身，手指搭在织空的肩膀上，轻轻地往下压了压。接着，她弯腰凑近织空，在他的唇瓣上轻啄一下。

"我希望从今天起，你心里还有我。"

把我这个好人好好记住！不要总是忘恩负义！！

我做个好人不容易的！请体谅一下从事这个只有付出没有回报的职业的高危工作人员。

织空脑中嗡嗡的，压根儿没听清初筝在说什么，他的全部心思都在她亲自己的行为上。

唇瓣上似乎还停留着她的冰冷，但格外柔软……像被冰水浸泡过的海绵。

之前他总觉得是自己的错觉，可是刚才她亲自己那一下，萦绕过来的清幽冷香，他怎么也忘不掉。

少年忽地起身，精致绝美的脸颊上，浮现了一缕可疑的绯红，他一拍桌子，怒道："流氓！"

莫名就成了流氓的初筝茫然地看着织空进了里间，"砰"的一下甩上门。

不就亲了一下……之前也不是没亲过。怎么就流氓了？

织空进去之后，脑中才回想起她说的那句话。

——我希望从今天起，你心里还有我。

脸颊更烫了。织空捧着脸揉了揉。

她是血族，她的话不能信。

好一会儿，织空抱着自己蹲下去，脸埋在臂弯里。

初筝住在布鲁诺的古堡里，她的行踪被布鲁诺做过处理，所以夏慈那边并不知道她在何处。

夏慈在学院里查遍了，也没找到初筝的踪影，急得不行。

可是除了急，她也没有别的办法。

转眼便是血族盛典。上一次盛典，还是血族女王继位。

举行的地点在血族最大的那座古堡中，血色的蔷薇，将古堡环绕，只有一条通道通往古堡。玉色的石头铺成的大道，蔷薇花交织缠绕成拱形通道，将阳光遮挡得一点不剩。

夏慈正给卡洛更衣。

夏慈绕到前面，将燕尾服的领结整理平整。

卡洛望着镜子里的男人，问："还是没找到？"

"嗯。"夏慈说，"能找的地方我都找了，从死亡岛回来后，她就消失了。"

明明有血族看着她下来，但是很快就不见了。

怎么都查不到消息。

"死亡岛上你都没能除掉她。"卡洛顿了一下，"现在她说不定已经联系上哪个亲信了。"

"我都派人盯着，那些人都很正常，没有异常。"夏慈低声回答，"盛典也准备好了，只要她敢出现，我一定会在她闹出事之前把她解决掉。"

卡洛伸手将夏慈拥进怀里，唇瓣贴着她的脖颈。锋利的獠牙，在她的皮肤上蹭过。

夏慈闭上眼等着，然而卡洛并没有咬下去，只是贴着她的耳畔："那就不要让我失望。"

“……是。”

“卡洛亲王，这么长时间不见，没想到今天再见，却是你要继承王位。”
“得女王陛下厚爱信任。”
“女王陛下以前可不见得对你有多好啊，怎么就选了你呢？”血族质疑的语气丝毫不掩饰。
卡洛脸色不变：“陛下的心思，我等不能猜测。”
“呵呵……”
卡洛站在前边，和前来的人寒暄。虽说他今天是来继承血族王的位置，可到底没有那么令血族信服。
但卡洛的姿态摆得倒是很平和，等他坐稳这个位置，再来清算这些账也不迟。
“卡洛亲王，恭喜呀！”女子妩媚的声音传来。
卡洛亲王抬眸看去，红裙女子袅袅而来，腰细臀翘，面容妩媚。
是个美人。
她怀里还抱着一个少年，少年唇红齿白，就是有些胆怯，视线都不敢乱瞧。
这样的场合，还带着自己的男宠，也只有露西能干得出来。
“露西亲王。”卡洛颔首示意。
露西娇笑，媚眼如丝地吐出一口气，好奇地问：“今儿个怎么没见你身边那个小美人呢？”
“夏慈还有别的事忙。”
“哎，那个小美人呀……”露西露出一个暧昧的笑，“你可得好好看着呢，毕竟是女王陛下身边的人。”
“不劳烦露西亲王记挂。”
“哼！”露西娇哼一声，搂着少年，扭着小蛮腰进了里面。
这些亲王，个个都不好对付。他们今天来，可不一定是来恭喜他坐上王位。
举行盛典的大厅，三三两两地站着血族，各自相谈甚欢。
卡洛在血族的簇拥下，走上高台：“诸位。”
大厅忽地安静下来，大家纷纷望向他。
卡洛清了清嗓子：“女王陛下退位，留下密旨，责令我带领血族……”
“卡洛亲王。”人群中有人出声打断，“女王陛下现在何处？！”
卡洛就知道今天肯定会遇到这些问题，所以不慌不忙地道：“女王陛下留下密旨后失踪，这件事大家都清楚，我自然也不知晓女王陛下在何处。”
“女王陛下之前还好好的，怎么会突然退位？！”
“对啊，卡洛亲王，既然女王陛下退位于你，那你肯定见过女王陛下吧？”
各种各样的问题层出不穷。
在卡洛应付的时候，底下的亲王都事不关己地看着。露西抱着那个少年，暧昧地在他耳边说着话，压根儿没关注场中。其余的亲王不是冷眼看着，就是和身边的人说话。
“你们看见布鲁诺了吗？布鲁诺这是连面子都不给？”
“卡洛今天万一真的继承了王位，布鲁诺以后可就难过了。”
“那也不一定，就算真的继承王位，女王陛下的那些亲信，能服？等他彻底坐稳的时候，还不知道要到猴年马月呢！”

卡洛倒是想拉拢亲王，可是亲王哪里是那么好糊弄的？

密旨的事不清不楚，亲王们各自有想法，岂能站在卡洛这边。

所以现在这几个亲王，都是抱着看热闹的心态来的。

露西捏着怀中少年的脸，笑吟吟地道："女王陛下退位密旨的事，想必诸位心底都有一样的疑问和怀疑，不过我们没有证据，也不能乱说不是，大家今天就看看吧！"

亲王们都同意露西的话。

女王陛下好端端的，怎么会突然退位？

可是密旨的字迹和上面的女王血印，都没错。

字迹可以模仿，可是血印不一样。如果不是女王陛下心甘情愿，谁能逼迫她按下属于女王的血印？

古堡外。

几辆车姗姗来迟，被守卫拦住。

"放肆，布鲁诺亲王的车也敢拦！"开车的司机呵斥一声。

守卫见后面的车窗落下，熟悉的脸出现，守卫赶紧垂下头道歉，给他们放行。

"慢着！"夏慈突然出现，拦下布鲁诺的车。

"布鲁诺亲王。"夏慈恭敬地行了个礼，"实在是抱歉，前面车子不能通行，还请您下来走几步。"

夏慈虽然行着礼，可视线并没有垂下，而是试图往布鲁诺的车窗里面看。

她刚才好像看见……布鲁诺挡住了她的视线，她什么也没瞧见。

布鲁诺往古堡里面看了一眼，隐约可以看见里面停着的车子。

"什么意思？"没有多余的话，但满满都是质问。

他的车不能进去，为什么前面那些车可以？当他眼瞎看不见？

"布鲁诺亲王，您来晚……"

"小女娃，你可不要跟我扯这些，让开！"布鲁诺沉着脸呵斥。

对方是亲王，夏慈的表情不太好。

"你就算再得卡洛的信任，你也只是一个人类。"布鲁诺冷笑着补刀。

"曾经你在女王殿下身边当差，就是不知道你对得起女王殿下吗？"

布鲁诺话里有话，夏慈心中有鬼，闻言便有些慌了神。

夏慈定了定神："布鲁诺亲王，今天是卡洛大人的继承典礼。过去的事，此刻再提，有些不合时宜。"

夏慈的长篇大论还没说完，另一侧的车门忽然被人推开。苏极先下车，撑开一把伞，站在车外，似恭敬地等着里面的人出来。

夏慈呼吸一滞，她死死地盯着那边。一道人影从车里出来，其实这里阳光也只斑驳着些许，只要小心避开，便不会被照到。

但初筝还是按礼仪走到伞下，好歹人家也给自己撑伞了。

她是个有礼貌的大佬。

"夏慈。"初筝双手插进兜里，平缓没有起伏地打招呼，"又见面了。"

夏慈仿佛忘了怎么呼吸，视线跟在初筝的身上，好像面前这个人，不是她认识的那个女王陛下一般。

古堡里，大部分血族的疑问都被卡洛解答完。

一些不服气的，也暂时找不到更大的疑点来阻止今天这场盛典。

卡洛缓步走上最高处的王座，那象征着血族最高权力的位置，此时唾手可得。

卡洛眼底隐隐涌现一缕激动。

不管下面的血族有多不服，只要他今天坐上那个位置，后面他可以慢慢来。

最后三步台阶。

两步……

一步……

“砰——”外面砸进来一个人影，咕噜噜地滚了两圈，撞到了站在最外面的血族。本是安静的血族，忽地乱起来。

地上滚进来的人，不是别人，正是卡洛身边的红人——夏慈。

卡洛站在最后一阶台阶上，回身看过来。大门外，有人影缓缓进来。

领头的是他熟悉的布鲁诺，可是布鲁诺身后……

卡洛表情顿时一沉，他最担心的事，还是发生了。

布鲁诺气势不凡地走在前面，可依然无法掩盖住身后那人的风华。

她才是焦点，血族的女王殿下。

大厅里安静得针落可闻。除了卡洛，另外几位亲王，神色也是复杂各异。

“殿下！”血族里一人高喊一声，打破了这诡异的静谧。

刚才质疑卡洛的那一批血族，纷纷朝着初筝围拢过来。

“殿下！您回来了？！”

“卡洛说您留下退位密旨，传位于他，咱们血族哪有这个先例。”血族之王都是从小选定，培养出来的，可不是人类的世袭制度。当然血族之王更换得不频繁，一个血族之王，努力活久一点，当个几百年上千年都是有可能的。

看看这几千年的历史，血族之王也不过堪堪两位数以内就知道了。

初筝赞同：“确实没有这个先例。”

那血族备受鼓舞一般：“我就知道，殿下，您告诉我们，到底是怎么回事？”

他们不信殿下会留下密旨退位。

布鲁诺冷哼一声，锐利的眼神扫向高处的卡洛：“卡洛，你谋害殿下，意图谋反，如今还不束手就擒！”

谋害殿下……意图谋反……血族里没有“意图谋反”这个词，这是人类的词。但是用在这里，也没有错处。

“布鲁诺，你这话是什么意思？”说话的是一位看上去温文儒雅的亲王，“殿下经历了何事？”

“有人谋害殿下，现在还想做血族的王。”布鲁诺扬声，“你们说，发生了什么？”

“布鲁诺，话可不要乱说。”某个亲王提醒。

“殿下都在这里，我能乱说？”布鲁诺嘴角露出一缕轻蔑。

所有血族的注意力，都集中在初筝身上。初筝漫不经心地看向高处的卡洛：“这件事的真相如何，卡洛和夏慈更清楚。”

地上的夏慈脸色苍白。此时被点名，她的脸更白了几寸。

“殿下，不是您留下退位密旨吗？”卡洛的面色看不出异常，很是无辜地道，“您责令我带领血族，密旨上写得清清楚楚，您的血印也在。”

血印就像人类的印鉴。不过比起印鉴，谁拿着都能印不同。血族的血印是以自身血液为印，只有血族本身可以使用。这也是血族虽然怀疑，却无法反驳的重要原因。

初筝神情冷淡：“这件事，问夏慈比较清楚。”

原主为什么会留下那枚血印？就是因为夏慈。

因为夏慈想去人类世界，这件事本来是不允许的，可是夏慈三言两语，就将原主哄得团团转。

夏慈是人类，哪里能随便出入，所以原主给了她一枚血印。

如果原主是个男孩子，那夏慈在她心里就是白月光，说什么都要答应那种。

初筝就想不明白，原主怎么就那么喜欢夏慈。她对夏慈也没别的感情，就是特别喜欢夏慈。

中邪了似的，夏慈难不成还会什么邪术？！

长得好看就是不一样哈！

初筝这边满脑子跑火车，那边夏慈已经被人架起来。夏慈脸色苍白，虚弱地道：“殿下，我不清楚，您只留下密旨，我也不知道为什么。您让我跟着卡洛大人……”

夏慈和卡洛默契地咬定，是初筝自己留下密旨，他们只是按照密旨行事。

“殿下，您到底怎么了？”末了，夏慈还一脸难过地看着她。

初筝被夏慈颠倒黑白的能力搞得一阵头疼。

好麻烦啊！能做掉吗？！

我为什么要来这里受罪！

“不是殿下自己留下的，难道卡洛亲王有这么大的胆子，敢伪造？”

“密旨本来就很奇怪，卡洛亲王伪造也不是不可能啊！”

“那血印呢？”

大厅里的血族各有各的看法。反观卡洛，竟然很是镇定，没有露出任何慌乱来。

初筝觉得这两个狗东西可能还有后招。

初筝将银线放出去，银线贴着地面，迅速延伸出去。

“殿下，敢问密旨可是您留下的？”一个血族斗胆质问。

初筝端着高冷的姿态：“不是。”

那血族又问：“那血印呢？”

“你们仔细瞧过那枚血印？”初筝反问。

“这……”他们倒没仔细瞧过。密旨他们只看过，都没碰过。

初筝眉眼冷淡，视线落在虚空，谁也没看：“血印不一定是写好密旨再留下的，也有可能是血印先存在，密旨随后写上去的。”

原主只给夏慈留下了一枚血印。因为当时顺手，就拿了写东西用的锦帛。

她记得那张锦帛不大。

密旨内容不少，血印就占据小半的位置，字迹肯定会覆盖在血印之上。

“密旨呢？”初筝问夏慈，“拿出来一看便知。”

夏慈心底一紧，她下意识地往卡洛那边看去。

卡洛镇定地道：“殿下，就算血印先存于密旨内容，也不能证明什么。”

“嗯，所以拿出来啊！”初筝平静地点头。

初筝这平淡的态度，反而让卡洛心底不安。她若是指着他说，他是凶手，他还没这么忐忐不安。

“卡洛亲王，既然殿下都让你拿出来，那就拿出来啊！”布鲁诺说，“还是说你怕暴露自己的罪行？”

卡洛沉着脸：“布鲁诺亲王，话不要乱说，我只是按照殿下所说的办事，何来的罪行？”

初筝凶巴巴地道：“有没有，你自己清楚，别废话，拿出来。”

唠叨个没完没了，谁要听你唠叨！

卡洛语塞。

殿下好像……变得有点凶啊？

密旨被卡洛交出来，初筝展开看了一眼……这什么狗刨字迹？原主是狂草派的吗？

这密旨不是原主写的，但对方肯定是模仿原主的字迹。

完全看不懂！写的什么玩意儿！！

初筝微微吸了一口气，面无表情地从头扫到尾，然后镇定地递给旁边的人。

布鲁诺本想接，谁知道苏极先他一步，他狗腿子似的将密旨接了过去。

布鲁诺一怔，这个孽障！

苏极展开密旨看了一眼，表情有点诡异，片刻后转交给自家父亲。

布鲁诺冷哼一声，打开密旨。布鲁诺倒是看得仔细，主要是看血印。

片刻后，布鲁诺胸有成竹地发问：“卡洛亲王，这字迹都把血印覆盖住了，这个如何解释？”

卡洛解释：“殿下先落的血印……”

“我没有这样的习惯。”初筝冷漠脸，“密旨内容这么多，我为何要挑选如此小的锦帛来写？我没有自虐的习惯。”

卡洛僵了一下。

“殿下说我伪造密旨，那么我是如何拿到血印的？”卡洛带着怒气，“殿下，我不知道你为何要这么说，但是这莫须有的罪名，我不会背。”

“夏慈，我给你的那枚血印呢？”

“殿下，您什么时候给过我血印？”夏慈无辜极了，配合上那苍白的脸，反倒像是初筝在无理取闹。

初筝很想给他们鼓鼓掌。

“你大概不知道……”初筝顿了一下，夏慈的心猛地提了起来，“我留下的每一枚血印，都有记录。”

夏慈的瞳孔微微一缩，自己跟在她身边那么多年，看见她用过不知多少次血印，哪里有什么记录？

“殿下，我怎么不知道有这个？”夏慈捏紧拳头。

“你要是知道，你就是血族女王。”初筝端着清雅淡然的姿态，“我给你的那枚血印呢？”

夏慈不知是被吓到，还是怎么，没有注意到卡洛的暗示，她张了张唇：“……我……我弄丢了。”

“还记得我为什么要给你血印吗？”初筝耐着性子问。

“……您，让我出去的。”

“嗯。”初筝点头，“出去的血印和平常用的血印也是不同的。”

初筝抬手，锦帛上的血印忽然闪烁起来，红色的印记，流动起来，在她手指轻扬的瞬间，浮到空中。印记呈正方形，中间是蔷薇花缠绕交织成一个门的形状。

初筝随手在空中画下另外一个血印，那中间的图腾不一样。说实话，两个血印不仔细看确实分辨不出来……

血族面面相觑，即便是亲王都有些蒙。

血族女王很多东西都是从上一任血族之王那里学来的，所以即便是亲王都不知晓个中细节。

“所以，是卡洛亲王伪造密旨？？”不知道是谁说了一句。

“还想杀我。”初筝补充了一句罪状。

夏慈身体颤抖了一下，她心底慌得不行。她没想到，一个血印也会有这样的区分。

自己明明在她身边那么多年，她什么都会告诉自己的，怎么会呢？是不是她胡编乱造的？

布鲁诺亲王主动将整件事和大家说了一遍。夏慈和卡洛本想直接杀掉原主，他们先下了药，一种专门对付血族的药，可以让血族短时间内，无法动用能力。

不知道是不是药效不够，计划并没有如他们预想的进行。

但是原主受伤失踪，卡洛和夏慈还是按照原定计划，拿出密旨。

“不好了！！”就在剑拔弩张的时候，外面突然冲进来一个血族，脸色铁青地喊着“不好了”。

银线缓缓回到初筝的手腕上，银线绕着初筝的手腕，孩子气地左右晃晃，好像和她说着什么，好一会儿银线才安静地缠到她的手腕上。

“出什么事了？”

“圣坛……圣坛出事了！！”报信的血族气喘吁吁。

“圣坛”两个字，成功让整个大厅的气氛都变得诡异起来。

“圣坛出什么事了？”布鲁诺抓着那个血族。

“我……我也说不清楚。”

初筝往卡洛那边看了一眼，侧身和苏极说话。布鲁诺余光扫到，表情更加难看。

这个兔崽子，到底怎么和殿下搭上的？！

现在他还在呢！这是想取代他的位置吗？！

圣坛出事，血族们都顾不上卡洛意图谋反的事，纷纷奔向圣坛。

他们现在所在的位置也是在一座岛上，不过比起死亡岛，这座岛就大得多。艾薇格斯特学院，不过是这座岛的冰山一角。

圣坛是血族的圣地。

圣坛坐落在一个四面环山的山谷中。山谷有一个巨坑，巨坑四周都修建了下去的阶梯，直通底部，圣坛就在下面。

那是一个圆形台子，通体白色，但是此时白色的台子，正缓缓地渗着血迹。

“这是……封印破了吗？”

“不可能，那个封印怎么会破？”

“那这是怎么回事？”

血族的圣坛不是用来祭祀的，这下面镇压着血族里很凶残的一个血族。

传闻这个血族曾差点毁灭了整个血族。

当然最后肯定没成功，不然此刻也没有他们的戏份。

这位血族被制伏后，就为他建立了这个圣坛，将他镇压在下面。

初筝望着地下正渗血的圣坛，心情有点浮躁，并有点想打人。

事情真是越来越麻烦，就说应该直接干掉卡洛和夏慈，不然哪里会有这些麻烦事。

“殿下，这圣坛怎么回事啊？”有人将目光转向初筝。

“我怎么知道？”初筝下意识地回了一句。

关我什么事啊！

血族愣了一下：“您是女王殿下，圣坛的事，您最清楚……”

您怎么不知道？您都不知道，那还有谁能知道？

“啊……”夏慈忽然惊叫一声，整个人跌坐在地上。她惊恐地看着圣坛的方向，“殿下……殿下救命……”

夏慈突然朝着初筝求救，语气里满是惊恐。

初筝冷漠脸，稳如泰山。

我就看你演。

“殿下……”夏慈的声音带上了哭腔，本就是柔弱的人类，看得不少血族都升起一点怜香惜玉来。

“殿下救命……不要过来，走开，你不要过来。殿下，救我！我都是按照您的吩咐做的，殿下……”夏慈的话可有点意思。

初筝就很无奈了。小美人怎么说演就演上了，我都没有一点准备。

有血族上前，紧张兮兮地拉着夏慈问：“你看见什么了？”

夏慈挥开他，目光直勾勾地盯着祭坛，惊恐害怕得非常到位。

就在众人发蒙的时候，圣坛的方向，忽然起了风。阴冷的气息从圣坛上蔓延开来，血族都有感觉。

“走开，走开，我不知道，不关我的事。殿下救命。”夏慈的情绪更是激动。

阴冷的感觉越来越强烈，仿佛有看不见的东西出现。

“殿下。”布鲁诺面色凝重起来，“夏慈在说什么？”

初筝扣着手腕，没出声。清冽的声音响起，在山谷里显得格外冷幽。

“他要出来了，他要出来了……”

“谁要出来了？！”血族被逼得大吼，“你在说什么？！你看见了什么？！”

他们怎么什么都看不见？难道是因为夏慈是人类吗？！

圣坛下，风渐渐大起来。血迹渗透得速度越来越快，空气里都渗透着黏稠的血腥气。那味道丝毫没有让血族觉得好闻，反而令他们十分不舒服。

祭台几乎快要看不出圣坛本身的颜色，夏慈表情有明显的僵硬，似乎这不在她的剧本之中。她看向卡洛的方向，然而卡洛并不在原地。

夏慈顿时慌了神。

可是已经到这一步了，她只能继续演下去。

初筝听得烦躁，走过去，夏慈刚想拉着她演下一出，初筝抬手就是一劈。

夏慈两眼一翻，成功地晕了过去。

圣坛是真的出了问题，不过问题不大，有人故意将圣坛上的几处镇压用的东西换了位置。显然调换位置的人，并不是真的想让里面的东西出来。

圣坛恢复了原貌，血族都暗自松了口气。

幸好没有出什么大问题。

那么问题来了……圣坛出问题，是何人所为？
镇压的东西被调换，明显是人为。
“到底是何人所为？”某个亲王怒火中烧。
这下面的东西放出来，谁担待得起？！
“殿下，这件事和您有关系，不是吗？”卡洛从人群后面走出来。
“和我有什么关系？”初筝十分镇定。
“夏慈刚才想说什么？您为什么要打晕她？”
初筝理所当然道：“她太吵了。”
谁要看她飙戏啊！又没人陪她演出，多尴尬。
“夏慈要说的事，和圣坛有关，您怕她说出什么来，所以打晕了她……”
“你怎么知道得这么清楚，你策划的？”初筝冷冰冰地打断他。
卡洛噎了一下。
“既然如此，那殿下为何不将夏慈叫醒问问？”卡洛深呼吸，努力镇定。
初筝声音有些冷：“你确定？”
都是为你好啊！怎么就不懂我的良苦用心呢！
卡洛道：“圣坛里面是什么，大家都清楚。那东西若是出来，别说我们血族，就是人类都会陷入劫难中。”
初筝退后一步，示意他们随意。
卡洛没有去叫醒夏慈，而是另外一个血族将夏慈弄醒。
“夏慈，你刚才看见什么了？是谁破坏圣坛了？”
夏慈脖子疼，脑中有些混乱，似乎还没弄清楚刚才发生了什么。听见问题，夏慈的思绪回笼。
“圣坛……”夏慈带着些许惊恐看过去。
“是谁破坏了圣坛？”血族催促地问。
夏慈摇头：“我不知道……”
夏慈虽然说着不知道，可视线却往初筝那边瞄，好像是初筝不让她说似的。
血族在那边警告：“夏慈，你不要隐瞒，之前你说的，我们都听见了！”
“圣坛到底怎么回事？你快说啊！”
这次催促的人，初筝简单扫了一眼，都是卡洛那边的。
嗯！一会儿可以让苏极吃掉！
【……血族不吃血族。】小姐姐，你见过人吃人的吗？！
初筝：见过。
【……当我没说。】
“是……是殿下……”夏慈似乎吓到了。
“你胡说什么！”布鲁诺现在是站在初筝这边，自然要维护她。
夏慈摇头：“我没有。殿下退位的事，是……是殿下故意为之。”
人群里哗然。
“原来我是这么想的。”初筝一派悠闲，“看着我做什么，继续讲故事。”
初筝的反应不对，不仅仅是故事叙述人被她的反应弄得不知所措，就连血族都是如此。
初筝摆着一张毫无表情的面瘫脸，反正谁也看不出她在想什么，所以她内心放飞自我，开启狂吐槽模式。

顺便还把夏慈的故事给先脑补完了。

【……小姐姐精力真好。】王者号不知道自己除了夸她，还能做什么。

夏慈接收到卡洛的眼神，继续讲，把他们合谋篡位的事情，变成这一切都是初筝指使他们干的。

夏慈说："我也不知道殿下想做什么，但是殿下离开没多久，卡洛大人就发现一些异常。我还看见殿下书房里有一本关于圣坛的书……"

"里面写的什么？"

"……写的是关于如何打开圣坛的办法。"夏慈道，"刚才在圣坛上，我看见一个男人，他有一双重瞳……"

夏慈的描述，让几个亲王变了脸色。

因为夏慈的描述是对的。圣坛下的那个血族，就是重瞳。

夏慈一个人类，如果不是看见了，怎么会说得那么详尽？

所以现在卡洛和夏慈联手篡位的事情变成是初筝有预谋地试图放出圣坛里的血族，卡洛和夏慈反而揭发有功。

初筝有点好奇他们怎么把这个故事圆完："既然是我指使你们，为何我要在这个时候回来？"

卡洛道："因为殿下您发现，圣坛并不能就这么开启。"

卡洛朝着初筝走过来："所以您必须回来。"

"哦。"初筝恍然。

这个理由编得也太不走心了！差评！

"你知道得真多。"初筝由衷地夸赞。

"因为殿下您留下的那本书，我也看过。"卡洛道，"殿下，您为什么要开启圣坛？"

初筝冷静地问："你说我留下的一本书，现在这本书在哪里？"

夏慈立即回答："还在殿下的书房。"

初筝点头："各位一起去看看？"

看看那本书长什么样子。

卡洛和夏慈对视了一眼，虽然心底觉得怪怪的，可都走到这一步了……怎么也得走下去。

"好啊！"最先答应的是露西，随后是布鲁诺。其余几个亲王也陆续答应。

这边留下几个血族检查圣坛，其余人又开始转移到原主以前住的古堡。

原主的书房堪称一个小型图书馆。

"人多力量大，一起找吧！"初筝随意地靠着书架，示意血族们自便。

卡洛一开始还挺有自信，可是随着时间一点一点过去。书房被大家翻了个遍，也没有找到他说的那本书。

初筝很大方，让他们连同古堡，全部找了一遍。

初筝放下手里翻了一半的书："找到了吗？"

"殿下，没有。"

"没有……"

初筝从书桌上跳下来，看向卡洛和夏慈："我没见过你说的那本关于圣坛的书，不过你们能说出来，说不定是你们栽赃给我，所以……搜一搜你们？"

布鲁诺带着血族附和：“殿下说得有理。殿下都让大家搜了，卡洛亲王应该不会拒绝吧！”

夏慈心底涌上阵阵的不安。

现在搜的是卡洛的书房，血族什么都没找到，接着就是夏慈的房间。夏慈站在门口，她很确定自己这里什么都没有，可她的心底就是不安。

她紧紧地拽着衣摆，心脏像是要跳出来一般。

“殿下！找到了！”其中一个血族拿着一本书出来。

夏慈吓了一跳。

找到了？找到什么了？

“殿下，您看。”

书籍很古旧，上面潦草地写着“圣坛”二字。

“不……这不是我的！！”夏慈立即摇头，“这不是我的。”

“夏慈，这可是在你房间里面找到的。”布鲁诺冷哼，“这么多血族做证，你还有什么好狡辩的？”

“不是，这不是我的！！”夏慈摇头。

“夏慈，殿下对你那么好，你竟然陷害殿下！”

“你还想开启圣坛，你简直是疯了！”

“忘恩负义的东西！”

夏慈后退。

不是……这东西不是她的。

可是没有人听她解释。

夏慈看向站在中间的初筝，那个红毛血族，不知何时出现在初筝身边，正一脸坏笑地看着她。刚才那个红毛血族不在……夏慈瞬间想明白了什么。

“殿下，我办得怎么样？”红毛血族此时正和初筝邀功，务必要将他家那个糟老头子比下去。

初筝点头：“不错。”

苏极露出两个小酒窝：“人也抓到了，要不要拉出来遛遛？”在这里指认，就齐活了。

初筝刚才就吩咐他过来等着，没想到真的有人送上门。

初筝看向卡洛那边，卡洛也看着她，神情阴沉不定，像一头潜伏在海底的鲨，随时准备跃出海面，将岸边的人咬下一截来。

啊，真可怕。

在继承典礼上，卡洛和夏慈将退位密旨的事推给她的说辞，漏洞百出。而他们看上去并没有多少担心，初筝就猜测他们可能还有后招。

没想到他们会拿圣坛做文章。

如果真的让血族认定是她打圣坛的主意，即便她是血族女王，最后估计也得接受三堂会审，迎接她的是什么结果，谁也说不准。

所以她把银线放出去了，没想到还真有猫腻，有人准备栽赃给她呢！

卡洛也许不知道她是否会出现，所以并没有一开始就将证据准备好。

而是她出现后，才让人去送。

结果被苏极抓了个正着。

书出现在夏慈的房间，卡洛想解释什么，被初筝一口否决。

我不听，你别说话，关起来。

初筝一条龙服务下去。卡洛那边的血族自然不满意，想要和初筝掰扯掰扯。

“你们想当女王？”初筝面无表情地问他们。

“……不敢，殿下。”

“对我的决定有意见？”这些人早就应该关起来了，要不是你们这边这么多人，能让你们蹦跶这么久吗？！

人多打起来很麻烦的啊……

“殿下，卡洛亲王他……”

“把他也抓起来。”初筝吩咐苏极，“谁给他们求情就抓谁。”

“殿下！”有血族怒道，“您不能这样！卡洛亲王和这件事没有关系！”

“我为什么不能，我不是女王吗？”初筝语气平淡，“我当然能。”

“您有证据吗？”

“他都当着这么多人的面谋反，还需要证据？你把所有人都当成瞎子和傻子吗？”

血族们面面相觑。

为什么要附带上他们？

初筝端着女王“我说什么就是什么，我就要为所欲为”的冷漠姿态，迅速将这些人解决掉。

血族的诸位之前被卡洛和圣坛吸引了注意力，此时反应过来，豁然发现，他们的殿下比以往果断多了。

放到以前，这件事不知道要拖多久。

卡洛和夏慈被关押。

布鲁诺有些郁闷，本以为自己能大展身手，结果什么事都没做成？

“殿下，卡洛亲王的事，您打算怎么处理？”有亲王过来询问。

“做掉。”初筝脱口而出。

对方的嘴角抽了一下：“殿下，卡洛是亲王。”意思就是，不能随便做掉，即便你是女王也不行。

血族犯事，自然有专门的审判流程。

初筝无语，所以这个女王当着好看的吗？

“夏慈跟着您这么多年，没想到包藏着这样的祸心，当初我就提醒过殿下，人类不能信。”

“血族能信？”卡洛还在那里摆着呢！

聊不下去了！

“殿下，车来了。”苏极提醒初筝。

初筝转身就走，苏极替她打开车门。

露西搂着那个少年，目光盯着车里某个白色的身影。

“大人……”少年低呼一声。

露西立即松开少年的手腕：“弄疼你了？”

“没……没有。”少年怯怯弱弱。

“真是一点也不像。”露西意味不明地说了一声。

回去后少年就被露西抛弃，少年惊恐畏惧，又害怕地求她。可他越是这样，露西越看他不顺眼。

“带下去。”她不耐烦地挥手，血族立即拖着少年离开。

露西站在镜子前，看着里面妩媚妖娆的人，露出一个魅惑众生的笑。

“大人，今天的事，还顺利吗？”

“今天呀……”露西指尖搭在嫣红的唇瓣上，“可有意思了。”

“大人，不知是怎么个有意思法儿？”

“殿下回来，卡洛被关起来，你说有没有意思。”

殿下回来了？

“殿下不是退位……”

“退位？”露西失笑，“血族王的位置，谁会那么轻易地让出来。”

所以根本就不是什么退位。

“准备礼物，我们去拜访殿下。”露西有些痴迷地看着镜子里的人。

那个人怎么就不喜欢她呢？

“大人，这个时候……”后面的血族有些迟疑。

殿下刚回来，又是这样的关头，过去拜访可不是明智之举。

镜子里的美人，眸光幽深地从镜子里看着他。

后面的血族垂下头：“是。”

第二十一章
血族的婚礼

初筝从布鲁诺古堡搬回了自己住的地方。

“殿下同意你住这里？”布鲁诺阴晴不定地看着自家这个不太受他喜欢的孽障。

“当然，不然我敢乱住吗？”苏极好笑。

“你……”布鲁诺气得半死，“你就不能好好和我说话？”

“不敢，您可是亲王。”苏极阴阳怪气地嘲讽。

你还知道我是亲王！

“没什么事，我先进去了，殿下还等着我呢！”

“你给我站住！”

苏极走得极快，气得布鲁诺差点背过气。

他怎么就有这样的一个孽障！

织空被安置在一个房间里，虽然知道她是女王殿下，可是真的见到这些，织空还是有些茫然。

他在房间转了一圈，推开窗户，往下面看去。正好瞧见苏极把布鲁诺气得跳脚的那一幕。

血族……他们原来也会有这样的纠葛。

在人类的认知中，血族大概就是只会吸人血的冷血动物。

织空摸着那把刀，眉宇间露出一丝忧伤。这把刀从他知道这个世界上有血族的存在，就一直跟着他。

它像自己身体的一部分，也救过自己无数次……

织空手心握住刀刃。

他什么时候才能为他的族人报仇？

“你在干什么？”

织空被人一拽，手中的刀被夺走，“哐当”一声砸在窗台上。

“自杀？”初筝捏着他的手腕，“我允许了吗？！”

织空眨眨眼，睫毛如蝶翼一般轻颤，漂亮的瞳孔里满是茫然：“我没有自杀。”

初筝举起他的手：“那你在干什么？你的刀噬主？”

织空这才看见自己的手心被划出一道血痕。刚才他想到自己族人的事，没注意……

鲜血往下流淌，滴落在地毯上，空气里满是香甜的味道。

初筝突然拉着他的手，低头舔舐他的伤口。疼痛和凉意交织，有一种异样的感觉。

织空的指尖微微蜷缩，碰到她的脸。那张冰冷的脸，嫩滑如豆腐，指尖划过，宛如绸缎一般细腻。

她微微垂着眸，睫羽挡住她眼底的情绪，侧脸轮廓看上去认真又严肃，好像自己被她格外珍视一般。

织空手心里落下一个冰凉的吻。他微微回神，手心里的伤已经愈合，看不出一点痕迹。

“下去吃东西。”初筝松开他。

“……哦。”织空的脑子有点乱，本能地应了一声。

他握紧手，垂在身侧，手心里都还是凉的。

餐桌上满是人类的食物，精致好看，香味浓郁。初筝和苏极都坐在餐桌上，不过只有织空一个人用餐。

“卡洛和夏慈的事，您打算怎么办？”

“不能做掉，能怎么办？”初筝语气淡淡的。

“卡洛是亲王，血族这边会挑选时间，进行审讯定罪。不过夏慈……”

苏极小心地觑了初筝一眼：“夏慈背叛了您，您不生气吗？”

他以前没见过女王殿下。但是也知道，女王殿下身边有一个很受宠的人类。

那个时候，夏慈走到哪儿都会被人尊称一声“大人”。就算是亲王见她，也得礼让三分。

没想到夏慈会联手卡洛，背叛女王殿下，也不知道她到底是怎么想的。

“无关紧要的人，为何要生气？”要是这样，她天天气都气饱了。

再说真正被背叛的也不是我。

“那您打算怎么处置她？”

初筝摸着下巴：“我想想。”

卡洛需要接受血族的审判，但夏慈不用。

“那您要是想好了，有什么吩咐，直接交给我去做。”苏极狗腿子似的。

初筝点头：“嗯。”

旁边吃东西的织空无语，他们就不能不当着他这个人类讨论这种事吗？

“对了，殿下……我能把苏梨接过来吗？”苏极期待地提出要求。

初筝：“你想咬她？”

那个小蘑菇咬起来应该很甜，就是有点胆小，太吵了。

“……殿下，我是一个好血族。”他才没有想咬她！“我们好歹也是在岛上经历过大风大浪的同伴，怎么能看着她在学院那边受苦呢！”

苏极不自然地舔了舔嘴角。

初筝打量他，没有出声。

“殿下，可以吗？”苏极期待地问初筝。

初筝不置可否。
苏极琢磨着，应当是答应了，于是他屁颠屁颠地走了。
整个餐厅安静下来。
织空喝着香甜的汤汁，他抿了抿唇：“你饿不饿？”
“你要给我咬吗？”初筝问得直白。
她饿得要死，刚才要不是定力好，现在你哪里还能坐在这里吃东西。
当个血族也是可怜。
织空捏紧手里的勺子：“可以……不喝那么多吗？”
织空说完差点咬掉自己的舌头。
他在说什么？
初筝冷漠脸：“不喝了。”不能吃饱，还不如不吃。
我忍着！女孩子岂能这点饿都不能忍。
织空语塞，她竟然拒绝了？！
织空明明应该高兴，毕竟刚才是自己不经大脑说出来的话。
可是他此时竟然有一种说不出的感觉……像是自己精心准备的礼物，送出去后，又被送回来。

苏梨很快被苏极接过来。
听闻自家室友是女王殿下的时候，苏梨整个人都恍如被雷劈了。
她竟然和女王殿下睡过！现在女王殿下还没忘记她们这点情义。
苟富贵，勿相忘！女王殿下是个好人！
想想自己还和女王殿下睡过，这说出去得多有面子。
害怕？她都在这里了，又不能离开，害怕有什么用？现在能抱一个大腿，当然得抱紧了。
说不定大腿一个高兴，就让自己离开了呢！
不过苏梨这点高兴，在得知苏极也住在这里——并且就在她隔壁的时候，整个人都不好了。
她要回去！她不要住在这里！
这个娃娃脸比女王殿下恐怖多了！下流、无耻、轻浮，血族的优雅绅士一点也没有！
回去是不可能回去的。
苏梨瑟瑟发抖地住下，每天被苏极吓得怀疑人生就成了日常。
自从苏梨住进来后，古堡里就热闹多了。不过苏梨喜欢往织空身边凑。
用苏梨的话说：这里只有我和你是人类，当然要抱团了。
其实不过是苏极有些忌惮织空，不敢明目张胆地在织空面前吓唬她。

少年躺在轻晃的吊篮里，蜷缩着睡着了，宛如一只收敛爪牙的幼兽，乖巧温顺。
“织空。”
少年听见声音，睫毛抖了抖，缓慢地睁开眼。妖娆妩媚的人裹着斗篷，撑着伞，站在几步远的地方，笑盈盈地看着他。
少年“噌”的一下坐起来，下意识地抓紧自己身侧的刀。收敛起来的獠牙再次露出来，凶狠厌恶地盯着面前的人。

"哎呀，还是这么可爱！"露西掩唇娇笑，"看见我高兴吗？"

织空没有说话，只是盯着她，恨不得将面前这个血族碎尸万段。

可是他不能……

露西是亲王，就算是他的族人联手，都打不过她。

织空眼底的恨意越浓，露西看着就越有意思。她身边那些人，永远都是害怕恐惧地看着她，不然就是讨好痴迷。

那种货色，哪里能和面前这个人比。

"你可真是我的惊喜呢！"露西心情极好，"你竟然能在死亡岛上活下来。我越来越喜欢你了。"

织空抿了一下唇，声音低沉地警告："这里是殿下的宫殿。"

露西的指尖在唇瓣上划过，用那妩媚的脸，做出天真无邪的模样："是呀，你怎么遇见殿下的呢？"

"不过也不重要。"露西笑得自信，"一个人类而已，你以为殿下真的会在意吗？我和殿下提，为了维护她在血族的地位，她不会拒绝的。"

织空的手背上青筋暴起，眸底有什么东西正在翻涌。

"露西亲王，殿下还等着您。"远处有人叫她。

露西给织空抛了一个媚眼："等我哟！"

露西扭着小蛮腰离开。

织空身体猛地松懈下来，额头上渗出阵阵冷汗。

——一个人类而已，你以为殿下真的会在意吗？我和殿下提，为了维护她在血族的地位，她不会拒绝的。

她会在意吗？织空不知道。

她答应会帮自己报仇，可是这话能信吗？

女王殿下这个位置，能比得过他一个人类吗？

织空看看四周，此时阳光正烈，没有血族会出现在这附近。他的眸光闪烁不定，最后往一个方向离开。

"织空，你在干什么？"苏梨仰头看着墙上的织空，"那边有门，你爬墙干什么？"

"你小声点！"织空低声呵斥。

苏梨的眸子滴溜溜地转了两圈，压低声音："你要跑？"

织空默认。

"你疯了？"苏梨惊悚，"外面全是血族，你出去就会被抓住的。"

织空皱眉。

"你不知道吗？"苏梨道，"我来的时候就看见了，外面很多血族巡逻的，你根本跑不出去。"

所以她就从来没想过跑，她这小短腿出去估计分分钟就挂了。

"那也得试试。"现在是白天。

"哎……"苏梨更是茫然，"你跑什么啊？初……殿下对你那么好？"

"不关你的事。"

织空翻过墙，消失在苏梨面前。苏梨眨了眨眼，挠挠头。

“小可爱，站在这儿干什么呢？”苏极裹着斗篷，突然从旁边出现，娃娃脸上满是玩味的笑意。

苏梨吓得直往墙角缩，怎么哪里都能遇见这个变态。

“苏极，你别过来！！”

“你在这里干什么？”苏极打量四周，“想跑？”

“没……没有。”苏梨瑟瑟发抖，“我就……随便转转，我为什么要跑，这里挺好的！！”她挺直腰板。

苏极往墙边走，苏梨咽了咽口水：“苏极，你是不是有病，一直吓我！”

苏极步子一顿：“小可爱，你可得谢谢我，我这是锻炼你的胆量。”

“呸，谁要你锻炼！”苏梨怒瞪。

为什么他每次都是突然冒出来？

现在竟然还没被吓死，苏梨都觉得自己的求生欲真的好强。

“这里到处都是血族，你一个人类，胆量不大一点，怎么能在这里生活？”苏极露出两个可爱的小酒窝，“我都是为你好。”

“你不出现在我面前，就是为我好了。”苏梨避开他，往里面跑。

苏极看了一眼城墙，转身跟着苏梨：“我不陪着你，你多无聊啊！”

“你离我远点！”

“小可爱，你慢点……”

两人一前一后地进去，没走多远，有血族进来，叫住了苏极：“苏极阁下……”

苏极听完，意味不明地看向远处。

苏梨正望着这边。

“人没事，先带回去，这件事不要和殿下说了。”

“是。”

苏极朝着苏梨过去，笑嘻嘻的脸，难得沉了下来：“你知道如果殿下知晓你掩护织空逃跑，她会把你如何吗？”

苏梨不吭声。

“殿下下过命令，织空跑了，我们都得受牵连，你是故意的吗？”

苏梨弱弱地道：“我不知道……”

苏极冷哼一声：“你最好不要有逃跑的念头，外面可不是古堡里，那些血族不会礼让你。”

苏极说完就大步离开。

苏梨站在原地，好一会儿才小跑着跟上去。

前面的苏极微微扬了一下嘴角。

初筝当然没说过织空跑了他们都会受牵连的话。

毕竟织空根本跑不出去。

织空刚被带回来，就有血族过来请他去书房。

苏极站在门外。

“刚才的事，我不会告诉殿下。”苏极道。

“谢谢。”

“不客气，我也不是为了你。”苏极做了一个请的手势。

书房里，气氛有些压抑。

少年踩着地毯进来，视线落在跪在地上的女子身上，瞳孔微微一缩，心底震撼。

苏极虽然知道书房里的情况不太好，但也没想到是这么一个画面。

这可是亲王……

“过来。”坐在书案后的女子，冲少年招手。

织空手指颤抖，四肢像是灌了铅。他绕过露西，走到初筝身边。

初筝伸手环住他的腰：“人在这里，你想怎么处置她？”

“她……是亲王。”织空声音微微发颤，“你不能随便处置她。”

初筝轻轻拉了他一下，织空的双腿本来就有点不听使唤，这么一下，他直接坐到了初筝的怀里。冰冷的怀抱，却让织空僵硬的身体得到缓解。

初筝握着他的手，放在唇瓣上亲了一下：“为什么不可以？”

“她是血族亲王……”

“我是血族女王。”

织空一愣，不是说血族亲王不能随便处置的吗？

“殿下……”露西不知道经历了什么，此时哪里还有织空之前所见的妩媚妖娆，只有隐隐的痛苦和恐惧，“露西知错了。”

“哪里错了？”初筝拥着少年，问得漫不经心。

“不该对……织空有想法。”露西几乎是咬着牙说。

“不对。”那声音轻缓平静，并没有多少起伏。落在露西耳中，却格外瘆人。

此时她面前的人，是真正的王者。而不是以前那个，还需要人指点的女王殿下。

“露西……露西还有何错？”

“你对他做过什么，确定要我来说？”

露西垂着头，身体微微发颤，似乎想到之前，自己对织空做过的事，脸色都苍白了几分。

那些事，织空跟她说过吗？不过是一个人类……

“露西亲王，趁殿下还没生气，您赶紧说吧！”苏极提醒。

不然一会儿就该去喂鲨鱼了！

“殿下，我是亲王，您不能这么对我。”

初筝眸光平静地望着她，眼神像是一潭清澈透底的死水。她唇瓣微启：“谁知道你在我这里？”

露西瞪大眼，似不可置信地看着初筝。

她今天过来，除了跟着她的血族，确实没有旁人知道。她怎么也没料到，女王殿下对织空这么上心。

早知道……没有早知道。

“殿下，我知道错了。”露西很有觉悟地示弱，“之前是我对不起织空，是我鬼迷心窍，都是我的错……”

织空身体绷紧，狠狠地攥紧拳头。

初筝的下巴搁在织空的肩窝，在他耳边道：“你去还是我来？”

"我可以杀了她？"

"当然。"初筝做出亲他的姿势，织空想躲，但最后僵着没动，任由初筝的吻落在他的脸上，"你想做什么都可以。"

即便抱着自己的人冰冷没有温度，可他还是觉得有暖意。

织空撑着桌子起身，初筝松开他。

露西望着少年："织空，是我的错，请你原谅我，之前的事，是我对不起你……对不起。"

织空眼底划过哀伤和愤怒："你的这句'对不起'，能让我的族人活过来吗？"

织空精致绝美的脸上有了符合十六七岁少年的情绪。

初筝将少年扶起来，轻轻地抱在怀里。

"带下去。"初筝看向苏极。

"殿下，这……"苏极没想到初筝真的会任由织空杀掉露西。

这可是一个亲王啊！

"处理干净。"

苏极咽了咽口水，看看地上的露西，吸了一口气，将露西带了出去。

最后他还十分贴心地关上房门。

织空靠着初筝，大仇得报，他应该高兴，应该解脱……可是他现在只有茫然。

初筝拍着织空的后背。

"你怎么办？"良久，织空声音嘶哑地问。

"嗯？"

"她是亲王，杀了她，会有麻烦。"他不清楚血族的规矩，但是从之前卡洛的事看，亲王是不能随便处决。

即便她是女王殿下也不行。

可是她毫不在意地让自己动手。

"没人知道她在这里。"没人知道的事，她怎么会承认呢？今天什么都没有发生过。

织空垂在身侧的手，紧握着刀，刀尖上还滴着血。滴落的血，将地毯染成血色。

刀子忽地从他手中坠落，他伸出手，环住初筝。

"是我的错。"织空抱紧她，"如果不是我，他们都不会死，是我害死了他们。"

露西看上的是他，没有他，他的族人都还好好的……

"为什么死的人不是我？"少年声音哽咽，浑身的硬壳似乎在瞬间溃散。

此刻他只是一个十几岁的少年。失去亲人，失去一切……茫然无助。

初筝沉默地抱着他，有一下没一下地拍着他的后背。

"我什么都没有了……"

手刃仇人，是一直支撑他的信念，现在他只剩下茫然。

"你还有我。"女子的声音清冽，清晰地砸在织空的心尖上。

他的世界有那么一瞬间的静谧。

织空缓慢地松开初筝，他眼眶微红，没有刻意伪装出来老气横秋的沉稳，少年感更强烈，更惹人心动。

他目不转睛地盯着初筝。

初筝眼底的少年，缓慢靠近。他的睫毛轻颤了一下，缓慢闭上眼，柔软的唇落下。

初筝眸子半眯，感受着少年笨拙而青涩的触碰。

须臾，她搂着织空，身体一转，织空便靠在书案上。

哗啦——书册摆件，掉了一地。

织空躺在书案上，胸口起伏没有规律，他的脑袋微微偏着，唇瓣嫣红犹如涂抹了胭脂。

初筝突然松开了他。

织空有些疑惑地看过来，磕磕绊绊地问："不……不咬吗？"

"疼。"初筝抱着他起来。

"……我忍着。"织空道，"也不是很疼。"

上次的经历，织空现在都记忆犹新。失血的眩晕和疼痛……其实是疼的。

"我不饿。"初筝给他整理衣服，漫不经心地问，"今天你翻墙出去干什么？"想跑是不是！

织空身体猛地一僵，心跳在那瞬间似乎都停止跳动了。他怕真的如露西所说，初筝会将自己交出去。

毕竟露西是亲王，而他只是一个可有可无的人类。

初筝捏着他的下巴，微微抬高，轻轻吻了片刻。

她冰冷的手掌从胸膛滑下，落在他的大腿上："想跑吗？

"古堡里外都是血族，你觉得自己能跑到哪里去？"

如果不是因为那些血族是她的人，他……也许能出去的。

可是他没下手，所以被抓了回来。

"这是第一次，也是最后一次，再有下一次，你的腿就别要了。"

初筝拍拍他的腿，退开些许："明白吗？"

少年双手撑着书案，许久才点头："明白了。"

"乖。"

古堡地下室。

"殿下。"苏极恭敬地叫了一声，"已经醒了。"

"嗯。"初筝打开门进去。

露西坐在角落，神情苍白，胸口有灼烧的痕迹，但是并没有大碍。

亲王和普通血族不一样，没那么容易杀死。

露西见初筝进来，顾不上身体上的伤，直接跪在地上："殿下，您饶了我吧，我知道错了。"

初筝双手插在兜里，目光落在她身上："露西。"

"殿下，我真的知道错了。"露西声音发抖，"您放过我……"

初筝抽出手，蹲下身体，和露西平视。昏暗的地下室，将女生的脸映衬得晦暗。初筝问："你有碰过他吗？"

露西摇头："没有，殿下，我没有，我连他一根头发都没碰过。"

即便是她想对织空做什么，那个人性子也太烈，她压根儿不敢，怕最后得到的是一具尸体。

所以织空被她关了那么久，她每天除了去看看他，什么都没对他做过。

初筝满意地起身，没有碰过就好。我的"好人卡"，怎么能给别人碰呢？

"殿下，您放过我……"

初筝离开房间，她扫了苏极一眼："不用我教你怎么解决吧？"

苏极点点头。

目送初筝离开，苏极心底松了一口气。

在死亡岛的时候，他就领教过这位殿下的手段。真是不知道，当初夏慈和卡洛，是怎么算计到她的……太恐怖了。

苏极趁着夜色，将露西带出地下室。结果刚出去，就见苏梨站在不远处，她不知道在看什么，听见声音，回头看过来。

苏梨僵在那边，身体开始发抖。苏极此时的样子，像极了刚进完食，还带着尸体。

“小……”

苏梨转身就跑。

苏极怕被人发现，也不好去追苏梨，赶紧将露西带走。

亲王难处理，所以等苏极处理好回来，已经是两天后。

他第一时间去了苏梨的房间。

苏梨躺在床上，半个脑袋埋在被子里，只露出小半张脸，红扑扑的，可爱极了。

苏极伸手戳了一下。

苏梨不满地翻个身，迷迷糊糊地看见床边站着一道人影。

下一秒。

“啊！！”苏梨抱着被子滚到地上，缩到床边，“你别吃我！我不好吃！！”

苏极语塞。

“谁要吃你，你别自作多情！”

“你不吃我，跑到我房间来干什么！！”苏梨不信。

“我……”

苏梨瞥见门口，抱着被子炮弹似的冲出去，躲到从走廊路过的初筝后面：“殿下，救命，苏极要喝我的血。”

“殿下，我没有。”苏极立即为自己辩驳。

“你不想喝我的血，跑到我房间来干什么？”苏梨怯生生地告状。

他就是来看看！！

“之前我还看见你……看见你……”苏梨瑟瑟发抖，“你肯定是想要咬我！我宁愿给殿下咬，也不给你咬！！”

初筝无语。

我路过，关我什么事！我也不想咬你！

初筝看了苏极一眼：“你别进她的房间。”

苏梨立即冲苏极嘚瑟。

“是，殿下。”苏极恭敬地应下，然后冲苏梨露出一口白牙，蔫儿坏地笑。

不进房间就不进，他有别的办法。

苏梨咽了咽口水，抱紧被子，赶紧跟上初筝。

坚决不落单！苏极是魔鬼！

夏慈和卡洛被关着，卡洛手底下的血族想救他们出去，可布鲁诺看守得密不透风，手底下的血族根本就救不了他们。不仅如此，卡洛留在外面的人还不断被布鲁诺打压。

他们不知道被关了多少天，等夏慈再次醒过来的时候，发现自己躺在沙滩上，卡洛就在不远处。

夏慈甩了甩有些疼的脑袋，手脚并用地爬到卡洛身边。

“大人，大人，您没事吧？”夏慈将卡洛摇醒。

“这是什么地方？”

夏慈看看四周，也不是很清楚：“不知道，我醒过来的时候就在这里。”

头顶的乌云突然散开，阳光穿破乌云，落在沙滩上。夏慈一惊，连忙扶着卡洛起身，跌跌撞撞地找阴凉处。

夏慈和卡洛用了大半天的时间，才知道他们此时在死亡岛上。

他们怎么上来的？谁送他们上来的？他们对这些疑问完全没有头绪，卡洛还发现自己的力量无法使用。

“去里面看看。”

夏慈扶着卡洛往深处走。

沙沙沙……草丛里有声音。夏慈和卡洛同时停住。

“谁？”卡洛凌厉的视线扫向草丛。

一只血族缓慢地出现，看见血族，卡洛反而松了一口气：“我是卡洛亲王，你们……”

卡洛的话还没说完，那只血族忽然朝着卡洛扑过来。

一只血族……两只血族……

从林里的血族越来越多，他们攻击卡洛和夏慈，可也不要他们的命。卡洛和夏慈狼狈逃窜，好不容易躲开那些血族。夏慈捂着被血族抓伤的胳膊：“大人，这事和初筝脱不了关系。”

死亡岛，血族。这一切都和她当初安排的事，一模一样。就连卡洛无法使用力量，也和最开始他们对付初筝的时候一样。

能神不知鬼不觉，将他们送到这里来，只有女王殿下能做到。

卡洛神情阴沉不定。

“大人，我们能离开这里吗？”夏慈有些担忧，她把全部希望都寄托在卡洛身上。

“死亡岛外面都是鲨鱼，我的力量无法使用，没办法离开。”

夏慈的脸色瞬间白了：“大人……”

“慌什么！”卡洛冷哼，“天无绝人之路。”

夏慈顿时不敢吭声。

卡洛扫了她一眼，她胳膊上的血迹，使得卡洛眸光暗沉，不知道在算计什么。

夏慈此时还不知道等待自己的是什么。等她后悔的时候，一切都晚了。

这座岛就是她生命最后的终点。

“殿下，死亡岛上都安排好了。”

苏极跟初筝汇报卡洛和夏慈那边的动静，得罪殿下，真的是……惨啊！

殿下先安排好人，把这俩劫出去。所以就算血族的人发现，也会往卡洛和夏慈被自己的人救走这方面去想，而不会知道他们被初筝扔到死亡岛上去了。

事实证明，不能得罪殿下。

苏极又汇报了一些最近的事，然后退出房间，他在房间外面撞上了布鲁诺。

布鲁诺见到这儿子，气就不打一处来。明明他才应该是殿下身边的红人，怎么就变成这个孽障了。

苏极看糟老头子也很糟心。两人相看两生厌，各自冷哼一声，往相反的方向离开。

布鲁诺走了一段时间，想起来自己是找女王殿下的，他气得差点跳脚。

织空坐在窗边，擦着他的那把刀。

窗外蔷薇花缠绕绽放，迎风招摇，鲜艳欲滴。白衣少年，像花中精灵。美好如画卷，美得让人移不开眼。

织空的后背忽地一凉，有人从后面抱住他。他放下刀，将刀推远一些："殿下。"

他叫了一声，然后就陷入沉默中。

初筝拥着他，往远处看去。两人静谧的画面，无端地透着几分温馨。

织空从旁边玻璃上，看着他们交叠融合的影子，眸底微微有些波澜。

良久，身后的人忽然问："你今年多大了？"

织空垂下眼："十七。"

"生日呢？"

织空皱了一下眉："十月十六。"

"还有半年。"

"什么？"

"没什么。"

初筝碰了一下他的脖子，织空以为她要咬自己，偏了偏头，将修长白皙的脖颈露出来。

结果她只是蹭了一会儿，然后就松开他。

"你还有什么想做的？"

织空抬眸，目光灼灼地盯着她。他还有什么想做的……也许没有了吧！支撑他活着的信念就是报仇而已。

织空摇了摇头："没有。"

"那你以后就陪着我。"不是询问他的意见，是替他下了决定。

织空指尖捏紧，指甲上失去颜色，变得苍白。窗外的风吹着蔷薇花瓣在空中打了个旋，落在窗台上。

织空松开捏紧的手指，声音干涩地道："好。"

她替自己报仇。

他回报她。

用身体……用他的一切……

织空回身抱住她，窗台绽放的蔷薇花开得繁盛肆意。

阳光逐渐强烈起来，织空拉了拉她："去那边吧！"

初筝起身，将他抱下来，拉上窗帘："下去吃早餐。"

织空愣了一下，肚子"咕咕"地叫了两声，他才有些窘迫地挣开她，先一步出了房间。

"织空……"苏极看着织空飞快下楼，奇怪地挠了挠红毛，"殿下，您起来了。"

苏极见初筝出来，赶紧露出狗腿般的笑容。也不知道殿下的作息怎么这么诡异。大晚上睡觉，白天起来活动。现在整个古堡的作息都得跟她一样。但是这对血族来说，是一个很大的考验！

“什么事？”

“哦，昨天我跟您说过呀，亲王们说要为您举办宴会。”

“为我？”

“是啊，您这次回来，还没有举办宴会呢！”

反正血族没事就喜欢举办个宴会什么的。

女王离开要举办宴会，女王回来要举办宴会。

女王不开心要举办宴会，女王开心也要举办宴会。

血族的宴会无外乎就是吃吃喝喝，跳个舞，聊个天，再分享一下吸血经验。

面对众多血族，织空很不自在。特别是那些落在他身上的目光，像是带着刀子。

“那是谁啊？长得可真好看。”

“没看见他和谁来的……学院那边新来的？”

“不能吧，这样的极品，怎么会没人要？”

“要不你上去问问？”

“你怎么不去？”

血族们推推搡搡，倒没人真的敢上前。正如刚才那句话，这样的极品，怎么会没人要。这种人，定然是有主的。

织空在人群中寻找初筝，瞧见她被人围着，一时半会走不开，只好走到角落里坐着。

他尽量避开那些令人不舒服的视线。

“嘿。”苏梨的脑袋从角落冒出来，灵动的眸子滴溜溜地转，“这里好多血族，你怕不怕？”

织空看了苏梨一眼，她蹲在角落，看上去像一个蘑菇。

织空摇摇头。他不怕血族，他只是不喜欢血族看他的眼神，像看货物……

可是她不是。

织空回想初筝看自己的眼神，虽然冰冷得没有任何感情，可那不是看货物的眼神，也不掺杂任何的欲望，很是干净清澈。

“我好怕。”苏梨抓着织空旁边的椅子，下巴搁在椅子扶手上，“我就不应该来，都怪苏极那个浑蛋。”

“苏极喜欢你。”织空忽然道。

苏梨眨了眨眼。

“你……你别开玩笑了，他就是想喝我的血，我在他的眼里就是个移动血库！他是个冷血的血族！！”苏梨愤愤地反驳。

苏梨刚反驳完，苏极就走了过来：“小可爱，过来。”

苏梨受到惊吓，抱着扶手：“我不，你走开！”

“小可爱，这里这么多血族，你不害怕吗？”苏极露出两个小酒窝，“跟着我，可比你待在这里安全。殿下护着你呢，我哪儿敢对你做什么，是不是？”

苏梨看看四周，又瞧瞧织空。织空虽然是人类，可并不喜欢搭理她。

“小可爱，你看那边那些血族，盯着你很久了。”

苏梨最后还是被苏极连哄带骗，威逼利诱地带走，角落里又只剩下织空。

血族都是冷血的，可是他们也会有不一样的。

织空往初筝那边看过去。

初筝身边站着几个血族，而在她前面，依次站着几个人类，男女皆有，年轻貌美。他听不见他们在说什么，但是织空能猜出来，那几个人类都是给她挑选的……

“你好。”织空的视线被挡住，优雅绅士的血族站在他面前，俊美的脸上带着笑容，“可以坐吗？”

织空移开视线：“不可以。”

血族挑眉：“你跟谁来的？”

织空往初筝那边看去，血族顺着他的视线看，正好瞧见了布鲁诺。

血族神情更是轻松，有些炫耀的意思：“布鲁诺是我的父亲。”

……

“殿下，出事了。”苏极走到初筝身边，压低声音说了一句。

初筝从人群中离开，苏极路过布鲁诺的时候，意味不明地道：“父亲大人，你也来吧！”

宴会的偏厅。

织空坐在椅子上，手里的刀滴着血，眼神凶狠又戒备。一个血族捂着胳膊站在中间，脸色铁青。几个血族站在两人中间，正好将他们隔开。

“父亲大人！”血族见布鲁诺来了，立即出声，“这个人类好大的胆子，他竟然敢……”

“啪——”布鲁诺一巴掌打在他的脸上。

血族不可置信地看着布鲁诺：“父亲大人……”

“混账！”布鲁诺大骂一声。

初筝没有看他们，朝着织空走过去。

少年见她，松开刀，主动抱住她。他侧着脸，露出一只眼睛。黑色的眼睛，像沉淀着无边无际的黑暗。此时那只眼睛，就直勾勾地盯着他。

那眼神让血族打了个寒战。

刚才也是这样，自己还没对他做什么，他突然拿出一把奇怪的刀，刺伤了自己。

初筝拉开织空的手，蹲下身子，仰头瞧他：“他伤到你了？”

织空摇头。

“那碰到你了？”

织空抿了一下唇，指着自己的衣袖：“碰到我的袖子了。”

初筝瞧了一眼：“没事。”

“殿下，这混账不知这位是您带来的。”布鲁诺拽着那个血族，“还不认错？”

“殿下……我……”

“不用了。”初筝握着织空的手，眉宇间满是淡漠，好像并不在意这件事。

布鲁诺心底奇怪，今天殿下怎么这么好说话？

那个血族松口气，他就说，哪有那么严重，不就是一个人类吗！

织空心底微微一沉。她怎么会因为这点小事，就和血族闹得不愉快。

初筝扶着织空起来往外走，织空没有任何反抗，被她揽着离开。

苏极跟着初筝出去。

布鲁诺瞪着血族："你干的好事！"

"殿下不是没追究我吗！"血族不以为意，"您就为这事打我？"

"殿下现在捉摸不定，我都不能掉以轻心。你连殿下的人都敢动，我看你是吃了熊心豹子胆！"

"我哪里知道他是殿下带来的？！"血族不服气。

"你……"

"父亲大人，兄长。"苏极带着几个血族回来。

"苏极……"布鲁诺敛下怒容，"可是殿下说什么了？"

苏极的娃娃脸上带着笑："殿下说了，兄长哪只手碰的，就留下哪只手。看在我们以往的情分上，兄长你可以自己选一只手，我不会告诉殿下的。"

织空靠着初筝，望着车窗外后退的景色。

初筝脱下他的外套："不高兴？"

"不敢，殿下。"织空闷声闷气地回。

"他碰到你，我让苏极留他一只手，你还不满意？那我让苏极把他弄死。"

织空愣了一下，原来她让苏极回去是为了这件事吗？他心底顿时划过一阵暖意，整颗心都被填得满满当当。

初筝要叫苏极，织空连忙拉住她："我不是……你别……对不起，我以为你不在意别的血族碰到我。"

"你是我的，谁也碰不得。"

织空抬眸，伸出手，摸到她的脸颊，指腹缓慢地移动，像是在描摹，冰冷与炽热交织。

车子停下，少年受惊一般地缩回手。

初筝下车，将他抱回去，放在宽大的床上。黑暗的环境里，只有少年时轻时重的呼吸声。

织空突然抵住初筝的肩膀："你会有别的人类吗？"

"嗯？"

"你还会和别的人类，做这样的事吗？"织空问得认真。

"不会。"

"也不会喝别人的血吗？"

"不会。"

"那你以前有过吗？"

"没有。"

"也没有喝过别人的血？"

初筝撑着身体："我是血族，需要血。"

少年呼吸微微凝滞，片刻后问："像那样喝过吗？"

初筝："哪样？"

"上次那样。"

"没有。"初筝有点烦，"我可以亲了吗？"

织空心情很好，点了点头："嗯。"

布鲁诺长子得罪殿下被教训的事迅速在血族中传开。一开始还不知道是为什么，但很快就有消息传开，是因为他动了殿下身边的一个人类，那个人类是殿下的禁区。别说碰一下，就是对那个人类说一句重话，被发现后都会被惩罚。

初筝如此宠爱一个人类，血族们坐不住了。夏慈的事，还没给殿下一个血的教训吗？竟然还敢这么宠爱一个人类。

然而血族们还没担心完这件事，就发现殿下不仅仅是宠爱这个人类，完全就是把这个人类当成王夫。

血族历史上，哪里有过人类当王夫的先例。血族们纷纷联名抗议，抗议书摆在初筝的桌子上，初筝都懒得看。

“他们不喜欢我。”织空翻着那些抗议书，“他们都反对，你不担心吗？”

“怕什么？造反？”初筝冷漠脸，“我很期待他们造反。”

这女王的位置，我还不乐意坐呢！谁要是造反，我帮他！

可是没有！并不是每个有想法的血族，都和卡洛一样，真的敢踏出那一步。

你说气不气人。

“你真的要立我为王夫？”这件事织空没听她说过，不过现在外面都这么说。

“你有意见？”

我都没想过这事，鬼知道外面怎么就开始传了！

不过当然不能说出来，不然多丢脸！

“殿下，织空不敢。”少年嘴角有笑。

不管血族如何反对，初筝不为所动。血族气得跳脚，挑着血族里年轻美貌的血族往初筝这边送。

一开始初筝还挺和气，哪儿来的回哪儿去。后面弄得她烦躁了，她当场把人绑在外面，凶残得很。

于是接下来，就没有血族愿意去了。

相较之下，织空就受到不少血族的羡慕。一个人类，竟然能得到女王这样的青睐。

织空到底是个少年，压在身上的仇恨没了，他的心性似乎又回到了年少的时期，整个人看上去开朗了不少，也更加好看了……

十月十六，整个古堡都显得喜气洋洋。

今天是织空的生日，也是初筝和织空大婚的日子。经历半年的拉锯战，血族妥协。史上第一个人类王夫，即将诞生。

血族的婚礼并没有多复杂。初筝觉得比人类还要随意得多。

“殿下呢？”

“刚才还在……苏极，殿下呢？”

“找殿下干什么？你们自己玩不行吗？”苏极将到处找殿下的人拦回去。

殿下也是，就不能再等等吗！这人都还没走呢！

此时被人到处找的初筝正在房间里。

织空在旁边换衣服，因为刚才衣服不小心弄脏了。白色的燕尾服被他脱下，只剩下里面

的衬衣。

织空从衣柜里找出一件可以替代的衣服，一边穿一边走到初筝身边：“我好了，还下去吗？”

“不下去了。”

“殿下……”

“我很饿。”

初筝吃饱喝足，精神好得能活蹦乱跳。可惜织空不行，整个人都软绵绵的，像一只小猫似的蜷着。

初筝把人捞起来：“难受？”

“还好……”织空声音很低，“没有上次难受。”

上次只有失血导致的眩晕和疼痛，但是这次不一样……

“想吃东西吗？”

织空点了点头。

初筝将人放好，下去给他拿吃的。下面已经散了，整个古堡显得很安静。

初筝走到苏梨房间的时候，听见苏梨迷迷糊糊的声音。

门没有关严实，初筝左右看看，偷偷瞄了一眼。

不是我要偷看，是这门没关。

房间有些暗，只能勉强看清有两个人影。

一分钟后，初筝若无其事下了楼。

苏极不喜欢关门这个毛病得改！明天跟他说说。

初筝之前就吩咐过，让厨房准备着吃的，所以她下去，拿了东西便上楼。

路过苏梨房间的时候，她发现房门被关上了。

初筝开了灯，将食物放在旁边，然后扶着少年起来。

初筝将食物递给他，他抬手来接，结果没什么力气，差点洒了。

初筝只好给他端着，两人相顾无言。最后织空先收回视线，拿了勺子，自己吃。

接下来的一段时间，织空大部分时间都在房间，除了偶尔出去晒晒太阳。他几乎刚养好身体，就陷入下一轮的养身体中。

初筝还说是他身体太差……明明是她太过分！

织空不敢指责她，只能默默地多吃一些东西，将身体养好。

“殿下，我想离开这里……”

“做什么？”

“我梦见我父亲了。”织空情绪不太好。

“还回来吗？”

“你在这里，我能去哪里？”织空道，“我只是……想出去看看他们。”

初筝满意织空的回答：“嗯，我跟你去。”

织空微微诧异：“我……我会回来，你不用陪我。”

“你不在我饿了怎么办？”我怎么可能让你一个人离开！做梦！

织空表情微微窘迫，她说的饿了还有别的意思。
初筝带织空离开，回到曾经的故土。当时织空连尸骨都来不及给他们收。
织空重新给他们立了墓碑。
“父亲，对不起。”
他从小学习的都是如何对付血族，可是现在……
织空在墓碑前待了很长时间。
初筝站在远处，织空安静地看了一会儿，走到她后面伸手抱住她。
“好了？”
“我喜欢你，殿下。”
初筝拉开他的手，余光扫向后面的那一排墓碑，摸摸他的脑袋。
“你喜欢我吗？”
“喜欢。”
少年眉眼间露出笑意：“殿下，我们回去吧！”
他无法再拿起手中的武器，他要舍弃他的身份，舍弃一切，陪她在黑暗中沉沦。
（未完待续）

《繁星降临 3》将于 7 月全国上市！